그 오빠들을 조심해!

그 오빠들을 조심해! 2

플루토스 장편 소설

초판 1쇄 찍은 날 | 2018년 9월 21일
초판 1쇄 펴낸 날 | 2018년 9월 28일

지은이 | 플루토스
펴낸이 | 권태완 우천제

편집책임 | 박은정
편집 | 김효주 천희진 유안진

펴낸곳 | (주)케이더블유북스
등록번호 | 제25100-2015-43호
등록일자 | 2015. 5. 4
WFN | 제3-034호

주소 | 서울특별시 구로구 디지털로31길 39-9 에이스테크노타워 1차 401호
전화 | 02-867-4626 팩스 | 02-866-4627
E-mail | cl_production@naver.com

ISBN 979-11-293-2080-3 04810
979-11-293-2078-0 (set)

※ 이 도서의 국립중앙도서관 출판시도서목록(CIP)은 서지정보유통지원시스템 홈페이지(http://seoji.go.kr)와 국가자료공동목록시스템(http://www.nl.go.kr/kolisnet)에서 이용하실 수 있습니다.

2

그 오빠들을 조심해!

플루토스 장편소설

위치북

목 차

제12장

변화하는 상황

한 달은 금방 지나갔다. 모든 일이 눈 깜짝할 새 일사천리로 진행되었다.

"이건 진짜 미친 짓이야……."

하지만 벌써 연회 날이 되었다는 건 너무 심한 것 아닙니까? 나는 잠시 혼자서 넋두리를 하다가 이내 고개를 절레절레 저으며 자리에서 일어났다. 준비를 마치고 체념한 마음으로 방문을 나서자마자 문 앞에 서 있는 에리히와 에단의 모습이 눈에 보였다. 에리히는 여전히 에단이 마음에 안 드는지 그를 째려보고 있다가 나를 향해 고개를 돌렸다.

"헐, 호박에 줄 좀 그었다고 제법 수박 같아 보이네."

그리고 잠시 두 눈을 동그랗게 뜨며 툭 내뱉듯 저렇게 말했다.

"예쁘면 그냥 예쁘다고 하지?"

"예쁘…… 예쁘긴 누가? 난 그냥 좀 평소보다 봐줄 만하다고 말한 거야!"

에리히가 괜히 찔끔한 듯이 언성을 높였다. 이 새침한 놈. 내가 문 열고 나왔을 때 놀란 표정 지은 거 다 봤는데.

그리고 조금 전 거울을 보고 왔지만, 오늘의 나는 내가 봐도 좀 예뻤다. 크흠, 난 어디까지나 객관적인 사실을 말한 거랍니다. 물론 내 미모가 완전히 빛을 발하려면 좀 더 자라야 했지만, 지금도 충분히 예뻤다. 특히 앙상한 나뭇가지 같던 어릴 때에 비하면 진짜 용 됐다고 할 수 있었다.

그리고 퀸 아라벨라 의상실에서 맞춤 주문한 내 드레스가 예쁜 것이기도 하지. 역시 훗날에 엄청난 경쟁률을 뚫고 웨딩드레스를 사수할 만한 가치가 있었던 퀸 아라벨라였다. 그러나 10년 후에 비해 지금은 아직 그렇게 많이 알려지지 않은 의상실이라 이번 드레스를 맞추는 데도 그렇게 경쟁률이 세지 않았다. 여하튼, 오늘을 위해 열심히 때 빼고 광을 낸 나는 주관적으로나 객관적으로나 꽤 봐줄 만했다 이 말이다.

"하리 언니!"

마침 루이제와 요하네스도 도착한 모양이다. 일 층에 내려가자마자 막 안으로 들어서던 그들을 볼 수 있었다.

"루이제, 어서 와. 요한 오빠도."

우리는 오늘 미리 만나 연회가 열리는 장소까지 함께 이동할 예정이었다.

"하리, 오늘 정말 예쁘다."

내게 다가온 요하네스가 웃으며 손을 내밀었다.

"요한 오빠도 오늘 멋있어."

빈말이 아니라 진짜였다. 내 드레스에 맞춰 흰색으로 포인트를 준 정장을 차려입은 요하네스에게서는 빛이 나고 있었다. 옆에 있던 에리히가 못마땅한 듯이 슬쩍 눈살을 찌푸렸지만 어쩔 수 없었다. 오늘 내 에스코트는 요하네스가 해주는 것으로 결정되었기 때문이다.

그것 때문에 카벨은 단단히 삐져서 오늘 연회장에도 따로 간다고 일찌감치 집을 나섰다. '그 재수 없는 놈이 널 에스코트하는 모습은 내 눈에 흙이 들어가기 전까지 절대 못 봐!'라던데……. 그러면서 '흥 칫 핏!' 소리를 내며 문을 뛰쳐나가는 뒷모습이 어디를 봐도 자기를 붙잡아주기를 바라는 것 같았다.

하지만 오늘만큼은 나도 바빠서 그냥 카벨이 집을 뛰쳐나가는 걸 가만히 내버려 두었다. 소, 솔직히 말하자면 좀 귀찮기도 했다. 크흑, 이래서야 누가 오빠고 누가 동생인지 모르겠다니까? 하여간 성가신 놈 같으니라고. 이따 연회장에서 보면 그때나 아는 척해 줘야지.

쓰읍, 에리히 말마따나 요즘 시험공부 하느라 고생했다고 좀 잘해 줬더니 이놈이 은근히 또 막 나가려고 한단 말이야. 아무래도 슬슬 둘째의 단속이 필요한 시점인 것 같다.

아무튼, 그렇게 해서 우리는 마차를 타고 연회가 열리는 카젠타 홀로 향했다. 유진은 약혼녀인 로자벨라 벨론티아를 데리러 갔다. 그는 우리와 따로 떨어져 입장해야 하는 것이 다소 마음에 걸리는 눈치였지만 그게 당연한 일이었다. 그래서 우리는 연회장에서나 만날 수 있을 것이었다.

"긴장돼?"

멀리서 연회장의 불빛이 보였다. 창밖을 응시하고 있는 나를 향해 요하네스가 물었다.

"조금."

사실 연회 같은 것은 예전에 질리도록 경험해 봐서 아무렇지도 않았다. 하지만 카젠타 홀에서 열리는 연회에 참석한 것은 처음이기 때문에 아무래도 긴장이 되었다. 더군다나 이건 우리 때문에 열리는 연회잖아? 크읏, 긴장을 안 하는 게 이상한 거다.

"괜찮아. 그냥 평소처럼 하면 돼."

마침내 마차가 멈추어 섰다. 문이 열리고, 눈앞에 화려한 세계가 펼쳐졌다. 먼저 내려선 요하네스가 언제나처럼 마음을 편안하게 만들어주는 미소를 지으며 내게 손을 내밀었다.

"내가 항상 옆에 있을 테니까."

나는 잠시 그의 얼굴을 바라보다가 이내 그를 따라 미소 지으며 그 위로 손을 겹쳤다.

연회장에 들어서자마자 집중되는 시선을 느꼈다. 모두가 소곤거리며 우리를 탐색하고 있었다. 이런 큰 연회에 우리가 다 함께 모습을 드러내는 건 처음이었으니, 모두의 관심이 쏠리는 것도 무리는 아니었다.

하지만 나는 인생 2회차! 이 정도 시선은 이제 익숙해서 아무렇지도 않죠! 물론 처음에는 그 대단한 카젠타 홀에 입장한다는 게 조금 떨리기도 했지만 막상 안으로 들어오고 나자 익숙한 분위기에 서서히 마음이 편해졌다. 음, 연회장이 무척 화려하고 웅장하다는 것 말고는 다른 연회와 비슷한 느낌인걸?

나는 요하네스의 손을 붙잡고 붉은 융단 위를 걸었다. 그는 처음에 약간 걱정스럽게 내 얼굴을 살피더니, 곧 태연해 보이는 내 모습에 조금 놀란 눈빛을 보냈다. 하지만 나를 걱정할 바에는 오히려 에리히와 함께 있는 루이제를 신경 쓰는 게 좋을 것이었다.

"와, 이렇게 화려한 연회장은 처음이야!"

그러나 루이제가 어떤 아가씨던가. 담대한 그녀는 조금도 긴장하지 않은 모습으로 감탄을 연발했다. 쿨럭, 저런 걸 보면 가끔 루이제도 사실은 두 번째 인생을 사는 사람이 아닌지 조금 의심스럽다니까.

앗, 그렇게 연회장에 입장하던 중에 나는 카벨을 발견했다. 그는 우리한테 다가올까 말까 맹렬히 고민하는 얼굴을 하고 있었는데, 아니나 다를까 내 옆에 있는 요하네스를 살기등등하게 노려보고 있었다.

그 흉포한 기운에 눌린 사람들이 하나둘씩 흠칫거리며 자리를 비켜 그의 주위는 어느덧 텅 비어 있었다. 그래서 내 눈에도 쉽게 띄었다.

아이고, 저놈을 어떻게 할까. 끙, 하는 수 없지. 연회가 시작하기 전에 그냥 후딱 달래 주자. 둘째 주변만 분위기가 영 험악하잖아! 이대로 가만히 내버려 두면 저 음산한 기운이 연회장 곳곳에 퍼져 나갈 게 분명해.

“카벨 오빠!”

나는 이제야 그를 발견한 척하며 활짝 웃어주었다. 그러자 카벨이 나를 향해 귀를 쫑긋하는 표정을 지어 보였다. 주위의 웅성거림이 한결 더 커졌다.

“연회장에 먼저 와 있었구나. 이리 가까이 와.”

나는 아직까지도 삐졌는지 입을 삐죽 내밀고 있는 둘째 녀석을 불렀다. 비록 그가 지금 마음이 상해 있는 상태이기는 하지만 내가 부르면 올 것이라는 확신이 있었다.

역시 내 예상대로 카벨은 마치 내 부름을 기다렸다는 듯이 슬금슬금 나를 향해 다가왔다. 옳지, 옳지. 잘하고 있어. 좀 더 가까이 와라, 좀 더 가까이. 나는 마치 야생동물을 포획하는 사냥꾼이 된 것 같은 기분으로 카벨을 기다렸다.

“흥, 내가 나가든 말든 본체만체도 안 할 때는 언제고.”

“내가 그럴 리가 있겠어? 오빠가 너무 빨라서 붙잡을 새도 없었단 말이야. 카벨 오빠 발이 얼마나 빠른지는 오빠가 제일 잘 알잖아.”

역시 카벨은 나한테 단단히 삐져 있었는지 껄렁한 자세로 서서 또다시 ‘흥 칫 핏!’ 하며 투덜거렸다.

사실 그는 아까 ‘더 늦기 전에 나를 붙잡아, 어서!’라고 말하는 듯이 부자연스러울 정도로 느린 걸음으로 저택을 나섰다. 하지만 나는 귀챦아서 둘째를 그냥 모른 척했던 게 없었던 일인 것처럼 그를 달래 주었다. 그러자 단순한 카벨은 또다시 귀를 쫑긋거리며 금세 의기양양해했다.

“헹, 내가 좀 빠르긴 빠르지! 우리 학부에서 달리기도 내가 1등이니까!”

나는 점차적으로 짜게 식어 가는 마음을 숨긴 채 둘째의 우쭐거림을 봐주었다. 그러자 곧 완벽히 회복한 카벨이 이번에는 요하네스에게 삿대질하며 외쳤다.

“그러니까 잘난 척하지 마! 네가 오늘 하루 하리의 파트너가 되었다고 해서 거기에 특별한 의미가 있는 건 절대 아니니까! 하리는 여전히 너 같은 것보다 날 더 좋아한다고! 알겠냐, 이 허접한 샌님…… 어억!”

거기까지만 해라! 나는 방긋 웃는 얼굴로 카벨의 발등을 지그시 밟아주었다. 그러자 불시에 기습을 당한 카벨이 고통 어린 단말마를 내지르며 끙끙거렸다.

“오빠, 우리 1절만 하고 이제 좀 조용히 하자. 응?”

나는 여전히 웃는 얼굴을 한 채 둘째에게만 들릴 정도로 작게 속삭였다. 내가 이를 악물며 읊조린 말에 카벨이 한차례 흠칫거렸다.

“때와 장소는 가릴 줄 알아야 멋진 오빠지. 이런 자리에서까지 오빠가 그러면 내가 속상하겠어, 안 속상하겠어?”

“아, 알았어. 안 그러면 되잖아.”

오랜만에 내가 그를 향해 협박하듯 말하자 카벨이 식은땀을 흘리며 더듬더듬 대답했다. 예전에 둘째가 내 마지막 협박까지 무시하고 막 나갔을 때 한동안 그를 완전히 상대조차 안 해준 일이 있었다. 그 후로 카벨에게는 제법 눈치란 것이 생겼다.

“이런 자리에서까지 여전하다니, 너도 참 쓸데없이 한결같구나.”

내가 먼저 카벨에게 한 소리 한 탓인지, 아니면 그저 요하네스가 착해서 그런 건지, 그는 무례한 카벨의 언동에도 화를 내지 않았다. 요하네스의 한숨 섞인 말에 카벨은 또다시 눈을 번뜩였다. 하지만 그래도 내가 한 말 때문인지 그는 하고 싶은 말이 무척 많다는 표정을 지으면서도 꾹 참고 입을 열지 않았다. 불만 가득한 그의 입매가 시시때때로 꿈틀거렸다.

“유진 에른스트 공작님과 로자벨라 벨론티아 양이 드십니다.”

그때, 우리와 따로 움직였던 유진이 드디어 연회장에 나타났다. 바로 그 순간 조금 전까지만 해도 작게 웅성거리던 연회장에 짙은 정적이 내려앉았다. 바늘 굴러가는 소리조차 들릴 것 같은 침묵이 사방에 고였다. 이런 일은 처음 겪는 것이었기 때문에 나는 약간 놀랐다.

검은 예복을 차려입은 유진은 나도 모르게 움찔할 정도로 아주 차가운 얼굴을 하고 있었다. 이런 자리에 나와 있는 그를 본 것은 무척 오랜만이었기 때문에 나는 그런 유진의 얼굴이 새삼 낯설었다.

하지만 분명 다른 사람들이 늘 보아 오던 것은 지금 그가 드러내고 있는 저 싸늘한 표정일 터였다. 나는 주위에 감도는 침묵을 기민하게 의식하며 우리를 향해 다가오는 사람을 바라보았다.

유진은 이런 상황이 익숙한지 동요 한 점 드러내지 않고 걸음을 옮겼다. 유진과 그 옆에서 함께 걷고 있는 로자벨라 벨론티아는 무척 잘 어울리는 한 쌍이었다. 두 사람 모두 외모도 발군인 데다 어딘가 다가가기 어려운 고고한 분위기를 풍기는 것이 닮아 있었다.

그러던 중에 그의 손을 붙잡고 걷던 로자벨라가 무어라 귀엣말을 했다. 유진이 작게 고개를 끄덕인 뒤, 그녀는 맞잡은 손을 놓고 자리를 비켰다.

“다들 와 있었네.”

“형이 제일 늦었어.”

한자리에 모인 우리를 주위에서 소리 죽여 응시하는 것이 느껴졌다. 유진은 뒤이어 바스티에의 남매와도 인사를 나누었다. 그 직후 내가 물었다.

"벨론티아 양은?"

"잠시 휴게실에."

어느 정도 예상했던 대답이 돌아왔다. 연회장에 들어오자마자 휴게실을 찾아간 것을 보니 아마도 오늘 입은 의상에 문제가 있어서 확인을 하거나 화장을 고쳐야 할 필요가 있는 것 같았다.

"긴장할 필요 없으니까 편하게 있어."

"응, 괜찮아."

문득 내가 걱정되었는지 유진이 말했다. 나는 그럴 필요 없다는 의미로 그를 향해 웃어 보였다. 그런 내 얼굴이 정말 괜찮아 보였는지, 유진은 곧 시선을 떼고 옆으로 눈길을 돌렸다.

"다들 형이랑 인사하고 싶어 하는 것 같은데."

에리히의 말처럼 주위에는 우리에게 다가오고 싶어 하는 사람이 많아 보였다. 하지만 그들은 열망 어린 눈빛과 달리 이쪽으로 쉽게 걸음을 옮기지 못했다.

"잠시만 다녀올게."

그러다 멀리서 이쪽을 향해 다가오는 누군가가 시야에 들어왔다. 마찬가지로 그 사람을 발견한 유진이 우리를 향해 짧게 말한 뒤 자리에서 발길을 뗐다. 잘은 몰라도 유진과 아는 사람인 것 같았다. 그 후 유진의 주위로 두세 명의 사람이 더 모여들었다.

"난 저쪽 가 볼래. 오빠도 같이 가!"

"난 귀찮……."

"오빠가 내 파트너잖아! 당연히 같이 가 줘야지!"

그러고 난 뒤 루이제가 에리히를 끌고 자리를 옮겼다. 어차피 본격적인 연회의 시작은 오늘 우리를 위해 이 자리를 열어준 황손 다이스가 모습을 드러낸 후부터였다.

"뭐라도 마실래?"
옆에 있던 요하네스가 나를 향해 물었다.
"아, 그럼 부탁할게."
"내 것도 가져와! 난 알코올 든 거로!"
둘째야, 요하네스한테 술 맡겨 놨니? 뭐 이렇게 뻔뻔하게 요구해!
"카벨 오빠……."
"헉."
내가 음산하게 이름을 부르자 카벨이 불현듯 정신을 차린 것처럼 화들짝 놀랐다.
"나, 난 그냥 네 거 가져오는 김에 내 것도 부탁한다고, 그 소리였어! 요하네스, 넌 내 말뜻을 알아들었지?!"
둘째는 '빨리 그렇다고 말해!' 하는 듯이 요하네스를 홱 돌아보았다.
"넌 하리 옆이나 제대로 지키고 있어."
요하네스는 카벨을 더 상대하기 귀찮다는 것처럼 한숨 섞인 목소리로 그렇게 말한 뒤 걸음을 옮겼다. 그 직후 나는 카벨에게 붙어 서서 그의 팔을 꼬집었다.
"오빠 때문에 내가 못 살아. 진짜 오늘 왜 그래? 응? 응?"
"아, 아야야!"
"내가 요한 오빠한테 그런 식으로 말하지 말라고 했잖아. 특히 밖에서는 더 그러지 말라고 했지? 기억 안 나? 응?"
카벨은 다른 건 그래도 내 말을 잘 들어주면서 요하네스에 관련된 일에는 항상 이렇게 내 속을 썩였다. 크흑, 어릴 때 첫 단추를 잘못 끼워서 그런가. 남자애들이 싸우면서 친해진다는 말은 다 거짓말인 것 같았다. 그 말이 진짜였으면 카벨하고 요하네스가 이날 이때까지 이렇게 사이가 안 좋을 리가 없어. 아무래도 두 사람은 상성이 잘 안 맞는 것 같다.
"씨이, 넌 왜 그 자식 편만 들어?! 오늘도 요하네스 자식이랑 같이 오고! 원래 내가 네 파트너 하려고 했는데!"

그, 그런데 카벨이 너무 서럽게 외쳐서 한순간 흠칫했다. 아무래도 내가 자신을 두고 요하네스와 연회장에 온 것이 생각보다 더 서운했던 모양이다. 하지만 내 입장에서는 둘째와 셋째 중에 한 명만 고르기가 난감했을 뿐이고! 또 요하네스가 그때 너무 예쁘게 웃으면서 말해서 차마 거절의 말이 입 밖으로 나오지 않았을 뿐이고!

"누, 누구 손을 붙잡고 오든 그게 무슨 상관이야. 난 카벨 오빠를 제일 좋아하는데."

내가 분신술을 할 줄 아는 것도 아니고 어쩌겠니. 그래도 이렇게까지 서러운 얼굴을 하니까 괜히 좀 미안해지기는 한다.

"그런데 왜 내가 아니라 저 자식을 선택했어!"

"내가 카벨 오빠를 제일 좋아한다는 걸 들키면 다른 오빠들이 서운해하잖아."

둘째가 또 배신감을 느낀 듯이 외쳐서 나는 그를 살살 구슬렸다. 이 자식, 그런데 너 진짜 날 좋아하는구나? 내 파트너를 못 해서 그렇게 서운했어요?

"카벨 오빠는 내 마음을 제일 잘 아니까 이 정도는 이해해 줄 거라고 생각했지."

단순한 카벨이 내 말에 멈칫했다.

"그리고 오빠는 마음이 아주아주 넓잖아. 사실 내가 곤란해할까 봐 오빠가 요한 오빠한테 오늘 파트너 자리도 양보한 거 다 알고 있어. 역시 우리 카벨 오빠야."

아, 그런데 말하다 보니까 슬슬 귀찮아져서 약간 건성이 되었다. 그래도 카벨은 내 감언이설에 홀랑 넘어와서 언제 나한테 삐졌었냐는 양 우쭐거렸다.

"흐, 흥! 그럼, 당연히 내가 널 위해서 그놈한테 양보한 거지! 역시 이 카벨 님 마음이 제일 넓다니까!"

아이고, 조금 전까지만 해도 나한테 배신감이라도 느낀 것처럼 서러워하던 놈이. 그래도 쉽게 넘어와서 다행이다.

"에른스트 양!"

그런데 바로 그때, 어디에선가 매우 밝고 해맑은 음성이 날아들었다. 응? 누가 날 이렇게 반갑게 부르는 거지? 나는 소리가 들리는 방향으로 고개를 돌렸다. 그리고 곧바로 시야에 들어온 사람에 흠칫 어깨를 떨고 말았다.

"드디어 만났네요! 정말 반가워요."

앗, 라벤더 코르디스! 마치 기다렸다는 듯이 나를 향해 한달음에 달려온 사람은 다름 아닌 라벤더 코르디스였다. 나풀거리는 붉은 드레스가 강렬하게 시선을 사로잡았다. 그녀는 내 코앞까지 순식간에 다가와 섭섭하다는 표정을 지었다.

"그런데 왜 코르디스에 와 주지 않았어요? 그동안 얼마나 만나고 싶었는지 몰라요."

누, 누가 들으면 우리가 한 10년 정도 알고 지낸 사이인 줄 알겠네요. 나는 내 앞으로 가까이 와서 간드러진 목소리로 말하는 그녀를 보고 조금 당황했다. 가뜩이나 지난번 의상실에서 만난 후로 매일같이 초대장을 보내 와서 부담스러웠는데. 그때도 그렇고, 지금도 왜 이렇게 나한테 친한 척을 하는 거지?

"전 영애를 마음속의 친구로 생각하고 있었는데 소식도 전해 오지 않으시고. 서운하네요."

마, 마음속의 친구요? 누가요? 댁하고 제가요? 나는 상상도 못 했던 그녀의 말에 그만 말문이 막히는 것을 느껴야만 했다. 라벤더 코르디스는 진짜로 서운하다는 듯이 나를 향해 처연한 표정을 짓고 있었다. 하지만 지난 생을 통해 그녀의 본색을 아는 나로서는 그녀의 그런 모습에 기가 막히기만 했다. 그때, 할 말을 잃은 나를 대신해 옆에 있던 카벨이 입을 열었다.

"뭐야? 내 동생은 바쁘다고. 하루에 초대장이 몇 개나 오는 줄 알아? 그러니까 그만 귀찮게 굴고 꺼지…… 커억!"

거기까지! 나는 아까 그랬듯 다시 한번 카벨의 발등을 콱 밟았다. 그러자 고통의 신음이 뒤를 이었다. 카벨의 험악한 기운도 동시에 흐트러졌다. 미안하다, 둘째야! 그러니까 왜 한 번씩 필요 이상으로 지나치게 굴어서 날 이렇게 만드니? 내가 그때 설명을 잘했는데도, 카벨은 매일 나한테 초대장을 보내던 라벤더 코르디스가 마음에 들지 않는 눈치였다.

"미안해요, 코르디스 양. 영애도 아시겠지만 근 한 달간 이런저런 준비로 바빠 초대에 응하지 못했어요. 답장을 보냈는데 혹시 받지 못하셨는지요?"

나는 내 앞에 있는 라벤더를 향해 웃는 낯으로 물었다. 그러자 카벨의 기세에 약간 주춤하던 그녀가 다시금 속눈썹을 팔랑거리며 대답했다.

"으응, 물론 받았지만 내가 원하는 내용이 아니었는걸요?"

나는 또 잠시 할 말을 잃었다. 지금 왜 나한테 애교를 부리듯이 말하는 거지요……? 이건 진짜 이상했다. 왜 이렇게까지 해서 나와 친해지려고 하는 걸까? 혹시 이번에는 아직 유진을 좋아하기 전이라서 내가 눈엣가시처럼 보이지 않는 건가?

"그런데 공작님은 오늘도 많이 바쁘신가 봐요? 인사할 틈도 없네."

하지만 뒤이어 라벤더 코르디스의 얼굴을 본 나는 그런 가설을 곱게 접어 두기로 했다. 저 멀리 서 있는 유진을 바라보는 그녀의 눈빛은 완전히 사랑에 빠진 사람의 것이었으니까.

잠깐, 그럼 더 이해가 안 되는데요? 예전에는 유진과 피 한 방울 안 섞인 여동생이라는 이유로 나를 그토록 싫어했으면서, 왜 지금은 오히려 나랑 친해지고 싶어서 안달인 건데?

"영애와 좀 더 친밀한 대화를 나누고 싶은데 단둘이 잠깐 테라스에 가서 운치 있게 밤하늘이라도 보지 않을래요?"

라벤더 코르디스가 은근한 목소리로 나한테 속삭였다. 참나, 모르는 사람이 들으면 댁이 나한테 작업이라도 거는 줄 알겠네요. 나는 의상실에서 딱 한 번 우연히 만난 게 전부이면서 갑자기 살갑게 구는 그녀가 거북했다.

"그쪽이 뭔데 내 동생이랑 단둘이 테라스에……."

발등이 아파 끙끙거리던 카벨이 라벤더의 말에 자극받은 듯이 발끈하다가 내 따끔한 눈빛에 찔끔해 입을 다물었다.

"죄송하지만 기다리는 사람이 있어서요. 그리고 제 호위 기사가 항상 곁에 있기 때문에 단둘이 시간을 보내는 건 불가능할 거예요."

지금도 내 뒤에는 에단이 그림자처럼 서 있었다. 오늘 같은 날에는 그에게 휴식을 주어도 되지 않을까 싶었지만 여느 때처럼 내 말은 씨알도 먹히지 않았다.

"어멋?!"

에단이 은신술이라도 펼친 듯 워낙 조용히 있었기 때문인지 라벤더 코르디스는 그제야 그의 존재를 알아차린 듯했다.

"당신은……."

그런데 내 뒤에 서 있는 에단을 눈에 담는 순간 그녀가 멈칫했다. 한순간 그녀의 눈동자에 미묘한 감정이 스쳐 지나갔다.

"공작님께서 영애를 많이 아끼시는 모양이에요. 수족 같은 이를 내어주신 걸 보니."

곧 라벤더가 다시금 표정을 풀며 호호 웃었다. 아주 순식간에 지나간 것이긴 했지만 그녀의 얼굴에 비쳤던 것은 분명 미약한 당혹감과 경멸이었다.

내가 모르는 무언가가 있구나. 그녀를 따라 미소를 지으며 나는 생각했다.
"하리."
그때, 잠시 자리를 비웠던 요하네스가 돌아왔다. 그의 손에는 샴페인 잔이 들려 있었다.
"어머나, 바스티에 공자님이 에른스트 양의 파트너였군요?"
"여기서도 뵙는군요. 만나서 반갑습니다, 코르디스 양."
요하네스와 라벤더가 인사를 나누었다. 두 사람은 다른 자리에서 만난 적이 있는 것 같았다.
"하리, 무알콜 샴페인이야. 마셔."
"고마워."
나는 그가 건네주는 잔을 받았다. 그때, 옆에 있던 카벨이 문득 무언가를 깨달은 듯 소리쳤다.
"뭐야, 왜 하나만 들고 왔어!"
"난 마실 생각이 없어서."
"네가 마시든 말든 알 바 아니고, 내 건!"
"내가 언제 네 것도 가져다준다고 했던가?"
요하네스가 싱긋 웃으며 대꾸한 말에 카벨이 어버버거렸다. 하지만 요하네스는 카벨의 반응 따위는 관심 없다는 듯이 다시금 나를 향해 다정히 말했다.
"다 마시면 빈 잔은 나한테 줘. 내가 처리할게."
"고마워, 요한 오빠."
그런 우리의 모습을 라벤더 코르디스가 유심히 살피고 있었다.
"다이스 라 폰티에 아를란타 전하께서 드십니다!"
바로 그때 황손 다이스가 연회장에 등장했다. 모두가 연회장의 출입구를 향해 고개를 숙였다. 나도 다른 사람들과 마찬가지였다. 아까와 같은 정적이 가득 찬 실내에는 누군가의 발소리만이 가득 들어찼다. 그

소리가 연회장 중앙에 멈추고 난 후에야 모두 고개를 들었다.

"모두, 황실과 에른스트의 새로운 화합을 기념하는 자리에 와 주어 고맙소."

모두의 시선이 집중되었을 때, 황손 다이스가 입을 열었다. 나는 붉은 머리카락과 적포도주 빛 눈동자를 가진 소년을 눈에 담았다. 그는 현 황제가 끔찍이 아끼는 손자이자 차기 황제로 주목받는 사람이었다. 아직 어린 나이임에도 그에게는 왕재로서의 기백과 위엄이 있었다.

"그럼 모두 오늘 즐거운 시간 보내기를 바라오."

간략한 인사를 끝마친 후, 그는 그대로 연회장을 가로질렀다.

"여기 있었군요, 에른스트 공. 내 형제."

다이스가 가장 먼저 찾은 것은 유진이었다. 놀랍게도 그는 유진을 향해 상상 이상의 친밀감을 표하며 다가갔다. 유진은 그것조차 익숙한지 그저 담담히 반응했다.

"오늘 저희 남매를 위해 손수 마련해 주신 자리에 감사드립니다."

"공과 나 사이에 그런 겉치레는 필요 없다고 하지 않았습니까?"

나는 카벨과 요하네스와 함께 그들을 향해 다가갔다. 황손인 다이스가 우리를 위해 마련한 자리이니만큼 그에게 인사를 해야 할 필요가 있었다. 저쪽에서 에리히와 루이제도 다가오고 있는 것이 보였다.

"존귀한 분을 뵙습니다."

그런데 우리가 모여 인사하자마자 어째서인지 다이스의 시선이 곧바로 나한테 꽂혔다.

"그대가 에른스트 공작의 누이?"

나는 약간 당황했지만 그래도 침착하게 대답했다.

"그렇습니다, 전하."

나를 보는 그의 눈동자에는 흥미가 담겨 있었다.

"그대의 생일이 얼마 남지 않았다고 하던데. 그럼 연회의 주인공에게 마땅히 선물을 주어야지요."

"선물이라니, 황송합니다. 오늘 베풀어주신 친절로 충분합니다."

황손의 선물이라니. 그게 뭔지는 몰라도 과분한 호의였다. 하지만 에둘러 표한 내 거절에도 그는 말을 이었다. 이번에는 연회장 안에 울릴 정도로 큰 목소리여서, 모두가 어렵지 않게 그의 말을 들을 수 있었을 것이었다.

"그대를 황성에 초대하겠습니다. 따분한 궁 생활을 달래 줄 내 말벗이 되어주었으면 좋겠군요."

황손의 갑작스러운 발언에 금세 좌중이 소란스러워졌다. 나는 나대로 깜짝 놀라 고개를 들었다. 놀란 것은 나뿐만이 아닌 듯, 두 눈을 크게 뜨고 있는 사람들이 시야에 들어왔다.

"하면 조만간 에른스트에 서한을 보내도록 하지요."

그 속에서 오직 다이스만이 눈꼬리를 접으며 해사하게 웃고 있었다.

"궁에서 다시 만날 날을 기대하고 있겠습니다, 에른스트 양."

"송구합니다만, 제 여동생은 수줍음이 많고 낯을 가려 전하의 말동무가 되어드리기 어려울 것 같습니다."

다이스의 폭탄선언이 있은 후 연회장 안은 벌집이라도 터진 듯이 시끌벅적해졌다. 그도 그럴 것이 황손이 자신의 말벗으로 다른 이를 궁에 직접 초대한 것은 처음이었으니까.

나도 크게 놀라 마주한 웃는 얼굴을 바라보았다. 하지만 누군가 거침없이 거기에 찬물을 끼얹는 발언을 하니, 그는 다름 아닌 유진이었다. 수, 수줍음이 많고 낯을 가려? 누가, 내가요? 아니, 그건 그렇고 당신, 황손의 말을 그렇게 단칼에 쳐 내도 되는 거야? 생일 선물치고는 너무 파격적이라 처음에는 혹시 유진과 사전에 말을 맞춘 것인가 싶었는데 그의 반응을 보니 그건 아닌 모양이었다.

"낯을 가린다고요? 그렇게 보이지는 않는데……."

"겉으로 티가 나지 않아 대개 그렇게 생각하곤 하지요."

"그, 그런가요?"

"그렇습니다."

단호박을 수십 개는 썰어 먹은 듯한 유진의 말에 다이스가 주춤했다.

"그럼 내가 영애를 만나러 에른스트에 방문하면 어떨지?"

다이스가 한발 양보했다. 여전히 해사한 얼굴에서는 기분 상한 티가 조금도 나지 않았다. 그가 유진을 포함한 우리 가문에 호의적이라는 것은 명백한 사실인 듯했다. 그러나 이번에도 유진의 얼굴은 싸늘했다. 나는 그가 또다시 황손의 권유를 단칼에 거절하기 전에 먼저 입을 열었다. 하지만 이번에는 카벨이 선수를 쳤다.

"안타깝게도 제 동생은 너무 인기가 많아서 제발 얼굴 한 번만 보여달라고 사정하는 사람들이 줄을 서서요. 그러니 제 동생을 정 만나고 싶으시다면 최소한 오늘부터 일 년은 기다려야 할…… 어억!"

으앗, 잠깐 단속을 게을리한 사이에 이놈이 대형 사고를 치려고! 나는 또다시 카벨의 발을 콱 밟으며 웃었다. 아무래도 이쯤 해서 상황을 빨리 정리해야 할 것 같아!

"하해와 같은 배려에 감사드립니다, 전하. 그럼 다시 뵙게 될 날을 기다리고 있겠습니다."

유진은 내가 하고 싶은 것만 하면 된다고 했지만 아무리 그래도 이런 자리에서 몇 번이나 황손의 청을 거절하는 것은 모양새가 좋지 않을 것 같았다. 내 대답에 유진의 시선이 나를 향했다. 내게 하고 싶은 말이 있는 눈빛이었다. 하지만 내 의사가 그렇다면 존중하겠다는 듯이 이번에 그는 침묵했다.

"그럼 나중에 에른스트로 만나러 가도록 하죠."

"황공합니다."

다이스는 나를 향해 또 한 번 흥미 가득한 눈빛을 보내더니, 곧이어 자리를 떠났다.

다이스의 폭탄선언 때문인지 그 후 주위에 사람들이 엄청나게 몰려서 연회 내내 정신이 없었다.

"난 벨론티아에 들렀다 갈게."

연회가 파한 후, 유진은 로자벨라를 에스코트하며 먼저 자리를 떠났다.

"하리, 그럼 나중에 만나. 오늘은 들어가서 푹 쉬고. 미리 생일 축하해."

요하네스와 루이제는 우리에게 인사를 남긴 뒤 함께 바스티에로 돌아갔다. 그 후 나도 카벨과 에리히와 함께 마차에 올랐다.

"왜 만나겠다고 했어? 그냥 싫다고 뻥 차 버리지!"

마차에 오르기 무섭게 카벨이 불만 어린 목소리로 원성을 터뜨렸다. 그래도 내가 주지시킨 대로 연회장 안에서는 그 이상 소란을 피우지 않아 다행이었다.

"꼭 내가 있을 때 불러야 돼! 알겠지?!"

"오빠는 주말에만 집에 오잖아."

"그깟 수업, 하루쯤 안 들어도 돼!"

"형 벌점 지금 간당간당한 수준일 텐데? 어쩔 수 없지, 날짜 정해지면 나한테 편지 보내. 내가 특별히 시간 내 볼 테니까."

"나도, 나도! 나한테도 꼭 편지 보내! 그깟 벌점 따위, 내가 알 바 아냐!"

"형, 진짜 유급당하고 싶은 거야? 위기의식 좀 가져."

아이고, 피곤해라. 나는 두 형제의 등쌀에 이마를 짚으며 등받이 깊숙이 몸을 기댔다. 오늘 너무 많은 일이 있었던 것 같았다. 카젠타 홀에서 연회를 연 것만으로도 놀라운데 심지어 황손에게 말벗이 되어 달라는 청을 받기까지 하다니. 나는 홍미로 반짝이던 소년의 눈동자를 떠올렸다. 설마 내게 황족과 단둘이 이야기를 나눌 일이 생길 줄은 꿈에도 상상하지 못했다. 그래서인지 연회장에서 있었던 일이 어쩐지 비현실적으로 느껴졌다. 그러다 문득 나는 조금 전 내 귀를 스쳐 지나간 말을 상기해 냈다.

“잠깐, 그런데 카벨 오빠. 학기가 시작된 지 얼마나 됐다고 벌써 벌점이 간당간당한 수준이라는 거야?”

“어, 어, 아니…… 따, 딱히 그렇지는 않아! 에리히가 잘못 안 거야!”

“내가 뭘 잘못 알아? 입학식 날부터 누적된 형의 벌점이 얼마나 대단한지 지금 내가 읊어줘?”

카벨이 뻴뻴거리며 변명했지만 이미 거짓말인 게 두 눈에 훤히 보였다. 그 후 집까지 돌아가는 길은 둘째 녀석을 추궁하는 자리가 되었다.

따단. 며칠 후 나는 피아노 방에 있었다. 어릴 때의 놀이방을 완전히 개조한 이곳은 이제 거의 나 혼자만의 공간이라 해도 좋았다.

따단딴단. 맑은 피아노 음이 오후의 햇빛 속을 마음대로 유영하며 헤엄쳤다. 유진이 준 피아노는 햇빛을 받아 더욱 새하얗게 빛나고 있었다.

크으, 내 피아노. 너무나 예쁜 것. 소리도 맑고 깨끗하고, 어쩜 이렇게 내 취향에 딱 맞는다지요? 나는 한참 심취해서 건반을 두드렸다. 지금 내가 연주하고 있는 곡은 고양이 왈츠였다. 혹시 지금 내가 이 대단한 피아노로 고작 고양이 왈츠나 연주한다고 비웃고 싶나? 흥, 하지만 상관없어. 여긴 나밖에 없으니까.

따단단딴. 따단! 나는 양껏 고양이 왈츠를 친 뒤 긴 숨을 내쉬며 뻐근한 손을 내렸다. 아이고, 힘들다. 오늘 갑자기 피아노가 치고 싶어서 너무 열심히 연주해 버렸네.

“휴우.”

나는 잠시 가만히 앉아 있다가 이윽고 건반 위에 그대로 엎드렸다. 내 팔에 눌린 건반에서 뒤섞인 음이 토해져 나왔다. 나는 그 상태로 얕은 숨을 내쉬며 느리게 눈을 깜빡였다. 문득 복도를 걸어오는 작은 발걸음 소리가 조용한 공간 속에 울렸다.

똑똑.

"하리."

문밖에서 새어 드는 나지막한 목소리에 나는 건반 위에 기대고 있던 상체를 일으켰다.

"들어와."

창밖을 보니 어느덧 해가 저물어 가고 있었다. 문이 열리고 유진이 안으로 들어섰다. 지금 막 귀가한 것이 아닌지, 그는 가벼운 셔츠 차림을 하고 있었다.

"오늘 일찍 왔네."

"네 생일이잖아."

그 말에 기분이 좋아져서 나는 조금 웃었다. 유진은 그런 나를 내려다보다가 조금 더 가까이 다가와 손에 들고 있던 무언가를 내밀었다.

"뭐야?"

"황궁에서 온 서신."

아, 다이스 전하가 보낸 건가? 에른스트에 방문하겠다는 이야기를 꺼낸 게 바로 며칠 전인데 빠르기도 하지. 나는 손을 내밀어 유진이 내민 봉투를 잡았다. 하지만 나는 그것을 빼내 가지 못했다. 유진이 서신을 든 손에 지그시 힘을 준 탓이었다. 내가 유진을 올려다보자 그가 다시금 입을 열었다.

"전에도 말했지만 만약 싫으면 억지로 수긍할 필요 없어. 누구도 너한테 강요 못 해."

그래, 그럴 것 같긴 하더라. 황손이 직접 사람들 앞에서 말한 건데 그 자리에서 막 단칼에 거절하고 말이야. 어쩐지 조금 웃음이 나와서 나는 눈매를 약간 찡그리며 대답했다.

"뭐, 싫은 건 아니야. 혹시 내가 실수할까 봐 그게 걱정이긴 하지만."

크흑, 하지만 난 평범한 인간이라 간이 그렇게 크지 않아서……. 솔직히 진짜 싫었어도 그 자리에서는 거절 못 했을 거야.

마침내 유진의 손에서 서서히 힘이 풀렸다. 나는 이번에야말로 그의 손에서 다이스가 보낸 서신을 건네받았다.

"그런 거라면, 설령 네가 무언가를 실수한다 해도 책잡을 사람은 없으니까 부담 갖지 마."

어제 연회장의 분위기를 생각해 보면 확실히 내가 아무리 큰 실수를 저지른다 해도 쉽게 그것을 책잡을 사람은 없을 것 같았다.

문득 한 달 전 내 손에 뜨거운 물을 부었던 하녀를 유진이 얼마나 냉정히 대했었는지가 떠올랐다. 그리고 나는 유진이 바로 그날 그녀를 해고한 사실을 이제 알고 있었다. 그런데 나한테는 어떤 실수를 저질러도 상관없다고 말해주는구나.

"응, 그럴게."

이런 사실에 내심 남모르게 기뻐하고 있는 나는 나쁜 사람인 걸까?

"오빠가 그렇게 말해주니까 굉장히 믿음직스럽네."

하지만 사실은 예전부터 줄곧 그랬던 것도 같다. 다른 이에게는 한없이 차갑고 무심해지는 사람이 내 앞에서는 그 냉기를 한풀 꺾고 온기를 담은 눈으로 나를 봐주는 것이 좋았다.

"빈말이 아니야."

"알아."

"알면 좀 더 의지해도 돼."

허영심에 가까운 우월감 같은 감정은 아니었다. 단지 나는 다른 누구도 쉽게 침범하지 못하는 그 단단한 벽 안에 비록 완전히는 아니더라도, 어느 정도는 내가 속해 있다는 그 결속감이 좋았던 것 같다.

"그래, 내 머리 쓰다듬게 허락해 줄게."

나는 유진을 올려다보며 장난스럽게 웃었다. 동문서답에 가까운 내 말에 유진이 슬쩍 눈썹을 추켜올렸다. 나는 너니까 특별히 허락해 준다는 듯이 새치름하게 그를 쳐다보았다. 어딘가 한숨 같은 웃음이 귓가를 간질인 직후, 내 머리 위에 온기가 내려앉았다.

"다이스 전하가 어떤 사람인지 얘기해 줘 봐."

나는 머리를 쓰다듬는 손길을 느끼며 말했다. 그러자 나직한 음성이 뒤를 이었다.

"나이는 너보다 한 살이 더 많고, 세간에서 말하는 대로 차기 황제로 예상되는 인물이지만 아직 완전히 성장한 건 아니야."

현 황태자인 다이스의 아버지는 성품이 온화하고 인자하나 다소 소극적이고 대범하지 못해 일국을 이끌 황제로는 적합하지 않다는 인식이 박혀 있었다. 그래서 노쇠한 현 황제의 서거 후 황태자 대신 황손이 곧바로 제위에 오를 것이라 예상하는 이가 많았다.

"제법 어린애 같은 구석이 있어서 가끔은 어디로 튈지 예측하기 어려울 때가 있어. 이번처럼."

실제로 10년 뒤 차기 황제가 될 것은 황손 다이스였다. 나는 기억 속에 화려하게 남아 있는 그의 계승식을 떠올렸다.

"그래도 에른스트에 대한 호의는 진심이니 아마 너를 따로 만나려 한 것도 다른 꿍꿍이가 있어서가 아니라 친분을 쌓고 싶어서일 거야."

그런 그가 우리에게 큰 호의를 가지고 있는 것은 분명 좋은 일이었다. 물론 전 에른스트 부부가 그런 식으로 죽은 것은 아직까지도 가슴에 아프게 맺힌 일이었지만…….

"그는 우리에게 빚을 졌다고 생각하니 네게도 함부로 굴지 못할 테지. 너도 그냥 적당히 상대해 준다고 생각하면 돼."

유진은 그렇게 말하며 아무 걱정 말라는 듯이 내 머리를 부드럽게 헤집었다. 조금 전까지만 해도 남아 있던 약간의 불안한 마음이 귓가에 스미는 그의 목소리에 떠밀려 공기 중에 흐트러졌다. 나도 이 사람에게 의지가 될 수 있으면 좋을 텐데. 남몰래 그렇게 생각하며 나는 걱정하지 말라는 듯이 그를 향해 웃어 보였다.

제12.5장

하리 에른스트

현재 아를란타의 제도를 가장 뜨겁게 달구는 이름은 바로 '하리 에른스트'였다. 그녀가 누구이던가. 현 에른스트 공작의 누이, 그러나 길거리에서 꽃을 팔던 소녀였던 그녀가 에른스트의 양녀가 되어 신분 상승을 한 것이라는 사실을 모르는 이는 아를란타 내에 아무도 없었다. 아를란타에서 둘째라면 서러울 권세를 지닌 에른스트 공작가의 일이었기에 그 당시의 제도는 더욱 떠들썩해질 수밖에 없었다.

한동안은 하리 에른스트에 대한 꺼림칙한 소문이 돌았다. 그도 그럴 것이, 출신조차 모를 뒷골목의 아이가 하루아침에 귀족이 된 것이 아닌가. 에른스트의 비호로 처음 2년간은 쉬쉬했으나 그녀를 양녀로 들였던 전 에른스트 공작 부부가 비명횡사하며 판도는 달라졌다.

특히 전 에른스트 공작의 누이인 레놀드 부인의 증언이 은연중에 퍼져 나갔다. 하리 에른스트는 과연 비천한 출신답게 예절의 '예' 자도 모르고 마치 자신이 태어났을 때부터 귀족이기라도 했던 것처럼 끝 모르고 오만방자하다고. 하지만 그러한 소문은 레놀드 후작가가 실각되고 마침내는 그 이름마저 아를란타 내에서 완전히 지워진 후 덩달아 잠잠히 가라앉았다.

그 후 하리 에른스트의 새로운 가정교사가 된 플로라 부인의 입에서 나온 이야기는 지금까지와 완전히 다른 내용을 담고 있었다. 하리 에른스트가 하나를 가르치면 열을 깨우치고, 또 놀라울 정도로 다재다능하여 다도, 악기, 자수, 예절을 포함한 레이디의 소양을 이미 완벽하게 숙지하고 있을 뿐 아니라 기타 학문에도 발군의 실력을 자랑하고 있다는 것이었다.

그럼에도 언제나 스스로를 뽐내는 일 없이 겸손하고 성격 또한 다정다감하여 누구나 한 번이라도 직접 그녀를 본다면 마음을 빼앗길 수밖에 없다고 하니, 사람들의 호기심이 나날이 커져 가는 것도 당연했다. 하리 에른스트가 바스티에에 머무는 동안 바깥출입을 잘 하지 않았기 때문에 세간의 궁금증은 더욱 커져만 갔다. 하지만 바스티에의 사용인들과 그녀의 호위 기사의 입에서 나온 말이나, 또 이따금 외출할 때 잠깐씩 보이는 모습을 통해 사람들의 인식은 '하리 에른스트가 사실은 괜찮은 아가씨가 아닐까' 하는 쪽으로 바뀌어 가고 있었다.

그리고 머지않아 그녀의 이름이 학술원에서부터 퍼져 나갔다. 하리 에른스트가 루이제 바스티에와 함께 오빠들이 재학 중인 학술원에 방문한 것이었다. 그 후 카벨 에른스트가 자신의 여동생에게 반한 남학생들을 곤죽이 되도록 패고 다니느라 유급을 당할 정도의 벌점을 쌓았다는 것은 딱히 비밀도 아니었다.

곧 하리 에른스트는 학술원 내에서 다른 별명으로 유명해졌다. 이름하여 미친개 조련사! 더러운 성질머리로 교수들마저 고개를 절레절레 젓게 만드는 카벨 에른스트가 제 여동생의 말에는 껌뻑 죽는다는 사실에 모두가 기함했다.

사실 그는 졸업과 동시에 황실의 제2기사단에 소속되는 것으로 내정

되어 있었다. 재수는 없지만 솔직히 카벨의 실력은 아를란타 내에서도 손꼽을 만큼 출중했다. 하지만 역시 그 개 같은 성질머리와 유급의 위기를 겪을 정도로 바닥을 치는 성적이 카벨의 치명적인 문제점이었다.

그런 그가 여동생의 말 한 마디에 얌전히 앉아 공부를 하고, 또 학생들을 쥐어 패는 것도 줄이기 시작했다는 사실이 놀라울 뿐이었다(물론 완전히 그만둔 것은 아니고 대놓고 패는 것에서 몰래 패는 것으로 옮겨 간 것이었지만 그것만으로도 학생들은 경악했다). 또 안 어울리게 부드러워진 말투는 어떻고? 물론 그것은 카벨 에른스트 기준의 '부드러운 말투'이긴 했다. 하지만 예전이라면…….

"이 개XX가 죽고 싶어서 환장했나, 네 그 개X 만한 X를 XX해서 XXX한 다음에 네 X 같은 아가리에 쳐 넣어줄까? 꿇어! 뒤지게 쳐 맞기 싫으면!"

……이라고 말했을 것을,

"죽고 싶냐, 이 개…… 구리 같은 새끼야. 내 동생이 폭력적인 오빠는 싫다는 소리만 안 했어도 너 같은 새끼는 벌써 뒈진 목숨이었어, 알아? 아오, 시원하게 욕을 못 하니까 개 답답하네. 시X, 안 되겠다, 너 한 대만 맞아라. 그러니까 왜 내 눈앞에서 알짱거려서 사람을 빡치게 하고 지랄이야. 어디 가서 나한테 맞았다고 소문내면 그땐 진짜 쳐 발릴 줄 알아!"

……라고 순화해 말하기 시작한 것은 믿을 수 없는 변화였다. 크흠, 일단은 저 심의 불가의 X의 숫자부터 엄청나게 줄어들었지 않은가. 게다가 예전 같으면 눈앞에 걸리적거리는 사람을 무작정 패고 말았을 텐데, 이제는 적당히 표가 잘 안 날 정도로만 머리를 써서 때리기 시작했다.

어쨌든, 하리 에른스트가 카벨의 형인 유진에 이어 그를 제지할 수 있는 거의 유일한 인물이라는 사실은 매우 놀라운 것이었다. 하지만 하리 에른스트가 본격적으로 유명해진 것은 카젠타 홀에서 열린 연회 이후부터였다. 그녀가 공식적인 자리에 모습을 드러낸 것은 그때가 처음이었다. 그리고 그날, 연회에 참석했던 모든 사람이 그녀를 보고 할 말을 잃었다.

머리끝부터 발끝까지 흘러넘치는 그 기품과 우아함, 그리고 아름다움. 바스티에의 후계자인 요하네스와 함께 연회장 안에 들어선 하리 에른스트는 귀족보다 더욱 귀족 같았다. 그녀를 보는 순간 원래의 출신 같은 건 조금도 생각나지 않을 정도로. 누구나 기가 죽고 말 정도로 화려한 카젠타 홀의 중심에서도 그녀는 두드러진 존재감을 드러내고 있었다. 분명 이런 자리에 참석한 것은 처음일 텐데도, 하리 에른스트는 조금도 긴장하지 않은 듯 여유마저 느껴지는 얼굴로 미소 지었다.

"그대를 황성에 초대하겠습니다. 따분한 궁 생활을 달래줄 내 말벗이 되어주었으면 좋겠군요."

놀랍게도, 황손 다이스마저 그녀에게 지대한 관심을 표했다. 그 후 다이스는 그녀를 만나기 위해 직접 에른스트에 방문하는 것조차 망설이지 않았다. 하리 에른스트는 그에게 직접 초대되어 황궁에서 시간을 보낸 첫 손님이 되었다. 그녀가 황손의 마음까지 훔쳐 냈다는 소문이 아를란타 전역에 널리 퍼졌다. 두 사람은 그 후 여러 장소에 함께 모습을 비치며 소문에 확신을 더해 주었다.

마치 동화책 속의 유리 구두를 신은 소녀처럼 하리 에른스트는 순식간에 소문의 중심에 서게 되었다. 차기 황제가 될 황손 다이스의 친애하는 벗으로, 또 아를란타의 귀족들을 호령하는 에른스트 공작의 사랑스러운 여동생으로, 그리고 또 만인을 매료시키는 고귀한 아름다움을 지닌 소녀로.

그렇게 1년이 지났다. 지난 시간 동안 앳된 티를 벗어던진 하리 에른스트는 이제 누구나 한 번쯤은 저절로 시선을 멈추고 말 정도로 매혹적인 소녀가 되어 있었다. 그녀의 자색 눈동자가 자신을 스칠 때면 누구나 한순간 숨 쉬는 것을 잊고 말 정도였다. 이제 그녀의 출신 성분 같은 것은 아무런 흠조차 되지 않았다. 누구보다 낮은 곳에 있던 소녀는 이제 그 누구보다 높은 자리까지 올라 혼자서도 고고하게 빛나고 있었으니까.

"휴버트, 오늘 중에 바스티에로 이 편지를 보낼 수 있을까요?"

오전 10시 무렵, 위층에서 내려온 하리가 집사 휴버트를 찾았다. 그는 앞으로 내밀어진 봉투를 받으며 입을 열었다.

"일전에 말씀하셨던 파트너 때문입니까?"

"아, 기억하고 있었네요?"

휴버트가 자신의 일을 세심히 기억하고 있는 사실이 기쁜지 하리가 해사하게 웃었다. 그녀는 얼마 후 있을 연회 때 동반할 파트너 문제로 고민했었다. 물론 그것은 함께 갈 사람이 없어서가 아니라, 오히려 그 반대되는 이유 때문이었다. 휴버트가 머리를 쓰다듬어줄 정도로 어렸던 아이는 어느덧 완연한 숙녀로 자라 있었다. 그래서 이제는 파티가 열릴 때마다 앞다투어 초대장을 받고, 또 그녀에게 파트너를 청하는 편지도 매일 테이블 위에 산처럼 쌓일 정도였다.

"그날이라면 공작님께 부탁드려도 되지 않을까 싶습니다만. 아가씨의 청이라면 공작님도 흔쾌히 반기실 겁니다."

"하지만 그 파티는 로자벨라 양도 참석할 예정이던걸요."

휴버트의 말에 하리는 설핏 웃으며 고개를 저었다.

"오빠는 저보다 약혼녀를 신경 써야죠."

다정하고 상냥한 에른스트의 아가씨는 언제나 지금처럼 주위 사람들을 두루 살폈다. 그러니 아름답고 마음씨까지 고운 그녀에게 시선과 마음을 빼앗기는 사람이 많은 것도 당연하다고 생각되었다. 휴버트는 그녀의 의견을 존중하겠다는 듯, 한차례 고개를 숙여 보인 뒤 편지를 들고 물러났다.

그 후 하리는 고개를 들어 층계참에 시선을 두었다. 그녀의 움직임을 따라 허리춤까지 내려온 은발이 흔들렸다. 그녀의 관심이 향하는 곳은 위층에 있는 집무실이었다. 그곳에는 유진이 있었다. 오늘은 모처럼 황궁에 등청하지 않고 저택에 있는 그였지만 그렇다 해서 제대로 된 휴식을 취하는 것 같지도 않았다. 하리는 밤새 집무실의 불이 꺼지지 않았다는 사실을 오늘 아침 일찍 사용인에게 전해 들었다.

그 이후 유진을 찾아간 그녀는 결국 집무실의 문을 두드리지 못했다. 통신구를 통해 대화 중인 듯, 문 안쪽에서 작은 말소리가 새어 나왔기 때문이다. 물론 그 내용까지는 들리지 않았지만 언뜻 들리는 말투로 보아 꽤 진지한 이야기 중인 것 같았다.

그래서 하리는 유진에게 아침 식사를 하러 내려오라는 말을 전하지 못하고 문 앞을 떠나야만 했다. 그래도 점심까지 거르지는 못하게 해야지. 하리는 그렇게 혼자 결심하고 걸음을 옮겼다. 해가 뜬 지 한참이 지나서 그런지 사용인들이 저택 안팎으로 바쁘게 움직이고 있었다. 하리는 마주치는 이들과 짧은 인사를 나누며 정원으로 향했다.

오늘은 에단에게도 휴가를 준 참이었기에 그녀는 혼자였다. 그러고 보니 어제저녁에 미리 유진에게 말하기를 잘했다는 생각이 들었다. 어쩌면 오늘은 오전 내내 유진을 보기 힘들 것 같았으니. 그렇게 스스로의 선견지명을 칭찬하며 얼마간 더 걷자 잘 가꿔진 정원이 모습을 드러냈다. 이제 초여름을 맞아 곳곳에 싱그러운 풀 내음이 가득했다.

가느다란 발목이 걸음을 따라 하얀 치맛자락 아래로 간간이 드러났다. 주변에 피어난 탐스러운 장미는 강렬한 붉은빛이었다. 정원을 거니는 사람은 그 색채에 대비되어 더욱 새하얀 빛을 발하고 있었다. 허리춤에서 찰랑이는 찬연한 은발도, 이제는 아름답게 성장한 몸을 감싼 드레스도, 햇빛 아래에 드러난 피부도 모두 티 한 점 없이 새하얬다. 그런 만큼 꽃잎처럼 붉게 물든 입술과 오묘한 빛을 발하는 자색 눈동자가 더욱 두드러져 보였다. 가만히 서 있는 것만으로도 어쩐지 시선을 뗄 수 없게 만드는 묘한 분위기가 그녀의 주변에 감돌고 있었다. 곧 우아한 느낌을 풍기는 손길이 활짝 피어난 장미꽃 위에 닿았다. 요요한 보라색 눈동자가 살짝 아래로 내리깔리며 우수에 젖은 분위기를 풍겼다.

흐음. 얼마 전에 황궁에 다이스를 만나러 가서 먹었던 장미꽃 잼이 꽤 맛있었지. 옆 나라인 오벨리아에서 건너온 방식이라고 했던가? 우리 집 주방장에게도 한번 만들어 보라고 슬쩍 말해볼까? 어차피 잼을 만드는 방식은 다 비슷하니까 따로 알아 둬야 할 거창한 레시피는 없지 않을까 싶은데.

하리는 그런 심심한 생각을 하며 식재료를 보는 눈빛으로 탐스러운 장미를 면밀히 살폈다. 그러다 문득 그녀는 누군가의 시선을 느꼈다. 장미꽃에서 눈길을 떼고 고개를 들자, 곧 저만치 떨어진 곳에 서 있는 사람이 시야에 비쳤다. 햇빛 아래에서 약간 밝은 색으로 빛나는 갈색 머리카락이 실바람에 모양을 약간 헝클어뜨렸다. 팔꿈치까지 걷힌 하얀 셔츠의 소매 아래로 단단한 팔이 드러나 보였다. 이제 막 집무실에서 나온 것으로 보이는 유진이었다. 그를 발견한 순간, 하리의 얼굴에 말간 미소가 걸렸다.

"유진 오빠."

아직 오전이라 해도 초여름의 날씨라 확실히 햇빛이 강하긴 강한지, 유진은 약간이 눈이 부신 표정을 짓고 있었다. 하지만 하리가 반갑게 그의 이름을 부르며 웃어 보였을 때, 어째서인지 그의 눈동자가 잘게 흔들렸다. 문득 유진이 한 발짝 뒷걸음질 쳤다. 분명 그가 여기까지 온 이유는 그녀에게 있을 터인데, 이해되지 않는 행동이었다.

"오빠?"

의아함을 담은 물음이 꽃향기 속에 번졌다. 하지만 유진은 그런 그녀의 목소리조차 들리지 않는 것처럼 굳은 얼굴을 한 채 천천히 걸음을 뒤로 옮기다가…… 이윽고 하리를 정원에 남기고 먼저 자리를 떠났다. 혼자가 된 그녀의 입술이 작게 달싹여졌다. 주변에 그윽한 장미향이 가득 차오르기 시작했다. 하늘 꼭대기에 걸린 태양이 눈부신 빛을 주위에 흩뿌렸다. 초여름. 새로이 맞이한 계절과 함께 무언가가 변하려 하고 있었다.

제13장

짝사랑

"그럼 다녀올게요, 휴버트."

"조심히 다녀오십시오, 하리 아가씨."

나는 집사 휴버트에게 외출 소식을 알린 뒤 문을 나섰다. 요즘 들어 내 외출이 잦아진 탓인지 그도 익숙하게 나를 배웅했다. 오늘의 목적지는 황궁이었다. 본래 약속된 시간은 아직 여유가 있었지만 나는 일찌감치 마차에 올랐다. 뒤따라오던 에단이 그런 내 손을 붙잡아주었다.

"고마워요, 비숍 경."

귀찮은 내색도 없이 꼬박꼬박 동행해 주는 것이 고마워 인사하자 그가 묵묵히 고개를 끄덕여 보였다. 크으, 이런 면은 참 일 년 전이나 지금이나 변함이 없었다. 그, 그래도 예전보다는 많이 친해진 거 아닌가? 겉으로 티가 안 나서 그렇지 심적인 거리는 전보다 좁혀진 게 확실히 느껴진단 말이지? 나 혼자만의 착각은 아닐 거야. 응, 그럴 거야…….

나는 혼자서 눈물을 삼키며 마차에 몸을 실었다. 황궁으로 이동하는 길도 이제는 낯설지 않았다. 처음에는 역시 좀 긴장했었지만 이제는 한

두 번 가 본 곳도 아니다 보니 적응이 되어 평정심을 유지할 수 있었다.

얼마간의 시간이 지난 후, 마차가 멈추어 섰다. 어느덧 황궁의 정문에 도착한 모양이다. 하지만 기다리는 시간은 그리 길지 않았다. 마차에 새겨진 문장을 본 황궁의 문지기가 곧바로 나를 안으로 들여보내 주었기 때문이다. 내가 황손 다이스의 초대를 받아 궁에 출입한 지도 어느덧 벌써 1년이 넘었으니 당연하다면 당연했다.

나는 창문에 드리워진 커튼을 걷고 밖에 있는 사람에게 눈인사를 해 주었다. 나와 눈이 마주친 기사가 화들짝 놀라며 지금까지보다 몸에 기합을 더하는 것이 보였다. 마차는 조금 더 움직인 뒤 이내 완전히 멈추어 섰다. 이번에도 나는 에단의 에스코트를 받아 마차에서 내려섰다. 지금 내가 있는 곳은 황성의 외궁이었다. 여기서부터는 마차의 출입이 금지되었기 때문에 목적지까지 걸어가야만 했다.

"잠깐 유진 오빠한테 들렀다 가요."

오늘의 내 최종 목적지는 황손 다이스가 있는 내궁이었다. 하지만 그 전에 잠시 유진을 보고 갈 생각으로, 나는 에단과 함께 싱그러운 녹색이 우거진 길을 걸었다. 일부러 일찌감치 저택을 나섰기에 아직 다이스와 만나기로 한 시간까지는 여유가 있었다. 길을 걷는 동안 황성 안에 있는 궁인들과 여러 번 마주쳤다. 그들은 모두 익숙하게 나를 향해 인사해 주었다.

"비숍 경도 인사해 주지 그래요? 다들 저렇게 기대감을 품고 쳐다보는데."

나는 에단을 열심히 힐끔거리는 시녀들을 보다가 문득 짓궂은 마음이 들어 말했다. 그는 잘생긴 외모로 어디를 가나 뭇 여인들의 시선을 독차지하고는 했다. 물론 에단은 그런 여인들을 상대로도 언제나 눈 하나 깜짝하지 않았다. 저렇게 꽃 같은 예쁜 아가씨들이 자기를 보고 흠모

하는 눈빛을 감추지 않는데 참 한결같이 무심하단 말이지? 이번에도 역시 그는 농담 섞인 내 말에 무표정한 얼굴로 입을 열었다.

"호위 중에는……."

"예, 예. 사적인 대화도 안 하고 옆으로 한눈도 안 팔겠죠."

말하지 않아도 알아요! 우린 눈빛만 봐도 통하는 사이…… 라서가 아니라 이미 1년 동안 외울 정도로 들었으니까! 그나저나 반응이 참 재미없네. 흠, 이래도 계속 무덤덤할까?

"혹시 이렇게 예쁜 아가씨를 호위하느라 눈이 높아져서 그런 건 아니고요?"

나는 장난기가 샘솟아서 에단을 슬쩍 놀려 보았다. 예전부터 안 그런 척하면서 내가 가끔씩 놀릴 때마다 흠칫흠칫 반응하는 모습이 꽤 재미있었기 때문이다. 게다가 지금의 내 미모는 한창 물이 오르기 시작한 때라서 내가 이런 식으로 은근한 눈빛을 보내며 눈웃음을 치면 당황해 얼굴을 붉히는 사람이 수두룩했다. 내 얼굴을 본 에단이 다음 순간 굳어졌다.

"그다지 오래 살고 싶은 마음은 없지만 그렇다 해서 지금 당장 죽고 싶지는 않습니다."

억, 그런데 그의 반응이 너무 심각해서 나는 조금 머쓱해졌다. 으, 으음. 나한테 반해서 주변에 얼쩡거리는 사람들을 그동안 둘째 놈이 어떤 식으로 처리했는지 전부 지켜봐서 그런가? 크흑, 카벨이 좀 그런 면에서 진상짓을 많이 하기는 했지.

"커흠, 농담이에요."

나는 헛기침을 한 뒤 다시 에단을 등지고 걸었다. 사실 나도 진짜로 그를 꼬셔 보려고 한 건 절대 아니었다. 어차피 에단이 넘어오지 않으리라는 사실도 알고 있었고. 그래도 저렇게까지 정색을 하는 걸 보니 조금 민망하구나.

"어?"

그렇게 다시 길을 걷던 중에 나는 문득 저 멀리 있는 사람을 눈에 담았다.

"오빠다."

유진이었다. 아마도 조금 전 회의가 있던 모양이다. 그는 건물 1층의 기둥 옆쪽에 서서 다른 관료들로 보이는 이들과 대화를 나누고 있었다. 당연히 그 소리까지는 내가 있는 곳까지 닿지 않았다. 오후의 햇빛이 그의 몸 윤곽을 따라 노란 잔상을 덧그렸다. 강렬한 빛 때문인지 서늘한 얼굴에 그려진 음영이 한결 더 두드러져 보였다.

무슨 이야기 중인지는 모르나, 대화를 이끌고 있는 것은 유진인 듯했다. 그는 그 자리에 모인 사람 중 단연코 가장 젊었으나 오히려 다른 사람들이 그에게 쩔쩔매는 것 같은 느낌이 들었다. 나는 그런 그의 모습을 잠시 동안 가만히 서서 바라보았다. 그의 성장을 기뻐해야 하는 건지, 아니면 슬퍼해야 하는 건지, 여전히 알 수 없는 마음을 안은 채로. 그러다 이내 먼발치에 있는 사람에게서 시선을 떼고 다시금 걸음을 옮겼다. 방해하지 말아야지.

"뵙고 가지 않아도 되겠습니까?"

"지금 봤잖아요."

모처럼 에단이 먼저 물어서 나는 싱긋 웃으며 대답했다. 원래도 다이스를 만나러 올 때, 가끔 시간이 맞으면 유진이 일하는 곳에 찾아가 종종 얼굴을 보곤 했다. 하지만 오늘은 그냥 가는 것이 좋을 것 같았다. 관료들과 대화 중인 유진을 방해할 수는 없었으니까. 나는 고개를 들어 건물 너머로 보이는 시계탑을 시야에 담았다. 황궁의 정중앙에 위치한 시계탑은 궁 안 어디에서도 눈에 잘 띄었다.

아직 약속 시간까지는 좀 남았는데. 그동안 내가 황손과 많이 친해지기는 했지만 아무리 그렇다 해도 미리 기별하지도 않고 약속 시간 전에 불쑥 찾아가는 건 실례겠지. 아직 초여름이라 날씨도 별로 덥지 않겠다, 그냥 좀 걷다가 갈까? 그렇게 마음을 정하고 나는 초목 아래의 갈림길에서 오른쪽으로 움직였다.

쏴아아. 머리 위의 나뭇잎이 몸을 맞대며 부스러지는 소리를 냈다. 황궁의 정원은 허가받고 궁 안으로 들어온 손님도 이용할 수 있었다. 응? 그런데 오늘은 어쩐 일로 기사들이 정원으로 향하는 길을 가로막고 서 있었다. 그들은 나도 꽤 자주 얼굴을 본 적이 있는 사람들이었다. 앗, 저 사람들은 다이스의 기사들인데. 지금 정원 안에서 그가 산책이라도 하고 있나? 곧 나와 눈이 마주친 기사가 나를 아는 척하며 입을 열었다.

"에른스트 양, 지금은 정원에 출입하실 수……."

"다, 다음에는 저와 함께 보러 가시죠!"

하지만 정원 안쪽에서 새어 나온 음성이 기사의 말을 끊었다.

"다이스 전하께서 손님과 함께 계시나 보네요."

내가 슬쩍 입구 쪽을 보며 하는 말에 기사가 약간 난처한 표정을 지었다. 같이 있는 사람이 누구기에 그러지? 그런데 다이스가 저렇게 바보처럼 말을 더듬으며 대화할 상대라면 한 사람밖에 없을 텐데…….

"전하께서도 오페라 관람을 좋아하시나요?"

뒤이어 내 귓가에 흘러든 목소리를 듣고 나는 그 사람이 누구인지 대번에 눈치챘다. 지금 황손 다이스와 함께 있는 사람은 로자벨라 벨론티아였다.

"좋아합니다……."

"그러셨군요. 미처 몰랐네요."

나는 약간 골치가 아파졌다. 저 사람은 꼭 저렇게 로자벨라만 앞에 두면 사람이 바보 같아진다니까. 게다가 지금 정원의 입구를 지키고 있는 기사들의 표정을 보아하니, 이미 이 사람들에게도 자신의 마음을 다 들킨 게 분명했다. 어쩐지 조금 전에도 꽤 곤혹스러워하면서 내 앞을 막아서더라니. 하기야 평소에 다이스의 옆에 항상 붙어 있는 사람들이니 눈치채는 게 당연하다면 당연한가.

"벨론티아 양!"

그런데 다이스가 이번에는 좀 더 소리 높여 그녀를 불렀다.

"예. 말씀하세요, 전하."

아무래도 정원의 입구 근처에서 대화를 나누고 있는 모양이다. 이렇게 선명하게 말소리가 들리는 걸 보니까.

"그, 그러니까…… 내가 조, 좋아한다는 건……."

앗, 그런데 이 분위기는 설마! 나는 심상치 않은 느낌에 잠깐 긴장했다. 하지만 설마 황손씩이나 되는 사람이 여기서 경솔한 말을 꺼낼 리는 없겠지? 게다가 내가 아는 다이스라면 분명 이 시점에서 또 이상한 말을…….

"사실 내가 좋아하는 건, 그러니까 영애……."

그리고 이어지는 목소리에 나는 참담한 기분으로 침묵하고 말았다.

"영애의 모자에 달린 그 공작 깃털을 좋아합니다, 저는……! 미의 극치에 달한 그 완벽한 곡선 하며, 영롱한 푸른빛도 정말이지 아름답군요!"

아이구야. 나도 모르게 고개를 절레절레 젓고 말았다. 아니, 내가 딱히 저 사람을 응원하는 건 아니지만…… 크흑, 그래도 이건 좀 짠 내가 나잖아!

"감사합니다. 전하께서는 푸른색을 좋아하시나 보네요."

로자벨라는 아까부터 바보같이 구는 다이스를 상대하면서도 계속 차분한 모습을 보이고 있었다.

"그럼 저는 이만 물러가겠습니다. 약혼자를 만나러 가야 해서요."

"아…… 그래요. 제가 양의 시간을 너무 많이 빼앗았군요."

잠시 후 잇따른 로자벨라의 말에 다이스의 목소리가 눈에 띄게 시무룩해졌다.

"아닙니다. 즐거운 시간이었어요."

하지만 잇따르는 로자벨라의 음성은 뜻밖에도 옅은 웃음을 담고 있었다. 나는 에단을 데리고 슬쩍 옆쪽으로 몸을 숨겼다. 잠시 후, 먼저 정원을 나선 로자벨라가 호위 기사를 데리고 떠나는 모습이 보였다. 곧이어 나타난 다이스가 그런 그녀의 뒷모습을 바라보다가 돌연 머리를 감싸며 신음을 흘렸다.

"으우윽……!"

아무래도 조금 전 자신이 보였던 호구 같은 모습을 떠올리고 타격을 입은 모양이었다. 나는 그런 그를 보며 남몰래 혀를 차다가 슬그머니 나무 뒤에 숨겼던 몸을 드러냈다. 나를 발견한 다이스가 화들짝 놀라 고개를 들었다.

"여, 영애가 여긴 왜!"

하지만 내 얼굴을 보고 곧 무언가를 깨달았는지, 그의 낯이 서서히 발갛게 달아올랐다.

"전 아무것도 못 들었어요."

나는 다이스를 향해 선의의 거짓말을 해주었다. 그러나 그는 내 말을 믿지 않는 눈치였다. 혹시 지금 내가 나도 모르게 그에게 측은한 눈빛을 보내고 있어서 그런가? 아무래도 정답이었던 모양이다. 다이스가 나를 향해 부아가 치민 얼굴을 하며 버럭 소리 질렀다.

"나도 알아! 영애도 내가 바보 같다고 생각하지?"

"그렇게 말씀하셔도……."

아니, 물론 조금은 바보 같다고 생각하지만 말이야……. 그래도 내가 그걸 네 앞에서 어떻게 곧이곧대로 말하겠니?

"그래, 나도 내가 바보 같으니까 비웃고 싶으면 얼마든지 소리 내서 비웃어도 좋아!"

다이스는 평소 다른 사람들 앞에서 보이는 근엄한 황손의 모습을 벗어던진 채 어린애처럼 심통을 부렸다. 이제 내가 그를 어느 정도 편하게 생각하는 것처럼 그도 나를 제법 친근하게 대하고 있었다.

"아니에요, 전하. 소리까지 내서 비웃고 싶을 정도로 바보 같지는 않았어요."

"그 말은 역시 바보 같기는 했다는 거네……."

내 말에 다이스가 좌절한 듯이 중얼거렸다. 나는 딱히 해줄 말이 없어서 그냥 안쓰럽게 웃어 보이기만 했다. 다이스는 손을 들어 마른세수를 하며 또다시 혼잣말을 읊조렸다.

"아, 왜 벨론티아 양의 앞에만 서면 이렇게 멍청해질까."

황손인 다이스. 현재 그는 유진의 약혼녀인 로자벨라 벨론티아를 짝사랑하는 중이었다.

"뭐? 내가 어쩌다 그녀를 마음에 담게 되었는지 궁금하다고?"

세간에서는 '황손 다이스가 하리 에른스트를 좋아한다'는 이야기가 암암리에 번지고 있다지만 그것은 전부 다 헛소문이었다.

"좋아, 영애는 내 친구니까 특별히 말해주지."

그가 진짜 좋아하는 사람은 다름 아닌 로자벨라였기 때문이다.

"사실 나는 마차 공포증이 있어. 영애도 잘 알고 있는 그 사냥터에서의 일 이후에 생긴 증상이지. 하지만 내 위치가 위치다 보니까 어쩔 수 없이 마차에 올라야 하는 상황이란 게 생기잖아?"

내가 그 사실을 처음 눈치챈 것은 다이스의 말벗으로 황궁에 출입하고 얼마 지나지 않아서였다.

"그래서 그날도 나는 사람들 앞에서 억지로 웃으며 마차에 올라야 했지."

사실 특별한 계기라 할 것은 없었고, 지금처럼 로자벨라를 눈앞에 둔 다이스가 답지 않게 말을 더듬으며 어리숙하게 구는 모습을 보고 불현듯 깨달은 것이었다.

"이동하는 내내 식은땀은 나고 숨도 막히고…… 진짜 딱 죽을 것 같더라고. 그래도 별수 있나? 또 아무렇지 않은 척하고 내려서 사람들한테 손도 흔들어주고 신년 인사도 끝마친 뒤에 아무도 없는 데로 가서 뻗었지."

지금도 다이스는 그날을 회상하기라도 하는 것처럼 몽롱한 표정을 지으며 말을 이었다. 허공을 응시하는 그의 눈빛도 아련했다.

"그런데 그런 나한테 와서 벨론티아 양이 다정하게 손수건을 건네줬어."

나는 바람직한 청자의 자세로 조용히 그의 말을 경청했지만 사실은 조금 난처한 기분이었다.

"헛구역질을 하는 내 등을 두드려 주기까지 하고. 그 많은 사람 중에 내 상태가 안 좋다는 걸 눈치챈 건 벨론티아 양뿐이었어. 정말 세심하고 상냥하지 않아?"

아, 예…… 정말 세심하고 상냥하군요. 당신이 왜 벨론티아에게 빠졌는지는 알겠어. 그런데 그 벨론티아 양이 내 오빠의 약혼녀라는 사실을 잊은 건 아니겠죠? 자기가 기껏 질문해 놓고 왜 난처해하냐고 물어보면 나도 억울했다. 조금 전에 다이스가 물어봐 달라는 듯이 나를 쳐다보면서 계속 무언의 강요를 했단 말이야! 아무래도 이런 얘기를 할 수 있는 마땅한 사람이 주위에 없다 보니 그는 나라도 붙잡고 속에 든 감정을 털어놓고 싶은 것 같았다.

"그게 언제 있던 일인가요?"

"3년 전의 신년제 때."

그날의 일을 하루 이틀 곱씹어 상기했던 것이 아닌 듯, 대답은 곧바로 돌아왔다. 헉, 잠깐. 그럼 유진하고 약혼하기 전부터 로자벨라를 좋아했던 건가? 나는 조금 전보다 더 애매해진 기분으로 다이스를 힐끔 쳐다보았다.

"걱정하지 마, 그녀가 에른스트 공의 약혼녀인 건 항상 주지하고 있으니까. 게다가 나도 그를 형제나 마찬가지라 생각한다고."

다이스는 내 시선의 의미를 알아차린 듯이 테이블 위에 놓인 찻잔을 들어 올리며 말했다. 그런 그의 얼굴에는 씁쓸함이 어려 있었다.

"오늘도 황궁 도서관에서 나오는 벨론티아 양을 우연히 만나 잠시 담소를 나눈 것뿐이고……."

"하지만 고백하려고 하셨잖아요."

"그, 그건 나도 모르게……."

내가 그냥 넘어가지 않고 지적하자 다이스의 얼굴에 낭패감이 떠올랐다. 자칫 잘못하다가는 신하의 여인을 탐내는 주군 같은 모양새가 될 수도 있는 일이었다. 그래서 그도 조금 전 자신이 보인 모습이 많이 부끄럽고 당혹스러운 모양이었다. 나는 그런 그를 보며 작게 한숨을 내쉬었다.

"딱히 전하를 책망하려고 말한 건 아니에요. 애초에 제게 그럴 자격이나 있나요."

그래, 애초에 사람 마음이란 게 그렇게 생각대로 흘러가는 것이 아니지……. 그건 나도 잘 알고 있었다.

"영애에게 자격이 왜 없어. 그대는 유진의 동생이고, 또 내 벗이잖아. 자격이라면 넘치도록 충분하다고 생각하는데."

다이스는 스스럼없이 나를 벗이라고 칭했다. 나는 그를 향해 설핏 웃었다.

"그것참 감사한 말씀이네요."

그런데 로자벨라는 다이스의 마음을 모르는 걸까? 무의식중에 내비치는 그의 노골적인 반응을 보면 모르기가 더 어려울 것 같은데……. 하기야, 혹시 안다 해도 뭘 어쩐단 말인가. 다이스가 직접적으로 제 마음을 밝히지 않으면 모르는 척하는 게 맞는 것이고, 만약 밝힌다고 하면…… 그때부터는 지금까지와는 비교조차 할 수 없을 만큼 난감한 상황이 되겠구나.

그러니 아마 다이스가 진짜로 로자벨라에게 사랑을 고백하는 일은 없을 것이라 생각되었다. 물론 오늘처럼 가끔씩 저도 모르게 위험한 짓을 할 때도 있었지만, 그래도 어떻게든 바보 같은 말을 덧붙이며 화제를 돌려 왔으니까.

"기운 내세요, 전하."

나는 또다시 시무룩해진 다이스를 향해 격려 아닌 격려를 해주었다. 하지만 다이스의 유일한 청자인 나도 결국은 그를 응원해 줄 수 없었다. 나는 어쩔 수 없이, 유진의 편이었기 때문이다.

저녁 무렵, 나는 씁쓸한 마음을 안고 다이스의 궁을 나섰다. 로자벨라를 향한 다이스의 진심을 알고 나서부터 그를 마주하는 것이 영 마음 편치 못했다. 솔직히 내가 중간에서 뭘 어쩔 수 있는 것도 아니고…….

로자벨라는 유진의 약혼녀이니 그만 마음을 정리하라고 내가 다이스에게 종용할 위치도 아닌 데다, 애초에 다이스 스스로도 그런 생각을 안 해봤을 리가 없었다. 그렇게 해서 사라질 마음이라면 아마 진작 잘라 냈겠지. 혹시 예전에도 그는 로자벨라를 좋아했던 걸까? 그러니까, 내가 27살이던 그 세계에서 말이다. 물론 이제 와서 알 수 있는 방법은 없었다.

"아가씨."

그때 조용히 나를 뒤따라오던 에단이 입을 열었다. 나는 의아함을 느끼며 고개를 들었다. 그리고 곧 맞은편에 있는 사람을 발견했다. 앗, 유진이다.

"오빠!"

나는 내가 타고 온 마차 옆에 서 있는 유진에게 거의 뛰다시피 빠른 걸음으로 다가갔다. 내가 부르는 소리를 들었는지 그도 나를 향해 시선을 움직였다. 그 직후, 유진이 미간을 좁히며 입을 열었다.

"그렇게 뛰지……."

하지만 그가 말을 꺼내기 무섭게 나는 발목을 삐끗하고 말았다. 이제는 나도 나이가 들어서 밖에 외출할 때면 높은 구두를 신고는 했는데, 그걸 깜빡 잊고 뛴 것이 문제였다. 앗, 설마 지금 여기서 내가 넘어지는 건가? 이렇게 구경꾼들이 있는 앞에서?

"으아!"

아차 하는 사이에 몸이 앞으로 기울어졌다. 하지만 어느덧 앞으로 다가온 유진이 나를 받아줘서 다행히 넘어지지 않을 수 있었다. 나는 거의 매달리다시피 나를 감싼 유진의 팔을 붙잡았다. 와, 진짜 깜짝 놀랐다. 하마터면 꼼짝없이 황궁의 대로변에서 창피한 꼴을 보일 뻔했네. 만약 그랬으면 한동안은 황궁에 발도 안 들였을 거야. 흐흑.

머리 위에서 내쉬어진 숨에 앞머리가 작게 흔들렸다. 그러고 보니 유진이 아직 나를 잡아주고 있었다. 아, 그런데 너무 가깝다. 나는 빨리 일어나야겠다고 생각하며 그에게 약간 어색하게 감사 인사를 했다.

"잡아줘서 고마워. 하마터면 넘어질 뻔……."

그런데 그 순간, 내 팔을 붙잡은 그의 손에 지그시 힘이 들어갔다. 그 직후, 곧바로 유진이 나를 뿌리치듯이 떼어 냈다.

"괜찮으십니까, 아가씨?"

그 순간 어라, 싶었다.

"어, 괜찮아요."

나는 에단의 물음에 대답하며 마주한 얼굴을 물끄러미 올려다보았다.

"조심했어야지. 다칠 뻔했잖아."

하지만 이어지는 유진의 행동이나 말이 자연스러워서 옆에 있는 사람들은 누구도 이상함을 느끼지 못한 눈치였다. 나를 응시하는 그의 얼굴로 평소처럼 담담했다. 그래서 나도 '혹시 조금 전의 내 느낌은 착각이었나?' 하는 생각이 들기 시작했다.

"하리 양, 저도 있습니다."

"로웬그린 씨, 안녕하세요."

지금까지 미처 발견하지 못했던 로웬그린이 유진의 뒤에서 슬그머니 인사해 왔다.

"오늘 입궁하셨다고 들었는데 뵙지 못해서 아쉬워하던 참입니다."

"아, 오늘은 시간적 여유가 없어서 곧바로 전하를 만나 뵈러 갔어요."

"그러셨군요. 그래도 지금은 마침 시간이 잘 맞아 두 분이 함께 귀가하실 수 있겠네요."

나는 오늘 일찍 퇴근해 기분이 좋은 것 같아 보이는 로웬그린과 잠시 동안 인사를 나누었다. 아까는 관료들과 대화하는 유진을 보고 발길을 돌린 것이었지만 그렇게 말하면 괜히 신경 쓸 수도 있을 것 같아서 그냥 애초에 곧바로 다이스의 궁으로 향한 것처럼 말했다.

"돌아가자."

이윽고 나는 유진의 손을 붙잡고 마차에 올랐다. 슬쩍 그의 얼굴을 훔쳐봤지만 조금 전의 위화감은 더 이상 느껴지지 않았다.

"오늘은 일이 일찍 끝났나 보네. 평소보다 이른 시간인데 퇴근하는 걸 보니까."

"도중에 손님이 오기도 했고, 급한 일도 별로 없어서 겸사겸사 일찍 마무리했어."

그 손님은 아마도 로자벨라일 터였다. 아까 다이스와 나누던 대화에서도 약혼자를 보러 갈 것이라 했었으니까.

"그래."

나는 그녀에 대한 이야기를 더 묻는 것도 묻지 않는 것도 고민이 되어서 그냥 애매하게 대꾸한 뒤 창밖으로 시선을 돌렸다. 그런데 잠시 내 얼굴을 응시하던 유진이 지나가듯 물은 말에 나는 제풀에 놀라 흠칫하고 말았다.

"별일 없었어?"

가, 갑자기 그게 무슨 말씀이시죠?

"무슨 별일?"

나는 애써 침착하게 반문했다. 오늘 로자벨라를 본 일도, 다이스의 짝사랑에 대한 추억을 반강제로 엿들은 일도 없던 것처럼. 유진이 눈동자가 나를 흘깃 스쳐 지나갔다.

"오늘따라 이야기가 길어진 것 같아서."

그는 내가 평소보다 늦게 다이스의 궁을 나온 것에 의문을 느낀 모양이었다.

"아, 그냥, 특별한 얘기를 나눈 건 아닌데 오늘따라 시간이 빨리 갔어."

"그래?"

"응."

다행히도 내 대답에 유진은 다른 이야기를 더 하지 않았다. 아무래도 의심하는 것 같지는 않아서 나는 남몰래 안심하며 그를 향해 헤헤, 웃어 보였다.

"하하, 정말? 요한 오빠가 고생했겠네."

그날 저녁, 나는 요하네스와 통신구로 이야기를 나누었다. 지난 주말에 바스티에로 돌아갔던 그가 루이제의 넘치는 발랄함 때문에 곤욕을 치렀던 이야기를 들으며 나는 웃었다.

[나보다는 어머니가 고생이시지. 매일 네가 있을 때가 좋았다면서 한탄하셔. 루이제가 그래도 네 말은 잘 들었으니까.]

"아주머니 뵙고 싶다."

[다음에 놀러 와. 우린 언제든 환영이야.]

오늘은 평일이기 때문에 요하네스는 학술원에 있었다. 앉아 있는 그의 뒤로 언뜻 기숙사 방의 풍경이 비쳤다. 주인의 성격을 나타내듯 방은 깔끔하고 단정했다. 지금처럼 통신구를 통해 종종 보았던 카벨의 어수선한 방과는 완전히 천지차이였다.

[야, 너 딱 걸렸어! 누가 내 동생하고 통신구 하래!]

그런데 바로 그때, 쩌렁쩌렁한 목소리가 고막을 뚫고 들어왔다. 그 후 통신구에 모습을 드러낸 것은 카벨이었다. 아이고, 호랑이도 제 말 하면 온다더니. 그는 방금 막 씻었는지 축축이 젖은 머리 위에 수건을 얹고 있었다. 응? 그러고 보니 저놈이 왜 요하네스의 방에 들어온 거지? 평소에는 그의 이름만 들어도 이를 갈면서. 요하네스 역시 같은 의문을 느꼈는지 미간을 좁히며 물었다.

[뭐야, 네가 어쩐 일로 내 방에 들어온 거야?]

[헹, 내 위대하신 촉이 왠지 오늘 즈음해서 네가 수상쩍은 짓을 할 것 같다고 말해주었지!]

[난 내 방에 들어와도 된다고 너한테 허락한 적 없는데.]

[네 허락 따위 필요 없거든!]

잠시 아웅다웅하는 소리가 들렸다. 나는 쯧쯧 혀를 찬 뒤 통신구 너머의 둘째를 향해 서운하다는 듯 말했다.

"카벨 오빠, 나한테 인사도 안 해줄 거야?"

그러자 카벨이 요하네스를 제쳐 두고 내 쪽으로 바짝 다가왔다.

[이 자식 말고 나한테 통신구 통화 걸어! 나 지금 완전! 한가한데! 시

간이 그냥 막! 막 남아돌아!]

그, 그런데 둘째야. 너 지금 통신구에 너무 가까이 얼굴을 들이밀었잖아? 네 모공까지 다 보이겠다! 나는 통신구를 꽉 채우고도 남는 카벨의 얼굴에 은근한 부담감을 느끼며 슬쩍 몸을 뒤로 물렸다.

"이제 곧 점호 시간이잖아. 오빠한테는 내일 걸게."

[괜찮아, 내가 기숙사장 이겨!]

이기긴 뭘 이기냐, 이놈아! 네 벌점이나 챙겨! 통신구 너머로 다시 한 번 아웅다웅 티격태격하는 소리가 울렸다. 잠시 후 카벨을 치우는 데 성공했는지, 이번에는 요하네스의 단정한 얼굴이 시야에 비쳤다.

[미안, 하리. 잡소리가 너무 길어졌네.]

[뭐?! 잡소리라니, 너 지금 나한테 하는 소리……]

[벌써 시간이 꽤 늦었어. 이제 쉬어야지.]

"응, 나도 내일 외출해야 해서 지금 일찍 자려고."

[아, 저리 비켜 봐! 외출한다고? 나도 갈래!]

"올 수 있으면 와 보든가."

눈치 없이 끼지 마라, 카벨아. 그리고 넌 학술원에서 수업 들어야지! 나는 징징거리는 카벨을 뒤로한 채로 요하네스와 인사를 나눈 뒤 통신구를 종료시켰다.

"아, 피곤하다."

그러고 난 후 침대에 풀썩 드러눕자 피로에 젖은 몸이 급격히 노곤해졌다. 요하네스와의 대화는 언제나 마음을 편안하게 해준다. 이제까지 내가 안고 있던 고민과 불안도 잠시 잊을 수 있을 정도로. 나는 침대에 누워 멀거니 천장을 바라보았다. 무거운 눈꺼풀이 반쯤 감겼다. 그러나 이상하게 정신은 맑아 잠이 오지 않았다. 문득 아까 전의 기억이 머릿속에 떠올랐다. 마치 나를 밀어내듯이 자신에게서 떼어 냈던 유진. 하지만 그 후 그의 태도는 여느 때와 다름이 없었다.

역시 기분 탓인가……? 그러나 그 일이 이상할 정도로 마음에 남아서 나는 그 후로도 한참 더 기억을 되새기다가 잠이 들었다.

"하리 양, 어서 와요!"

금요일의 오후, 나는 일전에 초대받았던 티 파티에 참석했다. 오늘의 티 파티는 여자들끼리 모여서 담소를 나누는 자리였다. 그런데 나를 보자마자 라벤더 코르디스가 한달음에 달려왔다.

"안녕하세요, 코르디스 양."

"아이, 라벤더라고 이름을 불러 달라니까요?"

쿨럭. 그녀는 여전히 나에게 친한 척하는 일을 멈추지 않고 있었다. 이제는 나도 그런 그녀의 생각을 굳이 이해하려 하는 것을 포기했다. 사실 라벤더 코르디스는 내게 무척 호의적으로 다가왔기 때문에 나도 그런 그녀를 무턱대고 거부할 수는 없었다. 하지만 솔직한 말로, 예전에 나한테 노골적인 적대감을 표출했던 사람을 한 치의 거리낌도 없이 대하기란 어려웠다.

물론 그것은 지난 생의 기억일 뿐, 지금의 그녀는 내게 아무런 해도 끼치지 않았다. 그래도 이 꺼림칙함은 여전히 사라질 줄을 몰랐다. 게다가 지금 라벤더는 진짜 나를 좋아해서 친분을 쌓으려 하는 게 아니었다. 이따금 나를 향해 드러내는 마뜩잖은 눈빛이나 행동을 보면 알 수 있었다. 라벤더는 나름대로 숨긴다고 하는 것 같았으나 그런 태도에 익숙한 나는 속지 않았다.

"어서 오세요, 에른스트 양."

"오늘 초대해 줘서 고마워요, 포메리안 양."

주위를 한번 둘러본 나는 슬쩍 눈매를 찌푸렸다. 라벤더 코르디스를 보았을 때부터 혹시나 싶었는데, 역시 이곳에는 로자벨라 벨론티아가 없었다. 라벤더 코르디스가 에른스트 공작을 열렬히 사모해 그 약혼녀인 로자벨라 벨론티아에게 이를 갈고 있다는 사실을 제도 내에 모르는 이가 없었다.

물론 로자벨라는 고고하고 당당한 여인답게 그런 라벤더를 상대조차 하지 않고 무시했다. 라벤더는 그 사실이 더욱 분한 모양이었다. 그래서 자신이 영향력을 행사할 수 있는 모임이 있을 때마다 로자벨라를 따돌리는 식으로 적개심을 표출하곤 했다. 하지만 로자벨라는 콧방귀를 뀔 뿐, 라벤더의 이런 유치한 행동에 가렵지도 않다는 듯이 반응했다.

그리고 실제로 사교계에 더 큰 영향력을 가지고 있는 것은 로자벨라 벨론티아 쪽이어서, 만약 그녀가 진지하게 상대한다면 라벤더는 깨갱하고 물러날 수밖에 없을 터였다. 어쨌든, 라벤더 코르디스는 오늘 모임에서 로자벨라를 보지 않아도 되어 기분이 상쾌한 눈치였다.

"하리 양은 바스티에 공자님과 언제 약혼하시나요? 두 분 참 다정하고 보기 좋던데 말이에요."

라벤더 코르디스의 말에 나는 슬쩍 눈살을 찌푸렸다. 작년부터 그녀는 내가 요하네스와 함께 있을 때면 우리 두 사람의 모습을 유심히 살피곤 했다. 그러더니 저렇게 그와 나의 약혼이 기정사실이라도 되는 것처럼 말하는 것이었다. 물론 지난 생에 우리는 결혼 직전까지 갔던 사이였다. 비록 그때의 그와 나는 교류가 없는 사이였기 때문에 정략결혼에 가깝기는 했지만, 어쨌든. 그러니 먼 훗날에는 어떻게 될지 몰랐지만, 일단 지금 바스티에와 에른스트 사이에 약혼 이야기는 오가지 않고 있었다.

"무슨 말씀이세요? 에른스트 양에게는 다이스 전하가 계시잖아요."

"맞아요. 전하께서 에른스트 양이 다른 공자와 약혼을 하게 그냥 두시겠어요?"

하지만 내가 대답하기도 전에 영애들이 먼저 반박했다. 아이고, 그런데 왜 하필 다이스 얘기를 꺼내는 거니? 그 소문 사실 아니라구요! 그 사람이 좋아하는 사람은 내가 아니라 로자벨라인데.

“다이스 전하께서는 저를 그런 식으로 보고 있지 않으세요. 섣부른 오해로 그분의 이름에 누를 끼치게 될까 염려스럽네요. 바스티에 공자님도 마찬가지고요.”

하지만 그런 얘기를 시시콜콜하게 할 수는 없었다. 영애들은 무어라 더 하고 싶은 말이 있는 눈치였지만 내 단호한 태도에 더 이상 그들과 관련된 이야기를 꺼내지는 못했다.

“하리 양, 다음에 같이 뱃놀이라도 가지 않을래요? 얼마 전에 저희 별장 청소를 새로 했는데, 주변 경치가 아주 멋지답니다.”

그때, 라벤더 코르디스가 또다시 나한테 친한 척을 하며 작업을 걸어왔다. 그러면서 은근히 덧붙이는 말이 이랬다.

“저희끼리 가면 재미없으니 영애의 오빠들도 부르면 어때요?”

크으, 속 보인다. 나는 그녀의 권유를 에둘러 거절했다.

“글쎄요, 오빠들이 바빠서 시간이 될지 모르겠네요.”

“하리 양이 말하면 당연히 같이 가 주겠죠.”

하지만 그녀는 쉽게 포기하지 않았다.

“그래요, 에른스트 공작님과 공자님들이 영애를 끔찍하게 아낀다는 소문이 자자한걸요.”

그, 그건 도대체 어디에서 나온 소문이랍니까? 물론 삼 형제가 나한테 많이 신경 써 주고 잘해 주는 건 맞지만 끔찍하게 아끼기까지……?

“맞아요, 영애가 원하는 건 다 해준다면서요? 특히 둘째 공자님은 간도 쓸개도 다 빼 줄 것처럼 군다던데.”

“전 공작님이 제일 의외였어요. 지난번 무도회 때 직접 영애를 데리러 왔었잖아요? 다이스 전하께서 영애를 붙잡고 안 놔주시니까 어찌나 냉정하게 떼어버리시던지.”

"셋째 공자님은 어떻고요? 원래 결벽증이 있어서 다른 사람들과 닿는 걸 혐오하는데 영애에게만 선뜻 먼저 손을 내밀고 그러신다면서요?"

"게다가 기본적으로 세 분 다 쉽게 다가갈 수 없는 느낌이잖아요. 좀 무섭기도 하고……."

나는 그녀들의 말을 들을수록 기분이 묘해졌다. 왠지 지금 내가 들은 이야기 속에 그녀들의 환상이 첨가되어 있는 것 같은데, 내 착각인가? 그리고 우리 집 삼 형제가 원래 다른 사람들에게 살가운 면은 없어도 그렇게까지 다가가기 어려운 성격들은 아닌 것 같은데?

"그런데 에른스트 양만 여러모로 특별 취급이긴 하죠."

"솔직히 세 분의 평소 모습을 보면, 영애에게 보이는 태도가 믿기지 않기는 해요."

"뭐, 여동생이라 그런 거겠지만요."

"친동생은 아니긴 하지만……."

영애들은 자기들끼리 그렇게 말하다가 이내 말꼬리를 흐렸다. 그들의 얼굴과 목소리에는 은근한 부러움과 질투가 뒤섞여 있었다. 예전처럼 나를 무시하거나 배척하지는 않았지만 이런 점은 여전하구나 싶었다. 하지만 나는 그런 것을 느끼지 못한 사람처럼 방긋 웃으며 말했다.

"다들 모르셔서 그래요. 오빠들이 원래 수줍음이 많고 낯을 많이 가려서 종종 그런 오해를 받곤 하지만, 사실은 누구보다 상냥하고 다정한 마음씨를 가지고 있는걸요. 그냥 다른 사람들보다 쑥스러움을 많이 타서 그래요."

나는 호호 웃으며 약을 팔았다. 예전에 유진이 다이스 앞에서 나를 두고 뻥을 칠 때 했던 말을 똑같이 되갚아주는 기분은 산뜻했다.

"푸읍!"

"커흡, 쿨럭!"

내 말을 상상조차 못 했는지, 영애들이 곳곳에서 찻물을 뿜는 소리가 들렸다. 어떤 영애들은 사레가 들리기까지 한 모양이었다. 하기야 그런 덩치가 산만 한 다 큰 애들을 두고 수줍음이 많다느니, 낯을 많이 가린다느니, 쑥스러움을 탄다느니 하는 소리를 거침없이 했으니 당황스러울 만도 했다.

"수, 수줍음이 많……."

"그, 그분들이 낯을 많이 가리신다고요?"

"쑥스러움을 타요? 도대체 누가……."

저마다 귀를 의심하는 듯한 어투로 되물었다. 그런 그녀들을 향해 나는 진심으로 통탄하는 듯이 한숨을 폭 내쉬며 말했다.

"오빠들이 이렇게 오해를 많이 받아요. 정말 안타까운 일이죠. 다들 얼마나 부끄럼쟁이들인지 모르겠다니까요."

"부, 부끄럼쟁……."

내 놀라운 단어 선택에 그들은 아연한 기색이었다. 자고로 웃는 얼굴로 눈치 없는 척을 하는 것은 어디에서나 통하는 법이었다. 게다가 그건 지난 생에서부터의 내 주특기이기도 했고. 영애들은 내 말을 믿을 수 없다는 듯이 어버버거렸지만 차마 이 이상 무어라 더 말하지도 못했다. 나는 그런 그녀들을 향해 여전히 오빠들이 오해받아 정말 슬프다는 듯이 수심 가득한 표정을 지어 보였다.

"오늘 즐거웠어요, 포메리안 양."

"저야말로 와 주셔서 고마워요."

시간이 흘러 모임을 파할 때가 되었다. 나는 오늘 티 파티의 주최자에게 인사한 뒤 유유히 자리를 떠났다.

"하리 양, 다시 한번 잘 생각해 봐요. 영애하고 꼭 같이 가고 싶어서 그래요, 네?"

"고마워요, 코르디스 양. 오늘 돌아가서 꼭 생각해 볼게요."

으흑, 알겠으니까 이제 좀 그만하고 가라. 물론 라벤더랑 같이 사이좋게 여행을 갈 마음은 없었지만 너무 단칼에 자르는 것도 매정하니 일단 대답은 이렇게 해둬야지. 나는 여지없이 내 옆에 달라붙어 오는 코르디스를 향해 웃으며 마차로 가는 걸음을 서둘렀다.

"어머? 저기 저분들은……!"

그런데 갑자기 앞서 걷던 영애 중 한 명이 무언가를 보고 놀란 듯 목소리를 높였다. 응? 뭐야, 누구를 봤는데 저래? 저택에 손님이라도 왔나? 나도 의아하게 시선을 돌렸다. 하지만 내 앞에 있는 영애에게 가려져 맞은편에 있는 사람이 보이지 않았다. 그리고 두어 걸음 더 앞으로 내디뎠을 때, 매우 익숙한 사람이 내 시야에 뛰어들었다.

"앗, 찾았다!"

나를 발견한 직후, 그가 환히 웃으며 양손을 붕붕 흔들었다. 커다란 음성이 고막을 울리며 파고들었다.

"우오오, 하리야, 오빠 왔다아아아!"

그는 다름 아닌 우리 집 둘째였다. 카벨을 보고 나는 저도 모르게 두 눈을 부릅뜨고 말았다. 뭐야! 쟤가 왜 여기에 있어?! 오늘 티 파티는 여자들만 초대받아 온 자리인데? 게다가 오늘은 금요일이잖아! 평일인데 학술원은 어쩌고! 그러다 문득 나는 어젯밤 통신구를 통해 그와 나누었던 대화를 떠올렸다.

"외출한다고? 나도 갈래!"

"올 수 있으면 와 보든가."

바로 그 순간 내 동공은 급격히 흔들리기 시작했다. 어억, 저 멍충이가! 올 수 있으면 와 보라고 했다고, 설마 진짜 온 거야?!

"오빠가 여기 왜 있어?"

나는 빠른 걸음으로 둘째 놈에게 다가가 소리 죽여 물었다. 역시나 그는 태평하고 당당하게 대답했다.

"네가 오라며!"

"내가 언제, 이 바보야!"

쿠콰콰쾅! 내 말에 카벨은 엄청난 충격을 받은 표정을 지었다. 설마 자신이 나한테 혼날 것이라고는 생각도 하지 못한 얼굴이었다. 이놈아, 그럼 내가 이 상황에서 설마 널 칭찬이라도 해주겠니? 초대도 안 받아 놓고 남의 집에 덜컥 들이닥쳤는데? 게다가 지금 놀란 표정을 짓고 있는 포메리안 양의 얼굴을 보니, 미리 기별조차 안 하고 정말 무작정 온 게 분명했다.

"거봐, 내가 그냥 얌전히 집에 가 있자고 했잖아."

다행인지 불행인지 카벨은 혼자 온 것이 아니었다. 그의 뒤에 서 있던 에리히가 혀를 쯧쯧 차며 말했다. 그 직후, 요하네스가 곤혹스러운 얼굴을 한 채 내게 사과했다.

"미안해, 하리. 말리려고 했는데 카벨이 무작정 마차를 출발시켜서 그러지 못했어."

크흑, 아니에요. 죄라면 대책 없이 행동부터 앞서는 카벨과 그런 그의 성격을 알면서도 어젯밤 생각 없이 빈말을 던진 나한테 있지.

"아니야, 카벨 오빠가 우겼으면 아무도 못 말리는 게 당연하지."

나는 골치가 아파져서 다시 한번 둘째 녀석을 찌릿 째려보았다. 그러자 카벨이 마치 하늘이 두 쪽 나기라도 한 것 같은 표정을 지었다.

"포메리안 양. 갑작스러운 방문에 놀라셨을 텐데 진심으로 죄송하게 생각합니다. 금일의 무례는 차후 정식으로 다시 사과드리겠습니다."

"아, 아니에요. 공자님들이라면 언제든 환영인걸요!"

역시 이 중에 제일 예의가 바르고 배려심 있는 것은 요하네스였다. 그가 정중히 사과하자 오늘 티 파티의 주최자였던 포메리안 영애가 화들짝 놀라며 손을 내저었다. 그런 그녀의 뺨은 약간 발갛게 상기되어 있었다. 지금 이 자리에 온 세 명은 전부 다 영애들 사이에서 인기가 좋았다. 하지만 그들 모두 무도회나 연회에 즐겨 참석하는 편이 아니라 영애들은 늘 아쉬워하곤 했다. 아까처럼 내게 우리 집 삼 형제와 요하네스와의 만남을 주선해 주기를 바라는 일도 드물지 않았다. 그래서 비록 예기치 않은 만남이라고는 하나, 그들을 이 자리에서 만난 것이 영애들은 기쁜 것 같았다.

"그럼 가자, 하리."

하지만 그들의 만남은 길게 지속되지 않았다. 애초에 이곳에 볼일이 없던 세 사람이다 보니, 나를 만난 시점에서 목적을 이룬 것이나 마찬가지였기 때문이다.

"포메리안 양, 다음에는 제가 에른스트로 초대할게요. 오늘 정말 고마워요."

사과의 표시로 건넨 내 말에 포메리안 영애의 얼굴이 환해졌다. 나는 아직까지도 충격이 가시지 않은 듯 멍청히 서 있는 카벨을 붙잡고 웃는 낯으로 뒤돌아섰다.

"화, 화났어? 내가 너한테 말도 안 하고 여기에 와서 화났어?"

그 후 정신을 차렸는지, 둘째 놈이 나를 향해 찡찡거렸다. 비 맞은 강아지처럼 끙끙대며 내 눈치를 보는 모습이 퍽 불쌍했다. 아우, 이 바보를 어떻게 하니, 진짜. 하지만 이런 모습을 보니 화를 낼 마음이 들지 않는 것도 사실이었다.

"둘째 공자님은 간도 쓸개도 다 빼 줄 것처럼 군다던데."

그러다 문득 아까 어떤 영애가 내게 했던 말이 떠올랐다. 아마 지금 내 얼굴은 웃는 것도 찡그린 것도 아닌 모호한 표정을 그리고 있지 않을까?

"오빠, 내가 달라고 하면 간도 쓸개도 다 줄 거야?"

내가 툭 던지듯 꺼낸 말에 카벨이 화들짝 놀라 흠칫거렸다. 그 직후 그의 입에서 나온 말은 꽤 웃겼다.

"너, 너! 그, 그런 게 갖고 싶어? 그, 그런 취향이야? 그걸 줘야 날 용서해 주겠다는 거야?!"

그러면서 오들오들 떠는 꼴이 제법 가련했다. 마치 내 여동생의 숨겨 왔던 취향을 알게 되어 엄청난 충격을 받은 것 같은 얼굴이었다. 그 모습이 웃겨서 나는 푸핫 웃음을 터뜨릴 뻔했다.

"내, 내 간하고 쓸개는 소중한데……."

"당연히 농담이지 뭘 그렇게 진지하게 받아들이니? 줘도 안 가지니까 걱정 마세요."

나는 덩치에 안 어울리게 배를 감싸며 더듬거리는 카벨을 다독여 주었다. 이러니저러니 해도 미워할 수가 없는 내 멍청한 오빠였다.

"빨리 와, 둘이서 무슨 얘기를 그렇게 해?"

먼저 마차에 도착한 에리히가 우리를 향해 약간의 신경질을 부렸다. 참, 요하네스도 아무 말 안 하고 잠자코 기다려 주는데 성화는?

"지금 가!"

나는 카벨을 데리고 두 사람이 기다리는 마차를 향해 걸음을 서둘렀다.

❀

나와 두 형제, 그리고 요하네스는 에른스트의 저택에서 같이 저녁을 먹었다. 유진은 오늘 늦는다고 소식을 알려 와 그가 없는 자리에서 식사가 이루어졌다. 알고 보니 오늘은 학술원 내부에서 행사가 있어 오전 수업만 하고 끝났다고 한다. 그래서 곧바로 비글 같은 둘째 놈이 내가 참석한 티 파티에 가겠다고 뛰쳐나올 수 있었던 것이었다.

"저 호위는 언제까지 네 뒤에 거추장스럽게 달려 있어야 하는 거야?"

다 함께 저녁 식사를 하던 중에 에리히가 식당의 문 쪽을 힐끔거리며 물었다. 밖에 있을 에단을 의식하고 질문한 것이 분명했다. 예전부터 에리히는 에단을 참 못마땅해했다. 나는 항상 내 호위를 해주느라 고생하는 에단을 두둔하며 말했다.

"왜, 난 좋은데. 비숍 경이랑 같이 다니면 다들 얼마나 부러움에 찬 눈빛으로 쳐다보는 줄 알아?"

"뭐? 부럽긴 뭐가 부러워?"

"잘생겼잖아."

반은 농담, 반은 진담이었다. 하지만 내 우스갯말에 다음 순간 에리히가 '하!' 기가 막힌 듯이 헛웃음을 내뱉었다.

"잘생기긴 뭐가 잘생겨? 계집애 같은 얼굴이구먼."

"네가 그런 말을 하기에는 좀……."

"내가 뭘?"

너 자신을 알라! 곱상하고 예쁜 얼굴로는 자기도 만만치 않으면서. 어찌 보면 얘도 참 자기 얼굴에 침 뱉는 솜씨가 수준급…….

"맞아, 저 기사보다 내가 더 잘생겼어!"

둘째야, 너도 너 자신을 알아라! 네 얼굴이 봐줄 만한 건 사실이지만 솔직히 에단만큼 잘생긴 건 아니야! 나는 차게 식은 기분으로 두 사람을 외면했다.

"그의 실력은 믿을 만하니까 계속 옆에 두는 것도 나쁘지 않지."

역시 요하네스만이 내 믿음을 저버리지 않고 상식적인 반응을 보여주었다.

"요한 오빠, 우리 집에 자주 놀러 와."

당신이 있어서 제 숨통이 트이는 기분입니다! 당신은 산소 같은 남자!

크으, 역시 내 남자가 될 뻔했던 남자야.

"그래, 자주 놀러 올게."

요하네스의 무해한 미소에 내 마음이 다 푸근해지는 것 같았다. 우리는 화기애애한 분위기에서 저녁 식사를 끝마쳤다.

결국 요하네스는 오늘 에른스트에서 하룻밤을 묵고 가기로 했다. 손님방은 항시 정리되어 있었기 때문에 문제는 없었다. 우리는 저녁을 먹고 같이 모여 노닥거리다가 늦은 시간에서야 각자의 방으로 쉬러 들어갔다. 하루 일과를 끝낼 시간이었기에 에단도 내 옆을 떠난 참이었다.

조금 피곤했지만 나는 곧바로 잠자리에 들지 않고 소파에 앉아 책을 읽었다. 그러다 문득 시계를 보니 어느덧 자정이 훌쩍 넘어 있었다. 오늘따라 유진은 늦어지는 모양이다. 이 시간까지 그가 귀가하지 않는 것은 처음 있는 일이었기 때문에 나는 조금 걱정이 되었다. 조금 더 시간이 지나고 나서야 밖에서 철문이 열리는 소리가 밤의 정적을 뚫고 귓가에 번져 왔다. 나는 자리에서 일어나 창가로 향했다. 그리고 막 에른스트의 정문을 넘어 안으로 들어서는 마차를 발견하고 발길을 돌렸다.

문을 열고 밖으로 나오자 은은한 불빛이 감도는 복도가 나를 반겼다. 다들 잠자리에 들었는지 밖은 조용했다. 층계참으로 향하는 동안 아래층의 문이 열리는 소리가 들렸다. 나는 걸음을 서둘렀다.

"오빠, 왜 이렇게 늦게 들어와?"

잠시 후 나는 막 계단을 오르기 시작한 유진을 볼 수 있었다.

"일이 많았어?"

내 목소리를 들은 유진이 고개를 돌렸다. 마침내 눈이 마주쳤다. 그는 내가 아직 깨어 있으리라고 생각하지 못한 눈치였다. 유진은 나를 두 눈에 담은 채로 작게 입술을 벌렸다. 하지만 그의 입에서는 아무런 말도 새어 나오지 않았다. 기분 탓일까? 어쩐지 유진의 분위기가 조금 이상했다. 잠시 후, 그가 나를 향해 나지막한 음성을 흘려보냈다.

"왜 안 자고 있어?"

"오빠가 안 오는데 어떻게 자."

나는 마주한 얼굴을 살피며 그에게 조금 더 가까이 다가갔다.

"피곤해 보여."

"조금."

잠깐 유진과 내 주위에 침묵이 맴돌았다. 유진이 이대로 들어가 버릴 것 같아서 나는 약간 초조해졌다. 그래서 입을 열어 되는대로 말했다.

"오늘 요한 오빠가 왔어. 손님방에서 하루 자고 가기로 했고."

"그래?"

어스름한 빛에 물든 유진의 얼굴에는 음영이 져 있었다.

"언제 한번 바스티에에 가자. 아주머니랑 아저씨 뵙고 싶어."

"그래, 네가 가고 싶으면."

내가 말할 때마다 굴곡이 거의 없는 건조한 목소리가 뒤를 이었다. 내 노력에도 불구하고 이야깃거리는 얼마 안 가 금세 바닥을 드러냈다.

"시간이 많이 늦었다. 들어가서 쉬어."

그렇게 말한 뒤, 마침내 유진이 내게서 뒤돌아서려 했다. 그 순간, 나도 모르게 유진에게 손을 뻗었다. 손끝에 약간 서늘한 체온이 닿았다. 내게 손을 붙들린 유진이 제자리에 멈추어 섰다. 그의 시선이 소리 없이 내게로 미끄러졌다. 나는 가만히 숨을 죽이고 마주한 얼굴을 올려다보았다. 그렇게 하면 유진의 속마음을 꿰뚫어 볼 수 있기라도 한 것처럼. 마주한 검은 눈동자 안에는 아무런 감정도 내비치지 않았다. 하지만 다행이라고 해야 할까……. 그는 내가 붙잡은 손을 먼저 뿌리치지는 않았다. 짧은 침묵 끝에 고요한 음성이 울려 퍼졌다.

"왜 그래?"

작게 속삭여지는 목소리가 조금 전보다 부드러운 것처럼 느껴졌다. 그럴 리 없겠지만, 마치 내 불안감을 알아차리기라도 한 것 같았다.

"아니…… 그냥."

꼭 당신이 나를 피하려는 것 같아서 나도 모르게 붙잡았다고는 말할 수 없었다. 그래서 아무것도 아니라는 듯이 그저 실없이 웃어 보이자 유진이 또 그런 나를 조용히 내려다보았다. 곧 그의 손이 내 머리카락을 얕게 헤집었다.

"빨리 들어가서 자. 피곤하겠다."

머리 위에서 느껴지는 다정한 손길이, 귓가에 흘러드는 나지막한 속삭임이 꼭 나를 안심시키려는 것 같았다.

"응, 오빠도 잘 자."

나는 웃는 얼굴로 유진과 헤어졌다. 그를 먼저 보내고 잠시 동안 자리에 가만히 서 있는데, 문득 옆에서 누군가의 목소리가 들려왔다.

"유진 형이 지금 들어온 거야?"

언제 방에서 나왔는지 모를 요하네스였다.

"오빠, 안 잤어?"

약간 놀라서 묻자, 그가 나를 보며 어렴풋이 웃었다. 잠시 후, 내게 다가온 요하네스가 내 어깨 위로 자신이 입고 있던 카디건을 걸쳐 주었다. 나는 그제야 내가 얇은 잠옷 차림으로 방을 나왔다는 사실을 깨달았다. 내 얼굴에서 당혹감이 느껴졌는지 요하네스가 다정하게 말했다.

"추워 보여서."

"방까지 금방인데."

"그래도."

나는 요하네스의 친절을 받아들이기로 했다. 내가 어깨 위에 걸쳐진 옷을 조금 더 제대로 여미자 그가 나를 향해 다시금 부드럽게 웃어주었다.

"그럼 잘 자, 하리."

"요한 오빠도 잘 자."

나는 요하네스를 뒤로한 채 걸음을 옮겼다. 밤이 점점 깊어지고 있었다.

어찌 된 일인지 그 후 유진은 도통 얼굴을 보기가 힘들어졌다. 요즘 매일 너무 늦게 들어오는 게 아니냐는 조심스러운 내 물음에 그는 일이 많아서 어쩔 수 없다고 했지만…… 왜인지 나는 그의 말이 약간 의심스러웠다. 그런 상태가 한 달이나 지속되자 의심은 더욱 불거졌다.

"에른스트 양!"

그래서 나는 다이스의 부름으로 황궁에 갈 일이 생겼을 때 유진이 일하는 외궁에 들렀다. 나를 보자마자 자리에 있던 사람들이 반갑게 맞아주었다. 지난 1년간 가끔이긴 하지만 몇 번 인사차 들른 적이 있었기 때문에 다들 내 얼굴을 알고 있었다.

"안녕하세요."

"정말 잘 오셨습니다!"

어라, 그런데 어째서인지 오늘따라 나를 맞아주는 강도가 다른 날보다 센 것 같았다. 그리고 잇따른 그들의 말에 나는 의문을 느끼고 말았다.

"공작님 좀 말려 주시면 안 되겠습니까?"

"이러다가는 저희들이 말라 죽을 것 같습니다!"

응? 이게 무슨 소리지요?

"오빠를 말리다니요?"

나는 이게 무슨 말인가 싶어서 반문했다. 그러자 그들이 저마다 앞다투어 내게 자신들의 고통에 대해 피력했다.

"공작님께서 꼭 전생에 일하지 못해 죽은 사람처럼 온갖 일거리를 다 긁어모아 가져오시는데, 이게 벌써 며칠째 계속된 야근인지 모르겠습니다."

"오늘도 야근하면 진짜 말라 죽을지도 몰라요. 마지막으로 정시 퇴근을 한 게 언제인지 이제는 생각도 안 납니다."

으, 으음. 그러십니까? 그것참 안타깝기는 한데……. 나는 난처하게 주위를 둘러보았다. 하지만 유진은 물론이거니와 평소라면 나를 도와주었을 로웬그린이나, 유진의 비서인 알테도 보이지 않았다. 유진이 집에 늦게 들어오기 시작한 게 거의 한 달 전부터인데 혹시 그때부터 이 사람들도 계속 야근을 했던 걸까? 그러나 그의 동생일 뿐인 내가 뭘 안다고 유진에게 그들의 업무에 이러쿵저러쿵 떠들 수 있단 말인가.

"글쎄, 전 업무에 대한 건 잘 모르니까요."

나는 그냥 애매하게 웃으며 들고 있던 것을 그들에게 떠넘겨 주의를 흐트러뜨렸다.

"괜찮으시면 이거 휴식 시간에 드세요."

별건 아니고 그냥 쉴 때 먹으라고 가져온 간식거리였다. 이런 것은 예전에도 이곳에 들를 때마다 종종 들고 오던 것이었다. 하지만 이런 것조차 삭막한 현실 속의 위로로 다가왔는지, 조각 케이크가 든 상자를 고이 받은 그들의 얼굴이 울먹울먹했다.

"어이쿠, 하리 양 오셨습니까?"

그때, 구석에 있던 방에서 누군가가 비실거리며 걸어 나왔다. 그것은 못 본 새 얼굴이 핼쑥해진 로웬그린이었다.

"안녕하세요, 로웬그린 씨."

"공작님은 잠시 자리를 비우셨습니다. 아마 금방 오시긴 할 것 같은데……. 앗, 이거 하리 양이 가져오신 건가요?"

"네, 하나 드실래요?"

로웬그린은 마다하지 않았다.

"감사합니다. 마침 오늘 점심을 거른 참이라."

앗, 점심도 안 먹고 일을 하다니? 유진이 요즘 이 사람들을 많이 굴리고 있는 게 사실이긴 한가 보다.

"아, 그건 오빠 거예요."

나는 눈 밑이 새까매져서 상자를 뒤적이는 로웬그린을 보다가 문득 입을 열었다. 그러자 로웬그린뿐만이 아니라 다른 사람들도 다 알 만하다는 표정을 지었다.

"예, 뭐. 이걸 먹을 생각은 없었습니다."

내가 항상 유진의 몫으로 가져오는 케이크는 앙증맞은 딸기가 올라간 딸기 쇼트케이크였다. 그런데 그들은 한 가지 중대한 오해를 하고 있었다. 다들 유진이 이 귀엽고 앙증맞은 딸기 케이크를 사실은 싫어하지만 나 때문에 억지로 먹어주는 줄 착각하고 있는 것이었다.

그들은 유진이 여동생의 성의를 무시하지 못해 한눈에도 진저리가 쳐질 만큼 달아 보이는 이 케이크를 어쩔 수 없이 먹어준다고 생각하는 듯했다. 하지만 그건 모르는 소리였다. 유진은 진짜로 이 케이크를 좋아한다고! 전 에른스트 공작 부부가 살아 있을 때부터 입증된 사실이니 믿어도 좋았다. 뭣하면 도장도 쾅쾅! 찍을 수 있다고.

그러나 아무래도 밖에서 철혈의 공작님으로 불리는 유진이 이런 케이크를 실제로 좋아한다는 소문이 돌면 그가 지금까지 구축해 놓은 인상이 다소 흐려질 수도 있을 것 같았다. 그래서 나는 그들의 오해를 굳이 정정해 주지 않고 그냥 내버려 두었다. 어쨌든 내 입장에서는 유진이 좋아하는 음식을 먹는 걸 보는 것만으로도 기분이 좋고 만족스러우니 아무래도 상관없었다.

"그나저나 에른스트 양이 계시니 우중충한 분위기가 단번에 확 밝아지네요."

그때, 마찬가지로 초췌한 얼굴을 하고 있던 관료 중 한 사람이 지나가듯 말했다. 그는 얼마 전에 들어온 신입이라 그런지 이제 스무 살로 지금 이곳에 있는 사람 중 가장 어렸다.

"그런가요?"

나는 그를 향해 슬쩍 눈꼬리를 접고 웃어주었다. 그러자 마주한 얼굴이 대번에 붉게 달아올랐다. 그때, 호두가 박힌 케이크를 입에 욱여넣던 로웬그린이 혀를 차며 말했다.

"하리 양, 그렇게 웃어주시면 위험합니다. 아직 어린놈이라 자기 마음대로 착각하고 이상한 혈기를 불태울 수가 있어요. 자칫 한 마리의 가련한 불나방이 될 수도……."

"누가 가련한 불나방이라는 거지?"

하지만 로웬그린은 말을 끝마칠 수 없었다. 그의 등 뒤로 조금 열려 있던 문을 밀고 유진이 들어섰기 때문이다.

"오빠."

그 덕분에 로웬그린은 한참 먹던 케이크가 그만 목에 걸려 가슴을 퍽퍽 내려쳐야만 했다.

"다들 한가해 보이는군."

검은 눈동자가 내 주위에 있는 사람들을 느리게 훑고 지나갔다. 유진의 등장에 긴장했던 사람들은 이어진 그의 말에 거의 소스라치다시피 펄쩍 뛰었다.

"역시 지금까지는 엄살이었나? 그럼 일을 좀 더 늘려도 되겠군."

"아닙니다! 절대 아닙니다!"

나는 후다닥 자리로 가서 착석하는 사람들을 보고 짠한 마음을 품고 말았다. 그 후 유진이 나를 보고 말했다.

"밖으로 나가자."

그래도 조금 전 다른 사람들을 대할 때와는 말투가 달랐다. 자리에 앉아 열심히 일하는 척하고 있던 사람들이 나를 향해 간절한 눈빛을 보내는 것이 느껴졌다. 아무래도 아까 말한 건 진심이었던 모양이다. 하, 하지만 오늘 밤 야근의 유무를 어떻게 제가 바꿀 수 있단 말입니까? 나는 그들의 애처로운 눈빛을 뒤로한 채 유진을 따라 밖으로 나섰다. 햇빛을 받은 유진의 뒷모습에 내 시선이 박혔다. 역시 평소와는 조금 달랐다. 일단 나를 그가 일하는 방 안에 들이지 않고 밖으로 데리고 나온 것도 그렇고…… 끄응, 나는 그냥 직구로 나가기로 했다.

"오빠, 내가 오빠한테 뭐 잘못했어?"

설마 내가 이렇게 직접적으로 물을 줄은 몰랐는지, 그 순간 유진이 멈칫했다. 곧 그가 나를 향해 뒤돌아섰다. 이제부터 개인적인 이야기를 나눌 것이라 생각했는지 에단이 뒷걸음질 쳐 물러나는 것이 느껴졌다. 유진이 나를 보며 물었다.

"왜 그런 생각을 해?"

"아니, 그냥……."

나는 잠깐 말끝을 흐리다가 다시금 입을 열었다.

"요즘, 오빠가 날 피하는 것 같아서."

그냥 기분 탓이라면 좋겠지만 그건 아닌 것 같았다. 나는 멋쩍게 웃으며 고개를 비스듬히 기울였다.

"그냥 나 혼자 괜히 그렇게 생각하는 건가?"

그래도 유진이 아니라고 말해줬으면 좋겠다. 나는 그렇게 생각하며 마주한 얼굴을 바라보았다.

쏴아아. 바람이 머리 위의 나뭇잎을 흔들며 시야에 비치는 빛과 그림자를 어지럽게 부서지게 만들었다. 음영이 진 눈동자가 말없이 나를 내려다보고 있었다. 마침내 유진이 천천히 입을 열었다.

"네가 나한테 잘못할 만한 일이 뭐가 있어. 아니야."

그 직후 시야에 번지는 어둑한 미소에 나는 입술을 달싹이고 말았다. 나는 유진이 그런 식으로 웃는 것을 처음 보았다. 그래서 지금 그가 짓고 있는 미소를 어떤 식으로 받아들여야 할지도 알 수 없었다.

"아무래도 나는 좋은 오빠가 아닌 것 같다. 너한테 그런 생각이나 하게 만들고."

나직한 속삭임이 바람에 쓸려 내 귓가에서 부스러졌다. 유진은 눈을 한 번 길게 감았다 뜬 뒤 어떤 동요도 흔들림도 없는 목소리로 말했다.

"걱정 마. 네가 생각하는 그런 일은 없어."

거듭 이어지는 속삭임은 내가 바라던 내용을 담고 있었다.

"요즘 일이 바빠서 심적으로 여유가 없다 보니 미처 네 기분을 헤아리지 못했구나."

나는 그 말이 거짓말이란 사실을 알면서도…….

"내가 너를 피할 리가 없잖아."

어쩔 수 없이 안심했다. 그리고 바보같이 또 조금 슬퍼졌다. 사실은 모른 척할 생각이었다. 어째서인지 이유는 알 수 없으나 그가 내게 거리를 두려고 한다는 사실을 처음 알았을 때부터.

하지만 그렇게 하루가 지나고, 이틀이 지나고…… 점점 견디기가 어려워져, 이렇게 그를 찾아올 수밖에 없게 되었다. 내가 정면으로 부딪치면 지금처럼 그런 게 아니라고 말해줄 것이라 생각했다. 그는 스스로 좋은 오빠가 아닌 것 같다고 말했지만 사실은 아니었으니까. 내가 그에게 여동생으로 있는 동안은 아마도 계속 최선을 다해 좋은 사람으로 남아줄 테니까.

잠시 후, 나는 멀어지는 유진의 뒷모습을 바라보았다. 위에서 내리쬐이는 강한 햇빛 때문에 눈이 부셨다. 다행이다. 정말 다행이다. 더 이상 그가 나를 피하지 않게 되어서 다행이다.

"가요, 비숍 경."

나는 거리가 조금 떨어진 곳에 서 있는 에단을 향해 웃으며 말했다. 그리고 유진이 가고 있는 곳과 반대 방향으로 걷기 시작했다. 나는 그를 생각하면 아주 안타깝고…… 또 견딜 수 없이 사랑스러운 기분에 젖고 만다. 하지만 나는 지금 내가 느끼는 이 감정을 정의 내리지는 않을 것이다. 그것은…… 일단 한번 이 감정에 이름을 붙이고 나면, 그때에는 정말 손쓸 도리가 없어질 것 같았기 때문이다.

"차라리 우리 둘이 결혼할까?"

오늘 다이스를 만난 곳은 황궁의 유리 온실이었다. 계절을 잊고 피어난 화려한 꽃들이 사방에서 그윽한 향기를 내뿜었다. 여느 때처럼 주위에 있는 사람을 물렸기 때문에 지금 이곳에는 그와 나 둘뿐이었다. 다이스는 체통 같은 건 저 멀리 던져 버리고 테이블 위에 거의 엎드리다시피 하고 있었다. 그리고 따분한 얼굴로 하릴없이 각설탕을 만지작거리다가 툭 던지듯이 저런 말을 했다. 이 사람이 또 왜 이럴까. 나는 동요하지 않고 심드렁하게 대답했다.

"별로 재미없는 농담이네요."

"왜? 나 정도면 엄청 좋은 신랑감 아니야?"

"저한테는 아니에요."

어차피 진심으로 한 청혼도 아니었으면서 그는 내가 단번에 거절하자 발끈해 따졌다. 물론 황손의 청혼이라면 감읍해야 마땅했지만 나에게 그는 썩 좋은 결혼 상대자로 느껴지지 않았다. 그와 결혼하면 황궁에 틀어박혀 살면서 제국의 어머니 역할을 해야 하는데 그걸 어떻게 버텨. 게다가 나는 그럴 만한 그릇도 되지 않았다.

"그러지 말고 진지하게 생각해 봐. 영애와 나라면 그래도 원만하게 잘 지낼 수 있을 것 같은데. 그대는 영리하니까 국모 역할도 잘할 거야. 에른스트와 황실의 조합이라, 그것도 좋고."

그런데 반쯤은 장난으로 이야기를 꺼냈던 다이스가 그 후 갑자기 신중한 얼굴이 되어 무언가를 곰곰이 생각했다. 그러더니 돌연 눈을 번쩍 뜨고 나를 쳐다보는 것이었다.

"생각해 보니까 정말 영애만큼 좋은 신붓감이 없는데?"

"정말 그렇게 생각하세요? 일단 제 출신이 두고두고 전하의 발목을 붙잡을 텐데요."

"그런 게 무슨 상관이야. 지금 그대는 에른스트잖아."

다이스는 뜻밖이라 느껴질 정도로 너무 아무렇지도 않게 말했다.

"그 에른스트 공작의 누이로 비호받는 그대에게 누가 감히 그런 소리를 하겠어? 게다가 나는 이래 봬도 제국민들에게 사랑받는 황손이란 말이지. 그런 사소한 일로 발목 잡히지는 않아."

그 정도로 에른스트 공작의 동생인 내 위치가 대단한 것인지, 아니면 황손으로서의 다이스의 자신감이 대단한 것인지는 알 수 없었지만 어쨌든 기분은 나쁘지 않았다.

"감사한 말씀이지만 제가 그럴 그릇이 되지 않아요."

그래도 내 대답은 그대로였다. 그러자 다이스가 눈을 가늘게 좁히며 재미없다는 듯이 나를 쳐다보았다.

"영애는 평소에 스스로를 과소평가하는 성격이지?"

"과소평가하는 게 아니라 현실적인 거죠."

"현실적이기는 무슨."

아무래도 그는 나를 내 생각보다 높게 쳐주고 있는 모양이다. 그게 고맙기는 했지만 영문을 알 수 없는 건 마찬가지였다. 아무튼, 다이스는 나를 무척 편하게 생각하고 있는 듯했다. 내 앞에서 스스럼없이 이런 이야기를 꺼내는 걸 보면. 어차피 진심이 아닌 청혼이라고 하나, 내 거절을 무례하다고 여길 수 있는 일이었는데도 언성 한 번 높이지 않기도 했고.

"그래도…… 지금 내 말을 너무 빈말로 듣지는 마. 난 그대를 꽤 좋아하고 있고, 결혼 상대자로도 훌륭하다고 생각하니까. 어차피 영애도 누군가와는 혼인해야 하잖아? 혹시 달리 마음에 품은 상대가 있는 거야?"

다이스의 물음에 나는 잠시 동안 눈동자를 내리깔고 침묵했다. 마음에 품은 상대라……. 하지만 이번에도 내 대답은 정해져 있었다.

"아쉽게도 아직은 없어요."

"그럼 나랑……."

"거절합니다."

"생각 좀 하고 말하라고!"

나는 다이스의 투덜거림을 못 들은 척하고 차를 홀짝거렸다. 설탕을 많이 넣었는데도 어째서인지 입안에 머금은 찻물이 조금 쓰게 느껴졌다.

제13.5장

그 오빠, 유진 (5)

문득문득 하리가 낯설게 느껴질 때가 있었다. 꽃다발을 품에 안은 그녀를 우연히 마주쳤던 날 이후로 이따금 있어 왔던 일이었다. 그런 느낌은 예기치 못한 상황에서 불쑥 고개를 들어 유진을 당황스럽게 만들었다. 하지만 차차 나아질 것이라 여겼다. 그동안 떨어져 있던 시간이 길어 그런 것뿐이라고. 인제 와서 생각해 보면 그것은 얼마나 안일한 생각이었는지.

"지금까지 말씀드린 것이 전부입니다."

깨달음에 별다른 계기가 있던 것은 아니었다. 그날, 유진은 평소처럼 집무실에서 보고를 받고 있었다. 다만 시간은 여느 때처럼 하루 일과를 마칠 즈음인 밤이 아니었다. 아직 한낮인 시간이었지만 그는 에른스트의 저택에 머물고 있었다.

"됐어. 그만 나가 봐."

하리의 청으로 에단은 오늘 하루 휴식을 취할 예정이었다. 유진도 오늘은 저택에 있을 예정인 데다 하리도 외출할 계획이 없었기에 허락한 일이었다.

유진은 에단이 방을 나선 후에 자리에서 일어났다. 모처럼 집에서 보내는 하루였지만 그마저도 제대로 쉬지 못해서 그런지 몹시 피곤했다. 지난밤 그는 잠을 이루지 못하고 밤새 업무를 본 참이었다. 아무래도 휴식이 필요한 것은 그 역시도 마찬가지인 것 같았다. 어제저녁 이후 처음으로 집무실에서 나온 그를 보고 집사 휴버트가 인사했다.

"이제 나오십니까, 공작님. 하리 아가씨께서 걱정하셨습니다."

유진은 내심 혀를 찼다. 하리가 혼자 식사하는 것을 싫어한다는 사실을 알고 되도록 함께 자리하기 위해 애써 왔던 그였다. 하지만 오늘 아침에는 정신이 없어 시간이 가는 줄도 모르고 일에만 매달려 있었다. 깨달은 뒤에는 이미 해가 산등성이 꼭대기에 걸려 있는 참이었다.

"식사부터 준비할까요?"

"아니. 하리는 지금 어디에 있지?"

"정원에 계십니다."

아침 식사를 거르긴 했지만 그다지 속이 허하지는 않았다. 그는 먼저 하리를 보러 갈 생각으로 발길을 돌렸다. 건물 밖으로 나오자 강렬한 햇볕이 머리 위로 내리쬐였다. 계절이 바뀌고 바뀌어 어느덧 초여름이었다. 유진은 정원을 향해 걸으며 근래 들어 유독 그의 귀에 많이 흘러드는 말을 떠올렸다. 황손인 다이스가 하리를 마음에 담아 차기 비로 내정 중이라고 했던가. 유진은 그것이 헛소문이라는 사실을 알고 있어 그저 실소했다. 하지만 슬슬 한 번쯤은 거리낌 없는 다이스의 행동에 제재를 가할 때가 된 것 같았다. 그동안 밖으로 쉽게 모습을 드러내지 않던 하리가 대외적인 활동을 시작하고 나서부터 그녀는 금세 관심의 한가운데에 서게 되었다. 비단 에른스트의 이름 때문이 아니더라도 하리에게 매료되어 친분을 쌓고 싶어 안달이 난 사람들이 지천에 깔려 있었다. 유진은 그 사실을 잘 알고 있었다.

그가 보기에도 하리의 성장은 놀라울 정도였다. 마치 자신을 견고히 감싸고 있던 껍질을 벗고 완전히 탈피해 마침내 화려한 날개를 펼친 나비 같았다. 이따금 유진은 자신의 기억 속에 남은 어린 시절의 하리와 지금의 하리 사이에서 느껴지는 거리감에 곤혹감을 느낄 때가 있었다. 하지만 그런 복잡미묘한 감정이 도대체 어디에서 기인되는 것인지 알 수가 없었다.

짹짹. 유진은 뻑뻑한 눈을 느리게 감았다 떴다. 그의 고민 따위는 지극히 사소하게 느껴질 정도로 무척이나 맑고 화창한 날씨였다. 어느덧 짙은 녹색 옷을 입은 나뭇잎이 머리 위로 두꺼운 그림자를 만들었다. 그러고 보니 하리가 화원에 벤치를 만들자고 했었는데. 오늘 바로 휴버트에게 일임해 둘까. 그런 한가로운 생각을 하며 유진은 정원으로 들어섰다.

정원에는 붉은 장미가 한창 만개해 있었다. 정원사가 하리를 위해 정성껏 가꾼 꽃이었다. 하리는 사용인들에게도 다정다감해서 에른스트에 있는 모든 사람이 그녀를 좋아했다. 유진은 하리가 일개 사용인들과 가까이 지내는 것이 마음에 들지 않았지만 그래도 그런 마음을 그녀의 앞에서 드러낼 정도로 어리숙하지는 않았다.

그로부터 얼마나 더 걸었을까. 마침내 유진의 눈앞에 그가 찾던 사람이 모습을 드러냈다. 장미 덤불 사이에서 옅은 잔상을 남기며 흔들리는 하얀 치맛자락. 허리춤에서 찬연하게 반짝이는 은색 머리칼. 햇빛 아래로 드러난 보라색 눈동자가 붉은 장미꽃 사이에서도 두드러지게 아름다웠다.

그 순간, 불현듯 걸음을 멈추고 말았다. 어째서인지 이유는 모르겠으나 무언가가 그의 목을 조르고 있는 것 같았다. 얕게 숨을 들이마시자 코끝에 그윽한 장미향이 스며들었다. 이상하게도…… 그 향기에 취하기라도 한 것처럼 눈앞이 약간 어지러웠다.

눈이 멀 것 같다고 생각했다. 분명 평소에 보아 오던 사람, 평소에 보아 오던 광경이었는데 기이할 정도로 눈이 부셨다. 날카로운 장미 가시가 심장을 깊숙이 찌르고 들어온 것처럼 속이 아렸다. 유진은 숨조차 제대로 쉬지 못한 채 어째서인지 아연한 기분으로 눈앞에 있는 사람을 바라보았다. 아마도 다음 순간 하리가 고개를 돌리지 않았다면 언제까지나 그렇게 서 있었을지도 몰랐다. 하지만 그러한 상태는 그녀가 그를 발견하면서 종결되었다.

"유진 오빠."

아니……. 하지만 조금 전보다 더한 동요가 불러일으켜졌을 뿐이다. 하리는 마치 유진을 기다리기라도 한 것처럼 그의 이름을 부르며 환하게 미소 지었다. 바로 그 순간이었다. 머릿속에서 요란한 경고음이 울린 것은.

'지금 다가가면 안 된다.'

유진은 스스로도 자각하지 못한 채 뒷걸음질 쳤다.

"오빠?"

그의 이상한 행동에 마주한 얼굴에 의문이 어렸다. 하지만 대답할 정신도, 변명할 여유도 지금의 그에게는 없었다. 조금 전 그녀를 보고 있을 때와는 또 다른 감정이 울컥 목구멍을 치고 올라왔다. 억지로 억누른 열기에 속이 따끔따끔했다. 더 이상은 하리의 앞에 서 있을 수가 없었다. 유진은 거의 도망치다시피 그 자리에서 벗어났다. 시야에 이지러지는 붉은빛이 마치 그를 비웃으며 뒤쫓아 오는 것 같았다. 그 순간의 그를 잠식하고 있던 것은 바로, 영원히 열려서는 안 될 상자 속을 몰래 엿보고 있는 것만 같은 두려움이었다.

그 후 유진은 무슨 일이 있었냐는 듯이 태연히 행동했다. 그날의 일을 의식하는 것은 마치 그날의 그가 느꼈던 동요마저 인정하는 것이 될 것 같았다. 하지만 그의 결심은 오래가지 않았다. 황성에서 넘어지는 하리를 받아주었을 때, 그녀의 온기가 품에 들어온 순간 또 한 번 굳게 걸어 놓은 빗장이 삐거덕 소리를 내는 것이 느껴졌다. 그 순간 불에 덴 듯이 맞닿은 사람을 밀어내고 말았다.

"조심했어야지. 넘어질 뻔했잖아."

애써 아무렇지 않은 듯 행동했으나 속까지 그렇지는 못했다. 어째서 이런 마음이 드는 것인지 알 수가 없었다. 그는 자신의 혼란을 다른 누구도 알게 하고 싶지 않았다. 다른 그 누구보다도 하리에게는 특히 감춰야만 했다. 이대로 얼굴을 보지 않으면 금세 사라질 증상이 아닐까. 그래서 유진은 하리에게 거리를 두기 시작했다.

"오빠, 내가 오빠한테 뭐 잘못했어?"

하지만 설마 그것이 하리를 불안하게 만들 줄은 몰랐다. 부서지는 햇빛 아래에서 물끄러미 그를 바라보는 말간 눈동자를 보며 유진은 자책했다. 그가 너무 바보 같았다. 이유가 어찌 되었건, 중심을 잡지 못하고 흔들리는 모습을 보인 것은 분명한 그의 실책이었다.

"걱정 마. 네가 생각하는 그런 일은 없어."

유진은 하리에게 이런 표정을 짓게 하고 싶은 것이 아니었다.

"내가 너를 피할 리가 없잖아."

그러니 몇 번이고 거짓말을 할 수 있었다. 그녀를 안심시키기 위해서라면. 또 그녀를 웃게 만들기 위해서라면. 그렇다면 좀 더 제대로 숨기자. 눈을 마주칠 때마다, 또 손끝이 닿을 때마다 풍랑이라도 맞은 것처럼 걷잡을 수 없이 흔들리는 이 마음을 눈치채지 못하게. 살갗이 맞닿을 정도로 가까운 거리에서도 하리에게 들키지 않도록. 그 후 유진은 지금까지의 그로 되돌아갔다.

한번 마음을 다잡고 나자 그렇게 어렵지는 않았다. 다만 문득문득 깨진 유리 조각을 삼킨 것처럼 날카롭게 속을 긁히는 느낌이 들었다. 해소되지 않는 갈증에 날이 갈수록 조금씩 초조해져 갔다. 그래도 그런 것을 모두 억누르고 하리의 앞에 섰다. 또다시 멍청한 이유로 그녀를 불안하게 만들고 싶지는 않았기 때문에.

"……지금 뭐라고 하셨습니까?"

그리고 어느 날, 유진은 스산한 목소리로 다이스에게 되물었다. 조용히 미끄러지는 시선은 겉보기에 무심함을 입고 있었지만 그 속까지 파헤치고 들어가면 더없이 냉랭하고 예리했다.

반쯤은 장난삼아 유진의 반응을 떠볼 셈으로 말을 꺼냈던 다이스는 그만 당황하고 말았다. 그냥 코웃음을 치거나 무시하리라 생각했는데 이건 생각지 못했던 한기였다. 다이스는 당혹감을 여실히 드러낸 목소리로 변명했다. 사실 그는 다른 사람들과 마찬가지로 눈앞에 있는 이 철혈의 공작을 조금 무서워하고 있었다.

"아, 아니, 정식으로 이야기를 꺼낸 건 아니고…… 청혼이라고 해도 말만 그렇지 저도 반은 농이었고, 하리 양도 이미 거절했……."

다이스가 그 후로도 무어라 더 열심히 말했으나 유진의 귀에는 닿지 않았다. 청혼을 했다고? 누구에게. ……하리에게?

사실 그 사실 자체에 문제는 없었다. 유진이 약혼했듯, 그의 동생들도 언제든 좋은 상대를 찾아 짝을 이룰 수 있는 일이었다. 다이스가 청혼을 한 것도, 황손이라는 이유로 하리의 선택을 강요하려는 것이 아니라 그녀의 의사를 존중할 생각이라면 괜찮았다.

유진도 2년 전 약혼한 로자벨라 벨론티아가 있었다. 다만 두 사람은 서로에게 아무런 감정이 없는 완벽한 정략결혼의 대상자들이었다. 그것은 시간이 흘러도 변하지 않았다. 사실 유진은 다이스가 로자벨라에게 얼마나 애끓는 마음을 가지고 있는지 알고 있었다. 하지만 상관없었다. 그에게는 자신의 가족들만이 중요했고, 다른 이의 마음이나 행복 따위는 알 바 아니라는 생각까지 가지고 있었다. 수백, 수천 명의 사람을 여기서 더 짓밟아야만 그의 가족들이 평화로운 삶을 영위할 수 있다면 아마 유진은 망설임 없이 그렇게 할 것이었다.

어찌 보면 비정상적이기까지 한 집념이라는 사실을 스스로도 알고 있었다. 분명 어릴 때의 그는 이렇게 모질고 냉혹한 사람이 아니었다. 그러나 유진의 마음은 이미 오래전에 뼛속까지 차갑게 얼어붙은 채로 닫혀 버렸다. 굴욕감과 절망감에 삼켜져 스스로의 무력감을 사무치게 절감했던 때. 또 그의 두 손에 직접 혈육의 피를 묻히고 더 이상은 뒤돌아보지 않기로 결심했을 때.

그 이후로 그 누구도 닫혀 있는 그의 마음에 들어온 일이 없었다. 빙산처럼 얼어붙은 심장에 한기가 몰아쳐도 원래부터 그것이 당연했던 것처럼 속이 시린 줄도 몰랐다. 본래부터 그리 모진 성정인 것은 아니었기에 마음이 약해질 때마다 더욱 독하게 이를 악물었다. 아무런 위험도 불행도 없는 예전의 그 행복한 시절로 다시 한번 돌아가고 싶다는 마음만이 그를 버티게 했다.

어찌 보면 그렇기 때문에 가족들에게 더욱 매달렸는지도 몰랐다. 유진은 지금껏 그가 살아온 이유나 마찬가지인 동생들을 위해 무엇이든 할 수 있었다. 본래 절벽 끝에서 손에 쥔 것이 지푸라기밖에 없는 사람은 그 하나를 지키기 위해 얼마든지 처절해질 수 있는 법이다. 그러니 만약 그들에게 진심으로 원하는 사람이 생긴다면 그 상대가 누구라 해도 기껍게 받아들일 준비가 되어 있었다. 그 마음은 지금도 여전히 변함이 없었다.

"저어, 공. 제 말을 듣고 있습니까? 이미 지난여름의 일이고, 영애와 나 사이에는 다 끝난 일이니 더 오해하지 말고……."

……그런데 어째서 이렇게 가시를 삼킨 것 같은 기분이 든단 말인가. 이제 와서 왜. 있어서는 안 될 모순이었다. 하지만 더 이상 이 혼란의 원인을 알아내려 해서는 안 되었다. 유진은 언젠가부터 쥐어져 있던 주먹에 지그시 힘을 주었다. 그리고 복잡한 마음을 애써 떨쳐 냈다. 아무도 그의 이런 마음을 알아차리지 못하게.

화려한 무도회장에서 홀을 가로지르는 유진을 여기저기서 힐끔거리며 쳐다보았다. 이미 약혼녀가 있음에도 에른스트 공작을 노리는 영애는 많았다. 아직 결혼한 것도 아닌 데다 약혼녀와의 관계가 단순히 정략적인 것으로 그리 깊어 보이지도 않으니 유진의 마음만 사로잡는다면 얼마든지 기회가 있다고 여기는 것이었다.

그래서 지금처럼 유진에게 몸을 아끼지 않고 육탄 공세를 퍼붓는 영애도 있었다. 막 홀을 빠져나가던 찰나에, 노란색 드레스를 차려입은 영애 한 명이 발목을 삐끗한 척 유진이 있는 쪽으로 넘어졌다.

"어멋!"

실수를 빙자해 은근슬쩍 기대려는 속셈이었지만 행동이 제법 자연스러워 티가 별로 나지 않았다. 보통의 신사라면 이럴 때 팔이라도 잡아주는 것이 당연한 행동일 것이었다. 하지만 유진은 한차례 시선을 옆으로 미끄러뜨렸을 뿐, 자신에게 몸을 던져오는 여자를 받아주지 않았다.

쿠당! 그래서 결국 그녀는 소기의 목적을 달성하지 못한 채 바닥에 대차게 넘어질 수밖에 없었다. 마지못해서라도 잡아줄 수밖에 없게 정말 온 체중을 다 실어 가차 없이 몸을 날렸던 차라 넘어지면서 난 소리도 컸다.

볼썽사납게 넘어진 여인의 얼굴이 발갛게 달아올랐다. 설마하니 이런 상황에서도 손끝 하나 건드리지 않을 거라고는 생각도 못 했기 때문에 덜컥 말문이 막혔다. 냉정함이 하늘을 찌른다고 소문난 에른스트 공작이었지만 설마 이 정도일 줄은 몰랐기 때문이다.

"괜찮으십니까, 영애?"

유진의 뒤에 서 있던 로웬그린이 여느 때처럼 혀를 차며 바닥에 엎어진 여인을 향해 다가갔다. 이미 유진은 조금 전 일어난 일이 자신과 아무런 상관도 없다는 듯 앞서 걸어가고 있는 중이었다. 조금 전 추태를 보였던 영애는 로웬그린의 부축을 받아 엉거주춤 자리에서 일어났다. 그런 그녀를 향해 로웬그린이 측은함을 담은 눈빛을 보냈다.

"다음부터는 차라리 제 쪽으로 넘어지십시오. 전 공작님과 달리 연민의 정이란 것이 있어서 곤란을 겪는 숙녀분을 그냥 지나치지는 못하거든요."

"뭐…… 지금 날 동정하는 거예요?!"

하지만 오히려 화만 사고 말았다. 로웬그린은 자신의 친절이 어째서 여인들의 분노를 부르는지 모르겠다고 생각하며 유진의 뒤를 쫓았다.

"너무 매몰차신 것 아닙니까? 그렇지 않아도 냉혈 공작님이라고 소문이 파다한데. 꽃다운 아가씨들이 무안당하는 것에 안쓰러운 마음이 한 점도 들지 않으시는 겁니까?"

"그게 나와 무슨 상관인가?"

로웬그린은 약간 한탄하는 마음이 되어 말했다. 하지만 오늘도 유진은 빈틈 하나 없는 모습으로 무심히 대답할 뿐이었다. 그런 그를 보며 로웬그린이 혀를 찼다.

"하리 아가씨께 보이는 친절의 반의반, 아니, 그 손톱만큼의 친절만 보이셨어도 공작님 때문에 우는 영애들은 아무도 없었을 겁니다."

하리 아가씨를 위해서라면 그 소름 끼치는 딸기 케이크까지 억지로 먹어줄 정도면서 말이지요. 하지만 뒤이은 말은 그냥 속으로만 읊조렸다. 유진이 여느 때처럼 '원래 그 케이크를 좋아한다'는 거짓말을 할 걸 뻔히 알았으니까. 물론 사실 그것은 거짓말이 아니었지만 로웬그린은 믿지 않았다. 그도 그럴 것이, 이 냉혈한에게 깜찍하기 그지없는 딸기 쇼트케이크가 가당키나 하단 말인가? 어울리지 않아도 너무 안 어울렸다.

"쓸데없는 소리 말고 집에나 가."

"잠깐. 저에게는 마차를 태워 주지 않으시는 겁니까?"

"난 곧장 저택으로 갈 거니까 알아서 해."

배신감 어린 표정을 짓는 로웬그린을 뒤로한 채로 유진은 혼자 마차에 올라 가차 없이 문을 닫았다.

덜컹. 창밖을 응시하는 검은 눈동자에 밖에서 새어 든 빛이 얕게 고였다. 마차는 소리 없이 움직였다. 조금씩 가까워지는 에른스트의 저택에 그의 얼굴에 주저함이 어렸다. 유진은 이대로 마차를 돌려 목적지에서 멀어지고 싶은 마음 사이에서 갈등했다. 하지만 어디까지나 그것은 생각으로만 그쳤을 따름이었다. 곧 마차는 에른스트의 정문을 넘어 저택에 도달했다. 유진은 숨을 한 번 깊이 들이마셨다 내쉰 뒤 밖으로 내려섰다.

밤늦은 시각이었기 때문에 주변은 조용했다. 가을이 깊어지면서 제법 쌀쌀해진 밤공기가 뺨을 스쳤다. 그는 소리 없이 문을 열어 저택 안으로 들어섰다. 하지만 이 안으로 들어오기 전에 마음을 다잡아야 했던 것이 무색하게도 오늘은 그를 맞아주는 사람이 어디에도 보이지 않았다. 유진의 입술에서 여트막한 숨이 내뱉어졌다. 아무래도 오늘은 일찌감치 잠이 든 모양이다.

평소 그의 귀가를 확인한 후에야 잠자리에 들던 하리였으나 어쩔 수 없이 아주 가끔은 졸음을 이기지 못할 때도 있었다. 그럴 때면 다음 날 아침 무언가가 불만스러운 듯 찌푸린 그녀의 얼굴을 볼 수 있었다. 그의 발걸음이 계단으로 향했다. 도대체 언제까지 이런 기분으로 하리의 얼굴을 봐야 하는 것인지 알 수가 없었다. 그래도 일단 지금은 그녀를 마주치지 않을 수 있어 다행이라는 생각이 들면서도 다른 한편으로는 묘하게 아쉬운 기분이 들기도 했다. 그러나 계단을 오르던 유진의 발길은 다음 순간 멈추어지고 말았다.

"……."

휴식 공간 겸 복도에 마련되어 있는 소파 위에 은색 머리카락이 어지럽게 늘어뜨려져 있는 것이 보였다. 계단 바로 맞은편에 있는 공간이었기 때문에 위층으로 오르던 유진의 시야에도 한눈에 들어왔다.

그는 잠시 동안 제자리에 멈추어 있다가 이내 천천히 걸음을 옮겼다. 하리는 소파 위에 불편하게 몸을 접고 누워서 자고 있었다. 그렇다면 아마도 조금 전에 잠든 것이 분명했다. 집사나 다른 사용인들이 이런 곳에서 자고 있는 하리를 깨우지 않았을 리는 없었으니까. 은은한 불빛에 창백한 빛을 발하는 얼굴이 그의 눈에 비쳤다. 길고 풍성한 속눈썹이 그 밑으로 그림자를 드리우고 있었다. 색색 작은 숨을 내쉬는 입술이 붉었다.

유진은 어째서인지 망연한 기분으로 서서 잠들어 있는 그녀의 얼굴을 내려다보았다. 그러다 이내 바짝 타오르는 갈증을 무시하며 손을 들어 잠시 동안 마른세수를 했다. 다시금 손을 뗐을 때는 언제나처럼 자상한 오빠의 얼굴을 한 유진이 거기에 서 있었다. 곧 그의 입에서 나직한 속삭임이 흘러나왔다.

"하리."

예전이라면 직접 안아 들어서 옮겼을 것이었다. 하지만 지금은 그럴 수가 없었다. 언젠가부터 유진은 지금 눈앞에 있는 사람에게 쉽게 손을 댈 수가 없게 되었다. 조금씩 느껴 오던 미묘한 감정이 마침내 눈덩이처럼 불어나, 마침내 머릿속에 위험 경보가 울리기 시작한 이후의 일이었다.

"하리."

하지만 그녀는 꽤 피곤했던 듯, 거듭 이어지는 그의 부름에도 눈을 뜨지 않았다. 아래로 늘어뜨려진 유진의 손이 한차례 움찔 떨렸다. 그 속에 몇 겹의 망설임과 갈등이 담겨 있는지, 아마 세상 그 누구도 모를 것이었다.

결국 유진은 제 안의 또 다른 자신에게 지고 말았다. 서늘함을 품은 손이 아주 천천히 앞으로 뻗어졌다. 머릿속에서 그 어느 때보다 강렬한 경고음이 울렸지만 이번에는 들리지 않는 것처럼 무시했다. 마침내 손끝에 따스한 온기가 닿았다. 그 순간 흠칫 놀라 잠시 물러났다가, 다시금 다가갔다. 경직된 손끝이 매끄러운 뺨 위를 스치듯 움직였다. 그리고 이번에야말로 유진은 깨달았다. 지금껏 그를 괴롭혔던 이 지독한 감정이 무엇인지.

"음, 오빠……?"

그것은 마치 영혼을 찢어발기는 것처럼 더없이 또렷하고 날카로운 깨달음이었다. 처음 다가갈 때처럼 느리게 거두어진 손이 이윽고 밑으로 툭 떨어졌다. 가슴 깊은 곳에서부터 용암처럼 뜨거운 것이 들끓으며 목을 메이게 했다. 하지만 동시에 그것은 차가운 불꽃처럼 속을 온통 춥게 만들었다.

"언제 왔어?"

하리가 아직 잠이 완전히 깨지 않은 얼굴로 물으며 그의 손을 살짝 붙잡았다. 하지만 유진은 차마 그 손을 맞잡을 수 없었다. 지금 그 손을 잡으면, 그때에는 정말 돌이킬 수 없는 길로 가게 될 것이 분명했기 때문이다.

"……지금 막. 왜 여기에서 이러고 있어?"

입 밖으로 나온 자신의 목소리가 그 어느 때보다 낯설었다. 사실은 태풍이라도 만난 듯 걷잡을 수 없이 뒤흔들리는 가슴을 추스르기가 버거웠다. 하지만 지금 이 순간, 그는 그 어느 때보다 자신의 마음을 꽁꽁 숨겨야만 했다.

"방이 답답해서 잠깐 나와 있었는데 깜빡 잠들었나 봐. 오빠가 안 깨웠으면 여기에서 밤새울 뻔했네."

"밤에는 제법 쌀쌀해서 감기에 걸릴지도 몰라. 어서 방으로 들어가서 쉬어."

"오빠도 피곤하겠다. 빨리 방으로 올라가."

그 후 어떤 얼굴로 하리에게서 뒤돌아서 자신의 방까지 올라왔는지 기억이 나지 않았다. 그저 그는 필사적이었고, 속절없이 목구멍 밖으로 치밀어 오르려 하는 것을 억지로 구겨 넣는 것만으로도 온 힘을 다 쏟아야만 해서 괴로웠다.

그리고 마침내 완전한 혼자가 되었을 때에서야 유진은 무너져 내렸다. 일그러진 입술 밖으로 쥐어짜는 듯한 뱉은 숨이 토해졌다. 아주 오래전, 하리를 여동생으로 받아들이자고 결심했을 때…… 그때부터 그는 스스로에게 굳게 다짐했다. 앞으로 두 번 다시는 이 손을 놓지 말자고. 이미 한 번 그 차가운 거리에 그녀를 버리고 갔으니, 이후로는 절대로 지금 잡고 있는 이 손을 놓지 않을 것이라고.

그런데 인제 와서…… 이제 와서 이게 뭐야. 유진은 손을 들어 뜨겁게 달아오른 눈가를 가렸다. 결코 가져서는 안 되는 마음을, 결코 그래서는 안 되는 사람을 상대로 품어버렸다. 처음으로 명확히 인지한 사실에 속이 쓰리다 못해 지독히도 아팠다. 스스로가 너무 멍청하고 한심해서 끔찍한 자괴감이 밀려들었다.

그저 그녀가 웃으면 그 역시도 행복했고, 그녀가 곁에 있어주는 것만으로도 세상이 빛나는 것 같았다. 그런데 그게, 여동생으로서의 그녀에게 느끼는 감정이 아니었다고……?

"나도 가족이야?"

마치 기다렸다는 듯, 어릴 때의 기억이 그를 아프게 할퀴고 지나갔다.

"당연하지."

그리고 그때의 그가 망설임 없이 하리에게 했던 대답도.

"넌 우리 동생이잖아."

그 순간, 유진의 입술에서 목이 졸린 듯한 갈라진 웃음소리가 비집고 새어 나왔다. 안 돼…… 그래서는 안 되었다. 이런 마음을, 다른 누구도 아닌 하리를 상대로 품어서는 안 되는 것이다. 당연했다. 인제 와서 너를 동생으로 생각하지 않는다는 소리 따위…… 그녀의 앞에서 할 수 있을 리가 없었으니까. 하리가 자신의 삶에서 무엇을 가장 소중하게 여기는지 뻔히 알면서, 그런 그녀의 세계를 자신의 손으로 부숴 버릴 수는 없었다.

만약 그런 짓을 한다면, 그래서 만약 그녀가 슬퍼한다면, 아마도 그는 죽을 때까지 스스로를 용서할 수 없을 것이었다. 유진은 그녀를 지키는 사람이 되고 싶었지, 그녀를 상처 입히는 사람이 되고 싶은 것이 아니었다. 그런 것은 그녀의 손을 맞잡았던 어린 시절 이후로 단 한 번도 생각해 보지 못한 것이었다. 그러니 안 된다. 독이나 마찬가지인 이 마음을 결코 하리에게 들켜서는 안 된다. 설령 죽을 때까지 이 마음을 속에 담아 두어야만 한다고 해도, 그리하여 이 지독한 마음에 그 자신이 죽어간다고 해도, 절대로. 유진은 그렇게 결심하며 이를 악물었다. 꽉 쥔 주먹에 손바닥이 따끔거렸지만 제 손으로 짓뭉갠 가슴만큼 끔찍하게 아프지는 않았다.

싸늘한 가을밤. 스산한 찬바람이 뚫린 심장 사이로 한기를 몰아넣던 어느 날이었다.

제14장

사랑과 거짓말

"하하! 그래? 카벨이?"

"카벨은 정말 언제나 활기차고 밝구나. 참 보기 좋아."

밝은 웃음소리가 식당 안에 울려 퍼졌다. 지금 우리가 있는 곳은 바스티에였다. 일전의 내 청을 받아들여 유진이 형제들과 나를 데리고 함께 바스티에 부부를 만나러 왔기 때문이다. 바스티에 부부는 언제나 그렇듯 카벨의 잔망스러움을 좋게 봐주며 흐뭇하게 칭찬해 주었다. 그러자 카벨의 어깨가 으쓱거리는 것이 나한테까지 여실히 느껴졌다. 그 꼴을 보고 에리히가 눈살을 찌푸리며 말했다.

"그렇게 너무 띄워 주지 마세요. 형이 진짜인 줄 알아요."

"흥, 네가 날 질투하는 거 다 알아! 뭐, 이 형님의 멋짐을 너도 조금이라면 닮을 수 있을지도 모르니까 벌써부터 포기하지는 말라고."

카벨은 바스티에 부부의 칭찬으로 기세등등해져서 에리히의 말에도 코웃음을 치며 거들먹거렸다. 에리히의 얼굴이 차게 식는 것이 보이지도 않는 모양이었다.

"에리히 오빠, 그냥 참아. 상대는 카벨 오빠잖아."
"그래, 에리히. 루이제 말이 맞아."
"응, 두 사람 말이 맞아."
바스티에 남매의 말에 나도 이어서 거들었다. 그러자 카벨이 얼굴을 왕창 구기며 소리쳤다.
"뭐야, 너희! 그 말 무슨 의미야? 은근히 기분이 별로인데?!"
우리의 말이 정확히 무슨 뜻인지는 몰라도 어쨌건 자신을 흉보는 것이란 사실은 느낀 것 같았다. 참, 완전히 바보는 아니구먼? 그 정도의 눈치라도 있었다니, 새로운 발견이다! 모처럼 다 함께 모인 자리였기 때문인지 식당 안은 시종일관 떠들썩했다. 화기애애한 대화가 마를 틈이 없었다. 간만에 바스티에에서 보내는 시간에 나도 즐거웠다. 그러던 어느 순간, 문득 바스티에 백작이 유진을 향해 시선을 움직이며 물었다.
"그래, 좋은 소식은 언제쯤 들을 수 있는 건가?"
이어진 그의 말에 샐러드를 포크로 찍던 내 손이 멈칫했다.
"벌써 약혼한 지도 꽤 지났지?"
바스티에 부부는 약혼 후 몇 해가 지났는데도 유진에게 아직까지 결혼 소식이 없어 궁금한 눈치였다. 하지만 지난 생의 경험으로 미루어 봤을 때, 유진의 결혼까지는 몇 년의 유예기간이 더 남아 있었다. 그러나 그런 내 생각을 비웃기라도 하듯, 다음 순간 유진이 담담한 얼굴로 대답했다.
"예상하기로, 시일이 다소 앞당겨질 것 같습니다. 이야기가 마무리되면 말씀드리겠습니다."
쿠웅. 바로 그 순간 가슴속에 큰 돌덩이가 떨어지는 느낌이 들었다. 나는 깜짝 놀라 맞은편에 앉은 그를 쳐다보았다. 나뿐만이 아니라, 그 자리에 있던 카벨과 에리히도 덩달아 놀란 것 같았다.
"뭐야, 형, 결혼해?"

"왜 이렇게 빨리해? 좀 느긋이 하지 않고."

그들의 말에 유진은 그저 한 번 작게 웃어 보이기만 했다. 나는 내 얼굴이 어색해 보이지 않기를 바라며 그에게서 시선을 거두었다.

유진이 곧 결혼한다고……? 언젠가 다가올 일이라는 사실을 진작부터 알고 있었으면서, 나는 동요하는 마음을 어찌하지 못했다. 하지만 이러지 말아야지. 유진이 정말 원하는 일이라면 축하해 줘야 마땅하니까. 그렇게 마음을 다잡으며 나는 자꾸만 굳으려 하는 표정을 풀었다. 그러는 데 만전을 기하느라 그런 내 얼굴을 지켜보는 사람이 있다는 사실도 알지 못했다.

"유진 형이 결혼한다고 하니까, 서운해?"

저녁 식사가 끝나고 바스티에에서 마련해 준 각자의 방으로 모두가 쉬러 갔을 때 요하네스가 나를 찾아왔다. 나는 그의 말에 흠칫했지만 그는 나를 전부 다 이해한다는 듯이 말했다.

"에른스트의 우애가 남다르다는 건 다들 아는 사실이니까. 중간에 여러 일이 있기도 했고."

유진의 결혼에 대해 내가 느끼는 감정을 섭섭함으로 받아들인 것 같았다. 그렇게 생각하는 것이 당연했다.

"괜찮아. 내가 옆에 있어줄게. 네가 외롭지 않게."

요하네스가 나를 위로하듯이 속삭였다. 하지만 나는 그런 그에게 아무런 말도 할 수가 없었다. 내가 지금 느끼고 있는 이 감정은, 결코 그런 말로는 설명할 수 없는 것이었기 때문이다.

"에른스트 양, 괜찮으시면 다음 곡은 저와 함께……."

"제게 영애와 함께 춤을 출 수 있는 영광을 주시지요."

얼마 후, 나는 무도회에 참석했다. 파트너 동반이 필수는 아니어서, 오늘은 에단만 데리고 혼자 온 참이었다. 곳곳에서 밀려드는 파트너 신청을 웃는 낯으로 거절한 뒤, 나는 테라스로 향했다.

"아, 피곤하다."

에단이 비어 있는 테라스 안으로 뒤따라왔으나 나는 신경 쓰지 않고 의자에 아무렇게나 털썩 주저앉았다. 치맛자락이 한차례 크게 펄럭이면서 구두를 신은 발이 밖으로 드러났다. 발이 조금 아파서 신발을 벗고 싶었지만 아무리 그래도 에단이 있는데 그건 좀 아닌 것 같아서 참았다.

푹신한 쿠션 속에 몸을 파묻자 금세 몸이 나른해졌다. 나는 귓가에 스미는 음악 소리를 흘려들으며 난간 너머의 밤하늘에 시선을 두었다. 이렇게 예쁘게 차려입고 화려한 파티장을 전전하는 일. 예전에는 꼭 내가 그들의 세계에 속해 있다는 증명 같아서 좋았는데. 지금의 나는 분명 그때보다 더한 관심과 사랑을 받고 있는데도…… 어째서일까? 왜인지 조금 허무하고 쓸쓸했다. 뭐, 예전의 내가 보았다면 배부른 투정이라고 했을 게 뻔하지만.

"비숍 경은 저 안에 들어가서 춤도 추고 사람도 사귀고, 그러고 싶지 않아요?"

나는 내 휴식을 방해하지 않으려는 듯 구석에 조용히 서 있는 에단을 향해 지나가듯 물었다. 그가 매일 내 호위만 하느라 청춘을 즐기지 못하는 것 같아서 늘 마음이 쓰이던 참이었다. 에단은 무덤덤한 목소리로 대답했다.

"그럴 수 없습니다."

"왜요? 제 호위 때문이면 오빠한테 말해볼게요."

"그게 아니라……."

만약 나 때문이라면 '이제 슬슬 에단에게 나를 호위하는 일을 그만두게 해도 되지 않겠냐'고 유진에게 언질해 볼 요량이었다. 지금까지 특별히 위험하다 할 만한 일도 일어나지 않았으니 이제 그만 명을 거두어도 되지 않을까, 하는 것이 내 생각이었다. 하지만 에단은 내 물음에 뜻밖의 대답을 꺼내 놓았다.

"그럴 자격이 저에게 없습니다."

잉? 이건 또 무슨 소리랍니까? 나는 예상치 못한 그의 말에 의아해졌다.

"자격이라니, 그게 무슨 말이에요? 누가 그런 걸 정하는데요?"

에단이 지금 한 말이 도대체 무슨 의미인지 이해할 수가 없었다. 무도회장에서 춤을 출 자격도, 다른 사람을 사귈 자격도 자신에게는 없다는 거야? 어째서? 그러나 그는 더 이상 말을 이을 생각이 없는 눈치였다. 나는 굳게 닫힌 그의 입을 보며 의자에 기댔던 몸을 조금 바로 세웠다.

"비숍 경……."

똑똑. 그런데 내가 다시금 그의 이름을 부른 찰나, 작게 문을 두드리는 소리가 들려왔다. 유리문 너머로 보이는 것은 다름 아닌 로자벨라였다. 내 생각을 알아차린 에단이 나 대신 움직여 테라스의 문을 열었다. 그 후 그는 로자벨라와 내게 고개를 숙여 인사해 보인 뒤 문을 닫고 밖으로 나갔다. 나는 에단이 유리문 너머에 등지고 서는 것을 확인한 뒤 고개를 돌렸다.

"저도 바람을 쐬고 싶어서요."

"이쪽으로 와서 앉으세요."

나는 그녀가 앉을 수 있게 의자에 넓게 펼쳐진 드레스 자락을 정리했다. 테라스에 있는 의자는 2, 3인용이었기 때문에 충분히 둘이 앉을 수 있었다.

"피곤해 보이시네요."

"조금 그렇네요."

로자벨라의 얼굴을 보며 내가 조심스럽게 말하자 그녀가 쉽게 긍정했다.

"결혼이 앞당겨질 것 같다는 이야기, 하리 양도 들었나요?"

"네."

나는 짧게 대답한 뒤 잠시 침묵했다. 그리고 곧이어 웃으며 덧붙였다.

"아직 이르긴 하지만, 축하드려요. 로자벨라 양이 제 가족이 된다니 기뻐요."

하지만 로자벨라는 내 말에 오묘하게 미소 지으며 이해할 수 없는 말을 했다.

"글쎄, 축하받을 일일까요?"

나는 그녀의 말이 무슨 의미인지 몰라 가만히 마주한 얼굴을 바라보았다.

"사실 저는 사랑이나 결혼에 동경을 품을 만큼 물렁한 성격이 아니에요."

홀 안에서 새어 드는 음악 소리 위로 조용한 음성이 덧칠해졌다.

"하지만 요즘 들어 정말 이대로 괜찮은 걸까 하는 의문이 들어요. 막상 결혼 얘기가 나오니 마음이 복잡해져서 그런 걸까요?"

과연 그 말처럼 로자벨라의 표정은 여러 감정이 얽힌 것처럼 보였다. 테라스 밖의 불빛을 응시하는 눈동자에는 옅은 수심마저 드리워진 듯했다. 나는 로자벨라의 그런 얼굴을 처음 보아서 약간 놀랐다. 하지만 어찌 보면 당연한 일일 수도 있을 것 같았다. 원래 결혼을 앞둔 신부는 마음이 복잡해진다고 하니까.

게다가 두 사람은 연애결혼이 아닌 정략결혼이었다. 그런 만큼 막상 결혼을 앞두게 되니 이런저런 생각이 들 수도 있을 것 같았다. 예전과 달리 그녀와 나는 친분을 쌓은 편이었으니 이런 식으로 내 앞에서 자신의 심경을 드러내는 것일 수도 있었다. 그렇다면 나는 그런 그녀에게 무어라 말해주어야 할까?

"오빠와 좀 더 깊은 이야기를 나누어 보시면 어때요?"

나는 잠시 시선을 내리고 고민하다가 로자벨라에게 권유했다.

"그럼 서로에 대해 지금까지보다 잘 알 수 있을 거예요."

사실 나는 예전부터 두 사람이 서로에 대해 알아가는 시간을 가졌으면 좋겠다고 생각했다. 어차피 그들은 결혼해서 한평생을 함께 살게 될 텐데, 비록 첫 시작은 아니었을지라도 서로를 사랑하게 된다면 그것만큼 좋은 일도 없을 것이었다.

"괜찮으시면 지금이나, 아니면 무도회가 끝난 후에라도……."

"하리, 그렇게 노력할 필요 없어요."

그러나 로자벨라는 가만히 내 얼굴을 들여다보며 고개를 저었다.

"당신이 언제나 그 사람과 나를 위해 애쓰는 걸 알고 있어요."

"로자벨라……."

"하리, 난 당신을 좋아해요. 꼭 약혼자의 동생이기 때문이 아니라, 당신을 친구라고 여겨요. 그러니 당신에게 솔직하고 싶어요."

이어지는 그녀의 음성은 내 말문을 막히게 했다.

"나는 그를 사랑하지 않고, 그도 나를 사랑하지 않아요. 아마 앞으로도 그 사실에는 변함이 없을 거라고 생각해요."

로자벨라는 한 치의 흔들림도 없이 확고한 진실을 말하듯 무덤덤하기까지 한 목소리로 그렇게 읊조렸다.

"그와 나 사이에 존재하는 건 신뢰와 의무고, 그 안에 서로에 대한 존중은 있을지언정 사랑이라는 감정은 있지 않아요. 그뿐이라는 사실에 단 한 번도 아쉬움조차 느낀 적 없어요."

그녀의 말은 너무 건조해서 냉정하게까지 느껴졌다. 나는 숨을 죽이고 마주한 사람을 바라보았다.

"이런 우리가 이해되지 않나요?"

내 아연한 눈빛을 느꼈는지 로자벨라가 어렴풋이 웃어 보였다. 하지만 이런 말을 하고 있는 그녀 역시 그다지 유쾌한 기분인 것 같지는 않았다.

“나는 어릴 때부터 이런 관계가 합리적이라고 배우며 자랐어요. 당신이 자란 환경과는 많이 다를지도 모르겠네요. 그 사람도 동생들을 자신처럼 결혼시킬 마음은 추호도 없는 것 같았으니.”

그런 것을 아예 이해하지 못하는 건 아니었다. 실제로 지금 홀에 들어가 주위를 둘러본다면 그들처럼 정략적인 목적으로 결혼하는 사람들을 적지 않게 볼 수 있을 것이었다.

“그래도 다행일까요. 내가 그를 사랑하지 않는 것처럼, 그도 내게 사랑을 바라지는 않으니까.”

하지만…….

“그런 표정 짓지 말아요.”

나는 이런 마음을 뭐라고 표현해야 할지 모르겠어요.

“나는 딱히 이런 내가 불행하다고는 생각하지 않으니까요.”

로자벨라는 그렇게 말한 뒤 더 이상 대화를 이을 생각이 없는지 앞으로 고개를 돌렸다. 주위에는 다시금 잔잔한 음악 소리만이 작게 깔렸다. 나도 더 이상은 아무 말도 하지 못했다.

나는 정말 이기적이었다. 로자벨라의 말을 들었을 때, 내가 먼저 생각한 것은 그녀가 아닌 유진이었다. 나는 사랑 없는 결혼생활을 하게 될 로자벨라를 걱정하기에 앞서 유진을 먼저 머릿속에 떠올렸다. 그들의 결혼 생활에 앞으로도 존중과 신뢰는 있을지언정 사랑은 없을 것이라고 확언하는 로자벨라의 말에 가슴 한구석이 서늘해졌다.

“하리.”

무도회장에서 나와 마차가 있는 곳으로 걷는데, 누군가 나를 불러왔다.

"오빠."

불빛 아래에서 고요히 서 있는 사람은 유진이었다.

"로자벨라 양도 오늘 참석했던데."

"만났어. 배웅해 주고 오는 길이야."

바빠서 로자벨라와 함께 무도회에 참석해 주지 못한 대신 시간을 내 늦게라도 얼굴을 보러 온 모양이었다. 유진의 성격상 약혼녀에게 의무를 다하지 않을 리 없었으니 그럴 만도 했다. 이제 겨울에 가까워지고 있는 가을이라 그런지 주위에 맴도는 공기가 제법 차가웠다. 내가 입은 옷이 그렇게 두껍지 않다는 걸 알았는지 유진이 슬쩍 눈매를 좁히며 말했다.

"그만 돌아가자. 먼저 마차에 타."

하지만 나는 곧바로 앞으로 내밀어진 손을 잡는 대신 물끄러미 그런 유진을 바라보았다. 무도회장 안에서 로자벨라에게 들었던 말이 다시금 머릿속에서 웅성거렸다.

"나는 그를 사랑하지 않고, 그도 나를 사랑하지 않아요. 아마 앞으로도 그 사실에는 변함이 없을 거라고 생각해요."

"그와 나 사이에 존재하는 건 신뢰와 의무고, 그 안에 서로에 대한 존중은 있을지언정 사랑이라는 감정은 있지 않아요. 그뿐이라는 사실에 단 한 번도 아쉬움조차 느낀 적 없어요."

"오빠."

이걸로 좋은 거야……? 정말 이대로도 괜찮은 거야?

그런 바보 같은 물음이 목 끝까지 차올랐다가 이내 먼지처럼 부스러졌다. 유진은 자신을 불러 놓고 아무 말도 없는 나를 이상하다고 생각하는 것 같았다. 내가 봤을 때도 지금의 내가 이상하니, 그가 의문을 갖는 것도 충분히 이해할 수 있었다.

"오빠, 로자벨라 양이 좋아?"

나는 불빛에 얼굴 한쪽을 금색으로 물들인 유진을 향해 물었다. 그러자 유진은 잠시 동안 말이 없다가…….

"그래."

그렇게 말했다. 그래, 알고 있다. 이 이상 간섭하는 것은 주제넘은 짓이야. 게다가 비겁하잖아, 이런 거.

"응, 나도 로자벨라 양이 좋은 사람이라고 생각해."

나는 마주한 사람을 향해 웃어 보였다. 사실은 속이 욱신거려서 차라리 울고 싶었지만 그래도 웃었다. 어쩔 수 없잖아. 언젠가부터 당신이 잘 웃지 않게 되었으니까, 대신 내가 웃는 수밖에.

"그만 가자, 오빠."

당신이 행복했으면 좋겠어. 할 수만 있다면, 당신을 행복하게 만들어 주고 싶어. 사실은 아주 오래전부터 그랬던 것 같아. 그러나 아마도 죽을 때까지 밝히지 못할 마음이었다. 나는 유진의 손을 붙잡고 마차에 올랐다. 이대로 시간이 멈추었으면 좋겠다. 하지만 역시 이루어지지 않을 소원이었다.

한겨울, 카벨은 학술원을 졸업했다. 드디어 우리 둘째가 졸업장을 받는구나! 나는 새삼스럽게 감격했다. 물론 카벨은 지난 생에도 무사히 학술원을 졸업했었지만 이번에는 전 과목 낙제라는 화려한 성적표까지 받아 와서 유난히 조마조마한 심정이었다. 게다가 지금의 미래가 내 기억과 똑같이 흘러가는 것이 아니다 보니 아무래도 불안한 마음이 있었다. 더군다나 지금까지 둘째에게 유급의 위기가 몇 번이나 있었는지 아는

가? 크흑, 그런데 졸업이라니. 정말이지 감개무량하구나.

"오빠! 졸업 축하해!"

"음하하핫! 내가 걱정하지 말라고 했지? 졸업 시험 같은 건 그냥 껌이라니까!"

"웅! 오빠가 최고야! 멋져!"

"음하하하하핫!"

오늘만큼은 카벨을 마음껏 추켜세워 줘도 될 것 같아서 나는 그에게 폭풍 칭찬을 해주었다. 그러자 둘째 녀석이 기고만장해져서 입이 찢어져라 웃어 댔다. 으음…… 날이 갈수록 카벨을 칭찬하는 말이 획일화되는 것 같은 건 아마도 착각일 거다. 절대로 귀찮아서 대강 말하는 게 아니야!

"요한 오빠도 축하해."

"고마워."

오늘 졸업하는 것은 비단 우리 둘째만이 아니었기 때문에 나는 요하네스에게도 축하 인사를 건넸다. 요하네스는 학년 수석이라 오늘 졸업식에서 대표로 단상 위에 서게 된다고 했다. 크으, 참 훌륭하고 반듯하게 잘 자라기도 했지. 그럼에도 그는 '먼저 조기 졸업한 친구가 있어서 운 좋게 수석 자리를 차지한 것뿐'이라며 겸양을 보였다.

"졸업식 시작하겠다. 둘 다 가 봐야지."

식을 앞두고 카벨과 요하네스는 학생들이 모여 있는 곳으로 향했다. 나도 에리히와 루이제와 함께 졸업식을 보기 위해 뒤쪽으로 향했다. 유진은 졸업식이 끝날 때쯤에나 올 수 있다고 했고, 바스티에 부부는 아까 전 아는 사람을 만나 인사하러 자리를 옮긴 참이었다. 그때, 내 옆으로 다가온 어떤 청년이 긴장한 얼굴로 내게 말을 걸었다.

"저, 에른스트 양. 혹시 저를 기억하십니까? 지난달에 있던 마조람 백작가의 연회에서 인사드렸었는데."

음? 기억이 날 듯 말 듯했다. 하지만 나는 일단 안다는 듯이 웃어 보이며 말했다.

"안녕하세요, 공자님도 오늘 졸업하시나요?"

"네, 그렇습니다!"

"축하드려요."

교복 위에 달린 푸른 리본 때문에 졸업생이란 사실을 알 수 있었다. 그러고 보니 주위에 우리를 힐끔거리며 쳐다보는 사람이 많았다. 한편에서는 '와, 틈새를 노리다니 용감한 놈……'이라거나 '앗, 내가 먼저 말 걸려고 했는데 선수를 치다니!' 같은 소리가 간간이 귓가에 울렸다.

"에른스트 양, 혹시 실례가 아니라면 다음에 저와 함께……."

"한겨울인데 왜 이렇게 날벌레가 많아?"

그가 결심한 듯이 말을 이었을 때, 문득 내 옆에 있던 에리히가 입을 열어 중얼거렸다. 하지만 그것은 혼잣말이라기에는 너무 큰 목소리라 주위에 울려 퍼졌다.

"날벌레 잡는 건 카벨 형 전문인데."

바로 그 순간, 내 앞에 있던 청년의 얼굴이 순식간에 사색이 되었다. 주변에서 흘러들던 소음도 기분 탓인지 일제히 뚝 멈추어진 느낌이었다.

"죄, 죄송합니다! 실례했습니다아아아……!"

청년은 미처 내게 하려던 말을 끝맺지도 못한 채 눈썹이 휘날려라 달려갔다. 그 모습이 꼭 보이지 않는 무언가로부터 꽁지가 빠지게 도망가는 것 같았다.

"와, 오빠 진짜 사악하다."

"내가 뭘."

질렸다는 듯한 루이제의 어투에 에리히가 뻔뻔하게 대꾸했다. 나는 나대로 기가 막혔다. 아니, 이놈이? 나는 지금까지 둘째만 나한테 접근하는 남정네들한테 진상짓을 하는 줄 알았는데 알고 보니 네놈도 공범

이렷다?!

"내 혼삿길이 막히면 전부 다 두 사람 탓이야."

나는 어처구니가 없어서 중얼거렸다. 그리고 그러던 어느 순간 문득 뇌리를 스쳐 지나간 생각에 흠칫했다. 아니, 잠깐만……? 그러고 보니 지난 생에서는 실제로 내 혼삿길이 막혔었지? 혹시 27살이 될 때까지 내가 노처녀였던 이유가 이놈들 아니야?!

"아, 졸업식 시작한다."

하지만 곧바로 졸업식이 시작되었기 때문에 나는 그득히 차오른 의심을 미처 표출하지 못하고 일단 이를 갈며 다음을 기약해야만 했다.

그 후 카벨은 황궁의 제2기사단에 들어가게 되었다. 아침마다 나란히 황성에 출근하는 유진과 카벨의 모습에 나는 괜히 뿌듯했다. 특히 둘째가 저렇게 다 커서 사람 노릇 하는 모습을 보게 되다니! 크으, 이번이 두 번째지만 그래도 너무나 감동인 것.

"에른스트 양, 혹시 카벨 경께 이 편지를 대신 전해 주실 수 없을까요?"

게다가 이렇게 편지 전달 요청까지 나한테 들어오고 말이지?

"지난번에 황성에 들렀을 때 직접 드리려 했었는데 하필 근무 교대 시간에 걸려서……."

마조람 백작 영애는 수줍 수줍, 부끄부끄한 얼굴을 하며 몸을 배배 꼬았다. 헉, 나는 그만 조금 놀라고 말았다. 우, 우리 둘째에게 연애 감정을 품은 처자가 있을 줄이야?! 물론 놈도 허우대만은 멀쩡해서 간혹 겉모습만 보고 관심을 표하는 영애들이 있다는 사실은 알고 있었다.

게다가 정식으로 황궁 소속의 기사가 되고 난 후에는 '기사님 멋져!', '제복 멋져!' 하는 느낌으로 카벨을 향해 두 눈을 초롱초롱 빛내는 영애들도 생긴 것 같았고. 하지만 마조람 양은 다른 사람들 앞에서 날뛰는 카벨을 본 적도 있었기 때문에 나는 더욱 놀랄 수밖에 없었다.

“저희 집 둘째, 카벨 오빠를 말씀하시는 게 맞나요?”

“네에, 귀여우신 게 딱 제 취향이에요.”

마조람 영애는 또다시 수줍어하며 호호 웃었다. 나는 그만 얼떨떨한 기분이 되어 그녀가 건네준 편지를 받고 말았다. 와, 와아. 둘째야, 여기에 널 좋아하는 영애가 있어! 집에 가서 이 편지를 전해 주면 또 얼마나 으쓱거리며 히죽거릴지 눈에 훤히 보이는 듯했다.

오늘은 신년제 행사 때문에 셀레네에 와 있는 참이라 카벨에게 이 편지를 전해 주는 것은 저녁 늦은 시간이 될 터였다. 제2기사단은 황궁에 남아 있어야 해서 오늘 이곳에 오지 못했기 때문이다.

아를란타의 신년제는 매해 제국의 다른 지역에서 열리는데, 이번에는 유리 호수로 유명한 셀레네가 낙점되었다. 신년제 행사가 열릴 장소는 하늘을 그대로 비추고 있는 유리 호수의 주변이었다. 이곳은 사시사철 연꽃이 피어 있어 매우 신비로운 정취를 자랑하는 곳이었다. 듣기로는 아를란타를 수호하는 여신의 맑은 정기가 가득 고여 있어 그렇다는데…… 쿨럭. 여하튼 과연 그런 속설이 있을 만큼 비현실적으로 아름다운 경관이기는 했다.

“하리, 춥지 않아요?”

“그럭저럭 참을 만해요. 로자벨라 양은요?”

“저는 추위를 크게 타지 않아서요.”

나는 로자벨라와 대화를 나누며 저쪽에 서 있는 유진과 에리히, 그리고 요하네스를 힐끔 쳐다보았다. 신년제 행사에서는 여성과 남성이 따로 흩어져 행동해야 했다. 이제 와서는 고리타분하다고 주장하는 사람도 많았지만, 그래도 건국 때부터 이어진 전통이어서 아직까지 바뀌지 않는 문화였다.

"난 추워."

"내 목도리 줄까?"

"아니야, 언니도 춥잖아."

루이제에게 내 은여우 목도리를 벗어주려고 했지만 거절당했다. 대신 나는 루이제의 양손을 붙잡고 체온을 나누었다. 정말 많이 추운지 나한테 붙잡혀서 꼼지락거리는 손이 차가웠다.

"왜 이렇게 호숫가 바로 앞에서 신년제를 하는 거야? 수온 때문에 더 추운 것 같잖아."

루이제의 투덜거림에 나도 동감했다. 유리 호수에 깃든 여신의 정기를 받으면 1년이 길할 거라나 뭐라나. 내 생각에는 그냥 미신 같은데.

"잠시만 실례할게요."

그런데 그러던 어느 순간 내 옆에 있던 로자벨라가 자리를 떠났다. 나는 아는 사람을 만나 인사를 나누거나 다른 곳에서 잠시 쉬려는 것이겠거니 생각하며 멀어지는 그녀의 뒷모습을 별생각 없이 바라보았다. 로자벨라는 신년제를 위한 성화가 놓인 제단 뒤쪽으로 움직였다. 관계자가 아니면 보통 걸음 하지 않는 곳이었기 때문에 나는 조금 의아해졌다.

어라? 그런데 지금 그녀가 향하고 있는 곳에서 문득 붉은 머리카락의 남자를 본 것 같았다. 붉은색 머리를 가진 젊은 남자라면 다이스밖에 없는데? 신년제 행사에 조금 늦는다고 들은 것 같은데 드디어 도착한 건가? 그러고 보니 다이스는 마차 공포증이 있다고 했다. 아마 여기까지 오는 동안에도 마차를 타고 이동했을 텐데 괜찮을까? 제도에서 셀레네까지는 거리가 조금 멀어서 이동하는 시간도 길었을 터다. 로자벨라는 그런 다이스를 알고 있을 테니, 혹시 그의 상태가 신경 쓰여 보러 간 것은 아닐까?

"루이제, 나도 잠깐만……."

생각할수록 나도 다이스가 걱정되어서 아무래도 한번 가 봐야 할 것 같았다.

"하리 양!"

그런데 그때, 라벤더 코르디스가 풍성한 모피 코트를 펄럭이며 내 앞에 나타났다.

"여기에 있었네요. 아까부터 얼마나 찾았는지 몰라요."

그녀는 춥지도 않은지 목과 쇄골 부근이 훤히 드러난 옷차림을 하고 있었다. 물론 까만 모피 코트를 그 위에 걸치기는 했지만 보기만 해도 몸이 으슬으슬해질 정도로 추워 보였다.

"안녕하세요, 코르디스 양."

"성화를 올릴 때 하리 양의 옆에 있어도 될까요? 조금 전에 다이스 전하께서도 도착하셨다고 하니 아마 금방 시작될 것 같은데."

"물론이죠."

"그럼 저랑 저 앞으로……."

"그런데 죄송해요, 코르디스 양. 전 볼일이 있어서 잠시만 자리를 비워야 할 것 같아요. 그래도 식이 시작되기 전까지는 올 테니까……."

나는 미안한 얼굴로 라벤더 코르디스에게 말했다. 역시 신년제가 시작되기 전에 다이스를 한번 봐야 할 것 같았기 때문이다.

"어디를 가시는데요?"

"잠시 저쪽에……."

그런데 라벤더가 갑자기 사나운 얼굴을 하며 내게 쏘아붙였다.

"저쪽은 방금 벨론티아 양이 향한 곳이잖아요. 너무 벨론티아 양하고만 친하게 지내는 것 아닌가요?"

그녀는 나를 보러 오기 전에 로자벨라가 어디론가 향하는 모습을 본 것 같았다. 그래서 지금 내가 이동하려는 것이 그녀를 만나기 위해서라는 생각에 기분이 상한 듯했다.

"로자벨라 양을 만나러 가는 게 아니에요."

"그래요?"

하지만 라벤더는 이미 내 말을 믿지 않는 것처럼 콧방귀를 뀌었다.

"이제 보니 하리 양은 거짓말을 곧잘 하는군요."

나도 슬슬 기분이 불쾌해지기 시작했다. 내가 라벤더에게 거리를 두었던 것은 사실이지만 그래도 그녀에게 예의를 다하지 않은 적은 없었다. 그런데 라벤더는 지금 내게 빈정거리듯 말하며 무례하게 굴고 있었다.

"좋아요, 가세요. 벨론티아 양이 기다리고 있을 테니 늦지 않게 가 보셔야죠. 어서 서둘러야 벨론티아 양의 뒤꽁무니라도 쫓을 수 있지 않겠어요?"

나는 잠시 얼굴을 굳히고 라벤더 코르디스를 바라보다가 더 이상 말하지 않고 자리에 멈추었던 발길을 뗐다. 바로 그때, 라벤더 코르티스가 내게 발을 걸었다.

"아……!"

공교롭게도 우리가 있는 곳의 옆쪽은 호수의 낮은 물가였다. 라벤더는 심지어 자신의 발에 걸려 휘청이는 나를 슬쩍 옆으로 밀쳐 내기까지 했다. 첨벙! 나는 그녀가 바라던 대로 물 위로 떨어졌다.

"어머, 하리 양! 조심했어야죠."

머리 위에서 어쩌면 좋냐는 듯이 크게 외치는 목소리가 참으로 가증스럽기도 했다. 그래도 지금 내가 떨어진 곳은 무릎 정도까지만 수면이 올라와 있는 얕은 물가였다. 그나마 다행이라고 할 수 있었지만 물에 빠질 때 짚은 손과 옷의 소매 부분을 포함해, 특히 드레스의 밑 부분은 완전히 쫄딱 젖어버렸다. 나는 어처구니가 없어서 위에 있는 라벤더를 찌푸린 얼굴로 올려다보았다.

아니, 도대체 나이가 몇인데 유치하게 발이나 걸고 있는 거야? 우리 셋째도 10년 전에 그만둔 걸! 게다가 지금은 엄동설한이라 차가운 호수에 닿은 팔과 다리가 꽁꽁 얼 것처럼 시렸다. 언니, 나 마음에 안 들죠?

근데 나도거든! 뭐 저런 어이없는 애가 다 있다지? 내 변고를 알아차린 사람들이 웅성거리며 호숫가로 더 가까이 다가들었다. 라벤더 코르디스는 여전히 무고한 척 호들갑을 떨며 외치고 있었다.

"하리 양, 괜찮아요? 이를 어쩌면 좋아. 왜 가만히 있다가 혼자서 넘어지고 그…… 꺄악!"

그러나 그녀의 뻔뻔함은 오래가지 못했다. 나는 갑자기 내 옆쪽으로 떨어지는 라벤더를 황당하게 쳐다보았다.

풍덩!

"어머, 코르디스 양! 조심했어야죠. 왜 칠칠맞게 혼자서 넘어지고 그러시나요?"

이번에는 머리 위에서 루이제가 외쳤다. 잘은 몰라도 라벤더를 물에 빠뜨린 것은 루이제인 것 같았다. 이 모든 일이 1분도 되지 않는 사이에 벌어졌다는 사실에 헛웃음이 나왔다.

"하리!"

곧 귓가에 남성 특유의 굵직한 목소리가 울렸다. 그 목소리가 한 사람의 것이 아닌 걸 보니 오늘 신년제에 함께 참석한 두 형제나 요하네스인 것 같았다. 그 직후, 누군가 주저 없이 내가 있는 물가로 발을 들였다.

"아니, 그냥 나 혼자 올라갈 수 있는데…… 으앗!"

그런데 나를 더욱 당황하게 할 만한 일은 다음 순간 일어났다. 유진이 그대로 나를 물에서 건져 안아 든 것이다! 어억, 잠깐만요! 이건 좀 아니잖아요! 보는 눈도 많은데 이런 모양새는 좋지 않아!

"자, 잠깐만, 이건 좀 아니라고 생각……."

"가만히 있어."

하지만 유진은 내가 화들짝 놀라서 버둥거리거나 말거나 굳은 얼굴을 한 채 그대로 나를 데리고 걸음을 옮겼다. 사실 물을 먹은 드레스가 무거워져서 움직이기 힘들기는 했다. 하지만 그래도 이렇게 유진까지 옷을 적시며 나를 도와주기를 바란 것은 아니었다.

유진의 얼굴이 얼음장처럼 차게 식어 있어서 나는 더욱 이러지도 저러지도 못했다. 그러면서 언뜻 시선을 돌리니 라벤더가 백지장처럼 희게 질린 얼굴을 하고 유진을 올려다보는 것이 보였다. 그녀는 조금 전 물에 제대로 빠졌는지 나보다 더 홀딱 젖어 있었다. 하지만 유진이 움직여서 더 이상 라벤더의 상태를 살필 수는 없었다. 두 눈을 동그랗게 뜨고 있는 사람들이 곧 내 시야에 들어왔다. 악, 나는 부끄러워서 얼굴을 가리고 싶어졌다. 하지만 호수에 담갔던 손이 꽁꽁 얼어붙어서 마음대로 움직여지지가 않았다.

"하리, 괜찮아?"

"시종 어디 있어? 지금 당장 수건이랑 담요 가져와!"

그래도 유진이 성큼성큼 걸음을 서두른 탓에 금방 다른 사람들이 모인 곳으로 올라올 수 있었다. 요하네스와 에리히, 그리고 루이제도 곧바로 우리 옆에 붙었다. 그때, 한 무리의 사람이 헐레벌떡 뛰어왔다.

"괘, 괜찮으십니까?"

"신년제의 주관인인가? 관리를 소홀히 한 책임은 나중에 묻겠다."

유진의 냉랭한 말에 그들의 얼굴이 대번에 사색이 되었다. 모두 제단 쪽에서 뛰어온 걸 보니 다이스의 문제로 그쪽에 모여 있던 참인 것 같았다. 저기, 그런데 왜 날 아직도 안 내려 주는 거냐?

"오빠, 나 내려 줘."

"지금 네 몸이 얼마나 얼음장 같은지 알아? 그냥 있어."

"아니, 괜찮으니까 제발 내려 주세요."

그건 당신도 마찬가지 아니니? 저 물속에 들어갔던 게 나 혼자도 아니고. 하지만 내가 고집을 부려도 유진은 눈 하나 꿈쩍하지 않았다. 앗, 그런데 라벤더 코르디스는?

"코르디스 양은?"

"알아서 하겠지."

내 물음에 에리히가 알 게 뭐냐는 듯 말했다. 날 빠뜨린 게 라벤더라는 사실은 아직 모르는 것 같았고, 그냥 말 그대로 남이야 어찌 되든 내 알 바 아니라는 생각 같았다. 그래도! 아무리 걔가 날 물에 빠뜨린 나쁜 애라고 해도 그냥 저렇게 두고 오면 안 되지! 게다가 루이제가 세게 밀었는지 물에 살짝 빠진 나랑 달리 완전히 폭삭 젖었던데. 물론 귀족들이 다 같이 모인 신년제이니만큼 이미 시종이나 호위 기사들이 그녀를 물에서 건져 주고 있을 확률이 높았다.

"코르디스 양도 나왔어?"

"지금 다른 사람들이 꺼내 주고 있어. 신경 쓰지 마."

유진이 뒤쪽에 시선 한 자락 주지 않고 말했다.

"지금 위로 올라왔어. 저쪽도 바로 마차로 이동할 것 같아."

요하네스까지 그렇게 말하고 나서야 마음이 놓였다. 때마침 시종이 커다란 담요를 가져와서 나는 거기에 둘둘 말린 채로 여전히 유진에게 안겨서 마차로 이동했다.

"언니, 저런 여자 걱정해 주지 마! 언니가 왜 물에 빠졌는데!"

그때, 옆에서 종종걸음으로 따라오던 루이제가 심통 난 목소리로 외쳤다. 바로 그 순간 주위의 공기가 순식간에 변하는 느낌이 들었다. 헉, 왜인지 저 말에 수긍하면 안 될 것 같아! 지금 내 주위에 언제 터질지 모르는 폭탄이 여러 개 있다고 내 촉이 말해주고 있어!

"그냥 내가 실수한 거야."

나는 남몰래 식은땀을 삐질 흘리며 말했다. 아무리 그래도 오늘이 신년제인데 나 때문에 말썽이 일어나는 것은 바라지 않았다. 다행히 그 후로 세 남자와 루이제는 별말을 하지 않았지만…… 왜, 왜 이렇게 난 불안한 거지? 왠지 나한테 캐묻지 않으니까 더 걱정이 되고 막…….

"여벌 옷으로 갈아입어. 젖은 곳은 잘 닦아 내고."

그래도 마차 안에는 보온 장치가 되어 있어서 따뜻했다. 나는 하녀들의 도움을 받아 안에서 옷을 갈아입었다. 소매와 치맛자락이 젖은 채로 달라붙어서 조금 끙끙거리며 고생해야만 했다. 어느덧 밖에서는 신년제가 시작된 것 같았다. 하지만 나는 거기에 참석할 상황이 아니었기 때문에 그냥 마차 안에 남았다.

다들 나랑 같이 있겠다고 했지만 그래도 올해의 무사 평안을 비는 첫 행사인 데다 다 같이 얼굴 도장 한 번 안 찍고 마차 안에 와글와글 몰려 있는 것도 좋지 않을 것 같아서 그냥 다 보내 버렸다. 그렇게 옷을 갈아입고 담요에 얼어붙은 손과 발을 푹 파묻었을 때, 누군가 문을 두드려 왔다.

"하리."

앗, 유진의 목소리였다. 그러고 보니 그도 옷을 갈아입었을까?

"오빠, 들어와."

나는 직접 문을 열어 그를 안으로 들여보냈다. 열린 문밖으로 언뜻 다이스의 목소리가 새어 들었다. 지금 그가 신년제의 축사를 사람들 앞에서 발표하고 있는 모양이다.

"안 가 봐도 돼?"

그러자 유진이 힐끔 옆쪽을 쳐다보며 대답했다.

"상관없어. 아무도 안 찾아."

사실 그럴 리는 없었다. 유진은 누구나 말 한 마디 붙이고 싶어 안달을 내는 에른스트 공작이었으니까. 맞은편에 앉은 그의 시선이 담요 위로 떨어졌다. 순간 유진의 눈가가 미세하게 찌푸려졌다.

"좀 더 잘 덮고 있어."

그는 내 다리에 덮은 담요를 직접 정리해 주었다. 그 손길이 꽤나 꼼꼼했다. 나는 그런 유진을 가만히 바라보았다.

"손이 아직도 빨개."

"괜찮아."

그의 시선이 닿은 손이 괜히 의식되어서 나는 손가락을 꼼지락거렸다. 그럼에도 검은 눈동자는 무릎 위에 올려진 내 손에서 떨어질 줄을 몰랐다. 잠시 후, 나는 피부 위로 스미는 온기에 손끝을 움찔 떨고 말았다.

느리게 움직인 유진의 손이 내 손등을 덮었다. 그리고 이내 완전히 감싸 쥐었다. 순식간에 사방에서 따스한 체온이 밀려들었다. 분명 붙잡힌 것은 손이었는데도, 나는 사슬에 온몸을 묶이기라도 한 것처럼 옴짝달싹하지 못했다.

아까 내가 밖에서 루이제의 손을 잡아 체온을 나누어주었던 것처럼, 유진도 내게 그렇게 했다. 아래로 내리깔린 눈동자는 여전히 그와 나의 포개진 손을 응시하고 있었다. 그건 내게 있어 퍽 다행인 일이었다. 내 눈이 동요를 감추지 못해 이리저리 흔들리고 있을 것이 너무나 선명히 느껴졌다. 나는 마음을 가라앉히고자 잠시 동안 눈을 감았다. 그리고 다시 눈꺼풀을 들어 올렸을 때, 이번에야말로 앞에 있는 사람과 눈이 마주쳤다. 굳게 닫혀 있던 유진의 입술이 천천히 벌어졌다.

"나는 너한테 좋은 오빠이고 싶어."

그 말을 들은 순간 가슴이 덜컥 내려앉았다가 조금 빠르게 뛰기 시작했다. 무슨 의미일까……? 그럴 일은 없겠지만, 혹시 그가 내 마음을 눈치채서 이런 말을 하는 것이 아닌가 하는 생각이 잠시 머릿속을 스쳐 지나갔다.

"이미 넘치도록 좋은 오빠야."

혹시 지금 내 표정이 어색해 보이면 어떡하지? 그러나 유진은 거기에서 더 이상 말을 잇지는 않았다. 나도 조용히 숨을 내쉬며 여전히 겹쳐진 살갗에서 파고드는 온기를 느꼈다.

따끔따끔. 겉인지 속인지 모를 곳이 어째서인지 조금 따가웠다. 꼭 종이에 베인 날카로운 상처에 물이 스미는 것처럼, 아픈 곳이 정확히 어디인지 알 수가 없는 그런 쓰라림이었다. ……그래도 먼저 손을 놓고 싶지는 않아서, 나는 다른 누군가가 마차의 문을 두드릴 때까지 계속 유진의 손을 붙잡고 있었다.

"전하, 괜찮으신가요? 전하?"

나는 아까부터 멍한 표정을 짓고 있는 다이스를 불렀다. 그는 무슨 이유 때문인지 내가 유리 온실에 도착했을 때부터 계속 이렇게 넋이 나간 얼굴을 하고 있었다. 이 사람 진짜 왜 이래? 신년제의 여파인가. 아니면 마차 공포증의 후유증? 내가 그의 눈앞에 대고 손을 흔들 때쯤에야 다이스는 정신을 차렸다.

"아, 영애. 언제 왔어?"

"아까 인사도 나누었잖아요."

"그랬었나……."

나는 여전히 머리에 구멍이 난 것 같은 다이스를 이상하다는 듯이 쳐다보았다.

"참, 영애는 괜찮아? 그때 호수에 빠졌다며."

"예, 금방 빠져나와서 괜찮았어요."

"어쩌다가 그런 거야?"

나는 잠깐 고민하다가 그냥 대수롭지 않은 이유라는 듯 말했다.

"실수로 발을 접질러서요."

"영애도 은근히 덤벙거리는 성격인가 봐?"

큭, 사실은 아니지만. 그래도 라벤더 코르디스가 홧김에 나를 밀어서 떨어뜨렸다고 동네방네 소문을 내기는 좀 그랬다. 물론 만약 라벤더가 자신을 호수에 떨어뜨린 게 루이제라는 사실을 퍼뜨리고 다니면 나도 가만히 있지는 않겠지만.

"그래서 신년제 행사에 참가를 못 했어요. 송구합니다."

"아니, 아니야. 그럴 만한 사정도 있었는데 뭘. 신년제라고 해도 뭐 대단한 걸 하는 것도 아니고."

하지만 지금으로 봐서는 그러지 않을 것 같았다. 나는 이틀 전 내 앞으로 온 편지를 떠올리며 눈매를 좁혔다. 그것은 라벤더 코르디스에게서 온 편지로, 신년제 때의 일을 내게 정식으로 사과하고 싶으니 조만간 꼭 코르디스의 저택에 들러 달라고 적혀 있었다.

어쩌지, 가야 할까? 사과하고 싶다는데 그냥 무시하기도 좀 그렇고. 게다가 그날, 나를 데리고 호수에서 나가는 유진을 멍하니 바라보고 있던 그녀의 얼굴이 마음에 걸리기도 했다. 끄응. 나는 여전히 끝나지 않은 고민을 끌어안은 채로 지나가듯 다이스에게 물었다.

"그날 로자벨라 양을 만나셨죠?"

"푸읍!"

그런데 내 말에 다이스가 마시던 찻물을 입 밖으로 뿜었다. 나는 갑자기 허둥지둥하는 그를 보며 두 눈을 가늘게 떴다.

"왜 그렇게 당황하세요?"

"여, 영애가, 그걸 어, 어떻게 알아?!"

"로자벨라 양이 전하가 계시는 제단 뒤쪽으로 가는 걸 봐서요."

다이스는 금방 정신을 차린 듯, 곧 헛기침을 하며 의연히 대답했다.

"크흠, 그래. 그냥 짧은 담소를 나누었을 뿐이야."

"그러신가요?"

나는 말끝을 흐리며 마주한 얼굴을 살폈다. 하지만 그의 표정에서는 아무것도 드러나 보이지 않았다. 뭔가 미심쩍었지만 곧이어 다이스가 화제를 돌렸기 때문에 나는 무언가를 더 물어보지 못했다.

"이쪽으로 와서 앉아요, 영애."

이틀 뒤, 나는 라벤더 코르디스를 마주하고 있었다. 결국은 코르디스의 저택에 방문하고 말았다. 딱히 사과를 받고 싶어서라기보다는 그냥 뭐라고 말하나 한번 들어 보기는 하자는 생각에서였다. 이번 생에서의 라벤더는 지난 생처럼 내게 꾸준히 직접적인 위해를 끼치지 않았기에 마음을 돌린 것이었다.

물론 얼마 전의 신년제에서 나를 호수에 빠뜨리기는 했으나 그것은 어디까지나 충동적인 심술에서 비롯된 일인 것 같았고, 또 그날 충격을 받은 듯이 유진을 올려다보던 라벤더의 얼굴이 묘하게 계속 마음에 걸리기도 했다. 그러고 보면 오늘 나를 이렇게 불러 사과하려고 한 이유도 내가 유진에게 진실을 밝혀 혹여나 자신이 그에게 미움받게 될까 봐 우려되어서일 수도 있을 것 같았다. 물론 내게는 그녀의 불안감을 해소해 줄 의리도 이유도 없었으므로 그에 대해 라벤더에게 무어라 말해줄 생각은 없었다.

"오래 있고 싶은 마음은 없으니 본론만 말씀해 주셨으면 좋겠어요."

비록 지금 이렇게 라벤더와 마주 보고 있기는 하지만 그녀와 친해지고 싶은 마음은 여전히 없었다.

"그래요, 나도 영애와 오래 마주 보고 있을 생각은 없어요."

그런 마음은 그녀 역시 마찬가지인 듯했다. 하기야 지난번에 호수에 나를 밀쳐 빠뜨리기까지 했는데 이제 와서 친해질 수 있으리라는 생각은 라벤더 역시 하고 있지 않을 터였다.

"도대체 비결이 뭔가요?"

그런데 이어진 그녀의 말은 퍽 놀라웠다.

"그 많은 남성분을 치마폭에 감싸 휘두르고 다니는 비결이요."

그 순간 찻잔을 들고 있던 손이 허공에서 멈추어졌다. 나는 테이블을 사이에 두고 내 맞은편에 앉은 사람을 바라보았다. 라벤더는 꽤 양순해 보이는 얼굴로 미소 짓고 있었지만 그 안에 들어 있는 조롱의 의미도 알아차리지 못할 정도로 둔하지는 않았다.

"에른스트의 세 공자님뿐만 아니라 바스티에의 공자님도, 그리고 다이스 전하도 영애에게는 사족을 못 쓰잖아요. 난 전부터 그게 참 신기하고 이상했어요. 당신이 뭐가 그렇게 잘났기에 그 대단하신 분들이 앞다투어 매달릴까. 그런데 아무리 생각해 봐도 모르겠는 거예요."

아, 그렇구나. 오늘 그녀가 나를 부른 것은 지난 일을 사과하기 위해서가 아니었다. 나도 참 어떻게 그런 바보 같은 생각을 했을까. 이 여자가 어떤 사람인지 뻔히 알고 있으면서도.

"당신이 다른 영애들에 비해 나은 점이 뭐 하나라도 있어요? 난 모르겠던데. 그나마 봐줄 만한 거라고는…… 그 정도면 나름대로 반반한 축에 드는 얼굴인가? 사실 그것도 난 잘 모르겠지만."

나는 라벤더의 목적을 깨닫고 손에 들고 있던 찻잔을 테이블 위에 내려놓았다.

"에른스트의 권세가 무서워 대놓고 떠드는 사람은 없다지만 난 나처럼 생각하는 이가 많다는 걸 알아요."

앞으로 이어질 라벤더 코르디스의 말을 예상하는 것은 그리 어렵지 않았다. 왜냐하면 나는 지난 생에서도 그녀에게 이와 같은 말을 몇 번이나 들어 본 적이 있었다.

"그래요, 천박한 사람에게는 그에 딱 어울리는 천박한 방법이 있는 거겠죠. 그래서, 다른 사람들 몰래 몸이라도 굴리고 다니는 건가요, 에른스트 양? 나한테만 솔직히 말해봐요."

이제껏 내게 가식을 떨며 살가운 척하던 라벤더 코르디스는 어디에도 없었다.

"영애가 그나마 갖고 있는 게 그런 것밖에 없잖아요. 값싼 몸뚱이. 한

번 대 준다고 해서 티가 나는 것도 아니고, 얼마든지 재활용이 가능한 부분이니 내세우기도 참 쉬웠을 거야."

그러나 이런 모습이 차라리 그녀다웠다. 내게 접근하며 어떻게든 환심을 사려 애쓰던 중에도 그녀는 이따금 나를 향한 경멸과 불만의 눈초리를 숨기지 못하곤 했다. 어쩔 수 없이 어울려 준다는 듯 내게 손을 내밀기는 했지만, 차라리 지금 그녀가 가감 없이 내뱉고 있는 말들이 본래 그녀의 속에 품고 있던 진심에 가까울 것이다.

"하긴, 그 더러운 습성이 어디 가겠어요? 영애는 예전에 살던 곳에서 꽃을 팔고 다녔다면서요? 내가 듣기로 그게 뒷골목의 은어라고 하던데……."

다만 하루아침에 돌변한 그녀의 태도가 다소 의아했다. 그녀는 마치 더 이상은 내 존재를 참아줄 수가 없다는 듯 나를 공격하고 있었다. 지금까지의 라벤더가 보였던 태도와 사뭇 다른 행동이었다. 로자벨라와 관련된 일의 연장선으로 이런다고 하기에도 무리가 있어 보였다. 도대체 무엇에 자극받아 내게 이러는지 영문을 알 수 없었다.

"사창가에서 창녀들이 몸을 팔 때 '꽃을 판다'고 표현한다면서요? 혹시 영애도 그런 건가요?"

라벤더는 말 그대로 눈에 뵈는 게 없는 사람처럼 나를 어떻게든 모욕하기 위해 혈안이 되어 있었다. 곧 그녀가 나를 향해 눈살을 찌푸리며 날카로운 웃음을 터뜨렸다.

"세상에. 어쩐지 영애의 근처에만 가면 고약한 냄새가 진동하는 것 같더라니. 거리에서 살던 때의 버릇을 아직도 버리지 못했나 봐요?"

예전에도 삼 형제의 눈을 피해 라벤더 코르디스가 내게 했던 말이었다. 그래서 그런지 나는 동요 없이 마주한 얼굴을 바라볼 수 있었다.

"전 에른스트 공작 부부는 도대체 무슨 생각으로 당신 같은 사람을 가문에 들인 건지 모르겠네요. 맙소사, 사창가에서 구르던 창녀라니."

전혀 새로운 상황, 하지만 예전의 반복이었다.

"하기야 지금 하고 다니는 짓을 보면 알 만하긴 하네요."

……아, 슬슬 좀 지겹다. 나는 무미건조한 눈으로 눈앞의 조롱 어린 미소를 응시하며 생각했다.

"그런 게 영애의 비결이라면 확실히 내가 따라 할 수는 없겠어요. 너무 추잡하다고 생각 안 해요?"

그러고 보면 나는 다른 사람들이 지금의 라벤더 코르디스처럼 나를 생각하는 것을 조금 두려워했던 것 같기도 하다. 내 처지가 이렇기 때문에, 내가 더 열심히 다른 사람들의 환심을 사지 않으면 저런 꼬리표가 항상 내 뒤에 붙어 다닐 것이라고 생각했다.

그래서 항상 남의 이목을 의식하며 소문을 겁내고, 혹시 누가 나를 오해해 악담을 퍼뜨리지 않을까 걱정하고. 늘 그런 하루하루를 살았다. 하지만 이제는 그런 것도 지겹다.

"네가 하고 싶은 대로 해."

문득 언젠가 유진이 내게 해주었던 말이 머릿속에 떠올랐다.

"가고 싶은 곳이 있으면 어디든 가고, 하고 싶은 일이 있으면 뭐든지 해도 좋아."

"전에도 말했지만 만약 싫으면 억지로 수긍할 필요 없어. 누구도 너한테 강요 못 해."

그는 몇 번이나 흔들림 없이 곧은 목소리로 내게 그렇게 말해주었다. 나는 지금까지 라벤더 코르디스가 내게 이런 식으로 말할 때 바보처럼 그런 게 아니라고 해명하는 것밖에 하지 못했다. 다른 사람들도 정말 그녀와 같은 시선으로 나를 보고 있을까 봐 신경이 쓰였다.

하지만 무엇을 위해서 그랬던 걸까……? 이제 와서 생각해 보면 전부 다 부질없었다. 내가 어떤 행동을 보이고 어떻게 변명하건, 나를 못마땅해하는 사람들은 그와 상관없이 얼마든지 나에 대해 저런 식으로 말할 수 있었다. 내가 무슨 짓을 하든 내 과거는 사라지는 것이 아니다. 설령 내가 아를란타에서 가장 고귀한 신분이 된다 해도 나를 두고 저런 말을 떠드는 사람들은 있을 것이다.

그리고 실제로 라벤더 코르디스가 말하듯, 거의 모든 사람이 나에 대해 저렇게 악의적인 생각을 품고 있는 것도 아닐 터였다. 그렇다면 그런 소리들에 일일이 상처받고 신경 쓰는 것은 어떤 의미로 시간 낭비가 아닐까? 스스로가 고고한 줄 아는 저런 치졸한 사람들이 어차피 저 좋을 대로 떠드는 소리쯤은 코웃음 치며 무시해도 되었던 것이 아닐까? 사실 나는 나와 아무런 관련도 없고, 또 내게 아무런 의미도 가지고 있지 않은 그들이 나를 이런 식으로 함부로 상처 입히게 내버려 두어서는 안 되었던 게 아닐까.

"그런 게 무슨 상관이야. 지금 그대는 에른스트잖아."

그리고 다이스의 단호한 말까지 어렴풋이 귓가에 울리는 순간, 나는 결정했다. 그냥 다 그만두자. 나는 잘못한 것이 없었고, 그렇다면 남들이 뭐라 하건 내가 당당하고 떳떳하면 되었다.

드륵. 나는 조용히 자리에서 일어났다. 그러자 라벤더 코르디스가 마치 꼬리를 말고 달아나는 개를 보는 것처럼 비릿한 미소를 지었다.

"아무 해명도 안 하는 걸 보니 자기 자신을 잘 알긴 하는군요? 하긴, 그 더러운 몸뚱이로 할 줄 아는 거라고는 그런 것밖에……."

하지만 나는 곧바로 자리를 떠나지 않았다. 촤악! 그리고 내 앞에 있는 찻잔을 들어 그 안에 있는 액체를 가차 없이 앞에 있는 사람에게 뿌렸다.

"뭐……."

미지근하게 식은 찻물이 라벤더 코르디스의 얼굴을 타고 흘렀다. 그녀는 설마 내가 이런 짓을 할 줄은 몰랐다는 듯 황망한 표정을 짓고 있었다. 그 얼굴을 보자 그나마 속이 좀 시원해졌다.

"당신의 모욕을 내가 가만히 참고 들어줄 줄 알았다면 큰 오산이에요."

나는 싸늘하게 그녀를 내려다보며 입을 열었다. 더 이상은 그녀가 내 앞에서 쉽게 입을 놀리게 내버려 두지 않을 생각이었다.

"우습네요, 코르디스 양. 말에서는 그 사람의 인격이 배어 나온다고 하죠. 당신의 그 입에서 한 마디씩 뱉어져 나올 때마다 아주 지독한 냄새가 나는데, 이래서야 누가 진짜 더러운 사람인지 모르겠어요."

상대방을 깔보고 조롱할 줄 아는 것은 그녀뿐만이 아니었다. 하물며 먼저 나를 공격한 사람에게 보여 줄 예우 따위는 없었다.

"그래, 천박한 사람에게 딱 어울리는 천박한 방법이 있다고 했나요? 지금 당신이 보여 주는 게 그런 거군요. 직접 알려 줘서 고마워요. 이렇게 경박하고 상스러운 방법으로 자기 수준을 증명하다니."

사실 나는 줄곧 그녀에게 이러고 싶었던 것 같다. 나를 천박하다고, 더럽다고, 무시하고 깔보고 비아냥거리는 라벤더 코르디스를 볼 때마다 너 따위가 뭘 아냐고 말하고 싶었다.

"지금 스스로의 모습이야말로 추하다는 건 알아요? 한 번쯤 거울을 보는 게 어때요. 나는 그 뒷골목에 살 때에도 지금의 당신처럼 비열하고 더러운 사람은 본 적이 없었어요."

하지만 그때 그러지 못했던 건, 내가 지금보다 더 자신감 없는 겁쟁이여서였겠지.

"확실히 사람의 고귀함이라는 건, 날 때부터 가지고 태어난 피로 전부 결정되는 건 아닌 것 같네요. 그따위 생각밖에 못 하는 당신이 불쌍할 정도예요."

"뭐라고……!"

내가 하는 말을 넋 놓고 듣고 있던 라벤더 코르디스의 얼굴이 마침내 발갛게 달아올랐다. 자신은 조금 전 내게 그보다 더한 말을 지껄여 놓고 이 정도에 얼굴을 붉히며 파들거리는 그녀의 꼴이 우스웠다.

"인정 못 해……!"

별안간 분노를 담은 거친 음성이 귓전을 울렸다.

"에른스트의 성 하나 이름 뒤에 달게 되었다고 길거리를 전전하던 천박한 계집이 진짜 유리 구두를 신은 귀공녀라도 될 수 있을 줄 알아? 당신은 에른스트에 어울리지 않아! 난 인정 못 해! 죽어도 못 해!"

하지만 그녀의 말은 비웃어줄 가치조차 없었다. 나는 라벤더 코르디스가 내게 그랬듯, 마주한 사람을 향한 경멸을 감추지 않은 채 싸늘하게 읊조렸다.

"내가 에른스트에 걸맞은 인간인지 아닌지를 당신 앞에서 굳이 증명해야 할 이유가 있나요?"

그것은 지난 생에도, 또다시 한번 되돌아온 이번 생에도 결코 변하지 않는 사실이었다.

"나는 이미 이 자체로 하리 에른스트인데."

그렇게 말하는 순간, 내 안에서 무언가가 해방된 것 같았다.

"하리는 이미 그 자체로 에른스트입니다."

오래전 유진이 해주었던 그 말이 맞았다. 나는 하리 에른스트다. 내가 어떤 인간이든, 내가 무슨 일을 하든, 그런 것과는 아무런 상관없이.

"당신이 무슨 권리로 내 자격을 운운하나요?"

그리고 내게는 이미 이와 같은 말을 해주는 사람들이 있다. 그러니 더는 아무것도 두렵지 않았다.

"나는 당신의 인정을 필요로 하지 않아요. 그런 것 따위 내게 하등의 의미도 가치도 없으니까."

오연한 내 태도에 라벤더가 입술을 달싹였다. 그러나 그녀는 말문이 막힌 듯 아무 말도 내뱉지 못했다.

"도대체 당신이 뭐기에. 스스로가 그렇게 대단한 사람이라도 되는 것 같아요?"

나는 마주한 사람을 향해 메마른 비소를 보이며 말했다.

"주제를 알아요, 라벤더 코르디스."

라벤더는 새하얀 얼굴이 되어 밭은 숨을 내쉬었다. 나는 그런 그녀를 내버려 둔 채 먼저 응접실을 벗어났다.

"가요, 비숍 경."

안에서의 고성을 들었는지, 에단이 문 바로 앞에 서 있었다. 여차하면 안으로 들어올 생각이었던 것 같았다.

"괜찮으십니까?"

"괜찮지 않을 이유가 없어요."

그녀가 나를 눈꼴시어 하는 이유를 이해하지 못하는 것은 아니었다. 뒷골목을 전전하던 천한 계집이 운 좋게 에른스트에 들어가 자신과 비등한 위치에 있게 되었으니 일단 그 자체가 싫기도 했겠지. 하지만 그렇다 해서 내가 이런 식으로 취급받아야 할 이유도 없었다.

"기다려!"

그런데 저택의 복도를 걷는 내 뒤를 라벤더가 따라왔다. 하지만 에단이 가로막았기 때문에 그녀는 내게 일정 거리 이상 접근할 수 없었다. 라벤더는 시뻘게진 눈으로 그를 노려보다가, 곧 이를 악물며 내게 소리쳤다.

"네가 그에 대해 뭘 알아?"

나는 그녀가 말하는 '그'가 누구인지 곧바로 알아차리지 못했다.

"지금 내 앞을 가로막고 있는 이 사람이 누구인지는 알아? 아니, 모르겠지! 그 사람이 너한테는 전부 숨겼을 테니까!"

하지만 잇따른 말을 듣는 동안 라벤더 코르디스가 지금 입에 올린 사람이 유진이라는 사실을 깨달았다. 내 생각에 확신을 더해 주듯, 곧이어 그녀가 그의 이름을 명확히 입에 담았다.

"유진 에른스트가 지금까지 죽인 사람이 몇 명이나 되는지 알아?"

라벤더가 독기를 품은 눈으로 나를 노려보며 내뱉은 말에 나는 불현듯 숨을 멈추었다. 그런 내 반응을 비웃듯 이어지는 목소리가 더욱 비릿해졌다.

"슈마하, 아델가르, 레놀드를 비롯해서 지난 수년간 씨조차 말라 멸문한 가문이 몇이나 되는지, 왜 그렇게 되어야만 했는지, 그리고 그렇게 만든 사람이 누구인지 깊게 생각해 본 적이나 있어?"

마주한 사람의 입에서 쉬지 않고 쏟아져 나오는 말에 서서히 손끝이 차게 식었다. 그녀는 이제껏 내가 굳이 알려고 하지 않았던 것들에 대해 말하고 있었다. 그때까지 라벤더를 가로막고 서 있던 에단도 한순간 멈칫했다. 하지만 그녀의 행동은 제약할 수 있어도, 그녀의 말까지 막을 수는 없었다.

"그 사람이 이제껏 제 손에 직접 피를 묻히면서 죽인 사람은 거의 제 일가친척들이지. 본보기라도 삼듯이 애도 어른도 가리지 않고 다 죽였어."

악에 받쳐 외치는 음성이 내 고막을 가차 없이 파고들었다.

"오죽하면 에른스트 공작이 아를란타에 시체를 산처럼 쌓으려는 게 아니냐는 소리까지 돌았을까? 지금 옆에 있는 사람한테 한번 물어봐. 앞장서서 제 아버지와 형제들까지 죽인 패륜아인 건 매한가지니까! 안 그래, 에단 슈마하?"

내 시선이 에단의 등으로 날아가 박혔다. 지금 내가 잘못 들은 것은 아닐까? 그러나 조금 전 라벤더의 입에서 나온 그의 이름은 너무나 선명하게 내 귀를 파고들었다. 에단은 침묵했다. 그러자 이번에는 새빨간 눈이 나를 향해 미끄러졌다. 그 직후 라벤더가 나를 비웃으며 말했다.

"네가 그에 대해 모든 걸 다 알고도 옆에 있을 수 있을까? 그동안 얼마나 많은 피를 묻혔는지 알고도 아무렇지 않게 그 손을 잡을 수 있어? 이제껏 그 사람이 벌인 끔찍한 죄악들을 알고도 지금처럼 태연한 얼굴로 그 사람을 볼 수 있겠느냐는 말이야!"

여전히 손끝이 차가웠다. 무방비한 상태에서 고스란히 뒤집어쓴 가시 박힌 말이 폐부를 아프게 찔렀다. 악의로 뒤범벅된 라벤더 코르디스의 눈빛이 나를 비웃는 듯했다.

"그래서?"

하지만 나는 아무것도 겉으로 드러내지 않고 입을 열었다.

"그게 무슨 상관인데."

건조한 목소리가 조용한 복도에 울려 퍼졌다.

"수십 명을 죽였든, 수백 명을 죽였든, 그 대상이 피 한 방울 안 섞인 남이든 친척이든. 그게 무슨 상관인데?"

내 표정이 바람대로 꽤 무덤덤한지, 라벤더 코르디스의 얼굴이 일그러졌다.

"라벤더 코르디스, 착각하지 마. 당신 말이 전부 사실이라 해도 나는 아무렇지 않아."

나는 끝까지 냉정하게 말한 뒤 뒤돌아섰다.

"나한테 그 사람은 그냥 유진이야."

조금 전 그녀가 내뱉은 말이 내게 아무런 흠집도 내지 못했다는 것을 증명이라도 하듯이.

"내가 죽을 때까지 그건 안 변해."

"아무것도 묻지 않으십니까?"

에단의 가라앉은 음성에 나는 고개를 들었다. 어쩐 일로 그는 내 방에 먼저 찾아와 문가에 우두커니 서 있었다. 라벤더 코르디스를 만나고 온 이후 나는 에단과 아무 대화도 하지 않고 곧장 방으로 들어왔다. 그리고 어느 정도 시간이 지난 지금, 그가 내 방문을 두드린 것이었다.

"당신이 내게 말하고 싶은 걸 해봐요."

나는 천천히 입을 열었다. 충분히 내가 먼저 그에게 무언가를 물어도 될 만한 상황이었지만 그러고 싶지 않았다. 그냥 그가 내게 알려 주고 싶은 것만 말해주었으면 했다. 만약 내가 알아야 마땅한 일까지 숨기려 한다 해도 그냥 묵인할 셈이었다. 잠시 후 에단의 입에서 나직한 음성이 흘러나왔다.

"제 원래 이름은 에단 슈마하입니다."

문득 예전에 그에게 들은 적 있던 말이 떠올랐다. 마치 고해라도 하듯 자신에게는 '자격이 없다'고 했던 그의 말이.

"죽은 슈마하 백작의 사생아였죠."

에단은 여전히 표정 없는 얼굴을 한 채 담담히 자신의 이야기를 내게 해주었다. 본래 그의 이름은 에단 슈마하로, 삼 형제의 당숙이었던 슈마하 백작의 사생아라고 했다. 자신의 씨가 바깥으로 나도는 것을 우려한 슈마하 백작은 그를 거두어 슈마하라는 성을 준 뒤 집안에 가두어 두었다. 아버지인 그부터가 에단을 그렇게 대했기 때문에 이복형제들은 특히 그를 눈엣가시로 여겨 핍박하고 괴롭혔다고 했다.

"거의 노예나 마찬가지인 삶이었습니다. 배가 고프면 구정물을 받아 먹고 한겨울에도 헛간에서 자야 했지요. 우연한 기회로 검에 천부적인 소질이 있다는 사실이 밝혀져 그 이후의 대우가 조금 나아지기는 했습니다만. 그래도 제 자신이 짐승으로 취급받는다는 것을 모르지 않았습니다."

그러다가 에단은 유진을 만나게 되었다. 유진은 슈마하를 멸문시킬 계획을 가지고 있었고, 마지막에 에단에게 선택의 기회를 주었다. 그래서 에단은 망설임 없이 직접 슈마하를 몰락시켰다고 했다.

"이유가 어찌 되었든 저는 제 아버지마저 죽인 살인자입니다. 저 스스로조차 단 한 번도 그 일을 자랑스러워한 적이 없습니다. 그러니 다른 사람들이 저를 꺼리는 것도 당연합니다."

나는 그동안 내 앞에서 단 한 번도 웃음 지은 적이 없는 에단의 얼굴을 바라보았다. 그는 지금도 모든 감정을 잃은 사람처럼 그저 한없이 무미건조하고 담담한 얼굴을 하고 있었다.

"저를 곁에 두시면 오늘 같은 일을 다시 겪으실지도 모릅니다. 제게 호위받는 것이 싫으시다면 공작님께 말씀하시면 됩니다."

나는 그런 그를 잠시 동안 말없이 바라보다가 이내 입을 열었다.

"비숍 경. 저는 호위 기사를 바꾸고 싶은 생각이 없어요."

내 대답에 한순간 에단의 굳은 입매가 움찔거렸다. 그는 내 결정을 이해하지 못하겠다는 눈빛을 보내고 있었다.

"아마도 제가 당신에게 입바른 소리를 하는 건 주제넘은 짓이겠죠. 저는 당신의 상황을 단편적인 부분만 알고 있고, 또 당신의 마음을 전부 헤아리고 있지도 못해요. 그러니 당신을 완전히 이해한다고 말하는 것도 오만한 소리일지 몰라요."

사실 이런 말을 하기에도 조심스러웠다. 하지만 내가 지난 일로 그를 비난하고 싶은 생각이 없다는 것을 알아주었으면 했다.

"하지만 자신에게 다른 사람들처럼 살 자격이 없다고…… 그런 생각은 경이 하지 않았으면 좋겠어요."

어쩌면 나는 지금껏 죄의식에서 벗어나지 못해 스스로를 옥죄고 있는 그가 안쓰러운 것인지도 몰랐다.

"제가 지금까지 본 에단 비숍은 말수가 적고 무뚝뚝하지만 사실은 속마음이 따뜻하고 정도 많은 사람이니까요."

역시 나는 그릇이 그렇게 큰 사람은 아닌가 보다. 나에게는 나와 내 주변 사람들의 행복이 가장 최우선이었다. 그 밖의 다른 것들까지 신경 쓰기에는 내 울타리가 품을 수 있는 공간이 좁았다.

"유진 오빠도 당신을 믿기 때문에 제 호위 기사로 둔 거겠죠."

그래서 나는 마주한 사람을 향해 그저 평소와 같은 모습으로 담담히 말해주었다.

"저도 지금까지 제가 봐 왔던 비숍 경을 믿어요."

그러자 에단은 지금껏 상상해 본 적 없는 말을 들은 것처럼 자리에 한참 동안이나 우두커니 서 있다가, 이내 내게서 얼굴을 가리듯 고개를 숙였다.

"그러니 앞으로도 잘 부탁해요, 에단."

돌아오는 대답은 없었지만 그 이유를 알 것 같아서 나는 대답을 종용하지 않았다. 창밖으로 새어 드는 해가 서서히 붉은 기운을 머금었다. 유진이 돌아올 시간이 다가오고 있었다.

"찾아올 거라고 생각했어."

유진은 붉은 노을이 방 안에 어두운 그림자를 드리울 때가 되어서야 내 앞에 모습을 나타냈다. 문가에서 느껴지는 인기척에 고개를 들자 지금껏 기다렸던 사람의 얼굴이 시야에 들어왔다. 내 작은 속삭임에 유진도 나직하게 말했다.

"네가 기다리고 있을 줄 알았어."

그는 평상시와 다름없는 얼굴을 하고 있었다. 약간은 서늘하고, 또 약간은 건조한 그 표정. 그것을 보고 나는 쓰게 웃었다.

"오늘 있던 일, 역시 들었구나. 그럼 내가 뭐라고 말했는지도 이미 다 알겠네."

묵직한 발소리가 조용한 방 안에 얼룩처럼 눌러 찍혔다. 내게 다가오며 유진도 어렴풋이 웃어 보였다. 하지만 그것 역시 기분이 좋아서 지어 보이는 미소는 아니었다.

"사실 네가 그렇게 말해줄 줄 알고 있었던 것 같아."

나는 어느덧 지척까지 다가온 유진을 가만히 올려다보았다. 웃음기를 거둔 그의 얼굴에 창밖에서 새어 든 붉은 빛이 머물렀다. 그는 그 상태로 잠시 아무 말 없이 나를 내려다보다가 다시금 느리게 입을 열었다.

"나는 어쩌면, 네가 모든 걸 다 알고도 괜찮다고 말해주기를 바라고 에단을 네 옆에 둔 건지도 몰라."

라벤더 코르디스와 에단의 말을 들었을 때, 한편으로 이상하다고 생각했다. 철두철미한 유진답지 않게 왜 하필 에단을 내 호위로 두었을까. 그가 내 곁에 있다면 이와 같은 말이 언제든 귀에 들어오지 않을 수 없었을 텐데. 게다가 그는 내가 라벤더 코르디스를 만나는 것도 묵인했다.

"아니, 나는 분명 내가 한 짓들을 다 알고도 네가 나를 받아들여 주기를 바랐던 것일 테지."

유진은 어쩌면 자신이 일부러 그랬을지도 모른다고 말하고 있었다.

"그래. 그래도 상관없다고, 괜찮다고. 네가 해주는 그 말이 듣고 싶어서."

그 말의 끝에 유진이 부스러지듯 웃었다. 그 웃음은 조금 전 그가 지어 보였던 미소보다 내 가슴을 더 시리게 만들었다.

"너희를 바스티에에 보내고 많은 일이 있었어. 에단은 날 도운 사람

중에 하나이고."

굴곡 없이 이어지는 음성이 귓가에 스몄다.

"사실 어느 정도 일이 끝난 후에 에단에게 슈마하를 줄 수도 있었지만 그러지 않았어. 난 그 이름조차 이 땅에 남겨 둘 마음이 없었거든. 그럴 만한 아량도, 자비도, 그리고 어쩌면 여유도 없었어."

그리고 유진은 쉽게 인정했다.

"변명할 생각은 없어. 네가 들은 게 모두 맞아. 내가 다 죽였어."

언뜻 무심하게까지 느껴지는 담담한 목소리가 이어지는 동안 나는 마주한 사람을 가만히 바라보았다.

"나를 위협했던 사람도, 또 앞으로 위협이 될 것이라 판단했던 사람도. 전부 다."

사실은 알고 있었다. 유진이 내게 숨기고 싶어 한 부분까지 전부는 아닐지라도, 어렴풋이 그가 한 일들을 짐작하고 있었다. 하지만 일부러 파헤치고 싶지는 않았다. 내가 무언가를 깊숙이 파고들어 알게 되면 자연히 유진도 그 사실을 알게 되고, 그렇게 되면 괜히 곪은 상처를 건드리는 꼴이 될 것 같았다. 가끔은 묻어 두는 것이 더 좋은 일도 있는 법이다. 어쩌면 나는 이 일을 그렇게 생각했던 것 같다.

"사람들이 나를 두려워하고 또 경멸하는 이유는 명백해. 난 내가 살기 위해서라면 몇 번이라도 더 그런 짓을 할 수 있어."

하지만 역시 묻어 둔 상처가 저절로 나을 리는 없는 것이다. 지금의 유진을 보고 나는 새삼스럽게 그 사실을 깨달았다. 가슴속에 밀려드는 먹먹함에 얕은 숨을 밖으로 몰아냈다.

"심지어 난 그 일을 후회조차 하지 않아. 아마 다시 그때로 돌아간다해도 나는 같은 일을 할 거야. 그게 에단과 내 결정적인 차이점이지."

유진은 그렇게 말한 뒤 살짝 입꼬리를 들어 올렸다.

"어때? 질렸어?"

뒤이어 내가 입을 열었으나 그는 대답을 듣는 것을 거부하듯 내게서 시선을 돌렸다. 비스듬한 옆모습을 보이고 있는 유진의 얼굴은 이제 아무런 표정도 담고 있지 않았다. 이내 허공에 부스러지는 혼잣말 같은 속삭임에 나는 입을 다물고 말았다.

"역시 나는 너한테 좋은 사람일 수 없는 것 같아."

아, 역시 어쩔 수 없었다. 차라리 나쁜 사람이 되고 말지. 이런 나를 이기적이라고 비난하려면, 얼마든지 하라지.

"그런 식으로 말하지 마."

나는 더 이상 참지 못하고 앞에 있는 유진에게 손을 뻗었다.

"고집불통. 멍청이."

내 바보 같은 사람. 나에게 안긴 유진은 분명 내 품에 완전히 들어오지 않을 정도로 컸지만, 그럼에도 어째서인지 나는 그가 작게만 느껴졌다. 어쩌면 지금 내게 안겨 있는 것은 어릴 때 헤어졌던 14살의 유진이라 그런 것일 수도 있었다. 겉모습이야 어찌 되었든 간에, 그 속만큼은.

"혼자서 외로웠지?"

저항 없이 내게 안긴 유진이 자그마한 내 속삭임에 몸을 작게 미동했다. 나는 목덜미에 흩뿌려지는 야트막한 숨결을 느끼며 그를 안은 팔에 조금 더 힘을 주었다.

"이제는 계속 같이 있자."

더 이상 외롭지 않게, 더 이상은 그 긴 밤을 혼자서 견디지 않아도 되도록. 14살의 소년이었던 유진이 기댈 곳 하나 없이 혼자서 해내야만 했던 일들이 얼마나 힘겨웠을지 나는 상상조차 할 수 없었다. 아마도 많은 밤을 울고 싶었을 것이다. 아마도 많은 아침을 두려워했을 것이다. 그리고 그러는 동안 유진의 마음속의 한 부분은 돌이킬 수 없이 깨지고 부서져 버렸다. 그에게서 느껴지는 선명한 결락이 내 마음을 아프게 만들었다.

“설령 세상 모든 사람이 당신한테 손가락질한다 해도 나는 그러지 않아.”

그가 한 것이 어쩔 수 없는 일이었다는 사실을 알고 있다. 유진을 해치려 하는 사람들이 있다는 사실은 어릴 때 그가 다리를 다쳤던 사고 이후 어렴풋이 짐작하고 있었다. 아마 어리고 힘없는 내가 유진에게 약점이 될 위험만 없었다면 나는 그런 그를 혼자 두지 않았을 것이다. 그러니 스스로를 지키기 위해서 유진이 한 일들을 이해했다.

아니…… 하지만 사실은 어쩔 수 없는 일이 아니었다고 해도 상관없었다. 나는 새삼스럽게 아마도 내가 죽을 때까지 이 사람을 놓지 못하리라는 사실을 깨달았다. 나는 그에게서 돌아설 수도, 그를 미워할 수도 없었다. 언젠가부터 나도 모르는 새 그렇게 되어버렸다.

“이번에는 내가 말해줄게.”

만약 이 사람을 꼭 비난해야겠다면 차라리 나를 욕했으면 좋겠다. 이 가여운 사람은 이제 그만 내버려 두고.

“전부 다 괜찮으니까, 하고 싶은 건 다 해. 갖고 싶은 게 있다면 그게 뭐든 가져도 좋아.”

나는 언젠가 그가 내게 해주었던 말을 그대로 읊조려 주었다.

“좀 더 욕심을 내도 돼. 이제는 당신만을 위해서 살아.”

아마도 이제껏 아무도 그에게 이런 말을 해주지 않았겠지. 마냥 보호받으며 자라야 할 유년 시절에조차 그는 어른이어야만 했으니까.

“아무것도 포기하지 말고, 아무것도 희생하지 말고. 당신은 좀 더 이기적이어도 돼.”

그렇다면 내가 말해줄 테다.

“있는 힘껏 행복해져.”

만약 아무도 그에게 허락해 주지 않는다면, 내가 대신 그렇게 말해줄 것이다.

"그러기 위해서는 뭐든 해도 괜찮아."

그가 우리를, 나를 지키기 위해서 무슨 일이라도 할 것임을 알았다. 나도 그런 그를 지키기 위해서는 그 무엇도 망설이지 않을 것이었다. 그것이 얼마나 위험하기 짝이 없는 맹목적인 마음인지 나도 모르지 않았다. 하지만 그래도 상관없다. 진심으로 그렇게 생각했다. 이 애처롭고 사랑스러운 사람을 더 이상 다치지 않게 지킬 수만 있다면. 유진은 나한테 안긴 채로 느리게 숨을 몰아쉬었다. 그리고 이내 바닥을 긁는 듯한 낮게 갈라진 음성으로 속삭였다.

"지금 네가 한 말이 무슨 의미인지 넌 모를 거야."

내가 무엇을 모른다고 생각하는 것일까.

"알면 이런 말, 할 리가 없어."

하지만 그것이 무엇이라 해도 내 대답은 바뀌지 않았다.

"괜찮아."

나는 유진의 등을 다독이듯 부드럽게 어루만지며 다시금 입을 열었다.

"설령 오빠가 세상 모든 사람에게 비난받을 만큼 큰 잘못을 저지른다고 해도."

어쩌면 내게 그럴 자격 같은 건 없을지도 모르지만, 그래도…….

"내가 다 용서해."

할 수만 있다면 이 사람의 모든 죄까지 전부 내가 짊어지고 가고 싶은 마음이었다.

"……용서해 준다고?"

"그래."

내 말에 유진이 되물었다.

"내가 무슨 짓을 해도?"

"그래."

"너한테 아주 큰 잘못을 저질러도?"

노을이 한층 짙어져 시야가 아까보다 더 붉게 물들었다.

"응, 그래도 괜찮아."

유진은 한동안 말없이 내 어깨에 고개를 파묻고 있었다. 잠시 후, 마침내 그가 천천히 얼굴을 들어 내 눈을 마주했다.

"넌 내가 같이 지옥에 떨어지자고 해도 아마 거부하지 않을 거야."

그렇게 말하는 유진은 어째서인지 고통스럽게 웃고 있었다. 나는 그의 일그러진 얼굴에 떠오른 미소를 보고 입술을 열었다. 하지만 유진의 말이 조금 더 빨랐다.

"사실은 그래서 너한테 손을 잡아 달라고 하고 싶지 않았어. 이런 건 비겁하니까."

눈앞에 피어오르는 미소는 자책과 조소로 뒤범벅되어 있었다. 곧 그의 손이 내 손목을 붙들었다. 지난번 마차에서 손을 맞잡았을 때 그랬던 것처럼, 그와 맞닿은 살갗이 뜨겁게 타오르는 것 같았다.

"그런데 나를 용서해 주겠다고?"

그것은 내게 다시 묻는 것이 아니라 조금 전 들은 말을 다시금 소리 내 되새기는 것에 가까웠다. 마침내 유진의 눈동자가 정면에서 나를 꿰뚫듯이 직시했다. 강렬한 빛을 품은 그 어둑한 검은 눈동자에서 시선을 돌릴 수가 없었다.

"넌 후회할 거야."

숨결이 뒤섞일 정도로 가까운 거리에서 그가 속삭였다. 단언하는 말에 나는 그렇지 않다고 대답하려 했다. 하지만 유진이 조금 전보다 내게 조금 더 가까이 다가와서 그러지 못했다.

"나는 널 상처 입힐지도 몰라."

긴장된 숨이 작게 벌려진 내 입 밖으로 새어 나왔다. 지척에 있는 입술이 당장에라도 닿을 듯했다. 그러나 다음 순간 짙은 화인이 파묻힌 곳은 유진에게 단단히 붙들린 손이었다.

"그래도 늦었어."

붉은 노을이 그의 등 뒤로 긴 그림자를 만들었다. 흑과 적이 뒤섞인 그 강렬한 시간의 틈새 속에서는 마치 이 세상에 존재하는 사람이 우리 둘밖에 없는 것 같았다.

"이제는……."

그의 손이, 그의 입술이 닿아 있는 살갗이 아릴 정도로 뜨거웠다.

"정말 늦었어."

그 상태로 유진은 말했다. 나로서는 모르는 무언가를 내게 사죄하듯이, 절박한 숨을 내 손안에 흩뿌리며. 마치 내가 그의 유일한 사람이라도 되는 것처럼.

제15장

익숙한 사람과의 익숙하지 않은

"여어, 어서 와."

나는 막 마차에서 내려 내 앞으로 걸어오는 에리히를 보며 인사하듯 손을 슬쩍 들어 올려 보였다.

"너……."

나를 본 그의 눈이 대번에 동그랗게 떠졌다. 그는 눈을 의심하는 표정이었다.

"뭐 잘못 먹었어?"

"아니."

"그럼 지금 시위해? 형이랑 싸우기라도 했어?"

"그럴 리가."

"그럼 때늦은 반항기야?"

그는 내 불량한 태도에 적잖이 감명을 받은 얼굴이었다. 하기야 그럴 만도 했다. 지금의 나는 1층의 현관 옆에 해먹 의자를 놓고 그 위에 나무늘보처럼 누워 일광욕을 하고 있었으니까.

게다가 얼마 전 루이제와 함께 외출했을 때 구매한 알이 검은 안경까지 쓰고 있었다. 이걸 쓰면 햇빛의 눈부심을 방지해 준다나 뭐라나. 확실히 눈부심이 덜하기는 했지만 그 효과를 백 퍼센트 믿고 구매한 것은 아니었다. 그래도 이걸 착용하고 있으니 제법 멋이 나는 것 같아서 흡족했다. 왠지 이걸 쓰면 눈이 가려져서 표정이 보이지 않으니까 좀 더 도도해 보이는 것 같다고 해야 하나, 평소보다 기가 좀 세 보이는 것 같다고 해야 하나.

"난 이제껏 날 구속하고 있던 이 억압의 굴레를 벗어던지고 자유로워졌어! 자, 너도 나와 함께 이 새로운 세상의 야생 청소년이 되어 보지 않겠니?"

내 권유에 에리히가 쯧쯧 혀를 찼다.

"카벨 형한테 옮았네, 옮았어."

그는 나의 일탈이 둘째 탓이라고 생각하는 것 같았다. 앗, 잠깐. 그런데 지금의 내가 카벨하고 닮았단 말이야?! 큭, 그건 왠지 좀 굴욕적인데?

"아니야, 내 눈을 바라봐! 넌 행복해지고 웃을 수 있어!"

"이건 또 뭐야."

"앗, 내 눈!"

갑자기 나한테 다가온 에리히가 내 눈에 쓰여 있던 안경을 벗겼다. 그러는 바람에 지금껏 차단되었던 빛이 갑자기 시야로 몰려들어서 나는 눈부심에 몸서리쳐야만 했다.

"아, 갑자기 뺏어 가면 어떡해?"

"오랜만에 집에 왔는데 네가 이상한 짓을 하니까 그러잖아."

에리히는 내 얼굴에서 벗겨 낸 안경을 찡그린 눈으로 요리조리 살펴보다가 직접 써 보기까지 했다. 이렇게 새까만 알을 가진 안경은 처음 봐서 그런지 신기한 모양이었다. 에이, 나는 김이 새 버렸다. 사람이 장난을 치면 좀 어울려 주는 맛이 있어야 하는데. 에이, 재미없는 놈.

"그거 잘 어울리네. 그냥 너 가져라."

나는 에리히를 일탈의 세계로 끌어들이는 일을 포기했다. 아무래도 햇빛 차단용 안경을 마음에 들어 하는 눈치라 나는 그냥 그것을 에리히에게 주기로 했다.

"무슨 바람이 불어서 이래?"

에리히가 해먹 의자에 거의 엎어져 건들건들 팔을 밑으로 흔드는 나를 보며 눈썹을 슬쩍 추어올렸다. 안경의 검은색 알 때문에 눈이 가려져 정확한 표정은 읽을 수 없었지만 나를 매우 이상하게 생각하는 것만큼은 알 것 같았다.

"그냥 좀 이제부터는 새로운 삶의 지평을 열어 볼까 싶어서."

밖에서 일하는 정원사 아저씨나 건물 안쪽의 복도를 오가는 사용인들도 유리창 너머로 계속 나를 힐끔거렸다. 휴버트는 그들보다 더하면 더했지 결코 덜하지는 않았다. 에리히는 내 말을 뜬구름 잡는 소리라고 생각하는 눈치였다. 뭐, 그래도 상관없었다.

"우리 눈싸움할래?"

내 뜬금없는 말에 에리히가 이번에는 귀를 의심하는 표정을 지었다.

"갑자기 무슨 눈싸움이야?"

"너 학술원에서 친구들하고 눈싸움 안 해?"

"애도 아니고. 유치하게 그딴 걸 왜 해?"

"그으래?"

나는 해먹 의자에서 내려섰다. 아무리 일광욕이 목적이라 해도 날이 추워서 옷을 두껍게 껴입었기 때문에 약간 뒤뚱거리며 내려와야 했다.

"살찐 토끼나 오리 같네."

에리히가 그런 나를 비웃었다. 크흑, 하지만 휴버트랑 다른 사용인들이 감기에 걸리면 안 된다고 나를 밖에 내보내 주려 하지 않았단 말이야! 이렇게라도 꽁꽁 껴입지 않았으면 아마 오늘이 다 가도록 내 해먹 의자와 만나지 못했을 것이다.

"에리히."

나는 완전히 밑으로 내려서서 에리히를 향해 방긋 웃어주었다.

"눈싸움하기 싫으면 넌 그냥 맞기만 해."

에리히가 무언가를 느낀 듯 흠칫했으나 내가 더 빨랐다. 나는 잽싸게 의자 밑에 숨겨 놓은 동그란 눈덩이를 집어 에리히에게 던졌다. 퍼억! 얍, 받아라! 내가 이 순간을 위해 아까 야무진 손으로 정성을 다해 꾹꾹 눌러 만든 눈덩이시다!

"야, 너 반칙……!"

퍼억! 퍽!

내가 눈 뭉치를 미리 만들어 놓았다는 사실을 알고 에리히는 기가 막힌 눈치였다. 자신의 의사 따위에는 상관없이 내가 기어코 눈싸움할 마음이었다는 것을 깨닫고 황당한 것 같기도 했다. 훗, 내가 바로 이 구역의 답정너이시다! 이미 답은 정해져 있으니 넌 대답만 하면 돼!

"이거 완전 사기 아니야? 내가 오자마자 이럴 생각이었던 거네?"

"헤헤, 아직 멀었거든?"

"그놈의 눈 뭉치는 도대체 몇 개나 만들어 둔 거야?!"

처음에는 그냥 맞아만 주던 에리히도 눈 폭탄의 끝이 보이지 않자 슬슬 약이 오르는 듯했다.

휘익! 곧 그가 반격을 시도했다! 하지만 나는 에리히가 던지는 눈을 날쌔게 피했다. 흐헹, 내가 이래 봬도 어릴 때의 별명이 멜팅턴의 날다람쥐였죠! 네 그 솜뭉치 같은 눈덩이가 날 맞출 수 있을 것 같냐?

"아하하, 바보! 내가 맞을 줄 알았…… 으악!"

퍼억! 하지만 첫 번째 것은 눈속임이었던 모양이다. 나는 곧바로 연달아 날아오는 눈덩이에 맞아 말을 멈출 수밖에 없었다.

"야, 잠깐만……."

"잠깐만은 무슨."

퍽, 퍼억! 에리히는 내가 '잠깐!'을 외치든 말든 나한테 마구 눈을 던져댔다. 나도 덩달아 쉬지 않고 팔을 놀려서 어느새 우리의 주위는 흩날리는 새하얀 눈으로 자욱해졌다.

"헉헉…… 제법인데?"

"헉, 허억…… 너도 꽤 하는데?"

그리고 마침내 안개처럼 깔린 눈이 서서히 가라앉을 무렵, 우리는 가쁜 숨을 몰아쉬며 서로를 향해 훗 미소 지었다. 그런 에리히와 나 사이에 파지직 번개가 튀었다. 이렇게 서로를 향해 호승심을 불태우는 것은 거의 10년 전 이후로 처음이었다.

"휴전?"

"휴전."

우리는 잠시 휴식을 취하기로 동의했다. 아구구, 삭신이야. 오랜만에 격한 운동을 했더니 팔다리가 삐거덕거리네. 나는 에리히의 시선을 피해 몰래 손을 움직였다.

"야, 너 자꾸 반칙할래?"

"으앗!"

바로 그때, 내가 슬그머니 눈을 뭉치고 있는 것을 본 에리히가 먼저 선수를 쳤다. 나는 고개를 돌려 내 눈앞에 뿌려진 눈을 피하며 소리쳤다.

"뭐야, 너도 반칙이야! 휴전하기로 했잖아!"

"휴전은 무슨."

두다다다! 피 터지는 눈싸움의 2막이 올랐다. 우리는 18살이 아니라 8살짜리 애들이라도 된 것처럼 혼신의 힘을 다해 서로에게 눈을 날려댔다. 그리고 이번에는 아까보다 빨리 뻗어버렸다.

"헉, 헉…… 너 정말 독하다."

"헉…… 피차일반이네요."

우리 둘 다 더 이상 눈 뭉치를 던질 힘이 없는 와중에도 입만큼은 착실히 놀려 대고 있었다. 아이고, 그래도 1차전까지는 괜찮았는데 연달아 두 번이나 이 짓을 했더니 힘들어 죽겠다.

"너 때문에 옷이 완전히 눈투성이 됐잖아."

"보기 좋은데 뭐."

나는 투덜거리는 에리히를 향해 킥킥 웃었다. 처음 생각과 달리 너무 진심이 되어버리기는 했지만 그래도 오랜만에 해보는 눈싸움이 꽤 재미있었다.

"3차전 할까?"

"아, 못 해, 못 해. 배 째."

"어어, 지금 항복하는 거야? 그럼 내가 이기는 건데?"

"네 마음대로 해."

에리히의 표정이 꼭 '이 독한 것'이라고 말하는 것 같았다. 나는 그런 그의 얼굴을 보고 푸핫 웃음을 터뜨렸다.

"그럼 그만 들어가자."

우리는 언제 격정의 눈싸움을 벌였냐는 양 사이좋게 옷에 붙은 눈가루를 털고 걸음을 옮겼다.

"카벨 오빠는 오늘 야간 보초 선대."

"2기사단이 그런 걸 왜 해?"

"몰라, 신입은 원래 다 해야 하는 거라던데."

"신입한테 텃세 부리나?"

"뭐, 그렇다 해도 카벨 오빠가 그런 데 당할 위인이야?"

"그건 그래."

에리히와 나는 카벨이 알면 서운해할 정도로 그에 대한 걱정을 하나도 하지 않으며 저택 안으로 들어섰다. 끙, 하지만 이건 매우 타당한 생각이라고.

"따뜻한 차라도 내오라고 할까요?"

우리가 실내로 들어가자마자 휴버트가 물어왔다.

"그럼 코코아 두 잔으로요."

"무슨 코코아야, 애도 아니고."

"원래 눈싸움하고 나면 코코아를 먹어야 하는 거야!"

이 당연한 법칙을 모르다니! 나는 에리히가 황당해하거나 말거나 1인 1 코코아를 주장하며 에리히를 끌고 벽난로 앞으로 갔다. 휴버트는 티격태격하는 우리를 오랜만에 푸근한 미소를 지은 채 보다가 자리를 떠났다.

"그러고 보니까 그 기사는 어디 있어? 안 보이네?"

그런데 문득 생각났다는 듯이 에리히가 주위를 두리번거리며 묻는 것이었다. 항상 내 옆에 붙어 있던 에단이 보이지 않으니 의아한 모양이었다.

"오늘 휴일이야."

"휴일? 그런 것도 있었어?"

"이제부터 생겼어. 일주일에 하루."

"뭐야, 그 자식. 완전히 근무 태만이잖아?"

"오히려 지금까지 너무 부려 먹었던 거지!"

크으, 옆 나라에서는 주 5일 근무가 보편화되었다고 하던데 아를란타에도 새로운 제도의 도입이 시급합니다!

"어쨌든 안 보이니까 좋네."

에리히가 벽난로에 장작을 하나 던져 넣으며 말했다. 그런 그의 얼굴에는 마치 앓던 이가 빠져 후련하다는 듯한 표정이 걸려 있었다. 그걸 보고 나는 쯧쯧 혀를 찼다.

"넌 예전부터 왜 이렇게 에단 경을 못 잡아먹어서 안달이야?"

"재수 없잖아."

"아니, 뭐가?"

"머리끝부터 발끝까지 다."

이거 웃긴 놈이로세? 에단처럼 성실하고 예의 바른 사람이 또 어디에 있다고. 그런데 그때, 갑자기 에리히가 홱 뒤돌아서 나를 보았다. 그는 생각 없이 지나쳤던 무언가를 갑자기 깨달은 것처럼 와락 얼굴을 구겼다.

"잠깐. 그런데 뭐야. 너, 지금 그 자식을 이름으로 부른 거야?"

"같이 지낸 지 1년이 넘었는데 그럴 때도 되었지."

나는 시큰둥하게 대답했다. 오히려 이제 와서야 호칭으로 성을 떼고 이름을 부르기 시작한 게 늦었다고 할 수 있었다. 하지만 에리히의 생각은 다른 모양이었다.

"호위 기사랑 너무 격 없이 지내는 거 아니야? 그냥 성으로 불러, 성으로. 비숍이라는 나름대로 쓸 만한 성이 있는데 뭐 하러 이름을 부르고 난리야."

아오, 또 시작이네. 나는 에리히의 말을 흘려 들으며 대강 '네네네' 하고 대답했다.

"대충 듣지 마!"

"아, 알겠다니까. 앗, 코코아 왔다!"

때마침 하녀가 코코아를 들고 와서 나는 겨우 에리히의 잔소리에서 해방될 수 있었다.

"오빠, 왔으면 말을 하지."

나는 뒤늦게 유진이 온 것을 알고 그의 방으로 찾아갔다. 오늘은 에리히와 함께 페니랑 놀아주는 데 정신이 팔려 그가 귀가한 것도 모르고 있었다. 심지어 유진은 이제 막 방에 들어온 것도 아닌지 소파에 앉아 서류로 보이는 정체 모를 종이를 훑어보는 중이었다. 그의 앞에 있는 테이블에는 따끈한 김이 올라오는 찻잔까지 준비되어 있었다. 무엇 때문인지는 몰라도 유진은 요즘 내궁과 외궁을 오가며 바쁜 일상을 보내는 것 같았다.

"쉬고 있을 것 같아서 부르지 않았어."

유진이 나를 보고 손에 들고 있던 종이를 무릎 위로 내렸다. 나는 방 안으로 들어서며 그에게 물었다.

"표정이 밝지가 않네? 일이 잘 안 풀려?"

"아니. 그런 건 아니야. 그냥 조금 피곤해서 그래."

지난번의 일 이후에도 유진과 나는 평소와 같은 태도로 서로를 대했다. 일단 겉보기에 우리의 관계는 지금까지와 달라진 것이 없었다. 그래도 기분 탓인지 심리적인 거리감은 전보다 좁아진 것처럼 느껴졌다.

"혹시 내가 도울 수 있는 일이 있으면 뭐든 말해줘."

물론 내가 유진이 하는 일을 직접적으로 도울 수는 있을 것이라 생각하지는 않았다. 하지만 그 밖에 도움이 될 수 있는 일이 있다면 뭐든지 해주고 싶었다. 그러자 잠시 말없이 내 얼굴을 보던 유진이 마침내 작게 입술을 뗐다.

"그럼 이리 와서 안아줘."

순간 '내가 잘못 들었나?' 싶었다. 그는 방금 전 무슨 말을 했냐는 듯이 표정 변화 없는 얼굴을 하고 있었다. 하지만 유진이 팔을 들어 올려 양쪽으로 벌리기까지 하자, 나는 그의 말이 진심이었다는 사실을 깨달을 수 있었다. 귀를 의심하는 나를 보고 유진이 왜 그러냐는 듯이 고개를 비스듬히 기울였다.

"왜? 원래도 가끔 그런 적 있었잖아."

나는 내심 당황스러웠지만 유진은 아주 태연한 모습을 하고 있었다. 과연 그의 말처럼 그동안 몇 번인가 내가 먼저 그를 안아주었던 적이 있었다. 라벤더 코르디스를 만나고 왔던 바로 얼마 전에도 그랬고……. 하지만 정작 그것을 유진에게 요구당하자 몹시 당황스러운 기분이 들었다.

그런데 나를 재촉하듯 응시하는 그를 보니 왜인지 지금 망설이고 있는 내가 오히려 이상한 사람이 된 것 같은 느낌이 들었다. 나는 혼란스러운 상태로 주춤거리며 유진에게 다가갔다. 왜인지 지금 상황이 이상해서 머릿속에 물음표가 떠올랐지만, 앞에 있는 사람이 더없이 차분한 얼굴로 나를 기다리고 있어서 걸음을 멈출 수가 없었다.

"저기……."

그런데 또 유진과 막상 거리가 좁혀지자 뭔가 어색한 기분이 들어서 머뭇거리게 되었다. 하지만 깊은 생각을 할 새도 없이 유진이 그의 앞에 선 내 손목을 잡아당겼다.

"으앗! 자, 잠깐만……!"

바로 다음 순간 내 입에서 새된 음성이 터져 나왔다. 나는 파드득 몸을 떨며 소스라쳤다. 왜냐하면 내가 유진의 무릎에 앉은 모양새가 되었기 때문이다! 왜, 왜 이런 자세가 된 거지? 나는 기껏해야 앉아 있는 유진을 가볍게 한 번 포옹해 주고 마는 걸 생각했는데!

"괜찮아. 가만히 있어."

내가 펄쩍 뛰면서 다시 일어나려고 버둥거렸지만, 유진은 꿈쩍도 하지 않았다. 귓가에 속삭여지는 말에 나는 속으로 비명을 내질렀다. 괜찮지 않아! 괜찮지 않아요!

하지만 따뜻한 온기에 몸이 둘러싸이는 순간 나는 머릿속이 새하얗게 변하는 것을 느끼며 굳어버렸다. 유진은 단단한 팔로 내 허리를 조였고, 내 등을 당겨서 맞닿은 몸을 한결 더 밀착하게 만들었다. 나는 유진의 가슴에 얼굴을 묻은 채로 숨을 멈추었다.

얇은 숨결이 머리 위를 스쳐 지나가는 것이 느껴졌다. 평소 유진에게서 은은히 배어 나오던 청량한 향기가 그 어느 때보다 가까이에서 후각을 자극했다. 빈틈없이 맞붙은 몸에서 나보다 약간 높은 체온이 전해져 왔다.

이건 진짜 이상했다. 조금이 아니라 많이. 게다가 일단 이건 내가 안아주는 게 아니라, 꼭 유진에게 안긴 것 같잖아. 그리고 뭔가, 뭔가…….

나는 오래 버티지 못하고 유진을 밀어 그에게서 벗어나려 했다. 분명 유진도 내 의사를 알아차렸을 것이 분명했다. 하지만 다음 순간, 어째서인지 내 몸을 감싸고 있는 팔이 한결 더 단단해졌다.

"오, 오빠?"

내가 부르는데도 유진은 오히려 내 목덜미 위로 고개를 더 깊숙이 파묻기까지 했다.

"그, 그, 그만 놔줬으면 좋겠는데요."

나도 모르게 더듬거리는 목소리가 입 밖으로 새어 나왔다. 내가 생각하기에도 지금의 나는 심하게 당황하고 있었다.

"싫은데."

그런데 유진이 내 부탁을 거절했다. 나는 설마 그가 이렇게 대답할 줄은 몰랐기 때문에 방금 전보다 더욱 당황했다.

"왜……."

"아직 부족한 것 같아."

바로 지척에서 울리는 목소리 때문에 귀가 간지러웠다. 나는 죽을 맛이었다. 심장이 아까부터 쉬지 않고 쿵쾅쿵쾅 뛰어서 유진에게까지 다 들릴 것 같았다. 그에게 내 동요를 들킬 것 같아서 숨조차 크게 쉴 수가 없었다. 하지만 유진은 그런 내 속도 모르고 여전히 나를 꽉 끌어안고 있었다.

"그러지 말고 놔줘……."

"너도 내가 놔 달라고 할 때 놔주지 않았잖아."

앗, 그 순간 혹시 이건 예전 일의 복수인가 싶어졌다. 이상해. 진짜 이상해. 원래의 유진이라면 오히려 내가 끌어안으려고 해도 먼저 피했을 텐데.

"이렇게 한 번씩 안아주는 거, 생각보다 괜찮은 것 같아."

문득 그의 손이 내 뒷머리를 훑고 지나갔다.

"응, 예전에는 미처 몰랐는데 나쁘지 않아."

내 곤혹스러움을 안다는 듯이 나긋하게 흘러나온 음성이 마치 나를 달래는 듯했다. 머리를 쓰다듬는 손길이 몹시 다정했다. 이렇게 안겨 있어서 그의 얼굴은 보이지 않지만, 왜인지 지금 그가 짓고 있는 표정도 그럴 것 같았다. 어라, 왜인지 유진에게 무척 예쁨받는 것 같은 느낌이라 기분이 묘했다.

이렇게 그에게 손길을 받으며 안겨 있으려니, 어째서인지 몸이 노곤해지면서 서서히 긴장이 풀리기 시작했다. 여전히 지금의 상황이 조금 이상하다는 느낌이 들었지만 '아무려면 어때' 하는 생각이 살며시 고개를 들었다.

하지만 그런 편안한 기분은 오래가지 않았다. 기분 탓일까? 정확히 언제인지 알지 못할 어느 순간을 기점으로 나를 다독이는 손길이 약간 변한 것 같았다. 뒷덜미와 등을 훑어 내리는 움직임이 어쩐지 내 감각을 예민하게 파고들었다. 그와 동시에 유진과 나를 둘러싼 공기의 온도도 서서히 변했다. 방금 전보다 농도 짙은 침묵 속에서 나는 혼란과 의문을 느끼고 있었다.

똑똑.

"형, 여기 있어?"

그 순간 저 멀리 날아가 있던 정신이 돌아왔다. 밖에서 들려온 목소리는 에리히의 것이었다. 내가 움찔하자 유진이 달래듯이 내 귀에 대고 '쉬이' 소리를 내며 부드럽게 등을 토닥였다. 몸을 일으키려고 했지만 허리에 둘린 팔이 풀리지 않아서 어쩔 수 없었다.

아까 이 방에 들어올 때 내가 문을 잠갔던가? 그럴 리가 없었다. 나는 당장에라도 에리히가 문을 열고 들어올 것 같아서 긴장했다. 그도 그럴 것이, 지금 우리의 자세가 조금…… 아니, 좀 많이 묘하잖아? 유진은 이대로 방에 없는 척해 에리히를 돌려보낼 생각인 듯 밖에서 들려오는 부름에 대답하지 않았다.

"형? 방에 없어?"

그래도 내가 계속 안절부절못하며 몸을 비틀자 유진이 봐준다는 듯이 나를 풀어줬다. 나는 재빨리 그의 무릎에서 일어나 뒤로 물러나다가 탁자에 몸을 부딪치고 말았다. 안에서 달그락거리는 소리가 들리자 밖에 있던 에리히가 다시 한번 '형?' 하고 유진을 불렀다. 정신이 하나도 없는 나와 달리 유진은 차분하게 자리에서 일어나 문으로 다가갔다. 그가 문을 열자 곧바로 의문 어린 목소리가 날아들었다.

"어, 뭐야. 방에 있었네? 그런데 왜 대답 안 했어?"

"급하게 처리해야 할 서류가 있어서 집중하느라 못 들었어. 왜?"

"아니, 하리가 안 보여서 혹시 같이 있나 하고. 휴버트가 형 방에 있을지도 모른다고 하던데?"

내가 서 있는 곳에서는 에리히가 보이지 않았다. 나는 그의 입에서 나온 내 이름에 흠칫했다.

"아니, 여기에는 없어. 피아노 방이나, 온실은 찾아봤어?"

"아, 온실에는 안 가 봤는데 거기에 있을 수도 있겠다. 그럼 형은 하던 일 마저 해. 방해해서 미안."

대화는 길게 이어지지 않았다. 곧 유진이 문을 닫고 뒤돌아섰다. 나는 애써 태연한 척하며 그에게 말했다.

"나도 그만 나가 볼게."

하지만 유진은 문 쪽을 힐끔 쳐다보며 고개를 저었다.

"에리히가 지금 막 갔어. 조금 기다렸다가 나가는 게 좋을걸."

나를 향해 다가오는 유진을 피해 뒷걸음질 치려고 했지만 내 발보다 그의 손이 더 빨랐다. 방금까지 그의 가슴팍에 문질러져서 헝클어진 머리카락에 느린 손길이 내려앉았다.

"그냥……."

그런데 조금 전의 일 때문인지 나는 자꾸만 괜스레 그의 손길이 평소와 다른 것처럼 느껴져서…….

"그냥 지금 나갈래."

결국 달아나듯이 유진에게서 벗어나 방을 나서고 말았다. 문을 나서기 직전, 나는 고개를 돌려 유진을 시야에 담았다. 그는 새까만 눈동자로 말없이 나를 바라보고 있었다. 그 시선에 양 귀가 홧홧해져서 급히 문을 닫고 나왔다. 그리고 누가 쫓아오기라도 하는 것처럼 내 방까지 뛰어갔다.

타앙! 날카로운 총소리가 귓전을 울렸다. 서서히 풍겨 오는 탄약 냄새를 느끼며 나는 시선을 움직였다. 바스락. 잠시 후 동물을 몰던 시종이 나무 뒤에서 모습을 드러냈다. 곧 그가 팔을 들어 X 자를 그리는 것을 본 다이스가 끄응 신음했다.

"집중이 잘 안 되시나 봐요?"

"음, 오늘은 날이 아닌가 보네."

내 조심스러운 물음에 수긍하는 대답이 돌아왔다. 다이스는 평소 백발백중까지는 아니어도 꽤 적중률 높은 사격 솜씨를 가지고 있었다. 하지만 오늘따라 그는 단 한 번도 목표물을 맞히지 못하고 있었다. 그러다 문득 다이스가 자신이 들고 있던 총을 나한테 내밀었다.

"영애도 한번 해볼래?"

"송구합니다. 전 작은 동물들이 다치는 상상만 해도 견딜 수 없이 가여운 마음이 들어서요. 아시다시피 제 마음이 좀 여리고 곱잖아요."

하지만 나는 그것을 받아 드는 대신 고개를 저으며 수심에 젖은 표정을 지어 보였다. 물론 다이스는 내 노골적인 연기를 어렵지 않게 간파할 터였다. 과연 그는 내 뻔뻔한 소리에 약간 떨떠름한 표정을 지으며 팔을 내렸다.

"영애도 참 알면 알수록 첫인상과 많이 달라?"

"제가 좀 보면 볼수록 새로운 매력이 있답니다."

"……."

내 잔망스러운 대답에 다이스가 침묵했다.

"음, 기분 탓인지 영애가 점점 카벨 경을 닮아가는 것 같…… 아, 아니야. 내가 실언을 했어."

그 뒤 이어지는 말에 내가 서서히 웃음기를 잃어 가자 다이스가 흠칫하며 금방 취소했다. 자기가 생각해도 카벨과 닮았다는 말은 너무 지나치다고 여기는 것 같았다.

크, 크흑. 우리 집 둘째의 취급이 너무나 하찮은 것. 다이스의 말에 무심코 차게 식은 표정을 짓고 만 나도 나지만, 저렇게 미안함을 온몸으로 표출하고 있는 다이스도 참…….

"이제 그만 쉬시는 게 어떨까요?"

나는 꽁꽁 얼어붙은 다이스의 손을 보며 입을 열었다. 그러자 그가 고개를 끄덕였다.

"저쪽으로 가지."

다이스가 뒤에서 대기하고 있던 시종에게 기다란 사냥총을 넘기자 이번에는 궁인이 다가와 그에게 가죽 장갑을 건네주었다. 다이스는 그것을 손에 끼며 걸음을 옮겼다.

"그래도 오늘은 날씨가 포근하네."

"예년에 비해 올겨울은 확실히 따뜻한 편인 것 같아요."

나는 다이스와 함께 사냥터 한쪽에 마련된 휴식처로 향했다. 테이블을 사이에 두고 그와 마주하게 되었을 때, 다이스가 모락모락 하얀 김이 피어오르는 찻잔을 앞에 두고 입을 열었다.

"묘하네. 영애의 분위기가 왜인지 지금까지와 조금 달라진 것 같아."

그는 무언가를 가늠하듯 눈을 가늘게 뜨고 고개까지 비스듬히 기울였다. 나는 그런 그를 보며 어렴풋이 웃었다. 다이스가 지금 내게 이런 말을 하는 이유를 짐작할 수 있었다. 차를 한 모금 마셔 목을 축인 뒤 나는 말했다.

"이제 아리나가 되려는 걸 그만두려고요."

내 말이 뜻밖이었는지 마주한 눈동자가 동그래졌다. 그는 한순간 내 입에서 나온 '아리나'가 누구인지 고민하는 것 같았다. 하지만 곧 무언가를 깨달은 듯 '헤' 입을 벌렸다.

"생각해 보면 그동안 저는 무의식중에 그녀처럼 행동하기 위해 노력했던 것 같아요."

그러자 다이스가 이해되지 않는다는 듯이 말했다.

"하지만 영애는 그녀를 직접 본 적이 한 번도 없잖아. 이런 말 좀 그렇지만, 아마 그대의 오빠들도 그녀를 잘 기억하지 못할 것 같은데."

"네, 제가 바보라서 그랬나 봐요."

실질적으로 아무도 내게 그런 것을 억지로 강요한 적이 없었다. 내게서 아리나의 모습을 봐서 데려왔다는 죽은 에른스트 부부조차 빈말로라도 '아리나처럼 행동하라'고 말한 적이 없었다. 하지만 나이를 먹어 갈수록, 또 다른 사람들을 만날수록 내 안에서는 죽은 아리나가 천천히 되살아났던 것 같다.

"언젠가부터 어떤 행동이나 말을 하기에 앞서 만약 이 나이의 그녀였다면 어땠을까, 저도 모르게 그런 생각을 하게 되더군요."

나는 다른 귀부인들과 영애들을 흉내 내고 그들처럼 되기 위해 노력했지만, 사실 내가 가장 닮고 싶었던 건 그들이 아니었다.

"그러는 동안 초상화에서 봤던 그녀도 제 안에서 저와 함께 나이를 먹어 갔어요."

내가 진짜 아리나 에른스트로 태어났다면 좋았을 텐데, 그런 생각도 가끔 들었다.

"그러니 저는 그동안 어떤 의미로 상상 속의 아리나를 흉내 내 행동했던 것이나 마찬가지예요."

나는 아직까지 따뜻한 찻잔을 만지작거리며 설핏 웃었다. 물론 그건 예전의 이야기이고, 지금은 그런 생각을 하지 않았다.

"하지만 전 하리 에른스트죠. 그건 변하지 않는 거예요."

그리고 지금의 나는 내가 '하리 에른스트'인 것이 좋았다.

"이제 저는 그 사실을 받아들일 수 있을 것 같아요."

만약 예전의 나였다면 이런 생각을 하지는 못했을 것이다. 27살의 하리 에른스트도 마찬가지였다. 하지만 그때의 나와 지금의 나를 이루는 어느 중요한 부분이 크게 변한 느낌이었다.

"영애는 용감한 사람이네."

조용히 내 이야기를 듣던 다이스가 문득 입을 열어 그렇게 말했다.

"용기를 낼 수 있게 해준 사람 중 한 분이 전하세요."

"내가?"

"네. 예전의 제가 어떻든 간에 지금의 저는 에른스트라고 전하께서 말씀해 주셨잖아요."

"고작 그런 말로. 내 덕이 아니야. 그저 그대가 스스로 변할 수 있는 사람이었던 거지."

그런데 어째서인지 그런 다이스의 얼굴은 약간 씁쓸해 보였다. 물론 그것은 아주 순간적으로 스쳐 지나간 잔상이라 내가 정확히 보았는지는 알 수 없었다. 곧 다이스가 평소처럼 장난스럽게 웃으며 우스갯소리를 던졌기 때문에 더욱 그랬다.

"영애는 내 생각보다도 멋진 사람인 것 같아. 진짜 결혼할까?"

"그 농담 재미없어요."

"그래, 사실 나도 영애의 오빠들이 내 형님이 되는 건 좀."

우리는 그렇게 주거니 받거니 하며 얼마간 담소를 나누다가 자리에서 일어났다.

봄은 금방 찾아왔다. 내가 바깥에 내놓았던 해먹 의자는 어째서인지 카벨의 차지가 되었다.

"와, 이거 진짜 편해! 내가 가질래, 내가!"

분명 편하기는 하지만 저 위에 올라가 있으면 다들 나를 너무 걱정하는 눈초리로 쳐다보는 데다, 결정적으로 겨울에는 춥기도 해서 나는 언젠가부터 저 의자에 접근하지 않게 되었다. 그래서 방방거리는 카벨에게 그냥 선심 쓰는 척하며 의자를 떠넘겨 버렸다. 물론 카벨은 그런 내 속내도 모르고 그저 좋다고 히죽거렸다. 카벨은 추위도 안 타서 그런지 겨우내 저 해먹 의자를 질리도록 애용했다. 얼기설기 얽힌 천 위에 몸을 돌돌 말고 낮잠을 자는 카벨은 꼭 고치 속에 들어 있는 애벌레 같았다.

"커어어어!"

……물론 코 고는 소리는 잠자는 불곰 수준이었지만. 봄이 되면서 에리히는 짧은 방학을 마치고 다시 학술원으로 돌아갔다. 그런데 이놈이 느닷없이 학교를 그만두겠다고 해서 겨울 동안 얼마나 골치가 아팠는지 모른다. 학술원에서는 이미 자기가 배울 게 없다나 뭐라나. 이게 무슨 카벨 같은 소리라지요? 학술원에서 네가 배울 게 왜 없어! 무슨 네가 불세출의 천재라도 된단 말이냐? 이제 졸업까지 얼마 남지도 않았는데 그동안 재학했던 시간이 아깝지도 않은 모양이었다. 호, 혹시 이게 그건

가? 청소년의 아이들에게 한 번씩 찾아온다는 반항기!

크흑, 다른 사람들이 에리히와 나를 보는 눈빛을 보아하니 아무래도 맞는 것 같다. 나도 겨울 동안 한 짓들이 있는지라 우리를 쌍으로 요주의 인물 취급하는 시선들에 남몰래 식은땀을 흘려야만 했다. 그래도 방학 때 했던 말들이 아주 진심은 아니었는지 봄이 되어 에리히가 다시 학술원으로 돌아가서 다행이었다.

"페니!"

그리고 다시금 한가로워진 어느 날. 나는 페니를 찾아 저택 곳곳을 누비고 있었다. 당연히 집 안 어딘가에 있을 줄 알았던 페니가 아무 데도 보이지 않았다. 혹시 정원으로 놀러 나갔나? 내가 산책 데리고 나가려고 했는데. 복도를 지나가던 사용인에게 물어보니 위층에서 페니를 본 것 같다고 해서 나는 계단을 올라갔다.

"페니!"

"왈!"

앗, 그런데 별안간 복도의 끝에서 강아지 짖는 소리가 들렸다. 아무래도 에리히의 방 쪽인 것 같은데? 나는 페니의 소리가 들려온 방향으로 걸음을 옮겼다. 그리고 문이 열린 에리히의 방에서 금색 털의 강아지를 발견했다.

"페니, 여기 있었구나!"

찾았다, 요놈!

"멍멍!"

헉, 그런데 분명 에리히의 방문은 닫혀 있었을 텐데 어떻게 이 안으로 들어온 거지? 설마 페니가 직접 문을 열고 들어온 건가? 슬쩍 문고리의 높이를 확인해 보니 페니가 직립보행을 하면 충분히 앞발로 잡아당길 수도 있을 것 같았다.

"아구구, 우리 페니, 똑똑하기도 하지."

게다가 페니는 예전부터 아주 영특한 강아지였기 때문에 그렇다 해도 납득이 되었다.

"에리히가 보고 싶어서 여기 온 거야?"

"왈!"

그래그래, 방학 때는 매일 에리히랑 붙어 있다가 이제는 또 떨어져 있게 되었으니 허전할 만도 하지. 나는 에리히의 슬리퍼를 물어뜯고 노는 페니의 털을 쓰다듬다가 문득 탁자 위에 올려진 것을 발견했다. 그것은 전에 내가 에리히에게 주었던 검은 안경이었다. 자식, 저 안경을 엄청 마음에 들어 하는 눈치더니 방에 두고 갔네. 역시 학술원에서 쓰기는 좀 그런가?

나는 자리에서 일어나 탁자로 향했다. 그리고 검은 광택을 내는 안경을 오랜만에 슬쩍 착용해 보았다. 그 후 앞에 있는 거울을 보니 내 모습이 퍽 만족스러웠다. 쓰읍, 조만간 영애들을 보러 갈 일이 있는데 그때 쓸까? 이러니까 나도 좀 세 보이지 않아? 이러고 가면 아무도 날 만만하게 못 볼 것 같은데? 나는 한참 심취해서 다각도로 내 모습을 살피며 의기양양하게 중얼거렸다.

"이러니까 나도 한 카리스마 하는데?"

"그런 게 요즘 새로운 유행인가?"

"악, 깜짝이야!"

그러다 문득 옆쪽에서 새어 드는 목소리에 나는 비명을 내질렀다. 화들짝 놀라서 홱 고개를 돌리자 문가에 서 있는 유진의 모습이 시야에 들어왔다. 팔짱까지 끼고 벽에 살짝 기대 있는 걸 보니 지금 바로 온 건 아닌 것 같은데, 도대체 언제부터 저기에 서 있었는지 모를 노릇이었다.

"밖에서 그런 걸 쓰고 다니는 사람은 아직 한 명도 못 본 것 같은데. 확실히 인상적이기는 하네."

으악, 창피해! 나는 유진에게 한참 심취해서 '안경 쇼'를 하는 모습을 들킨 것이 민망해 괜히 언성을 높였다.

“와, 왔으면 말을 하지 왜 그렇게 서서 보고 있어?”

“그러려고 했는데, 꽤 즐거워 보이길래.”

나를 보는 유진의 눈빛이 상당히 오묘했다. 이, 이건 뭔가…… 지난번 ‘간과 쓸개’ 발언에서 카벨이 보였던 반응하고 비슷하잖아? ‘그동안 미처 몰랐던 내 여동생의 취향 2탄’인가요? 어흑, 아니야, 난 그런 게 아니야!

“오빠도 써 봐!”

에잇, 나만 굴욕을 당할 수는 없다! 나는 유진에게 성큼성큼 다가가 그의 얼굴에 안경을 씌웠다. 그리고 곧바로 실망했다. 어…… 왜 굴욕이 없지? 좀 우스꽝스러운 모습을 기대했는데 검은 안경을 쓴 유진은 조금도 우스워 보이지 않았다. 안경을 장착함으로써 카리스마를 한결 더한 유진이 나를 보며 고개를 비스듬히 기울였다.

에이, 나 안 해, 안 해. 나는 김이 새서 다시 그의 얼굴에 있는 안경을 벗겼다.

“아직 유행은 아니지만 이제 곧 유행이 될 거다, 뭐.”

왜냐하면! 내가! 그렇게 만들 거니까! ……는 무슨. 그냥 근거 없는 패기입니다. 크흑.

“그래, 네 마음에 들면 되는 거지.”

유진은 언제나처럼 ‘네가 하고 싶은 건 다 해’ 하듯이 말했다. 어쩌면 내가 삐진 것 같으니까 달래려고 그러는 것 같기도 했다.

“페니 산책시키려고 하는데 오빠도 같이 갈래?”

“난 지금 나가 봐야 돼.”

“그럼 잠깐만.”

나는 유진을 배웅하기 전에 들고 있는 안경을 원래 있던 곳으로 먼저 되돌려 놓으려고 몸을 돌렸다. 음? 그런데 탁자 위에 있는 책 한 권이 갑자기 눈에 띄었다. 아까는 안경에 관심이 쏠려서 미처 인식하지 못했었는데.

그런데 책 표지가 굉장히 소녀답고 화려했다. 어, 에리히가 이런 책을 다 본단 말이야? 나는 무심코 책을 들어 올린 뒤 곧바로 흠칫했다.

「도련님의 아찔하고 위험한 교육.」

으, 으아닛?! 이 요망한 책 제목은 뭐야?! 도련님의 아찔하고 위험한 교육?

가만히 보니 책 표지에는 한 쌍의 남녀가 그려져 있었다. 그다지 정교한 그림이 아니어서 인물의 실루엣만 보일 뿐이었지만 그림 속의 여자는 하녀복을 입고 있는 것 같았다. 과연, 그래서 제목에 도련님이란 단어가 들어가는 건가?

그, 그런데 그냥 기분 탓인 걸까? 왜인지 여자가 입고 있는 하녀복이 꽤 파격적인 것처럼 보였다. 왜 치마가 허벅지에서 동강이 나 있는 거지? 남사스럽게! 게다가 옷의 사이즈도 작은지 그림 속 여자의 몸매가 부자연스러울 정도로 부각되어 보였다. 이런 비효율적인 하녀복을 보았나? 그리고 이 관능적인 장미꽃 배경은 또 뭐며! 그것만으로도 수상함이 넘치는데 심지어 표지에는 부제목까지 달려 있었다.

「하나부터 열까지, 뜨겁고도 달콤한 손길로 알려 주세요!」

"그게 뭐야?"

유진이 묻는 순간 나는 화들짝 놀라서 반사적으로 책을 뒤로 감추었다. 으, 으아! 나도 모르게 숨겼잖아! 하지만 이걸 유진에게 보일 수는 없었다. 그도 그럴 것이, 이건 그거잖아! 혈기 왕성한 소년 소녀들이 어른들 몰래 보는 빨강빨강한 책! 아니, 꼭 소년 소녀들이 아니라 다 큰 성인들도 남의 이목을 피해 몰래 구입해 본다는 살색이 난무한 바로 그 책!

으악, 에리히! 원래 이 나이대의 남자애들치고 침대 밑에 도색 서적 하나 숨겨 놓지 않는 놈 없다더니! 아니, 그래도 그렇지 이렇게 탁자 위에 이런 발칙한 책을 떡하니 올려놓는 게 어디 있냐! 당당한 거야, 뻔뻔한 거야?!

"에, 에리히가 두고 간 책인가 봐. 하하, 학술원으로 보내야겠네."

나는 식은땀을 삐질거리며 어색하게 소리 내 웃었다. 물론 에리히는 유진이 이걸 보든 말든 신경 쓰지 않을 수도 있을 것 같았지만 그래도 나는 지금 이 상황이 무척 뻘쭘하고 난처했다. 차라리 처음 이걸 보는 순간에 그냥 자연스럽게 반응했으면 또 몰라, 유진의 부름에 나도 모르게 흠칫하며 책을 뒤로 숨겼던 참이라 더욱 그랬다. 그런데 다음 순간 유진이 오히려 나한테 다가오며 손을 내미는 것이었다.

"그럼 나한테 줘. 어차피 조만간 한번 학술원에 들르려고 했으니까."

뭐, 안 돼! 동생한테 직접 도색 서적을 전해 주러 학교에 가는 유진이라니! 상상하자마자 그림이 영 좋지 않아서 나는 기겁했다.

"오, 오빠가 왜?!"

"왜 그렇게 당황해?"

당연하게도 유진은 내게서 수상함을 감지한 눈치였다. 그의 눈썹이 비대칭을 그리며 슬그머니 치켜 올라갔다.

"이리 줘 봐."

눈을 가늘게 뜬 그가 내 등 뒤에 감춰진 책을 향해 손을 뻗었다. 앗, 하지만 뺏길 수는 없어! 나는 책을 든 손을 등 뒤로 더 꽁꽁 감추었다.

"뭔데 그래?"

"그, 그냥 책이라니까."

유진은 믿지 않았다. 그가 다시 한번 내 뒤쪽으로 팔을 뻗었다. 하지만 내가 더 빨랐다! 내 손안에 든 도색 서적을 뜻대로 취하지 못한 유진의 눈매가 슬쩍 찌푸려졌다. 앗, 갑자기 어릴 때 일이 생각났다. 그때는 에른스트 부인이 준 사탕 때문에 실랑이를 했었는데. 그런데 지금 유진하고 이러고 있으려니 갑자기 어릴 때로 돌아간 것 같은 느낌이 들어서 기분이 다소 묘했다.

스윽!

휘익!

"아니, 별거 아니라니까 왜 이렇게 궁금해해?"

"네가 숨기려고 하니까 더 궁금해지잖아."

물론 그때나 지금이나 손에 들고 있는 것을 유진에게 빼앗길 마음은 없었다. 훗, 10년 전이나 지금이나 변함없이 날쌘 나를 봐! 이게 다 끊임없는 자기 관리 덕분…….

탁! 엥? 갑자기 등 뒤로 벽이 닿았다. 유진의 손을 피하면서 아마 나도 모르게 뒷걸음질 친 모양이다. 그럼 더 이상 피할 데가 없잖아?

"앗."

설상가상으로 손을 유진에게 붙잡혔다. 나는 유진과 벽 사이에 낀 것 같은 모양새가 되었다. 지금 내가 들고 있는 거 뺏어 갈 거야? 그럴 거야? 나는 누가 들으면 헛웃음을 지을 만큼 이상한 기대감을 품고 유진을 올려다보았다. 혹시 어릴 때처럼 내 손에서 책을 빼내 간 뒤 의기양양한 표정을 지으며 웃을까? 어쩌면 그 후에는 어른스럽지 못한 행동을 했다며 조금 겸연쩍어할지도 몰라. 아, 나는 그런 유진을 다시 한번 더 보고 싶은 것 같기도 했다. 하지만 그는 그러지 않았다.

"……."

유진은 아무 행동도 말도 하지 않고 그저 움직임 없이 자리에 서서 나를 내려다보기만 했다. 머리 위에서부터 떨어지는 깊은 시선에 나도 덩달아 말을 잃었다.

이렇게 가까이에서 눈을 마주하고 있으려니, 마치 그에게 내 속마음을 속속들이 읽히는 것 같은 기분이 들었다. 갑자기 얼마 전 유진에게 안겼었던 일이 떠오르며 얼굴에 열이 올랐다. 결국 나는 그를 오래 마주 보지 못하고 눈길을 비꼈다.

“그냥…… 일반 책이야. 오빠는 바쁘니까 내가 알아서 할게.”

붙잡힌 손목을 비틀어 빼내자 그 위에 겹쳐 있던 온기가 쉽게 떨어졌다.

“지금 나가 봐야 한다며. 잘 다녀와.”

나는 웃는 얼굴로 그를 배웅했다. 유진은 아직 자리에 그대로 서 있는 상태였다. 원래는 문 앞까지 그를 배웅 나갈 생각이었지만 그냥 지금 인사를 하는 게 좋을 것 같았다. 어째서인지 지속되는 유진의 침묵에 혹시 무언가를 들켰나 싶어서 가슴이 불안하게 뛰었다.

“……그래, 다녀올게. 그 책은 네가 알아서 해.”

다행히 이번에는 그도 다른 말없이 내게서 물러났다. 나는 뒤돌아 걷는 유진을 보다가 이윽고 그의 뒷모습이 시야에서 완전히 사라진 후에야 ‘후우’ 깊은숨을 내쉬며 몸에서 힘을 풀었다.

언제부터인가 손이 저릿할 정도로 세게 움켜쥐고 있던 책에 시선이 박혔다. 크윽! 셋째 놈아, 너는 나한테 고마워해야 한다! 내가 너의 명예를 지켜 주기 위해 이렇게 노력했다는 걸 너는 알아야만 해!

「도련님의 아찔하고 위험한 교육.」

으흑, 다시 봐도 제목이 참…… 그나저나 이걸 어쩐다지? 그냥 원래 있던 자리에 둬? 아니면 에리히 대신 침대 밑이나 서랍장 같은 데 숨겨 줄까? 나는 이걸 어떻게 해야 할지 잠깐 고민하다가 그동안 잊고 있던 존재를 떠올리고 불현듯 고개를 들었다.

“페니!”

어느새 방에서 나갔는지 페니가 보이지 않았다. 나는 에리히의 책을 손에 들고 또다시 페니를 찾아 길을 나섰다.

"와, 대박……."

그날 밤 나는 신세계를 경험했다. 내 손에는 오늘 낮에 에리히의 방에서 가져온 책이 들려 있었다. 그래, 나는 호기심에 이 책을 보고 만 것이다! 마지막 책장까지 다 읽고 나서 책을 덮는 순간 나도 모르게 멍하니 중얼거리고 말았다. 아이, 더워라. 왜 이렇게 뺨이 화끈화끈하지? 그렇구나. 도련님이 그 하녀 양에게 하나부터 열까지 뭘 가르쳐 줬나 했더니…… 으흠, 흠.

사실 이런 책의 존재 자체를 몰랐던 것은 아니다. 지난 생과 이번 생을 통틀어서 나도 영애들에게 언뜻 이야기를 들어 이런 서적이 있다는 사실은 알고 있었다. 하지만 이렇게 직접 도색 서적을 읽어 본 것은 처음이었다.

이야, 평소에 정숙하고 음전한 모습만 보이던 영애와 귀부인들도 몰래 이런 책을 읽고 있었단 말이지? 우와아. 나는 처음으로 접하게 된 새로운 세계에 깊은 감명을 받았다. 그냥 호기심으로 한번 펼쳐 본 건데, 이런 놀라운 이야기가 숨겨져 있었다니. 갑자기 손안에 든 책이 처음과 좀 다르게 보였다. 나는 잠깐 고민하다가 내일쯤 책을 한 번 더 읽을 생각으로 손에 들고 있던 것을 슬쩍 쿠션 뒤에 숨겨 놓았다.

흠흠, 어차피 에리히는 빨라도 주말에나 집에 올 테니 그때까지만 원래 있던 곳에 돌려놓으면 되겠지, 뭐. 하, 그나저나 덥다. 나는 괜히 손부채질을 하며 요란을 떨다가 잠시 후 슬그머니 쿠션 뒤에서 책을 꺼내 또다시 남몰래 독서 삼매경에 빠져들었다.

제15.5장

그 오빠들 (2)

에리히는 억울했다. 맹세코 그 책은 그의 것이 아니었고, 심지어 그가 원해서 손에 들어온 것도 아니었다. 그 증거로 에리히는 집에 돌아온 방학 첫날부터 이미 그 책의 존재 자체를 잊고 있었다. 사건의 경위는 이러했다.

"야, 우리 누나한테 재미있는 거 얻었는데 너도 볼래?"

같은 학부에 있던 남학생 한 명이 어느 날 이상한 책 한 권을 가방에서 꺼내 든 것이 그 시발점이었다. 대화를 나누고 있는 두 사람이 바로 대각선 방향에 앉아 있었기 때문에 에리히도 어렵지 않게 그 책을 볼 수 있었다.

「요조숙녀 드봐리의 달콤한 계약 연애.」

책 제목을 언뜻 확인한 에리히는 코웃음을 쳤다.

"이게 뭐야, 여자애들이 보는 거잖아?"

"이 멍청아, 이런 거에 남녀 구분이 어디 있냐? 그리고 네가 몰라서 그래. 여자애들이 이런 책을 왜 좋아하겠냐?"

책을 추천받은 남학생이 황당하게 입을 열었다. 하지만 돌아오는 대답은 당당했다.

"다 여자들한테 먹히는 부분이 있으니까 이런 책이 불티나게 팔리는 거 아니야? 그럼 이걸 보면 여자들이 뭘 좋아하는지 알 수 있다, 이거지."

마치 자신만의 은밀한 비법을 가르쳐 주듯 은근한 음성이었다. 하지만 뒷자리에 앉은 에리히의 귀에는 충분히 들리는 크기였다.

"여기 적힌 대로만 하면 열에 아홉은 다 넘어온대. 우리 형도 약혼녀랑 싸우고 나서 데이트할 때 이거 보고 참고해 봤는데 분위기 좋았다더라고."

그 소리를 들은 남학생은 솔깃한 눈치였다. 중등부에서 고등부로 넘어가면서부터 이런 방면에 관심을 갖는 학생들이 많아진 추세였다. 자연스러운 현상이라면 자연스러운 현상이었지만 에리히는 저렇게까지 여자애들을 꼬시려고 혈안이 되어 있는 남자 놈들이 우스웠다. 더군다나 저런 얼토당토않은 방법이라니, 바보 아니야? 그런데 에리히의 헛웃음을 어떻게 받아들였는지 문득 앞자리에 앉은 남학생이 그를 향해 고개를 돌렸다.

"어, 혹시 너도 관심 있어? 하나 더 있는데 볼래?"

"치워. 관심 있어서 본 게 아니라 웃겨서 본 거야."

에리히는 대번에 거절했다. 평소 에리히의 성격을 아는 남학생도 두 번 권하지 않고 어깨를 으쓱이며 다시 고개를 돌렸다.

"난 하나 줘 봐."

에리히는 앞에서 비밀스럽게 속닥거리는 꼴을 보며 쯧쯧 혀를 찼다. 하지만 예상외로 그 우습지도 않은 순정 로맨스 책은 남학생들 사이에 유행처럼 급속도로 번져 나갔다. 어느 남학생이 그 책에 적힌 대로 누구한테 고백했는데 뜻밖에도 반응이 좋아 성공했다는 소문이 돌기 시작하면서부터였다.

「어느 레이디의 비밀 고백」, 「제국 제일 검의 은밀한 순정」, 「요조숙녀 드봐리는 왜 그 방랑 기사에게만 고기를 먹였을까?」

낯 뜨거운 제목을 가진 온갖 책이 강의실 안에 떠돌아다녔다. 에리히는 저런 것이 남학생들 사이에서 연애 교본 비슷하게 취급받는 것을 보고 기가 차서 헛웃음을 지었다.

"에리히, 그러지 말고 너도 하나 보라니까? 이거 효과 은근히 좋아!"

지난번 에리히가 책을 거부한 이후로 넉살 좋게 친한 척을 하기 시작한 남학생이 또다시 달라붙어 왔다. 이름이 제이 킴벌슨이라고 했던가.

"필요 없다니까."

"에이, 너도 한 번 보고 나면 마음이 바뀔걸?"

에리히의 짜증 섞인 반응에도 그는 눈살 한 번 찌푸리지 않고 시종일관 귀찮게 굴었다. 그리고 대망의 방학식 날, 에른스트로 돌아온 에리히는 가방 속에서 정체불명의 책 한 권을 발견하게 되었다.

「도련님의 아찔하고 위험한 교육.」

"하?"

에리히의 얼굴이 와락 구겨졌다. 책의 제목만 봐도 이것이 누구의 소행인지 뻔히 짐작되었기 때문이다. 도대체 남의 가방에 이딴 책은 또 언제 넣어 둔 거야?

"왈왈!"

그때, 열린 문 사이로 페니가 달려 들어왔다.

"페니."

"멍멍!"

"왜 그래, 산책하러 가고 싶어? 지금 같이 나갈까?"

에리히는 금색 털의 강아지를 안고 둥기둥기하며 애정이 뚝뚝 떨어지는 목소리로 말했다. 평소 에리히의 모습을 아는 학술원의 학생들이나 다른 사람들이 보면 믿지 못해 입을 쩍 벌렸을 일이었다.

"에리히!"

그때, 문가에서 이번에는 하리의 목소리가 들렸다. 에리히는 흠칫 놀라 무릎 위에 뒀던 책을 침대 밑으로 잽싸게 던져 넣었다.

"페니, 거기에 있어?"

"그런데, 왜?"

"아니, 오늘은 네가 페니 산책시켜 줘. 너랑 같이 가고 싶은가 봐."

다행히 하리는 그의 수상한 행동을 알아차리지 못한 듯했다.

"왜, 너도 같이 가."

"응? 나랑 같이 산책하러 가고 싶어?"

"무슨! 그게 아니라 난, 네가 같이 가고 싶어 하는 것처럼 쳐다봐서 말해본 거야!"

"그래그래, 네가 정 그렇게 원한다면 나도 같이 가 주지 뭐."

"아니라니까!"

에리히는 페니를 데리고 하리와 함께 방을 나섰다. 그리고 그 후, 방학이 끝나 다시 학술원으로 돌아가게 될 때까지 침대 밑에 놔둔 책에 대해 새까맣게 잊고 있었다. 에리히가 저택을 떠난 후 방의 대청소가 시작되었다. 그날 청소를 담당한 하녀가 그의 침대 밑에 숨겨져 있던 책을 발견하고 급격히 동공을 흔들었던 것도, 그리고 그 책을 테이블 위에 고이 올려 둔 것도, 하필이면 그 책을 하리가 발견하게 된 것도 에리히는 모두 알지 못했다.

"에리히! 너 내가 가방에 넣어 놨던 거 봤어? 어때, 좋았냐? 그거 좀 화끈했을 텐데?"

다만 개학 후 또다시 그에게 친한 척 엉겨 붙은 제이 킴벌슨의 히죽이는 얼굴을 보고 그제야 잊고 있던 책의 존재를 떠올렸을 뿐이다. 그래서 갑자기 통신구로 연락해 온 하리의 입에서 그 책에 관한 이야기가 나왔을 때는 펄쩍 뛸 정도로 놀라고 말았다.

"뭐?! 너 그 책 봤어?!"

에리히는 기겁해서 물었다.

"분명히 말해두는데, 그거 내 거 아니야!"

그는 통신구 너머에 있는 하리에게 다급히 변명했다. 하지만 변명이 아니라 사실을 밝힌 것이었다. 그는 맹세코, 저런 저질적인 책을 한 글자도 읽은 적이 없었으니까! 하지만 이어진 하리의 반응은 전혀 예상치도 못한 것이었다.

[아, 그래? 그럼 다른 것도 좀 가져와 봐.]

"뭐? 다른 거?"

[아니, 크흠. 그 책이 꽤 봐줄 만하더라고.]

띠용. 그 순간 에리히는 뒤통수를 얻어맞은 것 같은 충격을 느꼈다. 뭐? 그 책이 봐줄 만했다고? 갑자기 제이 킴벌슨이 제 친구에게 했던 말이 떠올랐다.

"여자애들이 이런 책을 왜 좋아하겠냐? 다 여자들한테 먹히는 부분이 있으니까 이런 책이 불티나게 팔리는 거 아니야?"

이럴 수가, 설마 그 말이 정답이었단 말인가? 아니, 그런데 하리가 그 요망한 제목을 가진 책을 마음에 들어 하는 것 자체도 놀라운데, 더군다나 지금 뭐라고?

"너, 너 지금 나한테 그런 책을 구해 오라고 시키는 거야?"

[나도 구하려면 구할 수 있지만 그렇게 하면 얼굴 팔리잖아. 너희 학

술원에서는 어차피 안 보는 애들이 없다며?|

그렇게 말하는 하리의 태도가 몹시 당당해서 에리히는 답지 않게 어버버거리며 거절의 말을 내뱉지 못했다.

"야, 다른 책도 줘 봐."

다음 날, 그는 제이 킴벌슨을 찾아갔다. 기숙사 방에서 혼자 노닥거리던 그는 에리히를 보고 두 눈을 번쩍 떴다.

"이야, 드디어 너도 눈을 떴구나! 그래, 뭐 줄까? 넌 어떤 타입이 좋아? 섹시한 거? 귀여운 거? 누님계? 방금 다른 애들이 보고 나한테 반납한 것 중에 죽여주는 게 있는데……."

"아, 대충 아무거나 내놔."

에리히는 밀려드는 수치심에 마른세수를 하며 짜증스럽게 뇌까렸다. 하지만 제이 킴벌슨은 에리히가 괜히 민망해서 신경질을 낸다고 생각했는지 더 이상은 군말하지 않고 책상 밑에 숨겨 둔 책들을 척척 꺼내 주었다. 그리고 방문 앞까지 그를 배웅하며 히죽거렸다.

"그럼 즐거운 시간 보내!"

……어쩌다 이렇게 되었지? 에리히는 갑자기 회의감이 들어서 책을 들고 망연자실했다. 뭔가 엄청나게 억울한데 그런 감정을 해소할 데가 없었다. 차라리 진짜 이 책을 보는 게 자신이었으면 이렇게 억울하지는 않지! 그 순간 에리히는 결심했다. 그래, 보자. 차라리 보고 덜 억울해지자. 이깟 책 하나 보는 게 뭐 그리 대수라고! 방으로 향하는 에리히의 걸음이 퍽 전투적이었다. 그날 밤 그는 밤새워 도색 서적을 탐독했다. 그리고 하리에 이어 에리히 역시도 새로운 세상에 발을 들이게 되었다. 물론 그것은 그 혼자만의 비밀이었다.

제2기사단의 연무장에서는 오늘도 신입들이 죽어 나가고 있었다. 원래 새로 작위를 받은 신참들을 통솔하는 것은 부기사단장의 역할이었다. 그런데 이 인간이 뭘 잘못 먹었는지 얼마 전부터 자기 휘하의 기사들을 쥐 잡듯이 잡아 대고 있었다.

"아, 힘들어 죽겠네."

"헉, 허억, 난 근육 터지는 것 같아."

단비 같은 휴식 시간을 맞은 신입 기사들이 연무장에 널브러졌다. 오전부터 계속된 강행군에 모두 초주검이 되어 있었다. 기껏 황실 기사가 되어 이제부터는 눈앞에 꽃길만 펼쳐질 줄 알았더니! 그들을 기다리고 있던 것은 연무장의 흙먼지와 하루하루 찌들어 가는 땀내였다.

"엥? 그렇게 힘들어? 그냥저냥 할 만한데?"

오직 단 한 사람만이 회한에 젖은 기사들을 어리둥절하게 쳐다보고 있을 뿐이었다. 그는 바로 학술원 시절 미친개로 이름을 날렸던 카벨 에른스트였다. 심지어 그는 이 땡볕 아래에서의 고된 훈련에도 지치지 않은 듯, 저 혼자 생생한 얼굴을 하고 있었다. 소금에 절인 시금치처럼 시들시들한 다른 사람들과는 그야말로 완전히 다른 모습이었다. 그런 그를 향해 대번에 경악 어린 시선들이 날아가 박혔다. 이 괴물! 이 개고생을 하고도 어떻게 저렇게 멀쩡한 거야?! 역시 학술원 시절 괜히 미친개 소리를 들은 게 아니었어! 다리가 후들거려서 뻗은 기사들과 달리 카벨은 아무렇지도 않게 두 다리로 버티고 서서 물을 마시고 있었다.

"크으, 물맛 좋다!"

홀로 태평한 그 모습에 기사들은 그냥 카벨을 자신들과 같은 선상에 두고 생각하기를 포기했다.

"부단장 요즘 왜 그래? 인간적으로 너무 굴리는 거 아니야?"

"내 말이. 얼마 전까지만 해도 연애한다고 팔팔 날아다니더니, 요즘은 연애 사업이 잘 안 되나?"

"정답이다, 이놈들아."

"허억!"

그들은 한참 저들끼리 부기사단장의 뒷말을 하다가 소스라쳤다. 등 뒤에서 흘러든 스산한 목소리가 고막을 파고들었기 때문이다.

"이것들이 기껏 휴식 시간을 줬더니만 입만 살아서 노가리를 까고 있어?"

"아닙니다, 부단장님!"

부기사단장은 '이놈들을 어떻게 회 쳐 먹을까' 고민하듯이 눈을 번뜩이다가, 곧 이번만 봐준다는 듯이 혀를 찼다.

"신참들, 예쁜 누나 있으면 미리미리 말해. 빵빵이 빼줄 테니까."

차였나? 차였네. 얼마 전까지만 해도 이 세상에 연애하는 사람이 자기 혼자인 것처럼 눈꼴시게 팔랑거리더니. 기사들은 자기들끼리 눈빛을 주고받으며 수군거리다가 또다시 부기사단장의 살벌한 시선을 받고 찔끔해서 외쳤다.

"전 외동아들입니다."

"형만 셋 있습니다."

"아, 카벨한테 겁나 예쁜 여동생이 있습니다!"

부기사단장과 다른 신입 기사들이 뭐라고 떠들든 신경 쓰지 않고 한가롭게 하품을 하고 있던 카벨이 그 소리에 '커헉!' 돼지 멱따는 소리를 냈다. 곧 그가 눈을 부라리며 고개를 돌렸다. 아니, 이 새끼들이? 남의 여동생 가지고 왜 자기들이 유세야? 내 여동생이지 네 여동생이냐?! 하지만 그들은 나중에 따로 면담 시간을 가져야 할지도 모를 카벨보다 당장 눈앞에서 그들을 고문시키는 부기사단장이 더 무서웠던 모양이다. '호오' 소리를 내며 흥미를 나타내는 부기사단장에게 기사들이 병아리 떼가 합창하듯 말했다.

"많이 예쁘냐?"

"설마 부단장님은 한 번도 못 보셨습니까? 에른스트 양은 가끔 황궁에도 오시는데요."

"그래서 진짜 예쁘냐고."

"겁나 예쁩니다, 미친 듯이 예쁩니다, 하늘에서 내려온 천사입니다, 여신님입니다!"

그들은 모두 카벨이 재학 중이던 시절의 학술원이나 황궁, 또 연회장 같은 곳에서 하리 에른스트를 본 적이 있었다. 그래서 물 만난 고기처럼 신이 나서 한마음 한뜻이 되어 외쳤다. 그러자 카벨의 어깨가 어깨춤을 추듯 꿈틀거렸다. 그는 남모를 뿌듯함을 느끼며 콧김을 내뿜었다. 훗, 자식들. 내 여동생이 예쁜 건 알아서. 하긴 그건 눈이 달렸으면 당연히 알 수밖에 없지만!

"그래? 그럼 카벨은 빼고 너희는 연무장 오십 바퀴 더 돌아라."

"아, 너무하십니다!"

"시끄러워, 인마. 백 바퀴 돌래?"

부기사단장의 패악이 다시 시작되었다. 연무장 백 바퀴라는 말에 기사들은 피눈물을 머금고 자리에서 일어날 수밖에 없었다. 명령을 받고 홀로 자리에 남은 카벨에게 부기사단장이 슬그머니 다가갔다.

"네 여동생이 정말 그렇게 예쁘냐?"

"그런데요."

카벨은 한 치의 망설임도 없이 곧바로 대답했다. 평소 같으면 말투가 건방지다고 한 소리 했을 부기사단장이 이번만큼은 너그러운 태도를 보였다.

"그럼 어떻게, 다리 좀 서 봐라."

뭐? 다리? 뭔 다리? 설마 지금 내 여동생하고 자기하고……. 깨닫는 순간 카벨의 얼굴이 종잇장처럼 구겨졌다.

"내가 이 나이 먹도록 장가도 못 가고 이러고 있잖냐? 내가 잘되면 너도 좋고 나도 좋고 그런 거 아니겠어?"

이 시꺼먼 노총각 놈이 지금 뭐라는 거야? 감히 지금 내 여동생한테 누구를 가져다 붙여? 확 다리를 동강 분질러 버릴까? 부단장, 혹시 빵 좋아하십니까? 일명 죽빵이라고. 그렇지 않아도 가끔 학술원 때의 습관이 튀어나오려고 해서 난감하던 참이었는데, 이걸 확 그냥, 막 그냥! 아오, 지금까지 상사라서 가끔 개소리를 해도 참고 있었는데 그냥 확 저질러 버려?

크흑, 하지만 하리가 기사단에서 말썽 일으키지 말고 다 같이 사이좋게 잘 지내라고 했는데……. 결국 카벨은 죽빵의 유혹을 참아 내고 자리에서 걸음을 뗐다.

"지금부터 연무장 오십 바퀴를 돌겠습니다."

"응? 내가 빼 준다니까?"

"거부합니다아아! 내 여동생이 만 배는 더 아깝다아아아아!"

"저 새끼가……?!"

카벨이 달리며 외치는 소리가 연무장 안에 쩌렁쩌렁하게 울려 퍼졌다. 그 후 제 2기사단의 연무장에는 '나 잡아봐라~'를 연상시키는 피의 레이스가 벌어졌다. 부기사단장과 카벨이 그리는 진풍경에 모두 넋을 빼 놓고 두 사람을 구경했다. 하지만 괴물 같은 체력을 가진 카벨이 끝끝내 잡히지 않았기 때문에 피 터지는 레이스는 부기사단장이 항복 선언을 하는 것으로 끝나야만 했다. 물론 카벨은 그 후 부기사단장에게 하극상을 이유로 다른 기사들보다 배는 더 기합을 받았다. 그날, 카벨이 이를 갈며 '더러우면 출세하라!'는 말을 마음 깊이 새기고 진정한 하극상의 야망을 품게 된 것은 누구도 모를 일이었다. 그것이 바로 훗날 카벨 에른스트가 최연소 부기사단장의 타이틀을 달게 된 진정한 이유였다.

"이야기는 잘 마치셨습니까?"

건물 밖으로 나오는 유진을 발견하고 로웬그린이 다가갔다. 지금 그들이 있는 곳은 황손 다이스의 거처 앞이었다. 로웬그린은 앞서 걷는 유진을 뒤쫓으며 호기심 어린 눈빛을 빛냈다.

"황손 전하와 아주 긴밀한 대화를 나누셨나 봅니다."

"궁금한가?"

"궁금하다고 하면 알려 주실 겁니까?"

"그 입이 쓸 만할 정도로 무거워지면 생각해 볼 수도 있겠지."

크흡, 그럼 알려 줄 마음이 없다는 거구나. 로웬그린은 눈물을 머금고 포기했다. 일전에 유진의 약혼녀에 대해 카벨에게 입을 털었던 것을 들켜 얼마나 곤욕을 치렀는지 모른다. 그 후 유진은 로웬그린에 대한 신뢰도를 대폭 변경한 것 같았다.

하지만 그는 억울했다. 이게 다 상관이 잘되기를 바라는 그의 갸륵한 마음인 것도 모르고! 로웬그린은 앞서 걷는 유진을 야속한 얼굴로 쳐다보았다. 물론 유진은 그가 그러거나 말거나 상관없다는 듯이 앞만 보고 걸을 뿐이었다.

"코르디스에 관한 일은?"

"명령하신 대로 준비 중입니다."

유진의 물음에 로웬그린의 표정이 묘하게 변했다. 명령한 내용으로 보았을 때 코르디스 가문이 유진의 심기를 상당히 크게 거스른 것은 분명한데, 이렇게 은밀할 정도로 조용히 일을 진행하다니. 유진답지 않았다. 하지만 로웬그린은 그 이유가 하리 에른스트 때문이라는 것을 알았다.

외궁에 도착하니 여느 때처럼 자리에 앉아 코를 박고 일하는 사람들이 눈에 들어왔다. 로웬그린은 마치 앞으로의 자신의 미래를 보는 것 같아 울컥해 버렸다. 그런데 유진이 그들을 한차례 훑어본 뒤 입 밖으로 꺼낸 말은 천상의 하모니처럼 참으로 감동적이고 아름다운 것이었다.

"하던 것만 마무리하고 퇴근해."

그러자 지금껏 죽상을 하고 있던 이들의 얼굴이 대번에 환해졌다. 희희낙락한 사람들을 뒤로한 채로 유진은 다시 걸음을 옮겼다. 그날, 유진도 평소보다 일찍 에른스트로 향하는 마차에 올랐다.

"하리 아가씨께서는 외출하셨습니다."

저택에 들어서자 휴버트가 하리의 부재를 알려 왔다. 에단을 데리고 루이제 바스티에와 함께 외출했다는 소식에 유진은 고개를 한 번 작게 끄덕여 보인 뒤 계단을 올랐다.

"전부 다 괜찮으니까, 하고 싶은 건 다 해. 갖고 싶은 게 있다면 그게 뭐든 가져도 좋아."

가끔 그의 머릿속에는 그때의 기억이 떠오르고는 했다.

"좀 더 욕심을 내도 돼. 이제는 당신만을 위해서 살아."

온 힘을 다해 그를 끌어안던 작은 몸, 그의 귓가에 대고 속삭이던 나긋한 음성, 시야에 아지랑이처럼 일렁이던 붉은 그림자, 그 시간의 공기.

"있는 힘껏 행복해져."

층계를 오르던 유진의 걸음이 문득 멈추었다. 사용인들만이 오가고 있는 저택의 내부에는 오후의 짙은 정적이 고여 있었다. 그 속에서 유진은 복도의 어느 한곳을 응시했다. 곧 제자리에 멈추어져 있던 그의 걸음이 느리게 움직였다. 그가 향한 곳은 한동안 열린 적이 없던 방문 앞이었다.

달칵. 유진은 눈앞에 있는 문고리를 잡아 돌렸다. 비록 주인을 잃은 방이었지만, 그래도 주기적으로 청소하기 때문인지 문고리는 기름칠한 것처럼 부드럽게 돌아갔다. 안으로 한 발짝 몸을 들이자마자 아늑한 분위기가 그를 감쌌다.

'유진.'

웃으며 그를 맞아주는 두 사람의 모습이 일순간 시야에 번졌다가 연기처럼 사라졌다. 유진은 천천히 주위를 둘러보았다. 죽은 부모님의 흔적이 곳곳에 밴 방 안의 풍경과 그의 기억 속에 남아 있는 모습을 비교라도 해보듯이.

그러다 문득 그의 검은 눈동자가 한쪽 벽면에 걸린 액자에 고정되었다. 그 안에는 갓 결혼했을 무렵의 젊은 모습을 그린 부모님의 초상화가 있었다. 한 손으로 부인의 어깨를 다정히 붙잡고 있는 전 에른스트 공작의 모습은 지금의 유진과 굉장히 많이 닮아 있었다.

유진은 자신의 나이일 때의 아버지가 어떤 생각과 어떤 삶의 방식을 가지고 살았을지 간혹 궁금해지곤 했다. 그리고 만약 지금 곁에 부모님이 살아 있었다면 지금쯤 자신은 어떤 삶을 살고 있었을지도.

그러나 그런 가정은 무의미했다. 과거를 바꿀 수 있는 능력 같은 것은 그에게 없었기 때문에. 그러니 지금의 그를 보고 부모님이 어떤 생각을 할지도 상상해 보지 않기로 했다. 좀 더 어렸을 때는 그들에게 칭찬받고 싶었던 적도 있었다. 하지만 이제 그는 누군가에게 인정받기를 기다리는 어린아이가 아니었다.

그래도…… 그래도 아마 유진이 아는 부모님이라면 그에게 '잘했다'고 말해주었을 것이라 생각했다. 오늘날까지 혼자 잘해냈다고, 역시 너는 우리 아들이라고. 그리고 그들이 딸로 받아들였던 아이에게 유진이 품은 마음도 비난하지 않으리라. 설령 그것이 죽은 사람은 말이 없기에, 살아

남은 사람 혼자서 어떻게든 자기 좋을 대로 해석하고 합리화하는 것뿐이라고 해도 상관없었다. 그는 이런 식으로라도 살아야 했기 때문에.

유진은 다시 발길을 돌려 부모님의 방에서 빠져나왔다. 이번에는 곧장 자신의 방으로 향해 답답한 겉옷을 벗어 던지고 목을 조이고 있던 타이를 풀어 헤쳤다. 그리고 가벼운 셔츠 차림으로 잠시 창밖에 시선을 두었다.

오늘은 예정에 없이 일찍 귀가했기 때문에 여유 시간이 생겨 버렸다. 그럼 무엇을 할까, 잠깐 생각하다가 유진은 서재로 향했다. 생각해 보면 나이가 들면서부터 서재에 앉아 느긋이 책을 읽어 본 기억이 없었다. 어릴 때는 하루 종일 그 안에 틀어박혀 있을 때도 있었는데.

서재에 들어선 유진은 어릴 때와는 확연히 눈높이가 달라진 책장을 눈으로 훑다가 손에 걸리는 책을 아무것이나 하나 뽑아 들었다. 곧 그의 시선이 서재의 한가운데에 위치한 책상으로 미끄러졌다. 유진은 걸음을 옮겨 그 앞으로 다가갔다. 그리고 소년 시절의 그가 그랬던 것처럼 의자를 빼고 그 위에 자리를 잡았다.

오전 시간에 청소하러 들어왔던 사용인이 창문을 열어 놓고 간 모양이다. 밖에서 불어오는 바람에 그가 아무렇게나 펼쳐 놓은 책이 휘리릭 제 마음대로 종이를 넘겼다.

……한가롭고 나른하고 평화로웠다. 이제는 적응이 될 만도 하건만, 유진은 이럴 때의 에른스트가 아직도 조금 낯설게 느껴졌다. 하지만 이런 느낌이 싫은 것은 아니었다. 오히려 그 반대라면 또 모를까. 유진은 몸에 힘을 풀고 책상 위에 상체를 기댔다. 한쪽 팔을 앞으로 뻗고 반쯤 누워서 창가를 바라보자 책상에 드리워져 있던 눈부신 햇살이 그의 얼굴을 간질였다.

눈꺼풀이 느리게 내려앉았다가, 또 천천히 위로 들어 올려졌다. 누가 뒤쫓아 오기라도 하는 것처럼 다급하게 달려왔던 시간으로부터 어느덧 시일이 많이 지나 있었다. 이제 와서 생각해 보면 참으로 쉼 없이 앞만 보고 달려왔구나 싶었다. 망설이고 고민할 시간조차 없어서 단 한 번도 멈추어 서지도, 주위를 둘러보지도 못했다.

쏴아아. 밖에서 초목의 나뭇잎이 몸을 부대끼는 소리가 들려왔다. 그 소리를 제외하고는 주위가 아주 조용했다. 마치 다른 세상에 들어온 것처럼 신기하게까지 느껴지는 고요함이었다. 이상한 일이지 않은가? 몇 년 전이나 지금이나 주변이 침묵으로 가득 차 있는 것은 똑같은데, 그때와 지금의 적막감은 어째서인지 다르게 느껴졌다. 유진은 평온한 고요 속에서 천천히 눈을 감았다.

똑똑. 그로부터 얼마간의 시간이 더 흘렀을까. 문득 서재의 문을 두드리는 소리가 들렸다. 유진이 대답하지 않자 밖에 있던 사람이 조심스럽게 문을 열고 안으로 들어섰다.

"아…… 자는 건가?"

혼잣말 같은 자그마한 음성이 바람결에 휩쓸려 날아갔다. 유진이 서재에 있다는 말을 듣고 그를 찾아온 것은 외출에서 돌아온 하리였다. 그녀는 문 쪽으로 등을 보인 채 책상에 엎드려 있는 유진을 보고 발소리를 죽였다. 비록 선잠이 든 것 같긴 하지만 지금처럼 유진의 자는 모습을 보는 건 처음이었다. 워낙에 이런 무방비한 모습 자체를 잘 보이지 않는 유진이었기 때문이다.

하리는 조용히 다가가 눈을 감고 있는 유진의 얼굴을 내려다보았다. 햇빛이 따갑지도 않은지 그는 편안한 표정을 짓고 있었다. 그래도 역시 햇볕이 좀 강한 것 같아서 커튼을 칠까 하다가 혹여 그 소리에 곤히 잠든 유진이 깰까 싶어서 말았다. 그래도 하리가 그의 앞에 서자 그녀의 그림자가 유진의 얼굴까지 드리워졌다.

그녀는 그때까지도 유진의 손에 들려 있던 책을 살살 빼냈다. 바로 그때, 한순간 그의 손이 움찔한 것 같았다. 하지만 언제 그랬냐는 듯 미동이 없는 유진을 보며 하리는 다시 하던 일을 마무리했다. 불편하게 책을 붙잡고 있던 유진의 손이 그제야 편해진 것 같아 그녀는 만족스러워졌다. 그러다 문득 유진이 무슨 책을 읽고 있었는지 궁금해져서 표지에 적힌 제목을 확인했다.

「사유하는 인간, 존재의 이유.」

하리는 책상 귀퉁이에 걸터앉아 방금 전까지 유진의 손에 들려 있던 책을 펼쳤다.

그 후, 유진의 눈꺼풀이 서서히 들어 올려졌다. 검은 눈동자 안에 앞에 있는 사람의 뒷모습이 담겼다. 크림색 드레스가 햇빛에 물들어 한결 더 짙은 색을 내고 있었다. 창가에서 스미는 햇볕을 정면으로 받고 있는 몸이 하얗게 빛났다.

눈이 부셨다. 언젠가 느꼈던 것처럼. 방 안을 맴도는 바람에 허리까지 내려온 하리의 긴 머리카락이 그의 얼굴을 간질였다. 살랑살랑. 나비처럼 가볍게 날아들었다가 다시금 사뿐히 허리 위로 내려앉는다. 책상 위에 가만히 놓여 있던 유진의 손이 이윽고 그 움직임을 쫓아 느리게 들어 올려졌다.

눈앞에서 흔들리는 은빛의 잔영이 손에 잡힐 듯 말 듯했다. 그녀는 그가 바라는 것이 무엇인지도 모르면서 무엇이든 욕심내도 된다고 허락해주었다. 물론 그것은 그의 소망이 무엇인지 모르는 무지에서 비롯된 배려였을 것이다. 그 사실을 유진도 모르지 않았다.

하지만 그녀는 분명 그에게 마음대로 해도 좋다고 했으니…… 이제부터는 그도 그럴 셈이었다. 유진의 눈빛이 방금 전보다 한결 더 짙어졌다. 설령 동정이어도, 마지못해 그의 손을 잡아주는 것이라 해도 좋았다. 그래도 떠나지 않고 옆에만 있어 준다면.

쏴아아. 파도처럼 밀려든 바람에 반짝이는 은발이 바로 눈앞으로 날아들었다. 유진의 손이 시야 가득 반짝이는 찬연한 빛을 쫓아 움직였다. 그는 눈부신 빛이 넘실거리며 흘러 나가도록 내버려 두다가 이윽고 그것을 손안에 가득 그러쥐었다. 곧 유진의 입술이 손에 잡힌 머리카락 사이로 파묻혔다. 그의 눈동자에 언뜻 위험하게까지 느껴지는 진득한 갈증이 어렸다.

"어, 일어났어?"

애초에 잠들었던 적도 없었지만, 하리는 이제야 그가 눈을 뜬 것을 깨달았는지 고개를 돌렸다. 그녀가 몸을 비스듬히 틀자 그 틈으로 햇빛이 밀려들었다. 유진은 반사적으로 지그시 눈꺼풀을 반쯤 내리며 입을 열었다.

"언제 왔어?"

"지금 막."

기다림의 시간을 지금처럼 직접 말로 하지 않는 것이 그녀의 다정한 점 중 하나였다. 유진은 굳이 그것을 아는 척하지 않고 느리게 눈을 깜빡였다. 나른함을 품은 유진의 얼굴 위로 하리의 시선이 떨어졌다. 이렇게 무방비하게 있는 모습을 보니 꼭 소년 시절의 유진으로 돌아간 것 같아서 어쩐지 머리라도 쓰다듬어주고 싶었다.

그래서 자기도 모르게 손을 뻗어 놓고 그녀는 멈칫했다. 하지만 이대로 갑자기 손을 물리는 것도 부자연스러울 것 같고, 또 유진도 딱히 거부하는 느낌이 아니라 다시금 천천히 손을 움직였다. 그녀의 손가락 사이로 부드러운 갈색 머리카락이 흩어졌다. 유진은 그녀가 하는 것을 가만히 내버려 둔 채 마주한 얼굴에 시선을 두고 있었다.

"오늘 루이제랑 같이 외출했었는데 휴버트한테 얘기 들었어?"

"응."

두 사람 다 지금의 고요함을 깨고 싶지 않은 듯, 자그마한 목소리로 속삭이듯이 이야기했다.

"재미있었어?"

"재미있었어. 참, 거리에 벌써 벚꽃이 피어서 예쁘더라. 우리도 다음에 다 같이 꽃 보러 갈래?"

"그래. 그러자."

나직한 음성이 주위에 부유하는 햇살 위에 고였다.

"아, 이거 오늘 산 건데 어때?"

하리가 문득 생각났다는 듯 자신의 머리 위로 손을 올리며 물었다. 그곳에 있는 것은 하얀 진주와 베일로 장식된 꽃 모양의 코르사주였다.

"평소에 내가 좋아하던 머리 장식은 아닌데 봄이라 그런지 눈길이 가서. 어때, 어울려?"

솔직히 이렇게 물으면 열이면 아홉 정도는 어울린다고 말해줄 수밖에 없겠지만. 그렇게 생각하며 하리는 장난스럽게 웃었다.

"어울려."

역시 유진은 그녀가 생각한 대로 대답해 주었다. 하지만 곧 이어진 나지막한 음성에 그녀는 멈칫할 수밖에 없었다.

"뭘 해도 예쁘지 않았던 적이 없어, 너는."

정면에서 밀려오는 시선에 미처 그 말의 의미를 파헤칠 생각조차 하지 못했다. 작게 입술을 달싹였지만 그 밖으로 아무런 소리도 새어 나가지 않았다. 빛과 바람과 정적이 반짝이는 그곳에서 두 사람은 다만 서로의 눈을 마주했다.

"하리, 너 여기 있어?! 나 너한테 할 말 있……."

그때, 누군가 벌컥 서재의 문을 열어젖히며 안으로 들이닥쳤다. 요란하게 등장한 사람은 다름 아닌 카벨이었다.

"어? 형도 여기 있었네?"

그는 황궁에서 집으로 돌아오자마자 곧장 하리를 찾아왔는지 아직

제복 차림을 하고 있었다.

"무슨 일인데 그렇게 급하게 하리를 찾아?"

유진이 책상에 기대 있던 상체를 일으키며 물었다. 방금 전까지 주위에 맴돌던 묘한 공기는 은은한 자취를 남기며 사라진 뒤였다. 하지만 유진도 하리도 언제 그런 일이 있었냐는 것처럼 태연히 카벨을 대했다.

"아니, 혹시 황궁 올 일 있어도 우리 기사단에는 절대 오지 말라고!"

그 말을 듣고 하리는 의아해졌다. 제2기사단에 자기를 보러 놀러 오라고 떼를 썼던 게 바로 엊그제인데 갑자기 무슨 바람이 불어서 이러는 거지?

"왜? 지난번에는 오빠 보러 오라면서."

"안 돼, 안 돼! 우리 기사단에 엄청나게 파렴치한 놈팡이가 있단 말이야! 더러운 거 보면 눈 버려, 안 돼!"

무슨 소리인지 모르겠지만 카벨이 치가 떨린다는 듯 흉포한 기운을 흩뿌려서 일단은 알겠다고 대답했다.

"조금만 기다려! 내가 금방 똥 덩어리들 싹 다 치우고 1급수의 쾌적하고 청정한 환경을 만들어 놓을 테니까!"

"그래……."

또 뭐 때문에 눈이 돌아가서 '오빠만 믿어!'를 피 토하게 외치는지 영문을 알 수가 없었다. 유진과 하리는 나란히 의문 어린 눈으로 발광하는 카벨을 바라보았다.

"알았으니까 밖에서 얘기하자. 유진 오빠, 우린 먼저 나갈게."

결국 하리가 카벨을 데리고 서재에서 나갈 의사를 내비쳤다.

"그래. 둘 다 쉬어."

유진은 그런 그녀를 붙잡지 않았다. 잠시 후, 방금 전까지 누군가가 있었던 자리에 어느덧 불그스름해진 햇빛이 들어찼다. 시끌벅적했던 주변이 다시금 조용해졌다. 그러나 역시 예전처럼 주위에 깔린 침묵이 무겹게 느껴지지는 않았다.

또 하루가 지나간다는 사실이 이제는 더 이상 초조하지도 불안하지도 않았다. 그것이 그에게 있어 얼마나 엄청난 일인지, 아마 아무도 모를 것이었다. 유진은 붉은 해가 거의 저물어 갈 때까지 그 자리에 가만히 앉아 창밖을 바라보고 있었다. 조금 더 시간이 흘러 그의 가족들이 이제 그만 저녁 식사를 하자고 그를 부르러 올 때까지.

제16장

돌이킬 수 없게 된

"하, 참."

나는 황궁 도서관을 나오자마자 탄식했다. 한 시간 내내 원하는 책을 찾아 넓디넓은 도서관 안을 헤맸으나 결국 허탕을 치고 돌아서야만 했기 때문이다. 하, 이렇게 허무할 수가. 내 얼굴에 얇게 깔린 실망감을 포착한 에단이 나직한 음성으로 물었다.

"찾으시는 책이 보이지 않았습니까?"

"그러네요. 황궁 도서관에는 없는 책이 없다고 해서 기대했는데."

"사서에게는 말씀해 보셨는지요?"

"음, 아무래도 직접 물어보기는 좀 그래서."

크흑, 당연했다. 아무리 그래도 그렇지, 황궁 사서에게 그렇고 그런 책이 있냐고 물어볼 수는 없잖아? 내가 보고 싶은 책은 에리히의 방에서 찾은 것과 비슷한 빨강빨강한 책이었다. 하지만 뭐, 어차피 황궁 도서관에 그런 책이 있다고 해도 실제로 빌릴 생각은 없었다. 왜냐하면 대출 기록이 남을 테니까 말이지. 크흠, 그래서 만약 책이 있으면 살짝만 읽다가 나오려고 했는데.

사실 오늘 황궁 도서관에는 다이스를 만나러 온 김에 겸사겸사 들른 것이었기 때문에 원하는 책이 없다고 해서 꼭 죽을 것처럼 아쉬운 건 아니었다. 그런데 에단이 진지한 얼굴로 내게 말했다.

"제목을 말씀해 주시면 제가 어떻게든 구해 오겠습니다."

쿠, 쿨럭. 물론 고맙긴 하지만 그것은 안 될 말씀입니다. 차라리 하녀를 시키거나 내가 혼자 서점에 가서 책을 구하고 말지.

"마음만으로도 고마워요, 에단."

나는 본심을 숨기고 에단을 향해 아하하 웃어 보였다.

"하리?"

그런데 그때, 저 멀리서 누군가 내 이름을 불렀다. 고개를 돌린 나는 반가운 사람을 발견했다.

"요한 오빠!"

솜사탕 같은 하늘색 머리카락이 멀리서도 한눈에 띄었다. 어쩐 일로 황궁에 방문한 요하네스였다.

"다이스 전하를 만나 뵙고 오는 길인가 보구나."

"아직은 아니고, 이제 내궁으로 가는 길이야."

그는 나를 보자마자 황궁에 온 목적을 알아차린 듯했다. 하기야 내가 먼저 황궁에 올 만한 이유는 다이스가 거의 유일하기는 하지.

"오빠는 어쩐 일이야?"

"나는 요즘 아버지께 조금씩 업무를 배우고 있어서."

아, 그렇구나. 요하네스도 이제 학술원을 졸업했으니 슬슬 바스티에 백작에게 직접적인 가주의 일을 배울 만도 했다. 물론 아직 본격적인 일선에 들어간 건 아니겠지만 말이다. 사실 유진이 너무 어린 나이에 가문을 이끌게 된 것이지, 원래대로라면 요하네스처럼 차근차근 준비 단계를 밟아 가는 것이 정상이었다.

"얼마 전에 코르디스 양을 만났어."

그러다 문득 요하네스의 입에서 흘러나온 이름에 나는 한순간 멈칫했다.

"네 안부를 묻기에 적당히 응수해 주긴 했는데, 하리 너도 그 사람하고는 가깝게 지내지 않는 게 좋을 것 같아."

라벤더 코르디스와 무슨 이야기를 나누었기에 요하네스가 내게 이런 말을 하는 걸까? 그는 그녀가 내 안부를 물었다고 했지만…… 그냥 그런 말만 하고 말았다면 요하네스의 반응이 지금 같을 리가 없었다.

"응, 내가 그 사람하고 가까워질 일은 없을 거야. 걱정해 줘서 고마워."

그나저나 요하네스도 알고 있었지…… 에단에 관한 일을. 나는 예전에 에단을 보고 요하네스가 물었던 것을 떠올렸다.

"에단 비숍이라…… 그가 자신을 그렇게 소개했어?"

뭐, 나와 에단의 모습을 본 사람 중 몇 명이 자기들끼리 속닥거리던 것을 생각해 보면 그리 꽁꽁 감추어진 비밀도 아니었던 것 같기는 했다. 사실 나도 위화감을 감지했을 때 무언가를 알아내려 했다면 에단에게서든 유진에게서든 쉽게 이야기를 들을 수 있었을 것이다.

"좀 더 같이 있고 싶은데 시간이 없을 것 같네."

"으응, 다음에."

요하네스와 정원이라도 함께 걷고 싶었지만 다이스와의 약속 시간이 얼마 남지 않아 그건 무리였다.

"하리, 난 항상 네 편이야. 알고 있지?"

청아한 푸른빛이 시야에 박혔다. 그의 눈빛은 언제나처럼 곧고 맑았다.

"알아. 고마워."

나는 그의 마음이 고마워서 설핏 웃어 보였다. 아마 라벤더 코르디스 때문에 이런 말을 하는 것 같은데, 요하네스가 그녀와 나 사이의 갈등을 어디까지 아는지는 몰라도 이렇게 내 편을 들어주는 것은 고마운 일이었다.

우리는 그렇게 나중을 기약하며 헤어졌다. 요하네스는 궁의 정문 쪽으로, 나는 다이스가 있는 내궁 쪽으로 방향을 틀었다. 그러면서 조금 전 요하네스가 해준 말을 되새겨 생각했다. 얼마 전 나는 유진에게 라벤더에 대해 지나가듯 이야기한 적이 있었다. 혹시라도 나와 라벤더 사이에 있었던 일 때문에 유진이 나서서 그녀와 그녀의 가문에 보복하지는 않았으면 좋겠다고.

순전히 내 이기심이었다. 나로 인해 유진이 다시 전처럼 잔인해지는 것을 보고 싶지 않았기 때문이니까. 게다가 라벤더와의 일은 내가 스스로 해결해야 할 부분이라는 생각도 들었다. 유진은 잠깐 내 얼굴을 말없이 응시하다가 결국 알겠다고 대답해 주었다. 그런데 이번에는 요하네스에게까지 손을 뻗치다니. 라벤더 코르디스가 적당히 선을 지키면 좋겠다는 생각이 들었다.

궁의 안쪽까지 호위 기사를 데려갈 수는 없었기 때문에 다이스의 방으로 향하는 복도는 시종의 안내를 받으며 홀로 걸었다. 그러다 맞은편에서 오는 사람을 발견하고 나는 멈추어 섰다.

"로자벨라 양?"

꿀처럼 반짝이는 금발과 에메랄드 같은 녹색 눈동자. 멀리서도 눈에 띄는 우아한 걸음걸이. 어째서인지 로자벨라 벨론티아가 황손 다이스의 방이 있는 곳에서부터 걸어 나오고 있었다. 그녀도 나를 보고는 한순간 멈칫했다. 나는 놀란 기색을 숨기고 그녀에게 물었다.

"다이스 전하를 만나 뵙고 나오시는 길인가요?"

생각해 보면 당황할 일도 아니었다. 내가 다이스에게 초대받아 궁을 방문하는 것처럼 로자벨라도 얼마든지 그럴 수 있었으니까.

"네. 짧은 담소를 나누고 나오는 길이랍니다. 하리는 지금 전하께 가는 중인가 보군요."

다만 내가 알기로 지금껏 다이스는 단 한 번도 먼저 로자벨라를 만나고자 청한 적이 없었기 때문에 어쩔 수 없이 조금은 놀라고 만 것이었다. 더군다나 그 이유가 로자벨라에게 품은 다이스의 마음 때문이라는 사실을 알고 있었기에 더더욱.

"그럼 이만 실례하겠어요. 다음에 만나요, 하리."

"네, 다음에."

나는 로자벨라와 헤어져 다이스의 방을 향해 다시 걷기 시작했다. 그런 내 발걸음은 아까와 다름이 없었지만 머릿속에는 이런저런 생각이 지나가고 있었다. 다이스의 방문 앞에 다다라서도 마찬가지였다.

"전하. 하리 에른스트 양이 방문했습니다."

"묻지 말고 그냥 들이라니까."

다이스의 허락이 떨어지고 나서 시종장이 문을 열었다. 방으로 들어서자마자 트레이를 끌고 나오던 궁인과 마주치게 되었다. 나는 나를 향해 공손히 인사하는 궁인을 지나쳐 가며 트레이에 놓인 접시와 찻잔, 그리고 식기들을 눈으로 훑었다. 방금 전까지 이곳에 손님이 있었다는 사실을 알려 주듯이 찻잔에 반쯤 담긴 액체에서는 아직 따뜻한 김이 피어오르고 있었다. 의자에 앉아 있던 다이스가 나를 본 뒤 혀를 차며 자리에서 일어났다.

"시종장이 참 고지식해. 한두 번도 아니고, 영애가 방문하면 곧바로 안으로 들이라고 입이 아프도록 말해도 저렇게 꼬박꼬박 보고를 한단 말이야."

나는 나를 테이블로 인도하는 그를 따라 걸었다. 그리고 다이스와 마주 보고 앉은 뒤 지나가듯 말했다.

"방금 로자벨라 양을 만났어요."

"그래?"

다이스의 시선이 나를 향했다. 내가 그를 지그시 마주 바라보자 다이스가 의자에 다리를 꼬고 앉아 무릎 위로 손을 올렸다. 그리고 의미를 알 수 없는 표정을 지으며 말했다.

"음, 이제부터 나도 영애를 한 번 본받아 볼까 하고."

"그게 무슨 말씀이신지……?"

다이스의 말을 듣자마자 나는 찜찜해졌다. 아니, 갑자기 그게 뭔 소리랍니까? 나를 본받는다니, 도대체 어떤 점을? 갑자기 불길함이 스멀스멀 밀려들었다. 하지만 그냥 기분 탓이겠지? 그렇겠지……?

"응, 너무 깊게 생각하지 마. 그보다 우리 다른 얘기를 할까?"

다이스가 티 나게 말을 돌렸다. 더 이상 로자벨라에 관한 이야기를 나눌 마음이 없다는 강력한 의사의 표현이었다. 나는 여전히 찜찜했지만 그가 곧바로 다른 이야기를 꺼내기 시작해서 로자벨라에 대한 이야기를 더 묻지 못했다.

아무리 내가 다이스의 말동무이니, 그의 친구이니 하는 소리를 들으며 가끔 건방지게 구는 것이 허락된다고 해도 황손과 일개 영애 사이에는 뚜렷한 경계가 있었다. 그러니 다이스가 지금처럼 딱 잘라 대화를 거부하면 나도 이 이상은 그에게 캐물을 수 없었다. 다이스는 그 후 평소와 똑같은 모습으로 나를 대했지만 내 마음속의 찝찝함은 가실 줄을 몰랐다.

"있잖아."

"네, 전하."

시간이 지나 내가 자리에서 일어났을 때, 돌연 다이스가 나를 불렀다. 그 직후 그가 내뱉은 말은 나로서는 영문을 알 수 없는 것이었다.

"혹시 내가 양을 놀라게 할지도 모르는데, 미리 사과할게."

내 의아한 눈빛에 그는 어쩐지 곤혹스러워 보이는 얼굴을 한 채 웃음

지었다.

"그래 봤자 자세한 이야기는 해주지 못해서 미안하지만."

그러고 나서 다이스는 언제 내게 수상쩍은 말을 했냐는 듯, 다시금 아무렇지도 않은 얼굴이 되어 나를 배웅했다. 나는 또다시 머릿속이 복잡해진 채로 궁을 빠져나올 수밖에 없었다. 그리고 얼마 후 나는 다이스가 그런 말을 한 이유가 무엇이었는지를 알게 되었다.

놀랍게도, 유진과 로자벨라가 파혼을 했다. 나는 예상치 못했던 일에 할 말을 잃고 말았다. 약 2년간의 약혼 기간에 종지부를 찍고 두 사람은 파혼을 선언했다. 이유는 단순했다. 둘 다 서로가 좋은 결혼 상대자라고 생각하지만 성격이 맞지 않아 더 이상은 인연을 이어 갈 수 없다고 판단했다는 것이다.

하지만 더 놀라운 소식이 아직 남아 있었다. 얼마 후 아를란타 전역에 알려진 황실의 중대 발표에 나는 그만 뒤통수를 맞은 듯한 충격을 받고 말았다. 그것은 바로 황손 다이스와 로자벨라 벨론티아의 약혼 소식이었다.

"에른스트 양, 오늘은 카벨 경만 동행하신 건가요?"

"혹시 에른스트에서 조만간 만찬회라도 열 계획은 없으신지요?"

"이번 야유회 때 오라버니들과 함께 방문해 주세요!"

연회장 안에서 나는 내게 다가오는 사람들을 바쁘게 상대했다. 평소에 비해 오늘은 나한테 접근하는 영식들보다 영애의 수가 월등히 많았다. 짐작하기로 아마도 그것은 유진 때문일 터였다. 로자벨라와의 파혼 후 에른스트 공작의 약혼녀 자리는 이제 공석이 되어 있었으니까.

"소식 들었어?"

유진과 로자벨라가 파혼한 것은 봄. 그런데 계절이 바뀌어 여름이 되자마자 황손 다이스의 약혼 소식이 파다하게 번졌다. 그것을 듣고 나는 놀라서 유진을 찾았다.

"괜찮아?"

"괜찮지 않을 이유가 없지."

하지만 유진은 몹시 담담한 얼굴을 한 채 나를 맞았다.

"그녀와 나는 이미 정리된 관계야. 그러니 그 후에 누구와 약혼을 하든 나와는 상관없어."

물론 그건 그랬다. 유진의 말마따나 다이스와 로자벨라의 약혼은 순서상으로 이상할 것이 하나도 없었다. 비록 유진과 로자벨라의 파혼은 아를란타를 한바탕 시끄럽게 만든 일이었지만, 파혼의 원인이 어느 한쪽에 결격 사유가 있기 때문이 아니었으니 황손과 로자벨라의 약혼에 크게 문제 될 것은 아닐 터였다.

또한 유진과 로자벨라 모두 아무리 뜯어보아도 결함이라고는 없어 보이는 인물들이었고, 또 파혼 이후에도 서로 당당하게 대외적인 활동을 해서, 얼마간 돌던 근거 없는 소문들도 서서히 가라앉았다. 하지만 나는 계속 유진의 파혼과 다이스의 약혼이 마음에 걸렸다. 지난 생에는 없던 일이라 그런 걸까?

게다가 나를 본받기로 했다는 다이스의 말. 설마 그게 이제부터는 하고 싶은 대로 막 나가는 삶을 살겠다는 의지의 표명이었다면…… 혹시 이번 일에 본의 아니게 내가 어느 정도 영향을 끼친 것이 아닌가 하는 의심이 슬쩍 고개를 들었다.

"혹시 에른스트 공작님께서 따로 만나시는 여성분은 아직 없으신지……."

어쨌든, 그런 이유로 혹시 하는 마음을 품고 내게 다가와 말을 건네는 영애들이 수두룩했다.

유진과의 파혼 이후 나는 단 한 번도 로자벨라를 만나지 못했다. 그러니 그녀와의 만남은 지난 황성에서가 마지막이었던 셈이다. 물론 어느 한쪽에서 먼저 만남을 청했다면 또 모르지만 로자벨라도 나도 그러지 않았다. 그도 그럴 것이, '오빠의 전 약혼녀'와 '파혼한 약혼자의 여동생'이란 관계는 아무래도 애매한 구석이 있었기 때문이다.

아마 내 마음에 망설임이 있었던 것처럼 로자벨라 역시 그러지 않았을까 하고 나는 추측하고 있었다. 유진의 파혼 이후 오늘처럼 영애들이 몰려드는 일이 연달아 일어났기 때문에 나는 외출하는 것을 피하게 되었다. 그래서 다른 자리에서 로자벨라와 우연히 마주치는 일도 생기지 않았다.

"잠시 실례하겠어요."

나는 웃는 얼굴로 혼자서 사람들을 상대하다가 가까스로 자리를 빠져나왔다. 아니, 그런데 카벨은 왜 이리 안 오는 거야? 음료수를 주방에 가서 만들어 오나? 오늘 연회에서 나는 카벨을 파트너로 두고 있었다. 그런데 마실 것 좀 가져다 달라는 내 말에 신이 나서 달려간 둘째 녀석이 영 돌아올 생각을 하지 않았다.

"에른스트 양! 오늘 연회에 참석하셨군요!"

"안녕하세요, 페드나 양. 오랜만에 뵙네요."

모처럼 참석한 연회이니만큼 오래간만에 얼굴을 보는 사람들이 많았다. 나는 하하 호호 웃으며 반가운 사람들과 인사를 나누었다.

"잠깐, 지금 뭐 하는 거야?"
"아얏!"
그런데 잠시 후 등 뒤에서 카벨의 목소리가 들려오는 것이 아닌가? 그 음성이 바로 옆이라고 느껴질 정도로 무척 가깝게 느껴졌기 때문에 나는 소리가 들려온 방향으로 고개를 돌렸다. 그리고 이내 시야에 들어온 광경에 두 눈을 크게 떴다.
"뭐야, 무슨 일이야?"
아니, 카벨이 왜 라벤더 코르디스의 팔을 붙잡고 있는 거지? 하지만 이어지는 카벨의 말에 나는 대략적인 상황을 눈치챘다.
"아니, 지금 이 여자가 손에 들고 있는 걸 너한테 뿌리려고 하는 것 같아서."
그러니까 라벤더 코르디스가 소리도 소문도 없이 나한테 접근해서 지금 손에 들고 있는 샴페인을 내 옷에 뿌리려고 했다, 이 말이냐? 물론 그녀는 카벨의 말을 부정했다. 그에게 붙잡힌 팔이 아픈지 미간을 구기고 있던 라벤더 코르디스가 천연덕스럽게 웃었다.
"호호……! 무슨 말씀이신지 모르겠네요. 전 그저 에른스트 양이 반가워서 인사하러 왔을 뿐인데요."
그 모습이 꽤 자연스러웠지만 나는 속지 않았다. 당연하지. 우리가 어디 서로를 반가워할 만한 사이입니까?
"아닌데, 손목 각도가 겁나 수상했는데?"
카벨이 끈질기게 걸고넘어지자 라벤더 코르디스의 입매가 꿈틀거렸다. 그녀가 놓으란 듯이 손목을 잡아 뺐지만 카벨은 억센 손에서 힘을 풀지 않았다.
"오빠, 그러지 말고 놔줘."
"그래."
하지만 내가 말하자마자 카벨은 매우 쉽게 라벤더 코르디스의 팔을 놓았다. 오구오구, 우리 둘째 말도 참 잘 듣지.

"마실 거 가져왔어! 너 이거 좋아하지?"

"고마워. 역시 오빠밖에 없어."

"으헤헤!"

나는 앞에서 분한 얼굴로 나를 노려보고 있는 라벤더 코르디스를 보란 듯이 무시한 채 카벨과 화기애애하게 대화를 나누었다. 내가 무시하고 있을 때 그냥 가면 좋을 텐데. 어차피 댁과 나는 이미 돌이킬 수 없는 강을 건넌 사이인데 피차 피곤하게 굴지 맙시다. 하지만 라벤더 코르디스는 곧바로 자리를 떠나지 않고 질척하게 굴었다.

"오늘따라 에른스트 양에게 다가오는 영애가 많네요. 아마 영애의 첫째 오라버니 때문이겠죠?"

또 무슨 말을 하려고 이렇게 운을 떼는지 모를 일이었다. 나는 마주한 얼굴을 싸늘히 응시했다. 나만 있는 자리에서라면 또 모를까, 카벨과 다른 사람들이 다 같이 모인 이런 곳에서까지 지난번 코르디스 저택에서 했던 것과 같은 이야기를 또 하지는 못할 텐데.

"예상치 못했던 파혼 소식이 안타깝기는 하지만, 분명 어딘가에 벨론티아 양이 아닌 다른 더 좋은 인연이 그분을 기다리고 있을 거라고 믿어요. 혹시 이 연회장 안에 계신 숙녀분 중 그 인연이 있을지도 모르겠네요. 에른스트 양도 너무 거절만 하지 말고 영애들에게 기회를 줘 보시는 건 어때요?"

아마도 오늘 연회장 안에서 내게 벌 떼처럼 꼬이는 사람들을 보았던 모양이다. 노골적인 그녀의 말에 주위의 이목이 집중되었다. 그 대부분은 아까 전 내게 유진에 대한 관심을 표했던 영애들이었다.

"보세요, 주위에 꽃처럼 아름다운 숙녀분들이 이렇게 많아요. 게다가 영애의 오라버니들은 당신을 동생으로서 참 많이 아끼잖아요. 영애의 추천이라면 아마 귀담아 들어줄 거예요. 혹시 알아요? 그렇게 선택받은 영애와 연이 닿아 한 가족이 될지."

옆에 있던 카벨이 '얘, 아까부터 도대체 뭐라는 거냐?'라고 묻듯 어이없는 표정을 지어 보였다. 하지만 라벤더 코르디스는 꿋꿋이 나를 향해 말을 이었다.

"만약 그렇게 되면 하나뿐인 여동생으로서 참으로 기쁜 일이 아니겠어요? 그렇지 않아요, 에른스트 양?"

그렇게 말하며 라벤더 코르디스는 웃었다. 여전히 악의로 가득 찬 싸늘한 눈빛이 나를 꿰뚫었다. 가시를 품은 말이 내 고막을 뚫고 들어오는 동안 서서히 가슴이 선득해졌다. 라벤더 코르디스의 얼굴을 마주하며 그녀의 말을 듣는 동안, 어떤 깨달음이 내 머릿속을 스쳐 지나갔기 때문이었다. 라벤더 코르디스가 지금 내게 이런 말을 하는 이유를 어쩐지 알 것 같았다.

아마도 이 여자는 유진에 대한 내 마음을 알아챈 것이다. 그리고 그것을 어떻게든 비난하고 싶어 안달이 나 있었다. 비록 피는 섞이지 않았다 해도, 오빠인 사람에게 어떻게 그런 마음을 품을 수 있느냐고. 지난번 코르디스의 저택에서 나와 유진의 과거사를 들먹이며 독기 품은 눈빛을 보였던 것도, 지금 이런 식으로 내가 유진의 동생이라는 사실을 강조하며 그의 짝에 대해 운운하는 것도 그런 맥락인 것이 분명했다.

아, 그렇다면 혹시 갑작스럽게 내게 적대감을 보인 이유가 그런 내 감정을 눈치챘기 때문이었을까? 혹시 지난 생에서도 같은 이유였나. 그런 것이라면 아귀가 맞아떨어지는 것 같았다. 물론 그때의 내 마음이 지금과 완전히 동일했던 것은 아니다. 예전에는 그를 볼 때마다 이렇듯 애달프고 사랑스러운 마음이 흘러넘칠 듯이 밀려와 고통스럽지는 않았다.

하지만 어느 순간 정신을 차리면 나도 모르게 그를 눈길로 좇고 있었다. 그를 보면 가슴이 먹먹해지고 이유를 알 수 없게 슬퍼졌다. 혹시 라벤더 코르디스는 그런 나를 보고 무언가를 눈치챘던 것일까? 그래서 그런 나를 경멸하고 싶어했던 것일까? 그런 것이라면 이해가 되었다.

"죄송하지만 코르디스 양."

하지만 그녀가 이런 식으로 나한테 알려 주려고 애쓰지 않아도 이미 잘 알고 있었다.

"만약 제게 바라시는 게, 다른 영애들과 오빠들의 만남을 제 손으로 주선하도록 하는 것이라면 그 바람은 이루어드릴 수 없을 것 같네요."

이건 나 혼자만의 마음이다. 유진에게는 이런 감정을 알릴 생각도 없고, 그의 옆자리를 욕심낼 마음은 더더욱 없었다.

"영애의 말대로 오빠들은 제게 늘 다정해서 제 작은 말 한마디나 사소한 행동 하나도 세심하게 신경 써 주거든요."

그가 나와 같은 마음이 될 리 없다는 사실도 알고 있었다. 근래 들어 내게 보이는 그의 행동이 다소 미묘해졌다고 해도…….

"그래서 저도 오빠들에게 혹시나 조금이라도 강요의 의미로 내비칠 수 있는 일을 하고 싶지 않아요."

그것은 내가 그를 이해할 수 있는 사람이기 때문이지, 다른 의미의 애정을 품은 대상이어서가 아닐 것이다.

"영애들은 모두 선량하고 이해심이 넓으시니 이런 제 마음을 이해해 주시겠죠."

그러니 나는 그의 행복에 내가 속해 있지 않아도 괜찮았다. 내가 아닌 다른 누군가와 그가 행복해져도 웃을 수 있었다. 예전에 그랬듯, 나는 로자벨라가 아닌 다른 사람과 결혼하는 유진에게도 진심으로 축하한다고 말해줄 것이다.

'위선자. 거짓말쟁이.'

그 순간, 라벤더 코르디스가 나를 보며 그렇게 속삭이는 것 같았다. 나는 머릿속에 울리는 그 소리를 외면하며 뒤돌아섰다. 누가 뭐라고 해도 그것만이 내 유일한 진심이었고, 설령 그렇지 않더라도 그것을 인정해서는 안 되었기 때문이다.

“왜 나와 있어?”

방금 전 어둠 속에서 눈이 마주쳤던 유진이 내 방으로 찾아와 물었다.

“그냥 조금 답답해서. 여기 있으니까 오빠가 탄 마차가 정문에서 들어오는 것부터 다 보이더라.”

에른스트의 저택으로 돌아온 직후 나는 옷도 갈아입지 않고 테라스에 나와 있었다. 유진의 시선이 그런 나를 한차례 스쳐 지나갔다.

“춥지 않아? 밤이라 공기가 조금 찬 것 같은데.”

“여름인데 뭐가 추워.”

이번에 맞춘 드레스는 목 부분이 넓게 파여 있어 어깨가 훤히 드러나 보였다. 연회장에서 걸치고 있던 얇은 숄은 침대 위에 놓여 있었다. 카벨은 나와 함께 연회에 참석한 후 자신의 방에 들어가 쉬고 있는 중이었다. 유진이 다가오자 평소와 조금 다른 냄새가 코끝을 스쳤다. 방금 전 만나고 온 사람과 결국 같이 술을 마신 모양이다.

“다이스 전하는 잘 만나 뵙고 왔어? 생각보다 일찍 돌아왔네.”

“애초에 긴히 나눌 얘기도 없었어.”

내가 카벨과 함께 연회에 참석한 동안 유진은 다이스의 청을 받아 황궁에 다녀온 참이었다. 시기가 시기이니만큼 아마도 이번 약혼 발표 때문에 유진을 만나고자 한 것이 아닐까 하고 나는 짐작했다.

“싸웠어?”

“그럴 이유가 없잖아.”

유진이 내 말에 헛웃음을 흘렸다.

“이미 나와는 상관없는 일이라고 말했는데 안 믿었나 보구나.”

나직한 음성이 미지근한 밤공기 속에 퍼져 나갔다. 그 후 이어진 말에 나는 조금 놀라고 말았다.

"그리고 난 다이스가 예전부터 로자벨라 벨론티아를 어떻게 생각하고 있었는지 알고 있었어."

그런 나를 아는지 모르는지, 유진은 테라스의 난간에 걸터앉으며 차분히 말을 이었다.

"어쩌면 그게 일방적인 마음이 아닐 수 있다는 사실도 어렴풋이 눈치채고 있었고."

나는 유진이 나와 같은 생각을 했던 것을 알고 잠시 침묵했다. 사실 그것은 나 역시도 그동안 남몰래 의심해 왔던 부분이었다. 다이스를 대하는 로자벨라의 태도가 다른 사람을 상대할 때보다 유하다는 것은 그렇다 치더라도, 그의 바보 같은 말에 진심으로 즐겁다는 듯이 미소를 짓는다거나, 신년제 때 다이스를 걱정해 일부러 그가 있는 곳으로 발길을 옮긴다거나 하는 점에서도 미심쩍은 마음이 들었다. 게다가 지난번에는 다이스의 궁에서 마주친 일도 있었고.

"그래서 파혼한 거야?"

나는 충동적으로 그에게 물었다.

"전에 내가 물었을 때 로자벨라 양을 좋아한다고 했잖아."

내가 머뭇거리며 중얼거린 말에 유진의 시선이 다시 내게로 날아들었다. 연회가 있던 작년 늦가을의 밤, 로자벨라 양을 좋아하냐는 내 물음에 유진은 분명 '그래'라고 대답했었다. 물론 그것이 열렬한 애정이라고는 생각하지 않았지만 그래도 어쨌건 그는 긍정했다. 그렇기 때문에 나는 유진의 파혼과 다이스의 약혼이 계속 마음에 밟혔다.

"좋은 사람이냐 나쁜 사람이냐 하면 좋은 편이라고 생각하지만, 단 한 번도 그녀를 이성적인 의미로 마음에 품었던 적은 없어."

유진은 흔들림 없는 목소리로 대답했다. 그의 말은 진심인 것 같았다.

만약 그렇지 않다면 그 두 사람의 약혼 소식에 이렇게까지 무심한 모습을 보이기는 어려울 테니까.

"만약 그랬다면 파혼하지 않았겠지. 내가 다이스에게 약혼녀를 양보했다고 생각하다니……."

유진은 어떻게 하면 그렇게 생각할 수 있는지 신기하다는 듯이 가느다란 웃음을 흘렸다.

"넌 여전히 나를 좋은 사람이라고 생각하는구나."

"그야……."

그는 말도 안 된다는 듯이 반응했지만 나는 오히려 유진의 그런 점이야말로 참 한결같다고 생각했다.

"오빠는 좋은 사람이 맞으니까."

유진은 잠시 침묵한 채 나를 바라보다가 이내 작게 입술을 벌렸다.

"내가 지금 어떤 생각을 하고 있는지 알면 그런 말은 못 할 텐데."

그가 나를 향해 손을 뻗었다. 나는 유진에게 손을 붙잡혀 몇 발짝 더 그에게 다가갈 수밖에 없었다. 그 직후 손가락 사이로 파고드는 온기에 움찔했다. 하지만 유진은 내가 그러거나 말거나 오히려 더욱 단단히 깍지를 끼며 손에 힘을 주었다.

"그동안은 내가 이렇게 욕심이 많은 줄 미처 몰랐는데."

나는 그의 다른 손이 내 얼굴을 느리게 어루만지는 것을 느끼며 몸을 잘게 떨었다.

"너는 이미 나한테 충분히 많은 걸 주고 있는데도 자꾸만 다른 걸 더 빼앗고 싶어져."

또다시 달음박질치기 시작한 가슴을 꾹꾹 잡아 누르고 싶었다.

안 돼, 그러지 마.

제멋대로 나오면 안 돼.

네가 가질 수 있는 게 아니야.

이미 한계까지 가득 차올라서 찰랑이는 마음이 자꾸만 밖으로 흘러 넘치려고 했다. 지금의 그와 내 관계가 어딘가 이상하다는 것을 알고 있었다. 하지만 그가 내게 주는 게 아무리 달콤해도, 그것을 다른 의미라 멋대로 오해하면 안 되었다. 나는 그저 그의 외로움을 파고들었을 뿐이니까. 이렇게 유진이 나를 만지는 것도, 단순히 함께 체온을 나눌 사람이 필요하기 때문이니까. 그리고 아마도 그 상대가 꼭 나여야만 하는 것은 아닐 것이다.

"왜 거부하지 않아?"

문득 낮은 속삭임이 귓가에 울렸다. 유진이 자리에서 일어나자 순식간에 눈높이가 달라졌다. 그것은 분명 느린 움직임이었는데도, 눈앞에 있는 사람에게서 달아날 생각 같은 건 할 수 없었다.

"이러면 내가 더한 걸 해도 네가 받아줄 거라고 착각하게 돼."

그와 내 사이에 있는 공기가 한결 더 팽팽해졌다. 나는 뺨을 감싼 손길을 피하고 싶은 마음과 거기에 기대고 싶은 마음 사이에서 갈팡질팡했다. 유진이 고개를 숙여 나와 이마를 맞대자 가까이에서 숨이 뒤섞였다.

"역시 미안해."

그러다 문득 혼잣말 같은 속삭임이 귀를 파고들었다.

"오빠……."

"난 네가 원하는 사람이 되어줄 수 없어."

그게 무슨 의미인지 알 수가 없었다. 그러나 내가 되묻기 전에 다시금 그의 목소리가 이어졌다.

"하지만 솔직한 마음으로는 그렇게 미안하지도 않아."

깨진 달빛 같은 미소가 눈앞에 어른거렸다. 지척에 있는 그의 검은 눈동자가 밤하늘보다 더 어둑한 빛을 발하고 있었다.

"나한테 틈을 보인 네 잘못이야."

미처 상황을 인식할 틈조차 없었다. 그 말을 끝으로 곧바로 뜨거운 열기가 내 입술을 집어삼켰다. 무의식중에 뒷걸음질 친 내 뒤로 테라스의 난간이 닿았다. 하지만 곧 방금 전보다 더한 힘에 이끌려 몸이 앞으로 당겨졌다. 단단한 팔에 갇혀 훅 숨을 들이마시자 작게 벌어진 내 입술 사이로 불꽃이 파고들었다.

"읍, 아……!"

반사적으로 다문 입술 위로 따끔한 감각이 번졌다. 한순간 비릿한 맛이 느껴져 아랫입술을 깨물린 걸 알았다. 내 작은 신음에 입술을 훑는 움직임이 부드러워졌다.

"무방비하게 다가오는 널 볼 때마다 내가 무슨 생각을 했는지 넌 모르겠지."

조금 전 내게 무슨 일이 있었던 것인지 알 수가 없었다. 깨물린 입술에서 느껴지는 통증만이 현실을 일깨워 주는 듯했다.

"하고 싶은 건 뭐든 해도 된다니."

낮게 가라앉은 음성이 고막을 긁어 내렸다. 정면에서 쏟아지는 눈빛은 그 목소리만큼이나 어둡고 위태롭게 빛나고 있었다.

"내 머릿속에 뭐가 들어 있는지 알았다면 그런 겁 없는 말은 하지 못했을 텐데."

얼핏 다정하게까지 느껴지는 속삭임이 귓가를 스쳐 지나갔다. 숨을 헐떡이고 있는 내 입술을 매만지는 손길도 마찬가지였다. 하지만 뒤이은 그의 명령은 그렇지 않았다.

"벌려. 아프게 하고 싶지 않아."

유진과 내 거리가 무척 가까웠기 때문에 그가 한 마디씩 말을 이을 때마다 입술이 스쳤다. 나는 가쁜 숨을 내몰아 쉬며 몸을 떨다가 가까스로 소리 내 그를 불렀다.

"유진 오……."

하지만 유진은 기다렸다는 듯이 고개를 기울여 다시금 내게 입술을 겹쳤다. 상처 난 부위에 일순간 따끔한 느낌이 번지다가, 곧 밀려드는 거대한 자극에 사그라졌다. 참지 못해 흘린 신음도, 미처 숨기지 못한 떨림도 모조리 그에게 집어삼켜졌다. 맞닿은 입술에서 나는 질척한 소리에 솜털까지 곤두서는 느낌이 들었다. 마주한 몸을 밀어내려 했지만 유진은 거대한 벽처럼 꿈쩍도 하지 않았다. 오히려 허리를 휘감은 팔이 더욱 단단히 조여졌을 뿐이었다. 등줄기가 오싹할 정도로 선명한 자극에 다리가 풀려서 결국 떨리는 손으로 매달리듯이 그의 옷을 붙잡고 말았다.

"오빠, 흐윽, 그만……."

잠시 입술이 떨어지는가 싶다가도 어김없이 전보다 더 집요하게 숨을 갈취당했다. 쉴 새 없이 몰아붙이는 움직임에 정신을 차릴 수가 없었다. 마치 통째로 그에게 잡아먹히는 것 같은 기분이었다. 그래서 어느덧 밑으로 내려온 그의 숨결이 목덜미 위를 스치는 것도 나중에야 알았다.

"읏."

목에서 느껴지는 간지러운 느낌에 나는 어깨를 크게 떨며 바르작거렸다. 하지만 지금껏 그랬듯 그런 내 행동은 무의미한 시도로 그쳤을 뿐이었다.

"유진……."

느리게 등줄기를 훑는 손길에 발끝이 오므라드는 느낌이었다. 그와 맞닿은 곳마다 낯선 감각이 피어올랐다. 열병에라도 걸린 것처럼 눈앞이 어질어질했다. 잠시 후 유진이 내 목에 파묻고 있던 입술을 떼고 거칠게 숨을 몰아쉬는 나를 내려다보았다. 여전히 거리가 아주 가까워서 그의 눈동자에 어려 있는 열기까지 모조리 볼 수 있었다.

"얼마 전까지만 해도 널 울게 할까 봐 무서웠는데……."

유진의 손가락이 눈물 맺힌 내 눈가를 천천히 어루만졌다. 기분 탓인지 그 손길조차 진득하게 느껴졌다.

"네가 나 때문에 우는 건 생각보다 괜찮은 기분이네."

나는 말문이 막힌 채로 어둑하게 미소 짓는 유진을 바라보았다. 서서히 얼굴선을 타고 내려와 귀를 스치는 손길에 절로 몸이 떨렸다. 눈앞에 있는 사람은 내게 있어 그 누구보다 익숙한 사람이었지만 지금 이 순간만큼은 믿을 수 없을 정도로 낯설었다.

"오빠……."

"오빠라니."

이번에는 아린 입술 위로 그의 손가락이 내려앉았다. 자신이 만들어 놓은 상처를 내려다보던 유진이 다시금 그 위로 고개를 떨어뜨렸다. 그리고 내 아랫입술을 부드럽게 머금으며 마치 상처를 치료해 주려는 것처럼 느리게 핥았다.

"이런 짓을 당하고도 날 오빠라고 부르는 거야?"

정처 없이 흔들리는 내 눈과 더없이 고요한 그의 눈이 허공에서 마주쳤다.

"말했잖아."

유진이 한숨 섞인 웃음을 흘리며 작게 속삭였다. 달래는 듯한 음성에도 내 심장은 여전히 거세게 뛰고 있었다.

"후회해도 늦었다고."

나는 그런 그에게 아무 말도 하지 못했다. 왜냐하면 미처 대답할 새조차 주지 않고 그의 뜨거운 입술이 다시 한번 나를 덮쳤기 때문이다. 달아오른 여름 공기가 지펴진 불길에 열을 더했다. 두 번 다시는 지금까지의 그와 나로 돌아갈 수 없게 된 밤. 머리 위에서 쏟아져 내리는 별빛이 한없이 아득했다.

다음 날 아침 눈을 떴을 때, 한순간 '어젯밤에 있던 일이 꿈이었나?' 하고 생각했다. 저택 안은 아주 조용했고, 발소리를 죽이고 돌아다니는 사용인들의 인기척만이 문밖에서 어렴풋이 느껴졌다. 시계를 보니 오전 11시가 거의 다 되어 가고 있었다. 유진과 카벨은 한참 전에 저택을 나서고도 남았을 시간이기 때문에 나도 모르게 안심했다. 밤새 잠을 못 이루다가 동이 틀 무렵에야 가까스로 눈을 붙인 탓에 머리가 조금 아팠다.

"아."

협탁 위에 놓인 컵에 물을 따라 마시다가 갑자기 알싸한 통증이 느껴져서 신음하고 말았다. 손을 올려 아픈 곳을 더듬거리자 입술 위에 선명히 자리 잡고 있는 상처가 만져졌다.

그래, 어제의 일은 꿈이 아니었다. 꿈일 수가 없었다. 이미 알고는 있었지만 새삼스럽게 자각하고 나니 갑자기 머릿속이 터질 것처럼 더욱 혼란스러워지는 듯했다. 그래도 일단 방 밖으로 나갈 준비를 하기 위해 침대맡에 달린 줄을 잡아당겼다. 그러자 얼마 기다리지도 않아 금방 하녀가 안으로 들어왔다.

"씻으실 물을 준비하겠습니다."

"응, 고마워."

그렇게 욕조에 몸을 담그고 나와서 옷을 갈아입는데 시중을 들어주던 하녀가 갑자기 멈칫했다. 하지만 그것은 한순간이었기 때문에 나는 그저 대수롭지 않게 생각해 버렸다. 잠시 후 그녀가 나를 향해 조심스럽게 묻기 전까지는.

"저, 목 부분이 덜 파인 드레스로 다시 준비할까요? 아니면 얇은 스카프나 목걸이도 괜찮을 것 같습니다만."

"아니, 지금 이 옷이 좋아. 그리고 어차피 저택 안에만 있을 건데 다른 장신구는 필요 없어."

"네, 그럼 머리카락을 한쪽으로 모아서 가리는 방향으로 해보겠습니다. 피부 위에 분을 살짝 바르면 충분히……."

그 말을 듣고 나니 뭔가 이상해서 나는 머리카락을 쓸어 넘기던 손을 멈추었다. 그리고 거울을 확인한 뒤 말문이 막혀서 훅 숨을 들이마시고 말았다. 목덜미에 새겨진 아주 선명한 붉은 자국이 눈에 들어왔기 때문이다.

"……그냥 드레스를 다시 고르는 게 낫겠어."

나는 손을 들어 마른세수를 하면서 목소리를 쥐어짰다. 그래도 하녀가 이후 별다른 말 없이 내 시중을 들어줘서 다행이었다.

"휴버트."

"하리 아가씨, 일어나셨습니까."

일층으로 내려가자 휴버트와 다른 사용인들이 나를 맞아주었다. 그들은 간밤에 있던 연회 때문에 피곤해 내가 늦잠을 잤다고 생각하는 것 같았다. 이 시간이 되도록 나를 깨우지 않은 것을 보면 유진이나 카벨이 미리 언질을 주었던 것 같기도 했다. 나는 약간 망설이다가, 이미 이 저택에 있는 게 나뿐이라는 사실을 알면서도 일단 유진과 카벨에 대해 물었다.

"오빠들은요?"

"카벨 도련님은 기사단으로 출근하셨고, 공작님은 새벽 일찍 라수스로 출발하셨습니다."

뭐? 그의 말을 듣고 나는 당황했다. 그런 나를 보고 휴버트는 한층 더 당황한 눈치였다.

"혹시 모르셨습니까? 공작님께서 오늘부터 나흘간 저택을 비우실 예정입니다만."

알고 보니 유진은 라수스로 시찰을 나가 나흘 후 돌아올 예정이라고 했다. 나는 듣지 못했던 일이었기 때문에 당황한 채로 방으로 돌아왔다. 어찌 보면 나로서는 다행인 일이었다. 오늘 당장 그를 보지 않아도 돼 생각할 시간을 벌게 된 셈이었으니까. 하지만 해소되지 않은 의문으로 속이 답답하기도 했다.

있잖아, 어제 그건 무슨 의미였어? 왜 나한테 그런 행동을 했는지 유진에게 묻고 싶었다. 어젯밤 나누었던 대화는 솔직히 자세히 기억이 나지 않았다. 너무 경황이 없었기 때문에 그저 간신히 정신을 붙잡고 있는 것이 한계였다. 하지만 생각해 보면 어제 유진은 술에 취했었으니까…….

……혹시 실수인가? 그런 건가? 한순간 충동적으로 저지른 일이라거나. 거기까지 생각한 뒤 나는 침대 위에 고이 놓인 베개를 주먹으로 팡팡 내려쳤다.

"아, 뭐야."

어젯밤에 그런…… 그런 짓을 나한테 해놓고 말도 없이 사라지다니. 정작 지금 당장 유진의 얼굴을 본다면 한마디도 하지 못하고 도망갈 게 분명했으면서 나는 괜히 그를 원망했다. 조금 전까지 손으로 때리던 베개를 끌어안고 그대로 침대에 풀썩 드러누웠다. 유진이 남긴 자국을 가리기 위해 목까지 올라오는 옷을 입고 있어서 그런지 조금 답답했다. 아직까지도 입술이 얼얼하게 아렸다. 이렇게 가만히 누워 있으려니 자꾸만 기억이 어젯밤으로 거슬러 올라갔다. 유진과 맞닿았던 곳들에 전부 뜨끈하게 열이 오르는 것 같았다.

"어떡하지……."

나는 가만히 누워서 얕게 숨을 내쉬다가 손을 들어 눈을 비볐다. 이런 상황은 지금껏 단 한 번도 상상해 본 적이 없었기 때문에 이제부터 뭘 어떻게 해야 할지 도무지 알 수가 없었다. 아무리 생각해 봐도 답을 내릴 수가 없어서 나는 얼굴을 감싸 쥔 채 침대에 몸을 묻었다.

"도대체 뭐가 어떻게 돌아가는 거야? 형은 파혼하고 약혼녀였던 여자는 황손이랑 약혼 발표라니."

이틀 후 주말, 집으로 돌아온 에리히가 이해할 수 없다는 듯이 읊조렸다. 그는 갑작스럽게 벌어진 일련의 사태에 의문을 느끼는 기색이었다.

"넌 형한테 뭐 들은 거 없어?"

"그냥, 신경 쓸 것 없다고 하던데."

나는 어색한 태도를 보이지 않으려고 애쓰며 그의 물음에 대답했다. 다행히 에리히는 나한테 별다른 이상한 점을 발견하지 못한 것 같았다.

"집에 오면 얘기 좀 하려고 했는데 결국 만나지도 못하겠네."

그는 투덜거리며 자신의 방으로 향했다. 그런 에리히의 등 뒤로 페니가 컹컹 짖으며 따랐다.

"에리히, 난 방에 있을 테니까 네가 페니랑 놀아줘."

"알았어."

나도 그들을 뒤로한 채로 걸음을 옮겼다. 그러다 복도의 반대쪽에서 걸어오는 하녀와 마주쳤다. 그녀의 손에 들린 것을 보고 나는 발길을 멈추었다.

"유진 오빠 거야?"

"예, 아가씨."

"이리 줘. 내가 오빠 방에 가져다 놓을게."

"아가씨께 어떻게 그런 일을……."

"괜찮아. 오늘 바빠 보이는데 가서 다른 일을 보도록 해."

망설이던 하녀는 웃으며 재촉하듯 내민 내 손에 결국 들고 있던 것을 건네주었다. 그것은 이틀 전 마지막으로 보았을 때 유진이 입고 있던 옷이었다. 하녀가 세탁을 끝내 그의 방으로 가져다 놓으려고 했던 것 같다.

나는 옷걸이에 걸린 옷을 들고 다시 멈추었던 걸음을 뗐다. 유진의 방문을 열고 안으로 들어서자 조용한 공기가 나를 맞았다. 문 앞에서 몇 발짝 걸음을 옮기다 말고, 나는 방 한가운데에서 길을 잃은 것처럼 멈추어 섰다. 당연한 말이지만, 유진의 방에서는 유진의 느낌이 풍겼다. 그 속에서 이틀 전 밤에 유진이 입고 있던 옷까지 품에 안고 있으려니 서서히 마음이 술렁이기 시작했다.

유진이 없는 날들이 너무 길었다. 앞으로 이만큼의 시간을 더 기다려야 한다는 게 아득하게 느껴졌다. 하지만 다른 한편으로는 유진을 만나는 일이 조금 두렵기도 했다. 만약 실수였다고, 미안하다고 말하면 어떡하지. 그것만이라면 차라리 괜찮았다. 그런데 혹시 이틀 전의 일을 그가 후회하고 있어서 더 이상 예전처럼 내 얼굴을 볼 수 없다고 하면, 그래서 나를 피하거나 외면하면…….

"그럴 바에는 차라리 아무것도 기억하지 못하는 게 나아."

나는 아무도 듣지 않을 말을 혼자서 중얼거렸다. 아무리 생각해 봐도 그날 유진이 술에 취해서 실수한 게 맞는 것 같았다. 그럼 차라리 그 일을 잊은 거면 좋겠다. 과음해서 다음 날 아침 일어났을 때 전날의 기억을 잃어버리는 경우도 있으니까.

그럼 나도, 아무 일 없었던 것처럼 행동할 거야……. 품에 있는 옷을 꽉 끌어안으면서 나는 깊게 숨을 들이마셨다. 그렇게 하면 유진의 흔적을 내 것으로 만들 수 있기라도 한 것처럼.

툭! 바로 그때, 등 뒤에서 어떤 소리가 들렸다.

"너……."

깜짝 놀라 뒤돌아서자 문 앞에 서 있는 에리히의 모습이 눈에 들어왔다. 그의 손에서 떨어진 것으로 추정되는 공이 몇 번 카펫 위를 튕기다가 내 앞으로 굴러왔다. 에리히의 옆에 있던 페니가 쫓아와 그것을 입에 물었다. 에리히는 유진의 방에서 그의 옷을 끌어안고 있는 나를 믿을 수 없다는 눈으로 쳐다보고 있었다.

"언제부터……?"

마침내 그가 숨죽인 음성으로 묻는 순간, 나는 그에게 거짓말이 통하지 않을 것이란 사실을 깨달았다. 마주한 얼굴이 점점 딱딱하게 굳어 가는 광경이 심장을 서늘하게 만들었다.

"웃기지 마."

에리히는 나를 향해 차갑게 뇌까린 후 뒤돌아섰다. 나는 그가 내 눈앞에서 완전히 사라질 때까지 한 마디도 입 밖으로 내뱉지 못하고 그저 굳은 채 제자리에 우두커니 서 있기만 했다.

"어, 에리히는? 밥 안 먹는대?"

그날 저녁 에리히는 식당으로 내려오지 않았다. 나는 카벨의 물음에 애써 미소 지으며 대답했다.

"응, 생각이 없나 봐."

카벨은 무슨 밥을 생각으로 먹냐면서 투덜거렸지만 내 귀에는 그의 말이 잘 들어오지 않았다. 그날 저녁 늦은 시각, 나는 혼자 방에 있다가 문득 방문을 긁는 소리를 들었다. 페니인가 싶어서 문으로 다가가는데 갑자기 문고리가 돌아갔다. 열린 문틈으로 페니가 달려들었다. 나는 직접 문을 열고 들어온 페니를 보며 약간 어안이 벙벙하게 입을 열었다.

"역시 그때도 네가 에리히 방을 열고 들어간 게 맞았구나?"

"멍멍!"

그런데 페니는 평소와 달리 내 주변을 돌다가 발목 부근까지 내려온 치맛자락을 물어 당겼다. 나는 의아하게 그 모습을 보다가 결국 페니가 이끄는 대로 걸음을 옮겼다. 내가 방을 나서자 옷자락을 잡아끌던 힘이 사라졌다. 아, 그냥 가는 건가? 하지만 다음 순간 앞에서 뛰어가던 페니가 나보고 따라오라는 듯이 컹컹 짖으며 뒤돌아보았다. 나는 의문을 느끼며 그 뒤를 따라 걸었다. 우리가 향한 곳은 불이 꺼진 식당이었다. 창밖에서 새어 드는 은은한 빛을 제외하고는 어둑한 실내였다.

"멍!"

"쉬이. 페니, 조용히 해."

나는 그곳에서 에리히를 발견했다. 그는 자신에게 달려드는 페니를 상대하다가 이윽고 그 뒤에 서 있는 나를 발견하고 멈칫했다. 놀랍게도 에리히의 앞에 있는 건 술병이었다. 본의 아니게 그의 일탈을 목격하게 된 나도 움찔하고, 나한테 혼자 술을 마시는 모습을 들킨 에리히도 움찔했다. 하지만 곧 그는 나를 못 본 셈 치기로 했는지 얼굴을 굳히며 고개를 돌렸다.

"에리히, 너……."

"뭐, 형한테 이르려고?"

내가 입을 열자 쌀쌀맞은 음성이 되돌아왔다. 그래도 대답해 주는구나. 나는 평소라면 별것 아니라고 생각했을 그 사실에 안심했다.

"나도 줘."

자리에 조용히 서 있던 내가 내뱉은 말에 에리히의 눈길이 다시금 내 쪽으로 미끄러졌다. 당연히 허락해 주지 않을 걸 알았기 때문에 대답을 듣기 전에 먼저 자리에 멈추었던 걸음을 뗐다.

"넌 눈치도 없어? 난 너랑 같이 술 마시고 싶은 기분 아니거든."

내가 옆에 자리를 잡자 생각했던 대로 싸늘한 거부의 말이 귓전에 울렸다. 나는 그것을 못 들은 척하고 앞에 놓인 술병을 집어 들었다. 거침없이 손을 움직여 병째로 술을 마시는 나를 보고 에리히가 기가 막힌다는 듯이 입을 벌렸다. 오랜만에 마시는 술이 지독히도 썼다. 나는 다시 술병을 내려놓고 숨을 크게 한 번 들이마셨다가 내쉰 뒤 에리히를 향해 물었다.

"이제 내가 싫어졌어?"

지금 막 마신 독한 술 때문인지 목소리가 조금 잠긴 것처럼 흘러나왔다. 내 말을 듣자마자 에리히가 입을 딱 다물었다. 딱딱한 시선이 내 얼굴에 잠시 동안 못 박혔다. 하지만 그는 대답하지 않고 내 손에 들린 병을 빼앗아서 방금 전 내가 그랬듯이 목구멍으로 술을 콸콸 들이부었다.

"너, 짜증 나."

잠시 후 에리히가 입가를 훔치며 냉랭하게 읊조렸다.

"그렇게 눈치 보지 마. 내가 언제 네가 싫어졌다 그랬어?"

그 목소리는 여전히 차가웠지만, 그래도 그의 말을 듣는 동안 나는 마음속의 불안감이 서서히 덜어지는 것을 느꼈다.

"나한테도 생각을 정리할 시간은 필요한 거잖아. 지금 나더러 널 아무렇지 않게 대하라고 하면 그게 더 너무한 거야."

나를 싫어하지 않는다는 말에 마음이 놓였다. 설령 그것이 그의 온전한 진심이 아니라고 해도, 나를 배려해 주고 있다는 사실이 고마웠다. 내가 품은 이 마음을 다른 누구도 아닌 세 형제에게 비난받는 상상을 하는 것만으로도 온몸의 피가 차게 식는 것 같았다.

"그리고 네가 뭐 그렇게까지 죽을죄라도 지었냐?"

하지만 에리히는 마치 그런 내 생각을 꿰뚫어 보기라도 한 것처럼 말해주었다.

"그냥…… 좋아하는 것뿐이잖아. 그게 뭐가 그렇게 큰 잘못인데?"

그의 손이 얼굴을 덮고 있어 어떤 표정을 짓고 있는지는 보이지 않았지만, 귓가에 흘러드는 음성이 아까의 나처럼 잠겨 있었다. 물론 잠시 후 다시금 고개를 들고 나를 보는 에리히의 얼굴에는 그런 기색이 조금도 엿보이지 않았지만. 그래도 그에게 위로받았다고 느껴졌다.

"그러니까 그딴 얼굴 집어치워. 넌 그나마 바보 같이 웃을 때가 더 나으니까."

옆에 있던 페니가 끙끙거리며 에리히의 품을 파고들었다.

"그렇다고 내가 널 응원한다는 건 아니야. 착각하지 마."

그의 얼굴이 달빛에 하얗게 빛났다. 나는 그의 시선을 한동안 말없이 받아 내다가 이내 손을 들어 눈가를 문질렀다. 그리고 가까스로 작게 소리 내 속삭였다.

"……고마워."

그렇게 잠시 동안 우리는 어둠 속에서 침묵을 공유했다. 어느덧 식당으로 들어온 누군가가 불을 켜서 우리를 발견할 때까지.

"헉! 야, 너희 지금 뭐 해!"

환해진 시야로 카벨의 모습이 비쳤다. 그는 밤늦게 출출해 식당을 찾았다가 우리를 보고 소스라치게 놀란 듯했다. 경기를 일으키듯 펄쩍 뛰던 그의 시선이 곧 에리히와 나 사이에 놓인 술병에 못 박혔다.

"너희! 둘 다 딱 걸렸……."

"마침 잘 왔네."

"그래, 이리 와서 앉아."

카벨이 우리에게 삿대질하며 외치는 순간, 에리히와 내가 그를 불렀다.

"엥?"

카벨은 자신을 반기는 우리의 모습에 엉거주춤 손가락을 내렸다. 찔려서 변명을 하거나 그의 눈치를 볼 것이라 생각했는데, 오히려 가까이 오라고 부르기까지 하는 우리가 이해되지 않는 눈치였다. 그래도 어쨌거나 말을 잘 듣는 둘째 놈이어서, 그는 영문을 알 수 없다는 표정을 지으면서도 우리를 향해 어기적거리며 걸어왔다. 에리히와 나는 어벙한 얼굴을 하고 있는 카벨을 옆에 앉히고 그의 손에 술병을 들려 주었다.

"보호자랑 같이 마시면 합법이잖아? 이제 형도 공범이야."

"역시 카벨 오빠야. 어쩜 이렇게 필요할 때마다 딱 나타나? 자, 오빠도 이리 와서 한잔해."

어차피 이제 18살이었기 때문에 에리히와 내가 술을 마신 것이 딱히 문제가 되는 것은 아니었다. 게다가 이미 파티장 같은 곳에서 알코올이 들어간 음료를 마시는 정도는 우리 나이에 보편적인 일이었다. 단지 우리 같은 경우에는 유진과 카벨이 워낙 엄해서 그렇지. 하지만 유진이라면 또 몰라도 카벨 정도는 얼마든지 구워삶을 수 있었다.

"이, 이러면 안 되는데."

"안 되긴 뭐가 안 돼? 믿을 만한 보호자가 같이 있으면 괜찮아."

"맞아, 카벨 오빠만큼 믿음과 신뢰가 넘치는 보호자가 또 어디 있어?"

에리히와 내가 한마음 한뜻이 되어 맞장구를 치자 카벨의 표정이 슬슬 풀어졌다. 정신을 차렸을 때, 어느새 우리는 지하 저장고에 있는 술까지 새로 가져와서 셋이서 대작을 하고 있었다.

"있잖아, 남자랑 여자가 술을 먹고 어떤 일을 저질렀는데 그다음 날 한쪽이 말도 없이 어디론가 떠나서 며칠째 아무 연락도 없는 거야. 그게 무슨 의미 같아?"

내가 술기운을 빌어 슬쩍 묻자 카벨이 들고 있던 병을 쾅 소리 나게 내려놓으며 외쳤다.

"어, 나 그거 알아! 기사단에서 비슷한 얘기 들었어!"

"넌 그 웃기지도 않은 책들을 한두 개 본 것도 아니면서 그런 거 하나 몰라?"

아까보다 분위기가 많이 풀어진 에리히도 코웃음 치며 말했다.

"보나 마나 튄 거잖아."

"맞아! 그건 그런 거지. '우리 어제 일은 쌍방 실수로 치고 그냥 잊으면 안 되겠니?' 뭐 그런 의미랄까."

카벨도 고개를 끄덕끄덕했다. 나는 역시 그런 건가, 하고 생각했다.

"여기 닭튀김 추가! 양념 반 그냥 반으로!"

"도련님들, 아가씨…… 정말 이러시면 안 되는데……."

유진이 없는 틈을 타서 술자리를 깐 우리를 보고 주방장이 울상을 지었다. 아무래도 유진이 돌아온 후의 후폭풍이 두려운 모양이었다.

"괜찮아, 괜찮아. 우리만 입 다물면 완전범죄라니까! 그러니까 우리 주방장은 닭이나 더 튀겨 와. 방금 말한 것처럼 반반으로! 그리고 지난번에 만든 무절임 있지? 그거 많이!"

하지만 카벨은 그런 주방장의 등을 팡팡 토닥여 다시 주방으로 들여보냈다.

"자, 마셔, 마셔! 내가 다 책임질게! 난 세계 최고의 보호자니까! 음하하핫!"

술이 들어가서 그런지 카벨은 다른 때보다 조금 더 맛이 가 있었다. 하지만 에리히는 그런 카벨을 오히려 더 띄워 주며 같이 술을 홀짝거렸다. 분명 아무렇지 않은 게 아닐 텐데도, 애써 나를 의연히 대해 주는 에리히에게 고마웠다. 그래서 나도 그와 있었던 일을 카벨의 앞에서 내색하지 않고 웃으며 그들을 대했다. 그래도 역시 찔끔 눈물이 나와서 괜히 옆에 있던 페니를 끌어안아 얼굴을 가려야 했다.

제16.5장

그 오빠, 에리히

9살의 에리히는 어느 순간부터 자신이 정상이 아니라는 사실을 어렴풋이 눈치채고 있었다. 그의 부모님이 죽은 지 그리 오래되지 않았을 무렵의 일이었다.

어떻게 모를 수 있겠는가. 아침이 오면 몸이 언제나 물먹은 솜처럼 무거웠고, 마치 밤중에 침대에서 떨어지기라도 한 것처럼 팔다리가 쑤실 때도 있었다. 그럴 때는 목욕을 하다가 무릎에 멍이 들거나 손바닥이 까져 있는 것을 발견하기도 했다. 그것이 이상해서 몸을 좀 더 자세히 살피자 마치 맨발로 온 집 안을 쏘다니기라도 한 것처럼 까만 발바닥이 눈에 띄었다.

그렇게 이상한 점을 하나씩 발견할 때마다 뒷덜미가 쭈뼛 곤두설 정도로 온몸에 소름이 돋는 기분이었다. 하지만 자신이 정상이 아니라는 생각을 하자 겁이 나서 아무에게도 이야기하지 못했다.

부모님이 죽고 에리히는 지극히 폐쇄적인 생활을 하게 되었다. 큰형이라면 부모님 대신으로 믿고 의지할 수 있었지만, 유진은 갑작스러운 승

계 이후 바빠져 저택에 있는 시간이 거의 없었다. 그래서 어느 날인가에는 아예 잠을 자지 않고 버텨 보았다. 하루는 꽤 참을 만했다. 평소에도 언제나 피곤한 낯을 하고 있던 그였기 때문에 누구도 그가 밤을 새운 사실을 눈치채지 못하는 것 같았다. 아니, 관심 자체를 두지 않았다고 하는 편이 맞았다.

"에리히, 너……."

다만 하리만이 방에서 아침밥을 먹는 그를 찾아와 기웃거렸다. 에리히는 눈앞에서 얼쩡거리는 여자애를 향해 쌀쌀맞은 시선을 던졌다.

"뭐야?"

"아니, 어제 잘 잤어?"

그 순간 에리히의 눈빛이 약간 날카로워졌지만 애써 동요 어린 마음을 내색하지 않고 말했다.

"평소랑 똑같아. 그런 걸 왜 물어?"

"몸 상태 좋으면 페니랑 같이 산책하러 가지 않을래? 너 너무 방에만 있는 것 같아서."

잇따라 나온 대답이 꽤 자연스러워서, 에리히는 그냥 자신이 예민하게 반응한 것이라 생각했다.

"산책은 페니랑 둘이 갈 거야."

"그래! 밥 먹고 꼭 나가야 돼. 꼭이야?"

자신의 말에 반색하는 그 얼굴을 보다가 에리히는 창밖으로 고개를 돌렸다. 이상한 여자애. 그가 허구한 날 방에만 처박혀 있든, 잠을 잘 자든 못 자든, 밥을 잘 챙겨 먹든 아니든 자기가 무슨 상관이라고.

부모님이 죽고 나서 그에게 신경 쓰는 사람은 이제 저택 안에 거의 없다시피 했다. 물론 형들이 있긴 했지만 유진은 바빴고, 카벨은 자기 마음을 추스르기에도 벅차 보였다. 그나마 집사인 휴버트가 유진의 명을 받아 그를 돌봐 주었지만, 결국은 그래 봤자 남이었다.

에리히는 매일 저택에 방문하는 레놀드 부인에게 마음을 의지하기 시작했다. 과연 한 핏줄이기 때문인지 그녀의 얼굴은 아버지와 조금 닮은 구석이 있었다. 그녀가 안아줄 때면 어머니에게 안긴 것 같은 기분이 들어 불안정하던 마음이 서서히 가라앉곤 했다. 하지만 그것은 어디까지나 임시적인 위안이 될 뿐, 정말 마음 깊은 곳에서부터 그녀에게 의지하는 것은 불가능했다.

하리는 에리히에게 있어 상당히 어중간한 위치에 존재해 있었다. 에른스트의 울타리 안에 있지만 온전한 가족이 아니었고, 또 그렇다 해서 완전한 남이라 하기에는 같이 지낸 세월만큼 나름대로 정이 들어 있었다. 장례식날 그녀는 부모님의 관 앞에 서서도 눈물 한 방울 보이지 않았다. 레놀드 부인은 틈만 나면 에리히의 앞에서 그런 하리를 욕했다.

하지만 에리히는 다른 사람들이 말하듯 정말 그녀가 슬프지 않기 때문에 울지 않은 것이 아니라는 사실을 어쩐지 알 것 같았다. 그리고 그는 그 사실이 퍽 분했다. 실상 그 자리에서 감정을 주체하지 못해 엉엉 소리 내 울고 만 것은 에리히 혼자뿐이었다. 어릴 때부터 아버지를 대신하던 큰형도, 늘 그와 티격태격하며 유치하게 다투곤 하던 하리도 결국은 장례식이 끝날 때까지 눈물 한 방울 떨구지 않았다.

어른스러운 두 사람 사이에서 마치 그 혼자만 어린애가 된 것 같아 몹시 분한 마음이 들었던 것으로 기억한다. 그 후에도 하리는 마치 자신이 누나라도 된 것처럼 '이제 그만 굶고 밥을 먹어라', '방에 틀어박혀 있는 건 그만하고 밖으로 좀 나와라', '언제까지 계속 그러고 있을 거냐' 같은 걱정 섞인 잔소리를 하며 그의 방을 들락거렸다.

"꺼지라고 했잖아!"

그게 또 마음에 들지 않아서 에리히는 그녀에게 더욱 날카롭게 굴었다. 동갑인 주제에, 마치 어린애를 달래듯 그에게 인형을 주고 간 것도 짜증이 났다. 그래서 몇 번인가 하리가 보는 앞에서 그녀가 주고 간 토끼 인형을 내던졌다. 그래도 문이 닫히는 소리가 들려 고개를 들어보면 그 인형은 항상 그의 침대 옆에 놓여 있었다. 언젠가부터 에리히는 밤마다 그 인형을 안고 자게 되었다.

"낮잠 잘래?"

에리히가 밤을 새운 지 이틀째, 점심 무렵 방으로 들어온 하리가 제법 심각한 얼굴로 그에게 권했다. 잠을 한숨도 자지 못한 것이 설마 티 나는 걸까?

"필요 없어. 안 졸려."

하지만 에리히는 고집을 부렸다.

"하리 아가씨, 레놀드 부인이 오셨습니다."

하리는 그에게 재차 권하려는 듯했지만 곧 고모님이 왔다는 말에 어쩔 수 없다는 듯 방을 나섰다. 그러나 마지막 순간까지도 그녀는 에리히를 걱정하는 기색이었다. 혼자 남은 에리히는 미간을 구겼다. 아무래도 그가 수면 부족에 시달리고 있다는 사실을 알아챈 모양이었다. 쓸데없이 눈치만 빨라서는.

결국 그날 밤, 에리히에게 한계가 찾아왔다. 역시 사흘이나 밤을 새우는 것은 무리인 것 같았다. 하지만 또다시 넋을 놓고 잠들었다가 다음 날 아침 섬뜩함을 느끼며 깨어나 몸을 살피기는 싫었다. 그런데 자꾸만 눈꺼풀이 내려앉았다. 이대로 가만히 있다가는 잠이 들 것 같아서 에리히는 결국 자리에서 일어났다. 그렇게 방 안을 서성이다가 문을 열었다. 오랜만에 놀이방에나 가서 시간을 보낼 생각이었다. 그런 그의 뒤로 페니가 따라붙었다.

"같이 갈 거야?"

페니는 그렇다고 대답하듯 꼬리를 흔들었다. 에리히는 몸을 굽혀 페니를 안아 들고 방을 나섰다. 그런데 조금 걷다 보니 숨이 차기 시작했다. 페니를 안고 있는 팔도 저릿했다. 그동안 그가 약해진 걸까, 아니면 그새 페니가 자란 걸까? 왜인지 자신이 약해진 게 맞는 것 같아서 에리히는 얼굴을 구겼다.

요즘 들어 틈만 나면 그에게 산책하러 가라고 잔소리를 하던 하리가 떠올랐다. 결국 그는 무릎을 굽혀 페니를 바닥에 내려놓았다. 사흘째 잠을 자지 않은 탓인지 현기증마저 이는 것 같았다. 에리히는 복도에 쭈그리고 앉아 페니의 등을 쓰다듬었다.

그때, 앞에서 인기척이 느껴졌다. 피로 때문에 에리히의 인지 능력은 평소보다 많이 떨어진 상태였다. 그래서 그는 외부의 자극에 매우 느리게 반응하여 천천히 고개를 들었다. 그리고 앞에서 다가오고 있는 하얀 형체를 발견했다. 그것은 하리였다. 그녀는 마치 본의 아니게 늦잠을 자 놓고 제풀에 놀라 방에서 뛰쳐나온 것 같은 모양새를 하고 있었다. 에리히를 발견했는지 곧 하리의 걸음이 더욱 빨라졌다.

"아구, 바보같이 왜 또 넘어졌어?"

그녀는 거의 날 듯이 뛰어 에리히의 앞으로 곧장 다가왔다. 그리고 그를 일으켜 세운 뒤 탁탁 무릎을 털어주었다. 에리히는 졸음이 묻어 있는 하리의 얼굴을 멍청히 내려다보았다.

도대체 지금 이게 무슨 상황인지 알 수가 없었다. 그런데 기분 탓일까? 왠지 하리의 행동이 매우 익숙해 보이는 것 같은데…….

바로 그때, 그의 다리를 털어주던 하리의 손이 멈칫했다. 그녀의 눈동자가 실내용 신을 신고 있는 그의 발에 못 박힌 것 같았다. 왜인지 그녀는 그가 맨발이 아니라는 사실에 당황한 것 같았다.

"어……."

다음 순간, 하리가 고개를 들었다. 허공에서 눈이 마주친 순간, 그녀는 깜짝 놀란 듯 펄쩍 뛰며 뒷걸음질 쳤다. 그에게 먼저 서슴없이 다가올 때는 언제고, 이제 그녀는 경계심이 가득한 눈동자로 그를 보고 있었다.

"아, 안녕?"

당황한 얼굴의 하리가 곧이어 그를 향해 더듬거리며 인사말을 날렸다. 에리히는 그런 그녀를 보다가 입을 열었다.

"너 뭐야?"

옆에서는 페니가 하리를 향해 반갑게 꼬리를 흔들고 있었다. 에리히의 서늘한 음성에 하리가 어색하게 대답했다.

"나는, 음, 잠이 안 와서 나왔지?"

에리히는 마주한 눈동자에 미처 감추지 못한 물살이 이는 모습을 바라보았다.

"그러는 넌 왜 이 시간에 방에서 나왔는데?"

하리는 퍽 자연스러운 목소리로 그에게 되물었다. 에리히의 머릿속에서는 천천히 퍼즐이 맞춰지고 있었다. 하지만 그녀와 마찬가지로 동요를 숨기고 무덤덤한 음성으로 말했다.

"나도 잠이 안 와서."

"그렇구나. 우유 데워 줄까?"

평소라면 '내가 애야?'라거나, '필요 없으니까 너나 먹어'라는 소리를 해야 마땅했다. 하지만 에리히는 하리의 말에 아무런 말 없이 그저 가만히 그녀의 얼굴을 바라보다가…….

"자러 갈 거야."

가까스로 그렇게 말한 후 뒤돌아섰다.

"잘 자, 에리히."

등 뒤에서 작게 울리는 그 목소리가 어쩐지 낯설지 않았다. 방으로 돌아와서 에리히는 그대로 문에 기대어 주저앉았다. 페니가 그런 그에게 다가와 무릎을 감싸고 있는 손을 핥았다.

속에서 마구 들썩이는 이 마음이 무엇인지 알 수가 없었다. 그저 영문을 알 수 없게도 눈에서 눈물이 비집고 나오려 했다. 몹시 비참하고 굴욕적인 기분이 드는데, 그와 상반된 안도감이 함께 밀려드는 것이 도

저히 이해되지 않았다.

더 이상은 혼자서 무서워하지 않아도 된다는 안도감일까? 이제껏 그가 가장 두려워했던 시간 동안 사실은 혼자가 아니었다는 것에 안심이 되면서도 자신의 가장 들키고 싶지 않은 모습을 본 사람이 하필이면 하리라는 사실에 씻을 수 없는 수치심이 들었다.

결국 에리히는 복잡한 마음을 이기지 못해 그날 밤 조금 울고 말았다. 그리고 그 후 지쳐서 기절하듯이 잠들었다. 스스로를 이해할 수 없었지만, 그날 이후에는 이상하게도 밤에 잠드는 것이 무섭지 않았다.

"정말이지, 유진도 누구를 닮아서 그렇게 고집이 센지 모르겠구나. 그냥 얌전히 어른들이 시키는 대로만 하면 될 텐데. 그렇게 앞뒤가 꽉 막힌 건 오빠를 닮았다니까."

여느 때처럼 레놀드 부인은 에리히를 옆에 두고 험담을 늘어놓았다.

"에리히, 너는 착한 아이니까 네 형처럼 되지 말렴. 유진도 그렇고 카벨도 그렇고, 네가 보고 배울 점이라고는 하나도 없는 애들이야. 넌 그저 이 고모가 하라는 대로만 하면 된단다. 알겠지?"

에리히는 그녀의 말을 듣는지 아닌지 모를 표정 없는 얼굴로 페니를 쓰다듬고 있었다. 아마 평소라면 레놀드 부인이 무슨 말을 하든 아무런 반응도 내보이지 않았을 것이다.

"고모."

하지만 그날은 달랐다. 에리히는 허공을 보고 있던 눈길을 움직여 레놀드 부인을 응시했다.

"저한테 우리 가족 욕하는 거 이제 그만해요."

그녀는 망부석 같던 에리히가 처음으로 먼저 입을 연 것에 놀란 듯했다. 그리고 곧 그의 입에서 흘러나온 목소리에 어색하게 웃으며 말했다.

"어머, 에리히. 무슨 소리니? 내가 언제 너한테 네 가족 욕을 했다고……."

"고모 말처럼 저는 반벙어리지 반귀머거리가 아니잖아요."

그것은 며칠 전 레놀드 부인이 에른스트를 떠나기 전 하리와 그의 앞에서 내뱉었던 말이었다. 그녀는 설마 에리히가 그런 말을 할 줄 몰랐는지, 두 눈을 크게 부릅뜨고 있었다. 하기야 그동안 자폐증 증상이라도 있는 것처럼 그녀가 무슨 말을 하든 무반응으로만 일관하던 그였으니, 의외의 상황에 놀랐을 만도 했다.

에리히는 여전히 표정 없는 얼굴로 자신의 고모를 응시하고 있었다.

"제가 가만히 듣고만 있으니까 진짜 바보라도 된 것 같아요? 고모가 그렇게 나한테 형들 욕을 하면, 제가 세뇌라도 당해서 고모랑 똑같이 생각하게 될 것 같아요?"

"에, 에리히."

"그것도 아니면, 고모가 뭘 원하고 나한테 이렇게 달라붙는지 제가 정말 모를 것 같아요?"

그의 목소리는 시종일관 서늘하고 조용했다.

"착각하지 마세요. 고모가 뭘 어떻게 해도 내가 형들보다 고모를 더 좋아하게 될 일은 없으니까."

레놀드 부인은 그런 에리히를 할 말을 잃은 듯이 쳐다보고 있었다.

"하리한테도 그런 식으로 말하는 거 그만둬요."

에리히는 마지막으로 한 마디를 덧붙인 뒤 소리 없이 자리에서 일어났다.

"내 눈에는 그 애보다 고모가 더 품위 없어 보여."

"그 애, 울었어."

하리가 카벨의 팔을 붙잡고 와 같이 식당에서 밥을 먹자고 했던 날, 에리히는 곧장 집무실에 있던 유진을 찾아가 말했다. 유진은 에리히가 방금 전 말한 사람이 누구인지 대번에 눈치챈 듯했다. 그가 굳은 얼굴로 다시 한번 동생을 향해 되물었다.

"울어?"

"혼자 밥 먹기 싫대."

물론 진짜 그런 이유로 운 건 아니겠지만. 그리고 사실 울었다고 하기에도 어폐가 있었다. 하리의 눈에서는 눈물 한 방울 떨어지지 않았으니까. 하지만 '너희가 밉다'는 말을 남긴 후 뒤돌아설 때 그 자색의 눈동자에 매달려 있던 건 분명 눈물이었을 터였다. 그 후 에리히도 카벨도 놀라서 한동안 자리에서 움직이지 못했다.

카벨은 한껏 당황해서 우왕좌왕하더니 하리의 방으로 찾아가 똥 마려운 강아지처럼 그 앞을 서성였다. 아마 지금도 어쩔 줄 몰라 하며 문 앞에서 머리를 싸매고 있을 것이었다.

"고모가 뭐라고 한 것 같아."

에리히는 책상 위에 올려진 유진의 손에 감정을 억누르듯 힘이 강하게 들어가는 것을 보았다.

"형, 뭔가 하려고 그러지?"

에리히는 예전부터 스스로조차 다소 영악하다 생각할 정도로 눈치가 빠른 편이었다. 그래서 유진이 무언가 준비 중인 일이 있다는 것을 어렴풋이 짐작하고 있었다.

"미안해."

그의 큰형은 굳어진 얼굴로 하지 않아도 될 사과를 했다.

"너희가 이런 식으로 무언가를 참게 하려던 게 아니었어."

유진은 그들이 지금의 상황에 이르게 된 것에 적지 않은 자책감을 느끼는 듯했다. 그것이 그의 잘못도, 그의 책임도 아니었음에도.

나중에 생각해 보면 그 당시의 유진은 참으로 어린 나이였다. 아직 덜 성숙한 몸으로 다른 사람들 앞에서 아이다운 치기를 드러내며 슬슬 한 번쯤 어른인 척해 볼 나이.

하지만 유진은 에리히에게 있어 언제까지나 따라잡을 수 없을 것처럼 한없이 크게만 느껴지는 사람이었다. 나이가 들수록 그런 느낌은 사라지기는커녕 오히려 점점 더 커져만 갔다. 에리히가 누구보다 존경하고 또 애정하는 사람. 그런 형이기 때문에…….

"이길 수 있을 리가 없잖아……."

에리히는 침대에 드러누워 얼굴을 감쌌다. 그를 따라 들어온 페니가 발밑에서 짖었지만 지금만큼은 다른 데 신경 쓸 수가 없었다.

그가 좋아하는 여자아이는, 낯설 정도로 어른스러운 표정을 지은 채 형의 방에서 그의 옷을 끌어안고 있었다.

도대체 언제부터였을까. 하지만 사실 그런 의문은 아무런 의미도 없었다. 이 감정의 정확한 시작 지점을 알 수 없는 것은 그 역시도 마찬가지였으니까. 따끔거리는 가슴에 알 수 없는 먹먹함이 밀려들었다.

방금 전 하리와 카벨 형의 앞에서 자신이 이상한 말을 하지는 않았던가? 원래 성격이 모난 탓인지 가끔 생각보다 더 모진 말이 입 밖으로 튀어나와 스스로도 깜짝 놀랄 때도 있었다.

"그렇게 미운 소리 하지 말라고 했지?"

그럴 때마다 하리는 그를 향해 혀를 차며 말했다.

"그래 놓고 너도 매번 후회하잖아."

아까 식당에서 자신이 싫어졌느냐고 묻는 하리 때문에 덜컥 말문이 막혔던 것이 떠올랐다.

"멍청이."

싫어할 수 있을 리가 없잖아. 오히려 나는 그 반대라서 지금 이렇게 죽을 것 같은데.

"……좋아해."

에리히는 여전히 손으로 얼굴을 가린 채로 단 한 번도 입 밖으로 내뱉어 본 적 없는 소리를 토해 냈다.

"네가 좋아."

아마 앞으로도 이 말을 그녀의 앞에서 소리 내 말할 일은 없을 것이다. 오기가 들어 너를 응원해 주지는 않을 것이라고 말했지만…… 그래도 그는 그녀의 행복을 바라고 있었으니까. 그리고 형의 행복 역시도.

"이리 와, 페니."

"멍!"

침대 밑으로 손을 뻗자 여전히 그의 주변을 맴돌고 있던 강아지가 기다렸다는 듯이 내민 손을 타고 위로 올라왔다. 에리히는 페니를 끌어안고 눈꺼풀을 내렸다. 품을 파고드는 따끈따끈한 체온이 꼭 그를 위로해 주는 것 같았다.

아직 그는 완전한 어른이 아니었기 때문에 괜찮아지려면 시간이 좀 더 걸릴 것이었다. 에리히는 두 눈을 감은 채 그 날이 서둘러 왔으면 좋겠다고 생각했다.

제17장

보고 싶었어

"약혼을 진심으로 감축드립니다, 전하."

얼굴을 보자마자 건넨 축사에 다이스가 내 얼굴을 들여다보았다.

"화났어?"

"제가 왜 화가 나나요?"

"음, 만약 나라면 친구의 약혼 소식을 뒤늦게 알게 된 게 조금 서운할 것 같아서. 게다가 알다시피 내 약혼 상대자는 로자벨라잖아."

다이스는 거기까지 말한 뒤 애매한 미소를 얼굴에 그리며 어깨를 으쓱였다. 내가 자신 때문에 당황했을 것이란 사실을 예상하긴 했던 모양이었다. 그랬으면서 이날 이때까지 입을 꾹 다물고 있었다니.

"약혼 발표가 갑작스러워서 놀라긴 했지만 화가 날 이유는 없죠."

나는 한숨을 푹 내쉬며 말했다. 게다가 솔직한 말로 지금은 내 문제로 머릿속이 꽉 차서 다이스와 로자벨라에게 신경 쓸 겨를이 없었다.

그런데 내 반응을 본 다이스가 갑자기 의자를 당겨 탁자에 상체를 붙였다. 나는 방금 전보다 가까워진 다이스 때문에 흠칫했다. 하지만 그는 그런 것쯤이야 아무려면 어떠냐는 듯 심각한 얼굴로 말을 이을 뿐이었다.

"실은 그 약혼 발표 때문에 로자벨라가 나한테 좀 화가 났어. 그래서 영애에게 오늘 만나자고 청한 것이기도 하고."

"로자벨라 양이 화가 나다니, 어째서요?"

설마 다이스 혼자서 이 약혼을 감행한 거라든가…… 하는 건 아니겠지. 아무리 그래도 약혼은 황실의 중차대한 일인 데다 로자벨라와 벨론티아 가문의 의사도 있어야 할 것이므로, 그 정도로 막 나가지는 않았을 것이다. 아무리 사랑에 눈이 멀어도 그렇지. 역시 다이스는 그렇게까지 경우를 모르는 사람은 아니었다.

하지만 잇따른 그의 말에 나는 로자벨라가 화를 낸 이유를 알 수 있었다.

"약혼 시기 때문에. 원래는 겨울이나 내년 초쯤 발표하려고 했는데 그냥 내가 지금으로 밀어붙인 거거든."

과연 그렇게 된 거였구나. 사실 유진과 로자벨라가 파혼한 것이 불과 지난 계절의 일인데 그 후의 약혼 발표가 너무 빨라 당황스럽기는 했었다. 이렇게 되면 벨론티아에서 황손과의 약혼을 위해 일부러 유진과 파혼한 것이라 불미스러운 소문이 날 수도 있는 일이고.

"전하께서 잘못하셨네요. 왜 그러셨어요?"

"그야, 내 거라고 빨리 자랑하고 싶어서."

나는 한 치의 망설임도 없이 곧바로 이어진 다이스의 대답에 잠시 할 말을 잃었다. 이 사람, 철이 없는 거야, 아니면 그 정도로 로자벨라가 좋아서 견디지를 못하겠는 거야? 평소의 모습을 보면 아마 후자인 것 같은데…… 게다가 지금 자기 스스로도 잘못한 걸 알고 있는 눈치고.

"이제 어떡하지?"

"뭘 어떡해요?"

"영애는 같은 여자니까 알 것 아니야. 로자벨라의 화를 풀어주려면 어떻게 해야 해?"

"몰라요. 알아서 하세요."

"로자벨라가 며칠째 날 만나 주지도 않는다고!"

나는 절망적으로 외치는 다이스를 외면하며 찻잔을 기울였다. 지금 내 코가 석 자인데 누가 누굴 돕는다는 말인가. 나도 모르게 무심코 한숨이 새어 나오려고 해서 숨을 들이마셨다.

지금의 다이스와 로자벨라를 보면 어쨌든 간에 두 사람은 서로 마음이 통해 연인이 된 것이 확실해 보였다. 그러니 이른 약혼 발표 때문에 로자벨라가 화가 났다 해도 아마 그녀의 마음은 곧 풀어지지 않을까 싶었다.

그보다는 내가 문제인데. 나는 여전히 귓가에 울리는 다이스의 목소리를 뒤로한 채 자꾸만 바싹 마르는 입술을 찻물로 축였다. 긴장이 되어서 그런지 손바닥에서 식은땀이 배어 나오는 것 같았다.

어느덧 나흘간의 시간이 지나 유진이 돌아올 날이 되었다. 관심을 다른 곳으로 돌리기 위해 기껏 저택을 나서 다이스를 만나러 왔지만, 여전히 내 정신은 오늘 만나게 될 유진에게 향해 있었다.

째깍, 째깍. 시계 초침이 움직이는 소리가 유독 선명하게 귀를 파고들었다. 유진이 없는 며칠 내내 그랬듯이 잠시 후에 있을 일을 상상하며 나는 눈을 감았다. 이대로 시간이 흐르는 것이 어쩐지 무섭게 느껴졌다.

해 질 무렵 유진이 돌아왔다. 나는 1층 로비에 서서 저택 안으로 들어서는 그를 맞았다.

"어서 와, 오빠."

시선이 마주치자마자 유진의 걸음이 멈추었다. 며칠 만에 보는 그의 모습에 기다렸다는 듯이 심장이 덜컹거렸다. 하지만 내색하지 않고 평소와 같은 태도를 보이며 마주한 얼굴을 살폈다. 나는 이어질 유진의 반응에 온 감각을 집중하고 있었다. 그의 표정 없는 얼굴과 고요한 눈빛에서는 며칠 전 밤의 흔적을 엿볼 수 없었다. 물끄러미 나를 응시하는 시선에 나도 모르게 손가락 끝을 움찔 떨었다.

유진은 무슨 생각을 하는지 모를 얼굴로 그런 나를 가만히 내려다보다가 이윽고 천천히 입을 열었다.

"다녀왔어."

짤막한 대답이 더없이 여상했다. 동요 한 점 드러나 보이지 않는 얼굴을 보니, 마치 나홀 전 밤의 일을 전혀 기억하지 못하는 것처럼 느껴졌다. 나를 향한 그의 눈빛이나 표정, 또 말투가 지극히 담담해서 의중을 알 수가 없었다. 하지만 설령 그렇지 않더라도 무언의 합의가 이루어졌다고 생각했다.

"내가 없는 동안 잘 지냈어?"

유진이 이어서 내게 담담한 음성으로 지난 시간 동안의 안부를 물었기 때문에. 그 순간 나는 깨달았다. 아, 그래…… 이유야 어찌 되었든 그 밤의 일은 이대로 없었던 일이 된 거구나.

"응, 별다른 일은 없었어."

그렇다면 나도 그 일이 있기 전처럼 유진을 대하면 되었다.

"에리히는 주말에 잠깐 왔다가 다시 학술원으로 돌아갔고, 나는 오늘 황손 전하를 뵙고 오는 길이야."

"그가 먼저 너를 보자고 했어?"

"응, 그런데 특별한 얘기를 한 건 아니고 그냥……."

하지만 아무리 괜찮은 척해도 정말 괜찮지는 못했던 모양이다. 태연한 모습으로 말을 잇는 데 애쓰느라 유진이 나를 향해 걸음을 옮기는 것도 미처 눈치채지 못하고 있었다.

"그래."

나직한 목소리가 귓가에 스쳤다. 나는 어느덧 다가온 손이 내 고개를 들어 올리고 나서야 가까이 다가온 유진의 존재를 깨달았다. 그래서 뒤이어 그의 입술이 내 입술 위에 겹쳐지는 순간에도 미처 아무런 반응도 내보이지 못했다.

눌러 찍듯 포개졌던 온기가 잠시 후 내게서 떨어져 나갔다. 흔들림 없는 검은 눈동자와 시선이 마주치는 순간, 작게 벌어진 내 입술에서 얕은 숨이 뱉어져 나왔다.

"보고 싶었어."

눈앞이 어지러워질 정도로 단 음성이 귀에서 맴돌았다. 유진이 나를 내려다보며 조금 전 자신이 입을 맞췄던 내 입술을 부드럽게 매만졌다. 그런 그의 태도가 마치 연인을 대하는 듯했다.

"그새 많이 아물었구나. 꽤 아팠을 것 같은데."

나는…… 지금의 상황에 머릿속이 다시금 새하얗게 되어서 그저 숨을 죽인 채 마주한 얼굴을 올려다볼 수밖에 없었다. 무어라 말을 해야 할 것 같은데 목이 졸린 것처럼 단 한 마디도 입 밖으로 새어 나오지 않았다.

"황궁에 가기 전에 네 얼굴을 보러 잠시 들른 거야. 지금 바로 다시 나가 봐야 돼."

유진이 그런 내 손을 붙잡아 당겼다. 나는 유진에게 붙들린 내 손등에 그의 입술이 내려앉는 것을 아무 말도 하지 못하고 바라보았다. 다시금 정면에서 눈이 마주쳤다. 유진이 내 손등에 입술을 묻은 채로 속삭이듯이 말했다.

"그럼 다녀올게. 기다리고 있어."

나는 그가 또다시 나를 남기고 떠난 후에도 한참이나 그 자리에서 움직이지 못했다.

제18장

그 남자와 그 여자

"어서 와, 오빠."

저택 안으로 들어서자마자 여느 때와 같은 가느다란 목소리가 귓가에 울렸다. 유진은 자신을 마중 나온 하리를 보며 걸음을 멈추었다. 이렇게 그녀의 얼굴을 마주하는 것은 나흘 전의 밤 이후로 처음이었다. 바로 다음 날 유진은 새벽녘부터 저택을 떠나 오늘에야 다시 그녀의 앞에 섰다.

그의 검은 눈동자가 눈앞에 있는 사람을 느리게 훑고 지나갔다. 하리는 며칠 전의 일이 꿈이나 환상이라도 되는 것처럼 여느 때와 다름없는 모습으로 그를 대하고 있었다. 마치 그들 사이에 아무 일도 없었던 것처럼 그를 대하기로 결심한 것 같았다. 그렇게 하면 정말 그날 밤의 일이 없던 것이 된다고 생각하는 걸까?

유진은 고개를 비스듬히 기울이며 잠시 말없이 마주한 얼굴을 들여다보았다. 여름인데도 하리는 목을 가리는 옷을 입고 있었다. 아마도 그 안에는 얼마 전 그가 제 욕심을 참지 못해 남긴 흔적이 새겨져 있을 것이었다. 지금 그녀의 입술 위에 자리 잡은 작은 상처 자국처럼. 계속된 침묵에 하얀 손이 살며시 치맛자락을 쥐었다. 그것을 보고 유진은 천천히 입을 열었다.

"다녀왔어."

저렇게 긴장하고 있으면서도 애써 태연한 낯으로 그의 앞에 선 것이 제법 대견했다. 그래서 일단은 그녀가 바라는 대로 장단을 맞춰 주기로 했다.

"내가 없는 동안 잘 지냈어?"

그의 여상한 물음에 하리는 잠시 멈칫하다가 대답했다.

"응, 별다른 일은 없었어."

마치 그동안 몇 번이나 연습했던 것처럼 그녀의 대답은 자연스럽게 이어졌다.

"에리히는 주말에 잠깐 왔다가 다시 학술원으로 돌아갔고, 나는 오늘 황손 전하를 뵙고 오는 길이야."

"그가 먼저 너를 보자고 했어?"

하지만 하리의 신경은 다른 곳으로 쏠려 있는 것 같았다. 그래서 유진이 주위에 있던 사용인들에게 눈짓을 보내 물러나게 한 것도 모르는 눈치였다.

"응, 그런데 특별한 얘기를 한 건 아니고 그냥……."

"그래."

그는 성큼 걸음을 옮겨 하리에게 다가갔다. 그녀는 유진이 아주 가까이 접근하고 나서야 그의 존재를 알아차린 듯했다. 다음 순간 유진은 하리의 턱을 들어 올려 시야에 들어온 붉은 입술에 그대로 키스했다.

아, 그제야 가슴속에 충족감이 들어찼다. 역시 가만히 보고만 있는 거로는 부족했다. 이렇게 직접 마주한 사람을 손으로 만지고 입을 맞추자 이제야 숨통이 트이며 살 것 같았다. 오랫동안 참아 왔던 욕망을 지금 터뜨리면 한도 끝도 없을 것이 분명해서 유진은 아쉬운 대로 이것으로 만족하고 고개를 들었다. 그리고 얼어붙어 있는 하리의 얼굴을 마주했다. 그녀는 설마 그가 또 이럴 줄은 상상도 하지 못한 것 같았다. 심지어 지금 그들이 서 있는 곳은 지난번처럼 단둘만 있던 테라스도 아닌 탁 트인 1층의 현관이었다.

"보고 싶었어."

나직하게 속삭이는 말에 눈앞에 있는 보라색 눈동자에 서서히 물살이 일었다. 잘게 떨리는 그 움직임이 가련하면서도 사랑스러웠다. 그녀의 동요가 그로 인한 것이라는 사실마저 기꺼웠다.

"그새 많이 아물었구나. 꽤 아팠을 것 같은데."

어쩌면 하리는 이대로 자신이 모르는 척하면 그 역시도 며칠 전 밤에 있었던 일을 없던 것으로 해줄지도 모른다고 생각했을 수도 있었다. 만약 그런 걸 기대했다면 미안한 일이었다. 사실 유진이 하리를 며칠 동안 내버려 둔 것은 실로 이기적이고도 나쁜 생각 때문이었다.

그녀가 하루 종일 그의 생각만 했으면 좋겠다고 바랐기 때문에. 간밤에 있던 일을 몇 번이고 되새기고 또 되새겨서, 그때 보인 그의 행동에 무슨 의미가 있었던 것인지, 또다시 만나게 될 그의 앞에서 어떤 표정을 짓고 어떤 모습을 보여야 할 것인지, 그리고 앞으로의 그들의 관계가 어떻게 변하게 될 것인지 수없이 고민하고 혼란스러워했으면 좋겠다고 생각했다. 그렇게 하리의 머릿속이 오직 그 한 사람으로만 꽉 차 있는 상상을 하는 것만으로도 입안이 달았다.

"황궁에 가기 전에 네 얼굴을 보러 잠시 들른 거야. 지금 바로 다시 나가 봐야 돼."

지금 하리의 얼굴을 보니 유진의 바람대로 며칠 동안 그녀의 안은 온통 그 혼자만이 독차지하고 있었던 것 같았다. 그 사실이 그렇게 만족스러울 수가 없었다. 유진은 여전히 굳어 있는 하리의 손을 붙잡아 올렸다. 그리고 그득한 애정을 담아 그 위에 입을 맞추었다.

"그럼 다녀올게. 기다리고 있어."

생각 같아서는 이대로 그녀를 끌어안은 채 시간이 멈추어버리면 좋을 것 같았다.

"제 생각에는 이번 일에 공작님이 개입하신 것 같은데, 맞습니까?"

황궁으로 가는 마차 안에서 로웬그린이 눈을 가늘게 좁히며 유진을 향해 물었다.

"얼마 전부터 황손 전하와 꽤 자주 만나시지 않았습니까? 벨론티아에도 전보다 방문이 잦으셨지요? 그 후에 돌연 파혼하시더니, 또 이번에는 벨론티아 양과 황손 전하의 약혼 발표까지."

유진은 대답하지 않았지만 로웬그린은 다음 순간 시야에 들어온 그의 얼굴을 보고 그것이 긍정의 의미임을 깨달았다. 사실상 개입이라기보다는 주도라고 하는 편이 맞았다. 그는 하리에게 약혼녀였던 로자벨라 벨론티아까지 신경 쓰게 만들고 싶지 않았다. 며칠 전 밤에도 하리는 그의 앞에서 로자벨라의 이야기를 꺼냈다. 그런 것을 보니 역시 그의 판단은 옳았던 것으로 생각되었다. 게다가 그는 정혼자를 따로 둔 채로 하리를 음지에 숨겨 놓고 싶은 것이 아니었다. 하지만 유진은 구태여 그런 것들을 로웬그린에게 설명하지는 않았다.

"혹시 하리 아가씨 때문입니까?"

한편 전부터 설마 하던 로웬그린은 마침내 오래된 의심을 입 밖으로 꺼냈다. 지금 라수스에서 돌아오자마자 황궁 대신 에른스트의 저택으로 향한 것도 그렇고, 또 안으로 들어갔다 나온 유진이 묘하게 말랑말랑한(물론 이런 말을 유진이 들으면 대번에 섬뜩한 눈빛을 보일 것이 분명했지만) 분위기를 풍기고 있는 것도 영 미심쩍었다. 물론 로웬그린의 의심은 비단 오늘 일 때문만은 아니었다.

"그렇다고 하면?"

놀랍게도 유진은 굳이 숨길 마음이 없는 것 같았다. 조심스러운 질문이 무색하게도 무심한 어투의 반문이 돌아왔다. 그 말을 듣고 로웬그린은 경악해 입을 벌렸다.

"맙소사. 아니, 물론 평소에 아가씨를 대하는 태도가 어디를 봐도 수상쩍기는 했지만……."

혼자서 그냥 의심만 하고 있는 것과 그 의심을 본인에게 직접 확인받는 것은 또 달랐다. 하지만 로웬그린이 혼자서 어버버거리든 말든 내버려 둔 채로 유진은 목적지에 도착하자마자 마차의 문을 열었다.

"시간 없어. 나중에 들어줄 테니까 지금은 일단 따라와."

"아니, 어차피 그렇게 급할 것도 없잖습니까?"

"하리가 기다려."

다시 한번 어버버거리는 로웬그린을 뒤로한 채로 유진은 알현장을 향해 앞서 걸음을 옮겼다. 사실 시찰 보고라고 해봤자 그다지 중요한 사안은 없어서 이야기는 금방 끝맺어졌다.

"에른스트 공!"

황제를 알현하고 나오는 길에 유진은 다이스를 만났다. 그는 유진을 보고 잘 만났다는 듯이 '로자벨라가 약혼 발표를 서두른 것 때문에 화가 났는데 어떻게 해야 좋을지' 따위를 그에게 논의하며 울상을 지었다. 아마도 유진이 로자벨라의 전 약혼자이기 때문에 그녀의 화를 풀 방도를 알 것이라 생각하는 것 같았다. 하지만 다른 사람도 아닌 유진이 그런 하잘것없는 것을 알 리가 없었다. 듣자 하니 오늘 하리를 궁에 부른 이유도 이런 시시한 일을 상의하기 위해서였던 듯했다.

비록 사적인 감정 없이 이루어진 약혼이기는 하나 전 약혼자였던 유진에게 이런 것을 묻다니, 속이 없는 것인지 아니면 그만큼 그를 믿고 있는 것인지 알 수가 없었다. 어쩌면 그들이 서로의 마음을 확인해 지금의 관계가 되는 데 일조한 것이 유진이기 때문에 의지하는 것일 수도 있었다. 물론 어느 쪽이든 그에게는 시답잖을 뿐이었다.

유진은 알아서 해결하라는 말을 던진 뒤 홀연히 궁을 빠져나왔다. 그가 관심을 두었던 것은 어디까지나 두 사람의 약혼 전까지의 과정이었으므로 그 이후의 일이야 어찌 되든 상관할 바는 아니었다. 다이스는 그의 반응을 퍽 매몰차다고 느끼는 듯 섭섭함을 표했지만 한두 살 먹은 어린애도 아니고, 약혼녀와의 일쯤은 혼자 알아서 해결하는 것이 옳았다. 유진은 다시 에른스트로 향했다. 이번에는 귀찮은 짐인 로웬그린을 떨군 채였다. 어둠에 삼켜진 그의 눈동자는 낮게 가라앉아 있었다.

지난 나흘간의 시간 동안 유진 역시 마음이 마냥 편하기만 했던 것은 아니었다. 물론 그는 그날 밤의 일을 후회하지는 않았다. 지난 일을 상기하는 유진의 얼굴에 언뜻 깨진 유리 조각 같은 미소가 스쳐 지나갔다. 그래. 후회라니, 당치도 않았다. 그는 그때처럼 배부른 만족감에 도취했던 적이 없었다. 원하는 것을 처음으로 제 마음껏 욕심내 탐하고 또 탐하는 동안 이제껏 그 무엇으로도 채워지지 않던 가슴속의 빈자리가 빠른 속도로 충족되어 가는 것을 느꼈다.

조금 성급하지 않았나 하는 생각은 지금도 들었다. 하지만 더 이상은 무리였다. 이 이상 참는다면 아마도 그는 숨이 막혀 죽을 것이 분명했다. 잠시 후 유진은 에른스트의 저택 안으로 들어섰다.

"도대체 무슨 생각이야?"

마침내 다시 얼굴을 마주하게 되었을 때, 하리가 그를 향해 소리 죽인 음성으로 물었다. 그녀는 아마도 유진이 떠났을 때부터 그랬던 듯, 방 안에 불조차 켜지 않은 상태로 우두커니 앉아 있었다. 그래도 창밖에서 새어 드는 불빛에 실내가 완전히 어둡지는 않았다. 유진은 문가에

서서 은은한 빛으로 물든 하리의 얼굴을 바라보다가 이내 걸음을 옮겨 그녀에게 다가갔다. 그러고는 천천히 입을 열어 방금 전의 물음에 답해 주었다.

"네 안이 온통 나로 꽉 찼으면 좋겠다는 생각."

물론 그것은 하리가 원하던 대답이 아닌 듯했지만, 그녀에게 새로운 충격을 안겨 준 것만큼은 분명해 보였다.

"오빠는…… 그날 취했었잖아?"

잠시 동안 말이 없던 그녀의 입에서 이윽고 억눌린 음성이 새어 나왔다.

"유감스럽게도 취할 정도로 마셨던 기억은 없어."

그러니까 아마도 하리는 지난밤의 그가 술에 취해 그런 짓을 한 것이라고 생각했던 모양이다. 진심으로 그렇게 여긴 것인지, 아니면 단순히 그렇게 믿고 싶었던 것뿐인지는 몰라도.

"없었던 일로 하고 싶은 게 아니었어?"

재차 이어진 소리 죽인 음성을 듣고 유진은 후 웃었다.

"그럴 리가 있나."

그 밤의 일을 없었던 것으로 지우다니.

"내가 원했던 게 이건데."

설령 그날 밤이 몇 번이나 되풀이된다 해도 그는 같은 일을 계속해서 반복할 것이 분명했다. 이제 그는 자신의 마음을 감추지 않기로 했다. 유진은 여전히 하리에게 세상에서 가장 아름답고 값진 것만 주고 싶었다. 진부한 말로, 그녀가 원한다면 하늘에 있는 별이라도 따다 주고 싶었다. 그리고 그녀가 상처 입지 않도록 지키는 사람이 되고 싶었다.

"원하는 게 있으면 가져도 된다고 네가 허락해 줬잖아. 그리고 그러기 위해서 뭐든 해도 된다고 했지."

하지만 세상 사람 누구에게나 결코 양보할 수 없는 한 가지쯤은 있는 법이 아니던가. 유감스럽게도 유진에게는 그것이 지금 눈앞에 있는 사람이었다.

"그래서 나는 너를 갖기로 했어."

알고 있다. 그녀가 욕심내도 좋다고 말하며 상상했던 것이 무엇이든, 아마도 지금 같은 상황은 아닐 것이었다.

"하리."

그래도 유진은 포기할 수 없었다. 이제는 정말이지, 어쩔 수가 없었다.

"고개 들어."

하리는 믿을 수 없다는 듯이 흔들리는 눈으로 잠시 동안 그를 올려다보다가 시선을 피하려는 것처럼 고개를 떨어뜨렸다. 그래서 유진은 하리가 앉아 있는 의자 앞에 무릎을 굽혀 몸을 낮추었다. 그러자 이번에는 가감 없이 서로의 얼굴을 마주할 수 있었다.

"안 돼, 싫어."

시선이 마주하는 순간, 하리의 표정이 허물어졌다. 그녀는 정면에서 쏟아지는 시선을 피해 손으로 얼굴을 가렸다. 하지만 곧 다가온 유진의 손이 떨리는 그녀의 손을 붙잡아 뗐다. 이번에는 피할 틈조차 없었기 때문에 하리는 자신의 얼굴을 그에게 고스란히 드러내 보일 수밖에 없었다.

어둠 속에서도 선명한 검은 눈동자가 그녀를 온전히 담아내고 있었다. 그 안에 작게 어린 빛이 꼭 부서진 별 조각 같았다. 맹목적인 애정이 깃든 눈빛에 눈앞이 아찔해졌다. 지난번과 비슷한 예감이 들었다. 조금 더 이 눈을 마주하면, 모조리 파헤쳐지고 말 거야.

"그…… 렇게 보지 마."

하리는 저도 모르게 거의 애원하듯이 속삭이고 말았다. 무방비한 상태로 뒤집어쓴 감정의 홍수에 그녀는 휘청이고 있었다.

"세상에 나밖에 없는 것처럼. 그렇게 나만 보인다는 듯이……."

정면에서 부딪쳐 오는 눈빛에 숨이 막혔다. 유진이 그녀를 이런 눈으로 쳐다볼 때면 세상에 오직 그와 자신 단둘만 존재하는 것 같은 착각마저 들었다.

"당신이 그런 눈으로 나를 볼 때면, 숨을 잘 못 쉬겠어."

시간이 멈추고 몸이 결박당한 것처럼 피할 수도 외면할 수도 없었다. 그저 자신의 안을 속속들이 내보이는 것 말고는 아무것도 할 수 없었다. 그녀의 예상대로 유진은 지금 마주하고 있는 하리의 눈동자를 통해 지금껏 그 안에 숨겨져 있던 것들을 고스란히 엿볼 수 있었다.

"이렇게 가까이에서 눈을 마주할 때마다 가끔 헷갈렸어."

아…… 마침내 드러나 보인 그 연약한 마음이 이토록 사랑스러울 수가 없었다.

"어쩌면 내 마음대로 합리화하고 착각하는 것일지도 모른다는 생각도 했어. 하지만 역시 아니야."

유진은 참지 못해 그 반짝이는 잔상을 좇아 손을 뻗었다.

"너도 나와 같은 마음인 거야. 그렇지?"

밤공기에 흩뿌려지는 속삭임에 벅찬 희열과도 같은 뜨거움이 어렸다.

"나 혼자만 널 볼 때마다 이렇게 지독하게 애끓는 마음이 들고, 나 혼자만 네 생각을 할 때면 이렇게 죽을 것 같은 기분이 드는 게 아닌 거야."

이제는 확신할 수 있었다. 이것은 그의 일방적인 마음이 아니고, 지금 눈앞에 있는 그녀 역시도 그를 원하고 있다고. 갈피를 못 잡고 흔들리는 눈빛이, 작게 벌어진 입술 틈으로 내뱉어지는 가쁜 숨결이, 그리고 그의 손안에서 느껴지는 애처로운 떨림이 전해 주고 있었다.

"그럼 말해줘."

그 모든 것이 자신으로 인한 것이라는 사실에 어떤 의미로는 황홀할 정도였다.

"내가 착각하는 게 아니라고, 너도 나와 같다고 말해."

유진은 마주한 사람의 얼굴을 어루만지며 탐욕스럽게 요구했다. 당장에라도 울 것처럼 흐려진 눈동자가 애처로웠다. 하지만 지금 여기에서 물러날 생각은 없었다.

"나는, 이런 건 생각해 본 적 없어."

마침내 가냘픈 목소리가 그의 귓가에 흘러들었다.

"그냥…… 동생으로 있으려고 했어. 내가 어떤 마음을 가지고 있는지 말할 생각도 없었어. 모든 걸 다 알고 만약 오빠가 더 이상 나를 볼 수 없다고 하면 견딜 수 없을 것 같아서…… 그런데 같은 마음이라고? 나 혼자만 가지고 있던 마음이 아니라고?"

파르라니 떨리는 입술에서 새어 나온 말이 몹시 달면서도 썼다. 유진은 어쩌면 그들의 마음이 동일하다 해도 하리가 그를 거부할지도 모른다고 생각했다. 지금까지의 관계를 깨뜨리는 것에 두려움이 없을 리 만무했으니. 물론 설령 그렇다 해도 그녀를 놔준다는 것은 그의 선택지에 없었다.

"하리, 나는 매일 너한테 애원하고 싶었어."

그리고 그녀라면, 매달리는 그를 버리지 못할 것이 분명했으니까.

"제발 나를 봐 달라고. 그리고 내 옆에 있어 달라고."

비겁하다고, 치사하다고 욕하려면 얼마든지 해도 좋았다. 이 이상으로 얼마든지 나쁜 사람이 되어도 괜찮았다.

"그리고 제발……."

그렇게 해서 그녀가 그의 곁에 있어준다면.

"나를 사랑해 달라고."

그 순간 하리는 훅 숨을 들이마셨다. 거듭 귓가에 고이는 갈구하는 듯한 속삭임에 어쩐지 눈앞이 아득해졌다.

"늘 그렇게 네게 말하고 싶었어."

지금 이 상황이 지극히 비현실적이었다. 유진을 만나기 전까지만 해도 혼란과 불안 속에 잠식되어 가고 있었는데, 지금은 다른 감정으로 가슴이 꽉 차서 당장에라도 터질 것 같았다. 그녀에게 '사랑해 달라'고 말했다. 다른 누구도 아닌 그녀에게, 사랑해 달라고…….

"……내가 좋아?"

하리는 떨리는 입술을 열어 아직까지도 그녀의 앞에 무릎 꿇고 있는 사람을 향해 물었다.

"네가 아니면 안 돼."

유진은 그녀를 기다리게 하지 않고 한 치의 주저함도 없이 답했다. 마치 세상에 존재하는 답이 오직 그것 하나뿐이라는 것처럼.

"날 사랑해?"

유진의 얼굴이 창밖에서 새어 드는 빛에 물들어 있었다. 고요한 공기 속에 오직 그의 목소리만이 선명히 다가들었다.

"아주 오래전부터, 세상 누구보다 사랑해."

유진은 맞잡은 손에 얼굴을 묻었다. 처음으로 소리 내 말한 진심에 목이 멨다. 우스울 정도로 흔해 빠진 상투적인 고백이었다. 하지만 한심하게도 다른 멋들어진 말 같은 건 조금도 생각나지 않았다.

"그래, 널 사랑해."

그저 제 감정에 취해, 또 지금 마주한 사람을 향한 이 속수무책의 감정에 집어삼켜져 몇 번이나 같은 말을 속삭이는 것밖에 할 수 없었다.

"사랑하고 있어."

한 마디, 한 마디를 내뱉을 때마다 그 말이 마법이라도 된 것처럼 이 순간 눈앞에 있는 사람을 향한 마음이 점점 더 깊어지는 것 같았다.

"하리."

이미 이보다 더 원하고 갈망할 수는 없다고 생각했는데, 멍청한 착각이었다. 이 감정에는 끝이 없다는 것을 바보같이 모르고 있었다.

"나는 아마도 지금 네게 이 말을 하기 위해 오늘까지 살아왔던 것 같아."

사랑에 빠진 남자의 얼빠진 몽상이라 해도 상관없었다. 아마도 그는 오늘 그녀에게 이 말을 전하기 위해 지금껏 그 기나긴 시간을 달려왔던 것이라고, 진심으로 그런 생각이 들었다. 잠시 후 그의 손에서 빠져나간 온기가 곧이어 그의 뺨 위를 맴돌았다. 그 따스함에 이끌려 유진은 고개를 들었다.

"나를 사랑한다고……?"

자그마한 목소리가 그의 귓가에서 아른거렸다. 방금 전 그가 했던 말을 되뇌듯 소리 내 읊조리는 것일 뿐, 다시금 확인하려 묻는 것이 아니었다. 물론 설령 그렇다 해도 그는 몇 번이고 다시 말해줄 수 있었지만.

"지금 내가 꿈을 꾸고 있어?"

"아니."

유진은 손을 들어 자신의 뺨을 감싼 그녀의 손을 덮었다.

"내 옆에 있어줘."

맞닿은 곳을 통해 전해져 오는 온기가 그를 충만하게 했다.

"다른 건 아무것도 생각하지 말고."

이 손을 앞으로도 계속 붙잡을 수만 있다면, 그리고 이 사람을 계속 품에 안을 수만 있다면, 그가 가진 다른 무엇이든 기꺼이 내줄 수 있을 것 같았다.

"네가 싫다고 해도 놔주지 않을 거야."

이대로 세상이 멈춘다 해도 행복할 것이 분명했다. 이대로 지옥에 떨어져도 좋았다. 그곳이 어디라 해도 분명 지금의 그에게는 낙원이 될 테니.

하리는 은은한 빛무리가 어린 눈동자로 말없이 그를 바라보았다. 가냘픈 숨소리가 정적 속에 부서졌다. 곧 보드라운 손길이 유진의 손에서 벗어나 그의 이마와 뺨 언저리를 느리게 스치다가…… 이윽고 먼저 다가와 그의 목을 감쌌다. 달큼한 향기가 어지럽게 밀려들었다. 유진은 천천히 팔을 올려 그녀를 마주 끌어안았다. 등을 바싹 잡아당기고 머리카락 사이에 얼굴을 묻자 한결 더 짙어진 향기에 머리가 어지러웠다. 밀착한 몸에서 누구의 것인지 모를 심장 뛰는 소리가 울렸다.

"그래…… 놓지 마."

귓가에 번지는 자그마한 목소리가 꿈결처럼 아득했다. 어쩌면 이것은 이미 그의 꿈속인지도 몰랐다. 그렇다면 영원히 깨지 않았으면 좋겠다. 귓가에 울리는 심장 소리를 들으며 진심으로 그렇게 생각했다.

"날 놓지 마."

시야에 번지는 빛과 어둠의 경계 속에서 그렇게 두 사람은 한참 동안이나 서로를 끌어안고 있었다. 세상에 존재하는 게 오직 단둘뿐인 것처럼. 그것만으로도 충분하던 밤이었다.

제19장

사랑, 저주 혹은 축복

"어서 오세요, 하리 양."

"오랜만이네요, 렐리아."

간만에 찾은 퀸 아라벨라의 의상실에서 나는 주인인 마담 렐리아와 인사했다.

"오늘은 혼자 방문해 주셨네요."

"네, 루이제는 다른 약속이 있어서요."

"다른 공자님을 뵌 지도 오래된 것 같아요."

그녀가 호호 웃으며 덧붙인 말에 나는 약간 애매하게 웃었다.

"하긴 원래 숙녀분들의 의상실에 함께 방문하는 남성분이 굉장히 드물긴 하죠. 에른스트의 공자님들은 여러모로 특별하신 것 같아요."

'특별'이 아니라 '특이'하다고 말하고 싶은 게 아닙니까? 그녀의 말처럼 카벨과 에리히가 몇 번인가 의상실에 따라왔던 적이 있었다. 물론 그때마다 지루함을 감추지 못하고 몸을 배배 꼬거나 혼이 빠져나간 얼굴을 하고 있기는 했지만 말이다. 그럴 거면 뭐하러 굳이 의상실까지 나를 따라오는지 궁금했으나 그들은 내가 납득할 만한 대답을 해주지 않았다. 아니, 물론 카벨은 지난 생에도 직접 내 웨딩드레스를 골라 줬던 전적이 있지만 말이지. 나는 혼자서 고개를 절레절레 저으며 안쪽으로 마련된 방으로 향했다.

"아, 벨론티아 양. 지금 돌아가시나요?"

그러다 막 방 안에서 나오던 사람과 마주치고 말았다. 함께 걷던 마담 렐리아가 눈앞에 있는 사람을 향해 웃으며 다가갔다. 오랜만에 만나는 로자벨라 벨론티아였다. 그녀도 나를 본 직후 자리에서 걸음을 멈추었다. 다이스와의 약혼 발표 이후 한동안 저택 밖으로 모습을 드러내지 않은 것으로 알고 있는데, 오늘은 오랜만에 외출한 모양이었다.

그런데 예전 같으면 시선이 마주치자마자 내게 다가오거나 인사를 건넸을 로자벨라가 지금은 가만히 나를 바라보고만 있었다. 나는 그녀가 그러는 이유를 어쩐지 알 것 같았다. 그래서 이번에는 내가 먼저 웃으며 로자벨라를 향해 걸음을 옮겼다.

"로자벨라 양, 오랜만에 뵙네요. 그동안 잘 지내셨나요?"

역시 예상대로 내가 먼저 인사를 건네자 로자벨라의 표정이 미묘하게 달라졌다. 지극히 작은 차이였지만 나는 그녀의 분위기가 방금 전보다 덜 딱딱해졌다는 사실을 알 수 있었다.

"하리, 반가워요. 염려해 주신 덕분에 저는 잘 지냈답니다."

세간에는 역시 우려하던 소문을 속닥거리는 사람들이 있었다. 유진과 파혼하고 얼마 지나지 않아 곧바로 약혼 발표를 한 황손 다이스와 로자벨라를 둘러싼 소문이었다. 그것을 의식해서인지 로자벨라는 내가 그녀를 전과 다른 태도로 대할까 봐 염려했던 것 같았다.

"늦었지만 약혼 축하드려요. 다이스 전하께는 일전에 만나 뵙고 말씀드렸지만 로자벨라 양께도 직접 축하드린다고 전하고 싶었어요."

"고마워요, 하리."

"다음에 언제 한번 따로 이야기 나눌 기회가 되면 좋겠네요."
"저도 바라는 일이에요. 다음에 벨론티아로 영애를 초대할게요."
사실 지난번 황성에서의 만남 이후 처음 보는 것이었기 때문에 다시 만나면 어색하지 않을까 하는 걱정이 있었다. 하지만 아무래도 그것은 괜한 기우였던 듯했다. 로자벨라와 나는 웃는 얼굴로 짧은 대화를 나눈 뒤 나중을 기약하며 헤어졌다.

"다음 주 중에 로자벨라 양하고 만나기로 했어."
내 말에 유진의 시선이 나한테 미끄러졌다. 그의 눈동자에 담긴 무언의 질문에 나는 대답해 주었다.
"지난번에 방문했던 의상실에서 만났거든."
"그런 말 안 했잖아."
유진의 눈매가 슬쩍 찌푸려졌다. 딱히 반대하거나 하는 느낌은 아니었고, 유진은 그냥 나에 대해 자신이 모르는 일이 있다는 사실이 마음에 들지 않는 눈치였다. 나는 그런 그를 향해 장난스럽게 웃었다.
"에단이 없을 때의 일이라 몰랐지?"
"역시 휴일 같은 거, 주는 게 아니었어."
나지막하게 읊조리는 혼잣말이 진짜 영락없는 악덕 고용주 같았다.
평소 에단이 내 일상을 유진에게 보고하는 것쯤은 나도 얼추 알고 있었다. 그것이 감시의 의미가 아니라는 사실도 알기 때문에 지금까지 나도 묵인했던 일이기도 했다. 어쨌든, 다음에는 다른 사람들이 보는 앞에서 로자벨라와 전과 변함없는 모습을 보이게 되면 더 좋을 것 같았다. 그들의 저급한 기대대로 에른스트와 벨론티아가 척을 지는 일은 없다는 것을 한 번쯤 알려 줄 필요도 있었고. 황실과 에른스트, 그리고 벨론티아는 그렇지 않아도 전부터 관심을 집중 받아 구설에 오르기 쉬운 입장이었으니까.

나는 협탁 위에 있는 화병에 꽃을 꽂다 말고 소파에 앉은 유진을 돌아보았다. 그는 오전에 잠시 황궁에 들렀다가 금방 돌아와 나와 함께 에른스트의 저택에 머물러 있었다. 물론 그렇다고 놀고 있는 건 아니라 지금도 손에 서류로 보이는 종이를 들고 있었지만 말이다. 유진을 방해하고 싶지 않았으나 내 마음속의 욕심이 이겼다. 나는 조용히 유진이 있는 곳으로 다가가 뒤에서 그에게 손을 뻗었다.

내 인기척을 느낀 그가 고개를 옆으로 돌렸지만 내 팔이 그의 목에 둘리는 것이 더 빨랐다. 앞으로 흘러내린 머리카락이 유진의 어깨 위로 굽이치며 떨어졌다. 유진이 이렇게 내 손안에 있다는 사실이 어쩐지 이상했다. 사실은 얼마 전에 있었던 일이 아직도 종종 꿈이나 환상처럼 느껴질 때가 있었다. 바람 소리 같은 얕은 웃음이 귓가에 부스러졌다.

"왜 뒤에서?"

"얼굴을 보면…… 부끄러우니까."

물론 먼저 뒤에서 끌어안아 놓고 할 소리가 아닌 것 같기도 했지만. 말해놓고 보니 오히려 더 쑥스러워져서 나는 유진의 목덜미에 얼굴을 파묻었다.

"이리 와."

그가 내 팔 위로 손을 올리며 나직하게 속삭였다. 안 되는데. 지금 눈을 마주하면 더 부끄러워질 게 분명해.

"하리."

하지만 유진이 재촉하듯 내 이름을 부르기까지 하자 더는 버텨 낼 재간이 없어지고 말았다. 나도 이미 알고 있었지만 유진을 향한 내 방어벽은 너무나 허술했다. 결국 나는 끄응 신음하며 유진의 목을 안고 있던 팔을 풀고 걸음을 옮겼다. 그리고 그의 얼굴을 마주하자마자 곧바로 내 선택을 후회했다.

"아니야, 아무래도 난 그만 나가 봐야겠……."

하지만 도망갈 준비를 하자마자 유진에게 붙잡혀서 끌려가고 말았다. 정신을 차려 보니, 예전에 그랬듯이 어느덧 나는 유진의 무릎 위에 앉아 있었다. 아주 가까이에서 쏟아지는 시선에 나도 모르게 손을 들어 얼굴을 가렸다.

"얼굴 보여 줘."

그러나 이번에도 여지없이 그가 내 손을 붙잡아 내렸다.

"이런 거, 아직 적응이 안 돼."

나는 유진의 시선을 피하면서 원망스럽게 중얼거렸다. 그러자 그가 아까 그랬듯 후후, 옅은 웃음을 흘렸다.

"아마 금방 익숙해질걸."

시간이 약이라는 말을 하는 건지, 아니면 내가 익숙해질 때까지 이러겠다는 건지 도무지 알 수가 없는 말이었다.

털썩. 응? 그런데 갑자기 등 뒤에 푹신한 무언가가 닿는 느낌이 들었다. 한순간 무슨 일이 벌어진 것인지 이해하지 못했지만 곧 내가 소파 위에 눕혀졌다는 사실을 깨달았다. 당연한 말이지만 내 위에는 유진이 있었다. 그와 눈이 마주치는 순간 나는 흠칫하며 굳었다.

"자, 잠깐만."

내 옆으로 유진의 팔이 버티고 있어서 옴짝달싹할 수가 없었다. 그 상태로 그의 얼굴이 다가와 나도 모르게 손을 올려 가로막고 말았다.

"앗."

하지만 뒤이어 손가락을 아프지 않게 깨물려 깜짝 놀랐다. 정면에서 내려다보는 눈동자에 나는 순간적으로 할 말을 잃어버렸다. 내가 놀란 걸 알았는지, 유진이 내 손을 붙잡아 내린 뒤 이번에는 내 얼굴로 천천히 손길을 옮겼다.

부드럽게 얼굴을 어루만지던 손이 귀에 닿아서 내가 움찔하자, 이마 위로 그의 입술이 떨어졌다. 아마도 발그스름하게 물들었을 뺨에도 따스한 온기가 내려앉았다. 그리고 다시 한번 짧게 시선이 마주친 직후 느리게 입술이 겹쳐졌다. 아주 다정하고 상냥한 입맞춤이었다. 잡아먹히기라도 할까 봐 무서웠던 처음과 달리. 물론 미친 듯이 뛰어 대는 내 심장은 여전했지만.

그러던 어느 순간 스륵, 무언가가 풀어지는 느낌이 들더니 목 부근이 허전해졌다. 처음에는 이유를 몰랐지만 잠시 후 유진이 고개를 들고 나서, 그가 내 옷의 목 부분을 여미고 있던 리본을 풀었다는 사실을 깨달았다. 유진의 손이 겉으로 드러난 내 목덜미를 쓸었다.

"거의 지워졌네."

오늘 아침에 나도 확인했던 자국을 말하는 것이 분명했다. 연회가 있던 밤에 유진이 마치 낙인을 찍듯 내게 남겼던 붉은 흔적. 나는 피부 위를 훑는 움직임을 느끼며 그를 올려다보았다. 그러다 나도 천천히 손을 들어 올렸다. 얼굴에 닿는 손길을 느낀 유진이 시선을 움직여 나를 마주했다.

사실 눈앞에 있는 사람을 만지고 싶은 것은 나도 마찬가지였다. 물론 이런 말, 어쩐지 창피해서 입 밖으로 내지는 못 했지만. 나는 도대체 언제부터 유진에게 내 마음을 들켰던 것인지 아직도 알 수가 없었다. 아니…… 하지만 어쩌면 그에게 완벽히 숨기는 것은 애초에 불가능했던 일인지도 모르겠다. 그야, 언제나 목 끝까지 가득 차올라 한 걸음만 잘못 옮겨도 그 안에 담긴 것이 모조리 흘러넘칠 것만 같던 나날이 아니던가. 그런데 아무리 손을 뻗어도 닿지 않을 것 같던 사람이 지금 이렇게 얌전히 내 손길을 받고 있는 것이 신기했다. 이런 내 마음을 아는지, 유진은 내가 그의 얼굴을 양껏 만지게 그냥 내버려 두었다.

"있잖아."

그래서 나는 원하는 만큼 실컷 유진을 만질 수 있었다.

"사랑해, 아주 많이."

지금 이것이 현실이라는 확신이 어느 정도 내 안에 뿌리내렸을 무렵, 나는 그를 향해 속삭였다. 사실은 나도 유진과 마찬가지였다. 나 역시 그에게 같은 말을 하기 위해 긴 시간을 기다려 왔던 것 같다는 생각이 들었다.

이 사람을 행복하게 해주고 싶다. 이 사람이 옆에 있어준다면, 분명 나도 행복할 거야. 그리고 내 말을 들은 유진이 그 어느 때보다 벅찬 얼굴로 나를 꽉 안아주었기 때문에 내 예상대로 나는 아주 쉽게 행복해질 수 있었다.

"하리, 와 줘서 고마워요."

"저야말로 초대해 주셔서 고마워요, 로자벨라."

며칠 후 나는 로자벨라의 초대를 받아 벨론티아의 저택에 방문했다. 우리가 응접실에 자리 잡자마자 하녀들이 다가와 차를 내주었다. 테이블 위의 수반에는 달리아와 수국이 장식되어 있었다.

"그동안 잘 지내셨어요?"

나는 로자벨라를 향해 물었다. 기분 탓일까? 지난번에 짧게 마주쳤을 때는 그런 생각을 하지 못했는데, 어쩐지 로자벨라를 둘러싼 분위기 같은 것이 묘하게 전보다 편안해진 것 같았다. 그렇다 해서 나를 대하는 격식이 전보다 덜하다는 것은 아니었고, 그저 은연중에 풍기는 느낌 같은 것이 그랬다.

"나쁘지 않았어요. 하리는요?"

"저도 잘 지냈어요."

우리는 간단한 인사를 나눈 뒤 찻잔을 들어 올렸다. 잠시 후 찻물로 목을 축인 로자벨라가 지나가듯이 내게 물었다.

"그 사람은 어때요? 보나 마나 잘 지내겠죠?"

그녀가 말하는 사람은 두말할 필요도 없이 유진일 것이었다. 약혼한 동안에도 그랬지만 파혼 이후에도 서로와 연락을 주고받거나 하는 일이 없던 두 사람이었다. 그래서 로자벨라는 유진의 근황이 궁금한 모양이었다. 하지만 내가 대답하기도 전에 로자벨라의 목소리가 이어졌다.

"애초에 우리는 겉으로 보이는 것 이상의 관계가 있던 사람들도 아니니까 아마 잘 지내고 있겠죠. 알아요. 알지만 그냥 한 번 물어본 거예요."

방금 전의 질문에 아무런 의미도 없었던 듯한 담백한 말투였다. 애초에 내 대답을 듣고자 했던 것이 아닌 듯, 로자벨라는 그렇게 자문자답한 뒤 옅게 웃었다. 나도 그녀를 따라 차를 한 모금 마신 뒤 입을 열었다.

"다이스 전하께서 로자벨라 양의 근황을 궁금해하세요."

"어차피 소식을 다 전해 듣고 있을 거면서 뭐하러 그런 걸 궁금해하는 걸까요?"

쿨럭. 아무래도 로자벨라와 다이스 사이의 골이 깊은 모양이었다. 대번에 이렇게 냉소적으로 말하는 걸 보니. 게다가 다이스가 이미 로자벨라의 근황을 여러 방법으로 전해 듣고 있는 걸 알고 있었구나.

"그…… 지난번에 문전박대를 하셨다고……."

나는 이틀 전 만난 다이스가 하늘이 무너진 듯 좌절하며 내게 말했던 내용을 떠올렸다. 솔직히 처음 그 말을 들었을 때는 정말 놀랐었다. 우아한 귀족 영애의 표본과도 같은 로자벨라가 약혼자를 가차 없이 문전박대하다니. 그것도 황손인 다이스를.

"네, 얼굴을 보기 싫더라고요."

그녀는 깔끔하게 인정했다. 그런 로자벨라를 보고 나는 등 뒤에서 식은땀이 삐질 나는 것을 느꼈다. 그, 그동안 미처 몰랐는데 이 언니, 화나니까 좀 무섭네. 생각보다 칼 같은 구석이 있고…… 앞으로 나도 화나게 만들지 않도록 조심해야겠다. 물론 로자벨라가 다이스에게 화가 난 이유는 백번 이해하고도 남았다. 나는 이어지는 그녀의 말에 공감하며 고개를 주억거렸다.

"애당초 상의도 없이 약혼 발표를 하는 게 말이 되나요? 물론 약혼 수락을 한 건 사실이지만, 그렇다고 해서 그 말이 지금 당장 공공연하게 그 사실을 밝히자는 의미는 아니잖아요."

"물론 그건 그렇죠. 로자벨라 양이 다이스 전하께 서운하실 만해요."

"이럴 줄 알았으면 그냥 약혼 같은 건 하지 말 걸 그랬어요. 알고 보니 제멋대로에, 아이 같은 면도 있고. 물론 그런 점이 순수해 보이기도 하지만……."

로자벨라는 그 후 다이스에 대한 불만인지 칭찬인지 아리송한 말들을 좀 더 늘어놓았다. 나는 그런 그녀의 얼굴을 보다가 이윽고 미소를 지었다.

"그래도 좋아하시죠?"

다이스에 대해 투덜거리는 로자벨라의 얼굴은 불행해 보이지 않았다. 지난가을, 앞으로 시작될 자신의 결혼 생활에 대해 말하며 어렴풋한 허탈감 같은 것을 드러내던 때와는 달리. 유진과 자신의 사이에 신뢰와 존중 외에는 아무런 사적인 감정도 존재하지 않는다고 무미건조하게 말했던 것과는 상반되게도, 지금의 그녀는 다이스를 향해 꽤 다채로운 감정을 드러내고 있었다. 로자벨라는 내 말에 잠시 동안 입을 다물었다.

"아무리 생각해도 저주에 걸린 것 같아요."

이내 그녀가 작은 한숨을 내쉬며 읊조렸다.

"동화책에서 보면 사랑에 빠지는 순간을 축복에 걸리기라도 한 것처럼 묘사하지만, 제가 생각했을 때 그건 저주예요."

하지만 이어지는 말에 나는 어쩔 수 없이 웃을 수밖에 없었다.

"그렇지 않고서야, 상대방의 단점인 것이 분명한 부분들까지 모조리 장점으로 탈바꿈한 것처럼 느껴질 리가 있느냐는 말이에요."

그렇게 말하는 로자벨라 역시 찡그린 얼굴로 어딘가 허무하다는 듯이 웃고 있었다. 그녀의 그런 얼굴은 처음 보는 것이었지만, 내 눈에는 지금의 그녀가 훨씬 좋아 보였다.

"아마 다른 사람이 내게 이런 무례한 짓을 했으면…… 그건 최소 10년은 얼굴을 보지 않을 만한 일이죠."

다이스의 한결같은 순정이 로자벨라를 이렇게 만든 것일까? 조금 전 로자벨라를 처음 보았을 때, 그녀에게서 풍기는 분위기가 전보다 편안해졌다고 느껴진 이유를 어쩐지 알 것 같았다.

"하지만 결국 나는 얼마 안 가서 너무 쉽게 그 사람을 용서해 주고 말 테니까. 그러니 지금은 어디 한 번 속 좀 끓여 보라고 해요."

사랑이 저주라고 했던 말과는 달리, 지금의 그녀는 조금도 불행해 보이지 않았다. 언제부터 다이스에게 마음이 향했던 것인지는 몰라도, 로자벨라의 얼굴이 지금까지 중에 가장 밝아 보여 나도 기뻤다.

"오늘 즐거웠어요."

"저도요."

시간이 지나 우리는 자리에서 일어났다. 저택을 나서는 나를 로자벨라가 직접 배웅해 주었다.

"가끔 찾아와 줘요. 앞으로도 한동안은 저택에 있을 예정이니까요."

"언제든 초대해 주시면 기쁠 거예요."

나는 그녀의 청을 기꺼이 수락한 뒤 벨론티아의 저택을 떠났다.

"어땠어?"

"뭐가요?"

"뭐긴 뭐야, 로자벨라 말이야!"

나는 다이스를 앞에 두고 측은한 눈빛을 띠고 말았다. 다이스는 내가 그의 궁에 도착하자마자 안에서 뛰쳐나와 이렇게 나를 닦달하고 있었다. 주위에 있는 시종장과 궁인들, 또 기사들이 그런 다이스를 보다가 슬그머니 시선을 회피했다. 그들도 제 주인의 체통 없는 모습이 꽤 민망한 눈치였다.

"아직도 나한테 화가 많이 난 것 같아?"

이 사람…… 원래는 좀 더 대범하고 자신감 넘치는 사람이었던 것 같은데, 로자벨라가 얽히니까 이렇게 되네. 하긴, 원래도 로자벨라에 관한 일에서는 좀 사람이 허술해지곤 했었지. 아니, 그건 그렇고. 누가 들으면 꼭 내가 다이스의 첩자인 줄 알겠네! 물론 지난번에 궁에 와서 그의 푸념을 들어준 것은 맞았지만, 그렇다 해서 내가 그의 지침을 받고 벨론티아의 저택에 방문했던 것은 아니었다.

"제가 로자벨라 양을 만난 건 어떻게 아세요?"

"그 정도야 당연히 알지."

내가 눈을 가늘게 좁히며 묻자 다이스가 뻔뻔하게 대꾸했다. 나는 골치가 아파져서 이마를 짚었다. 로자벨라의 말을 듣고 짐작하긴 했지만 역시 사람을 심어 놨구먼. 물론 감시 차원은 아니겠지만. 사실 사람을 심어 놨다기보다는 벨론티아의 사용인들을 구워삶아 놨다고 말해도 될 것이다. 혹여나 로자벨라의 마음이 자신에게서 돌아설까 전전긍긍하며 그녀의 화가 풀리기를 오매불망 기다리고 있는 다이스의 모습이 눈에 훤했다.

"일단 들어가서 이야기하시죠."

"그냥 지금 걸으면서 얘기해 주면 안 되나?"

아이고, 이 사람아. 나는 속으로 탄식하며 내 옆에서 똥 마려운 강아지처럼 구는 다이스를 쳐다보았다. 아를란타 전 백성의 사랑을 받는 황손 다이스가 이렇게 모양 빠지는 모습을 보이다니. 크흑, 역시 사랑은 사람을 변하게 할 정도로 위대하다 그건가.

“짐작하시는 것처럼 로자벨라 양은 화가 아주 많이 났어요.”

마침내 방 안에 자리를 잡은 뒤 나는 입을 열었다. 다이스는 다과상을 들이라 명할 생각도 하지 않고 재촉하듯 내 얼굴만 빤히 응시하고 있었다. 솔직히 로자벨라의 화는 조만간 풀어질 것처럼 보였지만 나는 사실대로 말하지 않았다. 아니, 어떤 의미로 로자벨라는 이미 다이스를 용서한 것처럼 보이기도 했지. 하지만 그녀는 다이스가 좀 더 반성하기를 바라고 있었으니까.

“서, 설마 이제 내가 싫어졌대?”

그리고 다이스가 뭔가 착각하고 있는 것 같은데, 염연히 말해서 나는 다이스보다 로자벨라의 편이었다.

“로자벨라 양의 마음도 헤아려 주세요. 오죽하면 저택 앞까지 찾아오신 다이스 전하를 그대로 돌려보냈겠어요?”

다이스의 어깨가 밑으로 축 처졌다. 한순간에 비 맞은 강아지처럼 처량한 분위기를 풍기는 다이스가 조금 불쌍해 보이기도 했다.

“그래도 이번 일로 다이스 전하와의 약혼을 후회하는 정도는 아닌 것 같으니 너무 절망하지는 마시고요.”

하지만 그는 내 말에 단비를 맞은 꽃처럼 생기를 입고 활짝 피어났다. 하여간, 로자벨라에 관한 일에서만큼은 참 알기 쉬워지는 사람이었다.

“아무래도 벨론티아에 매일 선물을 보내야겠어! 로자벨라가 뭘 좋아할까? 역시 여자들은 꽃인가? 아니면 보석?”

다이스는 금세 되살아나 어디에선가 종이와 펜을 가져왔다. 그리고 로자벨라에게 보낼 선물의 목록을 작성하기 시작했다. 나는 그런 그의 모습을 보고 과연 로자벨라의 철벽같은 마음마저 움직이게 한 대단한 열정이라고 생각했다.

"그냥 이번 기회에 내 보물 창고를 통째로 다 털까?"

"뭐든 너무 과하면 좋지 않다는 말도 있잖아요, 전하."

물론 그렇다 해서 다이스의 보물 창고를 통째로 터는 건 지나쳤기 때문에 나는 그를 말리기 위해 진땀을 빼야만 했다.

"저어, 에른스트 공에게 내가 많이 고마워하고 있다고 전해 줘."

그러던 어느 순간, 다이스가 펜으로 이마를 긁적이며 약간 쑥스러운 어투로 말을 꺼냈다. 나는 그의 입에서 나온 익숙한 이름에 다이스와 함께 로자벨라의 선물을 고민하던 것을 멈추었다.

"유진 오빠에게요?"

"아마 그가 아니었으면 나는 용기 낼 생각을 하지 못했을 거야. 그럼 지금 같은 행복도 모르고 있었겠지."

그렇게 말하며 다이스는 약간은 멋쩍은 듯이 어렴풋하게 웃었다.

"영애에게도 고맙고 공에게도 고마워. 나는 전부터 에른스트의 사람들에게 도움만 받는 것 같아."

나는 다이스가 한 말을 곰곰이 생각하다가 뒤이어 귓가에 흘러든 목소리에 덩달아 작게 웃고 말았다.

"그러니 혹시 나중에 내 도움이 필요한 일이 생기면 언제든 말하라고. 난 그대들의 편이니까."

그는 퍽 호기롭게 말했다. 앞으로 무슨 일이 있어도 에른스트의 든든한 힘이 되어주겠다고 다짐이라도 하듯이. 이미 지금까지 그가 보여 준 호의 자체가 고마운 것이었는데도.

"꼭 기억해 뒀다가 말할 거예요. 그때 가서 잊으셨다고 하면 안 돼요."

"왜 이래, 난 한 입 가지고 두말하지 않는 사람이야."

나는 장난스럽게 말하는 다이스를 보며 피식 웃어버렸다.

궁 밖으로 나서자마자 강렬한 직사광선이 머리 위로 내리쬐였다.

"오늘은 날씨가 좀 덥네요."

"양산을 들어드릴까요?"

요즘 들어 에단이 전에 비해 나한테 한 발짝 더 가까이 다가온 느낌이었다. 역시 지난번 라벤더 코르디스와의 일이 있고 난 후부터인가. 지금도 한 치의 주저함도 없이 내 양산을 들어주겠다고 말하고 있고. 사실 자신의 호위 기사에게 양산을 들게 하는 귀부인들이 하나도 없는 것은 아니었지만, 그런 것을 수치로 여기는 사람들도 있었기 때문에 에단의 말은 퍽 의외였다. 게다가 그는 평소에도 고지식한 편이었기에 더욱. 이건 꼭 나를 경계하던 야생의 고양이가 슬금슬금 다가오는 것 같은 느낌이라고 해야 할지.

"햇볕이 강해서 경도 더울 것 같은데 그러지 말고 같이 쓸래요?"

"전 괜찮습니다."

내 권유에 에단이 흠칫하며 곧바로 거절했다. 아니, 왜 그렇게까지 정색하실까? 남녀가 유별한데 같이 양산을 쓰자는 말을 해서 그런가? 하지만 뭐 어때서. 호위 기사가 더워 보이면 양산 좀 같이 쓸 수도 있고, 그런 거지. 그래도 에단이 너무 칼같이 단호하게 거절해서 나도 그냥 그만두었다. 같이 쓸 것도 아닌데 에단의 손에 양산을 들게 하기도 좀 그래서 그의 권유도 불발로 돌아갔다.

"앗, 카벨 오빠!"

그러다 문득 나는 카벨을 발견했다. 그는 몇몇 기사와 함께 제복을 갖춰 입고 내 맞은편에서 걸어오고 있었다. 기사단은 하루 종일 연무장에만 틀어박혀 있어서 직접 찾아가지 않는 한 지금처럼 우연히 마주치기란 하늘의 별 따기 같았는데, 오늘은 어쩐 일이지? 그나저나 우리 둘째, 저렇게 차려입고 걸으니까 각이 사는구나. 저런 걸 보면 가끔 카벨을 두고 멋지다고 하는 영애들이 이해가 되기도 했다.

"앗, 하리……!"

내 부름에 카벨이 나를 돌아보았다. 그의 옆에 있던 기사들도 나를 향해 고개를 돌리며 두 눈을 동그랗게 떴다. 그런데 카벨이 다음 순간 그들을 돌아보더니 무어라 말하는 것 같았다. 그런데 도대체 무슨 말을 하는 거지? 왜 다른 기사들이 갑자기 사색이 되어서 자리를 떠나는 거야? 그러고 나서야 카벨은 나를 향해 부리나케 달려왔다.

"내가 우리 기사단에 오지 말라고 했잖아?!"

"여기 기사단 아닌데?"

여기가 너희 기사단으로 보이니? 내 말을 들은 카벨이 그제야 깨달았다는 듯 흠칫했다.

"난 그냥 지나가는 길이었어. 우연히 마주친 것까지 내가 어쩔 수 있는 건 아니잖아?"

그는 지난번부터 이유도 말해주지 않고 자신의 기사단에 내가 방문하는 걸 기피하고 있었다. 그러면서 지금의 기사단은 영 수질이 좋지 않으니 자기가 깨끗이 물갈이를 한 뒤 나를 데려오겠다나, 뭐라나.

"왜 그래, 좀 서운한데? 나 안 반가워? 난 오빠 봐서 좋은데."

사실 카벨이 생각하고 있을 법한 게 뭔지, 어쩐지 알 것 같기도 했다. 그래서 나는 그냥 혀를 쯧쯧 차며 열심히 하라고 그의 등을 다독여 주었다. 그러자 금세 헤벌쭉해지는 얼굴이 볼만했었다. 지금도 내가 슬쩍 던진 말에 카벨의 입꼬리가 부들거렸다. 좋아하는 것이 만면에 드러나 보이는데 안 그런 척 무게를 잡는 모습이 나름대로 귀여웠다.

"그으래? 날 만난 게 그렇게 좋단 말이지? 얼마만큼 좋은데?"

짜식, 그런 걸 꼭 그렇게 입으로 확인해야겠냐?

"당연히 엄청 많이 좋지!"

그래도 일단은 장단을 맞춰 대답해 주었다. 그러자 카벨이 흐흥, 콧소리를 내며 '그럴 줄 알았다'는 듯이 뿌듯해했다. 그러다 문득 그의 시선이 내 뒤에 서 있는 에단에게 가 닿았다.

"읏……."

그 직후 어째서인지 카벨의 얼굴이 종잇장처럼 구겨졌다. 나는 카벨의 손가락이 뒤이어 에단을 삿대질하는 것을 의아하게 바라보았다.

"에단 비숍! 난 지난번에 댁한테 진 게 아니야! 어쩌다 한 번 운 좋게 이긴 것 같은 모양새가 되었다고 우쭐하지 마! 알았어?!"

나는 고개를 갸웃거리며 으르렁거리는 카벨을 보다가 에단을 향해 고개를 돌렸다.

"둘이 대련한 적 있었어요?"

내 물음에 에단이 무표정한 얼굴로 고개를 끄덕였다.

"지난번부터 고집을 꺾지 않으시기에 한 번 상대해 드린 적이 있습니다."

억, 그렇구나. 카벨이 전부터 에단하고 겨뤄 보고 싶다며 벼르더니 결국 성공했구나. 그런데 졌구먼, 졌어. 나는 바싹 약이 올라 보이는 카벨의 얼굴을 보며 속으로 혀를 차다가 문득 생각난 것을 그에게 물었다.

"그러고 보니까 오빠, 지금 어디 가는 길 아니었어?"

그런데 이어지는 카벨의 대답이 참으로 대책 없었다.

"임무 보고 때문에 기사 단장한테 가는 중이었는데 다른 놈들 보냈으니까 괜찮아!"

뭐? 괜찮긴 뭐가 괜찮아?!

"뭐야, 그럼 빨리 가 봐야지! 임무 보고라면 오빠도 직접 가서 해야 하는 거잖아?"

모르긴 몰라도 기사단장에게 직접 보고하는 일인데 이렇게 동료 기사들만 보내면 안 되는 거 아닌가? 직접 가서 얼굴 도장도 찍고 그래야지!

"빨리 가, 빨리!"

카벨은 나한테 쫓겨나면서도 찡찡거렸다. 하지만 그래도 정말 말처럼 직접 얼굴을 보이지 않아도 되는 일은 아닌지, 결국은 하는 수 없다는 듯 자리에서 발길을 뗐다.

"그럼 나 갈게! 내가 보고 싶어도 조금만 참아!"

알았으니까 빨리 가라, 이놈아! 역시 방금 전까지는 그냥 만용을 부렸던 것인 듯, 카벨은 엉덩이에 불이 붙은 것처럼 전속력으로 달려갔다. 그러면서도 나한테 저런 황당한 인사를 남기는 것을 잊지 않았다. 언제나 그렇듯 카벨이 떠난 자리는 급격히 조용해졌다.

"그만 가시죠, 아가씨."

"네, 가요."

아이구, 둘째만 상대하면 기운이 쭉쭉 빠지는 것 같다니까? 나는 점이 되어 가는 카벨의 뒷모습을 보다가 고개를 절레절레 저으며 에단과 함께 자리를 떠났다.

제19.5장

그 남자들과 그 여자들

"요즘 너무 놀기만 하는 거 아니야?"

싱그러운 녹빛이 시야 가득 이지러지는 화창한 날이었다. 유진과 하리는 함께 에른스트 저택 내의 정원을 거닐고 있었다.

"로웬그린 씨가 화나서 쫓아오면 어떡하려고 그래?"

과연 하리의 말처럼 근래의 유진은 불과 얼마 전까지만 해도 일벌레처럼 굴었던 과거가 아예 없는 것처럼 한가로운 날들을 보내고 있었다. 하리가 장난스럽게 웃으며 하는 말에 유진이 고개를 비스듬히 기울이며 담담히 대꾸했다.

"요즘은 할 일이 별로 없어서 한가한 것뿐이야. 얼마 전까지만 해도 밀린 일을 처리하느라 바빴으니 그만 쉴 때도 되었지."

하지만 물론 현실은 그의 말과 달랐다. 지금쯤 서류의 산에 파묻혀 그를 원망하고 있을 로웬그린의 모습이 눈에 훤했다.

"하긴, 얼마 전까지 오빠가 많이 바쁘긴 했어."

물론 그런 것을 모르는 하리는 그의 말에 고개를 끄덕이며 예쁘게 웃었다. 유진은 그런 그녀의 손을 조금 더 세게 힘주어 붙잡았다. 지금처럼 하리와 함께 보내는 시간이 더없이 소중했다. 그저 바라만 보고 있어도, 이렇게 손만 붙잡고 있어도 마음 한구석이 풍선처럼 크게 부풀어 올라 저 하늘로 둥실 떠오를 것 같았다.

"있잖아."

잠시 후, 그와 나란히 서서 정원을 걷던 하리가 살며시 그를 올려다보며 입을 열었다.

"오빠가 다이스 전하와 로자벨라 양을 도와줬어?"

유진은 그녀가 다이스에게 무슨 말인가를 들었다는 사실을 어렵지 않게 간파했다. 하지만 당사자인 다이스조차 모르는 유진의 속내를 하리가 알 리도 만무했다.

"서로 좋아하는데 모르고 있으니까 도와줬구나."

역시 그녀는 대답이 없는 유진을 보고 알아서 오해했다. 그 생각이 너무 순진해서 웃음이 나올 정도였다. 하리는 이미 유진이 다이스의 마음을 아는 시점에서 로자벨라와 약혼했던 사실도 모르고 있었다. 또 그 둘의 마음을 유진이 자기 좋을 대로 이용했다는 것도, 그리고 애초에 쓸모가 없었다면 그들의 마음 따위는 그에게 있어 하등의 의미도 가치도 없었다는 사실조차 모르고 있었다. 그렇다면 굳이 알려 줄 필요가 없었다. 지금도 그를 향해 웃어 보이고 있는 하리의 모습이 몹시도 사랑스러웠으니까.

"그것 봐. 아닌 척하면서 착한 일은 혼자 다 하고."

그녀는 마치 유진이 자랑스러운 것처럼, 또 유진이 한 일을 칭찬해 주고 싶은 것처럼 어딘가 뿌듯해 보이는 얼굴로 그의 머리에 손을 올렸다. 하리는 이렇게 간혹 그를 애 취급하듯 머리를 쓰다듬거나 할 때가 있었다. 생각해 보면 어릴 때도 그녀는 가끔 유진의 앞에서 아이답지 않은 모습을 보여 그를 놀라게 하곤 했다.

지금 하리의 행동은 마치 그들이 함께하지 못했던 유년 시절을 보상이라도 해주려는 것 같았다. 유진은 이렇게 자신을 어린애 대하듯 구는 하리를 볼 때마다 불만이었지만…….

"응, 역시 유진 오빠야."

그래도 역시 이 미소와 손길은 좋아했기 때문에 그냥 그것을 뿌리치지 않고 가만히 서 있었다. 어디선가 불어온 바람에 사방에서 그윽한 향기가 풍겨 나왔다. 시야 가득 붉은 장미가 두드러진 존재감을 뽐내고 있었다. 하지만 유진의 눈에는 오직 단 한 사람만 비치고 있을 뿐이었다. 오직 그것만으로도 그의 세계는 완전했다.

다음 날, 하리는 전부터 교류가 있던 기데온 백작 부인의 살롱에 초대받아 그 자리에 참석했다. 그녀는 자리가 파한 후에도 기데온 부인에게 붙잡혀 장장 한 시간 동안 이야기를 나누다가 가까스로 풀려났다. 독특하게도 기데온 백작가의 정문까지 향하는 길은 하나의 거대한 화원으로 꾸며져 있었다.

"앗!"

꽃향기를 맡으며 걷던 도중에 하리는 갑자기 균형을 잃어 비틀거리고 말았다. 자리에 멈추어 서서 확인해 보니 참으로 통탄할 만하게도 구두의 한쪽 굽이 부러져 있었다.

"부축해 드릴까요, 아가씨?"

오늘은 에단 비숍의 휴일이기 때문에 대신 하리의 호위를 맡은 기사가 그녀에게 물었다. 그의 말처럼 이대로는 양발의 굽의 높이가 맞지 않아서 정문 앞에 세워진 마차까지 혼자 걷는 것이 어려울 터였다. 히지만 하리는 잠깐 입술을 오므리며 부러진 구두 굽을 불만스럽게 내려다본 뒤 대수롭지 않다는 듯 반응했다.

"괜찮아요. 그냥 반대쪽 굽도 없애죠, 뭐."

뒤에 서 있던 기사가 그 말의 의미를 미처 깨달을 새도 없이 곧바로 하리의 다리가 들어 올려졌다. 콱! 옆에 있던 디딤돌에 그녀의 구둣발이 날아가 꽂혔다.

"음? 아직 덜 됐네."

하지만 한 번으로는 부족했는지, 굽이 반쯤 떨어져 덜렁거리는 것이 보였다. 하리는 치맛자락을 붙잡고 방금 전보다 더 힘을 줘서 발을 굴렀다. 귀족 아가씨답지 않게 호쾌한 그 모습을 호위 기사가 동공을 흔들며 바라보았다.

"거기 에른스트 양 아니신가요?"

깨끗이 떨어져 나간 굽을 보고 상쾌한 기분이 되어 있던 하리는 뒤에서 들리는 소리를 듣고 눈가를 찌푸렸다. 왜냐하면 그녀에게 다가온 사람이 다름 아닌 라벤더 코르디스였기 때문이다.

"저런, 호위 기사가 바뀌었네요? 역시 패륜아 호위 기사를 옆에 데리고 다니기는 좀 그랬나 보죠?"

하리가 기데온 백작 부인에게 붙잡혀 저택에 남아 있던 것처럼, 라벤더는 그녀의 딸인 기데온 영애와 친분이 있어 담소를 나누다 나오는 길이었다. 그런데 정문으로 향하는 중에 낯익은 얼굴이 보여 말을 걸고 말았다. 하리와 그녀의 옆에 있는 호위 기사를 훑어보는 라벤더의 얼굴에 비틀린 미소가 떠올랐다.

"그나저나 방금 전의 그 꼴은 도대체 뭔가요?"

하리는 무표정한 얼굴로 마주한 사람을 향해 서늘한 시선을 보내고 있었다. 지금 이 순간 눈앞에 있는 이가 반갑지 않은 것은 둘 다 마찬가지였다.

"아무래도 영애는 예법 공부를 다시 해야겠네요. 에른스트, 더 나아가서 아를란타의 정숙한 숙녀들의 품위를 혼자서 다 갉아먹고 있다는 생각은 안 해요?"

라벤더의 입에서 가시 돋친 말이 쏟아져 나왔다. 하리 에른스트가 자신의 말에 모욕감을 느끼며 뺨을 붉히는 상상을 하는 것만으로도 앓던 이가 빠지는 기분이었다. 하지만 뒤를 이은 것은 '풋' 하는 가느다란 웃음소리였다. 라벤더가 그 소리에 눈꼬리를 추어올리자 하리가 손으로 입을 가리며 말했다.

"아, 미안해요. 영애의 말이 너무 우스워서 그만."

이어지는 그녀의 말에 라벤더는 저도 모르게 얼굴을 구기고 말았다.

"전 이까짓 일 하나로 품위 걱정을 할 만큼 제 가치를 낮은 곳에 두지 않아서요."

심지어 하리는 앞에 있는 라벤더를 위아래로 한차례 훑어본 뒤 측은한 표정을 짓기까지 했다.

"하지만 코르디스 양은…… 그래요. 하는 걸 보니 평소에 각별히 신경을 쓰면서 살아야 할 것 같네요. 어쩜 상상만 해도 피곤한 인생이기도 해라. 영애야말로 기회가 될 때 예법 공부를 처음부터 다시 하는 게 좋겠어요."

그 동정하는 듯한 눈빛에 라벤더는 폭발했다. 지금 이 천박한 계집애가 감히 누굴 저따위 눈으로 깔아 보는 거야?!

"웃기지 마, 네까짓 게 뭐라도 된 양……!"

"너야말로 네가 뭐라도 된 양 굴지 마. 넌 네가 그렇게 잘난 것 같아?"

하지만 그녀가 입을 열자마자 싸늘한 음성이 고막을 파고들었다. 라벤더는 방금 전 자신이 무슨 말을 들었는지 한순간 깨닫지 못했다.

"왜, 난 너한테 예의 격식 다 버리고 말할 수 없을 줄 알았어?"

입술을 빼끔거리는 그녀를 향해, 하리가 다시금 냉소적으로 읊조렸다.

"너 같은 걸 뭐라고 하는 줄 알아? 지랄이 풍년이다, 혹은 입으로 똥을 싸고 있다."

"뭐, 뭐?!"

천사처럼 예쁜 얼굴을 하고 그 고아한 입술로 내뱉는 말이 몹시 충격적이었다. 하지만 하리 에른스트는 그런 순간에도 성가라도 부르고 있는 것처럼 더없이 고귀해 보였다.

"네가 말할 때마다 똥내가 난다는 소리야."

"이 정신 나간 계집애가 지금 나한테 뭐라고……."

"멍청함 좀 그만 뽐내고 정신 차려. 네가 나한테 이런 식으로 굴어 봤자 아무것도 안 나와. 좀 더 똑똑하게 구는 게 어때? 내가 너라면 그냥 날 없는 사람인 셈 치고 무시하는 쪽을 택할 텐데, 내 존재감이 어지간히 큰가 봐?"

라벤더는 할 말을 잃어버렸다. 눈앞에 있는 사람에게 시원하게 욕이라도 한 바가지 퍼 주고 싶은데 지금 이 상황이 너무나도 황당해서 그런지 목구멍에서 아무런 소리도 터져 나오지 않았다. 얼굴이 시뻘겋게 달아올라 부들거리는 라벤더를 향해 하리가 마지막으로 차갑게 일갈했다.

"그런데 어쩌지. 나한테 넌 아무것도 아니거든. 그러니까 볼 때마다 이런 식으로 귀찮게 치근대지 좀 마. 너한테 낭비할 시간 없으니까."

그렇게 말한 뒤 하리는 호위 기사를 데리고 라벤더에게서 뒤돌아섰다.

"아아악!"

라벤더는 코르디스의 저택으로 돌아와 화장대 위에 있던 것들을 손으로 전부 다 쓸어버렸다. 기데온 백작가의 화원에서 하리에게 한 마디도 하지 못하고 천치처럼 당하기만 했던 게 분했다.

"사람을 잘못 보셨네요, 코르디스 양."

얼마 전 무도회에서 있었던 요하네스 바스티에와의 만남이 가열된 머릿속에 떠올랐다.

"이유가 어찌 되었든, 제가 그녀의 의사에 반하는 일을 할 리가 없잖습니까?"

그리 대단한 모의를 하자 속살거렸던 것도 아니고, 그저 하리 에른스트를 마음에 품은 요하네스 바스티에를 조금만 이용하려고 했을 뿐이었다. 하지만 그는 '하리 에른스트를 갖고 싶지 않냐'고 사탕발림을 하며 손을 잡자고 한 라벤더의 권유를 일말의 고려조차 하지 않고 거절했다.

"무슨 속셈인지는 몰라도 당신이 만약 하리에게 위해를 끼친다면 저도 가만히 있지 않겠습니다."

그러고는 그녀의 제의를 거절한 것으로도 모자라 저따위 협박까지 더했다. 그때의 일을 다시금 생각하자 머리끝까지 열이 뻗쳤다. 왜? 도대체 왜? 왜 저 계집애한테는 모든 게 다 이렇게 쉬운 거야? 하리 에른스트를 처음 만났을 때부터 자신의 안에 있던 모든 것이 하나씩 무너져 가기 시작하는 느낌이었다. 출신조차 불분명한 더러운 뒷골목의 여자애. 그런데 의상실에서 처음 만난 하리 에른스트는 두 눈을 비비고 다시 쳐다봐야 할 정도로 눈부신 모습을 자랑하고 있었다. 에른스트 부인의 죽은 딸과 닮았다는 은발과 선명한 빛을 발하는 자안을 비롯해, 그녀는 어딘가 신비롭고 묘한 아름다움을 가지고 있었다. 열여섯의 천진난만한 소녀 같다가도, 가끔은 깜짝 놀랄 정도로 어른스럽고 성숙해 보여 사람의 혼을 빼놓았다.

게다가 그녀의 온몸에 흐르는 그 품격과 우아함. 마치 태생부터 그 모든 것을 가지고 태어나기라도 한 것처럼 의연한 모습까지. 거기에 홀려 한순간 넋을 놓고 말았다는 사실에 자존심이 상했다. 그래 봤자 뒷골목에서 구르던 천한 계집이 아닌가. 그래도 어쨌거나 에른스트는 에른스트이니 친분을 쌓아 둬서 나쁠 건 없겠지. 게다가 자신은 언젠가 에른스트 공작 부인이 될 예정이었으니까. 라벤더는 유진 에른스트에게 첫눈에 마음을 빼앗겨 그를 연모하고 있었다. 장애물인 로자벨라 벨론티아가 있었지만 그래 봤자 정략적인 약혼이니 자신에게 기회가 있으리라 믿어 의심치 않았다. 그렇다면 그가 끔찍하게 아낀다는 여동생인 하리 에른스트를 제 편으로 만들어서 나쁠 것은 없으리라.

하지만 어째서인지 하리 에른스트는 로자벨라 벨론티아하고만 가까이 지내며 라벤더를 멀리했다. 그 사실이 그렇게 짜증이 나고 거슬릴 수가 없었다.

그러던 어느 날, 라벤더는 보아서는 안 될 것을 목격해 버렸다. 신년제 행사 때, 호수에 빠진 하리 에른스트를 유진이 꺼내 밖으로 데리고 나갔던 순간의 일이었다. 그때 하리 에른스트를 보는 유진의 눈빛은……. 아아, 그 눈빛을 어떻게 여동생을 보는 눈빛이라 할 수 있단 말인가! 유진은 함께 물에 빠져 있던 라벤더는 눈에 보이지도 않는 것처럼 시선 한 자락 옆으로 돌리지 않았다.

그날의 충격은 아직도 라벤더의 가슴속에 또렷이 아로새겨져 있었다. 더군다나 유진은 라벤더와 그녀의 가문에게 경고했다. 만약 두 번 다시 하리 에른스트를 건드린다면 그때는 결코 가만히 있지 않겠노라고. 그 서슬 퍼런 경고에 그녀의 아버지는 사색이 되어 도대체 무슨 짓을 저지른 것이냐고 라벤더를 닦달했다.

"절대로 못 줘. 너한테만큼은 절대로 못 줘……."

이렇게…… 이렇게 원하는데, 왜 가질 수 없는 거지? 속에서부터 끓어오르는 분한 마음에 라벤더는 입술을 짓씹었다. 자신이 가질 수 없다면 차라리 전부 다 망가뜨려 버릴 것이다. 하리 에른스트, 네가 내 것을 빼앗고 혼자 행복해지는 꼴은 절대로 못 봐.

라벤더는 짓이겨진 입술을 타고 흘러드는 비릿한 피를 느끼며 이를 악물었다. 그래. 자신에게 이런 비참함을 안겨 준 그 여자만큼은 이 손으로 직접 불행하게 만들어줄 것이었다.

제20장

좋은 사람

때때로 유진과 나는 참석을 요하는 몇몇 중요한 자리에 동행했다. 유진의 손을 붙잡고 안으로 들어설 때마다 기다렸다는 듯이 시선이 집중되었다. 당연하다면 당연한 말이었지만, 그런 그와 나를 이상한 눈으로 쳐다보는 사람은 없었다. 로자벨라와 파혼하고 나서 유진의 옆은 비어 있었기 때문에, 여동생인 내가 그 자리를 한동안 임시로 채운다고 생각하는 것 같았다. 오늘도 나는 쏟아지는 시선들을 느끼며 유진과 나란히 연회장 안을 걸었다.

"요한 오빠, 루이제."

그러다 문득 아는 사람들의 얼굴이 시야에 들어왔다. 그들도 마찬가지로 우리를 발견한 듯, 반색하며 가까이 다가왔다.

"오랜만에 뵙네요."

"그래, 오랜만이다."

요하네스가 먼저 유진에게 인사했다. 그들이 인사를 나누는 동안 나도 루이제와 반갑게 이야기를 나누었다.

"하리 언니, 보고 싶었어."

"나도. 오늘은 요한 오빠랑 둘이 같이 왔네?"

그 후 루이제가 천진난만하게 웃으며 한 말에 나는 한순간 멈칫했다.

"그러게. 오늘은 우리 둘 다 남매끼리 짝이네. 재미없게."

하지만 나는 곧 그러한 기색을 숨기고 그녀를 따라 웃어 보였다.

"오늘 연회는 다른 때보다 분위기가 차분한 것 같아."

"그렇지? 뭐, 정신 산만한 것보다는 낫긴 하지만."

그렇게 얼마간 이야기를 나누다가 우리는 바스티에의 남매와 헤어졌다. 연회장 안에서 내내 붙어 다니기에는 각자 인사를 나눌 사람들이 많았기 때문이다.

"테라스로 나갈까?"

그런데 그들과 헤어지고 얼마 지나지 않아 유진이 내게 휴식을 권해왔다. 나는 일단 그가 이끄는 대로 회장 안에서 벗어나 테라스로 향했다. 자리에 앉아 잠시 나를 물끄러미 바라보던 유진이 이내 내게로 손을 뻗었다.

"그런 얼굴을 할 거라면 날 말리는 편이 나았을 텐데."

나는 귓가에 흘러드는 잔잔한 음성에 움찔하여 반문했다.

"내 얼굴이 어때서."

"남몰래 잘못한 걸 숨기고 있는 어린애 같아."

하지만 대답을 듣고 나서는 괜히 물었다 싶어서 후회했다. 속마음을 숨기는 데에는 도가 텄다고 생각했는데, 유진은 그런 나를 꿰뚫어 보기라도 한 것 같았다. 그가 우리의 관계를 지금처럼 숨기고 싶어 하지 않는다는 것은 전부터 알고 있었다. 유진이 지금 당장 그의 뜻대로 하지 않는 것이 나를 배려해 주기 때문이라는 사실도 알았다. 그런 주제에 또 다른 사람들이 우리를 남매로 본다는 사실에 마음이 불편해지다니. 내가 생각하기에도 모순적이었다.

"무서워? 다른 사람들의 시선이."

마주한 검은 눈동자에서 나를 향한 감정이 전해져 왔다. 그것을 보는 동안 갑자기 지금까지 내 안에 존재하고 있던 망설임이 먼지가 되어 흩어졌다. 나도 참 아직 바보 같구나. 쓸데없는 생각만 많아져서는. 솔직히 나와 상관없는 타인의 시선은 별로 두렵지 않았다. 하지만 나와 관계가 있는 사람들에게 우리에 대해 이야기하는 것은 아직까지 망설여졌다. 특히 카벨과 에리히의 반응이 걱정되기도 했다.

"아니."

하지만 그렇다고 해서 유진을 불안하게 만들고 싶었던 것도 아니었다.

"무섭지 않아."

또 나는 다른 누구보다 유진을 믿었다.

"오빠가 있으니까 괜찮아."

나는 내 뺨을 감싼 그의 손을 붙잡고 거기에 얼굴을 더 깊숙이 파묻었다. 그러고는 유진의 손에 살며시 뺨을 비볐다. 사랑에 빠진 사람들은 모두 이렇게 근거 없이 용감해지는 것일까? 그와 함께라면 무엇이든 헤쳐 나갈 수 있을 것이라는 생각이 들었다.

"안에…… 에른스트 공……."

그때, 테라스의 문밖에서 작은 소음이 새어 들었다. 안쪽에서 커튼을 내려 바깥이 보이지는 않았지만 언뜻 들어 보니 유진을 찾아온 사람이 있는 모양이었다. 아니나 다를까, 별안간 문밖에 서 있던 에단이 테라스의 문을 두드려 왔다.

"가 봐야겠네."

"안 가도 돼."

유진은 단호하게 말했다. 그는 지금 함께 있는 시간을 방해받은 것이 마뜩잖은 기색이었다. 하지만 또 한 번 노크 소리와 함께 손님의 방문을 알리는 에단의 목소리가 들려왔다.

"괜찮으니까 빨리 다녀와."

나는 작게 웃으며 유진을 재촉했다. 그는 조금 더 버티다가, 세 번째로 자신을 부르는 소리가 들려오자 그제야 어쩔 수 없다는 듯이 자리에서 일어났다.

"금방 올게."

유진은 괜찮다는 내게 굳이 겉옷을 벗어 어깨에 걸쳐 준 뒤 테라스를 나섰다.

그러고 나서 얼마나 시간이 지났을까?

"아가씨. 바스티에 공자가 만남을 청하고 있습니다. 안으로 들일까요?"

밖에서 들려오는 에단의 목소리에 나는 문을 열 것을 허락했다. 그러자 곧 열린 문틈으로 요하네스가 들어섰다. 그는 테라스에 혼자 있는 나를 보고 미소 지었다.

"역시. 밖에 비숍 경이 있는 걸 보고 네가 여기에 있을 거라고 생각했어."

"루이제는?"

"친구와 함께 있어."

요하네스가 조금 전 유진이 앉았던 곳에 자리 잡았다. 그러는 동안 그의 푸른 눈동자가 내 어깨 위에 걸쳐진 유진의 옷에 잠깐 머물렀다.

"유진 형은 어디에 가고 혼자 있어?"

"잠깐 만나야 할 사람이 생겨서 자리를 비웠거든."

그러고 보니 요하네스와도 상당히 오랜만에 보는 것 같았다. 하기야 그동안 나는 외출을 잘 하지 않았고, 요하네스는 바스티에 백작에게 일을 배우고 있었으니 어쩔 수 없기도 했지만.

"유진 형의 파혼 소식도 그렇고, 다이스 전하의 약혼 소식도 그렇고, 항상 다 갑작스러운 것 같아."

그래서 요하네스와 이런 이야기를 나누는 것도 처음이었다. 내가 처음에 놀랐던 것처럼, 그 역시도 뜻밖의 소식에 많이 놀랐던 모양이었다.

"벨론티아 양은 근래 들어 외출을 삼가고 있다면서?"

"지난번에 우연히 밖에서 만난 적이 있었는데 그 후로도 외출은 잘 안 하는 것 같더라."

"아, 만난 적이 있어?"

"응, 다음에 벨론티아의 저택에서 만나기로 약속도 했어."

요하네스는 로자벨라와 내 관계가 이전과 변함없는 것 같자 다소 안심한 것 같았다. 솔직히 그가 그럴 이유는 없었지만, 워낙에 다정다감한 성격인 요하네스이다 보니 여러모로 신경 써 주었던 듯했다.

"확실히 놀라긴 했어. 유진 형은 어떤 경우에도 파혼 같은 건 안 할 사람 같았는데."

요하네스의 말을 듣고 나는 살짝 시선을 내리깔았다. 얼마 전까지만 해도 나도 요하네스처럼 생각했었다. 그리고 그때까지만 해도 지금의 유진과 내가 이런 관계가 되리라고는 상상도 하지 못했다.

"하리, 이런 식으로 말하고 싶지는 않았지만……."

그때, 잔잔한 목소리가 다시금 내 귓가로 파고들었다. 그리고 이어지는 말에 나는 퍼뜩 고개를 들어 요하네스를 응시하고 말았다.

"나는 너를 바스티에로 데려오고 싶어."

요하네스는 곧은 눈빛으로 나를 바라보고 있었다. 흔들림 없는 그의 눈동자를 마주하는 순간 덜컥 말문이 막혔다.

"갑작스럽게 말해서 미안해. 하지만 진심이야."

그의 말대로 너무나 갑작스러운 말이었다. 하지만 요하네스가 그렇게 말하지 않아도, 그의 진지한 얼굴을 보면 조금 전 그가 한 말이 진담이라는 사실을 어렵지 않게 알 수 있었다.

"예전부터 줄곧 나는 그런 마음이었어."

나를 바스티에로 데려가고 싶다는 말이 무슨 의미인지도 모를 정도로 아둔하지는 않았다. 게다가 예전의 나였다면 그런 요하네스의 청을 거부하지 않았을지도 몰랐다. 지난 생에도 나는 그와 결혼할 예정이었고, 또 그를 좋은 사람이라고 생각했으니까.

"그리고 지금의 네가 거절할 것도 알아."

그래. 가증스럽게도 마음속에는 다른 사람을 품은 채로…….

"하지만 지금 당장이 아니라……."

더 이상 요하네스의 말을 들을 수 없었다.

"미안해, 요한 오빠."

어중간한 회피로 그의 마음을 기만해서는 안 되었다. 그에게 거짓말을 하는 것도…… 염치없는 일로 생각되었다. 다른 사람도 아닌 요하네스에게만큼은 그래서는 안 될 것 같았다. 나는 앞에 있는 사람을 향해 떨어지지 않는 입술을 열어 말했다.

"나는 그럴 수 없어. 왜냐하면 나는……."

"미안하지만, 하리를 바스티에로 보낼 일은 없어."

그 순간, 불현듯 옆에서 날아온 누군가의 목소리가 내 말을 가로채 갔다. 나는 곁으로 다가온 사람에게 이끌려 자리에서 일어나게 되었다. 고개를 들자 싸늘한 빛을 발하는 검은 눈동자가 시야에 들어왔다.

"그녀는 죽는 순간까지 에른스트일 테니까."

어느덧 문을 열고 안으로 들어온 유진이 놀란 얼굴을 하고 있는 요하네스를 향해 읊조렸다. 그 직후 우리는 함께 테라스를 벗어났다.

집으로 돌아가는 마차 안의 분위기가 다소 딱딱하게 경직되어 있었다. 나는 아까부터 굳은 얼굴을 하고 있는 유진을 향해 물었다.

"화났어?"

"아니."

나직한 대답이 곧바로 돌아왔다. 하지만 그의 표정이 여전히 밝지 않아서 내 마음도 덩달아 편치가 않았다. 그래서 말없이 유진의 얼굴을 살피노라니, 곧 그가 억눌린 한숨을 내쉬며 입을 열었다.

"마음에 들지 않을 뿐이야."

그게 곧 화가 났다는 의미가 아닌가? 아무래도 방금 전에 요하네스랑 나랑 미묘한 상황에 처해 있었던 걸 보고 기분이 상한 것 같은데. 게다가 어쩌면 내가 유진과의 관계를 숨기고 있었던 것 때문에 더 그럴 수도 있었다. 그렇지 않고서야 유진이 요하네스와 내 대화에 끼어들어 방금 전처럼 행동했을 리가 없었다.

"미안해. 나도 요한 오빠한테 솔직히 말하고 거절할 생각이었어."

내 말을 들은 유진이 한순간 멈칫했다.

"오해하지 마. 그런 걸로 네게 화내지는 않아. 그저 나는……."

하지만 유진은 거기에서 말을 잇지 않고 잠시 입을 다물었다. 그리고 곧 살며시 눈매를 찌푸리다가 이내 체념한 듯이 내 시선을 피한 채 혼잣말처럼 속삭였다.

"……나보다 먼저 너한테 청혼을 하려고 했잖아."

뭐? 귓가에 스친 말이 너무 예상 밖의 것이라 나는 두 눈을 동그랗게 뜨고 말았다. 지금 막 내가 들은 말이 무엇인지 한순간 이해가 되지 않았다. 그러니까, 유진보다 먼저 요하네스가 나한테 청혼 비스무리한 말을 해서, 그게 마음에 들지 않는다는…….

"화라면 오히려 네가 나한테 내야 마땅하지. 내 멋대로 요하네스에게 그런 식으로 말하고 나왔으니까."

유진은 조금 전의 일이 자신의 실책이라는 듯이 약간 자조적인 얼굴을 하고 있었다. 하지만 그러면서도 여전히 무언가가 마뜩잖다는 듯한 기색이 남아 있어서 나도 모르게 입을 열고 말았다.

"그거 질투하는 거야?"

나는 무심코 입에서 튀어나오는 대로 물어 놓고 흠칫했다. 질투라니, 어른스러운 유진과 조금도 어울리지 않는 단어였다. 하지만 방금 유진이 한 말은 달리 표현할 수는 없을 것 같은데? 다음 순간 유진의 얼굴을 확인한 나는 그만 깜짝 놀라고 말았다. 마치 지금 내가 내뱉은 말을 듣고 처음 깨달았다는 것처럼, 유진이 미비한 당혹감이 어린 눈빛을 보이고 있었기 때문이다.

나는 나도 모르게 웃을 뻔하다가 큼큼 헛기침을 하며 미처 토해 내지 못한 웃음을 목구멍 안으로 꾹꾹 억눌렀다. 아, 어떡하지. 이 사람, 왜 이렇게 귀여운 거야? 항상 어른스러운 모습만 보이던 유진이기 때문인지 한 번씩 내 앞에서 이렇게 평소답지 않은 모습을 보일 때면 가슴이 찡해지면서 반가운 마음이 들었다.

"오빠도 질투 같은 걸 하는구나? 몰랐어."

크흑, 예전부터 생각한 건데, 나도 좀 짓궂은 구석이 있었다. 좋아하는 여자애를 괴롭히는 유치한 남자애처럼 유진을 막 골려 주고 싶어졌다. 어떻게 보면 좀 더 다양한 감정 표현을 하는 유진의 모습을 보고 싶은 것인지도 몰랐다. 평범한 다른 사람들처럼 화도 내고 당황도 하고 또 순수하게 기뻐하거나 뿌듯해하는 그런 모습이 보고 싶었다.

"그래도 뭐 그런 거로 그렇게 삐지려 하고 그래? 오빠도 아직 애 같은 구석이 있네?"

내가 자신을 놀리는 걸 알았는지, 유진의 눈이 가늘어졌다. 나는 내친김에 유진의 머리에 손까지 가져다 대고 그를 우쭈쭈했다.

"그래, 사람이 살면서 질투도 좀 하고 그러는 거지. 괜찮아, 그런 거로 부끄러워할 필요 없어. 난 질투하는 유진 오빠도 귀엽…… 으엇?"

앗, 그런데 유진의 머리를 쓰다듬는 내 손이 다음 순간 강제로 떼어졌다. 마차의 푹신한 등받이에 등이 파묻힌 것과 동시에 순식간에 눈앞에 짙은 그림자가 드리워졌다.

"너한테 예쁨받는 것도 나쁘지 않지만."

어느새 자리에서 몸을 일으킨 유진이 나를 양팔 사이에 가둔 채 말했다.

"그것보다는 예뻐해 주는 게 더 내 취향이라."

갑자기 그와 나를 둘러싼 공기가 변했다. 방금 전까지만 해도 요하네스를 질투하며 나름대로 귀여운 분위기를 풍겼던 유진은 온데간데없었다. 착각인지 가까이에서 나를 내려다보는 검은 눈동자에 위험한 기운이 어려 있는 것처럼 느껴졌다. 나는 갑작스러운 상황에 당황해서 더듬거렸다.

"저, 저기, 오빠……?"

"아무래도 이런 밀폐된 공간에서 그런 식으로 남자를 도발하면 어떻게 되는지 알고 싶어 하는 것 같은데."

내 얼굴 옆에서 거두어진 손이 이번에는 어깨 위로 내려와 있던 내 머리카락을 쥐었다. 유진이 손가락 사이에 휘어 감은 은색 머리칼에 입술을 묻으며 내리깐 눈동자로 나를 바라보았다.

"원한다면 내가 가르쳐 줄까? 하나부터 열까지 다."

낮게 깔린 음성이 고막을 파고드는 순간, 머릿속에서 위험 경보가 울렸다.

"아, 아니. 안 그래도 되는……."

나는 본능적인 위기감을 느끼고 입을 열었다. 하지만 유진은 이미 내 대답을 들을 생각이 없었던 것 같았다. 왜냐하면 그가 내 고개를 손으로 받치며 그대로 입술을 맞부딪쳐 왔으니까. 벌어진 입술 사이로 뜨거운 혀가 밀려들었다.

어, 그런데 뭔가 이상했다. 이런 식으로 키스한 게 처음도 아닌데, 왜인지 지금은 다른 때랑 느낌이 좀 다른 것 같은……. 의문을 품자마자 유진이 내 고개를 좀 더 뒤로 젖히며 조금 전보다 더욱 농밀하게 키스해

왔다.
"으음?!"
깜짝 놀라서 몸을 움찔거렸지만 유진은 꿈쩍도 하지 않았다. 나는 또 한 번 강력한 위기감을 느끼고 이번에는 진짜 있는 힘을 다해 유진을 뿌리치려 애썼다. 붙들린 고개를 옆으로 틀며 등을 마구 두드리자 가까스로 맞닿았던 입술이 떨어져 나갔다. 그제야 나는 가쁜 숨을 몰아 내쉬었다. 아니, 사람을 죽이려고 작정했나?! 이런 식으로 몰아붙이는 게 어디 있어? 원망스럽게 마주한 사람을 올려다본 나는 다음 순간 숨을 훅 들이마시며 말문이 막히고 말았다. 유진의 옆얼굴은 창밖에서 스며든 불빛에 금색으로 물들어 있었다. 마차 안은 기본적으로 어둑했지만 밖에서부터 새어 든 빛 때문에 서로의 얼굴 정도는 어렵지 않게 보였다.
그래서 그의 입술과 입가에 번진 붉은 색조가 시야에 선명히 들어왔다. 그리고 그것은 내 입술에서 묻었을 것이 분명했다. 나는 지금까지 남자의 입술에 번진 붉은색이 그렇게 등골이 찌릿해질 정도로 선정적으로 보일 수 있다는 사실을 미처 알지 못했다. 그리고 무심코 그런 생각을 한 나 스스로에게 또 깜짝 놀라서 소스라쳤다. 조금 전보다 얼굴이 더 뜨거워졌다.
"으……."
내 입에서 참지 못한 억눌린 신음이 새어 나갔다.
"아주 예쁜 표정을 짓고 있네."
유진은 달아오른 내 얼굴을 보고 만족스러운 숨을 흘렸다. 나는 내 얼굴에 닿아 있는 그의 손을 붙잡아 내리며 그를 밀어냈다.
"이, 이제 그만해. 이 정도면 충분하잖아."
하지만 유진은 반대로 내 손을 잡아채며 터무니없는 소리를 들은 사람처럼 웃었다.
"이 정도면 충분하다고? 무슨 소리야."

다시금 내 위를 덮치는 몸에 나는 그를 아연히 바라볼 수밖에 없었다.
"이제부터 시작인데."
"뭐, 뭘 하려고…… 히익."
또 한 번 화들짝 놀라서 입을 열었으나 유진이 내 고개를 옆으로 돌린 다음 곧장 시야에 드러난 목으로 입술을 내려, 기이한 비명을 내지르고 말았다.
"아…… 오빠, 잠깐……."
온몸의 솜털이 곤두서는 것 같았다. 고개를 돌려 유진을 막으려고 했지만 이미 그의 손에 단단히 고정되어 움직일 수가 없었다. 지난번의 밤처럼 그는 나한테 영원히 지워지지 않을 자신의 흔적을 새기려는 듯 목덜미에 고개를 묻고 입술을 움직였다. 다만 이번에는 한 번이 아니라, 입술을 옮겨 가며 몇 번이나 같은 일을 했다.
그러다 문득 내 손목을 붙들고 있던 유진의 손이 움직이는 것을 느꼈다. 나는 당황해서 눈을 깜빡이며 입술을 뻐끔거렸다. 어, 어라? 지금 이거 손 아니에요? 지금 내 다리에 올라와 있는 거, 눈앞에 있는 당신 손 아니에요? 다급히 손을 내려 유진의 손을 붙잡자 내 귓가에서 그가 쿡 웃었다.
"그런 데 신경 쓸 여유가 있어?"
"앗, 잠깐만……!"
내 단추는 왜 푸는 거야?! 나는 어느새 내 상체를 당겨 안아 등 뒤에 있는 단추를 푸르기 시작한 유진 때문에 정신이 하나도 없어지고 말았다. 내가 그러거나 말거나 유진은 이번에는 내 귀를 잘근거리면서 다리에 올려 둔 손을 옮겨 허리를 휘감았다. 이번에는 허리가 앞으로 잡아당겨지더니, 곧 내 몸이 푹신한 쿠션이 깔려 있는 의자 위에 완전히 눕혀졌다. 그 위로 유진이 몸을 겹쳤다. 나는 어안이 벙벙했다.
"이게 뭐……."

내가 버벅거리는데도 아랑곳하지 않고 유진이 고개를 돌려 다시 한번 나한테 키스했다. 입술이 조금의 틈도 없이 맞물렸다. 나는 그제야 사실은 예전의 그 밤에도 유진이 나를 봐주고 있었다는 것을 깨달았다. 그의 손이 내 귓불과 목을 훑다가 이내 어깨를 쓸어내렸다.

점점 숨이 차서 그런지 머릿속이 몽롱해졌다. 여전히 정신이 하나도 없었고, 그런 와중에 유진이 나한테 주는 자극만이 도드라지게 선명했다. 좁은 마차 안에 후끈한 열기가 고였다. 잠시 후 젖은 입술이 가쁜 숨을 헐떡이는 나한테서 떨어져 나갔다. 숨이 꼴깍꼴깍 넘어가기 직전의 상황에서 나는 겨우 소리 내 말했다.

"자, 잘못했어요……."

겁 없이 유진을 놀려 댔던 내가 멍청했다. 그게 얼마나 바보 같은 짓이었는지 이제야 똑똑히 알 것 같았다. 머리 위에서 울리는 사과의 말에 유진이 고개를 들었다.

"난 널 벌주고 있는 게 아닌데."

"거짓말……."

"거짓말이 아니야. 예뻐해 주고 있는 거잖아."

유진의 천연덕스러운 말에 나는 기가 막혔다. 무, 무슨! 두 번 예뻐해 주다가는 숨넘어가겠네! 하지만…… 그래. 이유가 어찌 되었건 상관없으니까 이제 좀 그만하자, 으흑.

"고작 이 정도로 이렇게 엄살을 부리다니."

엄살? 엄살이라고?! 그리고 유진이 이어서 속삭인 말에 나는 또다시 꿀 먹은 벙어리가 되어버렸다.

"나중에는 어쩌려고 이러는지."

나중…… 나중이라니……. 물론 아주 어린애가 아닌 만큼 지금 내가 처한 상황이 무엇인지 정도는 알고 있었다. 그리고 이것이 어떤 일의 전초전일 뿐이라는 사실도 알았다. 하지만 막상 유진의 입으로 저런 말을 들으니까…… 으악, 으악! 나는 당장에라도 폭발할 듯 새빨갛게 달아올랐을 것이 분명한 얼굴을 손으로 가렸다.

"그러니까 왜 겁 없이 다가와."

문득 방금 전과는 달리 위험한 느낌이 들지 않는 손길이 닿아 와서 나는 손가락 사이를 벌려 시야에 그를 담았다.

"넌 나를 과대평가하는 경향이 있어."

흐트러진 내 옷매무새를 정리해 주는 손길이 다정하고 부드러웠다. 하지만 검은 눈동자에 어린 것은 아직까지 식을 낌새가 보이지 않는 열기라, 나는 귀가 홧홧해지고 말았다.

"내가 네 앞에서 얼마나 참고 있는지도 모르고."

그러나 이 이상의 무언가를 더 할 생각은 없는 듯, 유진은 부드럽게 내 몸을 잡아당겨 자리에 앉혀 주었다. 그 후 그는 내 헝클어진 머리까지 직접 손으로 매만져 정돈해 주었다. 그런 것만 보면 점잖은 신사가 따로 없었다. 하지만 조금 전까지의 유진은 전혀 그렇지 않았다. 나는 더 이상 아까처럼 유진에게 까불거릴 마음이 들지 않아서 맹수를 앞에 둔 초식동물처럼 급격히 얌전해진 채 그의 손길을 받았다. 그러다 문득 그의 손이 멈추어졌다.

"그러고 보니까 다이스도 네게 청혼한 적이 있다고 했지."

"그건, 그건 청혼이 아니라고 생각합니다……!"

유진이 눈을 가늘게 좁히며 문득 생각났다는 듯 읊조린 순간, 나는 파드득 놀라 강력히 부정했다. 아니, 그것보다 유진이 그 사실을 어떻게 알고 있는 거야?! 완전히 농담처럼 한 말이라 당사자 말고는 아무도 몰라야 정상인데? 역시 다이스인가? 으흑, 이 입 가벼운 사람 같으니. 하지만 또다시 유진이 돌변할까 봐 겁이 난 내가 필사적으로 부정하자, 그는 그냥 넘어가 주겠다는 듯이 내게서 손을 뗐다.

그 후 에른스트의 저택까지 가는 길이 다른 때보다 멀게 느껴졌다.

나는 목적지에 도착하자마자 에스코트 같은 것은 다 제쳐 두고 총알같이 마차 밖으로 뛰쳐나갔다. 노골적으로 도망치는 내 등 뒤에서 나직한 웃음소리가 들렸지만 나는 아직까지도 빨간 얼굴을 그에게 들키기 싫어서 멈추지 않고 달음박질쳤다. 그날 나는 유진에게 밀폐된 마차 안이 아주아주 위험하다는 사실을 배웠다. 두 번 다시는 잊지 말아야 할 아주 중요한 교훈이었다.

다음 날 오후 나는 에단을 데리고 외출했다. 망설이는 내 마음을 대변하듯 발길이 잘 떨어지지 않았고, 또 내심 긴장이 되기도 했지만 그렇다 해서 외면할 수 있는 일은 아니었다.

"하리, 어서 오렴. 루이제를 보러 왔니? 어제도 연회에서 만났다고 들었는데."

내가 방문한 곳은 바스티에의 저택이었다. 나를 보자마자 바스티에 부인이 반갑게 맞아주었다. 나도 그녀를 향해 웃는 얼굴로 인사했다.

"안녕하세요, 아주머니. 좋은 오후예요. 오늘은 루이제가 아니라……."

하지만 나는 곧 그녀의 뒤에서 나타난 사람을 보고 말꼬리를 흐릴 수밖에 없었다. 어제저녁 연회장의 테라스에서 만났던 요하네스였다.

"요한 오빠."

내 입에서 나직한 속삭임이 새어 나왔다.

"어서 와, 하리."

나는 마주한 푸른 눈동자를 보고 그 역시도 나를 기다리고 있었다는 사실을 깨달았다.

"안으로 들어가자."

요하네스와 나는 방으로 들어와 테이블을 사이에 두고 마주 앉았다. 바스티에 부인은 우리 사이에 흐르는 분위기가 평소와 다르다고 느꼈는지, 조용히 자리를 피해 주었다.

"어제는……."

그와의 만남은 언제나 내 마음을 편안하게 만들어주었지만, 오늘만큼은 아니었다. 나는 주위에 감도는 정적을 기민하게 의식하며 입을 열었다.

"그렇게 가서 미안해."

일단은 사과가 먼저였다. 유진은 어제의 일에 대해 이야기할 겸 자신이 요하네스를 만나겠다고 했지만, 어차피 나도 한 번은 그의 얼굴을 직접 보고 해결해야 할 문제였다. 잠시 후 요하네스가 내 얼굴을 물끄러미 응시하다가 내뱉은 말에 나는 무릎 위에 올려놓은 손을 움찔 떨고 말았다.

"오늘 아침에 유진 형을 만났어."

오늘 아침이라니, 황성에 가기 전에 유진이 바스티에의 저택을 먼저 찾기라도 한 걸까. 두 사람이 무슨 대화를 나누었는지는 모르겠지만, 요하네스는 아주 차분한 얼굴을 하고 있었다. 어제저녁 유진의 말에 두 눈을 크게 뜨며 미처 감추지 못한 놀라움을 가감 없이 표출했던 사람으로는 보이지 않을 정도로.

"내가 안일하게 생각했었나 봐."

이윽고 요하네스가 씁쓸한 미소를 지으며 말했다.

"나는…… 시간이 지나면 자연스럽게 네가 나와 같은 마음이 될 거라고 생각했어."

나는 그의 말을 듣고 입을 다물었다. 요하네스의 말에 담긴 어느 가능성을 완전히 부정할 수는 없었기 때문이다.

"지금은 네가 나를 그저 친한 오빠 정도로 여긴다는 걸 알고 있었어. 하지만 나는 기다리는 건 자신이 있었으니까. 게다가 나는 앞으로도 줄곧 네 옆에 있을 게 분명했고. 그래서 그저 가만히 시간이 흐르기를 기다리면 될 거라고 믿었어."

……어쩌면 요하네스의 말이 맞았을지도 몰랐다. 그의 말처럼 얼마 전과 같은 상태를 유지한 채 그대로 시간이 흘렀다면, 나는 결국 그와 미래를 함께하게 되었을 수도 있었다. 지난 생에서 그랬던 것처럼, 적당히 안락한 현실에 안주하여, 내 앞에 있는 선택지 중에 그것이 최고임을 알기 때문에.

"이제 보니 내가 바보 같은 생각을 했구나."

게다가 요하네스는 내게 과분할 정도로 좋은 사람이니까…… 분명 그와 함께하는 동안 지금보다 더 그를 존경하고 좋아하게 되었을 것이라고 생각했다.

"언제부터였냐고 묻는 건 아무런 의미가 없겠지."

여느 때처럼 단정하고 차분한 음성이 귓가에 울렸다. 나는 다물고 있던 입술을 천천히 벌려 말했다.

"나도 모르겠어. 언제부터였는지, 또 어쩌다 이렇게 되었는지."

요하네스의 말처럼 이제 와서 그런 것을 따지는 것은 아무런 의미가 없었다.

"어쩌면 오빠 말대로였을지도 몰라."

이미 나는 돌이킬 수 없는 마음을 품어버렸고, 그것은 끝 모르고 이기적인 동시에 탐욕적이었다.

"비록 같은 마음은 아니지만 나도 요한 오빠를 좋아하고 있으니까. 만약 이대로 시간이 지났다면 오빠 말처럼 되는 게 자연스러운 일이었을지도 모른다고 생각해."

요하네스를 상처 입히고 싶지 않았지만 나는 그가 원하는 것을 줄 수 없었다. 그가 내게 좋은 것만 주었던 것처럼 나도 그에게 똑같이 좋은 것만 주고 싶었지만, 그럴 수가 없었다.

"하지만 그렇게 되었다면 나는 오빠에게 늘 미안했을 거야."

지금 눈앞에 있는 사람과 동일한 마음이 아니란 사실이 미안했다. 아마 그와 함께하게 된다면, 나는 남은 생 동안 줄곧 그에게 죄스러운 마음을 가지고 살게 될 것이었다.

"어쩌면 내가 오빠를 불행하게 만들지도 모르지."

나는 요하네스를 행복하게 만들어줄 자신이 없었다.

"요한 오빠는 내게 언제나 고마운 사람이야. 그러니 오빠가 행복해졌으면 좋겠어."

이런 이기적인 나보다는 더 좋은 다른 사람이 그에게 어울린다고 생각했다. 어쩌면 이런 생각조차 내 이기심에서 온 위선일 뿐인지도 몰랐지만. 요하네스는 조용히 내가 하는 말을 들어주었다. 그리고 잠시 후 입을 열어 나지막하게 속삭였다.

"고마운 사람…… 결국 내 역할은 거기까지인 거구나."

마침내 그의 얼굴에 어렴풋이 떠오른 미소에 나는 가슴이 조금 아파졌다.

"조금 속이 쓰리지만, 그래…… 네게 있어 아무 의미 없는 사람인 것보다는 위안이 된다."

그리고 요하네스는 이런 순간까지도 끝까지 내게 너무나 좋은 사람이어서…….

"나도 네가 행복해졌으면 좋겠어, 하리. 진심이야."

나는 그에게 감히 미안하다는 말조차 선불리 할 수가 없었다.

"하리."

그날 저녁, 에른스트의 저택에 돌아온 유진이 내 방을 찾아왔다. 나는 창가에 앉아 해 질 녘의 풍경을 조용히 바라보고 있다가 그를 향해 천천히 고개를 돌렸다. 마찬가지로 문가에 서서 내 얼굴을 물끄러미 바라보던 유진이 이윽고 자리에 멈추었던 걸음을 성큼 옮겼다.

"이리 와."

가까이 다가온 나직한 음성이 귓가에 고였다. 그가 나를 안은 것이 먼저인지, 아니면 내가 그에게 안긴 것이 먼저인지 알 수가 없었다. 하지만 사실 그런 것은 하나도 중요하지 않았다. 유진의 단단한 팔이 내 등을 감쌌다. 나는 그의 가슴팍에 얼굴을 묻고 숨을 들이마셨다. 빈틈없이 맞닿은 몸에서 누구의 것인지 모를 심장 소리가 울렸다. 놓지 않겠다고 했고, 또 놓지 말라고 했다. 그래서 우리는 지금 함께였다.

"괜찮아."

귓가에 자그마한 속삭임이 스몄다. 지금 위로받을 사람은 내가 아닌데도 유진은 나를 도닥이며 그렇게 말했다.

"괜찮아."

그래서 나도 그를 향해 똑같은 말을 돌려주었다. 그의 가슴을 더 깊숙이 파고들자 따스함이 온몸을 감쌌다. 그 안전한 품속에서 나는 눈을 감았다.

제20.5장

그 오빠, 카벨 (2)

"야, 카벨. 면회다."

맹훈련을 하고 난 직후의 단비 같은 휴식 시간이었다. 한바탕 땀을 쫙 빼고 난 후라 그런지 모두 녹초가 되어 있었다. 카벨은 흐르는 땀을 수건으로 닦던 중에 호출 소식을 전해 듣고 고개를 돌렸다.

"와, 이번 달 들어서 카벨만 벌써 세 번째네."

"누굽니까? 또 지난번처럼 예쁜 아가씨입니까?"

"크으, 불공평해. 근육은 내가 더 멋있는데!"

"야, 배 까지 마! 눈 버려!"

그를 찾아온 사람이 누구인지도 아직 모르면서 카벨의 동기들은 벌써부터 그를 부러워하며 자신들의 신세를 한탄하기 시작했다. 하지만 카벨은 면회 소식을 듣자마자 어깨를 흠칫 떨었다. 그리고 혹시 하는 마음으로 재빨리 부기사단장에게 반문했다.

"찾아온 게 누구인데요?"

혹시 나를 찾아온 사람이 하리는 아니겠지?! 지난번에 임무 보고를 위해 이동하던 길에 하리를 만난 이후로 카벨은 약간의 불안감을 느끼고 있었다. 그것은 바로 혹시라도 하리가 그를 보러 기사단에 방문하지는 않을까 하는 불안이었다.

물론 '기사단은 쾌적하지 못하니 절대! 절대로 오지 말라'고 이미 몇 번이나 하리에게 당부를 해놨지만 그래도 혹시 모르는 일이 아닌가? 왜냐면 하리는 그를 매우매우 좋아하고 있었으니까! 그래서 어느 날 갑자기 오빠가 너무너무 보고 싶어서 그리움을 참지 못해 그를 찾아올 수도 있는 일이 아닌가! 그런 생각을 하자 갑자기 흐뭇해져서 카벨은 언제 걱정을 했냐는 듯 광대를 실룩였다.

"네가 직접 가서 봐, 인마. 나 참, 여자들은 이런 놈의 어디가 그렇게 좋다는 건지 도통 모르겠다니까?"

하지만 부기사단장이 짜증을 한껏 드러내며 뇌까리는 말을 들으니 아무래도 그를 찾아온 것이 하리는 아닌 모양이었다. 카벨은 안도감과 아쉬움을 동시에 느끼며 뒷머리를 긁적였다. 일단 그에게 면회를 청한 사람이 하리가 아니라고 하니 급격히 관심이 식었다. 그래서 카벨은 언제 입꼬리를 꿈틀거렸냐는 듯이 시큰둥한 얼굴로 목에 수건을 두른 채 걸음을 옮겼다.

"잠깐! 너 설마 그 꼴로 가려고?"

"레이디에 대한 예의가 아니야! 당장 들어가서 씻고 나와!"

"하다못해 옷이라도 깔끔하게 정리해!"

그런 카벨을 보고 기사들이 두 눈을 부릅뜨며 시끄럽게 아우성쳤다. 하지만 카벨은 안 들린다는 듯이 귀를 한 번 후비적거린 뒤 그 상태 그대로 연무장을 나섰다. 아니, 왜들 저렇게 야단법석이야? 훈련 시간에 찾아왔으면 땀내가 날 것이라는 사실 정도는 당연히 예상하고 왔겠지. 게다가 그를 찾아온 사람이 누구인지는 몰라도 어차피 얼굴만 잠깐 보고 와서 다시 훈련해야 할 텐데 귀찮게 씻기는 뭘 씻는단 말인가.

사실 카벨도 처음부터 이랬던 것은 아니었다. 맨 처음 입단하고 나서 그에게 호감을 느낀 영애가 몇 명 찾아왔을 때는 그도 나름대로의 두근두근한 설렘을 느끼며 최대한 말끔한 모습을 하고 연무장을 나서곤 했다. 다른 기사들을 다 제쳐 두고 그를 만나고 싶어 하는 여자가 많다는 사실에 한편으로는 어깨가 으쓱거리기도 했다. 하지만 어째서인지 그들은 카벨과 몇 마디 대화를 나누고 난 후에는 저마다 미묘한 얼굴을 하며 뜨뜻미지근한 반응을 남기고 돌아섰다.

그런 것이 몇 번인가 반복되고 나자 카벨도 이런 비생산적인 만남에 회의감이 들 수밖에 없었다. 크으, 하지만 억울하다! 난 그냥 물어보는 대로 대답하고 원하는 대로 대화해 준 것밖에 없는데 왜 번번이 '뭔가 이건 좀 생각했던 게 아닌데' 하는 시선을 받으며 퇴짜를 맞아야 하는 거지? 게다가 먼저 관심을 보인 건 그쪽이면서! 억울하다!

"크윽."

카벨은 또 한 번 치밀어 오르는 억울함을 애써 삭였다. 어쨌든, 그런 이유로 그는 오늘 자신을 찾아온 누구인지 모를 여자에게도 별다른 기대를 하고 있지 않았다. 그냥 되도록 빨리 해치우고 돌아가서 찬물로 세수나 좀 하고 싶다. 카벨은 그렇게 생각하고는 어기적거리며 걸음을 옮겼다.

"이쪽이에요, 에른스트 경."

그런데 화려한 레이스 양산을 쓰고 있는 여자의 얼굴이 어쩐지 낯설지 않았다. 어디서 본 것 같은 얼굴인데? 누구더라? 기억이 날 듯 말 듯 해서 카벨은 눈매를 찡그린 채 눈앞에 있는 얼굴을 천천히 뜯어보았다. 그리고 곧 그녀가 누구인지를 기억해 냈다. 아! 생각났다. 하리한테 귀찮게 달라붙는 여자! 이름이 라벤더 코르디스라고 했던가?

"뭐야, 그쪽이 왜 날 찾아와?"

게다가 지난번 어느 연회장에서도 유진의 새 약혼녀를 주선하니 뭐니 하는 웬 이상한 헛소리를 해서 짜증이 났던 기억이 있었다.

"당연히 하고 싶은 말이 있어서 왔죠."

카벨은 라벤더 코르디스의 말을 듣고 두 눈을 가늘게 떴다. 그러다 곧 무언가를 깨달았다는 듯이 탄식하며 이마를 짚었다.

"하, 그래. 어쩐지 계속 하리의 옆에서 얼쩡거리더라니, 그게 다 시꺼먼 속내가 있어서 그런 거였구나? 미안하지만 난 그쪽한테 관심 없어. 고백은 거절이야. 유감스럽게도 살쾡이 같은 여자는 내 취향이 아니라서."

"뭐, 뭐? 살쾡이?"

예상치 못한 카벨의 말에 라벤더 코르디스가 귀를 의심하며 더듬거렸다. 카벨은 너무 인기가 많아서 괴롭다는 듯, 그녀를 향해 진심으로 유감스러운 눈빛을 보내고 있었다.

"아니, 그보다 고백이라니? 누가 당신 같은 사람한테……!"

라벤더의 얼굴이 황당함과 분노로 빨갛게 달아올랐다. 그녀는 카벨의 말이 어지간히 굴욕적인 것처럼 차마 말을 잇지 못하고 뒷목을 잡았다. 당연했다. 라벤더가 오늘 카벨을 찾아온 것은 저런 기가 막힌 이유 때문이 절대로 아니었으니까. 그런데 카벨의 저 어이없는 소리 때문에 졸지에 고백을 하려다가 차인 꼴이 되자 갑자기 확 열이 뻗치면서 속이 끓기 시작했다.

감히 자신에게 저따위 망발이라니! 게다가 착각도 유분수지, 좋아하긴 누가 누굴 좋아한단 말인가? 그녀가 마음으로 품은 사람은 결코 저런 품위 없고 무식한 남자가 아니었다! 어쩜 같은 피를 타고난 형제이면서 유진과 저렇게 하늘과 땅 차이로 다른지! 하지만 라벤더는 깊게 심호흡을 하며 애써 마음을 가라앉혔다. 그리고 그때까지도 그녀에게 측은한 눈빛을 보내고 있는 카벨을 향해 다시 한번 입을 열었다.

"제가 경에게 하고 싶은 말이란 건 그따위 헛소리가 아니에요."

'그따위'와 '헛소리'라는 부분에서 유난히 강세가 들어간 것은 분명 카벨의 기분 탓이 아니었다. 곧 이어진 말에 카벨은 서서히 얼굴을 굳히고 말았다.

"경은 자신의 형과 여동생에 대해서 얼마나 알고 있나요?"

"카벨."

그날 저녁, 유진은 궁을 떠나기 직전 카벨과 마주쳤다. 카벨도 유진을 보고 자리에서 멈칫했다. 유진은 관료들이 정무를 보는 외궁에서, 그리고 카벨은 연무장이 있는 기사단에서 매일 출퇴근을 하고 있었다. 그런데 오늘은 우연히 퇴근 시간이 겹친 모양이었다.

"지금 끝났어?"

"어어, 형도 지금 집에 가는 길인가 보네."

그런데 어째서인지 유진의 물음에 대답하는 카벨의 목소리가 평소보다 조금 어색했다. 하지만 원래 가끔 혼자서 이상한 행동을 할 때가 있는 카벨이었기 때문에 이때만 해도 유진은 크게 신경 쓰지 않았다. 두 사람은 오늘 하루의 일과에 대해 가벼운 대화를 나누며 마차가 준비된 곳으로 걸어갔다.

"형, 내가 오늘 어떤 여자한테 헛소리를 들었는데 말이야."

그러던 중에 카벨이 지나가듯이 입을 열었다.

"진짜 황당하고 웃기는 소리였는데, 그게 뭐였냐면……."

하지만 그는 거기에서 쉽게 말을 잇지 못하고 잠시 머뭇거렸다. 도대체 무슨 말을 하려고 이렇게 뜸을 들이는지 알 수가 없었다. 뒤이어 귓가를 스쳐 지나가는 말에 유진은 옆에 있던 동생을 향해 고개를 돌렸다.

"글쎄, 형이랑 하리랑 무늬만 남매일 뿐이고 사실은 둘이, 그러니까……."

카벨은 차마 입이 안 떨어진다는 듯이 몇 번이나 어물거리다가 결국 제 머리카락을 거칠게 헤집으며 속에 있는 말을 토해 냈다.

"아오, 이런 말 내 입으로 하기 진짜 좀 그런데…… 사실은 형이랑 하리랑 둘이 그렇고 그런 사이라는 거야. 진짜 미친 것 같지? 형이 약혼녀랑 파혼한 것도 하리 때문이라고 하는데 내가 진짜 어이가 없어서."

다시 생각해도 황당하고 기가 막힌다는 듯한 말투였다. 카벨은 형이 들어도 어처구니가 없지 않느냐는 듯, 유진을 향해 헛웃음을 지어 보이기까지 했다.

"내가 일단 개소리 말라고 뭐라고 해주고 왔는데 그 여자 완전 거슬려. 예전부터 하리 옆에서 자꾸 얼쩡거리지를 않나."

유진은 그런 동생의 모습을 잠시 말없이 바라보았다. 그러고는 카벨이 하는 소리를 조용히 듣다가 천천히 입을 열었다.

"헛소리를 할 거면 말이 되게 해야지, 별 말 같지 않은 잡소리를……."

"헛소리가 아니라면 넌 어떻게 할 건데?"

나직한 음성이 귓가에 흘러드는 순간, 카벨이 말을 멈추었다.

"지금 뭐라고 했어?"

그는 조금 전 유진이 한 말을 듣지 못한 것처럼 되물었다. 하지만 그는 듣지 못한 것이 아니었고, 유진도 그 사실을 알고 있었다. 두 사람은 어느덧 자리에 걸음을 멈춘 상태였다.

"헛소리가 아니면 뭔데?"

곧 카벨이 딱딱하게 굳은 얼굴로 유진에게 질문했다. 유진은 이번에도 말없이 그런 그의 얼굴을 마주 보았고, 카벨은 그 침묵에서 대답을 읽어 냈다. 바로 그 순간 카벨의 얼굴이 변했다. 뒤이어 터져 나온 목소리 역시 지금까지의 침착함을 벗어 던지고 다소 거칠게 격양되어 있었다.

"그게, 그게 무슨 말도 안 되는 소리야? 걔는 우리 동생이잖아."

어느덧 카벨은 처참히 일그러진 얼굴로 유진을 향해 따지고 있었다.

그나마 그 와중에도 완전히 이성을 잃지는 않았는지 주변을 의식해 목소리를 낮추고 있다는 것이 장할 지경이었다. 유진은 예상했던 반응을 보이는 동생의 모습에 한차례 눈을 길게 감았다 떴다.

이미 예전부터 언젠가 이런 날이 올 것이라 생각했고, 어차피 한번은 겪고 지나가야 할 일이었다. 그런 생각을 하며 몇 번이나 이런 상황을 상상해 본 적이 있었기 때문인지 그는 제법 담담하게 반응할 수 있었다.

"지금까지 우리가 가족으로 함께 보낸 시간을 모조리 부정할 생각은 없어. 하지만 나한테 있어서 그 애는…… 그래, 네가 하리를 생각하는 것과는 조금 다른 의미야."

"형, 미쳤어?"

하지만 카벨은 유진처럼 차분할 수 없었다. 라벤더 코르디스가 아까 그를 찾아와 했던 말이 사실이라는 것을 믿기 어려웠다.

"어떻게, 어떻게 그럴 수가 있어? 그 애는 형의 동생인데! 그리고 형은 그 애의 오빠잖아! 그런데 어떻게 둘이…… 그런 게 말이 돼?"

사실 지금도 형이 혹시 그에게 농담하는 것은 아닐까 하는 기대감이 은연중에 남아 있었다. 혹시 지금이라도 웃으면서 '너를 놀라게 해주려고 장난을 쳤다'고 말해주지는 않을까?

"카벨. 네가 혼란스러울 걸 알고 있고, 또 난 네 생각을 존중해. 그래서 지금처럼 말하는 것도 충분히 이해할 수 있어."

그러나 유진은 그러지 않았다. 그는 지금 두 사람 사이에 오간 대화에 농담도 장난도 없었다는 사실을 증명하듯이, 흥분한 카벨을 향해 동요 한 점 느껴지지 않는 침착한 모습으로 말했다.

"하지만 그게 뭐든 내 앞에서만 해. 하리한테는 티 내지 마. 그 애는 네 말을 나처럼 담담히 들어 넘기지 못할 테니까. 무슨 의미인지 알아들어?"

그 말이 무슨 의미인지 모르려야 모를 수가 없었다. 다만 카벨은 그것을 인정하고 싶지가 않았다.

"그게 뭐야……?"

그는 어쩐지 아연한 기분이 되어 눈앞에 있는 사람을 바라보았다. 곧 이어지는 유진의 나직한 속삭임에 카벨은 정말이지 무슨 말을 해야 할지 모를 심정이 되어버렸다.

"카벨, 네가 원하는 형이 되어주지 못해서 미안하다."

차라리 흥분해서 따지는 카벨에게 유진이 덩달아 언성을 높이거나 화를 냈다면 좀 더 비난할 수 있었을지도 몰랐다. 하지만 저런 표정으로 저런 말을 하는 형에게는 도대체 어떤 식으로 반응해야 좋을지 카벨은 알지 못했다. 유진은 망연하게 서 있는 카벨을 뒤로한 채로 먼저 걸음을 옮겼다. 카벨은 자리에 우두커니 서서 그런 형의 뒷모습을 그저 하염없이 바라보다가 곧 입을 열어 외쳤다.

"형, 진짜야……? 진짜냐고!"

하지만 유진은 이미 답을 알고 있지 않느냐는 듯이 대답해 주지 않았다.

모처럼 퇴근 시간이 겹쳤던 것이 무색하게도 결국 두 사람은 따로 궁을 나서게 되었다. 유진이 떠난 자리에서 망연히 서 있던 카벨이 에른스트의 저택에 돌아온 것은 그로부터 한참의 시간이 지난 후였다.

"카벨 오빠, 오늘 늦었네?"

저택 안으로 들어서자마자 여느 때처럼 하리가 그를 반겨 주었다. 카벨은 자신을 향해 다가오는 하리의 모습을 보고 저도 모르게 멈칫했다. 유진의 모습은 보이지 않았지만 그는 카벨보다 앞서 저택에 돌아온 것이 분명했다. 밖에서 확인했을 때 유진이 사용하는 집무실에 불이 켜져 있었으니까.

"오늘은 다른 때보다 훈련을 오래 했어? 밥은? 지금 시간이 좀 애매한데 먹고 온 거야?"

오늘따라 늦게 돌아온 그를 향해 하리가 이것저것을 물었다. 하지만 입이 딱 붙은 것처럼 아무런 말도 밖으로 새어 나오지 않았다. 머릿속이 온통 시끌벅적하게 복잡한 것에 반해 입안에 맴돌던 말은 순식간에 증발해 버린 것 같은 느낌이었다. 그런 카벨이 의아했던지, 잠시 그의 안색을 살피던 하리가 곧 조심스럽게 입을 열었다.

"왜 그래? 혹시 기사단에서 혼났어? 매일 오빠만 못살게 구는 사람이 부기사단장이라고 했던가?"

그 걱정스러운 눈빛을 받는 동안 갑자기 바늘을 수백 개는 삼킨 것처럼 목이며 배 속이 따끔거리기 시작했다.

"그래서 기분이 안 좋은 거야? 그 사람이 계속 카벨 오빠만 괴롭혀? 부기사단장이라는 사람이 뭐 그래? 내가 가서 따져 줄까?"

그 여자의 말대로라면 이것은 그의 형인 유진의 일방통행적인 마음이 아니었다. 그렇다면 아까 유진에게 했던 것처럼 하리에게도 똑같이 말해야 마땅했다. 그런데 목이 꽉 막힌 것처럼 차마 아무 말도 할 수가 없었다. 사실 카벨은 아까 유진과의 일도 조금은 후회하고 있었다. 만약 그가 좀 더 준비가 되었을 때 이런 사실을 알게 되었다면 아까와는 다른 방식으로 형과 이야기해 볼 수도 있지도 않았을까 하는 생각에. 하지만 그렇다 한들, 이제 와 자신이 어찌해야 하는 것인지 아직도 알 수가 없었다.

"아니…… 괜찮아. 기사단 일 때문에 그런 거 아니야."

"정말?"

카벨이 가까스로 태연한 모습을 위장하며 내뱉은 대답에 하리가 미심쩍은 듯이 그를 올려다보았다.

"나 그만 방으로 갈게. 밥은 먹고 왔으니까 신경 안 써도 돼."

하지만 어디로 봐도 카벨의 모습은 평소와 달랐다. 아까 유진의 말 때문이 아니더라도 카벨은 하리의 앞에서 아까 형과 있었던 일을 내색하고 싶지 않았다. 그러나 워낙 감정을 감추는 일에 서툰 그였기 때문에 말이나 행동이 좀처럼 뜻한 대로 자연스럽게 되지가 않았다.

결국 카벨은 하리에게 자신의 혼란을 들키기 전에 방으로 뛰다시피 걸음을 옮기는 것을 선택했다. 하리가 그런 자신의 모습을 걱정과 의문이 담긴 눈길로 바라보는 것을 알았지만 차마 뒤돌아볼 수가 없었다.

그래서 카벨은 도망쳤다. 겁쟁이처럼. 혹시 한 발이라도 잘못 내디디면 지금껏 쌓아 왔던 모두의 관계가 순식간에 무너지기라도 할까 봐 두려워서.

"라벤더 코르디스."

얼마 후 열린 가든 파티의 자리에서 카벨은 라벤더 코르디스를 만났다. 그녀는 다른 사람들 사이에 섞여 태평히 웃고 떠들고 있었다. 카벨은 그 사이로 거침없이 들어가 라벤더의 팔을 잡아끌었다.

"잠깐 얘기 좀 해."

"얘기는 무슨 얘기…… 어머, 잠깐!"

카벨은 원래 이런 복작거리는 장소는 딱 질색이었지만 오늘 라벤더 코르디스가 이 파티에 참석한다는 소리를 듣고 일부러 방문한 것이었다.

"아파, 아파요! 당장 이거 안 놔?"

그녀는 자신을 붙잡은 손을 뿌리치려고 시도했지만 카벨은 꿈쩍도 하지 않았다. 그는 인적이 없는 조용한 장소로 이동한 뒤에야 잡고 있던 팔을 놓았다. 그러자 라벤더가 얼얼한 팔을 붙잡으며 앙칼지게 그를 노려보았다.

"뭐 이렇게 무례한 사람이 다 있담!"

그녀는 자신을 이런 식으로 취급하는 카벨에게 화가 난 눈치였다. 하지만 카벨은 지금 그녀를 배려해 줄 상황이 아니었다.

"야, 너 다른 사람한테도 나한테 지껄였던 말 똑같이 했어, 안 했어?"

카벨의 팔이 라벤더의 옆으로 곧게 뻗어졌다. 어느덧 벽에 몰아세워진 라벤더의 앞으로 카벨의 그림자가 드리워졌다. 그녀는 자신을 벽 사이에 가두다시피 한 채 위에서부터 내려다보는 카벨의 시선에 한순간 흠칫했다. 하지만 곧 카벨의 기세에 한순간이나마 눌렸던 것을 부정이라도 하듯, 그를 노려보며 콧방귀를 뀌었다.

"했든 안 했든, 무슨 상관이에요? 내가 입을 다물고 있는다고 해서 사실이 바뀌는 것도 아닌데."

"말장난하지 말고 말했는지 안 했는지나 말해."

"했으면 어쩔 건데?"

카벨은 평소에 눈치가 없는 편이었다. 하지만 아무리 앞뒤 분간을 못하는 그라고 해도 똥이 똥인 건 알고 물이 물인 것도 알았다.

"죽여 버릴 거야, 너도, 네가 함부로 입을 턴 상대도."

그런 이유로, 이 여자가 지난번에 호의를 가지고 그를 찾아왔던 게 아니라는 사실도 알고 있었다. 왜냐하면 그는 바보가 아니었으니까. 그러니 이 여자가 그에게 했던 것과 같은 이야기를 다른 사람들에게도 퍼뜨리게 그냥 놔둘 수는 없었다.

"왜, 자기 남매들의 일이 부끄러운 것이라는 자각은 있나 보죠?"

라벤더는 카벨의 협박에 한순간 주춤하다가, 곧 '하!' 하고 웃음을 터뜨리며 말했다. 그녀는 싸늘하게 식은 카벨의 얼굴을 만족스럽게 올려다보았다. 애초에 라벤더는 에른스트의 남매들의 끈끈한 우애를 박살 내고 싶었던 것이니 카벨의 동요가 더욱 반갑게 느껴졌다.

솔직히 유진과 하리의 관계는 아를란타의 법도상 문제 될 것이 없었다. 비록 어릴 때 하리가 에른스트의 양녀로 들어온 경우라고는 하나 그녀를 딸로 삼았던 전 에른스트 부부도 이미 예전에 죽었고, 두 사람은 혈연관계가 아니었기 때문에 설령 그들이 결혼한다고 해도 법을 위반한 것은 아니었다. 게다가 황실과 귀족 가문에서는 혈통을 지키기 위해 암암리에 근친혼을 했던 전례도 있으니 더더군다나 책잡힐 만한 일이 아니었다. 게다가 다른 누구도 아닌 바로 '그 에른스트 공작'의 일이다. 만약 그가 실제로 아를란타의 윤리와 법률에 어긋나는 중죄를 저지른다 해도 선불리 비난할 수 있는 사람이 있을 리 만무했다.

"아를란타의 최고 공신으로 유명한 에른스트에 이런 더러운 추문이라니. 가문에 여자 하나 잘못 들여서 도대체 이게 무슨 꼴인지 모르겠네요."

그래서 라벤더는 다른 방법으로 하리 에른스트를 무너뜨리기 위해 그녀가 사랑해 마지않는 가족들을 건드리기로 마음먹은 것이었다.

"솔직히 에른스트 경도 기가 막힌 일이라고 생각하잖아요. 둘 다 미친 것도 아니고, 아무리 피가 통하지 않았다고 해도 남매인데 어떻게 서로에게 그런 불결한 마음을 품을 수가 있을까요? 하늘에 계신 전 에른스트 공작님과 공작 부인도 분명 피눈물을 흘리며 통탄하고 계실 거예요."

그녀의 의도는 어느 정도 먹혀들어 갔다. 실제로 카벨은 생각지도 못했던 라벤더 코르디스의 말에 적잖은 충격을 받았고, 그 일로 유진과 하리의 얼굴을 며칠간 제대로 보지 못했다. 그와의 일이 있었던 이후에도 태연히 평소와 같은 일상을 보내는 유진과 비교하자면 지난 카벨의 시간은 실로 엉망진창이었다고 표현해도 좋았다.

하지만 카벨은 그런 형의 모습이 진짜라고 생각하지는 않았다. 그도 그럴 것이, 바로 며칠 전에 그런 대화를 나누었는데 아무렇지도 않을 리가 없지 않은가. 피 대신 철이 몸 안에 흐르는 인간이 아니고서야 불가능한 일일 것이다.

"네가 원하는 형이 되어주지 못해서 미안하다."

게다가 그 말을 할 때의 유진의 얼굴은……. 그렇다면 아마도 그의 형은, 그냥 지금 최대한 아무렇지 않은 척하고 있을 뿐일 것이다. 카벨에게든 하리에게든 자신의 속마음을 내색하고 싶지 않아서. 원래 그런 사람이었으니까.

하지만 카벨은 다른 사람까지 신경 쓰고 배려할 여유 따위는 없어서 지난 며칠 동안 그 두 사람을 피해 다니며 자신의 혼란을 겉으로 내보이지 않기 위해 노력하는 것만이 최선이었다. 생각해 보면 그는 예전부터 언제나 자신의 한 몸을 추스르기에도 벅찼다. 어릴 때 그의 부모님이 죽었을 때도 카벨은 자신의 상처를 돌보느라 바빠 형과 동생들까지 챙길 여력 같은 것은 조금도 없었다.

이번 역시 마찬가지였다. 그는 가까스로 한 사람의 몫을 해내는 것만으로도 버거워하는 사람이었고, 빈말로도 자신의 머리가 좋다고 말하기 어려웠다. 그래서 이번 일로 며칠간 죽어라 머리를 굴려 봤지만 역시나 속 시원히 나온 해답은 없었다. 그래서 카벨은 오늘 아침에 눈을 떴을 때 생각했다.

"야, 뒈질래? 어딜 감히 그 지저분한 입에 우리 부모님 이름을 올려?"

젠장, 그럼 그냥 다 때려치워 버리면 되잖아.

"너 뭔데 내 앞에서 자꾸 그따위로 겁 없이 입을 터는 거야? X발, 사람 마빡 돌게."

몇 날 며칠 동안 박 터지게 머리를 굴려도 결론이 나지 않는 문제라면 그냥 때려치워 버릴 테다.

"야, 네가 뭘 안다고 그따위로 막 지껄여? 입으로 싸면 다 말인 줄 알아? 네가 그렇게 말하면 내가 설마 네 편이라도 들면서 같이 맞장구라도 칠 줄 알았어? 머리에 총 맞았냐? 아니면 지금 머리에 총 맞고 싶어서 나한테 이 지랄하는 거야?"

카벨은 원래부터 단순무식한 성격이었고, 그런 이유로 지금 그가 해야 할 일은 명확했다.

"네까짓 게 뭔데 내 가족을 건드리냐고!"

콰앙! 쨍그랑!

"꺄악!"

바닥에 장식되어 있던 화병이 카벨의 거친 발길질에 사정없이 깨져 나갔다. 라벤더가 비명을 지르며 도망가려고 했지만 헛된 시도였다. 다시금 카벨의 손에 끌려온 라벤더는 아까보다 더욱 거칠게 벽에 처박혀야만 했다.

"내가 학술원에 다닐 때 별명이 미친개였거든? 그런데 왜 그런 X 같은 별명이 생겼는지 알아? 내 앞에서 겁대가리 없이 우리 가족 욕하는 새끼들을 모조리 물어뜯어서 죽여 버렸거든."

쾅! 카벨의 주먹이 벽을 깨부술 듯 라벤더의 머리 옆으로 틀어박혔다. 형형한 눈빛이 그대로 그녀의 얼굴을 꿰뚫고 들어갈 것 같았다.

"그래, 딱 지금의 너처럼 머저리같이 구는 새끼들 말이야. 뭐? 우리 형이랑 하리가 미쳤다고? 그런데 이걸 어쩌지? 내 눈에는 네가 더 미친년으로 보이거든? 진짜 개 빡치게 우리 부모님은 또 왜 들먹여? 네가 우리 부모님을 알아? 하늘에서 피눈물을 흘리고 계실지 아닐지 네까짓 게 어떻게 알아?"

물론 카벨은 아직도 유진과 하리의 일을 마냥 반길 수 없었다. 하지만 그래도 생판 남인 사람이 두 사람을 비난하는 것은 용납할 수 없었다. 그들 가족의 일은 그들끼리 해결하는 것이 마땅했고, 거기에 타인이 간섭할 자리는 존재하지 않았다.

"X발, 까불지 마. 지금도 진짜 쥐어 터뜨리고 싶은 거 간신히 참고 있으니까. 그리고 지금부터 내가 하는 말 똑똑히 기억해. 내 앞에서든, 내 가족들 앞에서든, 아니면 다른 사람들 앞에서든, 한 번만 더 지금 같은 개소리가 내 귀에 들리면 난 그 출처가 너라고 생각할 거야. 그럼 그 후에는 무슨 재미난 일이 벌어질까? 내가 어디까지 돌아버릴 수 있을지 너도 궁금하지 않아? 기대된다, 그렇지?"

비릿하게 입꼬리를 비틀며 섬뜩하게 뇌까리는 카벨의 모습은 상상 이상으로 무서웠다. 이런 상황까지는 미처 예상하지 못한 라벤더로서는 오금이 저릴 정도였다.

"그러니까 어느 날 갑자기 쥐도 새도 모르게 죽어 없어지기 싫으면 이제부터는 알아서 몸 사려. 말귀 알아들어?"

이를 갈 듯이 으르렁거리며 협박하는 카벨을 향해 라벤더는 저도 모르게 미친 듯이 고개를 끄덕였다. 눈앞에 있는 이 미친놈이 당장에라도 그녀에게 해코지할 것 같아서 무서웠다.

"요즘 쥐 죽은 듯이 살았더니 별게 다 깝치고 있어, 짜증 나게."

퍼억! 카벨은 다시 한번 옆에 있는 화병을 발로 걷어찬 뒤 한 마리의 위험한 맹수처럼 거친 기운을 흩뿌리며 자리를 떠났다. 그가 완전히 시야에서 모습을 감춘 뒤, 라벤더 코르디스는 다리에 힘이 풀리는 것을 느끼며 자리에 털썩 주저앉고 말았다.

제21장

다가온 폭풍

요즘 들어 우리 집 둘째 놈이 이상했다. 어두운 기운을 사방에 흩뿌리며 음침하게 구석에 숨어서 나를 몰래 지켜보고 있지를 않나, 똥 마려운 강아지처럼 나한테 뭔가 할 말이 있는 듯이 끙끙거리지를 않나. 그러더니 혼자서 또 무슨 생각을 하는지 갑자기 비운의 주인공처럼 이를 악물며 밖으로 뛰쳐나가기까지.

본인은 숨긴다고 숨기는 모양이지만 태도가 이상한 게 너무 확연히 보였다. 오죽하면 저걸 아는 척해야 하나, 모르는 척해야 하나 고민이 될 정도였다. 하지만 아무래도 누군가 아는 척해 주기를 바라고 일부러 저러는 건 아닌 것 같아서 나는 그냥 카벨의 이상한 행동을 모르는 척 눈감아주기로 했다.

끄응, 도대체 무슨 일 때문에 저러는지는 몰라도 조금 내버려 두면 괜찮아지지 않을까? 만약 조금 더 시간이 지나도 여전히 저 상태면, 그때 붙잡고 이야기해 보자. 그렇게 생각하며 나는 오늘도 벽 뒤에 숨어 나를 훔쳐보는 둘째 놈을 애써 외면했다.

아, 그런데 진짜 모르는 척하기도 힘들다! 설마 저러고 숨으면 자신의 존재가 가려질 거라고 생각하는 거야? 자기가 무슨 페니만 한 사이즈인 줄 아는 건가? 덩치도 곰처럼 산만 해서는 말이야. 차라리 그냥 지금 이리 와서 다 까놓고 얘기해 보라고 하고 싶은 충동이 울컥 밀려들었다. 하지만 요즘은 나도 속이 많이 복잡하고 심란하던 참이라 그냥 한숨을 내쉬며 방으로 향했다.

얼마 전에 요하네스를 만났던 이후로 나는 마음이 영 편치 못했다. 몇 번을 생각해도 그에게 참 많이 고맙고 미안했다. 요하네스뿐만이 아니라 바스티에의 사람 모두에게 그랬다. 요하네스와 그런 일이 있고 난 후부터 루이제에게도 선뜻 먼저 연락을 할 수가 없었다. 물론 그들이 요하네스와 나 사이에 있었던 일을 아는지는 알 수 없었지만 아무래도 용기를 내기가 어려웠다. 게다가 바스티에 부인은 그 당시 묘하던 우리의 분위기를 보고 이상함을 느꼈을 테니까…….

요하네스를 다시 한번 만나고 싶었지만 그가 원하지 않으면 먼저 만나러 갈 자격이 내게는 없었다. 그가 마지막까지 웃는 얼굴로 나를 배웅해 주었다고 해서 정말 아무렇지 않은 것이라는 생각을 할 정도로 아둔하지는 않았다. 하지만 그렇다고 내가 요하네스 때문에 마음이 좋지 못하다는 사실을 겉으로 내색할 수도 없는 노릇이었다. 그런 나를 보는 유진도 덩달아 마음이 편치 못할 테니까. 그래서 나는 그의 앞에서 평소와 같은 모습을 보이기 위해 노력했다. 그러나 사실 다른 사람도 아닌 유진이 그런 나를 모를 것 같지는 않았다.

"오빠, 어디 갔다 와?"

그러던 어느 날, 나는 막 저택으로 돌아온 카벨을 보고 물었다. 그는 아까 갑자기 훌연히 집을 떠났다가 지금 막 귀가한 참이었다. 그런데 그의 얼굴에는 십 년 묵은 체증이 내려간 것 같은 후련한 표정이 떠올라 있었다. 그 모습을 보고 나는 의문을 느꼈다. 혹시 요 며칠 동안 카벨을 끙끙거리게 만들었던 일이 해결된 걸까? 그런데 나를 본 카벨이 어쩐 일로 성큼성큼 걸음을 옮겨 내게 다가왔다. 한동안 계속 뒤에서만 나를 훔쳐보더니, 이제야 제대로 이야기를 나눌 마음이 든 건가?

"난 네 오빠야. 알지?"

응? 그런데 글쎄, 이놈이 내 어깨를 부여잡으며 이런 황당한 소리를 하는 것이 아닌가? 아니, 뭔 당연한 소리를 이렇게 분위기 잡으면서 하고 있어?

"나 없는 데서 너한테 뭐라고 하는 사람들 있으면 나한테 다 말해! 알겠지? 내가 다 해치워 줄 테니까!"

내가 황당해하는 것을 아는지 모르는지 카벨은 콧김을 팍 뿜으며 이상한 말을 계속 해댔다. 으, 으음. 어쨌든 고맙기는 한데…… 들으면 들을수록 도무지 영문을 알 수가 없어지는 수수께끼 같은 소리였다.

"뭐야, 갑자기 왜 그런 말을 해?"

그런데 내가 물은 순간, 마주한 카벨의 얼굴이 약간 변했다. 조금 전까지는 원래 내가 알던 카벨 특유의 자신만만한 표정을 짓고 있었다면, 지금 그가 지어 보인 표정은 원인을 알 수 없는 복잡한 심경을 드러낸 것이었다. 왜인지 그는 내 물음에 잠시 잊고 있던 무언가를 떠올린 것 같았다. 어, 그런데 카벨이 이런 표정도 지을 수 있는 녀석이었나? 내가 한순간 멈칫한 사이, 둘째가 무언가를 결심한 듯한 눈빛을 보이며 입을 열었다.

"난 머리 굴리는 일은 딱 질색이야."

아니, 뭘 새삼스럽게. 그건 이미 알고 있어. 하지만 왜인지 분위기를 보아하니 지금 내가 생각한 말을 하면 안 될 것 같았다. 그래서 나는 그냥 가만히 카벨이 하는 말을 들어주었다.

"삼 일 밤낮을 머리 싸매고 박 터지게 고민해도 도무지 답이 안 나오는데 어떻게 하라고."

앗, 그 순간 나는 심각한 분위기에 맞지 않게 조금 놀라 버렸다. 우리 집 단순무식의 대명사인 카벨이 삼 일 밤낮이나 머리를 싸매고 고민을 하다니? 이건 좀 엄청난 일이었다. 평소에 카벨은 어떤 일이든 간에 삼 일이 아니라 세 시간, 아니, 딱 삼 분 정도면 전부 잊는 성격이었으니까. 그런데 삼 일이나 고민을 했다면 이건 정말 보통 일이 아닌 것이 분명했다.

"그래도 딱 하나 결론이 난 게 있는데……."

나는 아까보다 조금 더 진지해진 얼굴로 카벨의 말을 경청했다.

"어쨌든 난 나고, 넌 너인 거야. 결국 난 네 오빠고, 넌 내 동생이고…… 그건 무슨 일이 있어도 안 변하는 거니까."

혼잣말 같은 그의 말이 나에게 하는 것인지, 아니면 자기 자신에게 하는 것인지 조금 헷갈렸다. 이유는 잘 모르겠지만 그의 눈동자 속에서 미약한 간절함 같은 것이 엿보였다. 나는 그것을 보고 조금 놀라서 입술을 벌렸다.

"그리고 내가 또 생각을 해봤는데. 넌 내가 무슨 짓을 저질러도, 다른 사람들이 다 내가 잘못했다면서 손가락질해도 분명히 내 편을 들어줄 테니까. 그렇지?"

하지만 내가 그에게 미처 무어라 말하기도 전에 카벨이 먼저 내게 물었다. 그의 푸른 눈동자가 잠깐 할 말을 잃은 내 얼굴을 물끄러미 내려다보고 있었다. 어느 때보다 진지한 카벨의 그 얼굴을 보고 나는 동요해 손끝을 잘게 떨었다. 혹시, 혹시…….

"카벨 오빠……."

너 사고 쳤니……? 뭔지는 모르지만 밖에서 뭔가 큰 사고를 치고 온 건가? 그래서 지금 무슨 일이 있어도 자기편을 들어 달라고 이런 밑밥을 까는 건가? 어쩐지 갑자기 집을 뛰쳐나간 후에 속이 후련해진 얼굴로 들어오더라니……! 설마 학술원 때처럼 누구를 반죽음으로 만들고 온 거 아니야? 앗, 호, 혹시 카벨이 매일 이를 갈면서 짜증스러워하던 부기사단장? 그럼 이것은 하극상?! 저렇게 심각한 분위기를 풍기고 있는 것을 보니 아무래도 상당히 큰일을 저지르고 온 듯했다. 그래도 참, 이놈의 정이 뭐라고. 평소에 언제나 자신만만하던 카벨이 저런 얼굴로 저런 말을 하는 것을 보니 왜인지 가슴이 좀 짠해져서 일단은 그를 달래줘야 할 것 같았다.

"당연하지. 카벨 오빠는 내가 제일 좋아하는 우리 오빠인데. 난 무조건 오빠 편이야."

하지만 네가 무슨 짓을 저지르고 온 건지는 좀 들어 봐야 할 것 같구나. 둘째야, 우리 조용히 방에 들어가서 대화를 좀 나누지 않으련?

"흥, 그럴 줄 알았어."

카벨은 내 말을 듣고 당연히 그렇게 말할 줄 알았다는 듯 콧김을 내뿜었다. 그러더니 곧 그 어느 때보다 굳은 결심이 서린 눈빛으로 나를 직시하며 말했다.

"그러니까 나도 너한테 똑같이 해줄 거야."

그 순간 나는 또 한 번 할 말을 잃고 말았다. 도대체 뭘 똑같이 해준다는 거지? 너도 나에게 신뢰와 믿음을 주겠다는 거야? 내가 무조건 네 편인 것처럼, 너도 내 편을 해주겠다고?

아마 카벨은 모르겠지만 그 말은 나를 조금 동요하게 했다. 예기치 못한 상황에서 뜻밖의 말을 들었기 때문인지 갑자기 목이 조금 막히는 기분이었다. 그래서 나는 괜스레 큼큼 헛기침을 한 뒤 그에게 물었다.

"그, 밖에서 무슨 일 있었어?"

"그냥 눈앞에서 자꾸 설치는 파리 한 마리 밟아주고 왔어."

아앗, 역시?!

"많이 다쳤어? 심각한 상태야?"

"뭐? 내가 얼마나 많이 봐줬는데! 그리고 안 때렸어! 마지막으로 사람 때려 본 지 거의 백 년은 된 것 같은데 무슨 소리야."

둘째 놈은 내 말에 파드득 발끈해서 소리 질렀다. 하지만 그건 좀 아니다, 카벨아. 네 학술원 시절을 떠올려 봐! 개구리 올챙이 적 생각 못한다더니, 딱 우리 집 둘째 녀석 얘기네. 그렇게 내가 속으로 혀를 차는 동안 카벨도 흥분을 가라앉혔다. 그리고 그는 또 혼자서 무슨 생각을 하는지 입술을 실룩거리며 눈에 힘을 잔뜩 주고 나를 쳐다보다가 홱 뒤돌아섰다.

"어쨌든…… 그냥 그렇게 알고 있어! 난 죽을 때까지 계속 네 오빠니까!"

그렇게 외친 뒤 카벨은 요란하게 쿵쾅거리며 계단을 올라갔다.

"뭐야, 진짜……."

나는 그런 그의 뒷모습을 바라보며 작게 중얼거렸다. 여전히 카벨이 왜 저런 이해하지 못할 말과 행동을 하는지 알 수가 없었지만…… 그래도 이상하게 마음이 조금 뭉클해지고 말았다. 나는 카벨 때문에 어쩐지 조금 쑥스럽고 겸연쩍은 기분이 되어서 아무도 보는 사람이 없는데도 괜히 쿵쿵거리는 발소리를 내며 방으로 향했다. 조금 전에 카벨이 그랬던 것처럼 말이다.

[카벨 형이 이상한 게 뭐 하루 이틀이야?]

앗, 이 매정한 녀석. 에리히는 자기 형에 대해서 참으로 가차 없이도 말했다. 물론 에리히가 이런 게 하루 이틀 일도 아니었지만 새삼스럽게 너무하네, 으흑. 역시 우리 집 둘째의 취급이란……. 나는 통신구로 보이는 에리히의 얼굴을 보며 탄식했다. 하지만 이 녀석은 한결같이 시큰둥한 표정을 짓고 있을 뿐이었다.

"그래도 뭔가 평소랑 진짜 달랐다니까."

내가 다시금 카벨의 이상함을 피력했지만 에리히는 콧방귀를 뀌기만

했다. 에잇, 나도 이제 말 안 해. 혹시 에리히가 카벨에게 무슨 일이 있었는지 알까 싶어서 기껏 연락했더니만.

[그것보다 곧 집으로 뭔가 배달돼 갈 건데 네 거니까 잘 챙겨.]

"내 거? 뭔데?"

[보면 알아.]

나는 에리히의 말을 듣고 의아해졌다. 뭔지는 모르지만 내 거라니, 지난번에 학술원에 갔을 때 내가 실수로 뭔가를 흘렸나? 앗, 아니면 혹시 한때 내가 재미가 들렸던 빨간 책이라거나. 쿨럭. 그것도 아니면 설마 선물? 하지만 내 생일도 아닌데?

내 의문은 이틀 뒤에 해소되었다.

"아가씨. 에리히 도련님께서 보내신 선물입니다."

내 앞으로 도착한 것은 보통 크기의 상자였다. 나는 내 방에서 그것을 열어 본 후 깜짝 놀라 두 눈을 크게 뜰 수밖에 없었다. 앗! 아앗! 앗, 이건!

"에리히!"

[표정을 보아하니 받았나 보네.]

나는 곧바로 통신구를 사용해 에리히에게 연락했다. 저녁 시간이라 마침 방에 있었는지, 에리히는 곧바로 통신구에 모습을 비췄다. 에리히는 내 놀란 얼굴을 보고 집에 선물이 도착한 사실을 눈치챈 듯했다.

"어떻게 된 거야? 예전에 유진 오빠가 위험하다고 반대했다고 하지 않았어?"

그가 내게 준 선물은 유려한 음각 무늬가 세공된 은색의 총이었다. 전부터 호신용 총이 갖고 싶다고 말했지만 유진이 탐탁지 않게 여겨 결국 포기해야만 했었는데. 일전에 에리히가 유진에게 언뜻 얘기를 꺼냈을 때에도 반대했다고 들은 기억이 있었다. 하지만 놀라움이 담긴 내 물음에 에리히는 그저 작게 콧방귀를 뀌며 심드렁하게 말했다.

[몰라, 까짓것 들키면 그냥 한 소리 듣고 말지, 뭐.]

이, 이 녀석. 제법 대범해졌는데? 곧이어 지나가듯 귀를 스치는 그의 말에 나는 멈칫하고 말았다.

[그리고 어차피 너, 형이 반대했어도 예전에 바스티에에서 쓰던 거 계속 가지고 있었잖아. 그럴 바에는 그냥 내가 준 거 들고 다녀.]

갑자기 무슨 바람이 불어서 나한테 이런 걸 선물해 준 건지 모르겠다고 생각했는데 그런 걸 신경 쓰고 있었구나. 문득 나를 배려해 마음 써 준 에리히에게 고마운 마음이 들었다. 게다가 사실 나는 그와 이렇게 평범하게 대화를 나눌 수 있다는 사실만으로도 기뻤다. 일전의 일이 있고 난 후에도 에리히가 나를 평소처럼 대해 주기 위해 노력한다는 사실을 알고 있었기 때문이다.

"고마워, 에리히. 네가 준 거 진짜 마음에 들어."

[피아노랑 내 선물 중에 뭐가 더 좋아?]

에리히가 툭 던지듯 내뱉은 말에 나는 고개를 갸웃했다. 응? 피아노는 유진이 우리가 다시 에른스트로 돌아왔을 때 선물로 준 건데. 왜 갑자기 그거랑 비교하는 거지? 물론 나는 유진의 선물도, 에리히의 선물도 다 좋았다. 그래도 기껏 선물을 준 사람의 성의가 있는 건데 여기서는 에리히를 띄워 주는 게 좋겠지?

"지금은 네가 준 게 더 좋아! 첫눈에 반했어. 너무 예뻐, 완전 내 취향이야."

나는 에리히가 준 선물의 범접할 수 없는 아름다움에 대해 마구 예찬했다. 하지만 그것은 진짜 내 진심이었다. 사실 나는 에리히가 보내 준 선물을 본 순간부터 신이 나 있었다.

[흥, 성능도 그게 더 좋으니까 잘 가지고 다녀.]

"그런데 갑자기 웬 선물이야? 오늘 내 생일도 아닌데. 나야 좋긴 하지만."

내 물음에 에리히가 내 얼굴에 푸른 눈동자를 고정하며 입을 열었다.

[별 이유 없어. 그냥 유진 형은 아마 죽을 때까지 너한테 그런 걸 선물해 주지는 않을 테니까. 그래서 형이랑은 다른 방식으로 내가 할 수 있는 걸 하려는 거야.]

그의 말은 알 듯 말 듯했다. 하지만 내가 다시 한번 그에게 의미를 묻기 전에 에리히가 먼저 나한테 인사를 남긴 뒤 통신구를 종료했다.

나는 고개를 갸웃거리며 불이 꺼진 통신구를 바라보다가 다시 에리히가 준 선물에 시선을 옮겼다. 몇 번을 다시 봐도 에리히가 준 총은 내 마음에 쏙 들었다. 나는 한참 동안 상자 안의 물건을 이리저리 뜯어보고 또 질릴 때까지 만지작거리다가 다시금 상자 안에 넣고 뚜껑을 닫아 고이 보관했다. 그리고 그것을 유진에게 들키지 않도록 깊숙한 곳에 감추었다. 뜻밖의 선물을 받아 들뜬 아이처럼 기분 좋게 두근거리는 밤이었다.

"오늘 기분이 좋아 보이네."

유진이 내 얼굴을 보며 지나가듯 던진 말에 나는 흠칫했다. 그, 그렇게 얼굴에 티가 나나? 아마 내 기분이 좋아 보인다면 그 이유는 분명 에리히의 선물 때문일 것이다.

"그래? 오늘 날씨가 좋아서 그런가."

하지만 유진에게 선물에 대한 이야기를 할 수는 없어서 나는 그냥 말을 돌리고 말았다. 내 웃는 얼굴을 본 유진이 잠시 동안 말이 없다가 이내 나를 향해 손을 뻗었다.

"오늘 황궁에 들를 예정이지? 나올 때까지 기다리고 있을게."

"오늘 일찍 끝나?"

"응."

정말 오늘은 일이 별로 없어 일찍 끝날 예정이었던 건지, 아니면 그냥 나랑 같이 돌아오려고 그렇게 말하는 건지는 알 수가 없었다. 하지만 그렇게 말해주는 것 자체는 기분이 나쁘지 않았다. 나는 부드럽게 얼굴을 어루만지는 유진의 손길을 느끼다가 문득 떠오른 생각에 설핏 미소를 지었다.

"카벨 오빠도 시간이 맞으면 같이 오면 좋을 텐데."

그러자 착각인지 한순간 유진이 멈칫한 것 같았다. 카벨은 요즘 들어 계속 아침 일찍 집을 나가서 밤늦게 들어오는 생활을 하고 있었다. 그래서 나도 그의 얼굴을 보기가 힘들었다.

혹시 부기사단장이 또 카벨을 굴리는 건가 싶었으나 아무래도 이번에는 그가 자발적으로 훈련하는 것인 듯했다. 추측하건대 아마도 지난번에 카벨을 고뇌하게 만들었던 일의 연장선인 것 같았다. 한번은 걱정이 되어서 카벨에게 이유를 물었으나 그는 고집스러운 얼굴을 한 채 끝까지 입을 다물었다.

"시간 날 때 한번 물어볼게."

"오빠도 바쁠 텐데 일부러 그럴 건 없고."

나는 입궁 준비를 마친 유진을 배웅하기 위해 함께 걸음을 옮겼다. 그리고 잠깐 주위를 두리번거리다가 이내 주위에 아무도 없다는 사실을 확인하고 유진의 팔을 붙잡은 채 발뒤꿈치를 들었다.

"잘 다녀와."

입술에 유진의 뺨이 잠깐 닿았다가 떨어졌다. 앗, 그런데 막상 저질러 놓고 보니 부끄럽다. 빨리 들어가야겠다! 그때, 머리 위에서 부스러지는 얕은 웃음소리가 들렸다.

"다녀올게."

유진의 손이 내 뒷머리를 감싼 직후, 이마 위에 온기가 내려앉았다. 나는 뒤돌아 걷기 시작한 그의 모습을 지켜보았다. 그러다 천천히 손을 올려 조금 전 유진이 가볍게 입을 맞추었던 이마를 매만졌다. 괜스레 얼굴이 약간 뜨끈뜨끈했다.

"난 정말 구제 불능이야. 영애도 그렇게 생각하지?"

자괴감 넘치는 그 목소리에 나는 난처함을 느꼈다. 다이스는 불과 며칠 만에 풀이 죽다 못해 땅굴을 파고 들어갈 것처럼 절망해 있었다. 나는 그런 그를 애써 위로했다.

"그래도 구제 불능까지는 아니지 않을까요? 너무 그렇게 자책하지 마세요, 전하."

"이 상황에 어떻게 자책하지 않을 수 있겠어? 나는 이제 끝났어. 나는 이제 행복해질 수 없어."

하지만 통하지 않았다. 그새 핼쑥해진 그의 얼굴이 그동안의 마음고생을 말해주는 듯했다. 다이스가 이렇게 좌절한 이유는 두말할 필요도 없이 로자벨라 때문이었다.

놀랍게도 두 사람의 냉전은 아직도 지속 중이었다. 로자벨라의 분노는 생각보다 오래가고 있었는데, 조금씩 소강되어 가던 그녀의 화를 다시금 불사른 것은 다름 아닌 다이스였다. 크흑, 이럴 줄 알았으면 지난번에 로자벨라에게 줄 선물의 목록을 뽑던 다이스를 적극적으로 말렸을 텐데. 하지만 난들 그가 설마 그 정도로 요란하게 벨론티아에 선물의 행렬을 보낼 줄 알았겠는가? 과한 것은 부족한 것만 못하다고 내가 그렇게 말했는데도 다이스에게는 깊이 와 닿지 않은 모양이었다.

벨론티아의 저택에 줄줄이 도착한 온갖 진귀한 금은보화들은 누구나 두 눈을 휘둥그렇게 떠야 할 정도로 엄청났다. 더군다나 그것을 보낸 이가 황손 다이스라는 소식에 아를란타의 제도는 또 한 번 떠들썩해질 수밖에 없었다. 물론 세간에는 이렇게까지 황손 전하의 애정을 받는 로자벨라가 부럽다느니, 약혼녀를 위해 저런 진귀한 물건들을 아낌없이 선물한 다이스가 멋있다느니 하는 의견이 대부분이었다. 하지만 애초에 사람들의 입방아에 오르는 것이 싫어 외출까지 삼가고 있던 로자벨라가 이 일로 다이스에게 또다시 한기를 흩뿌리기 시작한 것도 어찌 보면 당연했다.

다이스는 '도대체 내가 왜 그런 정신 나간 짓을 했는지 모르겠다'며 탁자 위에 쿵쿵 이마를 찧었다. 그러면서 한껏 우울한 목소리로 '난 머저리야, 멍청이야'를 몇 번이나 중얼거렸다. 나는 그 모습을 보며 속으로 혀를 차고 말았다.

"로자벨라 양의 화가 풀릴 때까지 좀 더 기다려 보세요. 그래도 약혼녀를 위하는 마음으로 선물을 보내신 거잖아요? 아마 로자벨라 양도 전하의 마음은 알고 있을 거예요."

"아니야, 이번에는 진짜 영영 화를 풀지 않을 것 같아. 내가 보낸 편지도 아예 안 읽는 것 같았어."

내가 나름대로 그를 위로한다고 했지만 사실은 별로 진정성이 없는 말이었다. 다이스도 내 위로의 영혼 없음을 본능적으로 눈치챈 기색이었다.

"이제 나한테 완전히 정이 떨어졌다고 하면 어쩌지? 으아, 이래서 연애 한 번 한 적 없는 레로 경의 말 같은 걸 듣는 게 아니었는데!"

아, 범인은 다이스의 호위 기사인 레로 경이었구나. 나도 오다가다 몇 번 본 기억이 있었다. 아닛? 그런데 여자를 백 명쯤은 울려 봤을 것 같은 그 얼굴을 하고 연애 경험이 아직 한 번도 없단 말이야?

"전하, 잠시 들어가도 되겠습니까?"

"무슨 일이지?"

그때, 문밖에서 다이스를 부르는 목소리가 들렸다. 밖에서 대기 중인

기사인 것 같았다. 그나저나 다이스의 이 온도 차는 몇 번을 경험해도 놀랍구나. 그는 조금 전에 내 앞에서 언제 투정을 부렸냐는 듯이 근엄함이 넘치는 목소리를 내며 문밖에 있는 사람을 안으로 들였다. 어느덧 다이스는 테이블에 붙이고 있던 상체를 일으켜 세워 멋들어진 자세를 잡고 있었다.

"시즈닝 백작이 전하께 알현을 청하고 있습니다."

"그대의 눈에는 지금 내가 에른스트 양과 함께 있는 것이 보이지 않는가? 먼저 온 손님을 맞이하는 중이니 조금 더 기다리라고 시즈닝 백작에게 전하도록 해."

"그것이, 아마 상당히 급한 일인 듯하여……."

무슨 일인지는 몰라도 저 시즈닝 백작이라는 사람이 다이스를 알현장으로 불러 달라고 계속 독촉하고 있는 상황인 것 같았다. 난처한 듯 말끝을 흐리는 목소리에 다이스가 자신의 앞에 부복한 기사를 향해 냉소적으로 뇌까렸다.

"그래? 몇 번씩이나 내게 같은 말을 하게 만들면서 이리 채근할 정도로 다급한 일이란 말이지?"

억, 이 사람 지금 기분 안 좋구나. 입가에는 미소를 걸고 있었지만 다리를 꼬고 앉아 기사를 내려다보는 다이스의 눈빛은 매우 싸늘했다. 그 차가운 시선에 기사가 몸을 작게 움찔거렸다. 크으, 이렇게 보니까 우리 황손 전하도 한 카리스마 하시는데. 그가 내 앞에서 편한 모습을 보인 지는 꽤 된 탓에 밖에서는 제법 위엄 있는 황손 전하라는 사실을 하마터면 깜빡 잊을 뻔했다. 그런데 이런 사람이 로자벨라에 관련된 일에는 이렇게 쭈글쭈글해지다니, 놀랄 일이야.

"전하, 저는 이만 돌아가 보겠습니다."

결국 내가 먼저 자리를 떠나기로 결정했다. 식은땀을 흘리며 긴장하는 기사도 안돼 보였거니와 어쨌거나 다이스도 지금 바로 알현장으로

가 보는 게 좋을 것 같았기 때문이다. 비록 기분이 저조하여 기사를 잡긴 했지만 다이스도 나와 똑같이 생각한 모양이었다. 곧 그가 혀를 차며 자리에서 몸을 일으켰다. 그래서 결국 다이스와 나는 나란히 방을 나서게 되었다.

"시즈닝 백작은 지금 알현실에 있겠지? 도대체 얼마나 시급을 다투는 일이기에 이리 소란을 피우는지 어디 한번 들어 봐야겠군."

나는 알현장에 있을 시즈닝 백작과 파리한 얼굴로 다이스의 뒤를 따르는 기사의 안위를 염려하며 다이스와 헤어져 궁을 나섰다.

갑작스러운 알현 신청 때문에 예정보다 일찍 다이스의 궁을 나오게 된 나는 한가해졌다. 다른 때 같으면 바로 에른스트의 저택으로 향했을 테지만 오늘은 기다려야 할 사람이 있었다. 왜냐하면 아침에 유진과 한 약속이 있었으니까. 아마 유진은 자신이 먼저 일을 끝마치고 나와서 나를 기다릴 생각이었던 것 같은데, 사람의 일이란 것이 원래 변수가 있게 마련 아니던가?

"공작님께 가실 겁니까?"

뒤에서 조용히 나를 따르던 에단이 물었다. 하지만 유진이 일하는 곳에 찾아가면 혹시 부담이 될지도 몰랐으니까 그냥 밖에서 그를 기다리기로 했다.

"아니요. 그냥 여기에서 기다릴래요."

에단은 여느 때처럼 내 말에 반대하지 않고 묵묵히 고개를 숙였다. 유진을 기다리는 일은 하나도 지루하지 않았다. 외궁의 입구 부근에는 보라색 아네모네꽃이 지천에 깔려 있었다. 꽃구경을 하며 손에 들고 있는 레이스 양산을 괜스레 빙글빙글 돌리자 보라색 꽃들 위로 드리워진 그림자가 덩달아 움직였다.

그러다 문득 옆얼굴로 제법 선명한 시선이 느껴져서 고개를 돌렸다. 눈이 마주친 직후, 언젠가부터 나를 바라보고 있던 에단이 두어 걸음 가까이 다가왔다. 곧 그가 내게 내미는 것을 보고 나는 두 눈을 조금 크게 떴다.

"주는 거예요? 저한테?"

에단의 손에 들린 것은 언제 꺾었는지 모를 아네모네꽃이었다. 내가 놀라서 묻자 그는 여전히 무표정한 얼굴을 한 채 자신의 손에 들린 꽃과 내 얼굴을 번갈아 쳐다보며 말했다.

"아가씨의 눈동자 색과 닮았습니다."

나는 약간 얼떨떨하게 내 앞에 내민 꽃을 보다가 결국 풋 웃으며 그것을 받아 들었다.

"고마워요. 예쁘네요."

예전에도 에단을 살금살금 가까이 다가오는 길고양이 같다고 생각한 적이 있었는데. 지금도 꼭 다람쥐가 친해진 사람에게 솔방울 같은 걸 물어다 주는 것과 비슷하게 느껴지기도 했다.

"하리."

바로 그때, 나를 부르는 익숙한 목소리가 들렸다. 고개를 돌리자 나를 향해 다가오고 있는 유진의 모습이 눈에 들어왔다.

"유진 오빠."

내 예상대로 그는 약속 장소에 먼저 와 있는 나를 보고 조금 놀란 것 같았다. 아마 갑작스러운 알현 신청이 있지만 않았다면, 나도 좀 더 다이스의 푸념을 들어주다가 나와야 했을 테니까.

"언제부터 기다리고 있었어?"

"얼마 안 됐어. 나도 지금 막 나온걸."

내가 대답하자 유진이 슬쩍 미간을 좁혔다. 척 봐도 예기치 못하게 나를 기다리게 만든 것을 마뜩잖게 여기는 눈치라, 나는 그런 그를 보며 작게 웃었다.

그러다 문득 유진의 눈길이 내 손에 들린 꽃에 닿았다. 조금의 눈썰미만 있어도 그것이 지금 내 옆에 펼쳐진 화원의 꽃과 동일한 종류의 꽃이란 사실을 알 수 있을 터였다. 나는 그를 향해 웃으며 말했다.

"에단 경이 줬어."

"에단이?"

유진의 시선이 옆에 있는 에단에게 느리게 미끄러졌다. 에단은 그런 유진을 향해 살짝 고개를 숙여 보인 뒤 말없이 몇 걸음 뒤로 물러났다.

"향기가 엄청 좋아. 맡아 볼래?"

나는 에단에게 뜻밖의 선물을 받아 기분이 좋은 상태였다. 그래서 그가 준 꽃을 유진에게 내밀며 향기를 맡아 볼 것을 권했다. 유진의 검은 눈동자가 가까이 다가온 보라색 꽃송이를 지그시 내려다보았다.

잠시 후 유진의 손이 들어 올려졌다. 하지만 그는 눈앞에 있는 꽃을 건네받는 대신 내 손을 붙잡아 가까이 당겼다. 허공에서 눈이 마주치는 순간 나는 멈칫했다. 유진은 그런 나를 아는지 모르는지 여전히 나와 눈을 맞춘 채로 내 손을 얼굴 가까이에 대고 얕게 숨을 들이마셨다.

"손에도 향이 뱄네."

나는 괜히 손을 꼼지락거리다가 약간 어색하게 웃으며 말했다.

"꽃에서 나는 향기 아니야?"

"너한테 나는 것 같은데."

유진도 나를 따라 설핏 여트막한 웃음을 그렸다. 그 후 내 손에서 꽃을 빼내 가는 유진의 움직임이 너무 자연스러워서 나는 조금도 위화감을 느끼지 못했다.

"황궁의 꽃은 황족 소유라 함부로 꺾으면 중형을 받을 수 있어."

앗, 그 말을 듣고 나는 흠칫했다. 유진의 말이 맞았다. 황실의 화원에

핀 꽃은 황실의 소유물이나 마찬가지였으니 그것을 마음대로 꺾는 행위는 문제가 될 수도 있었다.

"양산에 가려져서 안 보이지 않았을까?"

유진의 말을 듣고도 여전히 무덤덤한 에단과 달리 나는 걱정스러운 마음으로 주위를 둘러보았다. 그런 나를 향해 유진이 나직하게 읊조렸다.

"그래도 이걸 가져가는 건 위험할 거야."

절대 강요하는 어투는 아니었지만 내용이 내용인지라 나는 곤혹감을 느꼈다. 에단이 처음으로 나한테 준 건데…….

"저는 괜찮습니다."

내가 망설이는 이유를 알았는지 에단이 먼저 내게 말했다.

"그럼 마음은 이미 받았으니까, 이건 다른 꽃들이랑 같이 있게 여기에 두고 가요. 아마 이 꽃도 혼자 떨어져 있으면 외로울 거예요."

나는 에단에게 미안한 눈빛으로 내 마음을 전한 뒤, 아까 그가 준 꽃을 다른 보라색 꽃송이들 사이에 살며시 내려놓았다. 아, 아무도 안 봤겠지? 저희는 이 꽃을 꺾지 않았습니다! 그냥 예뻐서 쓰담쓰담 해준 거예요. 으흑, 진짜예요.

"그만 가자. 카벨은 오늘도 늦을 예정이라고 했어."

"카벨 오빠, 계속 바쁘네."

그 후 유진의 손이 자연스럽게 내 손에 있던 양산을 옮겨 들었다. 우리는 보라색의 꽃밭을 지나 함께 걸었다. 그런 유진과 내 뒤를 에단이 조용히 따르고 있었다. 마치 폭풍 전야처럼 지극히도 평온하던 하루였다.

다행이라 해야 할지, 다이스가 로자벨라를 만날 수 있는 날은 금방 다가왔다. 바로 황실의 공식 행사인 사냥제가 열렸기 때문이다. 다이스가 황족 대표로 참석하는 자리인 만큼 그의 약혼녀인 로자벨라 역시 잠깐이라도 얼굴을 비추어야만 했다. 물론 대외적인 행사이기에 지금 바로 사적인 대화를 나누지는 못할 테지만, 아마 나중에 기회를 잘 봐서 따로 그들만의 시간을 갖지 않을까 싶었다.

“채비는 잘 마치셨나요? 공자는 어느 구역으로 가실 예정인지요?”

“아마 동북쪽이 아닐까 싶습니다만.”

“북쪽에는 맹수들이 많다던데 위험하지 않을까요?”

나는 저마다 대화를 나누는 사람들 틈에서 약간 따분하게 주위를 둘러보았다. 오늘 행사가 열리는 사냥터는 사냥감의 종류나 위험도에 따라서 구역이 나누어져 있었다. 대개는 사슴이나 여우가 있는 동쪽이나 남쪽으로 많이 사냥을 갈 예정이지만 자신의 솜씨에 특히 자신이 있는 사람들의 경우 무리를 지어 북쪽 부근에도 가 볼 계획을 짜고 있다고 들었다.

“저게 뭐지?”

그러다 문득 몇몇 시종들이 웬 통 같은 것을 여러 개 들고 어디론가 이동하는 모습이 보였다. 내가 의아함에 혼잣말처럼 중얼거리자 뒤에 있던 에단이 대답해 주었다.

“닭이나 토끼 같은 작은 짐승의 피일 겁니다. 북쪽 구역에 뿌릴 계획이라고 하더군요.”

듣기로는 오늘 사냥터에 비치된 북 구역의 맹수들은 야행성이라 낮에는 모습을 드러내지 않는다고 했다. 그래서 다른 짐승의 피를 풀숲에 적당히 뿌려 그들을 밖으로 나오게 할 계획이라고 들었다.

“사냥 같은 거, 따분하고 시끄럽고 냄새나고 별로야.”

그때, 옆에서 누군가가 작게 투덜거렸다. 나는 그 소리에 고개를 돌렸다. 그러자 못마땅하게 얼굴을 구기고 있는 에리히의 모습이 눈에 들어왔다. 오늘 에른스트의 대표로 사냥제에 참석한 것은 나와 에리히였다.

그는 어릴 때부터 사냥이라면 질색을 했기 때문에 이런 반응을 보이는 것도 이해가 되었다.

"넌 사냥 싫어하지? 그냥 집에서 쉬는 편이 좋았을걸."

원래는 유진과 함께 올 예정이었지만 그는 다른 일이 생겨서 사냥제 도중에나 들를 수 있다고 했다. 그래서 모처럼 주말을 맞아 집에 돌아온 에리히가 나와 함께 온 것이었다.

"기분 별로면 먼저 갈래?"

"됐어."

"유진 오빠는 조금 이따가 올 예정이라고 했으니까 난 에단 경이랑 같이 기다리면 돼."

에리히가 거절했지만 나는 다시 한번 그에게 권했다. 아무래도 에리히의 얼굴이 영 좋지 않아 보였기 때문이다.

"괜찮다니까. 물론 너는 형이랑 둘이 있는 게 더 좋겠지만."

그리고 다음 순간 지나가듯 내뱉은 에리히의 뼈 있는 말에 나는 멈칫하고 말았다. 에리히 역시 무심코 한 소리인 듯 그 직후 약간 표정을 변화시켰다. 그와 나 사이에 짧은 침묵이 내려앉았다.

"난 그런 의미로 말한 거 아니야."

이윽고 내가 조용히 속삭이자 에리히가 잠시 입을 다문 채 가만히 나를 내려다보았다. 잠시 후, 그가 내게서 시선을 비끼며 천천히 입을 열어 읊조렸다.

"나도 알아."

"……."

"지금 건 그냥…… 내가 괜히 심술부린 거야."

나는 뒤이어 손을 들어 올려 약간 거칠게 얼굴을 쓸어내리는 에리히의 모습을 바라보았다.

"……미안. 그냥 조금 예민해져서 그래."

조금은 뜻밖이라고 해야 할지, 그는 예상외로 내게 쉽게 사과했다. 사실 에리히가 오늘 이렇게 유독 날 선 반응을 보이는 것도 이해하지 못할 일은 아니었다.

그는 쌍둥이 동생인 아리나가 죽었을 때부터 죽음에 민감했고, 그래서 평소에 동물들을 사냥해 죽이는 행위도 꺼렸다. 그런 데다 에른스트 부부가 죽은 것도 사냥터에서의 일이었으니, 지금 이곳은 그에게 있어 그리 유쾌한 장소는 아닐 터였다. 나도 그 사실을 알기 때문에 조금 전에 에리히에게 그런 말을 한 것이었다.

하지만 생각해 보면 그럼에도 에리히가 오늘 이 사냥터에 온 것은 나를 혼자 보낼 수 없어서일 가능성이 컸다. 앞서 말한 대로 유진은 사냥터에 다소 늦게 도착할 예정이었고, 카벨은 주말인 오늘도 기사단에 출근한다고 했으니까. 나는 얕은 숨을 내쉬며 에리히의 팔을 잡았다.

"어차피 오늘은 적당히 시간만 때우면 되니까, 천막에 들어가서 쉬고 있자."

어차피 사냥제란, 직접 숲에 들어가 사냥을 하지 않고서야 서로 모여 담소를 나누는 친목의 장이나 마찬가지였다. 하지만 에리히의 상태가 이런데 굳이 다른 곳에 끌고 가서 하하 호호 억지로 떠들게 할 이유도 없었다. 다행히도 에리히는 내 손을 뿌리치지 않고 온순히 뒤를 따라왔다.

"너 요즘 잠 제대로 못 잤지?"

나는 천막 안에 마련된 의자에 에리히를 앉혔다. 그 후 내가 묻는 말에 녀석이 뜨끔하며 어깨를 들썩였다.

"아니, 잘 자고 있는데. 그것도 엄청 잘 자고 있거든?"

"아니야, 내 생각에 너는 최소한 일주일은 넘게 잠을 잘 못 자고 있어!"

에리히는 발뺌했지만 거기에 넘어갈 내가 아니야! 어릴 때부터 잠이 부족해서 병든 병아리처럼 골골거리던 너의 역사를 내가 다 지켜봐 왔는데 누구를 속이려고!

내가 자신만만하게 외친 소리에 에리히의 얼굴이 구겨졌다. 더 이상 속여도 소용이 없을 것이라 판단했는지, 에리히는 내 말을 계속 부정하지는 않았다. 그는 입을 꾹 다물고 나를 쳐다보았다. 잠시 후 에리히가 나한테서 고개를 돌리며 툭 내뱉듯이 말했다.

"그런 거, 다른 사람은 아무도 모르던데 왜 넌 그렇게 쓸데없이 눈치를 잘 채는 거야?"

"그야 내가 엄청 세심하고 꼼꼼한 성격이니까?"

"웃기고 있네."

앗, 바로 비웃음당했다. 크흑, 이 매정한 녀석. 나처럼 널 신경 쓰고 잘 챙겨 주는 사람이 또 어디 있다고!

"난 누워서 쉴 거니까 넌 나가 있어."

"에단이라도 옆에 있으라고 할까?"

"아가씨 옆을 지키는 것이 제 임무입니다."

"나도 댁이랑 같이 있는 건 싫거든?"

에, 에단도 참. 저렇게 단칼에 거절하다니. 그래도 에리히가 으르렁거리는 걸 보니 기운이 영 없는 건 아닌 것 같아서 다행이다. 나는 에리히에게 푹 쉬라는 말을 남기고 에단과 함께 천막을 빠져나왔다. 밖으로 나오자 어느덧 삼삼오오 모여 친목을 다지고 있는 사람들이 눈에 띄었다.

"어머, 에른스트 양."

그래서 가장 먼저 어느 쪽으로 가볼까 고민하던 중에 나는 때마침 길을 지나던 마조람 영애와 맞닥뜨렸다.

"아까 천막 안으로 들어가시는 걸 보고 나중에 인사드리려 했는데. 에른스트에서는 오늘 사냥에 참가하지 않나요?"

"네. 약혼자이신 고티앙 공자는 지금 숲에 계시나 보네요."

"저한테 뿔이 예쁜 사슴을 잡아주겠다고 하지 뭐예요."

나는 호호호 웃는 마조람 영애를 따라 미소를 짓다가, 이어지는 그녀의 말에 무의식적으로 멈칫했다.

"에른스트 경은 오늘 사냥제에 참석하지 않으셨죠? 경의 취미가 사냥이라고 해서 오늘 만나 뵐 수 있을 줄 알았는데 아쉽네요."

사실 마조람 영애는 지난 신년제 때 자신의 마음을 담은 편지를 카벨에게 전해 달라고 했던 사람이었다. 그 후에도 그녀는 우리 집 둘째를 향해 꾸준한 관심을 내비쳤으나 결국은 지난달에 다른 공자와 약혼을 하게 되었다.

으음, 지난번에 마조람 영애가 해맑게 웃는 얼굴로 나한테 뭐라고 했더라. 대충 '카벨을 좋아하는 건 맞지만 그렇다고 내 남자로 삼고 싶은 경우는 아니고, 그냥 지금처럼 가끔 눈요기를 하면서 안구 정화를 하면 족하다'라는 식의 말을 하며 지금처럼 발랄하게 호호호 웃었던 것 같은데. 쿨럭.

나는 마조람 영애와 헤어져서 주위를 둘러보았다. 마침 카벨의 이야기를 하면서 잠깐 잊고 있던 사람이 생각났기 때문이다. 바로 라벤더 코르디스였다. 하지만 역시 그녀의 모습은 어디에도 보이지 않았다.

나는 어제 들었던 마음에 걸리는 소문을 다시금 머릿속에 떠올렸다. 그것은 바로 얼마 전에 있던 가든 파티 때, 카벨이 라벤더 코르디스의 팔을 붙잡고 어디론가 끌고 갔다는 소문이었다. 가든 파티의 날짜를 들어보니 카벨이 갑자기 외출했다가 후련한 얼굴로 돌아온 날과 일치했다.

그날 카벨은 어째서인지 나한테 이상한 소리를 하지 않았던가? 듣기로 라벤더 코르디스는 그 이후 자택에서 두문불출하고 있다고 하니, 오늘 사냥제 때 모습을 드러내지 않은 것이 어떤 의미로는 당연할지도 몰랐다. 무언가 심적인 충격을 받은 것 같다고 하던데…….

그 이유가 카벨이라는 것은 알겠지만 도대체 둘 사이에 무슨 일이 있었던 것인지 자세한 정황을 알 수가 없었다. 오늘 집으로 돌아가면 슬쩍 카벨에게 물어볼까?

"하리, 어서 와요."

그런 생각을 하며 중앙 천막으로 들어서자 한 무리의 사람들이 눈에 들어왔다. 그 한가운데에는 로자벨라가 있었다. 그녀는 나를 보자마자 반갑게 맞이해 주었다. 원래도 사교계의 중심에 있던 로자벨라는 황손 다이스와 약혼한 이후 전보다 더한 관심을 받게 되었다.

게다가 한동안 저택 밖으로 잘 나오지 않던 그녀가 오랜만에 모습을 드러내서 그런지 그녀 주위에는 사람들이 벌 떼같이 몰려들어 있었다. 게다가 이런 말은 좀 그렇지만, 나 역시 에른스트의 일원으로서 어디를 가나 다른 사람들의 주목을 끌곤 하지 않았던가? 나와 로자벨라의 만남에 주위의 시선이 순식간에 집중되는 것이 느껴졌다.

"안녕하세요, 로자벨라 양. 지난번 화랑에서 뵙고 처음이네요."

"네, 오늘 하리 양이 사냥제에 참석할 줄은 몰랐는데 이렇게 만나서 반가워요."

그녀와 나의 화기애애한 대화에 주변에서 작게 수군거리는 소리가 들렸다. 풍문으로만 듣던 소문이 사실이라는 것을 확인해서 그런 것 같았다. 지난번 의상실에서의 우연한 만남 이후 나는 꽤 정기적으로 로자벨라와의 만남을 가져 왔다. 사실 로자벨라가 유진의 약혼녀라는 이름표를 벗은 후부터 그녀와 나, 둘 다 서로를 대하는 것이 전보다 편해진 것 같았다. 내가 그녀에게 은연중에 거리감을 느끼고 있던 것처럼 아마 로자벨라 역시 마찬가지였던 모양이다. 만약 그녀가 그대로 유진과 결혼하게 되었다면 나는 로자벨라의 시누이가 되는 셈이었으니 이해하지 못할 일은 아니었다. 하지만 그런 관계에서 벗어나자 로자벨라와 나는 비로소 순수하게 서로를 마주 볼 수 있게 되었다.

게다가 우리는 취미나 관심사 등 통하는 부분이 은근히 많았다. 좀 더 깊게 알고 나니 로자벨라는 내 생각과 달리 은근히 털털하고 시원시원한 구석이 있기도 했다. 나도 전보다 더 그녀를 편하게 대해서 그런지,

로자벨라도 내가 그녀에게 느낀 것과 비슷한 감상을 받은 듯했다.

그래서 오히려 유진의 파혼 후 로자벨라와 나는 사이가 더 가까워졌다고도 할 수 있었다. 유진은 그 사실에 어쩐지 오묘한 기분을 느끼는 것 같았지만 그렇다고 내가 벨론티아에 방문하는 것을 반대하지는 않았다. 그러니 아마 이 자리에 모인 귀족들은 생각 이상으로 돈독해 보이는 로자벨라와 내 모습에 저마다 열심히 머리를 굴리고 있을 터였다.

"에른스트 양, 이쪽으로 와서 앉으세요."

"그래요, 마침 벨론티아 양의 옆자리가 비어 있어요."

"오늘 공작님은 함께 오지 않으셨나요?"

"그러고 보니 아까 막내 공자님과 함께 계시던데……."

나는 사람들의 속 보이는 환대를 받으며 그들 사이에 끼어들었다. 그러고 난 후 한동안 영양가 없는 대화가 오갔다. 미래의 황손비가 될 로자벨라와 친분이 있어 보였던 모습 때문인지 나에게도 전보다 과한 관심이 집중되었다. 그런데 그들은 그러면서도 이따금 불편한 듯이 내 뒤를 힐끔거렸다.

나는 사람들의 시선이 향하는 곳이 에단이라는 사실을 어렵지 않게 눈치챘다. 그들의 눈빛에 담긴 감정이 무엇인지도 깨달았다. 아마 그들은 에단이 비숍이라는 성을 가지기 전에 슈마하였다는 사실을 알고 있는 사람들일 것이었다. 전에도 그와 함께 외출할 때면 가끔 이런 시선을 받고는 했지만 오늘은 특히 보수파 귀족들이 많이 모인 자리라 그런지 그 태도가 유독 노골적이었다. 나는 웃는 얼굴로 핑계를 대며 먼저 자리에서 일어났다.

"그럼 저는 오빠에게 가 봐야 할 것 같아서 이만 실례할게요."

"하리, 저도 지금 일어날 생각이었는데 같이 나가요."

뜻밖에도 로자벨라가 그런 내 뒤를 따라왔다. 순식간에 대화의 중심을 잃게 된 사람들이 술렁였으나 로자벨라는 신경 쓰지 않는 눈치였다.

그건 나도 마찬가지여서 우리 두 사람은 함께 천막을 나섰다.

"드디어 해방이네요. 조금 전까지 갑갑해서 혼날 뻔했어요."

"로자벨라 양이 공식 석상에 모습을 드러낸 건 오랜만이라 다들 흥분한 것 같아요."

한숨을 내쉬며 읊조리는 그녀의 모습에 나는 작게 웃으며 말했다.

"하리, 잠깐 같이 차라도 들지 않겠어요?"

"좋아요."

딱히 거절할 이유도 없어서 나는 로자벨라의 권유를 수락했다. 우리는 벨론티아의 개인 천막 안으로 들어섰다. 방금 전에 다른 사람들과 함께 모인 자리에서도 이미 차를 마신 참이었지만 어차피 대화가 목적이었기 때문에 딱히 상관은 없었다.

"하리도 내가 다이스 전하께 심했다고 생각하나요?"

시중을 드는 하녀가 우리의 앞에 김이 모락모락 올라오는 찻잔을 놓고 사라진 뒤, 로자벨라가 입을 열었다.

"실은 요즘 틈만 나면 어머니께 잔소리를 듣고 있거든요."

차를 한 모금 마시며 말을 잇는 그녀의 얼굴을 보고 나는 그만 웃음을 터뜨리고 말았다. 사교계를 주름잡는 레이디이자 미래의 황손비로 밖에서 언제나 품위 있고 성숙한 모습만 보여 오던 로자벨라가 집안에서는 어머니에게 꾸중을 듣기도 한다는 것이 신기하고 재미있었다.

"그런 건 제가 함부로 판단할 수 없다고 생각해요. 하지만 친구로서의 생각을 말하자면, 무엇보다 가장 중요한 건 로자벨라의 마음이 아닐까요?"

그러자 마주한 얼굴이 다소 부드럽게 풀어졌다. 그녀는 그동안 집안에서 꽤 시달렸는지, 내 말을 고맙게 여기는 눈치였다.

"다이스 전하와 제 사이에서 하리 양이 고생하는 것 알고 있어요. 이런 사적인 일에 말려들게 해서 미안해요."

"아니에요, 그저 이야기를 들어드리는 것뿐인데요."

나는 그런 로자벨라를 향해 미소를 지어 보였다. 그 후 우리는 차를 마시며 이런저런 이야기를 나누었다. 그녀와 내가 있는 장소에 누군가가 들이닥친 것은 잠시 후의 일이었다.

"로자벨라!"

입구 쪽의 천을 휘날리며 안으로 들어선 것은 다름 아닌 다이스였다. 아니, 그런데 이 사람은 지금 숲에 있어야 하는데? 아까 분명히 숲에 사냥을 하러 들어가는 사람들의 선봉에 다이스가 자리해 있는 것을 보았던 기억이 있었다.

"다이스 전하?"

나와 마찬가지로 로자벨라 역시 황당한 듯이 그의 이름을 불렀다.

"아, 하리 양도 같이 있었네."

다이스는 나를 잠깐 아는 척한 뒤 로자벨라에게 성큼 다가갔다. 그러고는 그녀의 손을 꼭 붙잡으며 말했다.

"로자벨라, 보고 싶었어."

앗, 그 순간 로자벨라의 표정이 흔들리는 것을 나는 보았다. 조금 전까지만 해도 다이스를 보고 황당해하던 그녀는 생각지 못한 다이스의 말에 당황한 눈치였다. 하기야 나도 설마 지금 다이스가 로자벨라를 보자마자 저렇게 다가가 애절한 말을 속삭일 줄은 상상하지 못했으니까.

"그것보다 전하께서 왜 지금 여기에……."

"계속 얼굴을 보고 사과하고 싶었는데 좀처럼 기회가 나지 않아서, 사냥터에서 나 혼자 빠져나왔어."

그 말을 듣고 '아, 역시 그렇게 된 거였구나' 싶었다. 사냥제가 시작될 때부터 로자벨라와 따로 사적인 이야기를 나누어 싶어 몸이 단 눈치더니, 결국 다이스는 다른 사람들을 따돌리고 혼자 숲을 빠져나와 그녀를 만나러 온 모양이다.

"내 철없는 행동으로 그대의 기분을 상하게 한 것, 전부 반성하고 있어. 정말 미안해, 로자벨라. 부디 용서해 줘. 그대가 나를 멀리하는 동안 얼마나 힘들었는지 몰라."

다이스의 절절한 고백은 계속되었다. 나는 대부분 로자벨라 때문에 징징거리는 다이스만 봐 왔기 때문에 이렇게 진지한 그의 모습이 의외라고 생각되었다. 아니, 그런데 그건 그렇고…… 이 두 사람, 혹시 내가 여기에 있는 걸 잊은 건 아니겠지? 왜인지 지금 서서히 둘만의 세계로 빠져들어 가는 것 같은 느낌인데……. 나는 다소의 민망함을 느끼며 큼큼 헛기침을 했다.

"저어, 그럼 저는 그만 나가 볼게요."

그제야 로자벨라는 정신을 차린 것 같았다. 그때까지도 자신의 손을 부여잡고 있는 다이스를 향해 말문이 막힌 표정을 짓고 있던 그녀가 움찔하며 내게로 고개를 돌렸다. 반면 다이스는 어서 자리를 비키라는 듯이 나를 향해 열심히 눈짓하고 있었다. 그 모습을 보고 나는 내심 혀를 찼다.

"하리, 갑작스럽게 미안해요."

"전 괜찮으니 개의치 마세요. 그럼 두 분 천천히 이야기 나누세요."

로자벨라는 미안함이 담긴 눈빛으로 나를 쳐다보았다. 나는 그런 그녀를 향해 괜찮다는 듯이 웃어 보이며 발길을 돌렸다.

"이제 나오십니까?"

"네. 황손 전하께서 오셔서요."

천막을 나서자마자 에단이 나를 맞아주었다. 그는 내가 밖으로 나올 줄 알고 있었다는 얼굴을 하고 있었다. 하기야 그 역시도 천막 앞에 서 있는 동안 다이스를 보았을 테니 당연했다. 으아, 그럼 이제 내 고생도 끝나는 건가? 그렇게 생각하며 지금 막 내가 떠나온 곳을 살짝 뒤돌아보았다.

솔직히 그동안 다이스가 나를 만날 때마다 오죽 성가시게 굴었는지 몰랐다. 하지만 조금 전에 보아하니 두 사람도 슬슬 화해할 분위기였고, 그럼 이제 나를 데리고 귀찮게 굴 일도 없어지겠지. 나는 조금 시원한 기분으로 천막 앞에서 발길을 돌렸다.

사냥제가 시작하고 시간이 꽤 지나서 그런지 주위는 한산했다. 아마 아까처럼 큰 천막에 모여 다 같이 친목을 다지고 있거나, 각자의 자리로 돌아가 쉬고 있거나 하겠지. 나도 슬슬 에리히에게 가 볼 생각이었다. 그런데 얼마 걷다 말고 나는 갑작스럽게 치미는 구역질에 입을 막고 말았다.

"우욱."

조금 전까지는 분명히 괜찮았는데, 어째서인지 금방이라도 속을 게워낼 듯이 토기가 올라왔다. 그런 나를 보고 에단이 놀란 표정을 지어 보였다.

"아가씨?"

"갑자기 속이……."

하지만 입을 열자마자 속이 급격히 울렁거려서 나는 급히 다른 사람들이 없는 곳으로 걸음을 옮겼다. 천막의 뒤쪽은 공작새나 토끼 같은 작은 짐승들이 있는 서쪽 숲의 입구 부근이었다. 나는 나무를 붙잡고 주저앉아 헛구역질을 했다. 뭐지? 설마 급체인가? 하지만 별로 먹은 것도 없는데. 도대체 왜 갑자기 이렇게 속이 안 좋아진 것인지 알 수가 없었다.

"의무반이 있는 천막까지 제가 모실까요?"

에단이 보기에도 내 상태가 좋지 않아 보였는지, 드물게도 당혹감 어린 목소리로 그가 말했다. 나만 허락한다면 지금 당장 나를 둘러업고서라도 의사가 있는 곳에 데려가겠다는 의지가 엿보이는 음성이었다. 하지만 지금은 한 걸음만 더 움직여도 속을 비워 낼 것 같아서 무리였다. 혹시 그러다가 다른 사람들 앞에서 민망한 모습을 보이면 아마 난 십 년은 이불을 뻥뻥 찰지도 몰랐다.

"지금, 움직이는 건 무리…… 우웁!"

"그럼 제가 빨리 의원을 데려오겠습니다."

에단은 내 등 뒤에서 잠시 망설이다가 이윽고 결심한 듯이 급히 자리를 떠났다.

"어……?"

에단이 사라지고 얼마 후, 나는 현기증을 느끼며 바닥에 손을 짚었다. 조금 전까지는 속이 심하게 매스껍고 울렁거리더니, 어째서인지 이번에는 서서히 머리가 어지러워지며 손발이 차가워졌다. 잠시 후, 나는 급격히 시야가 흔들리는 것을 느끼며 자리에 쓰러지고 말았다. 팔다리에 힘을 줘 다시 일어서 보려 했지만 아무리 노력해도 몸을 제대로 가눌 수가 없었다.

"뭐야, 아직도 의식이 남아 있잖아?"

그 순간 등 뒤에서 누군가의 목소리가 들려왔다. 눈앞이 흐려지는 와중에 나는 고개를 돌려 그 사람의 얼굴을 확인하려고 했다. 하지만 결과적으로 그것은 불가능한 일이었다. 애써 붙잡고 있던 의식의 끈이 툭 하고 끊어지는 느낌이 들었다. 그리고 암전. 순식간에 어둠이 찾아들었다.

"일어나."

문득, 누군가 나를 깨우는 소리가 들렸다. 수면 아래에 잠겨 있던 몸이 천천히 떠오르는 것처럼 느리게 의식이 돌아왔다. 그러나 내 앞에 있는 사람은 나를 기다려 줄 생각이 없는 듯, 이번에는 다소 과격하게 내 얼굴을 때리는 방법을 사용했다. 나는 뺨에서 날카로운 통증을 느끼며 느리게 눈을 떴다.

"그래, 그렇게 나와야지. 네가 좀 더 발버둥 쳐 주지 않으면 재미없잖아."

처음에는 시야가 가물가물해 앞이 잘 보이지 않았다. 하지만 몇 번 눈을 감았다 뜨자 서서히 주위의 풍경이 눈에 들어오기 시작했다. 나는 제멋대로 웃자란 풀이 즐비한 바닥에 누워 있는 상태였다. 시야에는 짙은 녹음이 무성했다. 작은 풀벌레 소리와 새 소리, 그리고 나뭇잎과 풀이 바람에 스쳐 내는 소리가 어렴풋하게 귓가에 번졌다. 조금 전 나를 깨운 여자는 푸른 숲을 배경으로 하고 선 채, 바닥에 쓰러진 나를 미소 띤 얼굴로 내려다보고 있었다. 나는 입술을 작게 벌려 그녀의 이름을 속삭였다.

"라벤더 코르디스……."

왜인지 목이 잠겨서 소리가 잘 뱉어져 나오지 않았다. 도대체 이게 어떻게 된 일이지? 나는 어쩐지 몽롱한 머릿속으로 의문을 느끼며 상황을 파악하려 노력했다.

"역시 넌 그렇게 벌레처럼 바닥을 기고 있는 게 어울려."

하지만 깊게 생각한 것도 없이, 라벤더 코르디스가 나한테 해코지를 하기 위해 이런 일을 벌였다는 사실을 깨달을 수 있었다. 오늘 사냥제에 참석하지 않은 줄 알았는데, 사실은 아니었나? 게다가 지금 내가 있는 곳은 나무가 울창한 숲속이었다. 조금 전에 갑자기 속이 매스껍던 것도 그렇고, 또 지금도 머리가 어지럽고 몸에 힘이 들어가지 않는 것으로 보았을 때, 아무래도 나도 모르는 사이 독에 가까운 약물을 복용한 것 같았다. 나는 작게 신음하며 바닥에 쓰러진 몸을 일으키려 시도해 보았다.

"소용없어, 약효가 떨어지려면 아직 멀었으니까."

하지만 번번이 헛손질과 헛발길질만 하고 말았을 뿐이었다. 내가 자신의 발치에서 바르작거리는 것이 유쾌한지, 라벤더 코르디스가 나를 비웃으며 말했다. 나는 얕은 숨을 몰아쉬며 그녀에게 시선을 움직였다. 눈이 마주친 순간, 라벤더 코르디스의 얼굴이 일그러졌다.

"네까짓 게 뭔데 아직도 나를 그런 눈으로 보는 거야?"

콰득! 곧바로 날카로운 통증이 손등을 파고들었다. 라벤더 코르디스가 구두 굽으로 내 손등을 짓이기듯 밟았기 때문이다. 뼈가 부러진 듯한 고통이 밀려왔으나 그래도 그 덕분에 조금은 정신이 들었다는 점에서는 도움이 되었다고 할 만했다.

"난 말이야. 네가 행복해지는 꼴은 죽어도 못 봐."

여전히 나를 위에서 깔아 보며 라벤더 코르디스가 말했다.

"너 따위가 내 걸 빼앗는 걸 멍청히 두 눈 뜨고 지켜보기만 할 줄 알고?"

그때 내가 본 그녀의 눈빛이 뿌리 깊은 증오심으로 얼룩져 있었기 때문에 나는 조금 전 내 손등을 밟은 것처럼, 또다시 라벤더가 내게 직접적인 위해를 끼칠 것이라 생각했다. 하지만 라벤더 코르디스는 내 손등에서 발을 떼며 옆에 있던 남자를 향해 고개를 돌렸다.

"열어."

그녀의 명령을 받고 남자가 바닥에 놓여 있던 커다란 통의 뚜껑을 열었다. 그것의 생김새가 낯설지 않다는 사실을 깨닫는 것과 동시에 라벤더 코르디스가 직접 손을 움직였다.

좌아악! 통에 들어 있던 액체가 온몸에 끼얹어지는 순간, 나는 숨을 멈추며 굳었다. 코를 찌르는 비릿한 냄새가 숲속에 번져 나가기 시작했다. 내 턱을 타고 뚝뚝 떨어져 내리는 것은 질척한 붉은 액체였다. 머리끝에서부터 그것을 뒤집어쓴 탓에 시야가 온통 새빨갰다.

"닭이나 토끼 같은 작은 짐승의 피일 겁니다. 북쪽 구역에 뿌릴 계획이라고 하더군요."

아까 들었던 에단의 목소리가 한순간 뇌리를 스쳐 지나갔다.

"이제 알겠어? 여긴 위험한 맹수가 득실거린다는 북 구역이야. 그리고 넌 이제부터 그 짐승들의 먹이가 될 예정이고."

그녀의 손에서 던져진 통이 풀밭 위를 나뒹굴었다. 거기에서 흩뿌려진 피가 파릇한 풀을 붉게 적셨다. 그제야 나는 라벤더 코르디스가 어쩐지 서두르는 듯한 기색을 보이며 움직였던 이유를 깨달았다. 나는 피칠갑을 한 채 아연히 넋을 놓고 있다가, 이내 떨리는 입술을 벌렸다.

"미쳤어, 너……."

"아니, 미친 건 너야. 더러운 년이 주제도 모르고 감히 내 걸 탐내? 너만 없으면 다 원래대로 돌아갈 거야. 그러니까 너만 사라지면 돼."

라벤더 코르디스는 진심으로 그렇게 생각하는 것 같았다. 그때 내가 그녀의 얼굴에서 본 것은 일종의 광기였다.

"네가 없어지면 모든 게 내 뜻대로 될 거야. 네까짓 것 때문에 내가 이런 하찮은 취급을 받는 일도 없어질 테고, 너한테 빼앗긴 것도 다시 나한테 돌아올 게 분명해."

"나한테 빼앗겼다고?"

나는 강박적으로 반복해 읊조리는 라벤더 코르디스를 보며 입술을 깨물었다.

"착각하지 마. 내가 죽어도 넌 아무것도 못 가져."

악문 잇새로 잔뜩 갈라진 목소리가 새어 나왔다. 내가 사라지면 모든 것이 다 제 뜻대로 될 것이라니. 그것만큼 멍청한 소리가 또 어디에 있단 말인가?

"내가 가진 것 중에 원래 네 것이었던 건 아무것도 없으니까."

내 말에 라벤더 코르디스의 얼굴이 다시금 일그러졌다. 그녀는 지금 당장 나를 찢어 죽이고 싶다는 듯이 노려보았다. 하지만 내 몸을 흠뻑 적시고 있는 피가 자신에게 묻을 것을 우려해서인지 아까처럼 내게 직접 손을 대지는 않았다.

"그렇게 입이 살아 있는 것도 지금까지만이야."

대신 그녀는 내 마지막 발악쯤은 너그러이 넘어가 주겠다는 것처럼 다시금 표정을 풀고 말했다.

"사지를 결박하지 않은 내 자비에 감사하도록 해. 어디 한번 열심히 발버둥 쳐 봐. 도망갈 수 있다는 희망을 가지고 있는 편이 아마 너한테는 더 잔인할 테니까. 그리고 종국에는 미친 듯이 절망하고 또 절망하다가……."

무엇이 그녀를 그리 만든 것인지, 라벤더 코르디스는 상상만 해도 즐겁다는 듯이 노래하는 것처럼 말을 이었다. 그 모습에 오싹 소름이 돋았다.

"버러지답게 죽어. 시체 한 조각도 남기지 말고 갈가리 찢겨서, 세상 그 누구보다 끔찍하고 비참하게."

내 몸에 뿌려진 피 냄새가 주위에 자욱하게 고일 무렵, 그녀는 나를 향해 마지막으로 달콤한 속삭임을 남긴 채 뒤돌아섰다.

"굶주린 맹수에게 쫓겨 죽을 때까지 두려움을 맛볼 네 모습을 이 두 눈으로 지켜보지 못하는 게 유감이야."

마침내 나는 그곳에 혼자 남겨졌다. 끝이 보이지 않을 정도로 어둡고 깊은 숲속에, 피에 굶주린 맹수들의 먹잇감으로 전락한 채로.

"헉, 허억……."

시야에 짙은 녹색이 번져 들었다. 비틀거리며 걷는 동안 아지랑이처럼 눈앞의 풍경이 온통 일그러져 보였다. 숨이 턱 끝까지 차올랐으나 폐에 공기가 들어차기도 전에 다시금 소리를 죽이며 숨을 얕게 몰아쉬어야만 했다. 저 멀리서 바스락거리는 소리가 들렸다. 그 작은 소리 하나에도 예민하게 귀를 기울이며 나무 둥치에 몸을 기댔다.

라벤더 코르디스가 원하던 대로 나는 쫓기고 있었다. 몇 번이고 짓씹은 입술에서 내 것인지, 아니면 아까 뒤집어쓴 짐승의 것인지 모를 비릿한 피 맛이 느껴졌다. 아직 남아 있는 약효 때문에 머리가 몽롱했다. 나는 정신을 차리기 위해 라벤더 코르디스에게 구둣발로 밟힌 손등을 다른 손으로 짓눌렀다. 곧바로 지끈거리는 통증이 엄습했지만 이대로 넋을 놓고 있다가 짐승의 밥이 되는 것보다는 당연히 나았다.

라벤더 코르디스, 이 망할 계집애. 나를 이 꼴로 만든 사람을 향해 속으로 저주의 말을 곱씹었지만 바뀌는 것은 아무것도 없었다. 도대체 어떤 사고방식을 가지고 살면 이런 짓을 저지르게 되는지 알 수가 없었다.

그녀는 명백하게 나를 죽일 생각이었다. 이렇게 잔인한 방법으로 죽여 버리고 싶을 정도로 나를 증오했던 걸까? 내가 라벤더 코르디스와 마지막으로 만났던 것은 기데온 백작가의 화원에서였다. 그럼 그때 내가 했던 말이 그녀를 자극해서 이렇게 된 것일까 싶었다. 그렇다면 그냥 참고 무시하는 편이 나을 뻔했나.

하지만 아니…… 아니었다. 남을 인간 이하로 취급해서 깔보고 욕보이려 한 사람이 나쁜 거잖아. 도대체 내가 그 여자한테 무슨 짓을 했는데? 몇 번을 생각해 봐도 지금 이런 꼴을 당해야 할 만큼 내가 그녀에게 잘못한 일이 없었다.

그러다 문득 얼마 전에 라벤더 코르디스와 만났다던 카벨이 그녀와 무슨 이야기를 나누었을지 궁금해졌다. 하지만 이제 와서 그런 생각을 하는 것은 아무 의미도 없었다. 나는 마른침을 삼키며 잠시 하늘을 올려다보았다. 울창한 나무 사이로 좁은 문처럼 자리한 파란빛이 보였다.

……사실 언젠가 한 번은 이런 일이 있을 수도 있겠다 싶었다. 물론 그것이 질투에 눈먼 미친 여자 때문일지는 몰랐지만. 레놀드 후작 부인

의 손에 붙들려 강제로 저택 밖으로 끌려 나갔던 어린 시절부터 줄곧 생각해 왔던 일이었다. 또 유진이 다리를 다쳤던 때나 우리가 떨어져 지내는 동안 습격으로 인한 그의 부상 소식을 전해 들었을 때.

그리고 마침내 우리가 에른스트에 돌아와 다시 예전처럼 같이 모여 지내게 된 동안에도 늘 마음 한편으로는 그런 생각을 가지고 있었던 것 같다. 어쩌면 그때처럼 또다시 우리를 위협하려는 자들이 있을지도 모른다고. 하지만 지속되는 평화 속에서 어느덧 나도 모르게 서서히 경계심을 늦추고 있었던 모양이다. 오늘 일은 다른 사람들이 많은 장소라고 해서 방심하고 있던 내 잘못이었다.

만약 라벤더 코르디스가 내게 먹인 독이 지금처럼 몸을 마비시키는 것이 아니라 좀 더 치명적인 맹독이었다면 아마 나는 손 쓸 틈조차 없이 그 자리에서 바로 죽었을지도 몰랐다. 또 만약 이런 일을 벌인 목적이 내가 아닌 에른스트였다면 나는 납치되어 내 가족들을 해칠 인질로 이용되었을 수도 있었다.

좀 더 정신을 똑바로 차려야 해. 물론 이제 와서 이런 생각은 이미 늦은 것일 수도 있었지만, 나는 이미 수없이 짓씹어 찢긴 입술을 사리물며 마음속의 두려움을 밀어내려 노력했다. 라벤더 코르디스는 내가 서서히 공포에 질려 죽어 가기를 바라고 이런 짓을 벌인 것이 분명했다. 그 심보가 참으로 고약하기 짝이 없었지만 한편으로는 차라리 다행이라고 할 수 있었다.

철컥. 나는 손에 들고 있는 것을 조금 더 단단히 고쳐 잡았다. 얼마 전에 에리히가 내게 선물해 주었던 총은 이미 피로 얼룩져 있었다. 아주 예쁜 은색 총이었는데, 나한테 묻은 피 때문에 순식간에 새빨간 빛으로 물들어버렸다. 만일을 위한 대비책으로 외출할 때마다 늘 다리에 고정해 치마 속에 숨겨 두기를 잘했다는 생각이 들었다.

그래도 그동안은 내 옆에 항상 호위 기사가 붙어 있어서 웬만하면 사용할 일이 없을 것이라 여겼다. 그래서 설마하니 에리히가 준 총을 이렇게 빨리, 이런 식으로 꺼내게 될 줄은 몰랐다. 바스티에에 있을 때부터 사격을 배운 것이 다행이었다. 만일의 경우 이것이 내가 몸을 지킬 수 있는 가장 효율적인 수단이라 여겼기 때문이다.

다만 유진은 내가 총을 만지는 것을 좋아하지 않아서 예전부터 사격을 배우는 것을 반대했다. 물론 그런 그의 마음을 이해하지 못하는 것은 아니었다. 아마 자신의 가족이 누군가를 쏘기 위해 총을 드는 것을 기꺼워하며 반기는 사람은 세상에 없을 테니까. 게다가 분명히 그는 내게 그 정도로 위험한 일을 겪게 하지 않으리라 다짐했을 것이다.

바스락. 문득 아까보다 가까운 곳에서 풀을 헤치는 소리가 들렸다. 고막을 긁는 듯 낮게 목을 울리는 소리가 귓가를 스쳐 지나갔다. 내게서 풍기는 피 냄새를 맡고 나를 사냥하러 온 맹수였다. 이미 나는 저 짐승에게 한차례 총을 발포한 적이 있었다. 피처럼 새빨간 눈을 가진 집채만 한 맹수는 나를 한입에 물어뜯으려 달려들었다가 내가 쏜 총에 놀라 물러났다. 하지만 그 주춤거림도 오래가지 않았다. 나는 여전히 쫓기고 있었고, 지금 이 순간에도 포위망은 서서히 좁혀져 오고 있는 중이었다.

이런 위협 사격에도 한계가 있었다. 지금 당장은 물러났다고 쳐도, 아마 저 맹수는 내가 살아 있는 한 사냥을 멈추지 않을 것이다. 만약 총알이 다 떨어지고 나면 그 후에는? 아까 내가 쏜 총소리를 듣고 누군가 늦기 전에 구하러 와 줄 확률은?

"후우."

나는 불안하게 떨리는 심장을 애써 진정시키며 깊게 심호흡을 했다. 사실은 총을 잡은 손이 아까부터 떨리고 있었다. 팔다리는 무겁고, 머리는 어지럽고, 또 내 몸을 지킬 도구는 이 작은 총 하나가 전부다. 게다가 나는 피를 뒤집어쓴 채 맹수들의 숲속에 혼자 버려져 있었다. 이런 상황이 무섭지 않을 리가 없었다.

하지만 이대로 무력하게 가만히 앉아서 구조되기만을 기다리고 있을 수는 없잖아. 게다가 누가 이런 데서 쉽게 죽어줄 줄 알고? 그런 생각으로 이를 악물었다.

크르릉. 어느덧 다가온 맹수가 이를 드러낸 채 내 주위를 맴돌고 있었다. 갈색 털을 가진 짐승은 나를 보고 입가에 침을 흘리며 피 같은 빨간 눈을 희번득하게 빛냈다. 그 날카로운 이빨이 당장에라도 나를 갈갈이 찢어발길 것 같았다. 기다란 발톱이 자라난 커다란 발도 나 따위는 단번에 으스러뜨릴 수 있을 것처럼 강해 보였다.

사박. 침을 뚝뚝 흘리고 있는 짐승이 내게 한 발짝씩 다가올 때마다 그 몸에 스치는 작은 풀 소리가 귓가에 스몄다. 온몸에 긴장감이 흐르고 있었다. 등 뒤로 식은땀이 흐르고 심장이 사정없이 쿵쾅거리며 뛰었지만 마주 보고 있는 눈동자에서 시선을 뗄 수가 없었다.

지금 쏠까? 하지만 아직은 거리가 너무 멀었다. 빗맞힌다면 가뜩이나 굶주린 짐승을 더욱 흥분하게 만들 뿐이었고, 또 아까운 총알만 허비하게 될 것이다. 그러다 문득 평소라면 상상조차 하지 못했을 이런 상황에서 생각보다 침착하게 행동하고 있는 스스로에게 실소가 났다. 너무 비현실적인 상황에 처한 탓에 오히려 마음이 차분하게 가라앉는 모양이었다. 물론 여전히 심장은 말도 안 될 정도로 크게 뛰고 있었고, 총구를 겨눈 손은 잘게 떨리고 있었지만. 그래도 어떻게든 스스로 해내야만 했기 때문에 물러날 수 없었다.

사박. 그런 와중에도 끊임없이 스스로 되뇌었다.

안 돼. 지금 당장 뒤돌아 도망가고 싶어도, 아무리 겁이 나도 지금은 참아야 해.

아직은 안 돼, 조금 더 기다려.

그래, 조금만 더…….

그리고 마침내 내 목을 물어뜯기 위해 도약한 짐승의 동공이 보일 정도로 가까워진 순간.

타앙!

마침내 발포했다. 날카롭게 갈린 발톱이 내 어깨를 할퀴고 지나갔다. 크게 벌린 입이 나를 한입에 집어삼킬 듯 바로 코앞까지 다가와 있었다. 바로 지척에서 마주친 붉은 눈동자가 마치 나를 지옥으로 끌고 가기 위해 온 악귀 같았다.

털썩. 나는 엄청난 무게에 떠밀려 중심을 잃고 말았다. 그런 내 위를 거대한 맹수가 망설임 없이 덮쳤다. 귓가에 메아리치던 총소리가 사라진 숲은 섬뜩한 침묵으로 가득 찼다. 잠시 후, 나는 가까스로 멈추었던 숨을 내몰았다. 한계까지 몰아붙인 폐에서 날카로운 고통마저 느껴졌다. 한차례 크게 숨을 들이마시자 곧바로 비릿한 피 냄새가 코를 찔렀다.

후두둑. 그때까지도 위에서 쏟아지고 있는 뜨끈한 피가 내 앞섶을 적셨다. 내 몸을 덮치고 있는 것은 여전히 미동이 없었다. 나는 거칠게 숨을 헐떡이면서 그 밑에서 겨우 빠져나왔다. 조금 전까지 나를 위협하던 짐승은 죽어 있었다. 내 총에 맞아서, 머리가 뚫린 채로. 여전히 부릅뜨고 있는 새빨간 눈이 마치 나를 노려보는 것 같았다.

한순간 눈두덩이가 뜨끈해지며 코가 시큰거렸다. 지금 막 새로운 피로 젖은 가슴 부근이 축축하고 뜨거웠다. 나는 다시 덜덜 떨리는 손으로 총을 붙잡고 자리에서 몸을 일으켰다. 갓 걸음마를 배운 동물처럼 다리에 힘이 빠져 몇 번이나 휘청거리며 넘어져야 했고, 또 두어 번은 구역질이 치밀어서 걸음을 멈추어야 했지만 그래도 그 자리에서 멀어지기 위해 쉬지 않고 다리를 움직였다.

총소리를 듣고 누군가 나를 찾아와 주면 좋을 텐데. 에단이 내 부재를 알아차렸을 것이 분명하니 아마 수색대를 보냈을 것이다. 그럼 그때까지 앞으로 얼마나 시간을 끌 수 있을까? 앞으로 얼마나 버틸 수 있지? 지금 내가 북쪽을 벗어나 맞는 방향으로 움직이고 있는 것인지도 확신할 수가 없었다. 그래도 나는 걸었다. 어디인지 모를 탈출구를 찾아서.

타앙! 하지만 역시 길은 찾을 수 없었다. 그 후 나는 두 마리의 맹수를 더 맞닥뜨렸다. 한 마리는 죽이는 데 성공했고, 다른 한 마리에게는 상처를 입힌 뒤 도망쳤다.

첫 번째가 요행이었다는 사실을 입증하듯 그 후에 만난 짐승들은 단번에 숨을 끊지 못했다. 그래서 이제 총알은 한 발이 남아 있었다. 이 숲에는 이제 몇 마리의 맹수가 남아 있는 것일까? 쿵쿵, 엇박자로 뛰는 심장 소리가 내 귀에까지 들리는 것 같았다. 이걸 다 쏘면 이제 나는 어떻게 되는 건지 알 수가 없었다. 아니…… 사실은 알고 있잖아. 별로 상상하고 싶지 않은 미래라 모르는 척하고 있는 것뿐이지.

"무섭지 않아."

무서워.

"난 안 죽어."

죽기 싫어.

하지만 그렇게 소리 내 읊조린 것이 무색하게도 점점 숨이 거칠어지기 시작했다. 고개를 내려서 본 내 손은 온통 새빨갰다. 손뿐만이 아니었다. 팔도, 다리도, 몸도 전부 빨간 피로 칠갑이 되어 있었다. 아까 넘어지면서 접질린 발목이 아팠다. 구두 굽에 밟힌 손등도, 날카로운 발톱에 긁힌 어깨도 욱신거렸다. 아마 그 상처에서도 피가 배어 나오고 있을 테지만 이미 내 온몸이 전부 피투성이였기 때문에 구분은 되지 않았다. 나뭇가지와 풀에 벤 살갗도 마찬가지였다. 한바탕 피를 뒤집어쓴 데다 땀까지 흘린 탓에 얼굴이 기분 나쁘게 끈적거렸다.

"하아, 으……."

나한테 풍기는 피 냄새와 두 눈을 찌르는 붉은빛에 정신이 나갈 것 같았다. 숨을 가쁘게 몰아쉬는데도 어쩐지 질식하기 직전처럼 가슴이 답답하고 폐가 쑤셨다. 그래서 목을 감싸 쥐고 계속해서 거칠게 숨을 헐떡였다.

"어디 한번 열심히 발버둥 쳐 봐. 도망갈 수 있다는 희망을 가지고 있는 편이 아마 너한테는 더 잔인할 테니까."

"그리고 종국에는 미친 듯이 절망하고 또 절망하다가 버러지답게 죽어. 시체 한 조각도 남기지 말고 갈가리 찢겨서, 세상 그 누구보다 끔찍하고 비참하게."

라벤더 코르디스가 잔인하게 남기고 간 말이 메아리처럼 귀에 울렸다. 심장이 너무 거세게 뛰어서 가슴이 뻐근하게 아플 지경이었다. 아마 이 총이라도 없었다면 라벤더 코르디스의 말대로 나는 진작 저들의 날카로운 이빨에 찢겨 죽었을지도 몰랐다.

아직도 해가 나무 꼭대기에 걸려 있는 것을 보니 그렇게 긴 시간이 지난 것 같지는 않았다. 그런데 체감하기로는 아주 오랫동안 이 숲을 헤매고 있었던 듯했다. 차라리 기절이라도 하면 편해질 것이 분명했지만 그건 바보 같은 생각이었다.

바스락. 저 멀리서 또다시 풀을 밟는 것 같은 소리가 들려왔다. 단순한 바람 소리를 잘못 들은 것일까, 아니면……. 들썩이는 가슴을 가라앉히며 총을 든 손에 힘을 주었다. 사방에서 바람이 불어오는 탓에 정확히 어느 방향에서 소리가 들린 것인지 알 수가 없었다. 마음 깊이 녹아드는 불안과 두려움에 주위의 상황을 인식하는 속도가 느려지고 있었다.

기분 탓인지 주변의 공기가 조금 소란스러워진 것 같았다. 쿵쿵 뛰는 내 심장 소리와 풀잎이 부스러지는 소리, 그리고 다가오는 발걸음 소리가 귓가에 울렸다. 지금 당장에라도 맹수의 어금니가 내 뒷덜미를 물어뜯을 것 같았다. 하지만 다음 순간 내 고막을 파고든 것은 바닥을 긁는 듯한 짐승의 울음이 아니었다.

"……하리!"

아…… 그 목소리를 듣는 순간 팽팽히 조여져 있던 긴장의 끈이 탁 풀어졌다. 그제야 주변의 소란스러운 소리가 짐승이 아닌 사람들의 것이었다는 사실을 깨달을 수 있었다. 멀리서 발포된 총성이 숲속에 울려 퍼졌다. 다시 한번 익숙한 목소리가 내 이름을 소리쳐 불렀다.

유진에게 내가 여기에 있다고 알려 줘야 하는데. 어서 일어나 그를 만나러 가야 하는데.

하지만 꽉 막힌 목에서는 아무 소리도 새어 나오지 않았다. 나무에 기대어 주저앉아 있던 다리도 힘이 풀린 것처럼 꼼짝도 하지 않았다. 혹시 이대로 나를 발견하지 못하고 그냥 가 버리면 어떡하지? 그러나 유진은 바로 다음 순간 마법처럼 내 눈앞에 나타났다. 거의 무릎까지 올라오는 거친 풀을 헤집고 나타난 유진이 나무 둥치 뒤에 숨어 있던 나를 찾아냈다. 그리고 허공에서 눈이 마주친 순간, 마치 숨이 멎은 것 같은 표정을 짓는데…….

"하리……."

누군가 목을 조르고 있는 것처럼 거칠게 가라앉은 음성이 내 귀에 흘러들었다. 나는 색색 숨을 몰아쉬며 그런 그를 바라보았다. 어쩐지 현실감이 들지 않아서 혹시 이게 꿈이면 어떡하지, 하는 생각이 마음 한구석을 파고들었다. 마침내 성큼 다가온 유진이 내게 손을 뻗었다. 하지만 그는 피투성이가 된 나한테 망설임 없이 손을 댄 것 치고는 무척 조심스러운 움직임으로 나를 만졌다. 마치 상처 입은 동물에게 손을 뻗는 것을 두려워하는 듯한 몸짓이었다. 나는 내게 닿은 유진의 손이 떨리고 있는 것을 깨닫고 겨우 소리를 쥐어짜 작게 그를 불렀다.

"유진 오빠."

그제야 망연히 얼어붙어 있던 유진의 얼굴이 변했다. 다음 순간 그는 자신의 옷과 몸에 피가 묻는 것도 개의치 않고 그대로 나를 으스러지게 끌어안았다. 나 못지않게 흐트러진 숨소리가 귓가에 번졌다. 단단한 팔이 내 몸을 감싸고, 여전히 작게 떨리는 손이 내 등허리를 쓸어내렸다. 마치 내가 무사하다는 것을 확인하고 싶어 하는 듯한 손길이었다.

"하리, 하리……."

애간장이 녹을 정도로 절박한 목소리가 내 이름을 몇 번이나 반복해 불렀다.

"이제 괜찮아."

쿵쾅거리며 뛰는 심장이 누구의 것인지 알 수가 없었다.

"내가 왔으니까 이제는 괜찮아."

유진은 나를 안심시키려는 듯이 그렇게 내 귓가에 쉼 없이 속삭여 주었다. 그와 맞닿은 곳에 따뜻한 온기가 스몄다. 그렇게 안겨 있는 동안 긴장으로 딱딱하게 굳어 있던 몸에서 서서히 힘이 빠져나가기 시작했다.

"그러니까 이제 그만 놔도 돼."

유진의 손이 내 손을 감싼 것은 잠시 후였다. 나는 그제야 아직도 내가 뼈마디가 불거질 정도로 세게 총을 쥐고 있었다는 사실을 깨달았다. 유진이 조심스러운 손길로 굳은 내 손을 펼쳤다. 얼마나 세게 힘을 주고 있었는지, 손가락이 다 얼얼할 정도였다. 나는 여전히 조금 멍한 기분으로 눈앞에 있는 그를 바라보다가 무의식중에 입을 열었다.

"나 잘했어……?"

다소 뜬금없다고도 할 수 있는 내 자그마한 물음에 손에서 총을 빼내가던 유진이 멈칫했다. 다시 한번 허공에서 눈이 마주쳤다. 곧 유진이 무언가를 억누르듯이 잠깐 이를 악문 뒤, 입을 열었다.

"그래."

그의 손이 내 손을 아프도록 꽉 움켜잡았다.

"잘했어. 충분히, 넘치도록 잘해 줬어."

몇 번이고 반복해 속삭이는 유진의 말을 듣는 동안 손에서 천천히 힘이 풀렸다.

"정말 잘 버텨 냈어, 하리."

총을 완전히 놓고 나자 그제야 현실감이 들면서 가슴이 아까와는 다른 박자로 뛰기 시작했다.

"그러니 이제 아무것도 걱정하지 말고 뒷일은 나한테 맡겨."

단지 유진이 존재한다는 것만으로도, 지금 내가 있는 곳이 세상 그 어디보다 안전한 장소가 된 것 같았다. 저 멀리서 우리를 발견하고 달려오는 사람들의 모습이 보였다. 그 사이에는 에리히와 에단도 속해 있었다. 나는 유진이 나를 안아 드는 것을 느끼며 눈을 감았다. 그리고 그때까지 겨우 붙잡고 있던 의식의 끈을 비로소 완전히 놓아버렸다.

제22장

그 오빠들과 그녀를 조심해!

"배고파? 죽 가져다줄까?"

"이제 죽 질렸어. 난 고기가 먹고 싶은데."

"소화가 잘되는 걸 먹어야지!"

"아니, 그러니까 난 병자가 아니라고……."

오늘도 시작된 카벨의 호들갑에 나는 차게 식어서 말했다. 하지만 역시 녀석에게는 통하지 않았다.

"뭐? 지금 물이 마시고 싶다고? 내가 떠 줄게!"

아니, 그런 말 안 했어. 기다렸다는 듯이 부리나케 발을 놀린 카벨이 테이블 위에 있는 물병을 들어 컵에 콸콸 들이부었다. 그러다가 물을 엎질러서 그것을 닦는다고 또다시 수선을 피우는 등, 보통 소란이 아니었다. 뭐, 그런 둘째 놈의 마음을 이해하지 못하는 것도 아니었지만 말이다. 그래서 그냥 하고 싶은 대로 하도록 내버려 두었더니 어째 날이 갈수록 점점 더 심해지는 것 같았다. 하지만 비단 우리 집 둘째뿐만이 아니라 첫째와 셋째 모두 마찬가지였다.

사냥제에서의 일 이후 다들 어찌나 살뜰히 내 수발을 들던지. 나를 금이야 옥이야 하며 바람 불면 날아갈까 노심초사하는 모습에 조금 멋쩍어질 정도였다. 무엇보다도 그들은 나를 너무 심각한 병자 취급했다! 물론 그날의 일로 다소의 정신적 충격을 받은 것도 사실이고 부상을 입은 것도 맞지만……. 그래도 저렇게 과보호하면서 손에 물 한 방울 안 묻게 할 필요까지는 없는데 말이야.

아무래도 그들은 사냥터에서의 내 몰골을 보고 심하게 놀란 것 같았다. 하긴 그때 내 꼴이 좀 지독하기는 했다. 머리끝부터 발끝까지 온통 피에 흠뻑 젖어 있었으니까. 하지만 막상 그중에 내 피는 별로 많지 않았다. 가장 큰 상처는 짐승의 발톱에 할퀴어진 어깨의 상처였고, 그 밖에는 구둣발에 밟힌 손등이나 접질린 발목, 또 자잘하게 긁힌 자국이 전부였으니까. 위험한 맹수가 득실거리는 북 구역을 혼자 헤매고 다녔던 것치고는 놀라울 정도로 멀쩡한 상태라는 게 내 생각이었다. 하지만 그들의 입장에서는 그렇지 않았던 모양이다.

"형, 시끄럽게 굴지 마. 하리에게는 안정이 필요하다는 거 잊었어?"

마찬가지로 내 옆을 지키고 있던 에리히가 카벨을 힐책했다.

"그렇게 뭐라도 하고 싶으면 형 옆에 있는 창문이라도 닫아. 가뜩이나 심신이 쇠약해진 애가 감기라도 걸리면 어떡할 거야?"

"앗, 그래! 네 말이 맞아!"

하지만 알고 보면 이놈이 한술 더 떴다. 나 참, 무슨 '이불 밖은 위험해!'도 아니고.

"이 날씨에 창문 좀 열었다고 감기에 걸릴 리가 없잖아."

내가 투덜거렸으나 카벨과 에리히, 둘 다 내 말은 귓등으로도 듣지 않았다. 카벨은 워낙 호들갑을 떠는 구석이 있으니 그렇다 쳐도 에리히까지 이러는 것은 솔직히 특이한 일이었다. 게다가 평소에 사냥도 피도 싫어하던 에리히가 다른 사람들과 함께 그 숲까지 직접 나를 찾으러 왔던 것을 생각하면…….

그래서 나도 어쩔 수 없이 그들이 원하는 대로 꼼짝 않고 방에 틀어박혀 수발을 받을 수밖에 없었다. 결국 나는 그날 점심에도 죽을 먹어야 했다. 물론 온갖 몸에 좋은 재료는 다 쓸어 넣은 보양식 죽이었고 주방장이 총력을 기울여 만들어 맛도 있었지만…… 크흑, 그래도 나는 고기가 먹고 싶다! 저 둘의 등쌀에 밀려 좀 더 강력히 주장하지 못한 것이 천추의 한이었다. 오늘 저녁에는 기필코 고기를 섭취하고야 말겠다. 나는 그런 생각을 하며 눈물에 젖은 죽을 먹었다.

"하리."

"유진 오빠, 잘 다녀왔어?"

해가 질 무렵 귀가한 유진은 여느 때처럼 곧장 하리의 방부터 찾았다. 하리는 침대에 앉아 그런 그를 맞아주었다. 다른 때 같으면 아마 그녀가 현관 앞까지 마중을 나왔을 것이다. 하지만 요즘은 삼 형제 전부 그녀가 방문만 열어도 신경을 예민하게 곤두세웠기 때문에 하리도 두 손 두 발을 다 든 상태였다. 하리는 그것을 조금 답답하게 여기는 눈치였지만 그래도 결국은 못 이긴 듯 그들이 원하는 대로 해주었다.

"잘 쉬고 있었어?"

유진은 하리에게 다가가 그녀가 있는 침대에 걸터앉았다. 조금 전까지 누워 있었는지 하리의 머리카락이 약간 헝클어져 있었다. 그는 손을 뻗어 그녀의 머리를 정리해 주며 물었다. 그러자 하리가 그의 손길을 받으며 작게 한숨을 내쉬었다.

"너무 잘 쉬어서 문제지."

그 투덜거림에 유진이 여트막하게 웃었다. 사실 그녀를 과보호하는 것은 유진 역시 마찬가지였다. 그러나 그로서도 어쩔 수 없는 일이었다. 사냥제 이후, 유진은 다른 사람들의 시선이야 어찌 되어도 상관없다는 듯이 한시도 하리의 옆을 떠나지 않았다. 그런 그가 그녀를 다른 형제들에게 맡기고 외출하게 된 것은 이틀 전부터였다.

"날짜는 정해졌어?"

하리가 잠깐 유진의 얼굴을 바라보다가 지나가듯이 물었다. 그 말을 듣고 유진은 하리의 머리에서 천천히 손을 뗐다. 그녀는 그의 대답을 기다리듯 물끄러미 시선을 보내고 있었다. 그것을 보고 유진이 굳게 다물고 있던 입을 벌렸다.

"난 네가 가지 않았으면 좋겠어."

잇따른 그의 음성은 조용했지만 그 무게만큼은 묵직했다. 그의 눈동자 역시 목소리 못지않게 가라앉아 있었다. 하리는 차가운 빛을 발하는 유진의 눈을 들여다보았다. 그리고 이번에는 그녀가 손을 들어 그런 그의 얼굴을 매만졌다.

"네가 그 여자와 만나기를 원하지 않아."

"내가 가야 해."

달래듯이 조곤조곤하게 울리는 음성에도 유진의 얼굴에 어린 한기는 쉽사리 사라지지 않았다. 아직도 지난 사냥제 때의 일을 떠올리면 온몸의 피가 거꾸로 솟는 기분이었다. 그가 없는 사이에 그녀는 납치당해, 맹수들이 득실거리는 그 숲에 혼자 남겨졌다. 수색대와 함께 미친 듯이 숲을 헤매다가 가까스로 발견한 하리는 온몸이 피투성이가 되어 있었다. 유진은 살면서 그때처럼 강렬한 공포를 느꼈던 적이 없었다. 다행히 그 피는 대부분 하리의 것이 아니었지만, 다시 생각해도 심장이 덜컥 내려앉을 정도로 참혹한 모습이었다.

하리에게 약물을 넣은 차를 내온 것은 벨론티아의 하녀였다. 그녀는 유진에게 안겨서 숲을 빠져나온 피투성이의 하리를 보고 비정상적일 정도로 몸을 덜덜 떨어 댔다. 그것을 수상하게 여긴 다이스가 추궁하자 그녀는 처음에 발뺌하다가, 황실 기만죄로 죽고 싶으냐는 협박에 결국 진실을 실토했다. 집안의 빚 때문에 라벤더 코르디스에게 돈을 받고 하리가 마실 차에 약을 넣었긴 하지만 자신은 그 약이 무엇인지 잘 몰랐고, 또 설마 라벤더가 하리를 죽이려 할지는 몰랐다는 것이 그 내용이었다.

그 이야기를 듣고 로자벨라 벨론티아의 얼굴도 새하얗게 질렸다. 하녀의 처분은 벨론티아의 수중으로 넘어갔다. 그 후 다른 사용인들을 추궁하자 라벤더 코르디스의 동선을 알 수 있었다. 그녀는 뻔뻔스럽게도 사냥터에서 유유히 빠져나가 코르디스의 저택으로 돌아가 있었다.

유진은 직접 코르디스의 저택으로 찾아가 그런 라벤더의 멱살을 잡고 방 밖으로 끌어냈다. 코르디스의 사람들은 느닷없이 저택 안에 들이닥쳐 무도한 짓을 벌이는 그를 보고 몹시 경악한 눈치였다. 하지만 오금이 저릴 정도로 살벌한 유진의 분위기에 차마 그런 그를 말리지도 못하고 혼비백산하기만 했다. 라벤더 코르디스는 설마 그가 자신에게 이럴 줄 몰랐다는 듯이 충격 어린 눈으로 그를 보았는데, 유진으로서는 실로 웃기지도 않은 일이었다.

그녀는 모든 것은 로자벨라 벨론티아의 사주로 일어난 일임이 분명하며 자신은 그 누명을 쓴 것뿐이라고 항변했다. 그러면서 하리 에른스트의 죽음과 자신은 조금도 관련이 없다고 계속해서 무고함을 주장했다. 마치 하리가 그 숲에서 죽은 것을 확신하는 듯한 어투여서, 당연하게도 유진의 분노는 더욱 거세질 수밖에 없었다. 그 자리에서 라벤더 코르디스를 죽이지 않은 것은 엄청난 인내심을 발휘한 일이었다.

"오빠가 지금 무슨 생각하는지 알아."

그런데 그런 극악무도한 여자를 하리가 직접 다시 만난다니.

"하지만 한 번은 봐야만 해."

라벤더 코르디스는 지금 황실에 연행된 상태였다. 국가적인 행사인 사냥제에서 이런 일이 벌어진 만큼 황실 역시 이번 사건을 가벼이 넘기지 않을 것이었다. 그래서 만약 하리가 라벤더 코르디스를 만나게 된다면 그날은 이번 일의 판결이 내려지는 날이 될 터였다.

"그러기 전에는 나한테 있어서 결코 끝나지 않을 일이야."

하리는 여전히 조용한 목소리로 그에게 속삭였다. 그를 응시하는 눈빛이 단호하고 곧았다. 유진은 이런 눈빛을 보이는 하리를 말릴 수 없다는 사실을 이미 알고 있었다. 그는 자신의 얼굴에 닿은 하리의 손을 붙잡았다. 그러고는 그 손을 지그시 감싸며 한동안 마주한 얼굴을 말없이 바라보았다. 잠시 후, 유진이 하리에게서 시선을 비켜 내리며 천천히 입을 열었다.

"붕대 갈아줄게."

하리는 유진이 자신의 손에 매인 붕대를 풀어내는 모습을 조용히 지켜보았다. 이런 일은 하녀에게 시키면 되었지만 굳이 그런 말을 해서 유진의 행동을 막지는 않았다. 그녀에게 난 상처가 얼마나 아물었는지 확인하고 싶어 이러는 것임을 알기 때문이었다. 어깨에도 짐승의 발톱에 긁힌 상처가 있었지만, 옷을 벗겨 그것을 직접 확인할 수는 없는 노릇이었으니 대신 손등의 상처라도 돌보려는 것이었다.

유진은 라벤더 코르디스의 구둣발에 밟혀 난 상처를 아무 말 없이 바라보다가 이내 묵묵히 손을 움직였다. 다시 깨끗한 새 붕대를 감는 것을 마친 후, 그는 그녀의 손을 천천히 감싸 쥐었다. 조금이라도 세게 힘을 주면 깨질 진귀한 유리 세공품을 만지듯 아주 조심스럽고 부드러운 손길이었다.

"만약 네가 잘못되었으면 아마 나도 죽었을 거야."

작은 속삭임이 귓가에 울렸다. 유진은 마치 신에게 경배하는 듯한 숭고함마저 느껴지는 모습으로 붕대를 감은 하리의 손에 입술을 내렸다. 누가 들으면 사랑에 빠진 남자 특유의 어리석기 짝이 없는 말이라 비웃을 수도 있었다. 하지만 그는 진심으로 지금 눈앞에 있는 이 사람이 없으면 살 수가 없을 것 같았다.

"오래오래 살아야겠네."

하리는 그의 말을 듣고 어렴풋하게 웃었다. 그리고 유진의 목에 팔을 둘러 먼저 그에게 안겨 들었다. 유진은 기꺼이 그런 그녀를 품에 끌어안았다. 목덜미에 얼굴을 파묻고 깊이 숨을 들이마시자 익숙한 향기가 후각을 파고들었다. 바싹 밀착된 몸에서 두근두근, 심장 뛰는 소리가 울렸다. 유진은 그 소리에 가만히 귀를 기울였다. 그로부터 한참의 시간이 더 지날 때까지.

"카벨 오빠 말이야, 설마 매일 저래?"

루이제가 떨떠름한 얼굴을 하며 묻는 소리에 나는 남몰래 식은땀을 흘렸다. 오늘도 우리 집 둘째는 아침 일찍부터 똥 마려운 강아지처럼 내 옆을 맴돌며 끙끙거리기 시작했다. 나한테 뭐라도 해주고 싶어서 안절부절못하는 것이 아주 여실히 보였다. 그래서 그 모습을 참다못해 조금 전 나 대신 페니와 함께 산책해 달라고 핑계를 대며 카벨을 밖으로 내보낸 참이었다.

"언제까지 저택에 있어야 하는 거야?"

"이번 주까지 계속. 다음 주부터는 다시 출근할 거래."

카벨이 이렇게 내 옆에 딱 붙어 있을 수 있는 이유는 바로 그가 근무지 이탈로 근신 처분을 받았기 때문이었다. 사냥터에서의 소식을 전해 들은 카벨은 뒤도 안 돌아보고 그 길로 바로 기사단을 뛰쳐나왔다고 한다. 그러고는 한달음에 내가 있는 곳으로 달려왔다.

나는 나 때문에 근신 처분을 받은 카벨이 신경 쓰였으나 그는 오히려 잘되었다고 생각하는 눈치였다. 황궁에 출퇴근할 필요 없이 하루 종일 내 옆에 붙어 있을 수 있으니까. 에리히는 어쩔 수 없이 다시 학술원으로 돌아갔고, 유진은 라벤더 코르디스의 일로 저택을 비우는 시간이 늘어난 참이었다. 그 후 카벨은 그야말로 내 시종이라도 된 듯이 온갖 수발을 다 들어주고 있었다.

그는 이번에 내가 겪은 일에 대해 일종의 죄책감을 느끼고 있는 것 같았다. 아무래도 그 악독한 계집이 자기한테 보복을 하려고 이런 짓을 한 것 같다느니, 자신이 쓸데없는 일로 고민하지 않고 매일 내 옆에 찰싹 붙어 있었으면 이런 일도 없었을 거라느니 하며 고해성사라도 하듯이 울먹이면서 주절주절 떠드는 모습이 참으로 가관이었다.

물론 나는 바보 같은 소리 하지 말라고 카벨에게 딱 잘라 말했다. 도대체 이게 왜 카벨의 탓이란 말인가? 에리히도 그날 나와 따로 떨어져 행동한 것을 후회하는 눈치였고, 유진도 그들과 비슷하게 자책하는 것 같았는데 이런 걸 보면 정말이지 셋 다 형제는 형제였다. 이대로 가만히 두면 한도 끝도 없이 땅을 파고 들어갈 것 같아서 세 사람을 불러 좀 단호하게 말했더니 그래도 좀 알아듣는 것 같아서 다행이었다.

에단에게도 같은 말을 해주고 싶었지만 그는 현재 카벨과 비교도 할 수 없을 정도로 무거운 근신 처분을 받고 있었다. 나는 그날의 일이 에단 때문이 아님을 주장했지만 유진은 결정을 번복하지 않았다.

"하리. 들어가도 될까?"

그때, 노크 소리가 들려왔다. 나는 안으로 새어 드는 목소리를 듣고 그가 누구인지 어렵지 않게 눈치챘다. 내가 들어오라는 말을 하자 곧 문이 열렸다.

"요한 오빠, 어서 와."

방 안으로 들어선 요하네스가 나와 루이제를 보고 미소를 지었다.

"마차가 들어서는 건 아까 봤는데 왜 이제 들어와?"

"앞에서 카벨을 만나서."

루이제의 물음에 요하네스가 대답했다. 아, 페니와 산책하러 나갔던 카벨하고 마주친 건가.

"몸은 좀 괜찮아?"

"응, 거의 다 나았어."

요하네스는 얼마 전에도 나를 만나러 온 적이 있었다. 역시 사냥제에서의 일이 있고 난 후였다. 지난번에 마지막으로 만났을 때 그런 식으로 헤어져 줄곧 마음에 걸렸는데, 나를 걱정하며 먼저 찾아와 준 것이 고마웠다. 루이제도 요하네스와 내 일을 아는 것 같았는데 우리 두 사람의 입장을 배려하는 것인지 굳이 그 사실을 내색하지 않았다.

"며칠 전에 코르디스 백작이 폐하께 알현 신청을 했다고 하던데."

"응, 나도 들었어."

요하네스의 말에 나는 작게 고개를 끄덕였다. 라벤더 코르디스는 끝까지 자신이 한 일을 발뺌했다. 하지만 후에 시종과 호위 기사, 그리고 하녀의 증언이 잇따랐다. 그녀를 도와 숲까지 나를 납치하는 데 일조한 잔당들도 결국은 꼬리가 잡혔다. 물론 나도 내가 그 사냥터에서 겪은 일을 황실에서 나온 조사관에게 설명했다.

"네가 무사해서 정말 다행이야."

요하네스의 진심 어린 목소리에 나는 희미하게 웃었다. 애초에 라벤더 코르디스는 내가 살아서 그곳을 빠져나올 수 있으리라 조금도 생각하지 않았던 모양으로, 혹시 다른 사용인들의 증언이 나왔을 때는 로자벨라 벨론티아가 나를 해하고 그녀에게 누명을 씌우려는 것으로 주장하면 될 것이라 생각했던 듯하다.

물론 나는 이번 일에 로자벨라가 관련되어 있지 않다는 사실을 알고 있었다. 그래도 로자벨라는 자신의 하녀가 이번 일에 얽힌 것으로 심하게 마음고생을 한 것 같았다. 그녀는 내가 괜찮다고 해도 몇 번이나 사과하며 하녀에게 엄히 죄를 묻겠다고 했다. 코르디스에서는 라벤더를 버리기로 결정한 것 같았다. 오늘 아침 코르디스 백작이 원하는 것을 내어줄 테니 가문의 피해는 최소화해 달라고 황실에 주청했단 소식을 전해 들었다.

그는 얼마 전부터 라벤더가 방 안에 틀어박혀 이상한 행동과 혼잣말을 하는 일이 자주 있었다며 그녀의 정신 이상을 주장했다. 그래서 이번 일도 정신적으로 문제가 있는 딸이 몰래 저지른 잘못일 뿐, 가문과는 무관하다는 것이 그의 설명이었다. 라벤더 코르디스의 처분에 대한 결정은 쉽게 나지 않았다. 나는 며칠 후 그녀를 직접 만나 볼 수 있었다.

"라벤더 코르디스."

나는 기사들에게 연행되어 황궁을 빠져나오는 라벤더 코르디스를 시야에 담았다. 고문 같은 모진 형벌은 없었을 테지만 그래도 한동안 심문을 당한 탓인지 그녀의 얼굴은 약간 수척해져 있었다.

"너, 너……."

내 부름에 고개를 든 라벤더가 곧 두 눈을 부릅떴다. 내가 살아 있는 것을 처음으로 직접 확인한 그녀의 동요가 나한테까지 여실히 전해져 왔다. 하기야 그럴 만도 했다. 그녀는 그 숲에서 나를 명백히 죽일 의도를 가지고 있었고, 또 내가 이렇게 멀쩡히 살아 돌아올 수 있으리라 여기지도 않았을 테니. 내 생존 소식을 전해 듣기야 했겠지만 이렇게 자신의 두 눈으로 확인하는 것과는 또 다르긴 할 것이었다.

"네가, 네가 감히 여기가 어디라고 와?"

잠시 후 마주한 얼굴에 떠오른 것은 강렬한 분노와 모멸감이었다.

"지금 날 비웃으러 온 거야? 네까짓 게 감히 나를?"

그녀는 내가 이렇게 사지 멀쩡히 눈앞에 나타난 것이 퍽 유감인 모양이었다. 그녀의 말을 듣고 옆에 있던 카벨이 분개하며 이를 갈았다.

"이 미친 게 아직도 정신을 못 차렸나, 진짜 뒈지고 싶어서 환장했냐?"

그 순간 라벤더의 몸이 눈에 띄게 흠칫 떨렸다. 나한테는 눈을 희번득하게 떴던 라벤더도 카벨은 두려운 모양이었다. 목에 핏대를 세운 카벨이 당장에라도 라벤더를 후려칠 듯이 위압적으로 다가갔다. 하지만 에리히가 그런 그를 말렸다.

"그만둬. 지난번에 근무지 이탈로 근신까지 받았으면서 이번에는 진짜 정직당하고 싶어?"

"그딴 거 아무래도 상관없어!"

에리히의 만류에도 카벨은 여전히 으르렁거렸다. 그는 당장에라도 에리히의 손을 뿌리치고 라벤더에게 달려들 것 같았다. 그런 카벨을 뒤로하고 에리히가 걸음을 옮긴 것은 바로 다음 순간이었다.

철썩!

"꺄악!"

날카로운 소리가 허공을 가로지른 직후, 라벤더 코르디스가 몸을 가누지 못하고 바닥에 쓰러졌다.

"형이랑 달리 난 잃을 게 없어서."

에리히의 푸른 눈동자가 유리 조각보다도 더욱 싸늘하고 날카롭게 빛났다. 그에게 선수를 빼앗긴 카벨이 어버버 바보같이 입을 벌렸다. 나는 나대로 에리히의 예기치 못한 행동에 놀란 상태였다. 라벤더 코르디스도 믿을 수 없다는 듯이 조금 전 에리히에게 맞은 뺨을 감싸 쥐고 고개를 들었다. 에리히가 그런 그녀를 내려다보며 서늘히 입을 열었다.

"아파? 기껏해야 한 대 맞았다고 아파? 하리는 너보다 훨씬 더 아팠어."

한기 어린 음성이 주위에 떨어져 내렸다. 나는 에리히를 향해 다가가 진정시키듯 그의 손을 감쌌다.

“그만해, 에리히.”

그가 나를 위해 분노해 주고 있다는 사실을 알기에 고마웠다. 하지만 그의 손을 더럽힐 가치조차 없는 일이다. 그런 의미를 담아 부드럽게 그의 손을 감싸 쥐자 으스러질 듯 세게 주먹을 쥐고 있던 그의 손에서 서서히 힘이 풀렸다. 그 후 나는 바닥에 쓰러진 라벤더 코르디스를 향해 조용히 입을 열었다.

“라벤더 코르디스, 나한테 할 말 없어?”

이제는 그녀의 얼굴을 볼 일이 없을 것이기 때문에 마지막으로 묻는 것이었다. 그러자 라벤더는 눈동자를 흔들면서 이를 악물다가, 이윽고 독기에 찬 얼굴을 하고 외쳤다.

“내가 뭘 잘못했는데!”

그녀에게는 지금 자신이 처한 현실이 어지간히 억울하게 느껴지는 것 같았다.

“할 말? 할 말이라고? 설마 내가 너한테 사죄하면서 용서를 구하기라도 할까 봐? 웃기지 마!”

이런 상황에서조차 이렇게 악에 받쳐 소리를 지르는 것을 보니.

“내가 후회되는 건 딱 하나야. 그때 그 숲에서 널 죽이지 못한 거!”

그 모습이 지금까지의 그녀와 비교했을 때 참으로 일말의 변화조차 없어서 오히려 안심이 되었다. 라벤더의 말에 옆에 있던 카벨과 에리히의 기류가 또다시 변했다. 하지만 그런 그들과 달리 나는 무척이나 침착한 상태였다.

“그래, 네가 그 정도 인간이라 다행이야.”

나는 라벤더 코르디스를 향해 자그마하게 읊조렸다. 그 후 옆에 있던 에단에게 미리 준비시켜 놨던 내 물건을 건네받았다. 에단은 이제 근신이 풀려 다시 내 호위직으로 돌아온 참이었다.

철컥. 내 손에 들린 총을 본 라벤더의 표정이 변했다. 나는 그것을 무시한 채 앞에 있는 사람을 향해 총구를 겨누었다.

"잠깐, 기……!"

탕! 커다란 총성이 다급한 음성을 집어삼켰다. 라벤더 코르디스는 심장이 멈춘 것 같은 얼굴을 하고 있었다. 첫 번째 총알은 땅을 짚고 있는 라벤더 코르디스의 오른손 바로 옆에 박혔다. 빠른 속도로 날아간 총알에서 하얀 연기가 피어올랐다. 조금만 삐끗했어도 구멍이 뚫린 곳은 땅이 아닌 라벤더의 손등이었을 것이다. 나는 그녀의 흔들리는 눈동자를 응시하며 다시금 방아쇠를 당겼다.

탕! 두 번째 총알이 박힌 곳은 라벤더의 왼손에 스칠 듯 가까운 곳이었다.

타앙! 세 번째 총알이 치맛자락 밖으로 드러난 그녀의 오른발 옆에 날아가 박혔다. 이제 마주한 사람은 숨 쉬는 것조차 잊은 것처럼 완전히 얼어붙어 있었다. 나는 거기에서 멈추지 않았다.

탕! 타앙! 일정한 간격을 두고 발포된 총에서 화약 냄새가 났다. 나는 장전되어 있던 일곱 발을 다 쏘고 난 뒤에야 팔을 내렸다.

"아, 아……."

주르륵. 몸에서 힘이 풀렸는지 라벤더 코르디스가 바닥에 손을 짚으며 상체를 무너뜨렸다. 아마 이미 자리에 쓰러진 상태가 아니었다면 볼품없이 주저앉았을 것이 분명했다. 일곱 발의 총알 중 네 개는 땅에 딛고 있는 라벤더 코르디스의 손과 발 옆에 박혀 있었고, 세 개의 총알은 그녀의 몸을 스쳐 등 뒤로 날아갔다. 조금 전의 일로 찢어진 라벤더 코르디스의 뺨에서 붉은 피가 흘러내리고 있었다. 덜덜 떨리는 그녀의 입술 사이에서 간헐적인 신음이 새어 나왔다. 그녀는 단단히 얼이 빠진 눈치였다. 그 모습을 보고 나는 천천히 입을 열었다.

"라벤더 코르디스. 나는 너를 죽이지 않을 거야."

내가 쏜 총알은 결과적으로 모두 라벤더 코르디스를 비켜 나갔다. 하지만 일부러 아슬아슬하게 스쳐 지나갈 정도로 총알을 빗맞혔으니 죽음을 목전에 둔 공포는 그대로 느꼈을 터였다.

"이대로 널 죽이는 건 너무 자애로운 형벌인 것 같아."

나는 자리에 멈추었던 걸음을 뗐다. 내 발소리를 들은 라벤더 코르디스가 크게 몸을 들썩이며 고개를 들었다.

"지금처럼 그렇게 평생 불행하게 살아."

여전히 그녀의 표정은 넋이 나가 있었다.

"네 아집에 갇혀서, 너와 다른 인생을 사는 나를 지금처럼 끝없이 시기하고 질투하면서, 앞으로도 네가 갖지 못한 것들에 탐욕적으로 집착하도록 해."

나는 그런 그녀에게 조용히 속삭였다.

"아무리 발버둥 쳐도 결국 너는 내가 될 수 없고, 내가 가진 것들의 티끌 하나도 갖지 못할 테지. 네가 그토록 경멸하고 무시했던 사람을 평생 부러워하고 질시하며 사는 삶은 얼마나 끝없는 지옥일까."

남을 시기하고 질투하는 것은 얼마든지 있을 수 있는 일이라고 생각한다. 하지만 그것 때문에 다른 사람을 죽이려고 마음먹기까지 하는 것은 엄연히 다른 문제였다. 그 숲에서의 끔찍한 기억을 상기할 때마다 지금 눈앞에 있는 사람을 향한 강렬한 분노가 치밀어 올랐다.

"만약 너에게 어울리는 형벌이 죽음이라고 생각했다면 난 지금 널 이 총으로 쐈을 거야. 지금까지 난 사람을 쏴 본 적은 한 번도 없지만 이제는 네 덕분에 망설이지 않을 수 있을 것 같아."

그녀는 내게 용서를 빌 생각이 없었고, 나 역시 그런 그녀를 용서할 마음이 없었다. 그런 라벤더 코르디스를 깔끔히 죽이는 것은 그녀에게 관대한 처사였다.

"이번 일로 그런 각오를 다시 한번 되새기게 되었으니 그것만큼은 고맙다고 해야 할까?"

유진과 다른 형제들은 당연히 라벤더 코르디스를 죽이고 싶어 했지만 나는 죽음보다 더 비참한 삶이 있다고 믿었다. 자신의 가족들에게도 버림받은 그녀는 이제 제도를 떠나 수용소에 평생 갇혀 살아야 했다. 굶어 죽지 않을 정도의 최소한의 지원은 받을 테지만 그 이상의 것은 아무것도 할 수 없었다. 그녀는 이제 사는 동안 수용소의 문밖으로 한 발짝도 나올 수 없을 것이다. 게다가 혹여나 또다시 허튼수작을 부리지 않도록 평생 감시당하며 살아야 할 것이다. 그렇게 죽을 때까지 사는 것만 못한 삶을 사는 것이 그녀에게 주어진 형벌이었다.

"차, 라리 지금 죽여……."

라벤더 코르디스의 입에서 헐떡이는 목소리가 새어 나왔다. 그녀 역시 앞으로의 자신의 미래를 알고 있을 것이었다.

"차라리 지금 날 죽이라고!"

나는 발악하며 소리 지르는 라벤더의 얼굴을 차갑게 식은 기분으로 바라보았다.

"뭘 망설이고 있어? 그 총으로 그냥 지금 날 쏘라…… 유진!"

그러던 어느 순간 돌연 그녀의 입에서 반색하는 음성이 내뱉어졌다. 고개를 돌리자 어느덧 우리가 있는 곳으로 다가오고 있는 유진의 모습이 보였다. 그는 라벤더 코르디스의 일을 마무리 짓기 위해 황제를 알현하고 온 참이었다.

"그래. 당신이, 당신이 날 죽여 줘. 지금까지 당신의 손으로 죽였던 사람들처럼."

그녀는 유진에게 엉금엉금 기어가며 어처구니없는 소리를 내뱉었다.

"그리고 평생 날 기억하는 거야. 그렇게 당신의 일부로 남을 수 있다면 난 죽어도 좋아."

나는 그 말을 듣고 질린 기분이 되어버렸다. 정말 제대로 미쳤구나. 저런 걸 사랑이라고 할 수 있을까? 저렇게 자신도 상대도 파괴하는 행위를 사랑이라고 부를 수 있는 걸까?

"라벤더 코르디스."

자신의 발치에 매달리는 여자를 시린 눈빛으로 내려다보던 유진이 이윽고 무릎을 굽혀 몸을 낮추었다. 가까이에서 마주한 그의 얼굴에 라벤더 코르디스가 일순간 황홀한 표정을 지었다.

"전부터 내 주위를 맴도는 것은 알고 있었지만 그 이름을 외운 지는 얼마 되지 않았지."

하지만 유진은 조금의 배려도 온정도 없는 싸늘한 손길로 라벤더의 턱을 움켜잡았다.

"실로 대단한 착각을 하고 있더군. 네까짓 게 감히 하리의 발끝이나마 대신할 수 있을 것이라 생각하다니."

등골이 오싹거릴 정도로 서늘한 목소리가 유진의 입에서 흘러나왔다. 마주한 사람을 응시하는 그의 눈빛 역시 잘 벼린 칼날처럼 더없이 차갑고 날카로웠다.

"내가 하리의 옆에서 얼쩡거리는 널 지금까지 가만히 내버려 두었던 것은 그녀가 그것을 원했기 때문이야."

그것을 정면에서 받고 있는 라벤더 코르디스의 얼굴에 서서히 아연함이 떠올랐다.

"내가 널 이렇게 내 손으로 찢어 죽이고 싶은 기분이 드는 것도, 그럼에도 널 살리기로 결정한 것도 모두 하리 때문이지."

유진은 그런 그녀를 향해 계속해서 섬뜩할 정도로 무정한 말들을 쏟아 냈다.

"그녀가 아니라면 너라는 존재는 내게 있어 먼지보다 보잘것없고 하찮기 짝이 없어. 차라리 길가에 굴러다니는 돌멩이가 더 가치 있을까. 그런데 감히 네까짓 게 주제도 모르고."

라벤더 코르디스의 턱을 억세게 틀어잡았던 손이 조금 더 아래로 미끄러졌다. 유진은 지금 당장에라도 라벤더를 목 졸라 죽이고 싶다는 것처럼 그녀의 목덜미를 움켜쥐었다. 라벤더 코르디스가 숨을 헐떡이며 쉰 목소리를 입 밖으로 뱉어 냈다.

"저, 여자가 도대체 뭔데……."

"설령 하리가 없어진다 해도 너 따위는 그녀의 대용품조차 되지 못해. 애초에 그녀를 대신할 사람이 세상에 있을 리 없지. 그녀는 내게 단 하나뿐이니까. 넌 몇 번을 죽었다 깨어나도 결코 하리가 될 수 없어."

그렇게 말하는 동안 라벤더의 목을 쥔 유진의 손에 지그시 힘이 들어갔다. 억센 손아귀에 틀어잡힌 목이 조금만 힘을 주면 부러질 것처럼 가늘었다. 유진은 정말 손안에 잡힌 목을 그대로 꺾어버릴 것처럼 그러쥐었다.

"컥……!"

라벤더 코르디스의 입에서 고통스러운 신음이 새어 나왔다. 무자비한 손길에 목이 졸린 그녀의 얼굴이 붉게 달아오르고 눈에는 핏발이 섰다. 하지만 라벤더의 눈앞에 있는 사람은 눈 하나 깜빡하지 않고 뼛속까지 얼려 버릴 듯한 차디찬 눈빛을 보낼 뿐이었다.

"구역질이 나는군."

그 말처럼 유진은 더러운 벌레를 보는 것 같은 눈으로 그녀를 응시하고 있었다. 그의 손에 죽기를 바란다던 라벤더는 그 말이 무색하게도 자신의 목을 조르고 있는 유진의 손을 급히 붙들었다. 날카로운 손톱이 장갑 낀 손등을 필사적으로 긁었다. 하지만 단단한 손아귀는 그녀의 발악을 비웃듯이 꿈쩍도 하지 않았다. 마주한 유진에게서 무엇을 발견했는지, 어느 순간부터 라벤더 코르디스는 죽음보다 더 끔찍한 비참함을 느끼는 표정을 짓고 있었다.

"으, 헉…… 커헉……!"

그대로 그녀를 죽일 것만 같던 유진은 곧 더러운 것을 떨쳐 내듯이 손을 떼고 자리에서 일어났다.

"그래, 내 손에 죽는 것이 네게는 호사라는 건가."

싸늘한 조소가 어린 음성이 허공을 가로질렀다.

"그렇다면 아무도 모르는 곳에서 의미 없는 죽음을 맞는 것이 네게는 제격이겠군."

라벤더 코르디스는 정신없이 숨을 몰아쉬다가 그를 향해 고개를 들었다. 그녀의 눈동자에 아로새겨진 절망이 또렷했다.

"이 시각 이후로 너라는 존재는 세상에서 완전히 지워진다. 산 것도 죽은 것도 아닌 상태로 어디 한 번 비참하게 발버둥 쳐 봐."

유진은 라벤더 코르디스에게 닿았던 장갑을 벗어 오물을 버리듯 바닥에 떨어뜨린 채 뒤돌아섰다. 옆에서 눈치를 보고 있던 황실 기사들이 다시 라벤더에게 다가가는 모습이 보였다.

"돌아가자."

내게 다가온 유진이 나직한 목소리로 읊조렸다. 그의 눈동자는 낮게 가라앉아 있었다. 지금 그가 무슨 생각을 하는지 조금 알 것 같기도 해서 나는 먼저 손을 내밀어 그를 붙잡았다. 그러자 잠깐 움찔하던 유진이 천천히 그런 내 손을 맞잡아주었다. 우리는 바닥에 주저앉은 여자를 등지고 돌아섰다. 그리고 그 자리를 떠나는 동안 한 번도 뒤돌아보지 않았다.

제23장

오빠들과 나

카벨은 요즘 들어 환장할 것 같은 기분을 느끼고 있었다. 그것은 바로 그의 형인 유진 때문이었다. 아니, 사실 유진 때문이라기보다는 그를 평소처럼 대하지 못하는 자신 때문이라고 말하는 편이 좀 더 정확했다.

"아오."

그는 머리를 박박 긁다가 다시금 손에 들고 있는 검을 휘두르기 시작했다.

조금 전에도 카벨은 가족들이 다 같이 모인 자리에서 몹시 부자연스러운 태도로 빠져나왔다. 옆에 있던 에리히가 한심하다는 듯이 그런 그를 쳐다봤지만 어쩔 수 없었다. 에리히 역시 유진과 하리의 관계를 알고 있다는 사실은 얼마 전에 그의 입으로 직접 듣게 되었다. 그날도 역시 카벨은 몹시 어색한 자세로 함께 있는 유진과 하리를 피해 자리를 옮겼다. 그런데 그 모습을 본 에리히가 카벨에게 다가오더니 말했다.

"언제까지 그렇게 똥 눌 자리 찾는 강아지처럼 굴 거야? 어차피 앞으로 계속

봐야 할 광경인데 그럴 때마다 이렇게 어색하게 행동할 거야?"

하지만 카벨은 오히려 에리히가 신기하다고 생각했다. 어떻게 사실을 다 알고서도 그렇게 아무렇지 않게 형과 하리를 대할 수 있는 거지?

그러나 사실 카벨의 행동에는 모순이 있었다. 그는 지난 사냥제 때의 일 이후로 하리를 다시 예전처럼 대하고 있었으니까. 아니, 오히려 예전보다 더욱 지극정성으로 하리를 돌보지 못해 거의 안달을 하고 있었다. 그런데 이상하게도 형인 유진만 보면 자기도 모르게 절로 몸이 움직여 그를 피하게 되었다.

"으씨, 난들 이러고 싶어서 이러나!"

카벨은 답답한 마음에 버럭 소리 지르며 난폭하게 팔을 움직였다. 물론 죽을 때까지 그는 유진의 동생이고 하리의 오빠일 것이다. 하지만 그것과 이건 별개였다. 그로서는 이 모든 일에 적응하는 것이 그렇게 쉽지가 않았다.

"카벨."

그때, 등 뒤에서 자신을 부르는 목소리가 들려왔다. 그 소리를 들은 카벨의 어깨가 크게 움칫했다. 돌아서서 확인하자 어느덧 연무장에 들어와 그를 바라보고 있는 유진의 모습이 눈에 들어왔다.

"……여긴 웬일이야?"

형의 얼굴을 눈에 담자마자 또다시 지금 당장에라도 뛰쳐나가고 싶어 몸이 움찔거렸다. 유진은 조금 전 다 함께 모인 자리에서 먼저 빠져나간 카벨을 따라 나온 것이 분명했다.

"괜찮다면 얘기를 좀 하고 싶은데."

지금까지는 그런 카벨을 모른 척해 줬던 유진이지만, 이제는 그럴 생각이 없는 것 같았다. 유진은 꽤 차분하고 담담한 얼굴을 하고 있었다. 조금 전 귓가를 스친 그의 목소리 역시 마찬가지였다. 하지만 카벨은 그럴 수가 없어서, 저도 모르게 반사적으로 입을 열어 말했다.

"별로 형이랑 얘기하고 싶지 않아."

그렇게 말해놓고 카벨은 흠칫했다. 의도치 않게 생각보다 단호하고 차가운 어투의 목소리가 입 밖으로 흘러나와 당황스러웠다. 그와 동시에 이상한 기시감이 밀려들었다. 무의식중에 형의 얼굴을 확인한 카벨은 그 원인을 어렵지 않게 깨달았다. 지금 이 순간 그들이 처한 상황은 어릴 때의 일과 상당히 닮아 있었다. 부모님의 죽음 이후 카벨이 슈마하에 한동안 머물다 돌아왔을 때. 그때 카벨이 자신과 대화하기를 원하는 형을 온몸으로 거부했던 상황과 어딘가 비슷했다. 그러나 유진의 반응은 그때와 달랐다. 그는 명백한 거부의 의사를 내비친 동생의 얼굴을 무표정하게 바라보고 있었다. 이와 비슷한 상황에서 한순간 상처받은 기색을 숨기지 못했던 어릴 때와는 달리, 지금의 유진은 능숙하게 겉으로 동요 한 점 내비치지 않았다. 그렇게 카벨을 가만히 보던 유진이 이내 소리 없이 어렴풋하게 웃었다. 역시 아직은 어쩔 수 없나, 하고 무언가를 체념하는 듯이.

"그래, 그럼 나중에 네가 원할 때 얘기하자."

그러나 유진은 어쩌면 카벨과 얼굴을 맞대고 이야기하는 일이 이대로 영영 없을지도 모른다고 생각하는 것 같기도 했다. 그 말을 남기고 유진이 돌아서는 순간 카벨의 입술이 달싹여졌다. 아, 뭔가 이게 아닌데…… 하는 생각이 밀려들었다. 어쩌면 이제 유진은 두 번 다시 그에게 지금처럼 먼저 다가와 말을 건네지 않을지도 몰랐다. 어릴 때 자신의 세계에 갇혀 있던 카벨에게 끊임없이 몸을 부딪쳐 그를 밖으로 끄집어냈던 것은 다름 아닌 형 유진이었다. 그때도 카벨은 자신이 상처 입는 것이 두려워서 대신 형에게 상처를 입히며 이기적으로 행동했다. 물론 이번 일은 그때와 달랐지만 어째서인지 카벨에게는 그렇게 다르지도 않은 것처럼 느껴졌다. 그는 멀어지는 유진의 뒷모습을 이러지도 저러지도 못하고 바라보았다. 그리고 우왕좌왕하며 손을 들어 머리를 쥐어뜯다가 마침내 입을 벌렸다. 아, 제기랄!

"형!"

목청껏 외친 부름이 파란 하늘 가득히 울려 퍼졌다. 유진이 천천히 뒤돌아섰다. 그 모습을 보며 이번에는 카벨이 먼저 자리에 멈춰 있는 형을 향해 있는 힘껏 달려갔다.

"바람이 다소 찹니다. 그만 안으로 들어가시지 않겠습니까?"

"이 정도는 괜찮아요. 조금 더 걷다가 갈래요."

나는 웃으며 에단의 권유를 거절했다. 그는 다소 걱정스러운 눈치였지만 그래도 묵묵히 내 뒤를 따라왔다. 조금 전 카벨이 유진을 향해 달려가는 모습을 보아서 그런지 마음이 다소 편안했다. 역시 카벨은 숨기려고 숨긴 것 같았지만 그 태도가 워낙 노골적이어서, 그가 유진을 피하고 있다는 사실을 에른스트의 모든 사람이 알고 있는 상태였다. 그 이유가 이유이니만큼 이번에는 나도 그런 그들에게 신경이 무척 많이 쓰였다. 이제는 조금 안심해도 되는 걸까. 애초에 나한테도 전과 같은 모습을 보여 주던 카벨이니만큼 조만간 유진과의 관계도 원래대로 돌아올 것이라고 믿고 있긴 했지만.

사실 유진과 내 일에 대해 카벨과 에리히가 어떻게 반응할지 몰라 두려웠는데 이제는 한시름 덜어도 될 것 같았다. 그들을 생각할 때면 마음이 따뜻한 감정으로 가득 차는 것 같은 기분이 들었다. 예전에는 진짜 엎어 놓고 엉덩이라도 한 대 때려 주고 싶던 진상들이었는데……. 그런 과거는 이제 생각조차 나지 않을 정도였다. 음, 갑자기 코가 조금 시큰해지는구나.

"다음 주에는 에단 경이 없어서 적적하겠어요. 그래도 이런 장기 휴가는 처음이죠? 이번 기회에 푹 쉬다 와요."

그러다 문득 에단이 다음 주부터 자리를 비우는 것이 생각나서 말했다. 그가 직접 휴가를 내는 것은 처음이라 조금 신기한 기분이었다. 하지만 그동안 내 호위를 하면서 지쳤을 것이 분명하니 이참에 제대로 쉬는 것도 좋을 것이란 생각이 들었다. 지난번의 근신은 사실 벌이나 마찬가지였으니 에단도 마음고생이 심하기는 했을 것이다. 그런데 다음 순간 에단이 물끄러미 내 얼굴을 바라보다가 고개를 숙이며 사과했다.

"죄송합니다."

"에단 경이 죄송할 게 뭐가 있어요. 그러지 마요."

나는 그에게 그럴 것 없다고 말해주었다. 에단은 지난 사냥제에서의 일로 줄곧 내게 미안한 마음을 품고 있는 것 같았다. 그래서 한편으로는 이번 휴가를 핑계로 내 호위 기사 자리를 반납하려는 것이 아닌가 싶기도 했다. 하지만 만약 그렇다면 내게 아무 말도 하지 않을 리는 없으니까……. 아마도 마음을 정리하기 위해 잠시 시간을 가지려는 것이 아닐까 싶었다.

[뭐, 보나 마나 잘 해결되었겠지.]

그날 저녁 나는 통신구를 통해 에리히와 대화했다. 그는 역시나 심드렁한 반응을 보였다.

[원래 형제 싸움도 해본 사람이 잘하는 법 아니겠어? 그리고 애초에 유진 형이랑 카벨 형이 서로 싸울 성격들이나 돼?]

그 말에는 나도 동의했다. 유진과 카벨이 진지하게 싸우는 장면이라. 음, 상상이 안 되는구먼. 하지만 사실 삼 형제 중 누구를 둘이 붙여 놔도 그건 마찬가지였다. 뭐야, 그러고 보니까 셋 다 사이가 엄청 좋잖아?

[그 찜찜한 표정은 뭐야?]

"아니, 갑자기 다들 엄청 장하고 대견한 것 같아서."

나는 진심으로 그렇게 생각하며 흐뭇하게 웃었지만 당연히 에리히는 질색했다.

"다음에 바스티에에 놀러 가기로 했는데 너도 올 거지?"

[생각해 보고.]

"안 오면 아쉬울 텐데."

[누가, 내가?]

"아니, 내가."

내 말에 에리히는 잠깐 아무 말이 없었다. 곧 그가 '흥' 하고 콧방귀를 뀌더니 말했다.

[진짜 성가시네. 뭐, 정 그렇게 원한다니 한 번쯤 생각은 해보지, 뭐.]

아이고, 말은 그렇게 해도 결국은 같이 가 줄 걸 알았다. 에리히가 그 말을 끝으로 새침하게 통신구를 종료시켰기 때문에 나는 키득 웃을 수밖에 없었다.

"유진 오빠."

늦은 밤, 나는 유진의 방문을 두드렸다.

"지금 바빠?"

"아니, 들어와."

문틈으로 빼꼼히 고개 내민 나를 보고 유진이 손에 들고 있던 서류를 내려놓았다. 일하던 중인 것이 분명했지만 그는 여느 때처럼 나를 기다리게 하지 않았다. 나는 오늘만큼은 유진을 방해하기로 하고 생긋 웃으며 방으로 들어섰다. 게다가 오늘은 그를 위한 특별한 선물도 있지!

"짜잔! 이게 뭐게?"

위풍당당하게 안으로 들어서 손에 있는 것을 보란 듯이 들어 올리자 유진의 얼굴이 변했다. 그는 웃는 듯 아닌 듯 묘한 얼굴로 미간을 살짝 찌푸리며 입을 열었다.

“지금 같이 술을 마시자는 거야?”

“응, 바로 그겁니다!”

나는 정답이라는 듯이 활짝 웃으며 말했다. 유진은 내 돌발 행동에 조금 놀란 것 같았지만 오늘 같은 날은 원래 좀 마셔 줘도 되었다. 시간이 꽤 흘러 사냥터에서 다쳤던 곳도 전부 깨끗이 나은 뒤였기 때문에 문제는 없었다. 내가 한 손에는 술잔을, 한 손에는 술병을 들고 다가가자 결국은 하는 수 없다는 듯 유진도 함께 어울려 주었다.

잠시 후 우리는 소파에 나란히 앉아 술잔을 기울였다. 앗, 그런데 안주가 없구나. 깜빡했다. 하지만 뭐, 그렇게 도수가 강한 술도 아니니까 괜찮지 않을까…….

“카벨 오빠랑은 얘기 잘했어?”

“일단은.”

유진의 얼굴을 보며 지나가듯 묻자 그가 담담히 대답했다. 하지만 그렇게 말하는 유진의 얼굴이 기분 탓인지 전보다 가벼워 보였기 때문에 나도 밝게 웃을 수 있었다. 우리는 그렇게 나란히 앉아서 이런저런 이야기를 나누었다.

“다이스 전하가 다음에 로자벨라 양이랑 넷이서 같이 오페라 하우스에 가자고 하던데.”

“나한테도 비슷한 말을 해서 이미 거절했어.”

“아, 사실은 나도 싫다고 했는데.”

나는 유진을 보며 별생각 없이 덧붙였다.

“난 오빠랑 둘이 있는 게 더 좋아.”

그 순간 테이블 위에 술잔을 내려놓던 유진의 손이 멈칫했다. 잠시 후 유진이 언제 그랬냐는 듯 자연스러운 움직임으로 손을 거두었다.

"그거 좀 위험한 발언인 것 같은데."

"위험한 발언인가?"

나는 유진의 말을 따라 하며 반문했다.

"이런 상황에서는."

"이런 상황이 뭔데?"

그러자 그가 내 얼굴을 가만히 들여다보며 입을 열었다.

"벌써 취했어?"

"아아니?"

"취했군."

유진의 입에서 나직한 한숨이 새어 나왔다. 하지만 나는 하나도 취하지 않았는데 좀 억울했다. 어라, 그런데 신기하다. 유진이 원래 이렇게 반짝반짝거렸던가? 유진한테서 막 빛이 나는 것 같아.

"이상해. 오늘따라 오빠가 엄청 예뻐 보여."

신기함에 눈을 동그랗게 뜨고 그를 올려다보자 유진이 곤혹스러운 듯 눈매를 찌푸렸다.

"이제 그만 마셔."

유진이 내 손에 들려 있던 술잔을 빼앗아 갔다. 하지만 나는 이미 술 같은 것이야 어찌 되어도 상관없는 상태였다.

"유진 오빠아."

나는 유진의 얼굴을 덥석 붙잡았다. 그러자 그가 한순간 몸을 움찔 떨었다.

"왜 이렇게 반짝반짝거려? 도대체 뭘 먹고 이렇게 예쁜 거지?"

왠지 남자가 여자한테 작업을 걸 때 할 법한 대사인 것 같았지만 나는 진심이었다. 어째서인지 유진에 대한 애정이 평소보다 더욱 강렬히 샘솟아서 도저히 가만히 있을 수가 없었다.

"잠깐, 하리……."

"쉬잇, 착하지? 얌전히 있어."

나는 참지 못하고 유진의 얼굴 곳곳에 도장을 찍듯 쪽쪽 입을 맞추었다. 그러자 나를 말리려는 듯 내 팔을 잡고 있던 그의 손에 지그시 힘이 들어갔다.

"우리 유진 오빠 말도 잘 듣고 예뻐."

언뜻 유진의 눈빛이 위험하게 가라앉은 것 같았다. 하지만 그는 무언가를 억누르듯이 잠깐 눈을 감고 깊은숨을 내쉬다가 이윽고 자신의 얼굴을 붙든 내 손을 잡아 내렸다.

"아마 내일이 되면 넌 날 칭찬해 주고 싶어질 거야."

그는 어딘가 자조적인 어투로 중얼거린 뒤 내 어깨를 잡아 가까이 끌어당겼다. 나는 엉겁결에 그에게 당겨져 상체를 허물어뜨렸다. 다음 순간 나는 유진의 다리를 베고 눕게 되었다. 아앗, 무릎베개다! 이런 거 처음이야. 나는 고개를 돌려 유진의 얼굴을 올려다보았다. 그러자 유진이 그런 나를 보며 또 한 번 작게 신음했다.

"지금 일부러 그러는 거야?"

"뭘?"

"아니…… 그래, 아무 생각 말고 그냥 얌전히 자."

그는 무언가를 체념한 듯이 내 머리를 쓰다듬었다. 나는 유진의 부드러운 손길을 느끼며 눈을 느리게 깜빡거렸다. 어쩐지 지금 이 순간, 굉장히 안락하고 평화로운 기분이 들었다.

"계속 오늘 같았으면 좋겠다."

내가 혼잣말처럼 중얼거린 말을 듣고 유진이 대답했다.

"그건 내가 곤란해."

나는 그 말이 무슨 의미인지 몰랐지만 지금의 상황에 그가 다소의 난감함과 불만을 느끼고 있다는 사실만큼은 알 것 같았다. 하지만 유진은 곧 내가 어떤 의미로 그런 말을 했는지 안다는 듯, 나지막한 목소리로 속삭여 주었다.

"앞으로 오늘보다 더 좋은 날만 있게 해줄게."

확신하듯 읊조려진 목소리에 나는 어렴풋이 웃었다. 유진이 그렇게 말하니 정말 그렇게 될 것 같다는 생각이 들었다. 금방이라도 잠이 쏟아질 것처럼 온몸이 기분 좋게 노곤했다.

아, 행복하다. 이런 행복한 순간이 언제까지나 지속되었으면 좋겠어.

잠결에 그런 말을 유진에게 하자 그는 '네가 바라는 대로 될 거야'라고 속삭이며 내 이마에 부드럽게 입을 맞추었다. 나는 몹시도 따뜻하고 달콤한 기분에 휩싸여 잠이 들었다. 마치 설탕으로 만들어진 세계에 빠진 것처럼 지금 내 온몸을 감싸고 있는 모든 것들이 지독히도 다디달았다.

〈완결〉

외전

외전 1

끝이라니, 이제 시작인데

봄이 되면서 긴 겨울 동안 잠들어 있던 땅에 파릇한 새싹이 움텄다. 아를란타 전역은 얼마 전부터 축제 분위기였다. 황손 다이스와 로자벨라의 성혼 날짜가 가까이 다가왔기 때문이다.

"하리가 보기에는 어때요?"

로자벨라가 나를 돌아보며 물었다. 그녀의 움직임을 따라 풍성한 치맛자락이 하얀 포말처럼 황홀한 물살을 그렸다. 나는 눈부시게 아름다운 로자벨라를 보며 미소를 지었다.

"웨딩드레스 차림의 로자벨라를 이렇게 제가 먼저 보게 되다니, 다이스 전하의 질투를 사도 할 말이 없네요."

옆에 있던 의상실의 사람들도 로자벨라에게 극찬을 아끼지 않았다. 의상실 퀸 아라벨라는 황태손비가 될 로자벨라 벨론티아의 웨딩드레스를 제작할 영광을 얻으며 본격적인 부흥기를 맞았다. 웨딩드레스의 가봉을 위해 벨론티아의 저택으로 출장을 왔던 의상실의 사람들이 떠난 뒤 로자벨라와 나는 다른 곳으로 장소를 옮겼다. 벨론티아의 화원에는 봄을 맞아 색색의 예쁜 꽃들이 피어나 있었다. 우리는 그 한가운데에 있는 티 테이블을 사이에 두고 마주 앉았다.

"결혼식 날이 기대돼요. 아마 로자벨라는 세상에서 제일 예쁜 신부일 거예요."

향긋한 꽃향기와 은은한 차향이 뒤섞인 아름다운 화원에서 로자벨라는 티 한 점 없이 맑은 얼굴로 예쁘게 미소 지었다. 그 얼굴에는 수심이 없어 나도 마음이 편안해졌다.

지난겨울까지만 해도 그녀는 앞으로 자신이 맡게 될 중책에 대한 부담감을 내게 조심스럽게 이야기했었다. 더군다나 로자벨라는 지난번 사냥제의 사건 때 벨론티아의 하녀가 연루된 일로 더욱 회의감을 느끼는 것 같았다. 저택 내부의 일조차 제대로 단속하지 못하면서 어떻게 황태손비, 더 나아가 미래의 국모가 되어 황실과 아를란타를 포용할 수 있겠느냐고. 그런데 로자벨라가 지금은 이렇게 걱정과 근심 없는 행복한 예비 신부의 모습을 하고 화사하게 웃고 있으니 다행이라는 생각이 들었다.

"고마워요. 하리의 웨딩드레스도 기대하고 있어요."

로자벨라의 장난스러운 대꾸에 나는 약간 어색한 기분으로 하하 웃었다.

"지금 당장 결혼할 계획도 없는걸요."

"그래도 제 생각에는 머지않을 것 같은데요?"

시간이 지나면서 유진과 내 관계에 대해 모르는 사람은 없어졌다. 비단 내 주변뿐만이 아니라 밖에서도 우리의 이야기는 이미 공공연하게 퍼져 있었다. 하기야 지난가을 이후부터는 유진도 나도 딱히 그런 사실을 숨기려 하지 않았으니 당연하다면 당연했다. 어차피 내 주변 사람들에게는 진작 털어놓은 사실이었고, 또 언젠가는 세상에 드러날 일이라고 생각했기 때문에 크게 상관은 없었다. 예상했듯이 사람들은 물 만난 고기처럼 신이 나서 우리에 대해 수군거렸다. 하지만 그들은 금세 태세를 전환해 전보다 더 내게 친한 척 다가오기 시작했다.

그들의 말과 행동에서 그 속내가 훤히 들여다보여 조금은 입맛이 썼다. 원래도 에른스트의 울타리 안에 있는 내 신분과 미래의 황손 부부와의 친분 때문에 내게 다가오는 사람들은 많았다. 하지만 유진과 나에 대한 소문이 사교계를 한바탕 휩쓴 직후부터 내 앞에서 입안의 혀처럼 구는 이들이 확연히 늘어났다. 그런 것을 보면, 내 뒤로 비쳐 보이는 에른스트 공작 부인이라는 이름이 참으로 대단하긴 한 모양이었다.

음, 물론 지금의 난 에른스트 공작 부인이 아니었지만 솔직히 나도 언젠가 그 자리가 내 것이 될 거라고 생각하고 있긴 했으니까. 크, 크읍. 내 입으로 이런 말을 하자니 뭔가 굉장히 쑥스러운데…… 왜냐면 내가 에른스트 공작 부인이 된다는 건, 유진과 내가 결혼을 한다는 거잖아? 그런 생각을 하니 갑자기 열이 올라서 나는 눈앞에 있는 차를 벌컥벌컥 마셨다. 그런 나를 보고 로자벨라가 또 짓궂게 말했다.

"어머, 새삼스럽게 수줍어하는 거예요? 하리 양, 귀엽네요."

"로자벨라, 자꾸 그렇게 놀릴 거예요?"

"하리의 반응이 재미있으니 어쩔 수 없잖아요."

아무튼 한 가지 좋은 점은, 그 후 내 앞에서 유진의 혼담에 대해 묻는 사람들이 사라졌다는 것이다. 로자벨라와의 파혼 이후 비어 있는 유진의 옆자리를 노리고 내게 다리를 놔주길 바라는 영애들이 종종 있었다. 때로는 귀부인들이 다가와 자신의 딸이나 조카의 이야기를 내게 넌지시 건네기도 했다.

하지만 이제는 그런 사람들이 싹 사라졌으니 한편으로는 속이 시원하기도 했다. 이런 생각은 조금 유치했지만, 솔직히 내 앞에서 유진에 대한 흑심(?)을 드러내는 여자들을 볼 때마다 기분이 썩 좋지 않았다. 물론 그중에는 아직 나를 마뜩잖게 여기는 사람들도 있겠지만, 라벤더 코르디스의 일을 알아서 그런지 모두 조용했다.

나는 가타부타 말없이 내게 다가오는 사람들을 그저 적당히 상대해 주었다. 어차피 저쪽에서 나를 먼저 배척하지 않는데 내가 굳이 나서서 그들을 쳐 낼 필요도 없었고, 또 그렇다 한들 필요 이상으로 가깝게 지낼 이유도 없었기 때문이다. 뭐, 그래도 물론 뒤에서는 자기네들끼리 여전히 나에 대해 신나게 떠들어 대고 있겠지만. 하지만 사실 다른 사람들의 이목이야 내게 있어 크게 중요하지 않았으니 상관없는 일이었다. 지금처럼 내가 소중하게 생각하는 사람들이 나를 이해하고 받아들여 준다면 나는 그것으로 충분했다.

"다음에는 결혼식 날 뵙겠네요."

"오늘 찾아와 줘서 고마워요. 하리와 이야기를 나누고 나니 마음이 많이 편해졌어요."

결혼을 앞두고 로자벨라는 많이 바빠졌기 때문에 나는 시간을 오래 보내지 않고 벨론티아의 저택을 빠져나왔다. 하지만 나는 곧장 에른스트로 돌아가지 않았다. 오늘은 외출한 김에 바스티에의 저택에도 방문할 계획이었다.

"어서 오렴, 하리."

"안녕하셨어요, 아주머니?"

내가 안으로 들어서자마자 바스티에 부인이 나를 맞아주었다.

"미안해서 어쩌지? 루이제는 피아노 수업을 받는 중이어서 조금 기다려야 할 것 같은데."

"아니에요, 제가 예정보다 일찍 도착했으니까요."

잠시 내 얼굴을 바라보던 바스티에 부인이 이윽고 내게 권했다.

"괜찮다면 루이제를 기다리는 동안 함께 차라도 마시지 않겠니?"

"저야 기쁘죠."

당연히 나는 그녀의 호의를 거절하지 않았다. 물론 벨론티아에서 이미 차를 마시고 오긴 했지만…… 그건 그냥 넘어갑시다. 그렇게 그녀와 나는 단둘이 응접실을 향해 걸음을 옮겼다.

"그래서, 청첩장은 언제 보내 줄 거니?"

푸읍. 갑작스러운 기습에 나는 그만 입에 있는 찻물을 뱉을 뻔했다.

"뭘 그렇게 놀라? 약혼식은 건너뛰겠다고 했으니 남은 건 결혼뿐이잖아."

하지만 바스티에 부인은 여전히 우아한 모습을 한 채 나를 지그시 쳐다보고 있을 뿐이었다. 오, 오늘 무슨 날인가요? 아까 로자벨라도 그렇고, 왜 다들 내 결혼이 얼마 남지 않은 기정사실인 것처럼…… 아니, 물론 하긴 할 거지만. 유진이랑 결혼하기 싫다는 건 아니지만 말이야?

"아직 준비할 게 많아서요. 차근차근……."

"준비라니, 안주인이 될 준비?"

아, 안주인……. 직설적인 단어에 내가 다시 한번 말을 잃은 사이, 바스티에 부인이 손에 들고 있던 찻잔을 내려놓았다. 그 후 그녀가 담담한 목소리로 말을 이었다.

"그런 거라면 이미 준비는 충분하지 않니. 에른스트의 내적인 일들을 전부터 네가 처리하고 있다는 걸 안단다. 게다가 넌 내 손으로 직접 가르쳤으니까."

그녀의 말이 맞았다. 사실 나는 바스티에에서 사는 동안 그녀에게 저택을 꾸려 나가는 일 등에 관해 여러 가지 가르침과 조언을 받았다. 이런 이야기는 조금 씁쓸하지만, 아마도 그건 은연중에 그녀가 나를 요하네스의 짝으로 생각하고 있었기 때문일 터였다.

"네, 이곳에 있는 동안 아주머니께 아주 많은 걸 배웠죠."

나는 설핏 웃으며 입을 열었다.

"지금은 그저 심적인 준비가 아직 덜 된 것 같아서."

잔잔한 공기 속에 그윽한 향기가 맴돌았다. 찻잔에 고인 액체에는 설탕에 절인 레몬 조각이 하나 떠 있었다. 바스티에 부인은 무슨 생각을 하는지 잠시 말이 없었다.

"하리, 빈말이 아니라 나는 너를 진짜 딸처럼 생각한단다."

그러다 귓가를 파고든 음성에 나는 마주한 사람에게 시선을 옮겼다.

"물론 내심 네가 요한의 짝이 되길 바라기도 했지만 강요할 생각은 애초에 없었어. 그래서 혹여 섣부른 말 한마디가 네게 부담이 될까 그런 내색을 하지 않으려 내 딴에는 노력했고."

그녀의 말처럼 나는 바스티에에 있는 동안에도, 그리고 그 후에도 그들에게 한시도 배려받지 않은 적이 없었다. 자신의 의견이나 마음을 타인에게 고집하거나 강요하지 않는 것은 어쩌면 바스티에 사람들 특유의 상냥함인지도 모르겠다.

"알아요, 제가 그 마음을 어떻게 모르겠어요."

어쩌면 내가 요하네스의 마음을 거절하는 일이 그들에 대한 배반이 되는 것은 아닐까 하는 생각도 여러 번 했다. 하지만 지금도 그들은 여전히 이렇게나 내게 다정했다.

"항상, 감사하게 생각하고 있어요."

진심으로 고마운 일이라고 생각한다. 분명 그 다정함은 원한다 해서 누구나 쉽게 가질 수 있는 것이 아닐 테니.

"하리, 우리는 진심으로 네 행복을 바란단다."

내게 속삭이는 그녀의 말이 온전한 진심임이 전해져 왔다.

"그러니 네가 선택한 길을 믿고 앞만 보고 걸어가렴. 분명 그 길이 옳은 길일 테니까."

그 말을 듣는 동안 서서히 눈시울이 뜨거워졌다. 이제는 옆에서 내게 이런 말을 해줄 어른이 없다고 생각했기 때문일까. 정말 어머니가 딸에게 말해주듯 부드럽게 다독이는 음성에 가슴이 약간 울렁거리는 느낌이 들었다. 나는 찔끔 새어 나오려 하는 눈물을 참으며 그녀를 향해 미소 지었다.

"감사해요. 저도, 항상 행복한 일만 있으시길 바라고 있어요."

"엄마랑 얘기 다 끝났어?"

응접실에서 나오자마자 루이제를 만났다. 그녀는 내가 자신의 어머니와 방에 있다는 소리를 듣고 온 모양이었다. 다른 때 같으면 그냥 바로 문을 열고 들어왔을 텐데, 어쩐 일로 그녀는 밖에서 내가 나오기를 기다린 듯했다. 방문 밖으로 나오는 나를 보고 복도에 쭈그려 앉아 있던 루이제가 자리에서 일어났다. 하지만 그녀는 잠깐 내 얼굴을 들여다보더니 포옥 한숨을 내쉬었다.

"엄마도 참. 이제부터 좋은 데 놀러 가려고 했는데 하리 언니를 이렇게 울리면 어떡해."

"아니야, 안 울었어."

"눈이 빨간데, 뭘."

응, 그렇게 티가 나나. 거울을 못 봐서 잘 모르겠다. 바스티에 부인과 함께 있는 동안 나도 모르게 조금 감상적이게 되었던 것 같아서 조금 겸연쩍기도 했다.

"오늘은 그냥 내 방에서 놀자."

그렇게 말하며 루이제가 내 손을 잡아끌었다. 잘은 모르지만 나랑 같이 밖으로 외출하려 했던 계획을 지금은 포기한 듯했다.

"어디를 가려고 했는데?"

"으음, 미리 말해주면 재미없으니까 다음에."

루이제가 비밀스러운 미소를 지어 보이며 말했다. 여전히 의문스러웠지만 그녀는 결국 끝까지 대답해 주지 않았다.

나는 바스티에에서 저녁 식사까지 마친 뒤 에른스트로 돌아왔다. 유진과 카벨은 둘 다 바빠 늦게 귀가할 예정이라고 들었다. 음, 아무래도 오늘은 술을 좀 마셔야 할 것 같은 기분이야. 나는 지하 저장고에서 와인을 한 병 꺼내 와 술잔에 따랐다. 애초에 취할 정도로 마실 생각은 없었고, 정말 딱 한 잔만 마시고 말 생각이었다.

그런데 장시간의 외출에 피곤했던 탓일까? 몸에 알코올이 흡수되기 무섭게 눈꺼풀이 무거워지기 시작했다. 그리고 몇 번인가 눈을 감았다 떴을 때, 내 몸 위로 누군가의 손길이 닿는 것이 느껴졌다. 나는 약간 정신이 돌아오는 것을 느끼며 어느덧 감고 있던 눈을 떴다. 그러자 은은한 불빛에 물든 유진의 얼굴이 시야에 들어왔다.

"유진 오빠."

"깨우지 않으려고 했는데."

아무래도 내가 깜빡 잠이 들었던 모양이다. 그냥 잠깐 눈만 감았다 뜬 것 같은데 언제 이렇게 밖이 깜깜해졌지?

"지금 몇 시야?"

"10시 반. 피곤할 텐데 제대로 침대에 누워서 자."

눈을 뜬 나를 보고 유진이 내게서 손을 거두었다. 소파에 누워 잠든 나를 그가 침대로 옮겨 주려고 했던 것 같았다. 그나저나 10시 반이라니. 그럼 벌써 두 시간은 지났잖아? 으윽, 그럼 그냥 깜빡 존 수준이 아니라 아예 푹 잔 거네. 나는 뻑뻑한 눈을 비비며 내 앞에 서 있는 유진을 올려다보았다. 유진의 행색을 보아하니 지금 막 저택으로 돌아온 참인 것 같았다. 그가 손을 뻗어 헝클어진 내 머리카락을 정리해 주었다. 봄이라고 해도 밤에는 제법 쌀쌀했기 때문에 이마에 닿은 그의 손은 약간 서늘했다. 나도 모르게 한순간 몸을 작게 움찔하자 유진이 곧바로 내게서 손을 거두었다.

"오빠 손 차가워."

"미안."

하지만 이번에는 그의 손을 내가 먼저 붙잡아 당겼다. 물론 유진이 마음만 먹으면 얼마든지 제자리에서 버틸 수 있었을 테지만, 그래도 그는 내가 원하는 대로 잠자코 가까이 끌려와 주었다. 하지만 그런 유진도 설마 내가 자신을 덥석 끌어안아버릴 줄은 예상하지 못했던 것 같았다. 다가온 유진의 목에 그대로 팔을 감아 끌어당기자 어쩔 수 없이 그가 내 위로 몸을 허물어뜨렸다. 유진이 밖에서 묻혀 온 서늘한 공기도 같이 내 품에 안겼다.

"하리……."

"조금만 이러고 있자."

내 행동이 조금 갑작스러웠는지 맞닿은 몸이 경직되어 있는 것이 느껴져서 나는 괜찮다는 의미로 그의 등을 도닥여 주었다. 하지만 그런 내 노력이 무색하게도 유진의 상태는 나아지지 않았다.

"차갑다며."

"싫다고는 안 했는데?"

아, 혹시 자기 몸이 차가워서 나한테 안 닿으려고 그러는 건가? 하지만 나는 오히려 이렇게 그를 끌어안고 있는 동안 기분이 좋아졌다. 나 때문에 유진이 따뜻해지고 있잖아. 그것만으로도 몹시 배부른 기분이 들어서 나는 유진을 끌어안은 채로 후후 웃었다. 그러자 유진이 내 숨이 닿은 목이 간지럽다는 듯이 작게 몸을 뒤척였다. 물론 나는 그에 아랑곳하지 않고 오히려 팔에 더욱 힘을 주어서 유진을 세게 껴안았다. 내 품 안에 있는 유진의 고개가 살짝 옆으로 비틀어졌다. 그 직후 그의 입에서 나직한 한숨이 새어 나왔다.

"혼자서 술 마셨구나."

아, 테이블 위에 있는 술잔하고 술병을 이제 봤나 보다. 유진은 지금의 내 행동이 술에 취해서 그런 것이라고 생각한 것 같았다. 어차피 내가 마신 건 고작해야 와인 한 잔이 전부였기 때문에 그런 생각은 오해였다. 그래도 유진이 포기한 듯이 나한테 안긴 몸에 힘을 풀어서 그건 마음에 들었다.

"오늘 벨론티아와 바스티에에 다녀왔지?"

"응."

"좋은 시간 보내고 왔어?"

"그럼, 언제나처럼 즐거운 시간이었지."

우리는 소파 위에서 몸을 겹친 채 소소한 대화를 나누었다. 로자벨라의 웨딩드레스가 아주 예뻤다는 것과 바스티에 부인과 함께 차를 마신 일, 그리고 루이제의 피아노 실력이 아주 많이 늘었다는 이야기 등. 유진도 오늘 황궁에서 다이스를 만난 일과 로웬그린 씨가 요즘 맡게 된 어린 조카 때문에 골머리를 앓고 있다는 사실 등을 나에게 이야기해 주었다.

"오늘 오래 외출해서 피곤할 텐데 그만 자."

그러다가 유진이 나지막한 목소리로 내게 말했다. 시간은 금세 11시가 되어 있었다. 하지만 지금 이대로 너무 평온하고 따뜻해서 어쩐지 움직이고 싶지가 않았다. 그래서 나는 유진의 목에 얼굴을 파묻은 채 조금 고집스럽게 웅얼거렸다.

"그냥 이대로 잘까?"

이렇게 꼼짝도 하기 싫은 걸 보니 아까 돌아오자마자 씻고 잘 준비를 하길 잘한 것 같았다.

"그냥 여기서 이러고 자자."

그 순간, 어째서인지 유진이 잠깐 몸을 움칫했다.

"그래……? 괜찮겠어?"

지금까지 온순하게 내게 몸을 맡기고 있던 유진이 귓가에 낮게 속삭였다. 다음 순간 등허리를 매만지는 그의 은근한 손길이 느껴져 나는 무의식중에 움찔했다. 으, 응……? 갑자기 뭐지? 노곤함에 젖어 멍했던 머릿속에 갑자기 반짝 불이 켜졌다. 유진이 자신의 목을 감싸고 있던 내 팔을 잡아 내리며 상체를 일으켰다. 그 직후 아주 가까이에서 눈이 마주쳤다.

"지금 이 방에는 우리 둘밖에 없고. 마침 시간은 늦은 밤이고."

그가 한 마디씩 내뱉을 때마다 내 얼굴에 간지러운 숨결이 닿았다. 내 눈을 마주하고 있던 유진의 눈동자가 뒤이어 아래로 미끄러졌다.

"게다가 넌 잠옷 차림이지."

앗…… 유진의 말이 맞았다. 아까 저택에 돌아와서 씻은 후 나는 곧바로 옷을 갈아입은 상태였다. 이 얇은 실크 잠옷은 촉감이 특히 부드러워 내가 애용하는 것이었는데, 다른 누군가에게 보여 주기에는 다소 부적절한 것이었다. 왜냐하면 몸의 곡선이 거의 그대로 드러나는, 거의 속옷 같은 잠옷이었으니까. 그래서 이제까지 잠옷 차림을 하고 잠깐이라도 방 밖으로 나갈 일이 있을 때는 꼭 이 위에 무언가를 걸치고 나가곤 했다.

하지만 지금 나는 내 방에서 혼자 술을 마시다가 소파 위에서 잠든 상황이 아니었던가? 그래서 지금 내가 입고 있는 것은 이 얇은 잠옷 한 장이 전부였다. 그제야 나는 조금 전 내가 유진을 끌어안았을 때 그가 굳었던 이유를 알 것 같았다.

"그런데 그걸로도 모자라서 무방비하게 같이 자자는 권유까지 하는 너를……."

유진의 입에서 조용히 흘러나온 음성이 귓전에 울려 퍼졌다.

"그냥 두고 갈 수 있을 정도로 여유롭지가 않은데, 내가."

정면에서 마주한 눈빛에 어쩐지 숨을 크게 쉴 수가 없었다. 귓가에 번진 나직한 속삭임에 약간 목이 마른 느낌이 들었다.

"그게……."

"물론 넌 그런 의미로 말한 게 아니겠지만."

내 입에서 나올 변명이 무엇인지 안다는 듯이 유진이 앞질러 말했다.

"모른 척 내 멋대로 오해하고 싶다고 하면, 넌 어떻게 할 거야?"

나를 내려다보는 그의 검은 눈동자가 더없이 고요했다. 유진과 서로의 마음을 확인하고 연인 관계가 된 지도 시간이 제법 지났다. 그렇기 때문에 지금처럼 이런 묘한 분위기가 조성된 것은 이번이 처음도 아니었다. 물론 그동안은 유진이 늘 나를 배려해 중간에 멈춰 주었지만, 실제로 상당히 아슬아슬한 상황까지 간 적도 있었다. 그러니 이처럼 단순히 몸을 맞대고 조용히 이야기를 나누고 있는 지금은 사실 전혀 긴장할 필요가 없는 것일지도 몰랐다.

하지만 유진의 눈을 바라보고 있는 동안 어쩐지 가슴이 서서히 불규칙적으로 뛰기 시작했다. 본능적으로 직감했기 때문이다. 이대로 무언가를 시작한다면 이번에는 유진이 절대로 먼저 멈추지 않을 것이라는 사실을. 그리고 나 역시도 그런 그를 거부할 수 없을 것이 분명하니까…….

"형! 하리야! 나 왔어!"

그러니 어떤 의미로는 때마침 카벨이 저택으로 돌아온 것이 다행인 일일지도 몰랐다. 쩌렁쩌렁하게 울리는 목소리가 꽉 닫힌 문 너머로도 가감 없이 전해져 왔다. 예전에 한 번 갑자기 들이닥쳐 유진과 내가 같이 손을 붙잡고 있는 모습을 본 후로 카벨은 이런 식으로 자신의 등장을 요란하게 알리곤 했다. 유진의 입에서 야트막한 숨이 흘러나왔다. 그 후 천천히 이마 위로 눌러 찍히는 입술에 나는 무의식중에 눈을 감았다. 그러나 유진은 내게 짧게 입을 맞춘 뒤 여운을 남기지 않고 떨어져 나갔다. 다시금 눈을 뜨자 어렴풋이 미소 짓고 있는 유진의 얼굴이 시야에 들어왔다.

"잘 자."

나직한 인사를 남긴 뒤 그가 내 위에서 몸을 일으켰다. 텅 빈 품에 약간 서늘한 공기가 밀려들었다. 나는 유진이 문을 나설 때까지 자리에서 움직이지 않았다.

"어, 형. 아직 외출복 차림인 거 보니까 금방 왔나 보네? 하리는?"

"지금 자. 조용히 쉴 수 있게 목소리 좀 낮춰."

"헉, 알겠어. 하리가 오늘 바스티에에 다녀온다고 했던가? 피곤했나 보네."

밖에서 두런두런하게 들려오던 목소리가 서서히 멀어졌다. 나는 소리 낮춘 음성과 발소리가 완전히 사라진 뒤로도 한동안 소파에 가만히 누워 있었다. 그리고 복도에 있는 괘종시계의 종이 12번 울린 후에야 멍하니 자리에서 일어났다. 잠시 후 나는 침대에 누워 이불을 덮은 채 멍청히 천장을 바라보고 있었다.

그러나 아무래도 금방 잠들 수 있을 것 같지는 않았다. 심장이 아직도 자신의 존재감을 주장하며 두근두근 뛰고 있었으니까. 다행이다…… 마침 시기 좋게 카벨이 와 줘서 다행이야. 좀 갑작스러웠는데, 적어도 마음의 준비를 할 시간은 조금 더 생긴…….

하지만 거기까지 생각했을 때, 나는 일순간 멈칫했다. 그리고 잠시 후 그만 참지 못해 이불 위에서 방방 몸부림을 치고 말았다. 잠깐만, 마음의 준비라니? 마음의 준비라니……?! 마음의 준비는 무슨 놈의 마음의 준비? 나는 침대에 얼굴을 파묻고 손으로 마구 베개를 두드렸다. 얼굴뿐 아니라 귀까지 전부 뜨끈뜨끈했다. 아무래도 오늘은 쉽게 잠들 수 없을 것 같은 밤이었다.

"냠냠냠. 응? 너 얼굴이 왜 그래?"
다음 날 아침, 카벨이 식탁에 있는 빵을 주워 들어서 열심히 씹어 먹다 말고 나를 향해 물었다. 막 식당 안으로 들어서는 나를 보고 그는 의아한 표정을 짓고 있었다.
"내 얼굴이 왜?"
"거울 안 봤어? 날밤 깐 것처럼 칙칙하잖아."
큭, 둘째야. 그 표현은 너무 적나라하지 않니? 물론 나도 방에서 나오기 전에 거울을 봤으니 내 얼굴이 다소 초췌하다는 사실쯤은 알고 있었다. 하지만 원래 그런 건 모르는 척 배려해 주는 게 신사다운 건데 말이야! 하기야 그 대상이 카벨인 만큼 애초에 그런 걸 기대하면 안 되는 것이긴 했다.
"너 어제 일찍 자지 않았어? 집에 오니까 넌 벌써 자고 있다고 형이 그랬는데."
자긴 뭘 자, 결국 네 말처럼 날밤 깠는데. 하지만 그런 말을 굳이 내 입으로 하기는 좀 뭐했다.
"그냥 피로가 좀 덜 풀려서 그래."
"그럼 고기 먹어! 피곤한 데는 고기가 최고야!"
카벨은 피곤하다는 내 말에 '고기 만병통치설'을 주장하며 큰 소리로 주방장을 불렀다. 당연히 나는 그런 그를 말렸다. 내가 카벨도 아니고, 아침 댓바람부터 고기를 먹었다가는 속이 더부룩해질 것이 분명했다.
"오빠야말로 좀 더 제대로 식사해야지. 왜 앉지도 않고 그렇게 서서 먹어?"

"나 오늘 좀 빨리 나가야 돼서."

오늘 기사단에서 아침 일찍부터 무슨 일이 있나? 아무리 그래도 그렇지, 이렇게 자리에 선 채로 우적우적 빵이나 씹어 먹고 있다니. 심지어 카벨은 먹던 빵을 제대로 다 해치우지도 않고 급히 몸을 움직였다.

"나 그엄 아여올게(나 그럼 다녀올게)!"

"벌써?"

정말 급하긴 급한지, 카벨은 빵 하나를 입에 물고 한 손에는 사과 하나를, 다른 손에는 기사단의 제복 윗도리를 든 채로 급히 식당을 빠져나가려 했다.

"카벨, 지금 나가?"

그때, 막 식당 안으로 들어서던 유진과 카벨이 마주쳤다. 나는 어젯밤 이후로 처음 만나는 유진을 보며 나도 모르게 흠칫했다.

"웅, 아침은 나 빼고 둘이 먹어!"

유진의 물음에 카벨이 역시나 빵을 입에 문 채로 웅알이 같은 소리를 내뱉었다. 그래도 씹던 걸 어느 정도 삼켜서 그런지 아까처럼 알아듣기 힘든 발음은 아니었다. 그런 카벨을 보고 유진이 슬며시 미간을 좁혔다. 유진도 나와 마찬가지로 아침밥도 제대로 못 먹고 급히 출근하는 카벨을 보니 마음이 편치 않은 모양이었다.

"점심은 제대로 챙겨 먹어."

"알았어!"

그 말을 끝으로 카벨이 후다닥 걸음을 옮겨 식당을 빠져나갔다. 그 후 카벨의 빈자리를 대신하듯 유진이 안으로 들어섰다.

"앉자."

"으응."

으윽, 둘째가 오늘 일찍 출근한다고 미리 말해줬으면 나도 그냥 늦잠 자는 척했을 텐데…… 아, 하긴. 어젯밤에 만나지를 못했으니 말할 시간도 없었겠지. 으흑.

"잘 못 잤어?"

그때, 유진의 시선이 내 얼굴을 한차례 스쳐 지나갔다.

"피곤해 보이네."

나는 그의 말에 뜨끔했다. 조금 전에 카벨도 그러더니만, 내가 잠을 못 잔 게 그렇게 티가 나나? 하지만 사실은 우리 집에서 제일 눈치가 없는 카벨조차 알아차릴 만한 일을 다른 사람이 모르는 게 더 어려울 것이었다.

"아, 아니? 잘 잤어. 엄청 잘 잤는데?"

나는 솔직하게 말하지 못하고 발뺌했다. 왜인지 여기에서 내가 밤을 새웠다는 걸 인정해 버리면 유진의 말에 동요해서 그렇다는 사실까지 들킬 것 같았기 때문이다. 그러나 뒤이어 그가 담담히 내뱉은 말에 그런 내 고민은 너무나 하잘것없어지고 말았다.

"그래? 난 잘 못 잤는데."

나는 잠깐 말문이 막힌 채로 맞은편에 앉은 유진의 얼굴을 바라보았다. 그는 식탁 위에 한쪽 팔을 올려 나른히 턱을 괸 채로 나를 물끄러미 응시하고 있었다. 그렇게 시선을 마주하고 있는 동안 이상하게 점점 목이 타들어 가는 느낌이 들었다.

곧 식당 안으로 들어온 사용인들이 식탁 위에 접시와 식기를 올리기 시작했다. 유진은 다른 말을 더 덧붙이지 않았고, 나도 조금 전에 무슨 일이 있었냐는 듯이 그에게서 시선을 떼고 고개를 돌렸다. 나는 최대한 태연한 모습을 유지한 채로 컵에 든 물을 벌컥벌컥 마셨다. 아직 봄인데도 어쩐지 더웠다.

"휴버트, 그럼 다녀올게요."

"조심히 다녀오십시오, 아가씨."

그날 오후, 나는 휴버트의 배웅을 받으며 에단과 함께 외출했다. 목적지는 화려한 상점들이 위치한 번화가로, 해마다 그래 왔듯이 오늘 그곳에서는 봄을 맞아 꽃 시장이 열릴 예정이었다.

"아가씨, 손을."

목적지에 도착해 나는 에단의 손을 붙잡고 마차 밖으로 내려섰다. 거리에는 이미 향긋한 꽃 내음이 가득 퍼져 있었다. 그 향기만 맡아도 기분이 밝아지는 느낌이었다. 음, 역시 봄이 좋구나.

"사람들이 많군요."

"일 년에 한 번 열리는 꽃 시장이니까요."

주위를 둘러보던 에단이 지나가듯 내뱉은 말에 나는 웃었다. 에단이 이런 식으로 내게 직접 말을 건네는 일도 전보다 많아졌다. 물론 그와 나 사이에는 아직도 미처 좁혀지지 않은 거리감이 남아 있었지만 그래도 시간이 지날수록 차츰 가까워지고 있는 것 같아서 기분이 좋았다.

나는 에단과 함께 꽃 시장이 열린 곳으로 향했다. 매년 규모가 커지고 있는 꽃 시장은 번화가에 터를 잡고 있는 만큼 오가는 사람들로 인산인해를 이루고 있었다. 탐스럽게 피어난 색색의 화려한 꽃들이 과연 그 옆을 지나는 이들의 시선을 한눈에 사로잡을 만했다.

문득 몇 년 전 이곳에서 유진과 만났을 때의 일이 생각났다. 그날 우연히 마주친 유진에게 충동적으로 덥석 안겨 버렸던 작약의 행방을 내가 알게 된 것은 나중의 일이었다. 다이스를 만나러 황궁에 갔다가 겸사겸사 유진이 일하는 곳에 들렀던 나는 그 한구석에 곱게 말려서 놓여 있는 작약 다발을 보고 한순간 눈을 의심했다.

물론 지금은 그때로부터 시간이 한참 더 흐르기도 했고, 또 내가 유진에게 몇 번이나 말해서 치워 버렸지만…… 내가 준 꽃을 곧바로 버리지 않고 그렇게 오래 가지고 있었다는 사실이 꽤 놀라웠다. 나는 그때의 기억을 되살리며 작약과 프리지아 꽃을 각각 한 아름씩 구입했다.

"더 필요하신 건 없으십니까?"

"네, 오늘은 이제 되었으니 그만 저택으로 돌아가요."

다른 때 같으면 기분 전환 삼아 좀 더 돌아다니다가 귀가했겠지만 오늘은 거리가 너무 복잡했다. 게다가 어제의 피로가 아직 풀리지 않아 밖에 오래 나와 있기 힘들기도 했다. 나는 원하던 대로 싱싱한 꽃을 얻은 것에 만족하고 다시 마차가 서 있는 곳으로 향했다.

"응?"

그런데 조금 더 걸었을 때, 갑자기 웬 노란 천 조각이 내 앞으로 날아왔다. 나는 무의식중에 손을 뻗어 그것을 잡으려고 했다. 하지만 내가 그러기 전에 에단이 먼저 움직였다. 어느덧 내 앞에 선 그가 놀라운 순발력으로 날아든 천을 붙잡았다. 그의 손에 들린 것은 섬세한 레이스 자수가 돋보이는 여성용 얇은 숄이었다.

아무래도 조금 전 바람이 불었을 때 누군가 실수로 놓친 것 같은데…… 그럼 주인이 금방 찾으러 오지 않으려나? 하지만 주위에 사람이 워낙 많아서 그러기 어려울 것 같기도 했다. 잠시 주변을 두리번거렸으나 무언가를 찾는 것처럼 보이는 사람은 눈에 띄지 않았다.

"어떻게 할까요?"

일단 저 숄을 붙잡은 에단의 의견을 먼저 들어야 할 것 같아서 그에게 물었다. 그러자 그가 나를 돌아보았다. 에단이 손에 들고 있는 노란 천을 내려다보다가 입을 열었다.

"분실물을 책임져야 할 이유는 없습니다. 두고 가죠."

아, 앗? 단호하시네요? 아니, 물론 그건 그렇지만…… 그래도 조금 더 기다려 보자고 할 줄 알았더니.

"앗, 잠깐만요! 그거 저희 거예요……!"

하지만 에단과 나는 분실물의 뒤처리를 오래 고민하지 않아도 되었다. 다음 순간 앞에서 누군가 큰 소리로 외치며 우리를 향해 다가왔기 때문에. 나는 에단과 내 앞으로 헐레벌떡 뛰어온 남자를 보고 물었다.

"이 숄을 찾고 계셨나요?"

"헉, 네……."

그는 급히 뛰어와 숨이 차는지 고개도 들지 못하고 무릎을 짚은 채로 잠시 숨을 골랐다. 행색을 보아하니 시종이나 호위가 아니라 반듯한 집안에서 잘 자란 영식인 것 같았다. 그럼 동행한 숙녀분이 잃어버린 물건을 대신 찾아주러 온 걸까? 나는 그를 향해 웃으며 입을 열었다.

"바람에 더 멀리 날아가지 않아서 다행이네요."

"아아, 감사합니다. 제 일행이 실수로 놓쳐서……."

남자도 그제야 여유를 찾았는지 고개를 들며 대꾸했다. 하지만 그는 말을 채 끝마치지 못했다. 허공에서 눈이 마주친 순간, 남자가 훅 숨을 들이마시며 굳었다. 넋이 나간 것처럼 크게 떠진 검은 눈동자 속에 내 모습이 비치고 있었다. 입술을 작게 벌리고 있는 그 얼굴은 얼이 빠진 것처럼 멍했다.

아…… 이 사람, 지금 나한테 첫눈에 반했구나. 너무 솔직하게 겉으로 드러나 보이는 반응이라 모르려야 모를 수가 없었다. 지금까지 이런 경험이 아예 없던 것도 아니라 그리 낯설지도 않았고. 나는 약간 난처한 기분을 느끼며 한 발짝 뒤로 물러났다. 에단도 비슷한 것을 느꼈는지, 슬쩍 나와 남자 사이에 끼어들어 시선을 차단했다. 음, 그런데 그냥 기분 탓인가? 이렇게 가까이에서 얼굴을 보니 어쩐지 조금 낯이 익은 것 같기도 한데…….

"테오!"

그 순간, 남자의 뒤에서 가느다란 여자의 목소리가 울렸다. 나는 그 소리를 쫓아 무심코 고개를 돌렸다. 곧이어 시야에 들어온 여자의 모습에 나는 깜짝 놀라 두 눈을 휘둥그렇게 뜨고 말았다.

"나 때문에 미안해요. 숄은 그냥 안 찾아도 되니까…… 아?"

머리카락이 헝클어지는 것도 모르고 종종걸음으로 뛰어온 여자가 우리를 발견하고 놀란 표정을 지었다. 하지만 그것은 정확히 말하자면 나와 에단을 보고 그런 것이 아니라, 에단이 들고 있는 노란 숄을 보았기 때문이었다.

"아, 저기…… 테오, 이분들이 제 숄을 찾아주신 건가요?"

그녀는 허둥지둥하며 어찌할 바를 몰라 하다가 이내 옆에 있는 남자를 향해 작은 소리로 속닥거렸다. 그러자 그때까지도 멍한 표정으로 나를 보고 있던 남자가 퍼뜩 정신을 차린 듯이 꿈에서 깨어난 것 같은 얼굴을 했다.

"아…… 맞아요, 이분들이 찾아주셨어요."

"아! 감사합니다."

남자에게 확답을 들은 여자가 밝은 얼굴로 우리를 향해 인사했다.

"실은 아끼는 것이라 잃어버리면 조금 속상할 것 같았거든요. 정말 감사해요."

바람에 흩날리는 주황색 머리카락과 따뜻한 갈색의 눈동자. 약간 창백한 얼굴이 지금은 기쁨으로 발갛게 상기되어 있었다.

"먼저 인사드렸어야 하는데 실례를 범했네요. 저는 테오도르 칼루아입니다. 이쪽은 제 육촌인……."

"전 데이지 템페르토예요."

그들의 소개를 듣고 나도 가만히 있을 수 없어 입을 열었다.

"하리 에른스트예요. 이쪽은 제 호위 기사인 에단 비숍 경이고요."

내가 대신 이름을 밝히자 에단이 그들에게 가볍게 묵례해 인사했다. 하지만 사실 나는 소개를 듣기 전부터 그들이 누구인지 이미 알고 있었다. 처음 남자의 얼굴을 봤을 때만 해도 솔직히 기억이 가물가물했으나 뒤이어 나타난 여자는 내가 결코 잊을 수 없는 사람이었기 때문이다. 그녀는 바로 지난 생에 카벨과 결혼해 내 새언니가 되었던 템페르토 자작 영애였다.

"카벨 오빠, 요즘 만나는 여자 있어?"

"뭐?"

그날 밤, 나는 귀가한 카벨을 붙잡고 은근한 어투로 물었다. 그러자 카벨이 갑자기 무슨 자다가 봉창 두드리는 소리냐는 듯한 표정을 지어 보였다. 앗, 표정이 엄청 생생한 걸 보니까 저건 진짜다. 아무래도 지금 만나는 여자는 진짜 없는 모양인데. 아까 만나 잠시 이야기를 나누어 보니 데이지 템페르토와 테오도르 칼루아는 그들이 원래 살고 있던 산 좋고 물 좋은 시골에서 제도로 올라온 지 며칠 되지 않았다고 한다. 나는 전혀 예상하지 못했던 만남에 조금 놀란 상태였다. 그녀가 이곳에 온 게 불과 며칠 전이라고 하니, 당연히 카벨과는 아직 만나지 않았을 테고…….

사실 나는 지난 생에 카벨과 데이지가 어떻게 만나 연애를 했는지 아는 게 하나도 없었다. 왜인지 그런 걸 궁금해하는 것도 예의가 아닌 것 같아 굳이 묻지도 않았고 말이다. 하지만 솔직히 불과 물처럼 완전히 상반돼 보이는 두 사람의 조합이 지금 생각해도 굉장히 의외이기는 했다. 으음…… 물론 지난 생과 비교했을 때 이번 생의 일들이 내 기억과 똑같이 흘러가지 않는 만큼 그들의 관계 역시 변하게 될 가능성이 있었지만.

"요즘 매일 연무장에서만 사는데 여자를 어디서 만나?"

"오빠 만나러 가끔 찾아오는 영애들 있었잖아."

"그 여자들은…… 그 여자들은…… 에잇, 다 필요 없어!"

잉? 그런데 반응이 왜 저래? 내 말이 카벨의 어느 부분을 자극한 건지, 별안간 그가 버럭 소리를 내지르며 비운의 주인공처럼 방에서 뛰쳐나갔다. 으, 으응? 도대체 뭐가 저렇게 억울하고 서러워서 저러는 거지? 나는 영문을 알 수 없어 카벨이 떠난 자리를 바라보며 어리둥절하게 고개를 갸웃거렸다.

"오빠, 내일 시간 괜찮으면 파티에 같이 갈래?"

"파티 따위…… 난 필요 없어!"

"앗, 잠깐, 카벨 오빠!"

아니, 진짜 왜 저럴까? 내 말을 듣자마자 카벨이 또다시 비운의 주인공 흉내를 내며 밖으로 뛰쳐나갔다. 내일 있는 파티에 템페르토 양도 참석한다고 해서 그냥 한번 물어본 건데 말이지. 이틀 전에 꽃 시장에 갔다가 그녀를 만났을 때, 옆에 있던 칼루아 공자가 지나가듯 말했던 것을 기억하고 있었다. 나는 카벨이 떠난 자리를 보며 의아하게 미간을 좁혔다. 옆에서 페니와 함께 있던 에리히가 덩달아 황당한 표정을 지으며 물었다.

"형은 또 왜 저래?"

"몰라. 파티에 안 좋은 기억이라도 있나?"

아니면 이틀 전 일의 연장선으로, 파티가 아니라 여자에 대한 안 좋은 기억이 있는 것일 수도 있었다. 하지만 매일 연무장에서만 사는데 여자를 어디에서 만나겠느냐고 카벨이 자기 입으로 그랬잖아? 혹시 연무장에 찾아오던 영애들하고 무슨 일이 있었나?

"오빠가 왜 저러는지 혹시 들은 거 없어?"

"같이 사는 너도 모르는 걸 학술원에 있는 내가 어떻게 알아?"

그건 그렇지만, 혹시 여동생한테는 말하기 좀 그래도 남동생한테는 말할 수 있는 내용일 수도 있잖아?

"그냥 내버려 두면 괜찮아지겠지."

주말을 맞아 학술원에서 집으로 돌아온 에리히가 나를 보고 쯧쯧 혀를 차며 말했다. 오랜만에 에리히를 만난 페니는 신이 나서 헥헥거리며 연신 꼬리를 흔들고 있었다. 에리히가 그런 페니를 쓰다듬으며 슬쩍 나를 비웃었다.

"넌 지금까지 같이 보낸 세월이 얼마인데 아직도 형을 이해할 수 있을 거라는 헛된 기대를 못 버렸어?"

아니, 반대로 말하면 같이 보낸 세월이 얼마인데 넌 아직도 둘째에게 그렇게 야박한 거니? 어흑, 시간이 지나도 우리 집 둘째의 취급이란 너무나 변함이 없는 것. 나는 잠깐 아련한 눈빛으로 에리히와 페니를 바라보다가 한숨을 폭 내쉬었다.

"집에 온 김에 루이제한테 연락 한 번 해줘. 요즘 네 얼굴 보기 힘들다고 섭섭해하더라."

"무슨 소리야? 지난주에도 학술원에서 봤는데."

"뭐? 학술원에서?"

나는 처음 듣는 소식에 눈을 동그랗게 떴다. 그런 나를 아는지 모르는지, 에리히가 여전히 페니를 어화둥둥 하며 투덜거렸다.

"갑자기 찾아와서 얼마나 귀찮게 굴었는지 모른다고."

"그으래?"

요하네스도 진작 졸업해서 이제 루이제가 학술원에 아는 사람은 에리히밖에 없을 텐데. 그런데 굳이 거기까지 따로 찾아갔다는 건…… 뭔가 좀 의미심장하지 않나? 더군다나 바스티에에서 학술원까지는 그렇게 가까운 거리도 아닌데.

"그 표정 뭐야?"

"내 표정이 뭘?"

"이상한 생각하고 있는 얼굴이잖아."

"네 착각이야."

하지만 에리히는 내 말을 믿지 않는 듯이 얼굴을 구겼다.

"난 방에 가 볼 테니까 네가 페니랑 놀아줘."

나는 그런 에리히를 두고 호호 웃으며 계단을 올라갔다. 아무래도 다음에 만나면 루이제를 슬쩍 떠봐야겠다고 생각하면서.

다음 날 파티에 갈 준비를 마치고 방에서 나오니 유진이 문 앞에서 나를 기다리며 서 있었다.

"오늘 좀 공들여 꾸몄는데, 어때? 예뻐?"

나는 그를 두고 자리에서 한 바퀴 빙글 돌아 보였다. 그러면서 웃음 띤 얼굴로 묻자 유진이 나를 따라 작게 웃으며 가까이 다가왔다.

"응, 항상 예쁘지만 오늘은 특히 더 예쁘네."

관자놀이에 가벼운 입맞춤이 내려앉았다. 사실은 당연히 예쁘다고 말해줄 줄 알고 물어본 거지만, 그래도 역시 유진의 입으로 직접 칭찬을 들으니 기분이 좋았다.

"오빠도 오늘 멋있어."

"그거 기쁜데."

우리는 사이좋게 칭찬을 주고받으며 얼굴을 맞대고 웃다가 방문 앞에서 걸음을 옮겼다. 잠시 후 층계참의 난간에 나른히 몸을 기대고 서 있는 에리히가 눈에 들어왔다. 그는 우리를 발견하고 도무지 이해가 안 된다는 듯이 고개를 절레절레 저었다.

"왜 항상 파티는 늦은 저녁 시간부터 밤까지 열리는 거야? 다들 기운도 좋아."

"에리히, 그렇게 말하니까 너 엄청 늙은 것 같아."

나는 애늙은이 같은 에리히의 말에 얼굴을 찡그리며 웃었다. 그는 난

간에 팔을 올려 거기에 고개를 괸 채 잠깐 나를 물끄러미 바라보았다. 무슨 할 말이 있나 싶었지만 그는 입을 열지 않고 가만히 나를 쳐다보기만 했다. 그래서 나도 의아하게 그를 응시했다. 잠시 후, 에리히가 나한테서 시선을 떼며 툭 내뱉듯이 말했다.

"잘 다녀와."

"다녀올게. 페니랑 같이 집 잘 보고 있어."

언제 이상한 행동을 보였냐는 듯이 여상한 인사말이 이어졌다. 그래서 나도 그냥 그에게 마주 인사한 뒤 유진과 함께 자리에 멈추었던 걸음을 뗐다. 여전히 계단 난간에 기대 있는 에리히를 막 지나치기 직전에 유진이 손을 뻗어 말없이 그의 뒷머리를 헝클어뜨렸다. 그러자 에리히가 잠깐 움찔하다가 이내 머쓱한 표정을 지어 보였다.

혹시 나만 모르는 뭔가가 두 사람 사이에 있나 싶어서 알쏭달쏭해졌으나 이후로 그들 사이에 오가는 다른 대화나 행동은 없었다. 그래서 나도 그저 혼자서 고개를 갸웃하다가 유진과 함께 다시 계단을 내려갔다.

이번 파티에는 요하네스와 루이제도, 또 결혼식이 얼마 안 남은 로자벨라도 참석하지 않아 다소 허전했다. 그래도 인사를 나눌 사람들은 언제나 그렇듯 많았기 때문에 나는 유진과 함께 온갖 사람을 만났다. 그러다 잠깐 떨어져 각자 다른 사람들을 상대하던 어느 순간이었다.

"에른스트 양!"

갑자기 옆에서 나를 부르는 큰 목소리가 들려왔다. 앗, 이렇게 나를 반가워할 사람이 있었던가? 누구지? 나는 의아함을 느끼며 소리가 들린 방향으로 고개를 돌렸다. 그 목소리가 상당히 커서 나뿐만 아니라 주변에 있던 다른 사람들도 다 같이 옆으로 시선을 움직였다. 곧 사람들을 헤치고 내게 다가온 사람은 얼마 전 꽃시장에서 만났던 테오도르 칼루아였다. 그는 내가 퍽 반가운지 환한 얼굴을 하고 있었다. 나는 가까이 다가온 그를 향해 웃으며 인사했다.

"안녕하세요, 칼루아 공자. 템페르토 양과 함께 오셨나요?"

"네, 지금은 다른 영애들과 담소를 나누고 있어서 잠시 떨어졌지만요."

데이지 템페르토와 테오도르 칼루아는 곧 있을 황손 다이스의 성혼을 축하하기 위해 제도로 올라왔다고 했다. 물론 그들이 다이스나 로자벨라와 달리 친분이 있는 것은 아니었지만, 황손의 결혼은 확실히 아를란타인 모두가 축복할 만한 일이었다. 그래서 아마 시일이 조금 더 지나면 제도는 각 지역에서 올라온 사람들로 지금보다 더 북적이게 될 것이었다. 그러니 두 사람이 다이스의 결혼식 때문에 먼 길을 떠나온 것은 특별히 이상한 일이 아니었다.

하지만 그들이 제도로 올라온 데에는 내게 굳이 밝히지 않은 다른 이유도 있었다. 그것은 바로 데이지 템페르토의 혼처를 찾기 위해서였다. 내 기억에 의하면 템페르토 가문은 자작의 계속된 사업 실패로 빚더미에 올라 재정 사정이 무척 좋지 못했다. 하지만 그렇다 해서 템페르토 자작가에서 딸을 이용해 한 밑천 잡아 볼 생각을 하고 그녀를 떠나보낸 것은 아니었다. 단지 그들의 고향에는 이미 템페르토 가문이 몰락 직전이라는 소문이 자자하게 퍼져 있어서 데이지에게 도무지 괜찮은 혼담이 들어오지 않았던 모양이다.

성격이 다소 소심하고 수줍음이 많아 낯을 심하게 가리기는 해도, 데이지 템페르토에게는 사랑받고 자란 사람 특유의 느낌이 났다. 카벨과의 결혼식 날 보았던 그녀의 부모님은 실제로도 딸을 많이 아끼는 듯이 보였다. 그러니 그런 딸에게 조금이라도 괜찮은 사람을 짝지어주고 싶어 큰마음을 먹고 제도로 보냈을 터다. 그 정성이 대단하여 그나마 교류가 있던 육촌 테오도르 칼루아에게 동행을 부탁했고, 지금은 또 이렇게 나란히 파티에 참석하기에 이른 것이다.

물론 지난 생에서는 이 시기에 황손 다이스의 결혼이란 큰 사건이 없었으니 그들이 제도로 올라온 계기가 지금과는 달랐다. 그러나 두 사람이 이렇게 나란히 제도로 올라온 것 자체는 내 기억과 동일했다. 그래서 나도 예전에 테오도르 칼루아를 몇 번 본 적이 있어 낯이 익었던 것이다.

그러나 그와 나는 지난 생에 이렇다 할 교류가 없었다. 게다가 데이지와 카벨이 결혼한 이후 테오도르는 다시 고향으로 돌아갔기에 나도 지금껏 그를 잊고 지냈다. 하지만 며칠 전 우연히 바람에 날아가는 숄을 붙잡아주었던 일이 새로운 계기가 되었던 것일까? 테오도르 칼루아가 나를 향해 반갑게 다가와 인사한 것으로도 모자라 노골적인 호감을 드러내며 말했다.

"실은 오늘 파티에서 에른스트 양을 다시 만나 뵐 수 있지 않을까 하고 지난 며칠간 제멋대로 실없는 기대를 하고 있었습니다. 그런데 이렇게 바람이 이루어져 무척 기쁘네요."

단정한 금발 아래로 수줍음을 품은 검은 눈동자가 도드라졌다. 나를 향한 그 표정이나 눈빛은, 영락없이 사모하는 여인에게 용기를 내 자신의 마음을 고백하는 청년의 것으로 보였다. 나는 그의 눈을 마주한 직후 한순간 말문이 막히는 것을 느껴야만 했다. 테오도르 칼루아는 자신의 감정을 숨기는 일에 서툰 것인지, 아니면 굳이 다른 사람들 앞에서 자신의 감정을 숨겨야 한다는 생각을 하지 못한 것인지, 당황스러울 정도로 솔직한 얼굴로 나에게 자신의 마음을 드러내 보이고 있었다. 문제는, 지금 이곳에 있는 사람이 나뿐만이 아니라는 사실이었다.

"어머나?"

조금 전까지 나와 담소를 나누던 귀부인과 영애들이 대번에 호기심을 표하며 두 눈을 빛냈다. 그들의 반응을 보고 나는 다소 난감해졌다.

"에른스트 양과 칼루아 공자님…… 이라고 하셨나요? 일전에 따로 만나신 적이 있나 보네요."

"아까 템페르토 양과 함께 계실 때 분명 제도로 올라온 지 며칠 되지 않았다고 말씀하셨던 것 같은데요."

그들은 나와 테오도르 칼루아가 알게 된 경위가 궁금한 모양이었다. 게다가 사교계에 어울리지 않게 풋풋한 모습을 보이는 그에게 흥미가 동하기도 한 것 같았다. 하지만 무엇보다 그들에게 재미있는 건, 이 순박한 청년이 가뜩이나 보는 눈과 듣는 귀가 많은 파티장에서 나에게 노골적인 이성적 호감을 표했다는 사실일 것이다.

"그게…… 일전에 우연히 데이지와 함께 외출했다가 밖에서……."

테오도르는 갑자기 자신에게 몰린 사람들의 관심에 당황한 듯했다. 그는 그제야 주위의 시선을 느낀 것처럼 다소 뻣뻣하게 굳어서 입을 열었다. 아무래도 이런 상황에 익숙하지 않은 듯해서 내가 도와줘야 할 것 같았다.

"하리."

하지만 내가 입을 열기 전에 어느덧 가까이 다가온 유진이 먼저 나를 불렀다. 어깨에 닿는 손길에 나는 고개를 돌려 그를 올려다보았다.

"오빠."

자리에 있던 다른 사람들도 반갑게 유진을 향해 인사했다.

"어서 오세요, 에른스트 공작님."

"그렇지 않아도 언제 인사를 나눌 수 있을까 기다리던 참이랍니다."

그런 우리를 동그랗게 뜬 눈으로 바라보던 테오도르 칼루아가 별안간 화색이 도는 얼굴로 입을 열었다.

"아, 에른스트 양의 오라버니 되시나요? 어쩐지, 많이 닮으셨네요."

그 순간 주변에 있던 몇몇 사람에게서 실소하는 소리가 새어 나왔다. 하지만 이번만큼은 그럴 만도 했다. 유진과 나는 친남매도 아닌데 외모가 닮았을 리가 있나. 지금 그가 한 말도 아마 우리를 친남매로 알고 있기에 꺼낸 예의상의 말일 터였다. 테오도르 칼루아는 아무래도 소문에 무딘 편인 모양이었다. 에른스트의 양녀가 되었던 소녀가 급기야 유리 구두를 신고 에른스트 공작 부인이 될지도 모른다는 소문을 이미 아를란타 내에 모르는 사람이 없을 것이라 생각했는데. 그의 해맑은 얼굴을 보니 알면서도 모르는 척 그냥 한 말은 아닌 것 같았다. 유진이 테오도르의 말에 고개를 비스듬히 기울이며 말했다.

"지금은 약혼자입니다."

"아, 그러시구…… 예?"

테오도르는 또다시 해맑게 대답하다가 유진의 말을 나중에야 알아들은 것처럼 뒤늦게 멈칫했다.

"약혼자요?"

그가 믿을 수 없다는 듯이 반문했다. 하지만 그가 놀란 부분은 같은 성을 가진 우리가 약혼 관계라는 사실이 아니었다.

"아, 약혼자가 있으셨……."

테오도르 칼루아의 얼굴에 떠오른 깊은 절망감을 보고 나는 곤혹감을 느꼈다. 으윽. 난 그에게 사실을 숨긴 적이 없는데, 어쩐지 저런 얼굴을 하고 있는 걸 보니까 꼭 내가 속인 것 같은 기분이 들잖아? 게다가 지금 나를 보는 그의 모습은 누가 보더라도 실연을 당한 사람이라고밖에 표현할 수 없었다. 주위에서 우리를 보고 무척 흥미로워하며 수군거리는 소리가 들렸다. 다행히 곧 정신을 차린 테오도르가 애써 미소를 지어 보이며 말했다.

"죄송합니다. 미처 예상치 못했던 일이라 제가 실례를…… 그럼 방금은 제가 잘못 들었나 보네요. 분명 에른스트 공작님이라고 하셨던 것 같았는데."

그의 얼굴은 여전히 상심에 가득 차 있었고, 지금 내뱉은 말도 진심으로 자신의 오해를 자책하는 느낌이었다. 하지만 자칫 잘못하다가는 대범하게도 유진과 나를 바로 눈앞에 두고 조롱하려는 의도로 비칠 수도 있었다. 지금도 주위 사람들은 그의 말에 유진이 어떻게 반응할 것인지 호기심 어린 눈빛으로 쳐다보고 있었다. 나는 곤란한 상황이 되기 전에 유진에게 설명했다.

"얼마 전에 밖에서 우연히 마주친 적이 있는 칼루아 공자님이야. 다이스 전하의 성혼식을 맞아 친척인 템페르토 양과 함께 제도로 올라온 지 얼마 안 되었다고 해."

"그렇군."

다행이라고 해야 할지 유진은 큰 반응을 내보이지 않았다. 물론 그가 이런 곳에서 멋모르고 실수한 영식에게 대놓고 무안을 주거나 불쾌한 티를 낼 것이라 여기지는 않았지만. 유진의 시선이 맞은편에 있는 테오도르를 한차례 스쳐 지나갔다. 테오도르는 주위의 반응에 여전히 영문을 알 수 없다는 표정을 짓고 있었다. 유진은 더 이상 그를 상대할 이유가 없다고 생각했는지, 담담한 태도로 지금의 만남을 종결지을 것을 고했다.

"그럼 오늘은 즐거운 시간 보내시길 바라겠습니다, 칼루아 공자."

"아…… 감사합니다."

그래도 자신이 무언가 실수한 것은 눈치챘는지, 뒤따르는 테오도르의 목소리가 약간 흔들렸다. 지금 이 자리에서 내가 그에게 다른 말을 하는 것도 우스웠으므로 나도 유진을 따라 발길을 돌렸다. 아마도 유진과 내가 자리를 떠나고 나면 이곳에 있는 다른 사람들이 테오도르에게 대신 설명해 줄 것이었다.

"칼루아 공자, 오늘 만나서 반가웠어요. 기회가 된다면 나중에 다시 인사를 나누도록 해요."

그래도 그에게 나쁜 감정은 없었기 때문에 나는 언제일지 모를 나중을 기약하며 작게 웃었다. 내 미소를 본 테오도르는 그래도 조금 안심한 것 같았다.

"아무래도 네 추종자가 한 명 더 늘어난 모양인데."

그렇게 자리를 떠나왔을 때, 유진이 작게 찡그린 얼굴로 설핏 웃으며 말했다. 그는 조금 전의 일로 딱히 기분이 상하지는 않은 눈치였다.

"그냥 처음 만났을 때 내가 도와준 일이 있어서 그런 거야."

"도와주다니, 뭘?"

나는 유진에게 지난번에 있었던 일을 설명해 주었다. 물론 날아오는 솥을 붙잡아 실질적인 도움을 준 건 내가 아니라 에단이었지만, 지금 그에게 굳이 그 얘기까지는 하지 않기로 했다. 그러고 보면 조금 전에 칼루아 공자가 유진과 나를 친남매로 본 것은 우리의 성 때문이기도 하지만, 내가 그를 부른 호칭 때문인 것 같기도 했다. 그 부분은 나도 전부터 신경 쓰던 것이라 아무래도 조금 고민이 되었다. 이제부터라도 슬슬 호칭에 변화를 주는 편이 좋을까? 언제까지나 그를 오빠라고 부를 수는 없을 것 같은데 말이지. 그럼 뭐라고 불러야 하나. 역시 이름인가?

"윽."

"왜 그래?"

"아니, 그냥……."

나는 내가 그를 '유진'이라고 소리 내 부르는 상상을 하다가 왜인지 그것만으로도 조금 부끄러워져서 뺨을 붉혔다. 유진의 시선이 그런 내 얼굴에 내려앉아서 나는 그 눈길을 피해 고개를 반대쪽으로 돌려야 했다. 하지만 곧 그의 손이 그런 내 얼굴을 다시 붙잡아 돌렸다. 그다지 강제적인 손길은 아니었지만 다시 그와 눈을 마주하게 만드는 데는 충분했다. 뺨에 닿은 손이 약간 서늘하게 느껴지는 이유는 아마도 내 얼굴이 달아올랐기 때문일 터였다.

"말해봐. 이유가 궁금해졌어."

그는 갑작스럽게 침음한 데 이어 뺨을 붉히며 고개를 돌리기까지 한 내 행동에 의문이 생긴 모양이었다. 그냥 모르는 척해 주어도 되었을 텐데, 굳이 나를 붙잡고 이유를 묻는 것이 심술궂게 느껴졌다. 어르듯이 속삭이는 음성이나 옅은 웃음을 띠고 있는 그의 얼굴을 보아하니, 내가 자신의 앞에서 곤란해하는 것이 퍽 즐거운 눈치였다.

"설마 내 앞에서 다른 남자 생각을 하면서 얼굴을 붉힌 건 아닐 테고."

조금 전까지 칼루아 공자의 이야기를 하고 있었기 때문에 하는 소리였다. 하지만 과연 그의 말처럼 내가 이런 행동을 보인 이유는 칼루아 공자 때문이 아니었고, 유진도 그 사실만큼은 의심하지 않고 있었다.

"아무것도 아니라니까."

나는 볼멘 어투로 웅얼거렸다. 그러나 유진은 내가 대답해 줄 때까지 기다리겠다는 듯이 느긋이 내 얼굴을 손으로 어루만졌다. 뺨과 이마에서 더 나아가 귀에까지 닿아 오는 야살스러운 손길이 간지러웠다.

"그냥…… 에른스트 공작님이 오늘따라 너무 근사하셔서 갑자기 얼굴을 똑바로 쳐다보기가 쑥스러워진 것뿐이에요."

하지만 고집이라고 하면 나도 지지 않지. 나는 유진의 손을 붙잡아 내리며 그냥 그렇게 둘러댔다. 당연히 그는 믿지 않는다는 것처럼 한쪽 눈매를 슬쩍 찡그렸다.

그러다 문득, 갑자기 이 모든 게 전부 실없이 느껴져서 입술을 비집고 웃음이 새어 나왔다. 그런 나를 보고 유진도 이내 어쩔 수 없다는 듯이 여트막하게 마주 웃었다. 애초에 그도 나한테서 굳이 대답을 캐낼 생각까지는 없었던 것 같았다.

"나야말로 내 약혼녀가 날이 갈수록 눈부시게 아름다워져서 걱정이 많아."

"내가 오빠 두고 다른 사람이랑 도망이라도 갈까 봐 무서워?"

"응, 차라리 나만 볼 수 있는 곳에 가둬 버릴까 싶기도 하고."

내가 장난스럽게 말하자 유진이 쉽게 수긍하며 대답했다. 나는 마치 진담처럼 속삭여진 그의 농담에 작게 소리 내 웃었다.

"지금처럼 예쁘게 굴면 아무 데도 안 갈게."

이번에는 내가 손을 뻗어 유진의 얼굴을 쓰다듬었다. 하루에도 몇 번씩 그를 볼 때마다 마음속의 애정이 가득히 넘쳐흐르곤 했는데, 지금도 마찬가지였다. 주위에 보는 눈이 있었다면 그래도 이런 식의 행동을 삼갔을 테지만 지금 우리가 있는 곳은 단둘뿐인 테라스였다. 그래서 나는 지금 이 순간 마음이 이끌리는 대로 발뒤꿈치를 들어 유진에게 애정이 담긴 입맞춤을 해줄 수 있었다.

"그런데 숨만 쉬어도 예뻐서 큰일이네."

장난기를 담아 약간 과장되게 한숨을 포옥 내쉬며 내가 말하자 유진이 찌푸린 얼굴로 어렴풋이 웃었다.

"내가 해야 할 대사를 네가 먼저 하는 건 치사하잖아."

"나도 숨만 쉬어도 예뻐?"

"너무 예뻐서 내가 매일 죽을 맛이지."

그렇게 주거니 받거니 노닥거리던 중에 문득 유진의 시선이 잠깐 내 뒤로 미끄러졌다. 혹시 뒤쪽에 누가 있는 것일까? 그러나 내가 그를 따라 고개를 돌리기 전에, 잠시 내 등 뒤에 머물러 있던 유진의 눈길이 다시금 나를 마주했다.

"역시 내 눈에만 네가 예뻐 보이는 게 아니라는 건 조금 불만이야."

어딘가 위험한 웃음을 띤 검은 눈동자 안에 내 모습이 담겼다. 나직한 음성이 귓가에 울린 직후 그의 손이 내 얼굴을 감싸 들어 올렸다. 이번에는 조금 전보다 더 깊숙이 입술이 겹쳐졌다. 유진을 거부할 이유가 없었기 때문에 나는 기꺼이 그를 반기며 눈을 감았다.

그 후 테오도르 칼루아를 다시 만나는 일은 없었다. 그뿐만이 아니라 데이지 템페르토 역시 마찬가지였다. 애초에 나는 파티에 그다지 자주 참석하지 않았던 데다, 어쩌다 자리한 곳에서는 공교롭게도 그들과 번번이 어긋났기 때문이다. 어찌 보면 딱히 아쉬울 것도, 신경 쓸 것도 없는 일이었지만 그래도 가끔은 두 사람이 제도 생활을 어떻게 하고 있을지 궁금해지기도 했다. 아무래도 지난 생에서의 연도 있거니와, 또 그 두 사람에게 개인적인 호감이 있기도 해서였다.

그러나 내가 그들에게 도움을 줄 수 있는 영역이란 애초에 한정되어 있었다. 두 사람이 시골에서 올라온 목적을 생각하면 더욱 그랬다. 게다가 일부러 내가 먼저 그들을 찾아가서 도움을 주자니, 아직 그 정도의 친분을 다진 것도 아니어서 영 애매한 면이 있었다. 그래도 지난 생에서 아를란타를 한바탕 시끄럽게 만든 연애결혼의 주인공이었던 카벨을 생각하면 이대로 가만히 있기에도 조금 찜찜했다. 그가 아내인 데이지를 얼마나 아끼는지 직접 두 눈으로 지켜봐 왔기 때문에 더욱 그랬다.

그래서 두어 번인가 그를 템페르토 양이 참석할 만한 파티에 보내 봤지만 아직 두 사람 사이에는 이렇다 할 만남이 없었던 것 같았다. 나도 그 이상 적극적으로 행동하기에는 다소 주저함이 있어서 더는 앞으로 나서지 않았다. 만약 그들이 이번 생에도 만날 인연이라면 굳이 누군가 손을 쓰지 않아도 자연스럽게 어떻게든 되겠거니 하는 것이 내 생각이었다. 그래서 나는 카벨과 데이지에게 필요 이상의 관심을 버리기로 했다.

"루이제, 도대체 오늘 어디를 갈 건데 그래?"

오늘 나는 다시 바스티에에 방문한 참이었다. 루이제가 또 나를 초대했기 때문이다. 그녀는 지난번에 나와 함께 외출해서 가려고 했던 곳에 아직 미련이 남은 듯했다. 좀 더 환한 대낮이 아니라 저녁 시간에 나를 부른 것을 보면 어딘가의 파티인가 싶었는데, 개중에 루이제가 이렇게까지 가고 싶어 할 만한 곳이 어디인지 쉬이 짐작할 수가 없었다.

"아직 비밀이야. 레나! 빨리 이리 와 봐."

그런데 루이제는 또다시 내게 곧바로 대답해 주지 않고 그저 비밀스럽게 웃으며 하녀를 불렀다.

"내가 아까 준비해 놨던 거 있지? 지금 그거 가져와. 그리고 에릴, 넌 이리 와서 머리랑 화장 좀 손봐 줘."

마치 기다렸다는 듯 척척 지시하는 그녀를 보고 나는 깊은 의혹을 느꼈다. 이거 왠지 오늘의 외출을 위해 하루 이틀 준비한 게 아닌 것 같은데? 그리고 잠시 후, 나는 루이제의 하녀가 들고 온 드레스를 보고 깜짝 놀라서 입을 벌리고 말았다.

"자, 언니! 빨리 이걸로 갈아입어!"

"잠깐, 진심이야?"

"당연히 완전 진심이지. 자자, 시간 없어! 빨리!"

"루이제……!"

기겁한 내 목소리는 루이제의 등쌀에 떠밀려 저 멀리 날아가 버렸다. 하지만 루이제의 충격적인 기행은 이제부터가 본격적인 시작이었다.

한 시간 후, 나는 내 맞은편에 앉은 루이제를 보고 황망하게 중얼거렸다.

"루이제, 가끔 보면 넌 정말 대범한 것 같아."

좋게 말하면 대범이고, 나쁘게 말하면 대책이 없는 것이었다. 그녀의 과감한 행보에는 나도 모르게 혀를 내두르고 말 지경이었으니까.

"에이, 이 정도로 뭘. 쑥스럽게."

"아니, 칭찬은 아니거든……!"

나는 잔망스러운 루이제의 반응에 말문이 막혀 버렸다. 도대체 루이제는 누구를 닮은 걸까? 내가 알기로 바스티에에는 이렇게 어디로 튈지 모르는 성격의 사람이 한 명도 없는데. 으, 으음. 왜인지 보면 볼수록 루이제가 카벨을 닮은 것 같다는 생각이 들지만 그건 기분 탓일 거야.

"그래도 막상 나오니까 기대되지 않아? 막 두근두근하고 설레지?"

현재 우리는 마차를 타고 이동하는 중이었다. 나는 루이제가 내게 입으라고 준 드레스를 보고 놀라고, 그다음으로 그녀가 하녀를 시켜 내게 해준 화장을 보고 기함했다. 이렇게 과감하고 화려하고, 노출 또한 심한 드레스는 처음인 데다 색깔 또한 고상함 대신 어딘가 요사스러운 느낌을 풍기는 붉은빛이 도는 보라색이어서 평소라면 절대 입었을 리 없는 의상이었다. 게다가 만만찮게 요망한 느낌을 주는 이 짙은 화장은 또 어떻고.

그렇게 치장한 뒤 우리가 향하고 있는 곳은 귀족들의 비밀스러운 밤 모임 파티였다. 나는 도대체 루이제가 어떻게 이런 파티를 알게 된 것인지 궁금했다. 하지만 그녀는 그저 다 아는 방법이 있다며 끝까지 비밀스럽게 웃기만 할 뿐이었다. 루이제 역시 나 못지않게 파격적인 차림새를 하고 있었다. 나는 앞으로의 일에 대한 기대감으로 천진하게 반짝이는 그녀의 눈을 보고 급격히 머리가 아파지는 것을 느꼈다.

때마침 다른 바스티에의 가족들이 모두 약속이 있어 외출해서 다행이었지, 그렇지 않았다면 지금 이 꼴을 보고 도대체 뭐라고 했을지……. 잠깐. 그러고 보니 원래 루이제가 나와 함께 이 밤 모임에 참석하려고 했던 날에는 저택에 바스티에 부인이 있었잖아? 설마 그녀가 딸의 밤 모임 참석을 허락해 줬을 리는 없을 것 같은데……. 호, 혹시 그날도 엄마 몰래 나가려고 했던 건가? 그런 거라면 루이제는 정말 당돌한 아가씨였다.

그때 갑자기 날카로운 직감이 나를 스쳐 지나가서, 나는 눈을 가늘게 뜨고 그녀에게 물었다.

"너 솔직히 말해. 오늘이 처음 아니지?"

"음, 사실 전에 한 번 가 봤어."

"맙소사."

심지어 오늘이 첫 번째 일탈이 아니라는 루이제의 고백에 또 한 번 말문이 막혔다. 지난번에 소꿉친구인 마리안과 함께 파티에 가 봤는데 너무너무 재미있어서 꼭 나를 데리고 가고 싶었다는 것이다. 사실은 나도 요즘 이런 비밀 파티가 귀족들 사이에서 성행하는 것은 알고 있었다. 황손 다이스의 혼인을 맞아 제도로 몰려든 귀족이 많았기 때문에 참석자 또한 매번 늘어나는 추세라고 했다.

물론 신원이 확실한 귀족들이 즐기는 파티이기 때문에 과하게 난잡하거나 질이 나쁜 경우는 없었지만, 그래도 모두가 가면으로 정체를 감추고 있다는 점에서 루이제 혼자 보내기에는 걱정이 되었다. 루이제도 그런 내 마음을 꿰뚫어 봤는지, 오늘 파티에 함께 가지 않으면 자기 혼자서라도 몰래 참석할 것이라고 내게 당차게 선언했다. 그래서 결국 나는 하는 수 없이 지금 그녀와 나란히 마차에 타고 있게 된 것이었다. 달리는 마차 속에서 루이제는 '훗, 계획대로!'라는 표정을 지으며 내게 말했다.

"언니는 날 너무 어리게 보는 경향이 있다니까. 그래 봤자 언니랑 나는 고작 한 살 차이인데."

앗, 그 순간 나는 머리를 한 대 얻어맞은 것 같은 기분이 되었다. 그래, 루이제와 나는 겨우 한 살 차이였지. 어째서인지 그녀는 늘 나보다 한참 어린 동생 같은 느낌이었기 때문에 그 사실을 잊고 있었다. 윽, 어쩌면 나는 지난 생의 기억까지 가지고 있기 때문인지도 몰랐다.

"아, 이제 거의 다 왔다. 내리기 전에 얼굴 가리는 거 잊지 말고."

루이제의 말에 나는 미간을 좁히고 무릎 위에 있는 가면을 내려다보았다. 비밀 파티라는 이름에 걸맞게 참석자들은 모두 이런 가면으로 얼굴을 가려야 한다고 했다. 그 밖에도 강제로 다른 사람의 가면을 벗기거나 억지로 정체를 캐내려 하면 안 된다느니, 익명의 힘을 빌려 도가 지나친 행동을 하다가 적발되면 강제 퇴출이라느니 하는 몇몇 규칙이 있다며 루이제가 내게 설명해 주었다. 그녀의 말을 들으니 그래도 꽤 체계가 잘 잡혀 있는 파티인 것 같아서 안심이 되기도 하고, 다른 한편으로는 그렇게까지 해서 꼭 이런 파티에 참석해야 하나 싶어서 약간 떨떠름한 기분이 들기도 했다.

"가면 삐뚤어졌어."

그래도 어쨌거나 기왕 여기까지 온 이상 어쩔 수 없었다. 이제 와서 루이제를 설득해 돌아갈 수도 없는 노릇이었으니까. 나는 적당히 조금 어울려 주다가 루이제를 데리고 다시 바스티에로 돌아가야겠다고 생각하며 그녀의 가면을 똑바로 만져 주었다. 그 후 나도 얼굴의 반을 가리는 가면을 썼다.

이런 곳에서 제대로 놀려면 정체를 잘 감춰야 한다며 루이제는 가발까지 준비했다. 나는 그녀의 철저한 준비성에 정말이지 두 손 두 발을 다 들어버렸다. 하지만 이렇게까지 했는데도 혹시 다른 사람들에게 내 정체를 들키는 것은 아닐까 조금 걱정이 되기도 했다. 루이제는 괜한 걱정이라며 웃었지만 말이다.

"그 망토는 벗는 게 좋을 텐데?"

"그냥 입고 갈래."

마차에서 내려서자 화려하게 반짝이는 불빛들이 단숨에 시야를 어지럽혔다. 루이제는 마차 안에서 겉옷을 벗고 내린 상태였다. 화려한 금색 가발을 쓰고 쇄골을 드러낸 푸른 드레스를 입은 루이제는 내 생각보다 훨씬 어른스럽고 성숙해 보였다. 얼굴을 가린 가면이나 짙은 화장 때문일까 싶었지만 아무래도 그런 이유 때문은 아닌 것 같았다.

나는 '루이제가 벌써 언제 이렇게 어른이 되었지?'라는 다소 아련한 생각을 하며 잠깐 멀거니 그녀를 바라보았다. 앗, 그런데 잠깐. 이런 생각을 하니까 나 왠지 진짜 늙은 것 같지 않아? 내가 루이제의 엄마나 이모도 아닌데 이런 묘한 감상이라니? 어흑, 이런 건 별로 좋지 않아.

"뭐, 상관은 없지만 지금 언니 엄청 눈에 띄어."

루이제가 나한테 다가와서 속닥거리는 말에 나는 잠시 주위를 둘러보았다. 그리고 그녀가 한 말이 무슨 의미인지를 곧바로 깨닫고 작게 신음했다. 과연 익명의 자유 때문인지 이 자리에 있는 사람들 모두가 평소의 품위와 체면과는 거리가 먼 모습을 하고 있었다. 그런 이유로 망토로 몸을 꽁꽁 가리고 있는 내가 몹시 눈에 띄는 상황이었다. 결국 나는 옷자락을 여미고 있던 버튼을 풀고 망토를 벗었다. 그러자 대번에 푹 파인 등허리가 허전해졌다.

"괜찮아, 여기서는 이런 게 보편적이니까."

루이제가 나를 독려하듯이 웃었다. 그 말처럼 주변에는 나보다 더 파격적인 차림새를 한 여자들도 종종 보여서 그나마 위로가 되었다. 그런데 겨우 두 번째 참석인 것치고 루이제는 엄청 자연스러워 보이는데? 설마 한 번이 아니라 더 많이 와 봤던 것 아니야? 나는 잠깐 의심의 눈으로 루이제를 보다가 이제 와서 그런 것을 캐내 무엇 하나 싶어져서 그저 한숨을 내쉬고 말았다.

"약속했던 것처럼 딱 두 시간만 있다가 가는 거야, 알았지?"

"알았어, 알았어."

루이제가 걱정 말라는 듯이 고개를 주억거렸다. 그 후 우리는 화려한 불빛이 반짝이는 가면 무도회장 안으로 들어섰다.

하지만 십 분도 안 되어 나는 다시 마차를 타고 집으로 돌아가고 싶어졌다. 자유분방한 파티의 분위기에 도저히 적응이 되지 않았기 때문이다. 거의 헐벗다시피 한 사람들도 그렇거니와, 파티장의 곳곳에는 놀랍게도 노골적인 애정 행각을 보이는 남녀들도 수없이 눈에 띄어서 당황스러웠다.

"이 파티 좀 이상한 것 같아."

"괜찮아, 다들 합의하에 저러는 거야. 억지로 저런 짓을 하면 곧바로 관리인이 와서 내쫓으니까."

하지만 루이제는 태연했다. 호, 혹시 내가 이상한 건가? 요즘 젊은 사람들은 이러고 노는 게 보편적인 거야? 그런데 아무리 가면을 썼다고 해도 그렇지, 동전의 양면처럼 낮의 귀족 사회와 이렇게까지 모습이 달라지다니.

"아까 내가 말해준 규칙은 다 기억하고 있지? 그럼 이제부터는 따로 놀자. 언니도 즐거운 시간 보내."

"잠깐, 루……!"

그런데 내가 주변을 둘러보며 방심한 틈을 타서 루이제가 나를 떼 놓고 잽싸게 걸음을 옮겼다. 나는 무심코 그녀의 이름을 부르려다가 멈칫했다. 지금 우리는 정체를 숨기고 있는 중이니 여기서 이름을 부르면 안 될 것 같았기 때문이다. 나는 불만스럽게 입을 다물고 루이제가 사라진 자리를 바라보았다.

아, 정말이지. 내 옆에 얌전히 있겠다는 루이제의 말을 믿는 게 아니었는데. 물론 루이제가 내게 주장했듯이 그녀도 이제 충분히 자기 앞가림을 할 수 있는 나이인 데다 나는 그녀의 보호자도 아니었다. 그러니 이런 파티에서 따로 행동하는 것 정도는 사실 괜찮았지만 아무래도 나는 계속 루이제가 물가에 내놓은 아이 같아서 영 마음이 놓이지 않았다.

하지만 이것도 결국은 괜한 간섭이려나. 루이제의 말처럼 어쨌거나 표면적으로 나는 그녀와 고작 한 살 차이였으니까. 그래도 역시 신경이 쓰이는 것은 어쩔 수 없어서, 나는 파티장 안을 좀 더 면밀히 관찰했다. 만약 루이제가 있기에 다소 위험한 장소이다 싶으면 어떻게든 그녀를 데리고 빠져나갈 생각이었다.

하지만 다행히도 생각만큼 찜찜한 파티는 아닌 듯했다. 참석한 사람들이 많은 것치고는 나름대로 관리도 질서정연하게 잘되고 있는 것 같고. 또 애정 행각을 벌이고 있는 사람들도 심하게 얼굴을 붉힐 정도로는 행동하지 않고 있었다. 루이제의 말처럼 다소 지나친 행동을 보이는 손님들은 곧바로 관리인으로 보이는 사람에게 제재받았고 말이다. 가면무도회라고는 했지만 분위기는 자유로워서 사람들은 단순히 술과 이야기를 즐기기도 하고, 아니면 무도회장의 본분에 맞게 홀에 나가 춤을 추거나, 또 가벼운 판돈을 걸고 포커 같은 게임에 참여하기도 했다.

나는 그중 어느 것에도 관심이 없었기 때문에 파티장의 구석진 자리로 향했다. 비록 이런 비밀 파티에 참석한 것은 처음이라 신기하긴 했지만 그뿐이었다. 딱히 여기에서 다른 사람들과 어울려 놀고 싶은 것도 아니었으니까.

"뭐야, 여긴. 제대로 찾아온 거 맞아?"

"맞을걸. 형은 저쪽으로 가서 찾아봐."

하지만 그렇게 걸음을 옮기다 말고 나는 어딘가 익숙한 모습을 하고 있는 두 사람을 발견하고야 말았다. 그 직후 나는 흠칫 놀라 벽에 붙어 섰다. 그들은 파티에 참석한 다른 사람들처럼 가면으로 얼굴을 가리고 있었지만 나는 그들이 누구인지 대번에 알 수 있었다. 그야 당연했다. 그들은 바로 우리 집 둘째와 셋째였으니까!

뭐, 뭐야? 왜 저 두 사람이 여기에 있는 거야? 나는 가면 너머로 두 눈을 흔들며 그들을 바라보았다. 아니, 그런데 저 두 사람은 여기가 가면무도회라는 자각은 있는 거야? 혹시 얼굴에 가면 하나만 쓰면 끝이라고 생각하는 건 아니겠지? 이마에 대놓고 '카벨 에른스트!' 그리고 '에리히 에른스트!' 하고 이름이라도 써 붙인 것 같은데? 혹시 지금 나만 그렇게 생각하고 있나?

헉, 그러다 문득 카벨의 시선이 내가 서 있는 쪽으로 움직여서 나는 홱 고개를 돌렸다. 으, 으앗, 깜짝이야. 왜 넓고 넓은 연회장에서 하필 내가 있는 쪽을 쳐다보는 거야? 잠깐 눈이 마주친 것 같은데 착각이겠지? 잠시 후 '이쯤 하면 되었겠지' 하고 생각될 때쯤 나는 조심히 다시 고개를 돌렸다. 다행히 카벨은 이제 다른 곳을 향해 두리번거리고 있었다. 휴, 그래도 눈치 빠른 에리히가 아니라 카벨이라서 다행이었다.

그런데 정말 저 두 사람은 여기 왜 온 건지 모르겠다. 음, 설마 카벨과 에리히도 이 파티에 놀러 온 건가? 요즘 귀족들 사이에서 이런 비밀 파티가 유행이라고는 들었지만 설마 저 두 사람까지 여기에서 만날 줄은 몰랐기 때문에 놀랐다. 하지만 기분 탓일까? 어쩐지 그들은 홀에 들어섰을 때부터 무언가를 찾는 것처럼 주위를 둘러보고 있었다. 그러다 문득 에리히가 걸음을 옮겨 어떤 은발 여자의 얼굴을 가까이에서 확인했다.

"어머, 갑자기 뭐예요?"

"뭐야, 가발이잖아."

여자의 모습을 정면에서 한차례 위아래로 훑어본 에리히가 더는 볼일이 없다는 듯이 곧바로 걸음을 옮겼다. 그 순간 난 기겁했다. 저, 저 자식, 뭐야. 설마 지금 날 찾는 건 아니겠지? 그런데 하필이면 은발 여자를 붙잡고 확인한 게 몹시 수상하고 공교롭잖아? 하지만 아닐 거야. 내가 여기에 있는 걸 저 두 사람이 어떻게 알고? 그러나 그렇게 생각하면서도 찜찜함을 감출 수가 없었다.

그때, 내 시야에 루이제의 모습이 잡혔다. 앗, 잠깐만, 루이제! 지금 네가 가고 있는 곳에는 에리히가 있는데! 그러다 만나면 들킬지도 몰라! 하지만 내 괜한 기우였다. 루이제는 애초에 에리히를 목표로 삼았던 듯이 곧바로 그를 향해 직진했다. 잠시 후 그녀의 손이 에리히의 팔을 붙잡았다. 에리히는 '이건 또 뭐야' 하는 눈빛으로 루이제를 내려다보았다. 잠시 후 그의 얼굴에 경악의 빛이 떠올랐다. 그 후 두 사람은 무어라 이야기를 나누었는데, 당연하게도 내 귀에는 그들이 나누는 대화가 들리지 않았다.

나는 에리히가 황당한 얼굴을 한 채로 루이제의 손에 끌려가는 모습을 지켜보았다. 그러다 나도 모르게 '오호라' 소리를 내고 말았다. 지난번에 에리히네 학술원에 루이제가 찾아갔다는 소리를 들었을 때부터 뭔가 알쏭달쏭했는데 이건 거의 그런 분위기가 아닌가? 아무래도 에리히를 여기로 부른 게 루이제인 것 같은데? 그렇지 않고서야 에리히가 파티장에 나타나자마자 저렇게 곧바로 찾아가서 낚아챌 수 있었을 리가 없었다. 아무래도 루이제가 나랑 같이 파티에 왔다는 말을 미리 에리히에게 해서 은발 여자를 찾고 있던 모양이고. 그럼 카벨은 그냥 에리히를 따라왔을 가능성이 컸다.

"응? 얘 어디 갔지?"

그리 멀지 않은 곳에서 카벨이 에리히를 찾아 어벙하게 주위를 두리번거리는 것이 보였다. 에리히는 조금 전에 루이제가 데려갔단다. 그러니까 너도 그 두 사람을 방해하지 말고 그냥 나처럼 적당히 다른 데서 시간을 때우도록 하렴. 사실 다른 때 같으면 내가 카벨을 거두러(?) 갔겠지만 지금은 아무래도 내 행색이 다소 민망하다 보니 망설임이 생겼다. 하다못해 몸을 가릴 숄이라도 챙겨 왔으면 나았을 텐데 말이지.

나는 행여나 이러다 카벨이 나를 발견하기 전에 슬그머니 자리를 옮겼다. 떠들썩한 홀의 가장 구석진 곳으로 가서 어느 정도 신변의 안전을 확보하자 곧장 안도의 한숨이 입술을 비집고 새어 나왔다. 후아, 갑자기 아는 얼굴을 봐서 깜짝 놀랐네. 아무래도 시간이 될 때까지 여기에 얌전히 짱 박혀 있어야겠다.

"안녕, 혼자야?"

응? 그런데 갑자기 옆에서 누군가 나한테 말을 걸었다. 고개를 돌리자마자 화려한 가면을 쓴 남자의 모습이 시야에 들어왔다. 언뜻 봤을 때 왜인지 첫인상이 유진과 닮은 것 같아서 한순간 흠칫했지만 당연히 유진은 아니었다. 뭐야, 다시 보니까 하나도 안 닮았잖아. 도둑이 제 발 저린다고, 지금 이 자리에 있는 게 나 스스로 약간 양심에 찔려서 괜히 착각한 것 같다.

"아니, 혼자 아니야."

나는 남자에게서 고개를 돌리고 관심 없다는 투로 대답했다. 실제로도 나는 이 사람에게 흥미가 없었다. 같이 놀 상대를 찾는 거라면 다른 여자도 많은데 굳이 벽 쪽에 있는 나한테 온 이유를 모르겠다. 그런데 남자는 쉽게 포기하지 않았다.

"내가 누구인지 알면 같이 온 사람 말고 나랑 가고 싶어질걸?"

아니, 그런데 왜 계속 반말이야? 이 파티에 온 사람들이 전부 다 이렇게 말을 편하게 하는 건 아닌 것 같은데. 그럼 나도 반말해 줄 테다.

"네가 누군데?"

나는 같잖다는 듯이 물었다. 그러자 남자가 비스듬히 입꼬리를 틀어 올리며 내게 말했다.

"유진 에른스트."

뭐? 나는 뜻밖의 소리에 놀라 무심코 두 눈을 동그랗게 떴다. 그러자 그런 내 반응을 어떻게 받아들였는지, 남자가 거들먹거리며 말을 이었다.

"그래, 내가 바로 그 에른스트 공작이라고. 황실의 오른팔로 무소불위의 권력을 휘두르는 아를란타 제일의 남자."

"……."

"놀랐어? 귀엽기는. 하긴, 다른 사람들도 다 같은 반응이더라."

나는 아까 무도회장에 입장하기 전에 루이제가 해주었던 말을 상기했다.

"가끔 다른 사람을 사칭하고 나서는 인간도 있는데, 어차피 다 별 볼 일 없는 놈들이 허세 부리는 거니까 그냥 무시해."

하지만 정말 이런 사람이 있다니. 나는 이처럼 경박한 인간이 내 앞에서 유진의 흉내를 내는 것이 우스우면서도 황당했다. 그나마 이런 인간이 하는 소리는 누가 들어도 믿지 않을 테니까 그것만큼은 다행인가.

앗, 그러고 보니까 지금 이 사람이 머리에 쓰고 있는 갈색 가발도 그렇고, 옷차림도 그렇고, 묘하게 유진을 따라 한 것 같잖아? 아무래도 아까 내가 이 남자를 처음 봤을 때 언뜻 유진과 비슷하다고 느꼈던 건 단순한 착각이 아닌 듯했다. 아마 내가 하리 에른스트라는 걸 알았다면 이렇게 뻔뻔하게 사기를 치지는 못했을 텐데.

"아, 그래. 관심 없으니까 혼자 놀아."

이런 인간을 더 상대하는 건 바보 같았다. 이건 시간 낭비다. 비록 내가 지금 할 일이 없어서 남아도는 게 시간이긴 하지만 이런 작자에게 줄 시간은 없다!

"잠깐, 지금 날 두고 가려는 거야? 내가 유진 에른스트라니까!"

그런데 막 자리에서 발길을 떼는 나를 남자가 붙잡았다. 나는 어깨를 붙잡는 손길을 냉랭하게 쳐 냈다.

"이게 무슨 짓이야? 함부로 건드리지 마. 그리고 내가 관심 없다고 했지? 여기서 쫓겨나고 싶어?"

역시 쭉정이 같은 남자답게 그는 내 말에 파티의 관리인을 떠올린 듯 흠칫하며 손을 놓았다. 나는 그를 등진 채 다시 걸음을 옮겼다. 그런데 그렇게 그냥 돌아서서 가려니 왠지 좀 짜증이 났다. 그래서 나는 다시 뒤돌아 남자를 향해 다가갔다. 남자는 뭣도 모르고 반색하며 입을 열었다.

"그럴 줄 알았어. 역시 그냥 한 번 튕겨 본, 으억……!"

콰직! 나는 발을 들어 올려 그의 발등을 세게 밟아주었다. 오늘의 내 의상이 파격적인 만큼 구두 굽 또한 평소의 배로 높은 상태였기 때문에 아마 이렇게 힘을 줘서 밟으면 엄청 아플 거다. 내 예상대로 남자는 나한테 공격받자마자 불똥을 맞은 것처럼 소리를 내지르며 허리를 굽혔다.

"흉내를 내려거든 좀 더 제대로 내든가. 어딜 봐서 당신이 유진 에른스트야? 발끝에도 못 미치는 게. 진짜 웃기지도 않아."

나는 약간 열이 받은 채로 그의 머리통을 내려다보며 쏘아붙였다. 그리고 이번에야말로 정말로 미련 없이 자리를 떠났다. 참나, 오늘 처음 온 비밀 파티에서 별꼴을 다 보네. 뭐 저딴 인간이 유진인 척을 하고 있담? 더군다나 다른 사람도 아니고 내 앞에서 말이야. 지뢰를 찾는 능력도 이 정도면 수준급이 아닌가?

정말 귀찮게도, 나는 그 후로도 나한테 추파를 던지는 남자를 몇 명 더 만나야 했다. 그래도 이곳의 규칙이라는 게 꽤 중요하긴 한지, 다들 심하게 껄떡대지는 않아서 다행이었다. 그래도 역시 귀찮은 건 귀찮은 거라, 나중에는 아예 대답조차 하지 않고 무시한 채 자리를 옮겼다.

아니, 다른 예쁜 여자들도 많은데 왜 하필 나한테 집적거리는지 이유를 모르겠네. 이 중에 내가 눈에 띄게 예뻐서는 아닐 테고. 내가 혼자 있어서 그런가? 아니면 내가 쉬워 보이나? 음, 이상하네. 오늘 루이제의 하녀가 화장을 좀 세게 해줘서, 아까 거울을 확인했을 때 내 모든 도도함과 까칠함을 다 끌어모은 것처럼 보였는데. 크흑, 하긴 내 원래 인상은 다소 약한 편이었으니까 남들이 보기에는 그래 봤자일 수도 있었다.

그러다 문득 나는 홀의 한가운데에 서 있는 누군가를 보고 걸음을 멈추었다. 아까 카벨과 에리히를 발견하고 그랬던 것처럼, 이번에도 그는 많은 사람 속에서 단번에 내 눈을 비집고 들어왔다. 나도 모르게 멈칫한 직후, 아까 두 사람을 봤을 때 그랬던 것처럼 뒤돌아 이 자리를 벗어

날까 하고 잠깐 생각했다. 하지만 내가 그러기 전에 허공에서 눈이 마주쳤다. 내가 그랬던 것처럼 그 역시도 수많은 사람 중에서 정확히 나한테 눈길을 고정했다. 그 직후 그가 나를 향해 다가왔다. 나는 잠깐 낭패 섞인 감정을 느끼다가 곧 포기하고 앞으로 걸음을 옮겼다.

"안녕, 멋진 오빠."

거리가 좁혀지자마자 그가 내게 무슨 말을 할 듯 입을 벌렸다. 하지만 내가 먼저 선수를 쳤다.

"혼자 왔어?"

나는 아까 내게 다가왔던 남자들이 그랬듯이 추파를 던지듯 은근한 목소리로 물었다. 그러자 내 앞에 선 남자의 입이 다시 다물렸다. 그는 내 의도를 파악하려는 듯이 잠깐 물끄러미 나를 내려다보았다. 그의 시선을 받으며 나는 장난스럽게 웃었다. 잠시 후 나직한 숨결이 그에게서 흘러나왔다.

"그래, 혼자야."

"흠, 난 일행이 있는데 지금은 떨어졌어."

그는 결국 내 장단에 맞춰 주기로 결정한 모양이었다. 나는 그런 그를 보며 입술을 비집고 나오려 하는 웃음을 참았다. 아, 그런데 신기하네. 난 지금 가면으로 얼굴의 절반을 가린 데다 머리에는 가발까지 쓰고 평소랑 다른 옷차림에 화장도 진하게 했는데 어떻게 단번에 날 알아봤지?

"아까 보니까 무도회장을 살피고 있던데. 누구, 따로 만나기로 한 사람이라도 있어?"

나는 나와 마찬가지로 가면으로 얼굴을 가리고 있는 유진을 향해 물었다. 유진이 그런 나를 내려다보며 천천히 입술을 뗐다.

"없다고 하면?"

이렇게 각자의 얼굴을 숨기고 만나 서로 모르는 사람인 척 이야기하고 있으려니, 정말 그와 내가 가면 무도회장에서 처음 만난 남녀라도 된 것 같았다. 나는 유진의 말을 듣고 눈꼬리를 접어 웃었다. 그리고 그의 팔을 느리게 손으로 훑으며 속삭였다.

"그럼 나랑 재미있는 거 하고 놀래?"

그 순간, 내 손에 닿은 유진의 팔이 약간 딱딱해지는 것이 느껴졌다. 가면 아래로 보이는 그의 입매도 조금 전보다 단단해졌다. 한순간이었지만 내 얼굴 위로 꽂히는 시선에 어딘가 낯선 이를 보는 듯한 눈빛이 어렴풋이 어렸다. 나는 유진의 동요가 재미있었다. 지금 무도회장에서 다른 여자들이 하는 행동을 보고 나도 한번 따라 해본 건데 의외로 효과가 있잖아? 혹시 이런 데 면역이 없는 걸까? 하긴 유진은 평소에도 점잖은 성정이었으니 이런 장소와 이런 노골적인 유혹에 그리 친숙하지 않을 것 같긴 했다.

"응? 나랑 놀자."

앗, 이러면 안 되는데 나도 모르게 재미가 들릴 것 같다. 나는 유진의 팔을 은밀하게 훑다가 손을 미끄러뜨렸다. 눈웃음을 치면서 유진의 가슴팍을 느리게 쓸자 그의 얼굴이 더 딱딱하게 굳어졌다. 곧 유진이 입술 틈새로 낮은 숨을 내뱉더니 내 손을 붙잡아 내렸다. 그러고는 느린 음성으로 소리를 낮추어 말했다.

"일단 다른 사람들이 없는 데로 가자."

누군가 우리의 대화를 들었다면 청춘남녀의 하룻밤이 성사되었다고 생각할 수도 있었다. 하지만 나는 유진이 그런 의미로 한 말이 아니라는 사실을 알았다. 에이, 조금 재미있었는데 더 맞춰 주지는 않을 생각인가 보네. 그럼 나도 이제 그만해야지.

"그럼 방에 가서 얘기하자. 여긴 테라스에도 사람들이 다 꽉 차 있더라."

나는 유진에게 속닥거렸다. 내가 귀찮은 남자들을 상대하면서도 홀에서 벗어나지 못했던 이유도 바로 이것이었다. 어째서인지 내가 문을 연 테라스마다 한껏 분위기를 잡는 남녀들로 가득했던 것이다. 반면 아직은 가면무도회의 막바지가 아니라서 그런지 홀을 빠져나가 방으로 간 사람들은 별로 없는 것 같았다. 그래서 조용히 이야기를 나누기에는 그 편이 나을 듯했다.

물론 이런 무도회장에 마련된 방의 용도는 다들 알다시피 대개 그런 용도였지만. 하지만 나도 마침 홀을 떠나 좀 조용한 곳에서 쉬고 싶던 참이었다. 그렇다고 해서 혼자 몸으로 그런 곳에 어슬렁거리는 것은 위험했으니까, 지금까지는 그냥 테라스만 기웃거리다가 포기하고 다시 안으로 들어왔던 것이다. 그래도 유진과 함께라면 괜찮겠지. 어차피 그냥 이야기만 나누는 거고, 이런 데서는 아무래도 듣는 귀 때문에 편하게 대화할 수도 없으니까.

그때, 불현듯 내 몸 위로 온기가 스몄다. 어느새 유진이 겉옷을 벗어 내 어깨에 걸쳐 줬기 때문이다. 아, 아앗! 아, 맞아. 나 지금 좀 민망한 행색이었지. 으어어, 지금까지 그 사실도 잊고 유진을 마주하고 있었네. 게다가 조금 전에는 그런 추파까지 날리고. 나는 약간 민망하고 겸연쩍어졌다. 하지만 다행이라고 해야 할지 유진은 별다른 말없이 나를 이끌고 자리에서 발길을 뗐다. 그 후 우리는 홀을 빠져나와 방들이 늘어선 복도로 진입했다.

"아까 보니까 카벨 오빠랑 에리히도 있던데 같이 온 거야?"

복도에는 아무도 없어서 나는 유진을 향해 속닥거리며 물었다. 그래도 분위기 때문인지 나도 모르게 목소리를 죽여서 말하게 되었다.

"아니, 같이 온 건 아니야. 그 둘은 루이제한테 연락을 받아서 온 것 같던데."

"아, 역시 그렇구나."

아까 내가 루이제와 에리히를 보고 짐작했던 게 맞았다.

"그럼 오빠는 내가 여기에 있는 거 어떻게 알았어?"

나는 유진이 비어 있는 표시가 된 방 중 하나의 문을 밀어서 여는 것을 보며 물었다. 유진은 대답하지 않았고, 우리 두 사람은 방 안으로 함께 들어섰다. 오오, 이런 곳에 있는 방은 이렇게 생겼구나. 나는 신기한 기분으로 주위를 둘러보았다. 내가 무도회장에 마련된 이런 방에 들어와 본 것은 이번이 처음이었다. 그동안은 휴게실만 이용했었고, 남자랑 같이 이런 장소에 와 볼 일도 없었으니까. 방 안에 깔린 은은한 조명도 그렇고, 붉은 캐노피가 드리워진 침대도 그렇고, 기분 탓인지 방 안의 풍경이 다소 야릇하게 느껴졌다. 그건 그렇고…….

"내가 맞혀 볼까?"

나는 내 뒤에 서 있는 유진을 돌아보며 다시 입을 열었다. 그러자 치렁치렁한 내 검은 가발이 한 차례 허공에 나부꼈다. 조금 전에 유진은 자연스럽게 내 질문을 흘려 넘겼지만 나한테는 통하지 않았다.

"바스티에에 갈 때부터 이 무도회장에 올 때까지, 계속 날 몰래 따라다녔던 사람한테 들었지?"

떠보는 듯한 내 말에 유진이 고개를 비스듬히 기울였다. 우리 둘 다 암묵적으로 입 밖에 내지 않는 일이기는 했으나 지난 라벤더 코르디스의 사건 이후로 내 옆을 지키는 사람은 에단만이 아니게 되었다. 나는 유진이 내게 사람을 붙여 보이지 않는 곳에서 호위하게 하는 것을 알고 있었지만 그걸 굳이 아는 척하지는 않았다. 그리고 유진도 내게 그 사실을 구태여 따로 이야기하지는 않았다.

"뭐, 그럴 것 같기는 했어."

나는 방 한가운데를 가로질렀다. 와, 여기 발코니까지 있네. 분위기 한번 제대로 잡아 놨잖아? 나는 얼굴에 쓰고 있던 가면을 벗으며 유진을 돌아보았다. 그는 나보다 앞서 이미 맨얼굴을 드러낸 상태였다.

"내가 이런 데 와서 화났어?"

아까부터 말이 없는 유진을 보고 나는 물었다. 그러자 이번에는 그가 대답했다.

"아니."

나는 내가 있는 발코니 쪽으로 다가오는 유진을 바라보았다.

"하지만 와 보지 않을 수는 없었어."

그런 그를 이해했다. 아마 반대의 경우였다면 나도 그랬을 테니까.

"알아. 나도 루이제가 걱정돼서 여기에 혼자 오게 할 수는 없었어."

나는 가까워진 유진을 올려다보며 발코니의 난간에 걸터앉았다. 그런 내가 위험해 보이는지, 유진이 좀 더 가까이 다가와 내 몸을 붙잡았다. 그래서 나는 그의 어깨에 손을 얹고 한결 안전하고 편안하게 자세를 잡을 수 있었다.

"루이제는 조금 전에 요하네스가 데려갔어."

앗, 요하네스도 여기에 왔었구나. 설마 루이제가 요하네스까지 여기에 부르지는 않았을 것 같은데, 그럼 역시 들킨 건가? 그럼 루이제랑 같이 나도 여기에 온 걸 알고 있겠네. 그렇지만 아무래도 난 우리 집 삼 형제가 거두어 갈 것이라 생각해서 일단 루이제만 데려간 것 같았다. 끙, 나중에 요하네스랑 따로 만났을 때 한번 얘기를 해봐야 할 성싶었다.

"카벨 오빠랑 에리히는?"

"글쎄, 널 찾는다고 하던데."

"아, 그럼 내려가서 나 여기 있다고 알려 줘야 하려나?"

"애들도 아닌데 알아서 하겠지."

그건 그렇긴 하지. 나는 유진의 담담한 반응에 쿡 웃은 뒤 아까 홀에서 그랬던 것처럼 다시 은근히 손을 움직여 그의 목에 팔을 감았다.

"그럼 그냥 우리 둘이 놀까?"

이번에는 가면을 쓰지 않은 맨얼굴로 눈웃음을 치며 속삭이자 유진이 희미하게 입꼬리를 올렸다. 그 후 나직한 음성이 귓가에 번졌다.

"어떻게 재미있게 해줄 건데?"

어디 한번 해볼 테면 해보라는 도발인 것 같기도 했고, 원하는 대로 장단을 맞춰 줄 테니 하고 싶은 대로 해보라는 의미인 것 같기도 했다. 나는 유진에게 상체를 기울이며 그를 더 가까이 끌어당겼다.

"으음, 내가 어떻게 해야 재미있을까?"

작은 속삭임 끝에 입술이 맞닿았다. 한차례 시선이 마주친 직후, 입술이 더 깊게 포개졌다. 내가 먼저 시작한 일이었지만 유진도 거부하지 않았기 때문에 키스는 점점 농익어 갔다. 그렇게 점점 숨이 찰 때쯤 나는 그를 살짝 밀어냈다.

"안으로 들어가자. 누가 볼 수도 있을 것 같아."

우리가 있는 곳은 발코니였기 때문에 혹시 모를 시선을 고려하지 않을 수 없었다. 유진도 거기에 동의한 듯 난간에 걸터앉아 있던 나를 안아 올렸다. 내 어깨 위에 걸쳐져 있던 유진의 겉옷이 발코니의 바닥으로 떨어져 내렸다. 나는 유진의 어깨에 팔을 둘렀다. 그가 나를 안고 가는 동안 드러난 목에 입술을 내려 쪼듯이 간지럽히자 한순간 그의 몸이 딱딱하게 굳어졌다.

잠시 후, 방 안으로 들어와서 누가 먼저라 할 것 없이 서로 입술을 맞댔다. 유진의 손이 훤히 드러난 등을 매만져서 나는 흠칫 몸을 떨었다. 오늘 내가 입은 드레스는 등 쪽이 완전히 파인 것이었기 때문에 피부 위를 훑는 뜨거운 손길이 가감 없이 느껴졌다.

오늘의 키스는 다른 때보다 뜨겁고 격렬했다. 나도 유진의 목을 끌어안아 거기에 응했다. 잠시 후 몸의 뒤쪽으로 푹신한 감촉이 닿았다. 그와 나는 몸을 겹친 채로 침대에 누워 다시 키스를 이어 갔다. 그러다가 유진이 손을 움직여 내 가발을 벗겨 냈다. 아까부터 어쩐지 마음에 안 든다는 기색을 내비치더니, 계속 신경에 거슬렸던 모양이다. 검은색 가발 밑으로 내 은색 머리카락이 드러났다.

"머리 헝클어졌을 텐데."

"예뻐."

내가 숨을 몰아쉬며 중얼거리자 유진이 짧게 말하며 다시 입술을 내렸다.

"으응."

어쩐지 평소보다 조급한 입맞춤이었다. 그는 묘하게 여유가 없는 것처럼 계속 나를 몰아붙였다. 그러다 그의 입술이 목을 타고 내려갔다. 피부 위로 닿는 뜨거운 숨결에 나도 모르게 예민하게 촉각을 곤두세우게 되었다. 나는 신음을 참으며 유진의 머리카락을 너무 힘주어 잡지 않기 위해 노력했다. 점점 밑으로 내려가던 그의 숨결이 멈추어진 것은 내 가슴께에 다다라서였다. 어느덧 치맛자락 밑으로 드러난 내 무릎 위에 닿아 있던 그의 손도 움직임을 멈추었다. 잠시 후 유진이 내게서 손을 떼며 고개를 들었다.

"왜 멈춰?"

나는 숨을 불규칙적으로 색색 몰아쉬며 조용히 물었다. 그러자 유진이 손으로 내 뺨을 문지르며 대답했다.

"이 이상 하면 도중에 그만두지 못할 것 같아서."

나를 내려다보는 그의 눈동자가 어둠 외의 것을 품은 채로 위험할 만큼 깊게 가라앉아 있었다. 조금 전까지 있었던 일을 알려 주듯 유진도 나도 숨이 약간 흐트러져 있었다. 유진이 내 위에서 몸을 비키려 할 때, 나는 입술을 달싹였다.

"그만두지 않으면 되잖아."

그 순간 유진이 움직임을 우뚝 멈추었다.

"예쁨받는 것보다 예뻐해 주는 게 더 취향이라며?"

나는 유진을 이대로 보내 줄 마음이 없었다. 사실은 그를 이 방으로 데리고 왔을 때부터 이런 걸 생각하고 있었기 때문이다. 무엇보다 지금 이대로 멈추는 건 내가 곤란하기도 했다.

"그럼 어디 한번 마음껏 예뻐해 줘봐."

그래서 나는 그를 올려다보며 눈꼬리를 휘어 웃었다. 그러고는 유혹하듯이 그에게 속삭였다.

"유진."

그 말이 방아쇠를 당긴 것은 확실한 것 같았다. 곧 유진이 모든 인내가 끊어진 것 같은 갈급한 얼굴로 한차례 이를 악문 뒤 나를 잡아먹으려는 듯이 키스해 왔으니까. 나는 기꺼이 그를 반기며 내게 맞닿은 뜨거운 몸을 꽉 끌어안았다. 밤은 이제부터 시작이었다.

외전 2

오늘도 바쁜 남자들

"뭐야, 다들 어디로 간 거야?"

카벨은 넓은 홀 안에서 혼자 미아가 된 기분을 느끼며 얼굴을 구겼다. 주위를 열심히 두리번거려 보았지만 아는 사람이라고는 한 명도 발견하지 못했다. 그와 함께 이 가면무도회까지 동행한 에리히도 어느덧 눈앞에서 사라진 뒤였다.

"저쪽으로 갔나?"

카벨은 아까부터 그의 가족들을 찾고 있었다. 하리가 바스티에 가문의 루이제와 함께 이 가면무도회에 참석했다는 소식을 입수했기 때문이다. 그가 그 사실을 알게 된 것은 루이제가 에리히의 앞으로 보내온 한 통의 서신 덕분이었다. 그녀는 이제부터 하리와 단둘이 비밀 파티에 갈 생각이니 관심이 있으면 늦지 않게 오라며 친절하게 파티장의 위치까지 자세히 적어주었다. 공교롭게도 오늘은 카벨도 일찍 퇴근해 저택에 있었기 때문에, 형제는 두말하지 않고 곧장 서신 속에 있는 장소로 향했다. 물론 그것은 이 가면무도회장에서 하리를 데리고 돌아가기 위해서였다.

비밀 사교 파티라니! 그 어감에서부터 뭔가 이상야릇한 느낌을 풍기고 있지 않은가? 게다가 카벨과 에리히 역시 귀족들 사이에서 요즘 성행하는 밤 파티에 대해서는 대충 알고 있었다. 카벨 같은 경우에는 기사단의 사람들에게 파티장에서의 화끈한 만남에 대한 이야기를 얼추 들어 본 적도 있었고 말이다. 그런데 그런 곳에 여자 둘이 가다니! 절대로 안 돼! 그런 생각은 가면무도회장에 도착해 홀 안에 들어서자마자 더욱 강렬해졌다.

"뭐야, 여긴. 제대로 찾아온 거 맞아?"

"맞을걸. 형은 저쪽으로 가서 찾아봐."

모두 익명의 힘을 빌리고 있기 때문인지, 파티장 안에 있는 사람들의 옷차림에서부터 행동거지까지 보통 자유분방한 것이 아니었던 것이다. 카벨과 에리히는 평소에 사교 활동을 그다지 즐기지 않았기 때문에 이런 비밀 파티에 참석한 것도 오늘이 처음이었다. 그래서인지 생전 처음 보는 광경에 더욱 경악할 수밖에 없었다.

그렇게 하리를 찾던 중에 에리히가 사라지고, 카벨은 그 후로 한참이나 시끄러운 연회장 안을 떠돌았다. 하지만 눈을 씻고 찾아봐도 그가 아는 사람은 아무 데도 보이지 않았다.

시끌벅적한 사람들 사이에서 카벨은 자신이 이방인 같다고 생각했다. 크으, 이런 것이 바로 군중 속의 고독인가? 그는 잠시 자신의 생각에 심취해 손으로 이마를 짚고 고뇌하는 자세를 취했다.

툭!

"뭐야, 무도회장 한복판에서."

"행위 예술인가?"

그러다 옆을 지나던 사람들과 몸을 부딪치고 말았다. 카벨은 약간 머쓱해져서 괜히 자신을 치고 간 사람들을 향해 눈을 부라렸다. 그러자 가면 너머로도 그의 흉흉함이 전해지는지, 곧 그들이 수군거리며 자리를 피했다.

아오, 여기 개 복잡하네. 잠깐 나가서 바람 좀 쐬고 올까. 카벨은 머리를 벅벅 긁으며 한차례 더 무도회장을 둘러보았다. 하지만 역시 기가 질릴 정도로 화려한 풍경만 눈에 들어올 뿐이었다. 그는 진저리를 치며 테라스 쪽으로 걸음을 옮겼다.

끼익. 멀리 자리를 옮기기는 귀찮았기 때문에 카벨은 일단 가장 가까이에 있던 테라스의 문을 밀어젖혔다.

"그만 방으로 갈까?"

"아이, 몰라. 아앗, 잠깐, 손이 어디로 들어가는 거야! 으응……."

하지만 누가 안으로 들어오는지도 모르고 뒤엉켜 있는 한 쌍의 바퀴벌레가 곧바로 그의 눈을 파고들었다. 으악, 내 눈! 카벨은 곧바로 문을 쾅 닫고 테라스를 빠져나왔다. 아, 제기랄, 눈 버렸네. 그는 얼굴을 왕창 구긴 채로 이번에는 옆에 있는 테라스를 향해 다가갔다. 그래도 조금 전의 일이 있었기 때문인지 아까보다는 퍽 조심성이 있는 손길이었다.

"이, 이러지 마세요."

"왜 그래, 누가 들으면 내가 잡아먹으려는 줄 알겠네. 그냥 같이 좀 놀자는 거야."

아니, 여기도 바퀴벌레인가? 뭐 이렇게 테라스마다 죄다 포진해 있어? 지금 막 보고 왔던 격렬한 커플에 비하면 이곳은 그나마 조용했다. 기사단 사람들은 이런 분위기를 밀고 당긴다고 표현했던 것 같다. 그렇게 카벨이 짜증스러운 얼굴로 다시 테라스의 문을 닫으려고 할 때였다.

"글쎄, 내가 유진 에른스트라니까? 아가씨, 날 잡으면 완전히 팔자 피는 거라고."

그 순간 카벨의 걸음이 멈칫했다. 엥? 이게 웬 개 풀 뜯어 먹는 소리? 혹시 내가 잘못 들었나? 그는 귀를 의심하며 문을 약간 더 활짝 열었다. 테라스를 등지고 있는 남자의 얼굴을 확인할 수는 없었지만 카벨이 얼간이도 아니고, 저게 자신의 형일 리 없다는 사실을 모를 수가 없었다.

"당신, 데이지 템페르토 맞지? 어차피 오늘 이 자리에 나온 것도 남자 잘 물어서 팔자 고치려고 한 거 아니야?"

"아, 아니에요. 전 그저 오늘 유익한 파티가 열린다고, 소개를 받아서……."

게다가 아무래도 저 둘은 쌍방 동의하에 야릇한 분위기를 생성하고 있던 것이 아닌 듯했다. 물론 설령 그렇다 해도 카벨이 지금 깽판을 놓을 작정이었지만.

"유익하다면 유익한 파티 맞지. 나 같은 거물도 있는 파티니까……."

"야, 너 잠깐 나 좀 봐봐."

카벨은 계속 유진의 행세를 하며 여자에게 껄떡거리는 놈팡이를 불렀다. 등 뒤에서 갑자기 들려온 목소리에 테라스 난간 끄트머리에 붙어 서 있던 남녀가 화들짝 몸을 떨었다. 그들은 카벨이 테라스 안으로 들어온 것을 몰랐던 듯했다.

"이건 또 뭐야?"

요란한 금색 가면을 쓴 남자가 카벨을 돌아보았다. 그러자 난간과 남자의 사이에 껴 있던 여인의 모습이 드러났다. 그녀는 당혹감과 두려움이 뒤섞인 표정을 짓고 있었다. 하지만 카벨의 관심은 오직 그의 형을 사칭한 남자에게만 향해 있었다.

"너 나 몰라?"

"네가 누군데?"

"진짜 몰라?"

"뭐야, 이 자식은."

느닷없이 들이닥쳐 알 수 없는 소리를 지껄이는 카벨에게 황당한 시선이 날아가 꽂혔다. 그러나 뒤이어 카벨이 툭 내뱉듯 읊조린 소리에 남자는 입을 쩍 벌리고 말았다.

"나 카벨 에른스트."

헉! 급히 숨을 들이켜는 소리가 달빛 고인 테라스에 번졌다. 경악해 굳어진 남자를 보고 카벨이 가면을 벗었다. 하얀 달빛 아래로 카벨의 얼굴이 드러났다. 그는 웃으며 눈앞에 있는 남자를 향해 말했다.

"형, 가면 좀 벗어 봐."

하지만 그것은 실로 악마 같은 미소였다. 카벨의 웃는 얼굴을 보는 순간, 그와 마주한 남자는 온몸에 오싹 소름이 돋는 것을 느끼며 파르르 몸을 떨고 말았다.

"가면 좀 벗어 보라니까?"

카벨은 동공을 흔들며 주춤 뒷걸음질 치는 남자에게 느긋이 재촉했다. 그런 그의 모습은 마치 사냥감을 구석에 몰아넣고 유유히 다가가는 맹수 같았다.

"왜 못 벗어?"

"그, 그게……."

아직까지도 테라스 난간에 기대서 있는 여자는 뭐가 뭔지 모르겠다는 얼굴로 두 사람을 번갈아 쳐다보고 있었다.

"아, 설마 우리 형이 아닌 건 아니겠지?"

그러다 카벨이 스치듯 꺼낸 말에 남자가 경기하듯이 크게 소스라쳤다.

"그럼 우리 형도 아닌 주제에 나한테서 형 소리를 들은 이 죗값을 어떻게 치르려고. 응, 안 그래?"

그리고 마침내 카벨의 푸른 눈동자가 섬뜩한 안광을 발하는 순간, 남자는 비명을 지르며 도주를 감행했다.

"이게 어딜 토끼려고."

"으아악! 죄, 죄송합니다! 잘못했습니다!"

하지만 카벨의 손이 남자의 뒷덜미를 잡아채는 것이 먼저였다.

"아주 간이 배 밖으로 튀어나왔지? 감히 우리 형을 사칭해? 뒈지고 싶냐? 어쭈, 게다가 이 머리도 가발이네?"

"자, 잠깐!"

카벨은 다시 코앞으로 끌고 온 남자의 머리채를 잡아당겼다. 그러자 환한 금발이 눈앞에 드러났다.

"어디 보자, 금발에 검은 눈을 가진 영식이 아를란타에 누구누구 있더라? 코파니스 가문 형제? 세리자드 가문 차남? 아니면 얼마 전에 제도로 올라왔다는 린델 가문 방계인가 뭔가? 우리 기사단에도 한 명 있는데 설마 그놈은 아닐 테고."

이번에는 카벨의 손이 남자의 황금색 가면 위로 닿았다.

"가, 가면을 억지로 벗기는 건 규칙에 어긋나는……!"

"X발, 그딴 규칙 난 모르거든?"

결국 카벨은 남자의 가면을 무자비하게 벗겨 버렸다.

"쭉정이같이 생긴 게 얻다 대고 남의 형 행세야? 이걸 그냥 확!"

"으악, 사람 살려!"

평소 카벨의 위명을 잘 아는 남자는 그가 자신을 향해 손을 들어 올리자마자 겁에 질려 죽어라 비명을 질러 댔다.

"아, 이 새끼가 아직 때리지도 않았는데 왜 소리는 지르고 지랄……."

"무슨 문제라도 있으십니까?"

그 고성을 듣고 테라스 안으로 누군가가 들어섰다. 카벨은 얼굴을 구기고 방해꾼을 돌아보았다. 반면 카벨에게 멱살을 잡혀 있던 남자는 구세주라도 만난 것처럼 단번에 얼굴이 환해졌다. 카벨은 몰랐지만 그는 오늘 가면무도회의 관리인이었다.

"도, 도와줘! 이 사람이 날 죽이려고 해!"

오늘의 참석자들과 마찬가지로 얼굴을 검은 가면으로 가린 관리인이 잠시 그들의 모습을 살폈다.

"규칙 위반은 곧바로 퇴장 조치됩니다. 가면을 쓰고 저를 따라와 주시죠.”

물론 어디로 봐도 카벨에게 불리한 모양새였다. 카벨은 아까부터 도대체 뭔 놈의 규칙을 말하는 것인지 알 수가 없었다. 애초에 아무런 정보도 없이 오늘의 비밀 파티에 입장했기 때문이었다. 하지만 어쨌거나 지금 자신을 이 파티장에서 쫓아내려고 하는 것 같아서 기분이 더러워졌다. 게다가 아직 이 망할 놈을 한 대도 때리지 못했는데!

“저, 저를 도와주신 거예요!”

그때, 가냘픈 음성이 밤공기를 갈랐다. 테라스 구석에 아직까지 남아 있는 줄도 몰랐던 여자였다. 그녀는 이 상황이 몹시 당황스럽고 불안한 듯이 안절부절못하면서도 카벨을 두둔하며 말했다.

“저 남성분이 저를 억지로 이 테라스에 끌고 와서 곤란했는데 때마침 이분이 도와주셔서…….”

그 말에 관리인은 상황을 다시 파악하려는 듯이 세 사람을 차례로 훑다가 이윽고 바닥에 떨어진 가면에 시선을 고정시켰다.

“그러고 보니 저 가면은…… 아까 두 차례 경고를 받으셨던 분이었군요.”

“아, 아니…….”

“실례했습니다. 이분은 저희가 곧바로 퇴장 조치를 취하겠습니다.”

결국 퇴장당하는 것은 카벨이 아닌 황금색 가면의 남자가 되었다. 카벨은 아직 한 대도 때리지 못한 남자를 보며 관리인에게 잠깐 뒤로 빠져 있으라고 말하려다가 일단 지금은 그냥 관두기로 했다. 어차피 얼굴도 알고 있으니 나중에 찾아가서 족쳐도 될 일이었다.

카벨은 때마침 눈이 마주친 남자에게 눈을 부라리며 입을 삐끔거렸다. 넌 나중에 보자, 이 쭉정이 새끼야. 그리고 손으로 목을 긋는 시늉까지 하자 남자의 얼굴이 대번에 창백해졌다. 그는 관리인이 나서기도 전에 테라스에서 줄행랑을 쳤다. 그 후 관리인도 또 무슨 일이 생기면 언제든 자신을 부르라는 말을 남기고 테라스를 빠져나갔다.

아씨, 나도 나가야지. 오늘 별 같잖은 놈을 다 봤네. 내일 저놈은 나한테 뒈졌어. 아, 아니다. 내일 바로 찾아가지 말고 한 일주일 정도 피를 말릴까? 카벨은 그렇게 사악한 생각을 하며 막 자리에서 걸음을 떼려고 했다.

털썩! 그때, 그와 함께 테라스에 남아 있던 여자가 다리에 힘이 풀린 듯이 자리에 주저앉았다.

"죄, 죄송해요. 방금까지 조금 긴장해서."

카벨의 시선이 닿자 여자는 뻘뻘거리며 말했다. 그 모습이 오죽 가련하던지, 평소에는 거의 잊고 지내던 기사도의 정신마저 슬며시 떠오를 정도였다. 자신의 명예를 소중히 하고 약자를 보호하며…… 어쩌고 하는 온갖 성가신 규율들 말이다. 그렇다 해서 누구인지도 모를 여자의 가련함이 그의 마음까지 움직인 것은 아니었지만, 그래도 어쨌거나 카벨은 약간의 찜찜함을 느끼며 앞으로 손을 내밀었다.

"잡고 일어나시든가."

아무래도 조금 전의 일이 여자에게 꽤 적지 않은 심적 타격을 입힌 모양이다. 고작 이 정도 일로 이렇게 벌벌 떨 거면 애초에 이런 파티에 왜 나왔는지 의문이었지만. 뭐, 아까 들었던 바에 의하며 이런 파티인 줄 모르고 속아서 나온 것 같은 분위기였는데.

평소 카벨이 보아 왔던 여자들에 비하면 행색이 수수한 것이, 아무래도 다이스의 성혼을 맞아 이번에 제도로 올라온 지방 귀족인 듯했다. 그러니 추측하건대 제도의 귀족들이 텃세로 질 나쁜 장난을 친 데 걸려든 것 같았다. 하지만 이건 어디까지나 그의 추측이었으니, 뭐, 아니면 말고. 사실 카벨에게는 아무래도 상관없는 일이었다.

여자는 카벨이 큰마음 먹고 내민 손을 거절하지 않았다. 마침내 카벨의 손바닥 위에 얹힌 여자의 손이 너무 연약하게 떨리고 있어서 그는 다소 기분이 묘해졌다. 그러면서도 그녀는 카벨을 향해 조금 바보 같을 정도로 말간 얼굴로 웃어 보였다. 가면 너머로 보이는 눈동자가 살포시 휘어졌다.

"감사해요, 기사님."

감사해요, 기사님…….

기사님…….

그 말이 한순간 카벨의 가슴을 사정없이 푹 찌르고 들어온 것은 어째서인지 몰랐다. 어, 어라? 뭐지? 방금 뭔가 좀 기분이 이상했는데.

"이런 상황은 처음이라 조금 전에는 정말 머릿속이 새하얗게 돼서 큰일이었는데, 덕분에 살았어요."

여자는 키가 작아서 똑바로 일어서도 카벨의 가슴팍 정도밖에 오지 않았다.

"아, 전 데이지 템페르토예요. 저…… 역시 이런 가면을 쓰고 인사하는 건 좀 그렇겠죠?"

그녀는 상당히 무방비했다. 바로 조금 전에 그런 일이 있었는데도, 아무런 경계심도 없이 카벨의 앞에서 가면을 벗는 것을 보니. 물론 또다시 안절부절못하는 모양새이긴 했지만.

"다시 한번 감사드려요, 기사님."

여자가 맨얼굴을 드러내고 카벨을 올려다보았다. 여자의 머리카락은 노을을 닮은 짙은 주황색, 눈동자는 햇살 비춘 나무둥치 같은 따뜻한 갈색이었다. 보아하니 아까 그 황금 가면을 쓴 놈처럼 정체를 감추기 위해 가발을 쓴 것은 아닌 듯했다.

그를 올려다보는 동그란 눈과 시선이 마주치는 순간, 조금 전 느꼈던 것과 같은 이상한 감각이 그의 가슴팍을 훑고 지나갔다.

"어, 아니……."

카벨은 까닭 모르게 말문이 막혀서 잠깐 버벅거렸다. 티 한 점 없이 맑은 갈색 눈동자를 내려다보는 동안 이해할 수 없게도 가슴이 약간 근질근질하고 이상해졌다. 하지만 이런 느낌이 드는 이유를 알 수가 없어서 카벨은 어리둥절할 수밖에 없었다.

잠시 후, 카벨은 여전히 알쏭달쏭한 기분으로 홀을 걷고 있었다. 자신과 함께 있던 데이지 템페르토라는 여자는 그들이 테라스를 빠져나오자마자 나타난 '테오'라는 남자와 함께 사라졌다.

아무래도 둘이 잘 아는 사이 같았는데, 애초에 같이 이 파티에 참석한 건가? 반갑게 남자를 부르던 목소리가 떠오르는 순간, 갑자기 속이 조금 더부룩해졌다. 이상하네. 아까 뭘 잘못 주워 먹고 체했나?

"혼자 뭐 해?"

그때, 누군가 그를 향해 다가오더니 말을 걸었다. 카벨은 의아하게 얼굴을 구긴 채 배를 쓸어내리다가 깜짝 놀랐다.

"헐, 형이 왜 여기에 있어?"

이번에는 유진을 사칭한 자가 아니라 진짜 유진이었다. 가면으로 얼굴을 가리긴 했지만 그렇다 한들 형을 못 알아볼 리가 없었다. 이야기를 들어 보니 그 역시도 하리 때문에 이곳에 온 것 같았다.

"내 이름을 사칭하고 다니는 사람이 있다고?"

카벨이 지나가듯 흘린 소리에 유진이 관심을 보였다. 서늘한 검은 눈동자가 테라스가 있는 방향으로 미끄러졌다.

"얼굴 봤어?"

"어, 러셀 세리자드던데. 예전에 하리한테 껄떡거리다가 나한테 걸린 놈 있잖아. 지금은 쫓겨나서 파티장에 없어."

"조만간 만날 일이 생기겠군."

유진이 스산하게 읊조렸다. 물론 카벨이 그 간 큰 남자의 정체를 확인하지 못했다고 해도 따로 알아낼 방법쯤이야 얼마든지 있었다. 다른 사람도 아니고 유진을 사칭한 데다 하필 그 사실을 카벨에게 들키다니. 겁도 없고 운도 없는 남자였다.

"그럼 난 저쪽으로 가 볼게."

"그래. 혹시 엇갈려서 다시 못 볼 수도 있으니까 적당히 시간 되면 알아서 돌아가."

어쨌거나 지금의 우선순위는 하리였기 때문에 두 사람은 각자 파티장 안을 찾아보기로 하고 헤어졌다.

앗, 아까 그 여자다. 그렇게 가면무도회장을 얼마간 더 돌아다녔을 때, 아까 테라스에서 만난 여자가 다시 눈에 들어왔다. 아무래도 그녀는 지금 파티장을 떠나려는 것 같았다. 그런데 아까 봤던 '테오'라는 남자와 딱 달라붙어 있는 모습이 이상하게 눈에 거슬렸다.

아, 뭐지? 지금 막 저 사이에 끼어들어서 껌딱지처럼 붙은 팔을 확 떼어 내고 싶은 충동이 드는데. 오늘 바퀴벌레 같은 커플들을 너무 많이 봐서 그런가? 그래, 그런가 보다. 어딜 가도 망할 커플들뿐이라, 하도 안구 테러를 당하다 보니 이제는 한계가 찾아온 게 분명해. 에잇, 망할 바퀴벌레들!

벌컥벌컥! 카벨은 홀 안에 준비된 술잔을 들어 한입에 털어 넣었다. 그동안 그에게 먼저 관심을 표하며 접근했다가 '뭔가 생각했던 게 아닌데' 하는 애매한 얼굴로 떠나갔던 수많은 여자가 머릿속을 스쳐 지나갔다. 그러자 괜히 울컥해서 카벨은 옆에 있던 다른 술잔들도 연거푸 비우기 시작했다.

에잇, 나도 여자 필요 없어! 난 검이랑 연애할 거야! 크흑, 그런데 그런 생각을 하는 동안 또 뭔가 서러워져서 급격히 술이 당겼다. 그러는 동안 이번에는 에리히가 그의 옆에 나타났다.

"혹시 큰형 만났어?"

"어어, 너도?"

"응. 요하네스도 왔더라. 아까 루이제랑 같이 돌아갔어. 어, 뭐야. 그런데 혼자 웬 술을 이렇게 마셨어?"

카벨이 혼자 삽질하고 있는 동안 에리히는 루이제에 이어 유진까지 만난 모양이었다. 그러다 그는 카벨의 앞에 있는 테이블에 놓인 수많은 빈 잔들을 보고 멈칫했다.

"술이 날 겁나 좋아하니까 마셨지! 나 술한테 인기 무진장 많아, 왜 이래? 이 술들이 나한테 막 제발 좀 마셔 달라고 애원했단 말이야!"

"뭔 이상한 소리야, 갑자기. 취했어?"

"크으, 그래. 나도 네 마음 다 알아. 자, 내 인기를 너한테도 좀 나눠 줄게. 너도 나랑 같이 마시자!"

"아, 됐어. 난 안 마셔. 잠깐! 난 싫다니까!"

하지만 힘 앞에서는 장사 없었다. 에리히는 자신의 입에 술잔을 들이미는 카벨 때문에 결국 억지로 같이 술을 마셔야만 했다.

"아, 진짜. 형 때문에 이게 뭔 난리야."

다음 날, 에리히는 숙취로 고생하고 있었다. 전날 그 파티장에서 집으로 어떻게 돌아왔는지도 기억나지 않았다.

"자, 여기 꿀차. 카벨 오빠도 그렇고 너도 그렇고 도대체 간밤에 무슨 술을 그렇게 많이 마셨어?"

시간은 이미 해가 중천에 걸린 한낮이었다. 다행히 오늘은 기사단에 출근하지 않아도 돼서 카벨은 골골거리며 자기 방에 엎어져 있는 상태였고, 에리히도 이제야 방 밖으로 기어 나와 지끈거리는 이마를 짚으며 어젯밤의 기억을 되살리고 있었다. 하지만 아무리 생각해도 어제 카벨과 함께 술을 퍼마신 것 외에는 하나도 떠오르지 않았다.

그런 에리히의 앞에 하리가 손수 가져온 꿀차를 내려놓았다. 그녀는 조금 전에 카벨의 방에도 들러 이것과 같은 꿀차를 주고 온 참이었다. 숙취로 고생하고 있는 두 사람의 모습이 은근히 닮아 있었다. 에리히는 여전히 두통과 씨름하며 하리가 준 차를 입에 가져갔다. 그러다가 문득 조금 전 그녀의 목소리가 약간 이상했던 것을 떠올리고 지나가듯 물었다.

"넌 목소리가 왜 그래? 감기 걸렸어?"

큽. 그 순간 에리히의 맞은편에 앉아 자기 몫의 차를 마시던 하리가 한순간 사레가 들린 듯이 기침했다. 그녀는 잠깐 목소리를 가다듬은 뒤 말했다.

"요새 일교차가 커서 그런가 봐. 어제 옷을 좀 얇게 입기도 했고."

"맞아, 넌 집에 어떻게 왔어? 유진 형이랑 만났어?"

"어, 만나서 같이 왔어."

"언제? 카벨 형이랑 나보다 먼저 왔나?"

"음, 아마 비슷했을걸. 나도 정확히는 잘……."

평소의 에리히라면 그런 하리의 모습이 다른 때보다 약간 부자연스럽다는 사실을 눈치챘을 것이다. 하지만 오늘은 상태가 영 좋지 못했기 때문에 에리히는 위화감을 깨닫지 못하고 그냥 넘겨 버렸다. 그래도 꿀차를 마시고 나니 울렁거리던 속이 조금 가라앉는 것 같았다. 두 번 다시 어제처럼 술을 마시면 내가 인간이 아니라 개다. 에리히는 여전히 지끈거리는 이마를 짚으며 그렇게 생각했다. 하리가 그런 그를 보며 슬쩍 말을 돌렸다.

"어제 루이제는 요한 오빠랑 같이 돌아갔다며?"

"맞아, 유진 형이 말해준 모양이네."

"너도 루이제 만났어?"

"잠깐."

하리의 입에서 루이제의 이름이 내뱉어진 순간, 에리히는 티 나지 않게 움찔했다. 어제 가면무도회장에서 만났던 루이제의 모습이 머릿속을 스쳐 지나간 탓이었다. 처음에 나타나서 그의 팔을 덥석 붙잡았을 때는 모르는 사람인 줄 알았는데. 여자의 변신은 참으로 무서웠다.

그나저나 그런 꼴을 하고 파티장을 쏘다니다니. 어젯밤 보았던 요하네스의 얼굴을 생각하면 아마도 바스티에로 돌아가 혼이 꽤 나지 않았을까 싶은데. 하여간 아직 어려서 철이 없는 건지, 깜짝 놀랄 만한 일을 잘도 저지른다니까. 물론 될성부른 나무는 떡잎부터 알아본다고, 어릴 때부터 대범한 구석이 있긴 했지만. 그 대범한 루이제가 자신보다 고작 한 살 어리다는 사실을 잊었는지, 에리히는 혀를 쯧쯧 차며 생각했다.

게다가 하리까지 떡하니 인질로 잡아 놓고 에리히를 그 비밀 파티장으로 부른 것을 보면 확실히 보통 잔망스러운 것이 아니었다. 에른스트의 삼 형제에게 하리는 역린이나 마찬가지였으니까. 바로 어제만 해도 하리가 그 가면무도회장에 있다는 소식을 듣고 세 사람 모두가 출동한 것을 보면 너무나 뻔히 답이 나왔다. 물론 카벨 형 때문에 어제는 목적을 잊고 술을 퍼먹어 이 모양 이 꼴이 되긴 했지만 말이다.

"에리히, 이제 일어난 거야?"

"어, 형."

그때, 점심나절에 잠시 황궁에 볼일이 있어 들렀던 유진이 돌아왔다. 어제 가면무도회장에서 이후 유진과 에리히가 이렇게 얼굴을 맞대는 건 처음이었다.

"카벨은?"

"아직 방에 있어."

"앞으로는 적당히들 마셔."

역시 전날 과음한 것 때문에 유진에게도 꾸지람을 들었다. 하지만 에리히는 어디까지나 카벨 때문에 강제로 술을 마신 것이었기 때문에 조금 억울했다. 그 후 유진이 에리히의 맞은편에 앉아 있는 하리에게 시선을 움직였다.

"잘 쉬고 있었어?"

"으응."

에리히는 빈 컵을 테이블 위에 내려놓으며 두 사람이 나누는 대화를 들었다.

"방에 들어가서 편히 있지."

"아니야, 괜찮아."

음? 그런데 기분 탓인지 뭔가 느낌이 이상했다. 에리히의 시선이 유진과 하리 사이를 번갈아 오갔다. 다정히 주고받는 대화도, 머리를 부드럽게 쓰다듬는 유진의 손길도 여느 때와 다를 것이 없었다. 저 두 사람이 연인 사이라는 것은 이제 완전히 공공연한 사실이었기 때문에 저택에서 일하는 사용인들도 이제는 대수롭지 않게 넘기는 장면이었다. 물론 주위의 사람들을 배려하는 듯, 유진과 하리도 평소에 나름대로 언행을 자제하고 있었지만 말이다.

"혹시 안 좋은 데 있으면 말해."

"걱정할 거 없대도 그래."

하리에게 감기 기운이 있는 걸 유진도 알기 때문인가? 그는 하리의 상태가 퍽 염려되는 것처럼 거듭 말했다. 그러자 하리가 걱정도 많다는 듯이 설핏 눈매를 찡그리며 웃었다.

그런데 평소에 비해 두 사람 사이에 감도는 분위기 같은 것이 어쩐지 조금 묘한 것 같았다. 에리히는 이 위화감의 원인이 무엇일까 좀 더 깊게 생각해 보려다가 곧바로 머리를 가로지르는 통증에 그냥 관두기로 했다. 아, 머리야. 아무래도 방에 들어가서 좀 더 쉬어야 할 것 같았다.

"난 다시 방으로 들어갈게."

"그래, 쉬어."

이마를 짚으며 자리에서 일어나는 그를 유진과 하리가 배웅해 주었다.

그래도 그날 오후 3시 정도가 되니 조금은 술이 깨는 기분이었다.

"멍멍!"

에리히는 페니를 데리고 정원으로 산책하러 나갔다.

"페니, 좀 천천히 가."

나이가 들어서 그런지 페니가 요즘 들어 기운이 없는 것 같아 걱정했는데 아무래도 괜한 기우였던 듯했다. 페니는 에리히가 밖으로 데리고 나오자마자 신이 나서 정원 곳곳을 누비며 뛰어다녔다. 에리히는 그 모습을 뒤에서 흐뭇하게 지켜보았다. 쌍둥이 여동생인 아리나가 죽고 나서부터 기르기 시작했던 페니는 이미 그의 또 다른 가족이나 마찬가지였다. 에리히가 빨리 학술원을 졸업하고 싶은 것도 거의 페니 때문이었다.

"멍!"

"그래그래, 예쁘다."

그러다 문득 아까 안에서 보았던 유진과 하리의 모습이 머릿속을 스쳐 지나갔다. 사실 에리히는 아직도 두 사람을 볼 때면 어쩔 수 없이 조금은 속이 쓰린 것을 느끼곤 했다. 물론 그런 것을 굳이 내색할 마음은 없었지만.

하리는 평소에 눈치가 빠른 편이면서도 에리히의 마음만큼은 알아차리지 못했다. 그리고 그 이유가 무엇인지 그는 너무나도 잘 알았다. 아마도 그것은 애초에 에리히가 하리에게 '그런 대상'이 될 수는 없었기 때문일 것이다. 그래서 그는 예전에도, 그리고 지금도 하리에게 굳이 자신의 마음을 밝힐 생각이 없었다. 그래도 전처럼 형과 하리의 얼굴을 보는 것이 그렇게 힘들지는 않은 것을 보면, 이제는 그도 조금씩 마음 정리가 되어 가고 있는 것인지도 몰랐다.

"에리히 오빠!"

그렇게 에리히가 페니와 함께 정원에서 시간을 보내고 있을 때, 어디서 많이 들어 본 목소리가 고막을 파고들었다. 바로 어젯밤에도 파티장에서 보았던 루이제였다. 에리히는 자신을 향해 달려오는 루이제를 보며 잠깐 오묘한 표정을 지었다.

당연하지만, 그녀는 어제 봤던 모습과는 완전히 달라 보였다. 오늘의 루이제는 기겁할 정도로 맨살을 많이 드러낸 드레스를 입고 짙은 화장을 한 채 낯선 금색 가발을 쓰고 있던 어제의 그 여자라고는 믿기지 않을 정도였다.

루이제는 푸른 머리카락이 헝클어지는 것도 상관하지 않고 에리히를 향해 달려왔다. 에리히는 그 모습을 보고 바로 어젯밤에 그 사달을 낸 장본인치고는 참으로 태평하기도 하다고 생각했다.

"페니랑 놀고 있었어?"

게다가 피곤하지도 않은지, 그녀는 아주 생생한 얼굴을 하고 있기까지 했다. 하룻밤 새 초주검이 된 카벨이나 에리히와는 아주 천지 차이가 나는 모습이었다. 물론 그들이 오늘 이렇게 기운을 못 차리는 것은 과하게 들이부은 술 때문이긴 했지만.

"우리 집에는 웬일이야?"

"뭐야, 내가 못 올 데 온 것도 아닌데?"

에리히의 정 없는 말에도 루이제는 가렵지도 않다는 듯이 콧방귀를 뀌었다.

"페니, 잘 있었어?"

그러더니 그녀는 치맛자락에 풀물이 드는 것도 신경 쓰지 않고 옆에 털썩 주저앉아 페니를 쓰다듬었다. 이쯤 되니 에리히는 궁금하지 않을 수가 없었다.

"요즘 왜 이렇게 나한테 친한 척이야?"

물론 두 사람은 어릴 때부터 나름대로 친분이 있던 사이이기는 했다. 더군다나 에리히는 카벨, 하리와 함께 한동안 바스티에에서 지내기도 했고 말이다. 그러는 동안 생각보다 말이 꽤 잘 통해서 사실 에리히는 요하네스보다 루이제와 친한 편이었다.

하지만 지난번처럼 루이제가 굳이 학술원까지 먼 길을 달려 그를 만나러 오고, 또 어제처럼 굳이 그런 서신을 보내 그를 파티장으로 불러들일 정도는 아니라는 것이 에리히의 생각이었다. 게다가 지금도 루이제는 꼭 일부러 그를 만나러 오기라도 한 것처럼 정원으로 와서 페니를 어르고 있었다. 에리히의 의심 섞인 말에 루이제는 눈 하나 꿈쩍하지 않고 대답했다.

"참나, 나 같은 예쁜 여자애가 친한 척해 주면 고마운 줄 알아야지. 나 아니면 오빠랑 놀아줄 사람 있어? 보나 마나 페니밖에 없으면서."

그 말을 듣고 에리히는 와락 얼굴을 구겼다. 그가 나서서 같이 놀아 달라고 부탁한 적도 없는데 이건 또 무슨 황당한 소리인가 싶었다. 하지만 루이제의 말에 묘하게 반박할 거리가 없다는 사실이 또 조금 거슬렸다. 에리히에게 친구가 없는 것은 사실이었기 때문이다. 그러나 역시 그는 단 한 번도 친구의 필요성을 느껴 본 적이 없기 때문에 약간 짜증스럽게 뇌까렸다.

"난 친구 같은 거 필요 없거든?"

"아, 뭐야. 오빠, 진짜 친구 하나도 없어?"

"없으면 뭐."

루이제의 놀리는 듯한 말에 에리히가 퉁명스럽게 말했다. 루이제는 무릎을 세우고 자리에 앉은 채로 그 위에 턱을 괴었다. 그러더니 그녀는 잠깐 말간 눈동자로 에리히를 말끄러미 쳐다보았다. 자신을 직시하는 푸른 눈동자에 에리히는 묘하게 낯이 간지러워지는 것을 느껴야만 했다.

"뭘 그렇게 쳐다봐?"

에리히가 눈살을 찌푸리며 까칠하게 묻는데도 루이제는 오히려 방싯 웃었다.

"정말, 하는 수 없네. 내가 거둬 줘야지."

당연하게도 에리히는 그 말에 기가 차서 입을 벌렸다. 하지만 루이제가 자리에서 벌떡 일어나는 것이 더 빨랐다. 그녀는 대충 치맛자락을 툭툭 턴 뒤 에리히를 향해 손을 내밀었다.

"자, 그럼 가자."

"가긴 또 어딜 가?"

"모자 사러 갈 건데 같이 가서 골라 줘."

"뭐? 누구 마음대로…… 아, 잠깐!"

에리히는 귀찮음을 느끼며 거절하려고 했지만 루이제는 막무가내로 그의 손을 잡아끌었다. 도대체 이 작은 몸 어디에서 이런 힘이 나오는 것인지, 팔을 잡아당기는 힘이 천하장사 뺨을 칠 정도였다. 그래서 결국 에리히는 반강제로 잔디 위에서 몸을 일으킬 수밖에 없었다. 물론 아무리 그래도 남녀의 완력 차이는 있었기 때문에 루이제의 손을 뿌리치려면 뿌리칠 수도 있었다. 하지만 어쩐지 그럴 마음까지는 들지 않았다. 생각해 보면 예전부터 그랬다.

"내가 이미 오빠랑 같이 외출한다고 말해놨어. 오빠, 오늘 피곤하지? 그러니까 오늘은 금방 들여보내 줄게."

그럴 거면 차라리 아예 외출을 안 하면 되잖아. 그런 말이 목 끝까지 차올랐지만 결국 실제로 내뱉어진 건 작은 한숨뿐이었다.

"내가 싫다고 해서 말을 들을 너도 아니고. 어차피 갈 거면 최대한 가까운 데로 가자."

에리히는 체념한 듯이 루이제의 손에 이끌려 걷기 시작했다.

"그런데 너 진짜 카벨 형의 숨겨진 동생이라거나, 뭐, 그런 거 아니야?

어떻게 날이 갈수록 그렇게 닮아가? 아무리 봐도 넌 요하네스 동생이 아니야."

"말이 너무 심하네. 난 카벨 오빠랑 하나도 안 닮았거든!"

루이제가 발끈해서 외치는 소리를 들으며 에리히는 코웃음을 쳤다. 뒤에서 페니가 멍멍 짖으며 두 사람을 쫓아왔다. 걸음을 따라 싱그러운 풀 냄새가 코끝을 스쳐 지나갔다. 여느 때와 같은 평화로운 하루였다.

"아무래도 루이제가 에리히한테 관심이 있는 것 같지 않아?"

조금 전에 짧은 인사를 마치고 곧바로 다시 문을 나선 루이제를 생각하며 하리가 말했다. 안으로 들이닥치자마자 어찌나 호기로운 목소리로 에리히를 빌려 가겠다고 외치던지. 얼마 전 학술원에 에리히를 만나러 간 것도 그렇고, 어제 가면무도회 때 에리히에게 서신을 보내 불러들인 것도 그렇고, 아무래도 이건 느낌이 다소 묘했다. 에리히와 루이제의 조합이라…… 어쩐지 고개를 갸웃하게 되면서도 또 다른 한편으로는 나름대로 잘 어울린다 싶기도 했다. 물론 지금도 루이제의 등쌀에 에리히가 다소 피곤한 것 같기는 했지만.

"그러게. 좀 의외이기는 한데."

유진도 하리의 말에 짤막하게 동의했다. 그러나 그는 이 화제에 길게 관심을 두지 않고, 잠시 문가에 머물던 눈길을 다시금 하리에게 움직였다. 하리는 자신을 물끄러미 응시하는 검은 눈동자를 피해 고개를 숙였다.

"크흠. 케이크 맛있네. 오빠도 먹어 봐."

괜한 어색함에 헛기침을 하며 말했지만 유진은 여전히 하리의 먹는 모습만 바라보고 있을 뿐이었다. 그러다 어느 순간 유진의 손이 테이블을 사이에 두고 마주 앉은 하리에게 뻗어졌다.

"묻었어."

단정한 손가락이 그녀의 입술을 스치고 지나갔다. 어찌 보면 별것 아니라고도 할 수 있는 가벼운 접촉에 하리는 움찔했다. 문득 오늘 새벽까지의 일이 다시금 머릿속에 떠올라 저도 모르게 뺨이 달아올랐다. 밤새 있던 일로 그녀의 목소리는 감기라도 걸린 것처럼 상한 상태였다. 어제 그녀와 함께 밤을 보냈던 유진과 지금 다정한 얼굴로 그녀를 바라보고 있는 유진은 다른 사람 같았다. 어젯밤 그토록 쉼 없이 그녀를 몰아붙이던 것을 생각하면, 도대체 그가 지금까지 어떻게 참았던 것인지 모를 노릇이었다. 그래 놓고는 뒤늦게 그녀의 몸 상태를 신경 쓰며 몇 번이나 괜찮냐고 묻는 것이었다. 아니, 그럴 거면 애초에 좀 적당히 하든가.

크흠, 큼. 또다시 수면 위로 떠오른 간밤의 기억에 하리는 괜히 또 헛기침을 했다. 으음, 그래도 카벨과 에리히가 둘 다 상태가 별로 안 좋아서 다행이라는 생각이 들었다. 아니, 물론 두 사람이 숙취로 고생하는 건 안 됐지만. 그래도 만약 평소였다면 무언가를 눈치챘을지도 모르니까. 특히 에리히는 눈썰미가 좋은 만큼 하리나 유진에게서 대번에 수상함을 감지했을지도 모르는 일이었다.

아, 그나저나 이렇게 유진의 얼굴을 마주하고 있는 게 너무 부끄러워서 죽을 것 같았다. 아까부터 유진을 볼 때마다 계속 어젯밤의 일이 떠올라서 매우 곤란했다. 아니, 사실은 혼자 있을 때도 마찬가지긴 했지만. 그래도 이렇게 막상 유진과 시선을 마주하고 있으려니 더욱 어찌해야 할지 모르게 되었다. 그런 하리의 마음을 아는지 모르는지, 유진은 여전히 그녀에게서 눈길을 떼지 않은 채 입을 열었다.

"다음 주 중에 라수스 꽃 축제가 열린다던데. 전부터 가고 싶다고 했었지?"

그래도 다행히 어젯밤의 일에 관한 이야기는 아니었다. 하리는 바뀐 화제를 반기며 대답했다.

"응, 그때 시간 돼?"

"다음 주는 계속 한가할 예정이니까 괜찮아."

한동안 다이스 때문에 일거리가 몰려 바쁘더니, 다음 주부터는 그래도 여유가 되는 모양이었다.

"그럼 카벨 오빠랑 에리히한테도 물어봐야겠다."

오래간만에 다 함께 봄나들이를 갈 수도 있겠다는 생각에 기분이 좋아져서 하리의 얼굴에 미소가 떠올랐다. 하지만 어째서인지 유진은 그녀의 말에 수긍하지 않고 고개를 비스듬히 기울였다. 이어서 흘러나온 유진의 말에 하리가 멈칫했다.

"둘이 가자는 얘기였는데."

"아, 둘이?"

당연히 다 같이 가자는 의미인 줄 알았기 때문에 하리는 약간 놀랐다. 하지만 생각해 보면 그리 놀랄 일도 아니었다. 게다가 그녀도 유진과 단둘이 꽃놀이를 가는 게 싫은 건 아니었으니까. 아니, 오히려 유진에게 이야기를 듣고 나니 그녀도 그와 단둘이 외출하는 게 더 좋을 것 같다는 생각이 들었다.

"어제 말고는 한동안 둘이 있을 시간이 없었잖아."

그러다 유진의 입에서 나온 말에 하리의 뺨이 슬쩍 상기되었다. 둘 사이에 감도는 공기가 조금 전보다 약간 몽글몽글해졌다.

"그럼 이번 꽃 축제는 우리 둘이……."

"꽃 축제 가려고?"

그렇게 하리가 막 다시 입을 열었을 때, 누군가가 그녀의 말 사이에 끼어들었다. 바로 카벨이었다.

"아, 배고파. 이제 좀 술기운이 가라앉네."

그는 부스스한 몰골로 머리를 긁으며 유진과 하리를 향해 다가왔다. 오늘 아침부터 내내 침대에 누워 숙취로 끙끙거리더니 이제야 좀 살맛이 나는 모양이었다.

"카벨 오빠, 이제 속은 좀 괜찮아?"

"오전부터 내내 굶었다면서. 배가 고프면 식당에 가서 뭐라도 먹지 그래?"

하리와 유진이 차례로 상태를 묻자 카벨이 확실히 오전보다는 생생해진 얼굴로 말했다.

"어, 이제 괜찮은 거 같아. 진짜 식당에 가서 배 좀 채워야겠다."

그러다 그가 갑자기 생각났다는 듯이 '아' 하고 소리 냈다.

"그런데 꽃 축제 가려고? 라수스 꽃 축제가 다음 주던가? 나 마침 그때 비번인데, 잘됐네."

언제나 그래 왔듯, 카벨은 눈치가 없었다. 그는 아주 당연하고 자연스럽게 자신도 꽃 축제에 참여할 의사를 표명했다. 카벨의 말을 들은 유진과 하리가 동시에 멈칫했다. 하지만 카벨은 그조차도 눈치채지 못하고 계속해서 다음 주의 계획에 대해 떠들어 댈 뿐이었다.

"에리히도 마침 학술원 개교기념일인가 해서 다음 주에 하루 쉰다는 것 같던데. 와, 그러고 보니까 우리끼리 어디 놀러 간 건 엄청 예전 일인 것 같네?"

잠깐 유진과 하리의 시선이 허공에서 마주쳤다. 아마도 지금 두 사람이 생각하는 것은 비슷할 터였다. 음, 어쩔 수 없겠다. 카벨이 이렇게까지 말하는데 이번 꽃 축제에는 단둘이 갈 계획이었다고 말하기도 그렇고. 게다가 모처럼 저렇게 들뜬 얼굴을 하고 있는데.

"그래, 에리히한테는 이따가 물어보자."

"그냥 내가 지금 물어보고 올게. 자기 방에 있지?"

"루이제랑 같이 나갔어."

"아, 진짜? 걔는 또 언제 왔대?"

결국 유진과 하리는 둘만의 외출은 다음 기회로 미루기로 했다. 다소 아쉬움이 남기는 했지만 이번만 기회인 것도 아니었고, 또 원래 처음에는 다른 가족들과 함께 꽃 축제에 가는 것을 생각하고 있기도 했으니까. 음, 물론 단둘이 오붓하게 보내는 시간보다 모두와 같이 행동하는 시간이 어쩐지 월등히 많은 것 같기는 했지만…… 이 부분에 대해서는 앞으로 방법을 좀 강구해 봐야 할 듯했다. 그렇게 비슷한 생각을 하며 유진과 하리는 시선을 맞댔다.

❀

"공작님께서는 정말 악덕 고용주이십니다."

한편, 하리에게 했던 말과 달리 실제로 유진의 일정에 여유 따위는 없었다. 그런데도 없는 시간을 만들어 내려고 하니 결국 죽어 나가는 것은 그의 보좌관인 로웬그린이었다.

"오늘 들어온 일거리만 해도 저렇게 수북한데 어떻게 이걸 이번 주 안에 다 끝냅니까?"

"난 그렇게 약한 생각을 가진 보좌관을 둔 기억이 없는데."

눈 밑이 거뭇해진 로웬그린이 통탄했으나 유진은 눈 하나 꿈쩍하지 않았다. '안 되면 되게 하라'는 것에도 정도가 있지! 이건 거의 무에서 유를 창조하라는 수준의 횡포가 아닌가? 더군다나 이런 미친 일정을 감행하는 이유가 약혼녀와 함께 꽃 축제에 가기 위해서라니. 물론 단둘이 데이트를 하는 게 아니라 모처럼 시간을 내서 온 가족과 함께 외출할 예정이라고 했지만 로웬그린의 입장에서는 그게 그거였다.

"요즘 하리 아가씨하고 알콩달콩 재미가 좋으신가 봅니다? 전보다 신수가 아주 환해지셨어요. 황손 전하도 곧 성혼하신다고 입이 귀에 걸리셨던데, 이거야 원, 독신은 배가 아파서 살 수가 없습니다."

그렇게 투덜거리다 보니 정말 이대로는 안 되겠다는 생각이 들었다.

그래서 로웬그린은 반쯤은 진심으로 말했다.

"아무래도 저도 결혼할 때가 된 것 같은데, 오늘이라도 당장 맞선을 볼까요?"

"나쁘지 않지. 오늘 중에 퇴근할 수 있을 때의 얘기지만."

"공작님은 정말 악덕 고용주이십니다……."

마치 도돌이표를 찍듯 대화는 다시 처음으로 돌아왔다. 하지만 그렇게 한탄하는 와중에도 한시도 손을 쉬지 않고 있다는 게 로웬그린의 유능함이었다. 올해까지만 개처럼 벌고, 내년에는 꼭 돈 많은 한량이 되고 말 테다. 로웬그린은 또 한 번 굳게 다짐하며 눈물에 젖은 서류를 살폈다. 그러나 과연 그가 내년에 정말 이 고된 노동의 현장에서 벗어날 수 있을지는 오직 신만이 알 일이었다.

한편, 맞선 얘기를 듣는 남자는 여기에도 한 명 더 있었다.

"오슈드의 고명딸인 에이프릴 양이 요한, 네게 지대한 관심이 있다던데. 이번 가든파티 때 한 번 이야기나 나눠 보는 게 어떻겠니?"

사실 맞선이라기보다는, 실연의 아픔을 다른 만남으로 잊어 보는 것이 어떻겠느냐 하는 주위 사람들의 은근한 권유였다. 그것은 어디까지나 강요가 아니었지만, 아무래도 몇 번씩이나 같은 소리를 듣는 입장에서는 매번 가볍게 넘기기도 꽤 어려운 일이었다. 그래도 요하네스는 은근히 단호한 구석이 있어서 여느 때처럼 웃는 낯으로 그 권유를 흘려 넘겼다.

"이번 가든파티 때는 참석하지 않을 예정이어서요. 다음에 기회가 될 때가 있겠죠."

웃으며 에두른 거절에 그의 부모님도 더는 이야기하지 않았다. 그러나 얼마 후면 또 다른 영애에 대해 언질을 주며 한 번쯤 만나 보지 않겠냐고 슬며시 권할 것이 분명했다.

"너무 거절만 하는 거 아니야? 일단 한번 만나 보면 의외로 마음에 드는 사람이 있을 수도 있잖아."

그렇게 자리에서 일어나 다시 방으로 향하는 길에 요하네스는 루이제와 마주쳤다. 그녀는 조금 전까지 오간 대화를 복도에서 다 들은 눈치였다.

"글쎄, 지금은 굳이 그런 식으로 누군가를 만나고 싶지 않아. 그럴 필요성도 못 느끼겠고."

가족들이 왜 이러는지는 요하네스도 잘 알고 있었다. 요하네스가 하리를 마음에 품고 있었다는 사실을 가족들 모두가 알았기 때문에 나름대로의 방법으로 그를 배려하는 것이었다. 하지만 요하네스에게는 지금 그런 것이 필요하지 않았다. 개중에는 혹시 진작 더 밀어붙였다면 지금쯤 하리의 옆에 있는 것은 유진이 아니라 요하네스일 것이라 생각하는 사람들도 있었지만…… 정작 그 당사자인 요하네스는 그렇게 생각하지 않았다.

하리와 유진 사이에는 예전부터 형성되어 있던 묘한 유대감 같은 것이 있었다. 그것을 무엇이라 정의 내리면 좋을지 요하네스는 지금까지도 알지 못했다. 하지만 다른 누구도 그 사이로 비집고 들어갈 수 없을 정도로 그들 사이에 존재하는 것이 아주 견고하고 끈끈하다는 사실만큼은 알 것 같았다. 그러니 애초부터 요하네스가 하리에게 유진 대신일 수는 없었던 것이다. 어찌 보면 합리화인 것 같기도 했지만 그래도 그렇게 생각하니 예전처럼 마음이 쓰리지는 않았다.

"뭐, 오빠가 그렇다면 할 수 없지만. 그래도 혹시 마음 바뀌면 말해. 내 주위에도 오빠 소개해 달라고 하는 영애들 많으니까. 나도 이럴 때 오빠 잘 둔 보람 좀 느껴 봐야 하지 않겠어?"

루이제도 부모님과 마찬가지로 아쉬운 듯했지만 결국은 강요하지 않고 장난스럽게 말했다. 한밤중에 몰래 비밀 파티에 갔던 일로 요하네스와 부모님에게 혼이 났던 것이 불과 며칠 전인데도 루이제는 그 일을 마음에 하나도 담아 두지 않은 것처럼 밝기만 했다.

생각해 보면 그녀는 가면무도회가 있던 바로 다음 날에도 전날에 무슨 일이 있었냐는 듯이 혼자서 외출해 에른스트에 방문했었다. 그래도 한동안은 자숙할 줄 알았던 딸의 거침없는 행보에 당연히 부모님은 할 말을 잃은 눈치였다. 부모님은 그런 루이제를 두고 철이 없어서 걱정이라고 했지만 요하네스는 오히려 이런 부분이 루이제의 장점이라고 생각했다.

"혹시 내가 필요한 일이 있으면 언제든 말해. 오빠한테는 이번에 본의 아니게 도움을 받은 부분이 있기도 하니까."

"도움이라니, 내가?"

"응, 아무래도 겹사돈이 되면 좀 귀찮아질 뻔했잖아?"

"뭐?"

요하네스는 루이제의 말에 무심코 반문했다가 귀를 의심했다. 혹시 잘못 들었나 싶어서 마주한 얼굴을 응시했으나 루이제는 여전히 태연한 낯을 하고 있을 뿐이었다.

"혹시 지금 내가 잘못 들었나? 겹사돈이라고 한 것 같은데."

"제대로 들은 거 맞는데 뭘."

"지금까지 네가 그런 내색을 한 적이 있었던가?"

"원래 남녀 사이란 게 언제 어떻게 될지 모르는 거 아니겠어?"

설마 하는 마음에 되물었으나 돌아온 루이제의 대답에 할 말만 잃었다.

"뭐, 어차피 지금 당장의 일은 아니니까."

요하네스의 말문이 막혀 있는 사이, 루이제는 천연덕스럽게 말하며 자리에서 먼저 발길을 뗐다. 자신의 말이 오빠에게 어떤 영향을 끼쳤는지 조금도 모르는 듯한 모습이었다. 복도에 혼자 서 있는 동안 요하네스의 머릿속에 온갖 폭풍우가 휘몰아쳤다. 잠시 후 그의 입에서 딱딱한 혼잣말이 읊조려졌다.

"……설마 카벨은 아니겠지."

물론 평소에 카벨을 대하던 루이제의 모습을 떠올리면 설마 그럴 리야 없겠지 싶기는 했다. 하지만 누가 봐도 두 사람은 자유분방한 분위기나 행동 같은 것이 묘하게 비슷하기도 했고, 또 지금까지 그런 낌새가 보이지 않았던 것은 에리히나 카벨이나 마찬가지였으니까.

"원래 남녀 사이란 게 언제 어떻게 될지 모르는 거 아니겠어?"

게다가 조금 전에 루이제가 한 말은 실로 의미심장한 것이 아닌가? 요하네스의 얼굴이 심각해졌다. 어릴 때부터 어디로 튈지 모르던 루이제이니만큼 한 번 그런 생각이 들기 시작하자 설마 하는 의심이 도통 사그라들지 않았다.

요하네스는 루이제가 사라진 곳을 복잡한 눈길로 응시하다가 마침내 무언가를 결심하며 자리에 못 박혀 있던 걸음을 옮겼다. 아무래도 이제부터는 좀 바빠질 듯했다.

맑고 화창한 일주일 후의 봄날, 에른스트의 가족들은 외출 준비로 분주했다.

"카벨 오빠, 잠깐만! 그건 이따 먹을 도시락이잖아. 몰래 꺼내 먹지 마!"

"딱 하나밖에 안 먹었어!"

"에리히, 페니도 데려갈 거야?"

"응, 오랜만이니까 같이 가려고."

올해 열린 라수스의 꽃 축제에 다 함께 나들이를 가기로 했기 때문이었다. 에단은 오전부터 바쁘게 움직이는 사람들을 바라보았다. 에른스트의 삼 형제와 하리, 그리고 저택의 사용인들까지 나들이 준비로 바쁜 와중에 오직 에단만이 한가로웠다. 그런 그를 보고 하리가 물었다.

"에단 경은 준비 다 끝났어요?"

"네."

사실 에단에게는 준비라 할 것도 없었다. 여느 때처럼 그는 호위를 목적으로 그들과 동행하는 것이었으니까.

"며칠 전에 비가 와서 걱정했는데 오늘은 날씨가 맑아서 다행이에요."

외출용 모자를 손에 들고 하리가 말갛게 웃었다. 에단은 그런 그녀를 향해 무심코 입을 열었으나 다른 사람의 말이 그보다 앞섰다.

"뭐야, 저 사람도 데려가?"

페니를 챙기던 에리히가 슬쩍 미간을 좁히며 물었다.

"그럼, 당연히 같이 가지."

"이런 날까지 뭐하러? 그냥 집에서 쉬라고 그래."

그는 에단이 그들과 함께 꽃 축제에 가는 것이 어지간히 마음에 들지 않는 것처럼 투덜거렸다. 에리히가 에단을 못마땅하게 여긴 것은 하루이틀 일이 아닌 데다 또 거기에는 이렇다 할 이유도 없었다. 그래서 이제는 모두가 그의 말을 깊게 귀담아듣지 않았다.

"준비 다 됐으면 그만 나가자."

하지만 큰 형인 유진이 다가오자 에리히도 구시렁거리는 것을 멈추었다.

"페니가 있으니까 다 같이 한 마차에 타는 건 무리겠네. 둘로 나눠서 타야 할 것 같은데."

"멍멍!"

에리히의 말을 알아듣기라도 한 것처럼 옆에 있던 페니가 우렁차게 짖었다. 에리히는 예전부터 제 반려견에게만큼은 놀라울 정도로 다정해서, 그런 페니를 어르듯이 털을 쓰다듬으며 걸음을 옮겼다.

"둘씩 나눠서 타면 될 것 같은데."

유진과 하리는 자연스럽게 나란히 서서 현관을 향해 걸었다. 그들이 발길을 돌리기 직전, 유진의 시선이 한차례 에단에게 닿았다. 에단은 작게 고개를 숙여 보인 후 늘 그래 왔듯 뒤쪽으로 물러났다. 유진도 아무런 말 없이 다시 고개를 돌렸다. 에단의 바로 앞에 카벨과 에리히가 있었기 때문에 그는 두 사람의 대화를 본의 아니게 자세히 들을 수 있었다.

"아무래도 마차는 형이랑 나랑 같이 타고 가야겠네."

"뭐? 무슨 재미로 너랑 둘이 같은 마차를 타고 가? 난 하리랑 타고 갈 건데."

"하. 형이 원래 눈치 없는 건 알지만 오늘은 좀 참아 봐. 이 구성원으로 외출하는데 형이 왜 하리랑 둘이 마차를 타?"

"어? 나 방금 눈치 없었어? 아니, 그런데 내가 하리랑 같이 마차를 타는 게 뭐 어때서?!"

한심함을 담은 에리히의 목소리와 동생의 말을 이해하지 못해 어리둥절하는 카벨의 목소리가 번갈아 작게 울렸다.

"그럼 즐거운 시간 보내고 오십시오, 공작님. 그리고 도련님들과 아가씨."

집사 휴버트가 저택을 떠나는 그들을 따라 나와 배웅했다. 에단도 휴버트와 눈짓으로 인사한 뒤 문을 나섰다.

예전부터 에단은 혹시 자신의 존재가 하리에게 누를 끼치는 것이 아닌지 가끔 두려울 때가 있었다. 바로 그의 과거 때문이었다. 앞으로도 결코 사라지지 않을 과거의 일 때문에 사람들이 그를 어떤 눈으로 바라보는지, 에단은 너무나도 잘 알고 있었다.

그럼에도 하리는 그를 받아들여 주었고, 다른 사람들이 뭐라고 떠들어 대건 신경 쓰지 않는다고 말해주었다. 그래서 에단은 염치가 없다는 사실을 알면서도 그녀의 곁에 남아 있었다. 하지만 그런 그조차도 스스로를 용서할 수 없었던 순간이 있었다. 바로 지난 사냥제 때, 하리가 납치되었다는 사실을 알게 된 순간이었다.

"에단 비숍. 하리가 납치되었는데 왜 넌 이렇게 멀쩡히 내 눈앞에 서 있는 거지?"

그때, 에단이 근신 처분을 받게 된 것은 하리를 지키지 못한 것에 대한 벌이기도 했지만 그의 몰골이 하리의 앞에 보이기는 썩 좋지 않은 상태가 되었기 때문이기도 했다. 하지만 에단은 유진의 처사를 단 한 번도 지나치다고 생각하지 않았다. 호위한 대상이 납치되는 동안 멍청하게 손을 놓고 있었던 것은 그 이유가 어찌 되었든 간에 결코 용납받을 수 없는 일이었으니까.

그래서 에단은 자신이 다시 하리의 호위로 복귀된 것이야말로 이해할 수 없다고 생각했다. 만약 유진과 하리가 그에게 더 이상 지금과 같은 역할을 맡길 수 없다고 판단해 이대로 파문한다 해도 충분히 수긍할 수 있었다. 라벤더 코르디스의 처우가 결정되고 하리가 마지막으로 그녀를 만나기를 바랐던 날, 에단은 자신이 해야 할 일이 무엇인지를 깨달았다.

그 후 에단이 일주일간의 휴가를 내고 찾은 것은 라벤더 코르디스였다.

"뭐, 뭐야, 당신?"

라벤더 코르디스가 격리, 감금된 곳 주위에는 한동안 관리받지 않은 울창한 숲이 있었다. 에단은 그곳에서 라벤더와 단둘이 마주했다. 그녀는 가려져 있던 시야가 확보되자마자 눈에 들어온 그의 모습에 적잖이 당황한 눈치였다.

“설마 그 계집이 당신을 여기로 보낸 거야? 날 죽이라고?”

그러다 곧 라벤더는 무언가를 깨달은 듯이 독기 어린 눈빛으로 에단을 노려보았다.

“하, 다른 사람들 앞에서는 그 위선을 떨더니 결국은…….”

“하리 아가씨의 명으로 온 것이 아닙니다.”

라벤더는 에단의 말을 의심하는 기색이다가, 잠시 후 무엇을 생각했는지 표정을 피며 눈을 빛냈다.

“그럼 혹시 당신을 여기로 보낸 게 유진이야? 그래, 원래 당신은 유진의 사람이었지.”

그녀는 유진이 품었을지도 모르는 살의를 차라리 감미롭게 여기는 것 같았다. 자신이 그에게 그 정도의 영향력을 행사하고 있다는 생각에. 그녀의 생각은 틀리지 않았다. 하지만 에단은 그것이 완벽한 착각이라는 듯이 말했다.

“라벤더 코르디스 양. 안됐지만 그분은 당신에게 일말의 관심조차 없습니다. 지금까지도 그랬고, 앞으로도 그 사실에는 변함이 없겠지요.”

물론 라벤더 코르디스를 향한 유진의 분노가 식을 일은 앞으로도 없으리라 생각했다. 에단부터가 지금 눈앞에 있는 사람을 용서할 수가 없는데, 설마 유진이 그럴 수 있을 리는 없었으니까. 그런 의미로 그녀는 자신이 바라는 대로 유진에게 죽을 때까지 잊지 못할 존재가 되는 데는 성공했을지도 몰랐다. 하지만 그런 사실을 굳이 그녀에게 말해줄 필요는 없었다.

“당신은 공작님에게 있어 아무런 가치도, 의미도 없는 존재일 뿐입니다. 오늘 제가 이곳에 온 이유도 그분에게 따로 당신에 대한 언질을 받았기 때문이 아닙니다."

그것보다는 차라리 자신의 무가치함을 되새겨 주는 편이 나을 것이다. 라벤더 코르디스는 자신이 오늘날까지 이렇게 살아 있는 이유가 온전히 하리 때문이라는 사실을 아직도 모르는 모양이었다. 아니면 단순히 인정하기 싫은 것뿐이든가.

에단은 몇 년 전부터 서서히 변하기 시작한 에른스트의 분위기를 떠올렸다. 에른스트의 저택에는 지금 명백한 봄이 찾아와 있었다. 그에 맞춰 유진도 덩달아 녹아내린 얼음처럼, 언젠가부터 풍기는 분위기가 다소 온유해졌다. 예전 같으면 에른스트를 향해 이를 드러낸 사람을 결코 살려 두었을 리가 없는데도, 하리의 말 한마디에 살기를 한풀 꺾을 정도로 말이다. 이 모든 것은 유진이 하리를 그만큼 존중하고 또 소중히 여기기 때문이라는 사실을 에단은 알았다.

"웃기지 마! 그럼 왜 날 찾아왔는데? 그딴 소리나 하려고 온 거야? 기껏 내 속이나 뒤집어 놓으려고?"

그러나 그것이 이대로 라벤더 코르디스를 용서한다는 의미는 결코 아니었다. 다만 유진의 분노는 그녀를 직접 죽이는 방식으로 해소되지는 않을 터였다. 그리고 아마도 그것은 하리가 모르는 방향으로 은밀히 이루어질 것이라 에단은 짐작하고 있었다.

"하리 아가씨께서는 당신이 죽는 것을 원치 않으신다고 했으니 저 역시 그분의 의견을 존중할 생각입니다."

하리는 라벤더 코르디스가 죽음으로서 고통받는 것보다 살아서 고통받는 것을 원한다고 했다. 그것이 죽음보다 더욱 끔찍하리라 생각한다고. 하지만 모두가 그것이 그녀의 상냥함이라는 사실을 알았다.

"그런데 오늘 만난 당신은 아직도 자신이 한 일을 반성도 후회도 하지 않는 것 같군요."

"반성이라니, 내가 그딴 걸 왜……."

스릉. 라벤더는 에단이 허리춤에 차고 있던 검집에서 검을 뽑아 드는 것을 보고 말을 멈추었다.

"뭐, 뭐야? 가, 가까이 오지 마."

"저는 사람이 다른 누군가의 고통을 이해하기 위해서는 그것과 똑같은 일을 겪어 봐야 한다고 생각합니다."

바닥에 주저앉아 있던 라벤더 코르디스가 자신을 향해 다가오는 에단을 피해 주춤거리며 뒤로 물러났다. 손과 발이 풀에 쓸리고 옷에 흙이 묻었지만 그런 것을 신경 쓸 분위기가 아니었다. 하지만 얼마 가지 않아 등에 나무둥치가 닿아서 움직임을 멈출 수밖에 없었다. 날카로운 검날이 움직이는 순간 라벤더는 단말마를 내지르며 질끈 눈을 감았다.

촤악. 하지만 에단이 검을 움직여 베어 낸 것은 라벤더가 아닌 자신의 왼팔이었다. 라벤더는 이해할 수 없는 그의 행동에 잠깐 얼이 빠져 있다가, 곧 자신의 머리 위로 뻗어지는 팔에 목을 움츠렸다.

후두둑.

"무슨……."

붉은 핏방울이 그녀의 머리 위로 떨어져 내렸다. 그녀의 창백한 뺨을 타고 흐르는 붉은 액체가 한순간 피눈물처럼 보였다. 그러다 문득 라벤더 코르디스의 표정이 변했다.

"어딘가 익숙한 상황인 것 같다는 생각이 드십니까?"

에단의 조용한 음성이 숲의 청량한 공기를 가로질렀다. 섬뜩할 정도로 고요한 숲. 코끝을 스치는 비릿한 피 냄새. 몸을 지킬 만한 최소한의 도구도 없이 무방비하게 숲의 한가운데에 놓인 여인.

"아, 아아……."

크르릉, 어디선가 들려오는 짐승의 낮고 거친 목 울림 소리가 귓가에 스몄다. 라벤더는 이제야 에단이 자신을 이곳에 데려와 하려는 일이 무엇인지를 깨달았다. 그리고 조금 전에 그가 읊조린 말이 무슨 의미인지도. 공포에 질식할 것 같은 얼굴을 한 라벤더 코르디스를 향해 에단이 조용히 속삭였다.

"걱정 마십시오. 죽게 하지는 않겠습니다."

그렇게 휴가가 끝나고, 에단은 다시 에른스트의 저택으로 돌아왔다. 하리를 찾아가는 길에 그는 우연히 유진과 마주쳤다. 붉은 노을이 어린 복도에서 두 사람은 얼굴을 마주 보고 섰다.

"공작님."

에단이 먼저 묵례해 인사하자 유진의 서늘한 시선이 그에게 닿았다.

"그래. 오늘부터 다시 복귀하는 건가?"

"그렇습니다."

유진은 무슨 생각을 하는지 모를 얼굴로 에단을 조용히 응시하다가 이내 그의 왼쪽 팔로 시선을 미끄러뜨렸다.

"팔을 다친 것 같은데."

부상 사실을 단번에 간파당한 에단이 한순간 멈칫했다. 그가 일부러 자신의 팔을 벤 것은 라벤더 코르디스가 했던 것처럼 애꿎은 동물의 피를 사용하고 싶지 않아서이기도 했지만, 스스로에게 벌을 내리는 의미이기도 했다. 아마도 에단은 하리를 위험에 빠뜨렸던 스스로의 어리석음을 앞으로도 계속 용서하지 못할 것이었다.

"신경 쓰실 정도로 큰 상처는 아닙니다."

그리고 아마도 유진이 에단을 묵인하기로 결정한 것도 그 사실을 알기 때문일 터였다. 하지만 그것은 단순히 그의 진정성을 신뢰하기 때문이 아니었다. 아마도 에단이 스스로를 용서하지 못하는 한, 앞으로 또다시 지난번과 같은 일이 생겼을 때 이번에야말로 그가 목숨마저 내놓을 것을 알기 때문이었다.

에단은 누구에게도 자신의 이번 행적을 알리지 않았지만 유진에게도 사실을 숨길 수 있으리라 여기지는 않았다. 아마도 유진은 휴가 기간 동안 에단이 누구를 찾아가 무엇을 했는지 이미 빠짐없이 알고 있을 것이었다.

유진은 얼마 전 하리가 위험에 처했던 데에는 자신의 실책이 가장 크다고 생각하고 있었다. 낯선 행복에 젖어 그가 방심했기 때문에 그 느슨해진 틈으로 감히 손을 뻗은 자가 생긴 것이라고. 그래서 그는 지난 일 이후 하리의 주변을 바늘 하나 샐 틈 없이 견고히 보호하고 있었다. 그러니 더군다나 라벤더 코르디스에게 얼마 전 일어난 변고를 유진이 모르고 있을 리 없었다. 물론 지금 이 순간에도 어쨌거나 그녀는 멀쩡히 살아 있었으니 변고라 할 만큼 대단한 일도 아니기는 했지만 말이다.

그리고 에단 역시, 라벤더 코르디스의 입에서 차라리 죽여 달라는 말이 나오도록 유진이 그녀의 남은 생 동안 아낌없이 총력을 기울이리란 사실을 알고 있었다. 하지만 결국 그녀는 죽느니만 못한 상태가 되어서도 죽지 못할 것이다. 하리가 그녀의 죽음을 원하지 않는 한 유진은 결코 라벤더에게 안식을 허락하지 않을 테니까.

또한 라벤더 코르디스의 가문 역시 마땅히 죗값을 치러야 하리라. 다만 하리가 그 일들을 알게 되면 자신 때문이라 생각해 마음 쓸 것이 분명했기에, 유진은 일단 표면적으로는 그들에 관련된 일을 마무리 지은 것처럼 그녀를 속이고 있었다.

감히 생각건대, 에단과 유진은 어딘가 닮은 부분이 있었다. 아마 앞으로도 그들은 손에 적지 않은 피를 묻히며 살아갈 것이고, 그것은 그들이 지키고자 하는 사람이 모르는 곳에서 벌어질 것이었다. 그리고 에단은 과거와 달리 이제 그 일을 후회하지 않을 테니 어떤 의미로는 유진과 더욱 닮게 된 셈이었다.

"사실 나는 네가 하리의 곁에 있는 게 마뜩지 않다."

에단은 머리 위로 떨어지는 유진의 냉정한 목소리에 고개를 더욱 깊이 숙였다.

"그래도 내버려 두기로 결정한 것은 아직까지 너만큼 적합한 사람이 없다고 판단했기 때문이지, 그 이상의 이유는 없어."

"알고 있습니다."

에단은 자신을 다시금 하리의 곁에 있을 수 있도록 허락해 준 유진에게 감사했다. 그래서 그런 마음을 표하듯 진심을 담아 대답했다.

"실수는 한 번으로 족하지, 너도, 나도."

유진은 잠깐 침묵한 채 에단을 바라보다가 다시금 입을 열었다.

"하지만 선은 넘지 마라. 내 말이 무슨 의미인지 알고 있겠지."

그 소리에 에단은 고개를 들었다. 시야를 붉게 물들인 노을을 등진 채 유진은 그에게 서늘한 눈빛을 보내고 있었다. 에단은 그것이 낯설지 않았다. 예전에도 그는 지금과 같은 눈빛을 자신에게 보내는 유진을 본 적이 있었다. 황성 안에서 에단이 하리에게 보라색 아네모네꽃을 건넸던 날이었다. 마치 이 이상 그녀에게 다가가는 것은 용납할 수 없다고 말하듯, 그 시선에는 명백한 경고의 의미가 담겨 있었다. 에단은 유진에게 단호히 대답했다.

"맹세코 그런 일은 없을 겁니다."

그러나 에단이 하리에게 품은 마음은 유진이 생각하는 것과 조금 달랐다. 지금처럼 유진이 그에게 경고하지 않아도, 에단은 이 이상 하리에게 가까워질 생각이 없었다. 감히 그럴 마음을 품을 생각을 하지 못한다는 것이 맞았다. 하지만 굳이 이런 식의 변명을 하지 않더라도 에단이 하리를 생각하는 마음은 애끓는 연정과는 차이가 있었다. 에단은 그저 그녀가 웃는 모습을 멀리서나마 볼 수 있다면 그것으로 족했다.

유진은 에단의 속내를 가늠하려는 것처럼 그의 얼굴을 한동안 싸늘히 응시하다가 이내 자리에서 먼저 걸음을 옮겼다.

“하리가 기다리고 있으니 그만 가 보도록 해.”

“예, 공작님.”

그날의 기억은 거기에서 일단락되었다.

“크왁! 사방이 꽃 천지네!”

“진짜 봄은 봄인가 보다. 여기 오니까 좀 실감이 나네.”

“컹컹!”

꽃 축제가 열리는 봄의 라수스는 아를란타에서도 가장 유명한 관광지였다. 그러다 보니 이맘때가 되면 자연스럽게 이곳을 찾는 사람들도 많아졌다. 시야 가득 온통 흐드러지게 피어난 꽃을 보고 페니와 카벨이 제일 먼저 요란스럽게 흥분을 표했다. 페니야 그렇다 쳐도 카벨은 안 그렇게 생겨서 은근히 속에 소녀 감성을 숨기고 있는 것인지, 에른스트의 식구 중에서도 가장 들뜬 티가 났다. 그런 카벨을 보고 에리히가 이상하다는 눈빛을 보냈다.

“뭐야, 카벨 형, 안 어울리게 왜 이렇게 좋아해?”

“크흑, 네가 매일 땀내 나는 기사단에만 처박혀 있어 봐. 지금 여기가 완전히 천국으로 보일 테니까!”

어쩐지 짠내가 배어 나오는 카벨의 말에 모두가 잠시 침묵했다.

“그래, 카벨 오빠. 모처럼 휴일이니까 실컷 봄을 만끽하고 가는 거야!”

“당연하지! 내가 먼저 가서 자리 맡을게! 가자, 페니!”

“왈왈!”

카벨은 잔뜩 신이 나서 페니를 데리고 먼저 앞장서 뛰어갔다. 에리히는 카벨에게 페니를 빼앗긴 것이 마음에 들지 않는 눈치였지만 그래도 페니가 저렇게 즐거워하니 봐주겠다는 듯이 그에게 순서를 양보했다. 그런 것을 보면 역시 에리히에게는 카벨보다 페니가 우선순위인 것 같기도 했다.

"카벨 오빠, 저렇게 뛰어가는 거 보니까 애 같다."

"나이만 먹은 애 맞지, 뭐."

촐싹거리며 뛰어가는 카벨의 뒷모습을 보고 하리가 웃었다. 그러자 유진도 그에 동조하며 하리를 따라 여트막하게 웃었다.

"가만히 보면 카벨 형이 우리 중에 제일 청춘인 것 같아."

에리히가 혀를 쯧쯧 차며 중얼거렸다.

"그리고 넌 우리 중에 제일 애늙은이 같고."

"뭐? 내가 어딜 봐서 애늙은이야?"

그러다 하리가 장난스럽게 꺼낸 말에 에리히가 곧장 발끈했다. 두 사람은 언제나처럼 티격태격하기 시작했다.

"다들 뭐 해? 빨리 와!"

좋은 자리를 맡았는지, 저 멀리서 카벨이 손을 흔들며 외치는 소리가 들렸다. 그제야 그들도 카벨과 페니가 있는 곳을 향해 걸음을 옮겼다.

"어, 여기……."

목적한 곳에 다다랐을 때 하리는 저도 모르게 멈칫했다.

"저쪽에도 자리가 있는데 여기가 더 좋아 보여서!"

하지만 정작 자리를 맡은 카벨은 별다른 생각이 없는 눈치였다. 어쩌면 이 부근이 전부 다 비슷한 꽃나무들로 가득하기 때문에 이 장소를 기억하지 못하는 것 같기도 했다. 그러나 하리는 한눈에 지금 그들이 서 있는 곳이 낯익다는 사실을 깨달았다. 슬쩍 고개를 돌려 보니 유진도 그녀와 같은 것을 알아차린 모양이었다. 하지만 두 사람 다 그것에 대한 이야기는 꺼내지 않았다.

"배고프다, 밥부터 먹자!"

카벨의 성화에 그들은 커다란 꽃나무 아래에 자리를 깔고 앉아 바구니에 든 음식으로 간단한 요기부터 하기로 했다. 에리히는 묘한 기시감을 느끼고 잠시 주위를 둘러보고 있었다. 그러나 의외로 하리가 생각하고 있던 것을 가장 먼저 입 밖으로 꺼내 말한 사람은 카벨이었다.

"아, 그러고 보니까 어쩐지 좀 익숙한 느낌이다 싶었는데, 우리 어릴 때 자리 잡고 꽃구경했던 것도 지금 여기였네. 내 말이 맞지?"

그 말을 듣고 에리히도 그제야 자신의 고개를 갸우뚱하게 만들었던 의문의 답을 구한 듯이 '아' 하고 소리 냈다.

"맞는 것 같은데? 저기에 앉아서 풍선 들고 놀았던 기억 나."

"그렇지? 너무 오랜만에 와서 헷갈렸는데 이제 확실하게 생각나네."

그들이 이곳에 마지막으로 왔던 것은 그들의 부모님이었던 에른스트 부부가 타계하기 직전의 봄이었다. 그리고 지금 그들이 자리 잡고 앉아 있는 곳은 그때 당시 가족들과 시간을 보냈던 장소와 동일했다. 카벨과 에리히는 옛 기억을 되새기는 듯한 눈빛으로 주변을 살펴보고 있었다. 그들을 따라 유진과 하리도 시선을 움직였다.

황홀하게 피어난 연분홍 꽃송이들도, 주위에 감도는 달큼하고 부드러운 공기도, 그리고 조금 떨어진 곳에서부터 흘러드는 사람들의 웃음소리도 과거의 기억과 거의 변한 것이 없었다. 그래서 마치 이 순간, 모두가 안락한 평화에 젖어 있던 어린 시절의 그날로부터 시간이 멈춘 것만 같은 기분이 들었다.

"그때, 참 좋았었는데."

그 말을 중얼거린 것이 그중 누구였는지는 알 수가 없었다. 왜냐하면 네 사람 모두가 동일한 그리움을 느끼며 과거의 시간을 되짚고 있었기 때문이다.

"오랜만에 오니까 좋다. 그렇지?"

그러다 하리가 먼저 빙긋이 웃으며 말했다. 시야에 번진 꽃들과 부드러운 그 미소가 마치 한 폭의 그림처럼 잘 어울렸다.

"응, 오길 잘한 것 같네."

유진도 어렴풋이 미소를 지으며 읊조렸다. 그 뒤를 따라 카벨과 에리히도 입을 열었다.

"우리 내년에도 또 올까?"

"카벨 형, 그때도 운 좋게 비번일 수 있을 것 같아?"

"안 되면 되게 하면 되지!"

사실 지금껏 그들이 이곳에 오지 않았던 이유는 부모님과의 기억이 되살아날까 우려했기 때문은 아니었다. 그저 각자의 사정상 이렇게 다 함께 모여 꽃 축제에 오게 된 것이 무척 오랜만이었을 뿐이다. 여느 때처럼 시끌벅적한 분위기 속에서 대화가 이어졌다. 그렇게 그들은 화기애애하게 점심 식사를 끝마치고 산책할 겸 꽃길을 걷기로 했다.

"에단 경, 선물이에요."

그러다 문득 하리가 뒤에서 걷고 있는 에단을 향해 다가왔다. 그녀의 손에는 작은 벚꽃 가지 하나가 들려 있었다.

"꺾은 건 아니고 떨어져 있던 거지만 그래도 예뻐서 경에게 주고 싶었어요."

그녀의 선물이 의외였는지, 에단의 눈이 약간 크게 떠졌다. 그는 자신을 향한 하리의 미소 띤 얼굴을 잠깐 말없이 지켜보다가 마침내 천천히 손을 들었다. 하리의 손에 들려 있던 꽃가지가 에단의 손으로 옮겨 왔다.

"감사합니다."

에단의 말에 하리가 조금 전보다 더 환하게 웃었다. 그는 곧 뒤돌아 유진을 향해 뛰어가는 하리의 모습을 바라보았다. 하리를 기다리며 그녀의 행동을 지켜보고 있던 유진과 에단의 눈이 일순간 마주쳤다. 하지만 유진은 지난번처럼 서늘한 눈빛을 보이는 대신 조금 전의 일에 아무런 무게도 두고 있지 않은 것처럼 하리를 향해 시선을 움직였다. 카벨과 에리히는 이미 저 앞에서 걸어가고 있었다.

"어, 오빠 머리에 꽃잎 붙었어."

"어디?"

"잠시만. 내가 해줄게."

하리의 손길이 다정하게 유진의 머리카락을 쓸었다. 유진은 하리가 손을 움직이기 편하게 좀 더 가까이 다가가 고개를 숙여 보였다.

"이제 됐어."

그 순간 보드라운 바람이 그들을 스쳐 지나갔다. 또다시 머리 위에 있는 꽃나무에서 연분홍 꽃잎이 흩날리기 시작했다. 그 모습을 보고 하리가 '앗' 하고 소리 냈다.

"그냥 지금은 놔둘 걸 그랬나 봐. 어차피 계속 꽃잎이 날려서……."

봄바람보다 더 따스한 온기가 그녀의 입술에 닿은 것은 바로 그때였다. 당연히 하리는 하려던 말을 미처 끝맺지 못했다. 잠시 후, 한차례 하리의 입술을 훔치고 고개를 든 유진이 그녀의 손을 붙잡았다.

"손이 약간 찬 것 같은데. 추우면 말해."

유진은 아주 자연스럽게 하리의 손을 잡고 꽃나무 아래에 난 길을 걸었다. 하리는 얼결에 그런 그에게 이끌려 걷다가 곧 소리 죽인 목소리로 속닥거렸다.

"지금 뭐야? 여기 사람들도 엄청 많은데……."

"미안. 네가 너무 예뻐서 나도 모르게 그랬어."

하지만 곧 이어지는 유진의 태연한 대답에 오히려 할 말만 잃었을 뿐이었다. 바람에 흩날리는 꽃잎의 색이 번진 것처럼 하리의 뺨에도 은은한 물이 들었다. 결국 그녀는 더 이상 유진에게 아무런 말도 하지 못했다. 두 사람은 손을 붙잡고 꽃잎이 흩날리는 길을 함께 걸었다. 앞으로도 언제까지나 오늘 같은 봄날만 지속될 것처럼 한없이 다정하고 따뜻한 시간이었다.

<외전 완결>

작가 후기

안녕하세요, 플루토스입니다.

이렇게 다시 인사드리게 되어 기쁘네요. 두 번째 소설도 읽어주셔서 정말 감사합니다.

처음에는 하리에게 위험했던 오빠들이 나중에는 하리 외의 사람들에게 위험해지는 이야기를 쓰고 싶었어요. 그래서 제목이 <그 오빠들을 조심해!>입니다. 두 번 연속 가족물을 쓰고 있다니 제 취향이 너무 한눈에 드러나는 것 같네요. 그래도 세 번 연속은 아닐 거예요!

소설 하나를 끝내고 나면 항상 그렇지만 이번 작품에서도 개인적인 아쉬움이 남는 것 같아요. 그래도 좋은 분들과 함께할 수 있어서 뜻깊고 즐거운 시간이었습니다.

<그 오빠들을 조심해!>를 아껴주시는 모든 분께 다시 한번 진심으로 감사드려요.

이 소설이 출간되기까지 도움을 주신 관계자분들, 특히 담당자님께 감사드립니다!

모두 항상 꽃길만 걸으세요. :)